EEN STENE

Van dezelfde auteur:

Toevluchtsoord
De vergetenen

Faye Kellerman

Een stenen omhelzing

2005 – De Boekerij – Amsterdam

Oorspronkelijke titel: Stone Kiss (Warner Books)
Vertaling: Els Franci-Ekeler
Omslagontwerp en beeld: marliesvisser.nl

ISBN 90-225-4332-3

Published by arrangement with Lennart Sane Agency AB

Deze roman is fictie. Namen, personages, plaatsen en gebeurtenissen zijn ofwel het product van de verbeelding van de auteur ofwel fictief gebruikt. Enige gelijkenis met werkelijke gebeurtenissen of bestaande personen berust geheel op toeval.

Voor Jonathan –
Dertig heerlijke jaren met de man, zijn auto's en veel gitaren

Voor Jesse, Rachel, Ilana en Aliza –
Eerst kinderen, toen verstandige volwassenen.
Bedankt voor alle opwinding die jullie me hebben geschonken

En voor Barney Karpfinger –
Voor achttien jaar toegewijde dienst
en vriendschap van onschatbare waarde.
Wat heb ik van dit alles genoten!

Verklarende woordenlijst

abba	vader, pappa
Abisjter	ander woord voor God
Agoedat Yisroëls	wereldwijd verbond van orthodox-joodse richtingen
auf simchas	onder blije omstandigheden
Avraham Avinoe	letterlijk: onze vader Avraham; de aartsvader Avraham
baäl tesjoeva	seculiere jood die naar het joodse geloof terugkeert
baroech dajan emes	letterlijk: gezegend zij de rechter van de waarheid
bensjen	dankgebed na de maaltijd zeggen
charedi/charediem	(enkelvoud/meervoud) letterlijk: godvrezend; strikt orthodox-joods
chassidiem	meervoud van chassid: vrome (orthodoxe) jood
chevra	groep mensen; leefgemeenschap; vereniging
derech erets	fatsoen
dinim	rechtsregels
fromme	vrome jood
gojiem	niet-jood
hagada	verhaal van de uittocht uit Egypte; het boekje waarin dat verhaal wordt beschreven en dat wordt gelezen tijdens de sederavond, de eerste avond van Pesach
halacha	joodse wetgeving
halachisch	naar de joodse wetgeving
Hamotsi (lechem)	zegening voor het eten van brood
Hasjeem	benaming voor God (letterlijk: de Naam)

hechsjeer	koosjerverklaring
iesj sadé	man van het veld
iesj tam	rechtschapen mens
jad	aanwijsstok met op het einde een handje, gebruikt om de regels aan te wijzen wanneer men uit de thorarollen leest
jarmoelke	keppeltje
jesjiva	talmoedhogeschool
jid	jood
jutz	kaffer; sukkel; domoor
kasjroet	het ritueel geoorloofd zijn
ken	ja
kidoesj	heiliging; ceremonie ter inwijding van sjabbat of feestdag
kidoesj Hasjeem	letterlijk: 'heiliging van de Naam'; heiliging van God, bijvoorbeeld door het verrichten van goede daden, ook door martelaarschap
kipa	kalotje; keppeltje
klal Israël	het hele volk Israël
kol iesja	de stem van een vrouw (in het bijzonder een vrouw die zingt)
levaja	begrafenis
menachem avel	troosten van de rouwende
Mesjiach	Messias; verlosser
mezoeza	deurkokertje met een tekst uit het boek Deuteronomium erin
mincha	namiddaggebed
minjan	quorum van tien man dat vereist is om bepaalde onderdelen van het gebed te zeggen en om de thora te kunnen voorlezen
mitswa/mitswot	(enkelvoud/meervoud) goede daad; gebod; voorschrift; erefunctie in de synagoge
Mosje Rabenoe	letterlijk: onze rabbi Mozes; de eerste leider van de joden
motek	liefje, schatje
motsei sjabbes	zaterdagavond; 'einde van de sjabbat'
nachas	nachas hebben van: trots zijn op; genieten van (kinderen, kleinkinderen)

peies; pejot	haarlokken voor de oren van een religieuze joodse man
Pesach	joods paasfeest
Rav	rabbijn; aanspreektitel van rabbijn
refoea	genezing; geneesmiddel
sfarim	meervoud van sefer: religieuze boeken
simcha	vreugde; blijdschap
sjachariet	ochtendgebed
sjana tova	letterlijk: goed jaar; wens voor het joodse nieuwjaar
sjeitel	pruik
sjidoech	het arrangeren van een huwelijk
sjiva	rouwperiode van zeven dagen na de begrafenis van een familielid
sjlepper	letterlijk: 'sleper'; iemand die moeizaam loopt of draagt
sjlom bait	het bewerkstelligen van de vrede tussen man en vrouw
sjoek	markt
sjoel	synagoge
sjtiebel	officieuze synagoge
sjtreimel	bonthoed van chassidische joden
smicha	rabbinale bevoegdheid
sofer	schrijver (in het bijzonder van thorarollen)
tsadiek	rechtvaardige
tsedaka	liefdadigheid, gerechtigheid
tsenios	(Jiddisch) kuisheid; Hebreeuws: tsenioet

1

HET WAS DE VERBIJSTERDE, STARENDE BLIK VAN SLECHT NIEUWS. Decker dacht meteen aan zijn ouders, die nu allebei een jaar of vijfentachtig waren. Hoewel ze gelukkig nog steeds in goede gezondheid verkeerden, hadden ze het afgelopen jaar wat probleempjes gehad. Rina was zo verstandig meteen te zeggen dat het niet om de familie ging.

Decker had de hand van zijn dochter vast. Hij keek op haar neer en zei: 'Hannah Rosie, ik geloof dat ima even met me moet praten. Ik zal iets voor je opwarmen, en dan kun je een videofilm gaan kijken.'

'Dat hoeft niet, hoor, pappa. Ik kan het zelf wel. Ima heeft me geleerd hoe de magnetron werkt.'

'Negen jaar, en klaar voor de universiteit.'

'Doe niet zo mal, pap. Ieder kind weet hoe de videoapparatuur en de magnetron werken.' Ze keek naar haar moeder. 'Ik heb vandaag een 10 gekregen voor dictee, en ik had er niet eens voor geleerd.'

'Geweldig. Niet dat je er niet voor hebt geleerd, maar dat je een 10 hebt gekregen.' Rina gaf haar dochter een zoen. 'Ik kom zo.'

'Goed.' Hannah trok haar schooltas op wieltjes achter zich aan naar de keuken.

'Je kunt beter even gaan zitten.' Decker keek zijn vrouw aan. 'Je ziet nogal bleek.'

'Het gaat wel.' Maar ze ging toch op de bank zitten en drukte een blauw-wit geblokt kussen tegen zich aan alsof het een reddingsboei was. Haar helderblauwe ogen gingen onrustig heen en weer. Ze keken naar de lamp, Deckers leren stoel, de witte schommelstoel van bamboe. Ze keken naar van alles, behalve naar hem.

'Met mijn ouders is alles in orde?' vroeg hij ten overvloede.

'Ja, het gaat niet om hen,' herhaalde Rina. 'Jonathan heeft gebeld...'

'O, god! Is er iets met zíjn moeder?'

'Nee, nee.'

Jonathans moeder was Frieda Levine. Ze was ook Deckers biologische moeder, waardoor Jon zijn halfbroer was. Tien jaar geleden had Decker, min of meer bij toeval, kennisgemaakt met zijn familie van moeders kant, en was hij te weten gekomen dat hij vijf halfbroers en -zussen had. Tussen hen hadden zich losvaste banden gevormd: niet echt oppervlakkig, maar ook geen tijdrovende relatie. Decker beschouwde de twee mensen die hem als baby hadden geadopteerd, nog steeds als zijn enige ouders. 'Wat is er dan?'

Ze hoorden het piepje van de magnetron. Even later kwam Hannah de keuken uit met een pizzabagel, een groot glas melk en haar schooltas. Decker zei: 'Zal ik wat van je overnemen, lieverd?'

Zonder iets te zeggen gaf ze haar vader het bord met het glas erop en haar schooltas, en liep met huppelpasjes naar haar slaapkamer. Haar rode krullen dansten op en neer. Decker volgde haar als een trouwe butler. Rina stond op, liep naar de keuken en vulde het koffiezetapparaat. Nerveus nam ze haar hoofddoek af, maakte het elastiekje los dat om haar paardenstaart zat en schudde haar halflange, blauwzwarte haar los. Toen bond ze het weer tot een staart, maar liet de hoofddoek af. Ze plukte een denkbeeldig pluisje van haar spijkerrok, en eentje van haar roze trui. Ze beet op de dwangnagel van haar duim, waardoor het alleen maar erger werd.

Decker kwam binnen en ging aan de kersenhouten tafel zitten. De tafel was een beetje gekrast, maar nog steeds oerstevig. Toen hij hem had gemaakt, had hij de beste kwaliteit hout gebruikt die hij had kunnen vinden, en dat loonde de moeite. Hij deed zijn blauwe colbert uit, hing hem over de rugleuning van zijn stoel, trok zijn stropdas los en streek over zijn rode, nu met grijs doorweven, haar. 'Wat is er met de Levines?'

'Het gaat niet om de Levines, maar om de schoonfamilie van Jonathan: de Liebers. De familie van Raisie. Er is iets afgrijselijks gebeurd. Jonathans zwager Ephraim is dood...'

'Wat!?'

'Hij is vermoord, Peter. Ze hebben hem aangetroffen in een vunzige hotelkamer in Manhattan. En om het nog erger en ingewikkelder te maken: zijn vijftienjarige nichtje, de dochter van zijn broer, was bij hem, en wordt nu vermist. De familie is ten einde raad.'

'Wanneer is het gebeurd?'

'Ik had net de telefoon opgehangen toen je thuiskwam. Het lijk is een uur of drie geleden ontdekt.'

Decker keek op zijn horloge. 'Dat was dan om vier uur 's middags hun tijd.'

'Zoiets.'

'Wat deed die man samen met zijn vijftienjarige nichtje op een doodgewone schooldag in een "vunzige hotelkamer"?'

Een retorische vraag, waar Rina geen antwoord op gaf. In plaats daarvan reikte ze Decker een velletje papier aan met het telefoonnummer van Jonathan erop.

'Wat vreselijk.' Decker streek het stukje papier glad tussen zijn vingers. 'Ik leef echt met hen mee, maar dat hij je belde... was dat alleen voor morele steun? Jon verwacht toch niet dat ík iets zal doen?'

'Dat weet ik niet, Peter. Ik neem aan dat hij het liefst had dat je een wonder zou verrichten. In plaats daarvan zou je hem telefonisch kunnen vragen wat er aan de hand is.'

'Hij kan niet van me verwachten dat ik naar New York ga.'

'Dat weet ik niet. Misschien wel. Je bent een erg goede rechercheur.'

'Een slachtoffer van mijn eigen succes. Ik heb een baan, Rina. Hoe erg ik het ook voor hen vind – en het is echt heel verschrikkelijk – ik kan niet zomaar alles hier laten vallen en naar Boro Park gaan.'

'Om precies te zijn wonen Chaim Lieber en zijn gezin in de wijk Quinton, in New York. Zijn vader, die weduwnaar is, woont daar ook. Jonathans vrouw Raisie, is Chaims jongere zus. Het meisje dat wordt vermist, is de dochter van Chaim.'

'In New York?' Decker dacht even na. 'Is de familie religieus?'

'Ja, joods-orthodox. En Quinton is een zwaar religieuze wijk. Zwarte hoeden. Raisie is een uitzondering. Zij is liberaal, net als Jonathan.'

'Het buitenbeentje,' zei Decker.

'Zij en Jonathan hebben geboft dat ze elkaar hebben gevonden.' Rina stond op en schonk twee koppen koffie in. 'Ze komen uit eenzelfde soort milieu en hebben om gelijksoortige redenen elk hun levensstijl veranderd.'

'En haar vader woont dus in Quinton? Woont hij alleen?'

'Dat geloof ik wel. Raisies moeder is ongeveer tien jaar geleden overleden. Weet je niet meer dat er op de bruiloft van Jonathan over haar nagedachtenis is gepraat?'

'Nee, maar ik heb niet overal op gelet.' Decker staarde naar het telefoonnummer. 'Ga jij maar eventjes naar Hannah, dan kan ik bellen.'

'Wil je me er niet bij hebben?'

Hij stond op. 'Ik weet niet wat ik wil.' Hij kuste Rina's voorhoofd. 'Ik weet alleen wat ik níét wil. Ik wil dit nummer niet draaien.'

Rina pakte zijn hand en gaf er een kneepje in. 'Ga maar even in de slaapkamer bellen. Dan kan ik onderhand aan het eten beginnen.'

'Goed. Ik heb honger. Wat eten we?'

'Lamskoteletten of zalm.'

'Mag ik kiezen?'

'Beide zijn vers. Wat je niet wilt, vries ik in.'

'Hannah houdt niet van vis.'

'Ze houdt ook niet van lamskoteletten. Ik heb nog een schnitzel voor haar.'

'Doe dan maar lamskoteletten.' Decker trok een lang gezicht, liep naar de slaapkamer en deed de deur achter zich dicht. Hij schopte zijn schoenen uit, ging op het grote tweepersoonsbed liggen en draaide het nummer. Het was niet het nummer bij Jonathan thuis in Manhattan, dus nam Decker aan dat het van zijn mobiele telefoon was of van zijn synagoge, die dicht bij de Columbia University stond. Zijn halfbroer was rabbijn. Toen de telefoon zesmaal was overgegaan, nam Jonathan op.

'Jon!' zei Decker.
'Akiva!' Jonathan slaakte hoorbaar een zucht. 'Wat ben ik blij dat je belt!'
'Rina heeft het me zojuist verteld. Wat vreselijk. Wat zul je het moeilijk hebben.'
'Lang niet zo moeilijk als de familie van mijn vrouw. Op dit moment verkeren we allemaal in een shocktoestand.'
'Dat geloof ik graag. Wanneer is het gebeurd?'
'Ongeveer drie uur geleden. Rond vier uur onze tijd.'
'Jezus. Wat zegt de politie?'
'Niet veel. Dat is het punt. Wat wil dat zeggen?'
'Waarschijnlijk dat ze niet veel weten.'
'Of dat ze ons niets vertellen.'
'Dat kan ook. Het spijt me heel erg voor jullie.'
Het bleef stil op de lijn. Toen zei Jonathan: 'Wil je niet weten wat er is gebeurd?'
'Ik luister. Dus als je details aan me kwijt wilt...'
'Ik wil je hier niet mee opzadelen...'
Maar hij ging hem er wél mee opzadelen. 'Vertel me wat er aan de hand is, Jon. Begin bij het begin. Vertel me over de familie.'
'De familie.' Een zucht. 'Raisie komt uit een gezin met vijf kinderen, twee jongens en drie meisjes. Haar broers zijn allebei ouder dan zij. Chaim is de oudste, en dan komt Ephraim. Dat is degene die is... vermoord. Raisie is de oudste van de meisjes. Chaim Joseph is typisch een oudste zoon... betrouwbaar, veel verantwoordelijkheidsgevoel. Hij en zijn vrouw, Minda, hebben zeven kinderen. Hij is een goed mens en heeft altijd erg hard gewerkt in het familiebedrijf.'
'Wat voor bedrijf is het?'
'Ze hebben een aantal elektronicawinkels... eentje in Brooklyn, eentje in de Lower East Side. Ze verkopen televisietoestellen, stereoapparatuur, fototoestellen, computers, mobiele telefoons, dvd's, je weet wel. De andere zoon, Ephraim Boruch, die nu dus... overleden is... heeft nogal wat problemen gehad.'
'Wat voor soort problemen?'
'Relatieproblemen. Hij was gescheiden.'
'Kinderen?'
'Nee.'
Stilte.
'En?' vroeg Decker door.
'Drugsproblemen,' bekende Jonathan. 'Verslaving en ontwenning.'
'Dat is vermoedelijk een van de redenen geweest voor zijn relatieproblemen.'
'Ongetwijfeld. Ephraim was al tien jaar gescheiden. Zijn ex speelt geen rol meer in zijn leven. Ze is hertrouwd en woont nu in Israël. Ephraim was de laatste tijd juist aardig opgeknapt. Hij was al twee jaar

clean en werkte samen met zijn oudere broer in het familiebedrijf.'

'En hoe ging dat?'

'Voorzover ik weet, ging het goed. Hij was de lievelingsoom van alle neefjes en nichtjes. Hij kon vooral goed overweg met Shaynda, het oudste kind van Chaim.'

'Het meisje dat wordt vermist.'

'Ja. Net als Ephraim heeft Shaynda een opstandige natuur. Al sinds de lagere school wordt ze binnen de familie beschouwd als een lastig kind. Ze is een mooi meisje, Akiva, en ze heeft ongelooflijk veel geestkracht, en misschien is dat een van de oorzaken van de problemen. Ze doet niet altijd wat er van haar wordt verwacht.'

'Leg eens uit.'

'Ze spijbelt vaak, hangt rond in het winkelcentrum met kinderen van de openbare school. Ze is zelfs een paar keer 's nachts stiekem de straat opgegaan. Mijn zwager en schoonzus hebben haar hard aangepakt, maar hoe strenger ze waren, hoe meer tegenstand Shayndie bood. Ze kan helemaal niet met haar moeder overweg. Oom Ephraim bracht licht in de duisternis. Het klikte tussen hem en Shayndie. Ze begon hem steeds meer in vertrouwen te nemen en ze brachten veel tijd met elkaar door...'

'Hmmm...'

'Ik weet wat je denkt. Ik zou op alles wat me lief is hebben gezworen dat het dát niet was.'

'Dat het wat niet was?'

'Dat hij geen misbruik van haar maakte. In het begin vond ik het vreemd dat ze zoveel tijd met elkaar doorbrachten. En dat vond Raisie ook. We hebben toen een lang gesprek met Shaynda gevoerd, omdat we vermoedden dat niemand anders dat zou doen. We hebben het haar ronduit gevraagd. Ze ontkende het, was zelfs helemaal gechoqueerd, en toen hebben we haar stap voor stap uitgelegd waarvoor ze beducht moest zijn. Na dat gesprek waren Raisie en ik ervan overtuigd dat Ephraim het echt goed met haar voor had. We hadden geen reden hem ergens van te verdenken. Hij was wat ons betreft gewoon een liefhebbende oom die zijn nichtje wilde helpen, omdat ze zo met zichzelf in de knoop zat.'

'Maar nu denk je daar anders over.'

Een diepe zucht. 'Misschien wel. Ze zouden vanochtend samen op stap gaan... naar het Metropolitan. Om de nieuwe tentoonstelling van Vermeer te gaan bekijken.'

'Vanochtend?' zei Decker verbaasd. 'Het is donderdag. Moet ze dan niet naar school?'

'Dat weet ik niet, Akiva. Misschien heeft haar moeder haar een vrije dag gegeven. Misschien had ze last van haar allergie. Ik vond dat het niet mijn taak was zulke dingen aan mijn schoonzus te vragen.'

'Natuurlijk. Ga door.'

Jonathan hakkelde toen hij doorging. 'Ephraim is... is dood aangetroffen in... in een hotelkamer. Heeft Rina je dat verteld?'

'Ja.'

'Hij is doodgeschoten, Akiva. En hij was... naakt.'

'Goeie god!'

'Ja. Het is verschrikkelijk.'

'Is er iets van het meisje gevonden? Achtergelaten kleding? Persoonlijke bezittingen... een tas misschien?'

'Daar heb ik niets over gehoord.'

'Tekenen van een worsteling? Gescheurde lakens? Gebroken voorwerpen?' Decker likte aan zijn lippen. 'Bloed op een andere plek dan...' Hij had bijna gezegd 'de plaats delict'. Hij zei nu: 'Bloed op een andere plek dan waar Ephraim is doodgeschoten?'

'Ik heb geen idee. De politie zegt niet veel. Ze beweren dat ze voorlopig alleen informatie verzamelen, maar we weten allemaal wat ze denken.'

Een verdedigende klank in zijn stem, vermengd met verdriet.

'En wat denkt de politie?'

'Dat wij er op de een of andere manier schuld aan hebben. Ik begrijp best dat ze de familie een heleboel vragen moeten stellen, maar we voelen ons eerder de daders dan de slachtoffers. Geloof me, Akiva, dat ik je niet had willen bellen. Ik weet dat het niet fair van me is dat ik je bel, maar we kunnen dit zelf niet aan. Kun je ons soms advies geven? Het maakt niet uit wat...'

Het duizelde Decker een beetje.

Jonathan ging in één adem door: 'En als het niet te veel gevraagd is, zou je dan soms een paar mensen hier kunnen bellen? Je weet wel, als rechercheurs onder elkaar?'

De woorden bleven in de lucht hangen.

Jonathan zei: 'Sorry. Ik mag zulke dingen niet van je verlangen...'

'Dat geeft niet, Jon. Maar ik moet er even over nadenken.'

'Neem de tijd.'

Decker sloot zijn ogen en voelde hoofdpijn opkomen. 'Is het goed als ik je over een paar minuten terugbel?'

'Natuurlijk.'

Decker verbrak de verbinding voordat zijn broer nog meer verplichtingen kon toevoegen. Hij liep naar de badkamer, nam twee aspirientjes in en ging een poosje onder een hete douche staan. Tien minuten later trok hij een oude, zachte spijkerbroek aan en een oud shirt. Met een bezwaard gemoed drukte hij de herhaalknop van de telefoon in.

'Hallo?'

'Oké, Jon, luister goed. Jullie moeten om te beginnen een advocaat nemen.'

'Een advocaat nemen?' zei hij verrast. 'Waarom?'

'Omdat de manier waarop de politie jullie ondervraagt, je niet aanstaat. Jullie moeten beschermd worden.'

'Maar maken we dan niet de indruk dat we iets te verbergen hebben?'

'Dat zou kunnen, ja. Maar als je de voor- en nadelen tegen elkaar afweegt, is duidelijk dat dit het beste is. Zoek uit wie de beste strafpleiter in de stad is en probeer zo snel mogelijk een onderhoud met hem te krijgen. Zoek uit of hij bereid zal zijn jullie te verdedigen als de zaak... gecompliceerd mocht worden. Je moet ervan uitgaan dat het mogelijk is dat iemand in jullie familie hierover meer weet dan hij of zij laat merken.'

'Dat kan ik niet geloven.'

'Dat is je goed recht, maar doe wat ik zeg, oké? En zeg niks tegen de politie zonder dat er een advocaat bij is. Als voorzorgsmaatregel.'

Het bleef stil op de lijn.

Decker onderdrukte zijn ergernis. 'Ben je er nog?'

'Ja. Sorry. Ik schrijf het allemaal op. Ga door.'

Decker deed het wat kalmer aan. 'Sorry als ik wat kortaf overkom. Ik ben eraan gewend orders uit te delen.'

'Het geeft niks, Akiva. Ik ben juist blij dat ik even met je kan praten... Jij weet tenminste waar je het over hebt.'

'Dat valt nog te bezien. Zoek een advocaat en vraag hem mij te bellen. Ik wil met hem praten.'

'Goed. Verder nog iets?'

'Nee, voorlopig niet.'

'En wat moeten we met de politie, Akiva?'

'Ik wil eerst even met de advocaat praten. De wetgeving van New York is niet precies hetzelfde als die van Los Angeles en jullie zijn er allemaal mee gebaat als ik niet overhaast te werk ga.'

Het bleef lang stil. Decker wist wat er ging komen.

Jonathan zei: 'Ik weet dat ik dit eigenlijk niet mag vragen, Akiva, maar we zouden er heel erg mee geholpen zijn, als je soms...'

'Dit weekeinde zou komen?' maakte Decker de zin voor hem af.

'Als je nee zegt, heb ik daar alle begrip voor.'

Decker zei: 'Ik bel je over een paar minuten terug, goed?'

'Heel hartelijk dank, Akiva...'

'Wacht maar met bedanken tot je mijn antwoord krijgt.' Decker hing op. Rina stond in de deuropening. 'Heb je meegeluisterd?'

'Heel even maar. Ik vind dat je hem goed advies hebt gegeven, over de advocaat.'

'Ik ben blij dat je het ermee eens bent. Hij wil dat ik kom. Wat vind jij?'

'Ik kan dat besluit niet voor je nemen, Peter.'

'Dat weet ik, maar ik wil graag weten wat je vindt.'

'Hoe sta je tegenover vliegen?'

Decker haalde zijn schouders op. 'Er zit een hoop rompslomp aan vast, maar ik ben niet bang, als je dat bedoelt.'

'Als je niet gaat,' zei Rina, 'zul je gewetenswroeging krijgen.'

Hij vloekte, half binnensmonds maar toch zo luid dat Rina het kon horen. 'Het is niet eerlijk mij erbij te betrekken.'

'Dat is het zeker niet.'

'Het is familie. Als ik ernaartoe ga en rottigheid naar boven haal of hun slecht nieuws moet brengen, kijken ze míj erop aan.'

'Waarschijnlijk wel.'

'Dat weet ik wel zeker.' Decker streek zijn snor glad, kauwde op de punten. Het was het enige deel van zijn lichaam waar zijn haar nog overwegend rood was en niet grijs. 'Aan de andere kant gaat het niet alleen om een moord. Er wordt een meisje vermist.' Decker vertelde Rina de dingen die ze nog niet wist en zag dat ze weer wit wegtrok. 'Het meisje is misschien getuige geweest van de moord. Of ontsnapt voordat het is gebeurd. Laten we daar maar op hopen.'

Ze zwegen allebei. Decker wreef over zijn voorhoofd.

'Het eten is klaar,' zei Rina toen op zachte toon. 'Denk je dat je iets naar binnen kunt krijgen?'

'Jawel. Wat zal ik tegen Jonathan zeggen?'

'Dat moet je echt zelf beslissen, lieveling.' Ze ging naast hem zitten. 'Ik hou van je.'

'Ik ook van jou.' Hij keek naar het plafond. 'Ik zou natuurlijk een paar dagen kunnen uittrekken om naar dat meisje te gaan zoeken. Of misschien komt ze in die tijd zelf boven water... op welke manier dan ook.' Hij draaide zich naar zijn vrouw toe en kuste haar wang. 'Hoeveel airmiles hebben we?'

'Eerlijk gezegd heb ik er genoeg voor een ticket voor jou. En ik weet toevallig dat ik een *companion ticket* kan krijgen voor Hannah en voor mij als we op zaterdagavond in New York overnachten.' Ze streelde zijn hand. 'En we hébben twee zonen aan de oostkust.'

'Momentje!' zei Decker. 'Dat ik ga vliegen is nog tot daar aan toe. Jij en Hannah, dat is een heel ander verhaal.'

'Ik heb de jongens al een tijd niet gezien,' antwoordde Rina. 'En ik vlieg veel liever samen met jou dan in mijn eentje.' Ze streelde zijn wang. 'Zo'n grote, sterke man.'

'Slijmerd.' Maar het was inderdaad lang geleden dat ze de jongens hadden gezien. 'Wil je echt met me meegaan?'

'Dolgraag.'

Decker dacht even na. 'Ik heb één voorwaarde. Je belooft me dat je je niet met de zaak zult bemoeien.'

'Wat denk je wel! Ik neem heus geen risico's met Hannah erbij.' Ze gaf hem een tikje op zijn achterste. 'Bel Jonathan maar even, dan zal ik via de andere lijn de tickets bestellen.'

Met veel tegenzin belde Decker zijn halfbroer terug. Nadat ze nog wat details hadden besproken, liep hij naar de keuken, waar Rina net de andere telefoon ophing.

'Jonathan wil graag weten wanneer we vliegen.'
'Ik heb tickets geboekt voor de nachtvlucht.'
'Wanneer?'
'Vanavond.'
'Vanavond?'
'Het is donderdag, Peter. Als we vanavond niet vertrekken, kunnen we zaterdagavond pas gaan. Ik kan op vrijdag niet vliegen wegens het risico van vertragingen. Het zit te dicht op de sjabbes. Bovendien dacht ik dat je je tijd zo goed mogelijk zou willen benutten.'
'Ja, natuurlijk. Nou, dan moet ik snel wat telefoontjes gaan plegen.'
Rina begreep dat Jonathan zei dat het niet hoefde als het te lastig was. Decker viel hem in de rede. 'We komen morgenochtend tegen zes uur aan.'
'Wat is het vluchtnummer?' vroeg Jonathan. 'Ik kom jullie afhalen. We hebben elkaar acht jaar niet gezien, maar je zult geen moeite hebben me te herkennen. Ik ben de man met de schaapachtige blik in zijn ogen.'

Decker klapte het tafeltje omhoog en klikte het vast aan de stoel voor hem. 'Waarom verkwist ik hier mijn vrije dagen aan?'
'Omdat je om je medemensen geeft?' opperde Rina.
'Nee, omdat ik niet goed bij mijn hoofd ben,' snauwde hij. Hij ging verzitten en probeerde een plek te vinden voor zijn lange benen. Hij vond vliegen onder normale omstandigheden al vreselijk. En dit waren beslist geen normale omstandigheden. 'Ik heb een godsgruwelijke hekel aan seksmisdaden...'
'Praat niet zo hard!'
Decker keek om zich heen en zag dat mensen naar hem staarden.
Rina fluisterde: 'Je weet nog helemaal niet of het dat is.'
'Jawel, dat weet ik wel. De oom was een ouwe viezerik...'
'Peter!' Rina wees naar Hannah.
'Ze slaapt.'
'Ook in je slaap hoor je dingen.'
'Ik heb de smoor in.'
'Dat weet ik. Ik ook.'
Decker keek haar aan. 'Jij ook?'
'Ja. Iedereen buit me uit omdat ik zo'n doetje ben. Soms zou ik liever "nee" zeggen, maar dan weet ik dat ik alleen maar gewetenswroeging zou krijgen. Ik kan er niks aan doen. Zo ben ik nu eenmaal. Ik heb het in me om mensen over me heen te laten lopen.'
'Ik ook, lieveling.' Decker trok een gezicht. 'Nou ja, het is maar een paar dagen. En we krijgen in ieder geval de jongens te zien. Dat is weer een pluspunt.'
'Zeker weten. Sammy kan makkelijk komen, omdat hij in de stad woont. Yonkie moet het een en ander regelen, maar heeft me beloofd dat hij het hele weekend bij ons kan zijn.'

'Je kijkt er echt naar uit, hè?'
'Natuurlijk. En hun opa en oma ook. Die zijn in de zevende hemel.'
De ouders van Rina's overleden man. Niet Deckers ouders. Ach, wat gaf het? Het waren lieve mensen die een groot verlies hadden geleden.
'Dan maak ik in ieder geval íémand gelukkig.'
Rina streelde zijn hand. 'En dat ik bij jou kan zijn, Peter. Dat is ook een groot pluspunt.'
'Je slaagt er altijd in mijn woede weg te nemen.'
'Waarom kijk je dan zo zuur?'
'Omdat ik het soms prettig vind om boos te zijn. Je berooft me van een van de weinige pleziertjes in mijn leven.'
'Maak je geen zorgen,' antwoordde Rina. 'Wanneer je straks te maken krijgt met de verkeersopstoppingen in New York, de familie van Jonathan, mijn familie en joden in het algemeen, zul je meer dan genoeg gelegenheid hebben om je kwaad te maken.'

2

HET VLIEGTUIG LANDDE PRECIES OP TIJD OP JFK. ZE SJOKTEN VERMOEID door de aankomsthal die werd bewaakt door mannen en vrouwen in camouflage-uniformen en gewapend met M16's. Decker was zo duf als een konijn. Hij had tijdens de vlucht vrijwel geen oog dichtgedaan, en was gisteravond, voordat ze naar het vliegveld waren vertrokken, ook nog naar het bureau gegaan om zijn zaken daar op orde te brengen. Met enige moeite had hij zijn werkrooster en afspraken zodanig kunnen herindelen, dat hij vier snipperdagen had kunnen opnemen, tot en met woensdag. De dringendste zaak, een reeks overvallen op supermarkten, was bijna rond nu ze twee verdachten in hechtenis hadden. Mike Masters en Elwin Boyd zouden dat verder afhandelen. Dunn en Oliver zouden naar de geplande bespreking met de officier van justitie gaan over de zaak-Harrigan: een gewapende overval op een chauffeur. Ze wisten daar sowieso meer over dan Decker, omdat zij die zaak behandelden. En de officiële aanklacht tegen Beltran, inzake een reeks autodiefstallen, zou pas worden ingediend wanneer Decker weer terug was. Bert Martinez, die sinds drie maanden brigadier Martinez was, kon het voorbereidende administratieve werk behandelen.

Rina had het reisplan uitgewerkt. Ze zouden tot maandagavond in New York blijven en dan doorreizen naar Florida om twee dagen door te brengen bij Deckers bejaarde ouders. Hij was al heel lang van plan geweest weer eens bij hen op bezoek te gaan. Misschien was dit onverwachte reisje een stille wenk.

Jonathan stond bij de bagageband op hen te wachten. Hij was magerder dan Decker zich hem herinnerde, en er zat veel grijs in zijn bruine baard. Achter het brilletje met het metalen montuur kneep hij zijn vermoeide, roodomrande ogen half toe om scherper te kunnen zien. Hij was echter tot in de puntjes gekleed: een kostuum in twee subtiele tinten blauw, een wit overhemd met een grote ruit en een goudkleurige stropdas met een visgraatpatroon. Nadat ze elkaar met oprechte genegenheid hadden omhelsd en Jonathan de nodige vleiende opmerkingen had gemaakt over Hannah, die chagrijnig was van vermoeidheid, zei Decker dat hij er erg elegant uitzag op de vroege morgen.

'Ik moest me wel meteen netjes aankleden. Over drie kwartier hebben we een afspraak met de advocaat,' antwoordde Jonathan. 'Je zei dat ik een goede strafpleiter moest nemen en dat heb ik gedaan. Hij is toevallig een *fromme jid* en kon ons alleen heel vroeg op de ochtend ontvangen. Hij is een man die erom bekendstaat tijd vrij te maken voor joden die in moeilijkheden verkeren. Toen ik hem sprak, kreeg ik de indruk dat hij onze zaak interessant vindt. En ik geloof dat hij jou graag wil ontmoeten.'

Decker tilde een grote zwarte koffer van de bagageband. Het is maar goed dat koffers tegenwoordig wieltjes hebben, dacht hij. 'Nog één koffer. Waarom wil hij mij zo graag ontmoeten?'

'Omdat je bij de politie zit... de andere kant van de medaille, zeg maar.'

'Daar is onze andere koffer, Peter,' zei Rina.

Decker tilde de tweede koffer van de band. Ze stapten met hun bagage in Jonathans minibus, een zilverkleurige, nogal geblutste, zeven jaar oude Chrysler. Rina stond erop dat Peter voorin ging zitten en een paar minuten later vertrokken ze.

Het was waterkoud. Typerend voor maart, zei Jonathan. Donkere regenwolken hingen boven hun hoofd, zwaar en grauw als vuile was. De bomen waren nog niet uitgelopen en de kale takken zwaaiden heen en weer in de straffe bries. De snelweg was filevrij, dat scheelde fijn in de tijd, maar een nadeel was dat het busje met zo'n vaart door de vele kuilen reed, dat ze de klappen tot in hun botten voelden. Decker bekeek de omgeving en vond dat die er sjofel en armoedig uitzag, een aaneenschakeling van oude fabrieken, grote winkels en ongezellige flatgebouwen. Bovendien waren de betonnen muren langs de snelweg bedekt met graffiti.

'Waar zijn we?' vroeg hij.

'In Queens,' zei Rina. 'Is dit Astoria?'

'Nog niet.'

'Het zegt mij niks,' zei Decker. 'Vertel me eens iets meer over die orthodoxe advocaat.'

'Hij heeft tijd voor ons vrijgemaakt, Akiva. Tijd die hij eigenlijk niet kan missen omdat hij momenteel de zaak-Anna Broughder doet.'

Anna Broughder. De vrouw die ervan werd verdacht haar ouders met een hakmes te hebben vermoord. Ze beweerde zelf dat een groep drugsverslaafden het had gedaan en dat zíj op het nippertje door het badkamerraam had kunnen ontsnappen. Ze had daarbij alleen maar een paar schrammen op haar onderarmen en een snee in haar handpalm opgelopen. Er stond een erfenis van tweehonderd miljoen dollar op het spel.

'Leon Hershfield,' zei Decker.

'Juist. Hebben jullie in Los Angeles iets over de zaak gelezen?'

'Het heeft op de voorpagina van alle kranten gestaan.' Decker probeerde de slaap uit zijn vermoeide hersenen te verdrijven. 'Ik wist niet dat Hershfield religieus was.'

'Wanneer hij naar de rechtszaal gaat, zet hij nooit een *kipa* op, maar hij noemt zichzelf modern-orthodox.' Jonathan trommelde op het stuur. 'Hij heeft alle grote jongens verdedigd. Hij heeft goede connecties.'

Decker wierp een blik op Rina. 'Connecties in de vorm van Joseph Donatti.'

'Onder anderen,' was Jonathans weerwoord.

'Maar Donatti was zijn grootste triomf.' De gangster was aangeklaagd voor drie moorden, fraude en afpersing. Toen de jury voor de derde keer niet tot een uitspraak was gekomen, had de staat besloten niet nogmaals een aanklacht in te dienen. Er waren steeds bewijsstukken weggeraakt. De naam Donatti wekte automatisch Deckers belangstelling, hoewel zijn nieuwsgierigheid niet beperkt was tot de maffiabaas. 'Wanneer is dat proces ook alweer gehouden? Zes jaar geleden?'

'Zo ongeveer.' Jonathan klemde zijn handen om het stuur. 'Hershfield heeft hem uit de gevangenis weten te houden.'

'Inderdaad.'

'Je zei dat ik de beste strafpleiter moest zoeken, Akiva.'

'Klopt.' Decker trok zijn wenkbrauwen op.

Ze zwegen.

'Heeft Hershfield je al enig advies gegeven?' vroeg Decker.

'Hij heeft alleen gezegd dat hij met ons wil praten voordat we met de politie gaan praten. Ik geloof dat hij met "ons" mijn zwager bedoelt.'

'Komt je zwager naar deze bespreking?'

'Chaim is niet in staat met iemand te praten. Ik heb tegen hem gezegd dat ik eerst met Hershfield zou gaan praten.'

'Chaim zal wel totaal van de kaart zijn.' Rina streek zachtjes over Hannahs krullen. Ze was weer in slaap gevallen. Haar ogen bewogen onder de vliesdunne oogleden, haar hoofd was iets achterovergezakt en haar mond hing open. Ze snurkte zachtjes.

'De hele familie is van de kaart,' antwoordde Jonathan.

'Kan de moeder van het meisje het een beetje redden?'

'Minda? Die is... we hebben haar kalmerende medicijnen moeten geven. Normaal gesproken zou ik dat in dergelijke omstandigheden niet aanraden, maar ze was volkomen hysterisch.' Jonathan klonk een beetje verdedigend. 'Het boterde al een paar jaar niet tussen haar en Shayndie.'

'Dat wil niets zeggen,' zei Rina. 'In ieder gezin is er van tijd tot tijd onenigheid tussen ouders en hun kinderen.'

'Maar bij hen was dat constant zo,' zei Jonathan. 'Minda denkt vast dat dit haar schuld is. Maar dat is natuurlijk niet zo.'

Tenzij ze iets met de verdwijning te maken heeft, dacht Decker. 'Dus Chaim en zijn vader hebben een aantal elektronicawinkels.'

'Ja.'

'Zijn ze compagnons?'

'Dat weet ik niet. Zulke dingen gaan mij niets aan.'

'Ik vraag het alleen maar. Kunnen ze er goed van leven?'

'Ze hebben die winkels al meer dan dertig jaar. Ik weet alleen dat ze het afgelopen jaar minder goed gedraaid hebben. De spanningen van het leven in New York plus de recessie... maar ik heb niets gehoord over financiële problemen. Al zouden ze mij daar ook niets over vertellen.'

'Heb je ooit iets gehoord over ongeregeldheden in hun business?'

'Nee.' Hij beet op zijn lip. 'Ik heb zo te doen met mijn schoonvader. Hij heeft een zoon verloren. Iedereen is overstuur vanwege Shaynda, en met recht, maar het lijkt wel alsof ze Ephraim daardoor zijn vergeten. Mijn schoonvader moet niet alleen de dood van zijn zoon verwerken, maar zit ook nog eens met de zorgen om zijn kleindochter.'

'Wanneer is de begrafenis?' vroeg Rina.

'We hopen dat zijn stoffelijk overschot vandaag wordt vrijgegeven, zodat we zondag de *levaja* kunnen houden. Maar ik heb het gevoel dat er meer tijd overheen zal gaan. Dit zal een bijzonder zware sjabbes worden; iedereen is gek van bezorgdheid. Tenzij Shaynda vandaag nog wordt gevonden...' Jonathan wierp even een blik op Decker. 'Dat zou kunnen, nietwaar?'

'Natuurlijk,' antwoordde Decker. Het was nog veel te vroeg om erover te kunnen oordelen. 'Heeft niemand een idee waar ze kan zijn?'

'We hebben iedereen gebeld, haar vriendinnen en de kinderen die ze kent van de openbare school, leerkrachten, rabbijnen, opvanghuizen voor daklozen in de buurt waar de misdaad is gepleegd. De politie van Quinton heeft overal in de buurt navraag gedaan.' Hij slaakte een diepe zucht. 'Wanneer ik er zo over praat, lijkt het nog... erger.'

'Er is nog niet veel tijd verstreken, Jon. Het kan best zijn dat ze uit zichzelf terugkomt.'

'Daar bid ik voor.'

'Kan ik iets doen?' vroeg Rina.

'Nee, Rina, dank je.' Hij trommelde weer op het stuur. Decker begreep dat dat een soort tic van hem was. Ze reden zonder nog iets te zeggen door tot de hoekige skyline van Manhattan in zicht kwam.

Rina staarde ernaar.

Jonathan vroeg: 'Zijn jullie hier sinds 11 september nog niet geweest?'

'Nee.'

'Het blijft vreemd,' zei Jonathan. 'Soms verwacht ik de torens weer te zien wanneer ik opkijk.'

Rina schudde haar hoofd. 'Ik zal blij zijn mijn jongens weer eens te zien.'

'Mijn moeder heeft me verteld dat jullie de sabbat zullen doorbrengen bij meneer en mevrouw Lazaris,' zei Jonathan. 'Die vinden het geweldig om jullie weer eens te zien. Het is echt fantastisch dat jullie het contact met hen niet laten verwateren.'

'Het zijn de grootouders van de jongens,' zei Decker.

'Je weet niet half hoe bekrompen mensen kunnen zijn, Akiva. Geestelijke bijstand verlenen is soms synoniem met als scheidsrechter optreden.'

'Dat geloof ik graag,' zei Decker. 'Meneer en mevrouw Lazaris zijn bijzonder aardige mensen. Ik weet zeker dat ze elke keer opnieuw een brok in hun keel krijgen dat ze mij met Rina zien.'

'Ze zijn juist erg op je gesteld,' zei Jonathan. 'Ze beschouwen je als een zoon. Dat zegt mijn moeder tenminste.' Hij trommelde op het stuur en schraapte zijn keel. 'Ik zou niet zo bezitterig moeten doen. Mijn moeder is ook jouw moeder.'

In de stad verlieten ze de snelweg. Ook daar was het nog niet druk, dus kwamen ze goed vooruit. Decker wist echter dat de straten over een uurtje zo vol zouden zitten met kortaangebonden New Yorkse chauffeurs, dat hij zou wensen dat hij in het spitsuur van Los Angeles zat. Die stad was tenminste autovriendelijk. De straten van New York waren geschikt voor paard en wagen, niet voor bestelwagens en de chauffeurs van die bestelwagens die vonden dat ze het volste recht hadden dubbel te parkeren, zelfs als dat betekende dat er dan niemand meer door kon. En de adressen waren ook een zoekplaatje. Als je niet wist waar je moest zijn, kon je het nooit vinden. Voor Decker was een rit door Manhattan net spoorzoeken.

Hij keek uit het raam en dacht na over Jonathans woorden: mijn moeder is ook jouw moeder.

'Weet je, Jon, het is gek. Ik beschouw jou als mijn halfbroer, en ik voel ook een band met de anderen, je broers en zussen, maar je moeder... die ook mijn moeder is... die beschouw ik nog steeds niet als familie. En dat zal vermoedelijk ook nooit gebeuren.'

Jonathan knikte. 'Dat snap ik. En er kleeft nog een ander aspect aan: mijn vader.'

'Ja, misschien is dat het. Ik neem aan dat ik haar erg nerveus maak.'

'Dat valt mee. Ze weet dat we haar geheim goed zullen bewaren.'

'Toch moet ze ermee leven.' Decker vervolgde: 'Ik mag je moeder wel. Echt waar. Maar mijn eigen moeder leeft nog. Je kunt onmogelijk van iemand verwachten twee moeders tegelijk te hebben.'

'Om nog maar te zwijgen over twee schoonmoeders,' voegde Rina eraan toe. 'Mijn moeder én mevrouw Lazaris.'

Decker trok een gezicht. 'Ja, ook dat. Twee moeders, twee schoonmoeders, twee dochters en een echtgenote. Ik ben aan alle kanten ingesloten door met oestrogeen gevulde wezens. Je mag wel medelijden met me hebben.'

'Het zal lang duren voordat vrouwen medelijden krijgen met mannen,' antwoordde Rina.

Ze zei het met zo'n uitgestreken gezicht, dat Decker niet wist of ze het meende of niet, maar hij vroeg maar niks. Slapende honden kon je beter niet wakker maken.

3

Op het bord stond dat parkeren $ 16,83 per uur kostte. Decker dacht eerst dat hij het verkeerd had gelezen, maar Rina zei dat er nu eenmaal een groot tekort aan parkeerplaatsen was. Tekort of geen tekort, dit waren woekerprijzen. Aangezien een normale zakelijke bespreking al snel twee tot drie uur in beslag nam, begreep Decker nu waarom New Yorkers zo snel praatten.

Hershfield had, zoals verwacht, een kantoor aan Fifth Avenue en omdat het nog zo vroeg was, vond Jonathan een parkeerplaats in een zijstraat dichtbij. Toen Rina Hannahs veiligheidsgordel losmaakte, werd het meisje wakker, chagrijnig van vermoeidheid. Decker tilde haar op en droeg haar toen ze de straat uit liepen. Het prille daglicht werd bijna geheel weggenomen door de hoge gebouwen. Langs de stoeprand stonden vuilnisbakken en containers. Het was te hopen dat hun auto straks niet door een vuilniswagen geblokkeerd zou zijn wanneer ze weg wilden. Hannah jengelde toen ze de geheel in graniet uitgevoerde lobby van de wolkenkrabber in liepen en zich meldden bij de balie, die werd bemand door zes in grijze jasjes gestoken bewakers. Hannah jengelde dat ze naar de wc moest.

'Er zijn hier geen openbare toiletten,' zei een van de mannen.

'Geen openbare toiletten?' zei Decker. 'Dit gebouw heeft zestig verdiepingen.'

'Het is een veiligheidsmaatregel. Alleen wie een sleutel heeft, mag gebruikmaken van de toiletten. Het kantoor van meneer Hershfield is op de 43e verdieping. U kunt de expreslift nemen.'

Rina legde haar hand op Deckers arm en trok hem mee naar de liften. 'Ga nou niet moeilijk doen.'

'Die vent is niet goed wijs. We zien er toch niet uit als terroristen?'

'Ssst. Zo dadelijk hoort hij je.'

'Dat is juist de bedoeling.'

'Mam, ik moet zo nodig.'

'Hou nog even vol, lieverd,' gromde Decker.

Toen ze met een sneltreinvaart naar de 43e verdieping opstegen, klaagde Hannah dat haar oren pijn deden, en tegen de tijd dat ze bij de receptiebalie waren aangekomen, zei ze dat ze haar plas niet meer kon ophouden.

'Mogen we even gebruikmaken van het toilet?' vroeg Rina.
'Op de veertigste etage zijn toiletten voor bezoekers,' antwoordde de vrouw achter de balie. 'U neemt de interne lift en slaat rechts af. Vraag maar naar Britta.'
'En die toiletten daar dan?' Decker wees ernaar.
'Die zijn voor het personeel. U moet naar de veertigste verdieping, meneer. Daar is het kantoor van meneer Hershfield trouwens ook.'
'Jee, ik heb eindelijk een plek gevonden waar de bureaucratie nog erger is dan bij de politie van Los Angeles!'
'Kom mee, Peter.' Rina trok aan zijn jasje. 'Je hebt er niks aan als je haar kwaad maakt.'
'Luister naar uw vrouw.' Ze keerde hun de rug toe.
Hannah jammerde zachtjes toen ze op de lift wachtten.
'Huil gerust hardop, schatje,' zei Decker.
'Peter...'
'Je mag zelfs gillen en krijsen.'
Ze daalden af met de lift. Nu klaagde Hannah dat ze misselijk was. Ze stak haar handen uit naar haar moeder. Rina nam haar van Decker over en liep naar de eerste de beste persoon die ze zag: een vrouw van een jaar of vijftig met kort, bruin haar en grote oorringen. Ze had grote, bruine ogen en vuurrood gestifte lippen. Op haar zwarte trui droeg ze een zware halsketting. Een leesbril met halve glazen rustte op de punt van haar neus.
'Ik ben op zoek naar Britta,' zei Rina.
'Dat ben ik.'
'Zij moeten bij meneer Hershfield zijn.' Rina wees naar de mannen. 'Ik ben op zoek naar het toilet. Mijn dochter moet heel nodig en de enige openbare toiletruimte in dit hele gebouw schijnt op deze etage te zijn.'
'Mocht u van Lenore de toiletten op de 43e etage dan niet gebruiken?'
'Nee.'
'Aardig van haar.' Britta stond op en pakte een sleutelbos. 'Ik zal u even wijzen waar het is. Arm kind.' Ze keek naar de mannen. 'Is een van u rabbi Levine?'
'Ja, ik,' zei Jonathan.
'Derde deur rechts. Meneer Hershfield verwacht u. Klop maar aan. Ik kom zo dadelijk met koffie.' En tegen Rina: 'Kom maar mee. Ik weet hoe lastig het is wanneer je een kleine blaas hebt. Na de geboorte van mijn laatste kind lekte het bij mij al wanneer ik moest niezen. Hoe vaak ik niet andere kleren moest aantrekken!'
Decker keek de vrouwen na tot ze achter de deur van het heiligdom dat 'vrouwentoilet' heette, waren verdwenen. Toen liep hij samen met Jonathan de gang in. Een goudkleurig plaatje op de deur vertelde hem dat Hershfield een maatschap had. Jonathan klopte op de deur. Een zware stem zei dat ze binnen konden komen.

Het kantoor leek eerder dat van een secretaresse. Meteen zag Decker dat het de kamer van de secretaresse wás. Volgens het naamplaatje op het bureau hoorde daar ene mevrouw Moore achter te zitten. Degene die er zat, was echter geen vrouw. Het was de reïncarnatie van Ichabod Crane. De man had zulke scherpe jukbeenderen dat ze bijna door zijn broze huid heen staken, een hoog voorhoofd en dun, donker haar dat recht achterover was gekamd. Zijn lippen waren twee strepen, en zijn ogen lagen diep in de kassen, maar fonkelden plaagziek. Hij droeg een zwarte colbert van dure wollen stof, een wit overhemd met dubbele manchetten en een stropdas met een patroon van paarden en gladiatoren, vermoedelijk een Leonard van tweehonderd dollar.

Hershfield keek op naar de twee mannen die voor hem stonden. 'Dit is het kantoor van mijn secretaresse. Ik krijg het meeste gedaan wanneer ik hier om zes uur 's ochtends zit te werken, wanneer niemand me stoort... wanneer ze me niet aldoor oppiept via de intercom, al is dat natuurlijk haar taak, om mensen met me door te verbinden. Ik weet niet hoe het komt, maar ik ben veel productiever wanneer ik aan haar bureau zit. Misschien omdat het niet vol ligt met mijn rommel.'

Hershfield pakte zijn paperassen bij elkaar en haalde een sleutelbos te voorschijn. Hij maakte een tussendeur open. 'Komt u binnen.'

Mooi ruim kantoor, zag Decker. Niet overdreven groot, maar het in staal gevatte raam gaf het een weids aanzien: een tot de einder reikend tableau van grijze, kille lucht en platte daken die vol stonden met de gebruikelijke schoorstenen en airconditioningapparatuur. Het kantoor was beschot met donker mahoniehout. Aan de muren hingen, behalve abstracte olieverfschilderijen, een heleboel diploma's en certificaten. Achter het bureau stond een kleine boekenkast met op de planken evenveel Hebreeuwse boeken als boekdelen over de Amerikaanse wetgeving. Decker nam aan dat de firma een eigen bibliotheek had, en dat dit de boeken waren die Hershfield het meest nodig had. Het bureau was van rozenhout en koper, de bureaustoel was bekleed met gecapitonneerd, wijnrood leer. Voor het bureau stonden twee bezoekersstoelen, gestoffeerd in een bloempatroon van flessengroen en bruin. Midden in het vertrek stonden een bank en nog twee stoelen met dezelfde bekleding, en ertussenin stond een gestroomlijnde lage tafel van rozenhout met koper. Een leren fauteuil in de hoek completeerde het geheel, terwijl de parketvloer bijna volledig schuilging onder een Perzisch tapijt met een bont patroon en franje aan de beide kanten.

Er werd op de deur geklopt. Hershfield deed open en Rina kwam binnen. Ze had zich opgefrist en opgemaakt. Ze droeg een donkerblauwe trui op een donkerblauwe rok, en zwarte laarzen. Hannah hing futloos tegen haar aan.

'Wie is deze *motek*?' vroeg Hershfield.

'Dit is Hannah.' Rina hield haar arm om het meisje geslagen. 'Zou ze misschien een glaasje sinaasappelsap kunnen krijgen?'

'Ze kan krijgen wat ze wil.' Hij drukte op een knopje. Britta kwam binnen, pen in de hand. 'Kun je even naar Harry's gaan?'
'Natuurlijk.'
Hershfield vroeg aan Hannah: 'Waar heb je zin in, kleine meid?'
'Heb je honger, lieverd?' vroeg Rina aan haar dochter.
'Nee, ik ben alleen maar moe.'
'Misschien knap je wat op als je iets eet.' Rina keek naar Britta. 'Ik kan beter even met u meegaan.'
'Prima,' zei Britta. 'Een logisch vervolg op ons toiletbezoek. Willen de heren ook iets?'
'Koffie graag,' zei Decker.
'Dan doe ik mee,' zei Jonathan.
'Meneer Hershfield?'
'Als het niet te veel moeite is,' antwoordde de advocaat.
'Daar betaalt u me voor, meneer.'
De vrouwen vertrokken.
Hershfield gedroeg zich erg hartelijk en beleefd, in tegenstelling tot zijn gedrag in de rechtszaal waar hij een kruising was tussen een Tasmaanse duivel en een wolvin. Iedereen die het tegen hem opnam, werd gebeten. Decker stak zijn hand uit. 'We hebben nog niet officieel kennisgemaakt, meneer Hershfield. Ik ben Peter Decker.'
'De rechercheur van Moordzaken over wie ik u heb verteld,' voegde Jonathan eraan toe.
'Eerlijk gezegd doet u hem te kort, rabbi Levine. De inspecteur staat aan het hoofd van de afdeling Recherche. In de San Fernando Valley, niet?'
'Ik merk dat u inlichtingen hebt ingewonnen.'
'Ik ga altijd grondig te werk.'
'Ik werk op het bureau Devonshire in de West Valley. Kent u Los Angeles?'
'Mijn broer woont in Beverly Hills. Hij doet bedrijfsrecht. Hij heeft een knots van een huis met een hal waarin je rondjes kunt schaatsen. Hij is erg goed in zijn werk.'
'Dat zit dan in de familie,' zei Decker.
'Ik?' Hershfield trok een gezicht. 'Ik ben alleen maar een buldog die vindt dat het recht zijn beloop moet hebben. Gaat u zitten, heren.'
De heren gingen zitten.
Hershfield keek Decker met een glimlach aan. 'Het kwam dus van u af om een advocaat in de arm te nemen. Dat verbaast me niet. U weet waartoe de politie in staat is.'
Decker glimlachte terug.
'Bent u familie van het slachtoffer?' vroeg Hershfield.
'Nee.'
'Wij zijn broers.' Jonathan wees op Decker en toen op zichzelf. 'Halfbroers. Het slachtoffer was mijn zwager.'

'Ik zit met mezelf te overleggen hoeveel we mogen zeggen waar inspecteur Decker bij is,' zei Hershfield.

'Men zou mij namelijk kunnen dagvaarden om getuigenis af te leggen, omdat ik geen lid ben van de familie,' zei Decker.

'Dat maakt niet uit,' zei Jonathan, 'want de familie heeft er niets mee te maken. Dat weet ik heel zeker.'

'Uw loyaliteit is achtenswaardig, rabbi, maar uw broer heeft wel gelijk.' Hershfield haalde zijn schouders op. 'Inspecteur Decker heeft tegen u gezegd dat u contact met me moest opnemen, omdat hij vindt dat u een klein probleem hebt. En u bent hier omdat u geen groot probleem wilt. Heel verstandig. Vertel me eens wat er precies aan de hand is. Wat had u in gedachten, inspecteur, toen u tegen de rabbi hebt gezegd me te bellen?'

'Ik had aanvankelijk overwogen contact op te nemen met de plaatselijke politie om te zien of ik iets te weten kan komen over het onderzoek. Soms gedraagt de politie zich openhartig, soms juist behoudend. Als ik weerstand mocht ondervinden, zou het prettig zijn een New Yorker achter de hand te hebben die wat juridische druk kan uitoefenen.'

'Als het nodig mocht zijn, is zoiets wel te regelen.'

'Ik heb het gevoel dat u heel veel kunt regelen, meneer Hershfield.'

'Inspecteur, ik bloos ervan.'

Britta kwam binnen met een dienblad met koffie, koffiemelk, suiker en zoetstof. Rina had Hannah bij de hand en droeg een blad met bagels en kuipjes smeerkaas. De twee vrouwen plaatsten de dienbladen op de lage tafel. Rina keek naar de mannen. 'Hannaleh, ik denk dat het beter is dat wij bij Britta gaan zitten.'

'U hoeft voor ons niet weg te gaan,' zei Hershfield.

'Dat weet ik wel, maar het is gewoon beter. Dan storen we niet.'

'Er is een Disneywinkel aan Fifth Avenue, ter hoogte van Fifty-fifth Street.'

'Dat zal best, maar ik denk niet dat ze 's ochtends om zeven uur al open zijn.'

'Daar hebt u gelijk in.'

'Kom maar lekker bij mij zitten,' zei Britta. 'Alma is toch altijd laat.'

'Is dat zo?' vroeg Hershfield.

Britta fluisterde: 'Het is de leeftijd.' Ze knikte tegen hen en pakte wat bagels en kuipjes smeerkaas. 'Tot straks.'

Toen de deur achter hen was dichtgevallen, zei Hershfield tegen Jonathan: 'Vertel me wat er is gebeurd, vanuit het oogpunt van uw familie. De inspecteur en ik kunnen het later aanvullen met details die we van de politie zullen krijgen.'

Jonathan gaf Hershfield een korte samenvatting. Een te korte samenvatting, dacht Decker. Hershfield ging er meteen mee aan de slag. 'U hebt dus geen idee wat er kan zijn gebeurd?'

'Nee.'

'Dan ontbreekt er iets.' Hij fronste zijn wenkbrauwen. 'Had uw zwager gebreken, slechte gewoonten?'
Jonathan keek benepen.
'Drugs,' zei Decker.
'Aha.'
Jonathan zei: 'Maar hij was er al een tijd van af.'
'Wat voor soort drugs?'
Jonathan slaakte een zucht. 'Hoofdzakelijk cocaïne.'
'Gezuiverde?'
'Hij snoof,' zei Decker.
'Dure hobby,' zei Hershfield. 'Hoe kwam hij aan het geld?'
'De familie heeft een eigen business,' zei Decker.
'Ja, dat weet ik. Elektronicawinkels,' zei Hershfield. 'Denkt u, rabbi, dat de familie hem geld gaf om aan cocaïne te verkwisten?'
Jonathan zuchtte. 'Misschien hebben ze hem geholpen wanneer hij erg in nood zat.'
'Of hij heeft zichzelf geholpen,' zei Decker. 'Hij werkte in de zaak.'
'Hij is daar pas begonnen toen hij van de drugs af was,' wierp Jonathan tegen, voor zijn zwager opkomend.
'Strafblad?' vroeg Hershfield.
'Hij is één keer gearresteerd.'
Decker keek naar zijn halfbroer. 'En dat herinner je je nu pas?'
'Wegens drugsbezit?' vroeg Hershfield.
Jonathan trok een gezicht. 'Nee. Omdat hij inging op de avances van een undercoveragente die zich voor prostituee uitgaf.'
'Jon, het zou prettig zijn geweest als je me dat had verteld toen ik je belde.'
'Het leek me niet relevant. Het is tien jaar geleden gebeurd, vlak na zijn echtscheiding.'
'Maar het illustreert wat voor soort man hij was.'
'Het is tien jaar geleden, Akiva.'
'Nee, uw broer heeft gelijk,' zei Hershfield. 'Op het moment is alles belangrijk.'
'Wat denkt u, meneer Hershfield?' vroeg Jonathan. 'Dat Ephraim weer aan de drugs was? Dat hij bezig was met een drugsdeal en dat er iets mis is gegaan?'
'Denkt u dat?'
Jonathan gaf geen antwoord.
Decker zei: 'Je hebt een paar details weggelaten, Jonathan. Onder andere dat Ephraim naakt was toen hij is ontdekt.'
'Ze kunnen hem uitgekleed hebben,' zei Jonathan.
'Dat zou kunnen,' antwoordde Hershfield. 'Maar er is ook een andere mogelijkheid.'
Niemand zei iets.
'Dit is een belangrijk detail,' zei Hershfield. 'Vooral gezien het feit

dat hij de dag zou doorbrengen met zijn vijftienjarige nichtje.'

'Mijn vrouw heeft Shaynda onlangs gevraagd of hij rare dingen met haar deed. Dat ontkende ze heftig.'

Decker en Hershfield zeiden niets.

Jonathan ging hakkelend verder. 'Oké, het kan zijn dat ze loog, dat ze hem in bescherming nam. Maar hoe past de moord in dat scenario?'

Decker zei: 'Misschien had hij haar bedreigd, Jonathan. Misschien had ze genoeg van hem.' Hij keek indringend naar Hershfield. 'In dat geval zal ze een erg goede strafpleiter nodig hebben.'

'Maar waarom is ze dan uit vrije wil met hem naar het museum gegaan, Akiva?' zei Jonathan. 'Geloof me, Shaynda neemt geen blad voor de mond. Als hij seksueel misbruik van haar maakte, zou ze iets gezegd hebben.'

'Dat is niet zeker, Jonathan. Vooral niet als ze verliefd op hem was.'

Decker legde zijn hand op Jonathans schouder. 'Het is echt niet mijn bedoeling je van streek te maken, Jon. Maar als ík zulke dingen denk en meneer Hershfield ook, dan weet ik zeker dat de politie van New York het ook denkt.'

'Klopt,' zei Hershfield.

Jonathan liet zijn schouders hangen. 'Jullie zullen wel gelijk hebben.'

Hershfield zei: 'De relatie intrigeert me, een oom en zijn nichtje. Dat is vrij ongewoon, vooral binnen een gemeenschap waar minderjarige meisjes niet in hun eentje in het gezelschap mogen verkeren van een man, behalve hun vader. Waarom zouden de ouders van het meisje toegestaan hebben dat zich tussen hen zo'n relatie ontwikkelde?'

Jonathan legde hem uit met welke problemen Shaynda kampte. 'Ephraim had een goede verstandhouding met haar. Ik heb nooit iets gezien wat niet door de beugel kon.'

'Hoe vaak zien u en uw vrouw uw nichtje?'

'Ze komt vaak op zondag bij ons eten... soms blijft ze de hele sjabbat bij ons, hoewel Chaim dat liever niet heeft. Dat zegt hij ook openlijk. Wij zijn liberale joden, maar mijn broer is chassidisch.'

'In zijn ogen zijn we dus allemaal *gojim*.'

'Waarschijnlijk wel,' gaf Jonathan toe.

'Uw zwager vindt het dus niet prettig dat zijn dochter een hele sjabbat bij u is, omdat u liberaal bent, maar hij had er niets op tegen dat ze nog veel meer tijd doorbracht met zijn ongetrouwde, aan drugs verslaafde broer?' Hij wendde zich tot Decker. 'Hoe zit dat?'

Decker haalde zijn schouders op. 'U weet meer van dit soort zaken dan ik.'

Hershfield zei: 'U zei dat u en uw vrouw Shaynda hebben ondervraagd over haar relatie met haar oom, de broer van uw vrouw. Waarom hebt u dat gedaan?'

'Gewoon... voor de zekerheid.'

'Er was geen specifieke reden die daartoe heeft geleid?'

'Nee. Raisie en ik hadden het samen besproken en waren het erover eens dat iemand met het meisje moest praten. U weet net zo goed als ik dat seks vóór het huwelijk niet is toegestaan in onze kringen.'

'Een verhouding tussen een oom en zijn nichtje is net zomin toegestaan. Volgens de *halacha* staat het gelijk aan incest.'

'Voorzover ik weet, maakte hij seksueel geen misbruik van haar.'

'We gaan even op iets anders over,' zei Hershfield. 'U zei dat Chaim samen met zijn vader in het familiebedrijf werkt. Wat deed Ephraim? Behalve cocaïne snuiven?'

'Hij was er al meer dan twee jaar van af,' zei Jonathan nogmaals.

'Goed. Als u het zegt. Maar hij werkte dus met zijn vader en broer in het familiebedrijf?'

'Ja.'

'Als gelijke van Chaim?'

'Nee. Chaim zit al twintig jaar in de zaak, dus is het logisch dat die boven hem stond. Ephraim wist dat.'

'Het heeft niet tot problemen geleid?'

'Voorzover ik weet niet. Volgens mij was hun vader blij dat zijn zoon eindelijk belangstelling toonde voor de business.'

'En hoe staat het bedrijf ervoor? Is het solvent?'

'Akiva heeft me precies dezelfde vragen gesteld. De laatste tijd is het wat minder. Iedereen is nerveus en met de economie gaat het niet zo goed. Maar volgens mij zijn de winkels inderdaad solvent.'

'Geen dure leningen?' vroeg Decker.

'Niet dat ik weet.'

'Slechte investeringen?'

'Dat moet je aan Chaim vragen.'

'Dat zal ik doen,' antwoordde Decker. 'En de politie zal dat ook doen, daar kun je op rekenen.'

'Wat heeft de moord met het bedrijf te maken? De winkels maken al jaren een kleine winst.'

'De inspecteur probeert een totaalbeeld van de situatie te krijgen,' zei Hershfield. 'Mag ik open kaart spelen, rabbi? U weet waarschijnlijk wel dat *chassidiem* in de wijk waar uw broer woont, zijn opgepakt omdat ze geld van openbare scholen verduisterden en overhevelden naar de plaatselijke *jesjiva's*. Zijn uw zwagers actief in de plaatselijke politiek?'

'Dat geloof ik niet. Het zijn *sjleppers*, meneer Hershfield. Ze werken hard voor hun geld.'

'Twee jaar geleden is Jossi Stern aangeklaagd wegens handel in drugs. Ik ben niet degene die hem heeft verdedigd. Als ik dat wel had gedaan, zou hij nu niet in de gevangenis zitten. Hij gebruikte chassidiem om xtc binnen te smokkelen vanuit Nederland, en waste het drugsgeld wit via plaatselijke jesjiva's en privé-bedrijven van chassidiem. Wat weet u daarvan?'

'Niets,' zei Jonathan.
'En de familie van uw echtgenote?'
'Mijn schoonvader zou zoiets nooit dulden.' Jonathan sprak met klem. 'Hij is een man die de kampen heeft overleefd. Dankzij zijn vaste vertrouwen in God heeft hij zijn verstand niet verloren. Hij is niet alleen religieus, maar ook een goed mens.'
'Die twee gaan niet altijd samen,' zei Decker.
Hershfield stond op en schonk voor zichzelf een kop koffie in. 'Laten we even pauze houden. Iemand zin in een bagel?'
Jonathan liet zijn hoofd tussen zijn handen zakken, maar Decker stond op. 'Ja, ik heb wel trek.' Hij deed wat smeerkaas op een maanzaadbagel. 'Kan ik ergens mijn handen wassen?'
Hershfield trok aan een deurtje in het beschot. Er kwam een huisbar te voorschijn. Hij gaf Decker een *becher*, een rituele waskom. 'Ik ben van alle gemakken voorzien.'
Decker waste zijn handen en begon toen te eten. Hij moedigde Jonathan aan ook iets te nemen. Een kwartier later leunde Hershfield, nadat hij de zegening over het eten van brood had uitgesproken, achterover in zijn bureaustoel. Zijn gezicht stond ernstig.
'Ik ben tot een besluit gekomen,' zei hij. 'Ik denk dat mijn besluit u zal aanstaan. Als u een advocaat nodig hebt, zal ik u met plezier in mijn rooster inpassen. Maar er is een voorwaarde.'
'Wat dan?' vroeg Jonathan.
'Als uw familie mij inhuurt, moeten alle familieleden meewerken. Dat wil zeggen: als ik vragen stel, moeten ze daar naar waarheid op antwoorden.' Hij hief waarschuwend zijn vinger op in Jonathans richting. 'We zijn niet op de *sjoek*, rabbi. We gaan niet sjoemelen tot we een verhaal hebben uitgewerkt dat ons allebei bevalt. Om mijn werk goed te kunnen doen, moet ik precies weten wat er aan de hand is. Onze broeders met de zwarte hoeden hebben niet altijd begrip voor de vertrouwensrelatie tussen een advocaat en zijn cliënten. Ze lijken het soms als een belediging op te vatten om eerlijk antwoord te moeten geven op de vragen die ik stel. Met dergelijke cliënten wens ik niets te maken te hebben. Op mijn leeftijd heb ik echt geen behoefte aan dergelijke sores. Is dat duidelijk?'
Jonathan knikte. 'Volkomen.'
Hershfield stond op. 'Ik moet vanochtend een bijzonder belangrijk kruisverhoor afnemen. Het is voor alle partijen het beste dat uw familie niet met de politie praat tot ik erbij kan zijn.' Hij wendde zich tot Decker. 'Ik weet zeker dat u zoiets nooit zou doen, inspecteur, maar een paar van uw collega's hier hebben verzuimd deze mensen op hun zwijgrecht te wijzen.'
Er was niets af te lezen op Deckers gezicht. 'Als u het zegt.'
Hershfield lachte. 'Bent u van plan contact op te nemen met uw broeders in het blauw?'

‘Ik wil graag wat van de rapporten bekijken.’
‘En u houdt me op de hoogte.’
‘Ik zal mijn best doen, meneer Hershfield.’
‘En als uw bevindingen u in conflict brengen met de verplichtingen aan uw familie?’
‘Daar heb ik inderdaad over zitten denken.’
‘En?’
‘En...’ Decker keek op zijn horloge. ‘En ik geloof dat we maar eens moeten gaan.’

4

HET WAS NOG ZO VROEG, DAT DE RECHERCHEURS NOG NIET OP HUN WERK waren. Decker liet zijn naam en telefoonnummer achter bij een balieagent en op het antwoordapparaat van de telefoon van de recherchekamer. Als er tot negen uur niemand naar zijn mobieltje zou bellen, zou hij naar het bureau terugkeren om zelf iets aan te slingeren. Hannah was hard toe aan een beetje rust, en Rina ook, dus bracht Jonathan hen naar Brooklyn. Gelukkig stond de file op de brug in de tegenovergestelde rijrichting. Toen het busje de Eastern Parkway nam, de hoofdweg door de wijk, ging Decker steeds meer herkennen. Het was tien jaar geleden dat hij hier was geweest, maar hij had de straten destijds goed leren kennen, omdat hij daar naar iemand op zoek was geweest.

Naar een weggelopen tiener, om precies te zijn.

Ging de geschiedenis zich herhalen?

Misschien wel. Dat zou niet eens zo slecht zijn, want die andere tiener was springlevend teruggevonden.

Toen ze de bekende Avenues overstaken, 42nd, 43rd, 44th, zag Decker dat er al verbazingwekkend veel mensen op de been waren. Groepen mannen met lange baarden, bijna allemaal met een bril op, gekleed in zwarte pakken met een wit overhemd en een zwarte hoed. Hun zijlokken, die *peies* worden genoemd, slingerden tegen hun schouders terwijl ze met snelle pas over de stoep liepen. Jongens van tienerleeftijd zagen er precies zo uit als de mannen, maar dan zonder baard. Er waren ook al tientallen vrouwen op straat. Ze droegen allen een pruik en hoofdbedekking, en de meesten liepen achter een kinderwagen, met de rest van hun kroost om zich heen. Sommigen van die vrouwen hadden wel tien kinderen, en dan hielpen de oudste dochters mee op de kleintjes te passen. Er waren ook groepjes schoolmeisjes met veel te grote schooltassen op hun rug; dat was blijkbaar universeel. Ze waren gekleed in zedige uniformen: een witte bloes met lange mouwen, een blauwe rok tot ver over de knie, dikke maillots en een lange jas.

Omdat het nu nog koud was, waren de dikke kleren, jassen en kousen niet alleen een zedige maar ook praktische dracht, maar Decker wist dat in de zomer, wanneer de temperatuur zou stijgen tot dertig graden en het vochtigheidsgehalte negentig procent zou bedragen, er niet veel zou veranderen aan de manier van kleden van de chassidiem. Ze zouden hun jassen uit laten, maar met hun lange mouwen zouden ze het erg warm hebben, last krijgen van prikkelende zweetplekken onder hun oksels en om hun hals, en hun gezichten zouden vochtig glanzen in de drukkende hitte. Maar ze aanvaardden dat lot, en zouden de drukkende warmte en het daarmee gepaard gaande ongemak verdragen als slecht passende schoenen.

Toen Decker naar de meisjes keek, moest hij onwillekeurig denken aan Shaynda. Wat zagen deze prille tieners er fris uit met hun haren in een paardenstaart, staartjes of een lange vlecht op hun rug. Bij hen zou je geen make-up of nagellak aantreffen, zelfs niet bij de oudere meisjes.

Vooral niet bij de oudere meisjes.

Wat was eigenlijk Shaynda's grote zonde? Dat ze haar nagels had gelakt of zich had opgemaakt? Dat ze rondhing in het winkelcentrum? Dat ze de sfeer van thuis de rug had toegekeerd en omgang had gezocht met kinderen van openbare scholen? Het leek onschuldig, maar binnen deze gemeenschap was zoiets niet onschuldig. Het zou de mensen een verkeerd beeld geven van het meisje; haar ouders zouden moeite hebben tot een geschikte *sjaddach*, een huwelijksbemiddeling, te komen.

De winkels in deze wijk waren helemaal gericht op de joodse clientèle: koosjere cafés, pizzatenten en restaurants, koosjere slagers, groentemarkten met dagaanbiedingen, een kledingzaak die korting gaf op pruiken, die hier *sjeitels* werden genoemd. Er waren boekwinkels met *sfarim*, religieuze boeken, en edelsmeden die prachtige zilveren voorwerpen maakten zoals *jads*: aanwijsstokken die gebruikt worden wanneer men uit de thorarollen leest. Decker zag een atelier van een *sofer*, een schrijver van religieuze teksten en thorarollen. En overal waren *sjtiebels*, kleine onofficiële synagogen. Sommige van de winkels waren misschien in de afgelopen tien jaar in andere handen overgegaan, maar het algemene beeld van de wijk was nog hetzelfde, behalve dat de bewoners nog religieuzer leken dan voorheen. Hoe was dat mogelijk?

Jonathan bleef staan voor een klein huis met een bovenverdieping in een straat vol kleine huizen met een bovenverdieping. Hier woonden meneer en mevrouw Lazaris, Rina's voormalige schoonouders. Zoals altijd was Decker het liefst in de auto blijven zitten tot ze weer weg konden. Meneer en mevrouw Lazaris hadden de grootst denkbare tragedie meegemaakt en Decker had altijd het gevoel dat hij hen er op een pijnlijke manier aan herinnerde dat het leven ook anders had kunnen zijn. Maar zodra Jonathan de motor had afgezet, kwam het kleine, gezette echtpaar de voordeur uit met een brede lach. Ze begroetten Decker met een genegenheid die opnieuw bewees wat een fijne mensen ze waren. Mevrouw Lazaris, die een schort over haar grote boezem droeg, omhelsde en kuste Rina; rabbi Lazaris gaf Decker een hand met een kracht die je niet achter een man van zesentachtig zou zoeken. Ze ontfermden zich over Hannah alsof die een kleindochter van hun eigen vlees en bloed was, en stopten haar meteen koekjes en cadeautjes toe. Het meisje glimlachte en bedankte hen verlegen. Ze noemde hen Bubbe en Zeyde.

Nadat iedereen elkaar had begroet, droeg Decker de koffers naar binnen. Het was warm en benauwd in de kleine woonkamer en er hing een aroma van kippensoep en gebraden vlees, vermengd met de zoete geur van versgebakken koekjes. Dat alles herinnerde Deckers maag eraan dat één bagel voor zo'n grote vent als hij niet genoeg was als ontbijt, maar hij zou nog even moeten wachten voordat hij zijn honger kon stillen. Hij keek op zijn horloge en vroeg zich af wanneer hij met goed fatsoen kon vertrekken. Rina zag het en schoot hem te hulp.

'Ik weet dat je veel werk hebt. Ga maar. Ik regel het wel met de oudjes.'

'Zeker weten?'

'Ja hoor. Er is nog altijd iemand vermoord en er wordt nog altijd een meisje vermist.'

'Probeer je evengoed te amuseren,' zei Decker.

'Dat zou best eens kunnen lukken. Ze hebben Hannah al helemaal van me overgenomen. Ze hebben zelfs een televisie voor haar gekocht.'

'Dat is waar ook,' zei Decker. 'Dit soort mensen heeft geen tv, hè?'

'Dit soort mensen!' Rina stompte hem in zijn zij. 'Nou, nu hebben ze er in ieder geval wél een.' Ze glimlachte naar hem. 'Ik denk dat ik maar eens lekker in bad ga. Het zal me goed doen om een poosje te relaxen.'

Decker kreeg een voldaan gevoel. Hij vond het heerlijk wanneer Rina het naar haar zin had. Ze maakte altijd zo'n kalme en vredige indruk wanneer ze in deze streng religieuze omgeving was. Hij had altijd gedacht dat híj degene was die dingen had moeten opgeven, dat híj veel in zijn hele leven had veranderd om zich aan haar wensen aan te passen. Nu werd hij zich ervan bewust dat ook zij zich had aangepast om samen met hem door het leven te kunnen. Hij kuste haar zedig op de wang. 'Ik had graag dat je me iets beloofde.'

'Wat dan?'

'Dat je, nadat je je hebt ontspannen, lekker je pantoffels aandoet en je nog meer gaat ontspannen.'

Haar blauwe ogen flonkerden. 'Dat is een uitstekend idee. Ik zie je straks dan wel weer, over uiterlijk zeven uur.'

'Dat is waar ook. Vanavond is sjabbes.'

'Hoeveel kun je te weten komen in zes uur?'

'Dat hangt ervan af. Ik heb wel eens binnen een halfuur een zaak opgelost.'

'Echt waar?'

'Echt waar.'

'En hoe lang heeft de langste zaak geduurd?'

Decker lachte. 'Dat weet ik niet. Die zaak staat nog open.'

Quinton was een wijk met twee gezichten. Aan de ene kant van het grote stadspark Liberty Field, lag een rustige, groene buurt voor de welgestelden. Oude, vrijstaande huizen met een architectuur uit de tijd van de Federalen, waren omgeven door grote tuinen, en hadden jeeps en Mercedessen op de oprit staan. De bochtige lanen en straten waren omzoomd met hoge bomen en ouderwetse lantaarnpalen met verlichtingselementen in de vorm van bloemen. Een deel van de stoepen was niet eens geplaveid. Er stonden veel grote platanen en eiken die 's zomers de nodige schaduw zouden bieden, hoewel ze nu nog kaal waren. Daartussen stonden wat dunne dennen en een paar statige vroege bloeiers waarvan de knoppen al begonnen uit te lopen, waardoor de takken eruitzagen alsof ze met mos bedekt waren.

De meeste winkels waren in Taft Street, Taylor Street en Tyler Street. Je zag veel van de bekende namen: The Gap, Banana Republic, Star$s, Ann Taylor, Victoria's Secret, Pottery Barn. Filialen van grote bedrijven, maar hier waren het gelukkig nog individuele winkels, die niet allemaal onder één gigantisch dak zaten, met een parkeerterrein dat de afmetingen had van het Tahoemeer. In Quinton kon je nog gewoon in de straat parkeren, diagonaal en gratis. Decker vroeg aan Jonathan waar Shaynda naartoe was gegaan, als er hier geen winkelcentrum was.

'In Bainberry. Dat is hier vlakbij.'

'Het is hier erg mooi... rustiek.'

'Dit deel wel, ja.'

'In tegenstelling tot...?'

Jonathan bleef door de voorruit kijken.

'Hoe ver is het nog naar het religieuze deel van de wijk?' vroeg Decker.

'Je merkt het vanzelf wel wanneer we er zijn.'

Rondom Liberty Field dat veel bomen en kleurige bloemperken vol tulpen had, had je het gerechtshof, het gemeentehuis, het hoofdbureau van politie, de brandweerkazerne en de bibliotheek, zoals in deze wijken gebruikelijk was. In het park was een klein meer, een botanische tuin, een overdekte schaatsbaan, een bowlingbaan en een buurtcentrum waar momenteel het toneelstuk *The Pajama Game* werd opgevoerd door de Quinton High School.

Jonathan reed langs het park en volgde toen een weg met aan weerskanten alleen kale bomen. Na enkele minuten kwamen er weer huizen in zicht. Ze waren kleiner, minder elegant en veel functioneler dan de huizen in het andere deel. Op de opritten stonden goedkope auto's en busjes, soms zelfs twee busjes. De tuinen waren kleiner en kaler, en de winkelstraten heel anders dan die ze daarnet hadden gezien. Als er niet hier en daar het woord 'Quinton' had gestaan, had je je in Boro Park kunnen wanen: in de winkels werden religieuze en koosjere artikelen verkocht, er waren sjoels, aparte scholen voor jongens en meisjes, en de bewoners zagen er net zo uit als in Boro Park, tot en met de pruiken en zwarte hoeden. Het was nauwelijks te geloven dat zo'n kleine wijk twee zo volslagen verschillende delen had. Decker vroeg waarom de twee bevolkingsgroepen, ondanks de enorme verschillen in leefwijze, in een wijk woonden.

'Op het ogenblik heeft het gemeentebestuur iedere cent eigendomsbelasting nodig om Quinton draaiende te houden. Als de Frommes zouden vertrekken, zou er niet genoeg geld binnenkomen om alle dienstverleningen te kunnen bekostigen.'

'Is er wrijving tussen de twee groepen?'

'Ja,' zei Jonathan. 'Maar ze hebben elkaar nodig. Soms sluiten ze een compromis. Er zijn onaangename incidenten geweest. Op dit moment is er heibel vanwege de scholen. De Frommes willen hun eigen scholen, maar ze willen dat de stad die financiert. Ze begrijpen het concept van scheiding tussen Kerk en staat niet. Erger nog, ze begrijpen niet waarom dat uiteindelijk voor henzelf beter is.'

'Er zit wel iets in,' zei Decker. 'Ze betalen belasting, maar krijgen er niets voor terug.'

'Dat heb je zeker van Rina. Alle orthodoxen vinden dat privé-scholen subsidie van de regering moeten krijgen voor hun leerlingen.'

'Dat ziet Rina inderdaad wel zitten, maar ze begrijpt inmiddels ook dat het zin heeft een sterk netwerk van openbare scholen in stand te houden.'

'Dan is ze daarin de eerste,' zei Jonathan. 'De Frommes genieten uiteraard van de diensten van de brandweer, de vuilophaaldienst, de politie. Nu heb ik gehoord dat ze hun kinderen 's ochtends naar de openbare scholen willen sturen en 's middags naar de jesjiva's, zodat de jesjiva's geen onderwijzers in dienst hoeven te houden voor de niet-religieuze vakken.'

'Dat is toch goed?' zei Decker.

'Alleen willen de Frommes niet dat hun kinderen op de openbare scholen iets leren over de evolutie, biologie en aanverwante zaken, en ook niet dat ze er seksuele voorlichting krijgen. En die vakken zijn verplicht op de openbare school van Quinton. Bovendien' – Jonathan zuchtte – 'zijn de Frommes niet echt geïnteresseerd in seculiere scholing. Het gevolg is dat hun kinderen het gemiddelde van de examencijfers naar beneden halen. Daar is onlangs een grote vergadering over gehouden in het buurtcentrum. De twee partijen kregen bijna slaande ruzie. Zo, we zijn er.'

Jonathan parkeerde de auto.

'Jij bent het er dus niet mee eens,' zei Decker.

'Ik zeg niet dat mensen hun principes aan de kant moeten schuiven,' zei Jonathan. 'Maar je hoeft ook geen drama's te creëren. En wanneer je dan ook nog mensen gaat beschuldigen van verduistering, zet je ons allemaal in een kwaad daglicht.'

'Geen enkele gemeenschap is perfect.'

'Dat weet ik wel. En met de grote meerderheid valt ook goed te praten. Maar als je op de voorgrond wilt treden, ben je verplicht een *kidoesj Hasjeem* te zijn.'

Kidoesj Hasjeem: dat betekende zo ongeveer dat je een goed voorbeeld moest stellen in de ogen van God.

'Zullen we?' vroeg Jonathan.

'Ja.'

De rabbijn maakte het portier van het busje open en stapte uit. Decker liep met hem mee over een geplaveid pad naar een onaantrekkelijk huis met een bovenverdieping dat veel weg had van de huizen in Boro Park. Jonathan nam niet de moeite aan te kloppen. Hij duwde de deur open en ging naar binnen.

'Chaim?' Jonathan draaide zich om naar Decker. 'Kom maar binnen. We worden verwacht. Chaim?'

'Jonathan?' De stem kwam van boven.

'Ja, ik ben het. Akiva is bij me.'

'Ik kom eraan.'

De woonkamer was bedrieglijk ruim, of misschien leek het alleen zo doordat er zo weinig meubilair in stond. Voor de open haard stond een bank met daartegenover twee leunstoelen, maar de rest van de kamer was ingericht als eetkamer. Er stond een grote vierkante tafel, bedekt met een wit tafellaken, met twaalf stoelen eromheen. De vloer was betegeld met gele plavuizen en er lagen geen vloerkleden om die harde, kille oppervlakte wat te verzachten. In een hoek stond een piano met op het plankje losse muziekbladen. Decker vroeg zich af of Shaynda piano speelde.

De muren waren gebroken wit en zo te zien onlangs opnieuw geschilderd. Als decoratie hingen er alleen ingelijste portretten van oude rabbijnen met lange baarden. Een van de portretten was van Menachem Mendel Schneerson, de Lubavitcher Rebbe. Er hing ook een portret van Chofetz Chaim, een vooraanstaande joodse geleerde uit de negentiende eeuw. De andere mannen herkende Decker niet. Misschien had de familie Lieber ook andersoortige schilderijen, die ze nog niet hadden opgehangen, maar eerlijk gezegd betwijfelde Decker dat.

Een man met een grijze baard kwam de trap af. Hij was mager, ongeveer één meter vijfenzeventig lang en een jaar of vijfenveertig. Hij was gekleed in het bekende chassidische uniform: zwart pak, wit overhemd. Hij droeg geen hoed, maar een grote, zwarte, fluwelen *jarmoelke*. Het zichtbare hoofdhaar was erg dun. Onder de kipa was hij waarschijnlijk kaal. Hij gaf Decker een hand. Er zat eelt op zijn handpalmen. Dit was duidelijk een man die niet de hele dag met zijn neus in de boeken zat.

'Chaim Lieber.' Hij liet Deckers hand los. 'Heel hartelijk dank dat u bent gekomen. Ik weet gewoon niet wat ik moet zeggen.'

'Dat zit wel goed.'
De man kreeg tranen in zijn ogen. 'Gaat u zitten, inspecteur.'
'Zeg maar gewoon Akiva. Of Peter.' Decker ging zitten. 'Het spijt me dat we in dergelijke trieste omstandigheden met elkaar kennismaken.'
'We hebben elkaar al eens ontmoet in plezieriger omstandigheden.'
'Op mijn bruiloft,' zei Jonathan.
'Ach ja, natuurlijk.'
'*Auf simchas*,' zei Lieber zachtjes. Zijn lichtbruine ogen waren roodomrand. Hij wreef over zijn voorhoofd. 'We hebben overal naar haar gezocht. Het is dus niet nodig om...'
'Dat begrijp ik. Maar wie erg overstuur is, denkt er soms niet aan om...'
'Wat ik graag zou willen, is dat iemand met de politie gaat praten,' viel Lieber hem in de rede. 'Misschien weten zij iets waardoor we Shay...' Zijn stem begaf het. '... Shayndie kunnen vinden. Als je erachter zou kunnen komen wat de politie weet... daar zullen we misschien mee geholpen zijn.'
'Dat ben ik met je eens.'
Lieber leunde naar voren. 'Denk je dat ze bereid zullen zijn je iets te vertellen?'
'Dat weet ik echt niet.'
'Ik hoop toch zo dat ze met je zullen praten. Jij weet tenminste wat je moet vragen. Wij niet.' Hij wreef over zijn voorhoofd. 'Ik wil...' Hij begon te huilen. 'Ik wil mijn dochter terug!'
'Ik leef echt met je mee...'
'Je hoeft niet met me mee te leven. Doe liever iets!' Hij schudde zijn hoofd. 'Sorry...'
'Geeft niks,' zei Decker. 'Mag ik je een paar vragen stellen, Chaim?'
'Wat je maar wilt.'
'Ik weet dat je dochter een beetje aan het... experimenteren was.'
'Daar gaat het niet om!' zei Lieber. 'We hebben navraag gedaan bij die kinderen. De politie ook. We zijn geen steek wijzer geworden!'
'Hoe heten ze?'
'Dat weet ik niet precies... gojse namen. Ryan, Brian, Ian, Evan... dat moet je maar navragen bij de plaatselijke politie. Maar dat is niet belangrijk. Je moet gaan praten met de politie van Manhattan. Daar is ze verdwenen.'
'Ik heb al een bericht bij hen achtergelaten.'
'En hebben ze teruggebeld?'
'Nog niet.'
'In New York kampt de politie met een groot personeelstekort. Je zult moeten blijven bellen.'
'Ik ben van plan om ernaartoe te gaan. Ik heb de rang van inspecteur. Soms helpt dat. Soms niet. Het hangt ervan af of hun hoofd ernaar staat om medewerking te verlenen. Ik zou graag Shayndies kamer willen zien.'

'Dat kan. O... nee, dat kan niet. Mijn vader slaapt daar. Hij is de hele nacht op geweest.'

Decker keek hem zwijgend aan.

'Hij is oud,' zei Lieber. 'En zwak.'

'Maar hoe eerder ik haar kamer bekijk, hoe groter de kans is dat ik iets zal vinden, wat...'

'Kun je misschien straks terugkomen?' onderbrak Lieber hem. 'Nadat je met de politie hebt gesproken? Dan kun je ons ook vertellen wat ze hebben gezegd. Tegen die tijd is mijn vader wel wakker. En mijn vrouw ook. Ik neem aan dat je ook met haar wilt praten.'

'Uiteraard.'

'Ik kan haar nu onmogelijk wakker krijgen. Jonathan had gezegd dat ik haar een slaappil moest geven.'

Jonathan knikte, maar leek het nu niet erg prettig te vinden dat hij hem dat advies had gegeven.

'Dan heb ik alleen wat vragen over de andere keren dat Shaynda van huis is weggelopen.'

Lieber schudde zijn hoofd. 'Niet keren. Eén keer maar. Ze is één keer stiekem naar een feest gegaan. Toen de andere kinderen daar rare dingen gingen doen, werd ze bang en heeft ze ons gebeld, of we haar konden komen halen. Zo verstandig was ze nog wel.'

'En toen?'

'Toen ben ik haar gaan halen, wat dacht je dan?'

'Heb je haar straf gegeven?'

'Natuurlijk heb ik haar straf gegeven! Ze heeft nog geboft dat die jongens niets met haar hebben uitgehaald. Dom kind!' Hij trok een gezicht. 'Ik was woedend op haar. Nu wou ik...'

Decker knikte.

'Een opstandig kind vergt veel van je.'

'Ik weet er alles van. Een van mijn zonen is net zo.'

'Met jongens is het nog iets anders! Die kunnen voor zichzelf zorgen! Meisjes niet. En meisjes kunnen heel dom doen wanneer het om een jongen gaat.'

'Daar heb je gelijk in.'

'Eén keer maar!' zei Lieber nogmaals. 'Ze heeft beloofd dat ze haar leven zou beteren. Ze was erg geschrokken.'

'Waarvan precies?'

'Dat weet ik niet. Ik was er niet bij. Ik neem aan dat het om drugs en seks ging. Die andere kinderen zijn net wilde dieren. Hun ouders hebben helemaal geen overwicht over hen. Ze zijn zelf ook geen haar beter... echtscheiding, overspel, drugs en alcohol... geen wonder dat de kinderen voor galg en rad opgroeien.'

Jonathan keek van hen weg. Decker zag zijn kaakspieren bewegen.

'Het ging juist beter met haar,' zei Lieber. 'Mijn broer... hij was echt geen *tsadiek*... maar hij was... hij had... met hem kon ze praten. Het

hielp. Het hielp hem ook. Ik dacht dat het met hem ook beter ging.'
'Misschien ging het ook beter met hem, Chaim,' zei Jonathan.
'Ja, Jonathan, daarom hebben ze hem naakt in een hotelkamer aangetroffen!'
Jonathan slaakte een diepe zucht.
Chaim sloeg met zijn rechtervuist in zijn linkerhand. 'Akiva, ga alsjeblieft met de politie praten. Als we te weten kunnen komen wat er met Ephraim is gebeurd, kunnen we misschien ook te weten komen waar Shaynda is. Toe. Het is vrijdag. Je hebt niet veel tijd vanwege de sjabbes. Ga gauw!'
'Ik zou evengoed graag haar kamer willen zien,' zei Decker.
'Ja, ja. Straks. Wanneer je terugkomt, zullen we verder praten.'
'Een foto zou ook wel handig zijn.'
'Die hebben ze bij de politie. Ga nou met hen praten.' Chaim stond op en stak zijn hand uit. 'En nogmaals, ik ben je heel dankbaar.'
Decker stond ook op en drukte Chaims slappe hand. 'Ik heb nog niets gedaan.'
'Jawel. Je bent hier en dat is heel wat.' Hij stak zijn vinger op. 'Net als Mosje Rabenoe en Abraham Avinoe ben je gekomen toen je werd geroepen.'

5

Iemand had een nummer achtergelaten op Deckers mobieltje. Het bleek van rechercheur Mick Novack van Bureau 28 te zijn. Decker belde hem terug en legde in het kort uit wie hij was en waarom hij er was.

Novack zei: 'Ik heb zojuist de benodigde paperassen ontvangen om de woning van het slachtoffer te kunnen doorzoeken. De conciërge zal de sleutel brengen en er komt iemand van Bureau 63. Dat zal Stan Gindi wel zijn. Het adres is in Flatbush. Zullen we daarginds dan maar afspreken?'

'Prima. Maar waar is Flatbush?'

Een korte stilte op de lijn. Toen zei Novack: 'In Brooklyn. Zegt de naam Brooklyn u iets?'

'We hebben een Brooklyn Bagel Company in Los Angeles.'

'Hemel. Een buitenlander. Waar belt u vandaan?'

'Quinton.'

'Quinton? Wat doet u daar nou?'

'Ik ben gaan praten met de broer van het slachtoffer.'

'O, op die manier. Goed, dan zit u ten noorden van de stad en zult u eerder in Flatbush zijn dan ik. Ik moet de hele stad door en het verkeer zit muurvast. Maar als u niet weet waar het is...'

'Mijn broer brengt me. Hij weet de weg. Hij is de zwager van het slachtoffer.'

'Ah, de rabbijn. We hebben gisteren met hem gesproken. Lijkt me een geschikte kerel. Alleen heb ik nu gehoord dat hij een advocaat in de arm heeft genomen, Hershfield nog wel.'

'Dat heb *ík* hem aangeraden. Ik heb gezegd dat de familie de beste strafpleiter van de stad moest nemen.'

'O, ja? Waarom? Vertrouwt u ons niet? Iedereen is juist zo ingenomen met het NYPD.'

'Dat weet ik, en dat heeft er ook niets mee te maken. Ik weet gewoon niet wat er aan de hand is, en de familie heeft bescherming nodig.'

'Aan wiens kant staat u eigenlijk?'

'Aan de kant van de waarheid en de gerechtigheid, zoals het een goed Amerikaan betaamt.'

'Alweer eentje uit Los Angeles die denkt dat hij Superman is. Ik zal u het adres geven. Hebt u pen en papier bij de hand?'

'Ja.'
'Een echte pen en echt papier?'
Decker zweeg verbaasd. Er klonk aversie in de stem van de man, maar dat vond Decker niet verwonderlijk. Ze waren geen tegenstanders, maar op het moment waren ze ook geen collega's. 'Voorzover ik het kan beoordelen, zijn ze niet denkbeeldig.'
'Het is geen rare vraag, ook al lijkt het een rare vraag. In Los Angeles hebben ze tegenwoordig allemaal zo'n PalmPilot. Daar zou ik mee oppassen als ik jullie was. Als het een keertje flink onweert, kan alle informatie in die dingen in één keer gewist worden.'

De eerste rechercheur die Decker de hand drukte, was een broodmagere man van ongeveer één meter vijfenzeventig lang met een kaal hoofd, grote bruine ogen en een dikke rode snor. Hij droeg een grijs pak met een wit overhemd en een zwarte das. Dat was Gindi. Novack was iets langer, ongeveer één meter tachtig. Hij had een vierkante lichaamsbouw, de gebroken neus van een bokser, brede, bolle wangen en dikke lippen. Zijn glanzende zwarte haar was achterovergekamd boven een hoog, glad voorhoofd, en hij had laagliggende wenkbrauwen en argwanende, donkerblauwe ogen. Hij droeg een donkerblauw pak met een wit overhemd en een stropdas die een duizeligmakend patroon had van dunne rode en blauwe streepjes.
'Ik ben een van de huisrechercheurs voor joodse aangelegenheden in dit deel van de stad,' legde Novack uit. 'Iedere keer dat er een chassied of een Israëli of een jood in Manhattanville of omgeving wordt vermoord, geven ze de zaak aan mij, Marc Greenbaum of Alan Josephs. Ze hebben graag een jood voor de joden, een zwarte voor de zwarten, en een Porto Ricaan voor de Porto Ricanen. Soms sturen ze een Cubaan af op de Dominicanen. We hebben Koreanen voor de Koreanen en ook mensen van Taiwanese afkomst. We hebben een aparte man voor de Haïtianen. In Brooklyn hebben ze Steve Gold, Ken Geraldnick en ons aller Stan voor de joden. Klopt?'
'Klopt,' zei Gindi. 'Ik vind het geen slechte taakverdeling.'
'Ik zei ook niet dat het slecht was.'
Gindi zei: 'We hebben veel joodse agenten in Brooklyn. Meer in Brooklyn dan in de rest van de stad, denk ik. Er wonen in Brooklyn dan ook veel joden, al zijn het er niet zoveel als waar jij zit, Mick.'
'Nee, hoewel de joden van de West Side hun grenzen steeds verder naar het noorden verleggen. En als je helemaal naar het noorden gaat, krijg je de joden in Wash Heights. Daarom was ik daar vanochtend.'
'Ja? Wat is er gebeurd?' vroeg Gindi.
'Een overval op een juwelierszaak. De eigenaar is een chassied. De arme man heeft een kogel in zijn bil gekregen. Hij woont in Wash Heights. Hij zal vanavond niet bij de *minjan* zijn, maar het had veel erger kunnen zijn.'

Ze stonden voor een zes verdiepingen hoog flatgebouw met een saaie, vlakke façade die zwart zag van het roet. Het wolkendek was iets dunner geworden, maar het was nog steeds waterkoud. Ephraim had gewoond in een smalle zijstraat waar het asfalt vol gaten zat en de stoepen vol barsten waaruit vieze, roodbruine modder opwelde. Naast het gebouw was een onbebouwd terrein vol afval en een paar sprieterige boompjes met kale takken.

'Wat voor wijk is dit?' vroeg Decker. 'Een arbeiderswijk?'

'Dit gedeelte wel. Erg joods, erg religieus. Zíjn familie woont hier bijvoorbeeld niet.' Novack wees met zijn duim naar Gindi. 'Hij is van Syrische afkomst. De meeste Syrische joden wonen in Flatbush en hebben eigenaardige namen zoals Zolta, Dweck, Pardo, Bada, Adjini.'

'In Flatbush wonen nog meer soorten joden.'

'Ja, maar de Syriërs weten van het leven te genieten, waar of niet?'

'Zo is het maar net!'

Novack keek op zijn horloge. 'Halfeen. Waar blijft die conciërge?'

'Ik heb de sleutel,' zei Jonathan.

'U hebt de sleutel?' herhaalde Novack.

'Ja.'

'Zou u dan de deur open willen maken?' vroeg Gindi.

'Mag dat?' vroeg Jonathan aan Decker.

Decker zei: 'Ze hebben de vereiste paperassen, Jon. Het is gewoon een kwestie van tijd winnen.'

'Goed dan.'

Jonathan ging hun voor naar de lift, die hen allen nauwelijks kon bevatten, laat staan het gezamenlijke gewicht dragen. Met horten en stoten steeg hij met een slakkengang naar boven. Ephraims flat was achter in een slecht verlichte gang waar een flauwe geur hing van vuilnis en urine. Hij woonde op nummer 4 en op de deurpost zat de vereiste *mezoeza*. De rechercheurs haalden handschoenen te voorschijn. Decker ook. Die van hem zaten in een hermetisch gesloten zakje met het stempel van de politie in Los Angeles.

'Wat doet u?' vroeg Novack. 'Inspecteur of geen inspecteur, u bent hier slechts te gast. Dat wil zeggen dat u en de rabbi alleen maar mogen kijken.'

'Ik ben ook niet van plan iets aan te raken,' loog Decker. 'Maar ik ben een voorzichtig mens. We willen geen van allen dat we de plaats delict per ongeluk contamineren, of wel soms?'

'Ik hoop dat u het meent,' zei Novack.

'U gedraagt u collegiaal,' antwoordde Decker, 'en dat weet ik te waarderen.'

Novack aarzelde, nam toen de sleutel van Jonathan over en maakte de deur open. Toen Jonathan over de drempel stapte, bracht hij zijn vingers naar de mezoeza, maar Decker hield hem snel tegen. Novack zag het en knikte als dank. Eén punt voor Los Angeles.

Ephraim had gewoond in een kleine, ongezellige eenkamerflat. In de zithoek stond een oude tweezitsbank, bekleed met verschoten groene chenille. Ernaast stond een salontafel met een formicablad in een houtnerfpatroon, waarvan de randen hier en daar hadden losgelaten. Op de salontafel lag een stapeltje tijdschriften. Het bovenste was *Time*, van de rest konden ze de titels niet zien. Ernaast stond een mok opgedroogde koffiedrab. Onder de tafel was een plank, waarop, zag Decker, een aantal boeken lag: een joods gebedenboek, een joodse bijbel en werken van Rav Menachem Kaplan. Een ervan heette *De joodse ziel* en een ander *Het redden van de joodse ziel*. Tegenover de bank stonden twee leunstoelen, van verschillende modellen, beide met de rugleuning tegen de muur, een staande lamp ertussenin.

In de eethoek stond een vierkante tafel met een tafelblad van donkerrode kunststof met een marmerpatroon en stalen poten. Om de tafel stonden vier stoelen met net zulke stalen poten en roodleren zittingen. Het was vermoedelijk een originele set uit de jaren vijftig en nu meer waard dan wat men er oorspronkelijk voor had betaald.

Gindi begon de keukenkastjes te doorzoeken. Het waren er niet veel, aangezien de keuken de afmetingen had van een kast. Decker zag een kleine koelkast en een kookplaat. Jonathan was midden in de kamer blijven staan, met zijn handen in zijn zakken en een trieste uitdrukking op zijn gezicht. Decker liep naar hem toe.

'Ik leef met je mee.'

'Het is zo triest.'

'Dat weet ik.'

'Het ging echt beter met hem, Akiva.'

'Vind je? Als je dit ziet...'

'Een paar jaar geleden leefde hij nog op straat.'

'Hoe is hij van de straat afgekomen?'

'We hebben hem geld gegeven. Zijn vader ook.'

'Chaim ook?'

'Chaim...' Jonathan haalde zijn schouders op. 'Chaim heeft zeven kinderen. Hij kan het financieel wel redden, maar je kunt het hem echt niet verwijten dat hij zuinig is met zijn geld.'

'Natuurlijk niet.'

'Ephraim heeft ons wel honderd keer bedankt dat we hem niet hebben laten vallen. Hij heeft ik weet niet hoe vaak bij ons thuis gegeten. We hebben hem zo veel mogelijk geholpen, zonder zelf in de problemen te komen. Ik weet dat zijn vader hem altijd heeft bijgestaan.' Hij schudde zijn hoofd. 'God mag weten wat er in die hotelkamer is gebeurd.'

'Hoe is hij van de drugs afgekomen?'

'Dat weet ik niet. Hij praatte nooit over dat aspect van zijn leven.' Jonathan slaakte een diepe zucht. 'Als je het niet erg vindt, ga ik even een kop koffie drinken. Ik zag op de hoek van de straat een café. Ik word hier een beetje naar van.'

Novack kwam de kamer weer in. 'Gaat u weg, rabbi?'
'Ik kan hier niets doen. Ik loop u alleen maar in de weg.'
'U ziet er moe uit. Ik zal me wel over hém ontfermen.' Hij wees met zijn duim naar Decker en vroeg toen aan hem: 'Ik neem aan dat u ook de plaats delict wilt zien?'
'Graag,' zei Decker.
'Dan kunt u beter naar huis gaan, rabbi, naar uw gezin of uw synagoge.'
'Maar misschien heeft de inspecteur me nog ergens voor nodig.' Jonathan klonk erg down.
'Rechercheur Novack heeft gelijk,' zei Decker. 'Ik heb je alleen nog nodig om me terug te brengen naar Quinton, zodat ik met Shayndies moeder kan praten.' Hij keek naar Novack. 'Tenzij u met mij mee wilt gaan.'
'Dat zou ik best willen, maar ik heb vanmiddag wat andere dringende zaken. Bovendien heb ik al met de ouders gesproken.' Een veelbetekenende stilte. Toen ging hij door: 'Maar als u nog iets te weten komt...'
'Dan geef ik dat uiteraard meteen aan u door.'
'Ik vind het niet prettig dat ik je hier achterlaat, Akiva,' zei Jonathan.
'Eerlijk gezegd, Jon, denk ik dat het beter is.'
'En wij gaan straks ook terug naar het centrum,' zei Novack. 'Weet u waar de plaats delict is? Aan 134th Avenue, tussen Broadway en Amsterdam.'
'Ja, ik weet het.' Jonathan bette zijn ogen. 'Het is vlak bij mijn sjoel.'
'Waar is uw sjoel dan?'
'Aan 117th Street, tussen Morningside en St. Nick. Tegenover Columbia, aan de andere kant van het park.'
'Dat is op een steenworp afstand van Bureau 28. Ik zet hem dan wel af bij uw synagoge. Geen punt.'
'Dat is erg aardig van u.' Jonathan klonk erg moe.
'Ga een poosje uitrusten, rabbi,' zei Novack. 'Er zijn vast veel mensen die op u rekenen.'
'Ja, dat is zo.'
Decker liep met zijn broer mee naar de deur en liet hem uit. 'Ik bel je over een paar uur.'
Zodra hij weg was, zei Novack: 'Arme man. Eerst een zwager die niet deugt, en nu heeft de familie hem gedwongen u erbij te halen. Het zit hem helemaal niet lekker.'
Daarmee had hij de zaak goed samengevat.
Novack zei: 'De ouders waren niet al te... hulpvaardig. Voorlopig hou ik het erop dat ze te zeer van de kaart waren, maar er zijn ook andere mogelijke redenen, als u voelt wat ik bedoel.'
'Ja, dat snap ik.'
'Bij dergelijke gevallen kijk je allereerst naar de familie. Ik neem aan dat ik u dat niet hoef te vertellen.'
'Daarom heb ik ook gezegd dat ze een advocaat moesten nemen.'
'Ja, dat was een goed advies.' Hij draaide zijn hoofd om naar de keu-

ken. 'Hé, Stan, wil je zien wat ik in de slaapkamer heb gevonden?'

De kale man deed het deurtje dicht van het laatste kastje dat hij had bekeken. 'Ik hoop iets interessanters dan kakkerlakken, want daarvan heb ik er al genoeg gezien.'

'Wat hebt u gevonden?' vroeg Decker.

'Tijdschriften. Van het soort dat je niet op de salontafel legt.'

'Erg smerig?'

'Binnen de grenzen. Voorzover ik heb kunnen zien komen er geen kinderen of dieren in voor.'

'Mannen?' vroeg Gindi.

'Nee, vrouwen.'

Decker keek naar Ephraims salontafel. 'Is het goed dat ik *Time* van de stapel neem?'

'Ga uw gang.'

Decker legde het weekblad opzij. Eronder lag een nummer van *The New Yorker* en daaronder een stapel aan elkaar geniete stencils met *Emek Refa'im* op het blauwe schutblad. Hij keek om naar Novack. 'Mag ik dit oppakken?'

Novack haalde zijn schouders op. 'U hebt handschoenen aan.'

Decker bladerde in het boekwerkje.

'Wat is het?' vroeg Novack. 'Eigengemaakte homoporno?'

'Niet als er *Emek Refa'im* op staat,' zei Gindi.

Decker bestudeerde de gedrukte woorden. 'Wat betekent dat?'

'Emek Refa'im? "Emek" betekent vallei. Ik geloof dat "refa'im" is afgeleid van "refoea"...'

'Genezing,' zei Decker.

'Ja,' zei Gindi. 'Vallei der genezing.'

'Dat klinkt logisch,' zei Decker. 'Het ziet eruit als een handleiding voor joodse drugsverslaafden.'

'Geef eens,' zei Novack.

Decker gaf hem het boekwerkje. 'Zo te zien is het zo'n organisatie met een twaalfstappenprogramma. Achterin staan adressen.'

Novack bladerde in het boekje. 'Dan moet ik maar eens een praatje gaan maken met deze mensen. Ik ben benieuwd wanneer en waar ze hun bijeenkomsten houden.'

'Vandaag is het vrijdag, dus het zal niet vanavond zijn,' zei Decker.

'Nee, dat zal wel niet,' zei Novack.

'Misschien morgenavond,' zei Gindi. '*Motsei sjabbes*? Na de heilige dag is iedereen vervuld van nobele gevoelens.'

'Of van stress,' zei Decker. 'Wanneer je verslaafd bent en wordt gedwongen een hele dag door te brengen bij familie, kan dat veel spanningen opleveren.'

'Daar zeg je zowat.' Novack deed het boekwerkje in een plastic zak voor bewijsmateriaal. 'Ik zal die lui bellen en uitzoeken of Ephraim iets had met wat hierin staat. Als ze morgenavond bijeenkomen, wilt u er dan soms met mij naartoe?'

'Ja, prima,' antwoordde Decker.
'Willen jullie de vieze bladen zien?' vroeg Novack.
'Als het per se moet,' grapte Gindi.
De slaapkamer was kleiner dan het schuurtje dat bij Decker in zijn tuin stond. Ze pasten er met hun drieën maar nét in zonder gedwongen te zijn lichamelijk contact te maken. Er stond een onopgemaakt tweepersoonsbed tegen de muur met ernaast een nachtkastje met erop een telefoon, een wekker, en een ingelijste foto van een chassidische man die naast een meisje van een jaar of veertien stond, met een kleine ruimte tussen hen in. Decker keek naar de foto.
'Mag ik?'
Novack haalde zijn schouders op.
Decker pakte de ingelijste foto en bekeek de gezichten. Het meisje was niet mooi. Ze had een grote neus en haar wangen waren het mollige van haar kinderjaren nog niet kwijt. Maar in haar ogen, die donker en groot waren, blonk een uitdagende flonkering. Ze droeg een roze bloes met lange mouwen en een lange spijkerrok. Haar haren waren uit haar gezicht gekamd en vermoedelijk tot een paardenstaart of een vlecht gebonden. Om haar mond lag een vage, mysterieuze glimlach. De man leek een jaar of veertig en was gekleed in de bekende, zwarte, chassidische kledij. Hij had een baard en zijlokken en droeg de verplichte zwarte hoed. Hij lachte breed, waarbij de rimpeltjes in zijn ooghoeken zich samentrokken. Decker liet de foto aan Novack zien. 'Is dit Shaynda?'
'Lijkt me wel, maar het is een wat kleine foto.'
'Hebt u een grotere foto van haar gekregen?'
'Ja, van haar bat mitswa. Die heb ik gisteren laten kopiëren en vanochtend zijn we begonnen ermee rond te gaan in de buurt waar de moord is gepleegd. Daar was ik mee bezig toen u belde. Op de foto draagt ze een roze jurk met allerlei ruches en zo; ze lijkt net een suikerspin. En ze lijkt veel jonger dan dertien.'
'Ze zal op die foto twaalf zijn,' zei Decker. 'Orthodoxe meisjes doen op hun twaalfde hun bat mitswa.'
'O ja, dat is waar ook.' Novack knikte.
Decker bleef naar de foto kijken. 'Misschien is ze op deze foto dertien. Nog een kind. Arme meid! Mag ik deze foto houden?'
'Eigenlijk niet.'
'Daarom vraag ik het.'
'Vooruit dan maar.'
Decker stak de foto in zijn zak. Hij liet zijn ogen door de kamer gaan. Aan het voeteneinde van het bed stond een televisietoestel op een stapeltje bouwblokken. Novack vertelde hem dat hij de twee dozen onder het bed had gevonden: eentje met beduimelde pocketboeken, de andere met de pornobladen.
Decker bukte zich en rook aan de lakens.
Novack zei: 'Ze ruiken niet naar seks, als u daarnaar zoekt. Ik hoef de

lakens trouwens niet eens mee te nemen. Als we het meisje vinden en blijkt dat ze' – hij maakte een draaiende handbeweging – 'dat ze sperma in zich heeft, kunnen we zo een DNA-onderzoek doen met wat we van het lijk hebben afgetapt.'

Gindi bladerde in de pornobladen. 'Niets bijzonders. Behalve dat deze man geacht werd erg religieus te zijn. Maar ook bij de religieuzen is dit soort dingen niet ongebruikelijk. Vraag maar bij Zedendelicten. Massa's chassiden steken de brug over naar Williamsburg om zich door de hoeren te laten pijpen. Niemand is perfect. Het vervelende is alleen, dat chassiden zich boven iedereen verheven voelen. Als je niet tot hun groep behoort, tel je niet mee. En ze denken ook dat ze zich niet aan de wet hoeven te houden, omdat ze hun eigen wetten hebben.'

Novack hief zijn handen op en liet ze weer zakken. 'Soms kan ik amper geloven dat ik tot hetzelfde volk behoor. Mijn opa heeft alles opgeofferd om hierheen te kunnen komen, maar deze *jutzes* zijn zo blind dat ze niet zien wat ware vrijheid is.'

'Hebben jullie iets gevonden wat erop kan wijzen dat het slachtoffer misbruik maakte van het meisje?' vroeg Decker.

'Nog niet,' zei Novack. 'Geen naaktfoto's, als u dat bedoelt.'

Decker knikte. 'Een videocamera of fototoestel?'

'Ook niet.'

'Hebben jullie gisteren haar kamer bekeken?'

'Nee, ik ben nog niet bij haar thuis geweest,' zei Novack. 'Ik heb op het bureau met de ouders gepraat. Zoals ik daarstraks al zei, zeg ik niet dat ze iets voor ons achterhouden. Misschien vinden ze het gewoon moeilijk om te praten met mensen buiten hun *chevra*.'

Decker wist dat *chevra* het Hebreeuwse woord was voor vriendenkring. 'Zou kunnen.'

'Als ze vinden dat u tot hun chevra behoort, is dat voor mij alleen maar gunstig. Dan zullen ze u misschien dingen toevertrouwen.'

'Ik sta dichter bij hen dan u, maar ik ben niet een van hen.' Weer bekeek Decker de foto. Alleen maar een oom die zijn nichtje wilde helpen? Of een man die geobsedeerd was door een jong meisje? 'Denkt u dat hij haar wel eens meenam naar deze flat?'

Gindi mengde zich in het gesprek. 'Inspecteur, vergeet niet dat dit een streng religieuze wijk is. Kritiek is snel geleverd. Hoe lang zou het duren voordat de hele buurt weet dat een religieuze man een meisje, een jong meisje, meeneemt naar zijn kamer? Nog afgezien van het feit dat seksuele omgang met een minderjarige wettelijk verboden is, is het niet *tseniosdik*.'

Tsenios betekende kuisheid. Decker zei: 'En dan zou zijn broer erachter gekomen zijn.'

Gindi schudde zijn hoofd. 'Als hij iets met haar uithaalde, heeft hij dat vast niet op eigen terrein gedaan.'

Novack had onderhand in een kast gekeken en draaide zich om met een doos in zijn handen. 'Kijk eens.'

'Wat heb je daar, Micky?'
'Zo te zien dingen die met zijn werk te maken hebben.' Novack zette de doos op de vloer en haalde er wat documenten uit. 'Lijsten van producten, prijzen en streepjescodes van Lieber's Electronics.'
Decker zei: 'Ephraim werkte in de zaak.'
'Dat heb ik gehoord, ja.' Novack bekeek nog wat meer paperassen. 'De vader heeft me verteld dat Ephraim een manusje-van-alles was. En dat hij ook de inventaris bijhield. Zo te zien wist hij precies wat de winkels binnenkwam en uit ging.'
Gindi tikte met zijn voet op de vloer. 'Vinden jullie het niet een beetje vreemd dat ze een man met drugsproblemen de inventaris laten bijhouden? In alle winkels wordt gestolen. Dit is de kat op het spek binden.'
Novack zei: 'Je bedoelt dat hij af en toe iets kan hebben meegenomen, zolang het niet te veel was?'
'Precies.'
Decker zei: 'Maar zouden ze hem überhaupt in de zaak hebben genomen, als ze dachten dat hij zulke dingen zou doen? De vader misschien wel, maar de broer?' Hij schudde zijn hoofd. 'Ik wil wedden dat Chaim hem met argusogen in de gaten hield.'
'Toch vind ik dat we het nader moeten bekijken,' zei Gindi.
'Tuurlijk. Zo werk ik in Los Angeles ook altijd. We gooien dingen in de groep en kijken wat eruit komt.'
'Hier ook, en u hebt gelijk.' Novack rommelde in de doos. 'Allemaal dingen die op de zaak betrekking hebben. Ik neem dit mee naar het bureau om het eens op mijn gemak te bekijken, langzaam en systematisch. Misschien zijn er interessante dingen die ik nu nog niet zie.'
'Zoals?' vroeg Gindi.
'Om te beginnen een bankboekje. Hij zal toch wel een bankrekening hebben gehad?'
Decker zei: 'Als hij meedeed aan een van die twaalfstappenprogramma's, had hij waarschijnlijk geen cheques en geen creditcard. Dan betaalde hij vermoedelijk alles met contant geld.'
'Daar zit wat in,' zei Gindi. 'Veel verslaafden hebben problemen met creditcards en ongedekte cheques.'
'Als we zijn financiële situatie niet kunnen natrekken, maakt dat het er voor ons niet gemakkelijker op.'
'Misschien heeft hij in het verleden een creditcard gehad,' zei Decker.
Novack vouwde de flappen van de doos naar elkaar toe en plakte ze dicht met plakband. 'Ik blijf erbij dat we het aspect van diefstal uit de zaak niet mogen onderschatten. Misschien moest Ephraim oude drugsschulden aflossen. Misschien deed hij dat niet snel genoeg.'
'En het meisje?' vroeg Gindi.
Novack zuchtte. 'Het meisje is een groot probleem.'
'Arme ouders,' zei Gindi.
'Arm kind,' zei Decker.

6

De misdaad had plaatsgevonden in een kleine kamer met maar één raam, dat uitzicht bood op een muur, maar Decker ging ervan uit dat de moordenaar, of moordenaars, evengoed het verschoten rolgordijn naar beneden hadden getrokken. De krijtlijnen waren nog te zien: het lijk had naast het bed gelegen, maar omdat er zo weinig vloerruimte was, hadden Ephraims linkerarm en linkerbeen half omhoog tegen de muur gelegen. De agent van de technische recherche die de omtrek van het lijk had afgetekend, had de lijnen doorgetrokken op de muur, die ooit wit was geweest maar allang was verkleurd tot vuilgeel. Binnen de omtrek van het hoofd zat een donkerbruine vlek, één enkele amoebevormige plek kleverig bloed van ongeveer vijftien centimeter doorsnee. De rest van de muur, het nachtkastje, de telefoon, de klok en vrijwel de gehele witbetegelde vloer waren bestoven met vingerafdrukpoeder. De wc in de badkamer was van gemêleerd grijs porselein met een smerige rand op de hoogte van het waterniveau, en er was een al even onsmakelijke porseleinen wastafel.

Decker voelde hoofdpijn opkomen, maar weerstond de behoefte zijn slapen te masseren, omdat hij net nieuwe handschoenen had aangetrokken. Hij had al zestien uur geen behoorlijke maaltijd gehad, en het stof van het vingerafdrukpoeder deed hem weinig goed. Bovendien hing er een misselijkmakende geur in de kamer: de stank van urine gemengd met een vage geur van menselijke ontlasting. Novack had niet de moeite genomen Vicks onder zijn neus te doen. Decker ook niet. Hij had wel ergere dingen gezien en geroken.

Novack haalde zijn notitieboekje en een envelop met foto's van het lijk te voorschijn. 'Eén enkel schot in de slaap, van dichtbij, naar de kogelwond te oordelen. Het gebruikelijke spatpatroon ontbreekt.'

'Hoe komt dat?' vroeg Decker.

Novack haalde zijn schouders op.

Decker bekeek de andere foto's. 'Ik zie geen tweede wond.'

'Die is er ook niet. De kogel moet nog in de schedel zitten. Het is vermoedelijk een *hollow point*, die in het hoofd van die arme kerel is geëxplodeerd. Dat horen we nog wel nadat de lijkschouwer hem eruit heeft gehaald. Het is in ieder geval een .32 mm.'

'Een hollow point...' Decker keek op van de foto's en liet zijn ogen weer door de kamer gaan. 'Dat zou een verklaring kunnen zijn voor het weinige bloed.' Hij liep naar voren en bestudeerde de omtrek van het lijk. 'Een kleine, geconcentreerde massa bloed. Dat wil zeggen dat het slachtoffer is gevallen met de wondzijde neerwaarts. Enig idee hoe het is gebeurd?'

'Daar heb ik over na zitten denken. Aanvankelijk ging ik ervan uit dat er op hem is geschoten toen hij op het bed lag en dat hij ervan af is gevallen. Maar dan had er bloed op de lakens moeten zitten, en er zat geen bloed op de lakens. Toen dachten we dat er op hem was geschoten toen hij in de hoek zat of stond.'

'Spetters?'

'Nee, niet op de muren. Althans, we hebben niks kunnen vinden.'

'Dat is onmogelijk.'

'Toch is het zo.'

Decker zei: 'Tenzij hij op de grond lag, op zijn linkerzij, en iemand door de vloer heen heeft geschoten, moet er een bepaalde hoeveelheid spetters rondom de kogelwond te vinden zijn.'

'Daarom denken we dat hij misschien niet hier is vermoord.'

'Waar dan?'

'Dat weet ik niet, maar niet in deze kamer.'

Decker zei: 'Als dat zo is, moet iemand het lijk naar boven hebben gedragen via het trappenhuis. Op welke verdieping zitten we? De tiende?'

'Er is een lift. Ze kunnen hem in een koffer gestopt hebben.'

'We hebben zelf de lift genomen. Die deed er een uur over. En het zou een verdraaid grote koffer geweest moeten zijn.'

'Het is vaker gedaan,' zei Novack.

'Laten we er nog even van uitgaan, dat de man hier op eigen kracht is gekomen.'

'U bedoelt dat hij met het meisje hierheen is gegaan?'

Decker dacht daarover na. 'Hebben jullie bewijzen gevonden dat het meisje hier is geweest?'

'Nee. Geen lakens met spermavlekken, geen jurk, geen tas, niets wat wijst op seksuele activiteiten.'

'Dan gaan we er voorlopig van uit dat het meisje hier niet is geweest.' Decker trok zijn wenkbrauwen op. 'We komen nog op haar terug. Ephraim is ontvoerd en hiernaartoe gebracht, misschien in een koffer, misschien kon hij nog gewoon lopen. Op de een of andere manier is hij hier terechtgekomen.'

'Dat weten we al. Wat we niet weten, is of hij dood was of nog leefde.'

'We gaan ervan uit dat hij nog leefde toen ze hem hiernaartoe hebben gebracht.'

Novack lachte. 'U komt uit Los Angeles. U mag het script schrijven, dan speel ik mijn rol wel.'

Decker glimlachte. 'Om hem boven te krijgen zonder dat hij pogingen kon doen te ontsnappen, moesten ze met hun tweeën zijn, misschien hebben ze hem onder bedreiging van een vuurwapen naar boven gekregen. Of zijn mond dichtgeplakt met tape.'

'Zijn mond was niet afgeplakt toen we hem hebben gevonden.'

'Laat de lijkschouwer nagaan of er restanten van plaksel om zijn mond zitten.'

Novack knikte, maar schreef het niet op.

Decker ging door. 'Ze hebben hem naar deze kamer gebracht... het rolgordijn dichtgedaan...'

'Tussen haakjes, ik heb in het aangrenzende gebouw naar getuigen laten zoeken.'

'Het gebouw tegenover dit raam?'

'Ja. Het heeft niets opgeleverd.'

'Goed, goed.' Decker had moeite bij zijn eigen gedachtegang te blijven. 'Ze hebben het rolgordijn dichtgetrokken en hem in zijn hoofd geschoten op een plek waar geen spetters zouden achterblijven.' Hij keek Novack aan. 'Was zijn haar nat?'

'Niet tegen de tijd dat ik hier was,' zei Novack. 'Maar hij had erg kort haar... gemillimeterd. U kunt het zien op de foto's. Zulk haar is binnen een paar minuten droog.'

Decker bekeek de foto's. Ephraim had inderdaad erg kort haar. 'Hoe zit het met zijn kleren? Hebben jullie die niet?'

'Nee, we hebben hem naakt aangetroffen. Waar denkt u aan?'

'De badkamer,' zei Decker. 'Misschien hebben ze hem naar de badkamer gesleept, zijn hoofd in de wc-pot gestopt en toen geschoten. Dan heeft het water het meeste bloed weggewassen. En op die manier is ook het geluid van de knal gedempt.'

'Maar dan zal er toch water over de rand gestroomd zijn.'

'Was de vloer nat?'

Novack keek in zijn aantekeningen. Hij schudde zijn hoofd. 'Nee... ik heb er niets over opgeschreven. Als er roze water op de vloer had gelegen, zouden we dat wel gezien hebben.'

'Handdoeken in de badkamer?'

Weer bekeek Novack zijn aantekeningen. 'Geen een. Maar het is een erg goedkoop hotel.'

'Toch leggen ze misschien wel handdoeken in de badkamer. Daar moet iemand naar vragen.'

Novack zweeg even. Toen zei hij: 'We zullen de binnenkant van de rand van de wc-pot onderzoeken, om te zien of daar bloedspatten zitten.'

'Ja. En als er niets te zien is, zouden jullie Luminal kunnen gebruiken. Laat de lijkschouwer ook de longen van het slachtoffer bekijken. Misschien heeft hij wat water in zijn longen gekregen voordat hij is gestorven.'

Novack krabde aan zijn nek en schraapte zijn keel. 'Dat kan geregeld worden.'

'Is het goed als ik nog wat rondkijk?'
'Niet al te lang.'
'Tien minuten?'
'Ga uw gang.' Maar na vijf minuten begon Novack zijn geduld te verliezen. 'Waar bent u naar op zoek?'
'Ik zit me nog steeds af te vragen... hoe hij hier is gekomen.'
'De kamer was gehuurd door John Smith,' zei Novack. 'Contant betaald. Ze hadden de kwitanties al naar de bank gebracht, dus konden we daar geen vingerafdrukken afhalen, zelfs als we hadden geweten waar we naar moesten zoeken.'
Decker keek nog een keer om zich heen. 'En jullie hebben hier helemaal niets gevonden?'
'Het enige wat betekenis kan hebben, was een pil.'
'Een pil?'
'Ja, hij zag eruit als een aspirientje. Maar dat was het niet. Er stond niets op gedrukt. Zelfs op merkloze geneesmiddelen staat iets gedrukt.'
'Xtc?'
'Kan natuurlijk, maar zelfs op die pillen staat meestal iets gedrukt: een tekenfilmfiguurtje, of een hart. De man was een verslaafde; misschien is de pil uit zijn eigen zak gevallen. We hebben hem in ieder geval naar het lab gestuurd. Als het iets bekends is, als xtc, zullen we dat snel genoeg te horen krijgen.'
'Mijn broer zegt dat hij cocaïne gebruikte,' zei Decker. 'Wordt dat tegenwoordig ook in tabletten verwerkt?'
Novack haalde zijn schouders op. 'Ik ben geen deskundige op dit gebied. We hebben bij ons op het bureau niet eens een afdeling Zedendelicten, laat staan Narcotica.'
Decker wapperde met de foto's. 'Mag ik deze gedurende het weekeinde houden, of zijn dit uw enige afdrukken?'
'Ik heb er nog meer. En de originelen zitten in het dossier op het bureau.'
'Dus ik mag deze houden?'
'Waarom wilt u ze hebben?'
'Om... ernaar te kijken. Wie weet valt me opeens iets op. Ik zal ze teruggeven voordat ik vertrek.'
Novack liet zijn tong langs zijn tanden glijden. 'Ach, u ziet er wel betrouwbaar uit. Neem maar mee.'
'Bedankt.' Decker stak de foto's in zijn zak.
Ze hadden geen zin met de krakkemikkige lift te gaan, dus daalden ze te voet de tien verdiepingen af. Het trappenhuis was slecht verlicht, slechts één kale lamp op iedere verdieping, en stonk naar allerlei viezigheid. Decker was blij dat hij nog steeds de handschoenen aanhad en wou dat hij zijn longen net zo kon beschermen. Toen ze buiten kwamen, werden ze bijna omvergeblazen door een harde windvlaag. In

Deckers oren snerpte meteen het geluid van het verkeer en de toeterende claxons. Hij trok de latex handschoenen uit. 'Ik kan best een taxi nemen naar de sjoel van mijn broer.'
'Ik breng u er wel even naartoe.'
'Nee, het ligt helemaal niet op uw weg.'
'Maar ik kan u er evengoed naartoe brengen, inspecteur.'
'Bedankt, brigadier, maar ik neem toch maar een taxi.' Decker zweeg even. 'U gaat dus uitzoeken hoe het met dat twaalfstappenprogramma zit?'
'Dat was ik inderdaad van plan.'
Novack was in zijn wiek geschoten. Decker zei: 'Ik ben een zeurpiet, en niet zomaar een zeurpiet, maar een oude zeurpiet. Dat houdt in dat ik me niet alleen geobsedeerd gedraag, maar vaak dezelfde vragen stel omdat ik vergeetachtig ben. Wees blij dat u niet mijn vrouw bent.'
Novack glimlachte. 'Ik zal dat boekje doornemen.'
'Hoe zit het eigenlijk met de dealers? Waar zou een religieuze man als Ephraim zijn drugs vandaan halen?'
'Waarschijnlijk van dezelfde dealers die ze aan andere mensen verkopen. En dat zijn er veel te veel om ze te kunnen schiften.'
'Kent de politie geen dealers die specifiek verkopen aan joodse orthodoxen?'
Novack dacht even na. 'Oké, Decker, we gaan het zo doen. Ik zal dit navragen bij de afdeling Narcotica. Ik zal alles wat New Yorks is aan u uitleggen, en u doet hetzelfde voor mij wat de familie en hun religieuze eigenaardigheden aangaat.'
'Ik zal mijn best doen,' zei Decker, 'maar ik vertel u van tevoren dat ik niet religieus ben op hun manier. Bovendien zijn de chassidiem in Quinton misschien bevooroordeeld omdat ik niet van huis uit religieus ben.'
'O, nee?' Novack kneep zijn ogen iets toe. 'Waarom nu dan wel?'
'Vanwege mijn vrouw.'
Een glimlach. 'Was het 't waard?'
'Dubbel en dwars. Vanaf zaterdagavond, *motzei sjabbes*, ben ik op mijn mobieltje te bereiken.'
'Goed.' Novack gaf hem een hand. 'Sjabbat sjaloom.'
'Sjabbat sjaloom,' antwoordde Decker.
En dat in New York.

7

De terugrit naar Quinton was een hel. De vierbaansweg leek eerder een parkeerterrein vol rode achterlichten, en de wind blies stof, zand en rondvliegend stadsvuil over de auto's. Jonathan zat stoïcijns achter het stuur, zijn ogen op de weg gericht als een onverstoorbare robot. Decker vocht tegen de slaap, maar voelde zijn oogleden toch dichtzakken. Toen hij zijn ogen weer opendeed, verliet het busje net de snelweg. Zijn mond was plakkerig en zijn maag was het hongerstadium voorbij. Hij voelde zich alleen nog maar leeg.

Jonathan gaf hem een flesje water. Hij dronk gulzig.

'Dank je.'

'Achterin ligt wat fruit. Appels, peren, sinaasappels.'

Decker stak zijn hand naar achteren en verslond in een paar happen een appel. Toen begon hij aan een peer.

'Ik had een broodje voor je moeten kopen,' zei Jonathan. 'Sorry.'

'Nee, dit is prima.' Decker dronk het flesje leeg. 'Dan heb ik straks tenminste nog honger, voor de sabbat. Bij de familie Lazaris hebben ze natuurlijk van alles en nog wat klaargemaakt.'

'Ja, dat zal best.'

Ze reden langs Liberty Field.

Decker begon een sinaasappel te pellen. 'Ga jij ook naar Brooklyn?'

'Voor de sjabbes? Ja, en mevrouw Lazaris heeft ook mijn ouders uitgenodigd. Ik heb tegen Raisie gezegd dat we je een beetje geestelijke steun moeten geven.'

'Dat zit wel goed, Jon. Ik ben eraan gewend.'

'Eigenlijk is dat niet waar. Ik doe het niet voor jou; ik doe het voor mezelf, Akiva. Ik wil je in een andere omgeving zien, in familieverband. Ik heb wroeging over wat ik heb gedaan, over dat ik je hierbij heb gehaald. Ik weet niet wat me bezielde. Ik heb je in een moment van zwakte opgebeld.'

'Daar is familie voor.'

'Tot nu toe is het erg eenzijdig geweest. Jij hebt mij nooit om hulp gevraagd.'

'Dat komt omdat ik het oudste kind ben. Ik ben degene die helpt, niet degene die geholpen moet worden.'

'Maar we zijn allemaal volwassen.'

'Het is een geijkt patroon, Jon, en ik vind het helemaal niet erg. En onze jongens zijn er ook. Als die niet hadden kunnen komen, zou ik misschien niet zijn gegaan. Maar we zijn er nu allemaal, dus laten we er het beste van maken.'

'Je gedraagt je erg grootmoedig, terwijl dat juist mijn taak is, niet de jouwe.'

Een paar minuten later maakten ze weer de overgang naar het arme deel van de stad. Het busje reed in een snel tempo over de bijna verlaten weg. Decker keek op zijn horloge en zag dat het halfdrie was. 'Hoe laat gaat de sabbat in?'

'Om halfzes.'

'En hoe lang doen we erover om terug te rijden naar Brooklyn?'

'Minstens een uur, misschien iets langer. Waarom vraag je dat?'

'Als we tijd hebben, wil ik even langsgaan bij de politie van Quinton. Ik heb wat vragen.'

'Het zal krap worden, hoewel we in recordtijd hierheen zijn gereden.' Jonathan draaide de straat in waar de familie Lieber woonde en stopte voor het huis. 'Je hebt Minda nog nooit ontmoet. Ze is een moeilijke vrouw, zelfs in gunstige omstandigheden.'

'Ik zal omzichtig te werk gaan.'

'Dat maakt niet uit,' zei Jonathan op doffe toon. 'Ze is zoals ze is.' Hij stapte uit en gooide het portier achter zich dicht. Decker kromp ineen van het geluid, deed het portier aan zijn kant open en stapte uit. Hij moest vlug lopen om zijn broer bij te houden. Jon had de pest in. Nou, hij was niet de enige.

Chaim deed de deur al open voordat Jonathan had aangeklopt. 'Ze is wakker, maar het ziet er niet goed uit, Jonathan. Ik geloof dat we de dokter moeten laten komen.'

'Mogen we eerst binnenkomen?' vroeg Jonathan.

'Ja, natuurlijk, natuurlijk.' Chaim had een schoon, gesteven overhemd aangetrokken. Hij was ook onder de douche geweest. Hoewel hij strikt genomen in de rouw was om zijn broer, begon de officiële rouwperiode pas na de begrafenis. Bovendien mocht je je wassen voor de sabbat. Lieber stapte bij de deuropening vandaan. Ze gingen naar binnen.

'Wat ben je te weten gekomen?' vroeg Chaim.

Decker nam plaats op een van de twaalf eetkamerstoelen. 'Heb je het tegen mij?'

'Ja. Jullie zijn toch al die tijd bij de politie geweest?'

'Ja, bijna wel.'

'En wat zijn jullie te weten gekomen?'

Decker wreef over zijn voorhoofd. 'Meneer Lieber...'

'Meneer Lieber?' Hij begon te ijsberen. 'Wat zullen we nu krijgen? We zijn familie. Waarom zeg je niet gewoon Chaim? Heb je soms slecht nieuws voor me?'

'Op het moment hebben we helemaal geen nieuws,' zei Decker.
'Maar jullie zijn daar vier uur geweest.'
'Drie,' zei Jonathan. 'Vergeet niet dat we ook heen en terug moesten rijden.'
'Drie uur, vier uur... Jullie zullen toch wel íéts te weten zijn gekomen?' Lieber draaide zich om en keek Decker met felle ogen aan. 'Wat heeft de politie gezegd? Hebben ze je iets verteld?'
'Ze staan nog maar aan het begin van het onderzoek...'
'Ach!' Lieber maakte een minachtend gebaar. 'Voor de draad ermee. Ik weet dat je eromheen draait...'
'Chaim!' kwam Jonathan tussenbeide. 'Als hij iets wist, zou hij het je heus wel vertellen.'
'Ik kan je één ding vertellen,' zei Decker. 'Ik heb de plaats delict gezien. Ik kan er niet op zweren, maar persoonlijk denk ik dat Shaynda niet samen met je broer in de hotelkamer was.'
'Waar was ze dan wel? Waar is ze?'
'Dat weet ik niet.'
'Vooruit! Ze is een onschuldig kind! Waar kan ze zitten?'
'Dat weet ik niet, Chaim,' zei Decker. 'Ik woon in Los Angeles, niet in New York. De politie is naar haar op zoek, daar kun je van op aan.'
'Ach!'
Deckers hoofd bonkte. Hij gooide het over een andere boeg. 'Chaim, mag ik even in Shaynda's kamer kijken?'
'Waarom?'
'Om een idee te krijgen wat voor iemand ze is.'
Een schrille stem riep Chaims naam. Hij keek op naar de trap. 'Ik kom eraan, Minda.'
'Ik kom wel naar beneden. Wie is daar?'
'De inspecteur.'
'Wat wil hij?' Een vrouw verscheen boven aan de trap. Er zat een handdoek om haar hoofd gewonden; haar lichaam was van top tot teen gehuld in een zwarte kaftan. Haar ogen waren gezwollen en roodomrand, haar huid was vlekkerig. Ze wreef met de vingers van haar ene hand over die van haar andere hand.
Chaim liep snel de trap op en bood de vrouw zijn arm. Ze duwde hem opzij. 'Ik ben niet invalide!' Ze keek met een wilde blik in haar ogen naar Decker. 'Hebt u haar gevonden?'
Chaim zei: 'Dit is mijn vrouw Minda.'
'Hij weet wie ik ben. Wie zou ik anders moeten zijn? Hebt u haar gevonden?'
'Nee, mevrouw Lieber, nog niet.'
'Wat doet u dan hier?' Ze keek hem woedend aan. 'Als u haar niet hebt gevonden, wat doet u dan hier?'
'Ik wil Shaynda's kamer bekijken, mevrouw Lieber. Om een indruk te krijgen wie ze is.'

'Ik heb geen tijd voor dergelijke onzin.' Toen ze de begane grond had bereikt, begon ze heen en weer te lopen als een gekooide leeuwin. 'Ga terug naar New York! Ga haar zoeken!'

'Als ik haar kamer mag bekijken, zal ik haar misschien eerder kunnen vinden, mevrouw Lieber.'

'Nee! Want het is niet alleen háár kamer, en bovendien heb ik hem al opgeruimd, en zo dadelijk begint de sjabbes en ik heb een hoop aan mijn hoofd. Het laatste wat ik nodig heb, is vreemde mensen in mijn huis! Chaim, wat doe jij hier nog steeds? Je zult te laat komen voor *mincha*!'

'Ik wilde net gaan, Minda.' Lieber zei kortaf tegen Decker. 'Zouden jullie nu willen gaan?'

Jonathan keek geschrokken, nee, verbluft. 'Chaim, hoe kun je dat zeggen? Je hebt zelf gevraagd of ik hem hierheen kon halen!'

'Dan heb ik me vergist.'

'Zou kunnen,' zei Decker kalm.

Opeens barstte Minda in tranen uit. Ze schreeuwde: 'Loop me niet voor de voeten. Ik kan dat niet velen! Ga weg en laat me met rust!'

Decker zuchtte en probeerde na te denken als een beroeps. Het leven van een meisje stond op het spel. 'Ik wil alleen maar eventjes kijken.'

'In dit huis is niets te vinden!' zei Minda nogmaals. 'Dacht u soms dat ik het u niet zou vertellen als ik iets had gevonden?'

'Ik zeg niet dat u met opzet iets over het hoofd hebt gezien.'

'Ze is in New York!' Minda's stem klonk hoog en schril. 'Waarom bent u hier? Ga naar de stad. Doe iets! Ga daarginds naar haar zoeken!' Haar ogen spuwden vuur. 'Waarom hebt u haar nog niet gevonden?'

'Ik doe mijn uiterste best.'

'Niet waar! U bent hier in plaats van daar!'

'Omdat het al laat is, mevrouw Lieber, vond ik dat ik beter hier kon komen kijken.'

'Wat kan het u schelen dat het al laat is? Sjabbes is uw probleem niet.'

Daarmee zette ze Decker heel duidelijk op zijn plek. 'Wat wil dat zeggen?'

Ze keek hem woedend aan. 'Houdt u zich maar niet van de domme. U weet heel goed wat het wil zeggen!'

Decker was zo kwaad dat hij bijna zijn doel uit het oog verloor. Hij dwong zichzelf kalm te blijven praten. 'Ja, mevrouw Lieber, ik weet inderdaad wat het wil zeggen. Sjabbat sjaloom.'

Hij liep met grote stappen het huis uit. Zijn woede was zo allesoverheersend dat het even duurde voordat hij besefte dat zijn broer tegen hem praatte.

'... niets te betekenen, Akiva. Ze is zichzelf niet.'

'Dat weet ik wel.' Decker sprak op grommende toon. Hij trok het portier van het busje open, stapte in en sloeg zijn armen over elkaar. Hij had een branderig gevoel in zijn maag.

Jonathan stapte ook in. 'Akiva...'

'Gek is dat. Toen ik nog een goj was, schroomde niemand ervoor me hierheen te halen om de gemoederen tot bedaren te brengen, maar nu ik daadwerkelijk iets wil doen, sluiten ze me buiten. Je boft dat ik niet erg gevoelig ben. En wat nog belangrijker is, je boft dat ik dat arme kind echt wil vinden.'

Jonathan zei: 'Je bent geen goj.'

'Nee, maar dat weet zíj blijkbaar niet. Voor haar ben ik een grote, domme politieman uit het achterlijke Los Angeles, die alleen maar joods is geworden omdat Rina dat zo graag wilde.' Decker haalde diep adem. 'Ik heb met haar te doen, echt waar, Jonathan, maar ik ben evengoed kwaad.' Hij liet zijn hoofd achteroverzakken en staarde naar het dak van het busje. 'Ik weet hier niks. Ze hebben gelijk. Ik had helemaal niet moeten komen.'

'Het spijt me.'

Nu pas hoorde Decker hoe gekwetst de stem van zijn broer klonk. 'God, nu reageer ik het ook nog op jou af.'

'Je hebt het volste recht kwaad te zijn.'

Decker glimlachte. 'Gesproken als een ware rabbijn.' Hij keek op zijn horloge. 'Het heeft in ieder geval één voordeel: nu hebben we tijd om hier naar de politie te gaan.'

Politiebureaus in de buitenwijken hebben een duidelijk voordeel boven die van hun rivalen in de grote stad: een grotere basis voor grond- en onroerendgoedbelasting. Je kon zeggen dat de rijke niet-joden aan de noordzijde de arme joden aan de zuidzijde onderhielden omdat ze grotere huizen en meer grond hadden, maar je kon ook het tegenovergestelde beweren: dat de joden ruimschoots hun aandeel in de kosten leverden omdat er voor ieder huis van de niet-joden, drie joodse huiseigenaren waren. Wat de joden aan kwaliteit ontbrak, maakten ze goed in kwantiteit.

Het hoofdbureau van politie stond aan Liberty Park. Verder waren in de winkelstraten dependances, meestal bezet door twee agenten. Het hoofdbureau was gevestigd in een gloednieuw vierkant gebouw van staal en spiegelglas, goed verlicht en goed geventileerd. De recherchekamer was ruim, ongeveer van dezelfde afmetingen als die van Decker in Los Angeles. Het verschil was dat er in Devonshire drieënveertig rechercheurs zaten, en in Quinton twaalf, elk met een eigen telefoon, antwoordapparaat, voicemail en computer.

De afdeling Moord/Overvallen behandelde voor 99,9 procent overvallen en voor 0,1 procent moorden. Van de drie misdrijven met dodelijke afloop die Quinton het afgelopen jaar had behandeld, was één een zelfmoord: een negenenzestigjarige man met ongeneeslijke prostaatkanker. De andere twee gevallen waren dood door schuld wegens roekeloos rijden. Een vluchtig ogenblik overwoog Decker om na zijn pensioen in zo'n vredige wijk als Quinton te gaan wonen, maar dat idee was hij even snel vergeten als het in hem opkwam.

Omdat hij een inspecteur uit een grote stad was, werd hij toegelaten tot Virgil Merrin, het hoofd van politie in Quinton. Merrin was eenenzestig, nog net niet vadsig, had een gladde, glimmende huid, alsof hij zich zojuist had geschoren, en zulk blond, dun haar dat je zijn hoofdhuid erdoorheen kon zien. Zijn lichtblauwe ogen fonkelden toen Decker hem vertelde dat hij was opgegroeid in Gainesville, Florida. Merrin kwam uit West Virginia, dus ook uit het Zuiden. Nadat ze een paar minuten hadden gekeuveld over de genoegens van het vissen op zeebaars, kwam Merrin terzake.

'Erg sneu van het meisje.' Merrin droeg een blauw pak met een lichtblauw overhemd waarvan de knopen nog maar net dicht konden over zijn buik. Hij keek met een droevige blik naar Jonathan. 'Verdraaid sneu! We hebben navraag gedaan bij al haar vriendinnen, maar het heeft niets opgeleverd.'

Ze zaten in Merrins kantoor op de derde verdieping. Het had een weids uitzicht op het park waar de tulpen als een kleurig veld zachtjes wuifden in de wind. Ook het meer kon je hiervandaan zien, de grijze oppervlakte vol witte schuimkopjes. Merrin kon dat als hij aan zijn bureau zat allemaal zien. In een andere context zou je het kantoor gezellig kunnen noemen. Het enige wat eraan ontbrak, was een open haard, de krant en een kop koffie.

'En hoe zit het met de anderen?' vroeg Decker hem. 'De kinderen van de openbare school?'

Merrin grinnikte. 'Dat zal ik even uitleggen. De wijk heeft twee delen... en geen interactie. Zelfs de joden die aan de noordzijde wonen, bemoeien zich niet met de joden in het zuiden.'

'Een van de klachten van de vader...'

'U bedoelt Chaim Lieber.'

'Ja,' antwoordde Decker. 'Een van de problemen die rabbijn Lieber met Shaynda had, was dat ze omging met kinderen van de openbare school. Wilde kinderen.'

'En dat is het tweede probleem,' zei Merrin. 'Zo ziet hij dat: wilde kinderen. Maar wat voor hem wild is, is voor ons vermoedelijk heel gewoon. In de zomer ziet hij een meisje in een korte broek; voor hem is dat een zedeloze meid. Wat zien u en ik? Een meisje dat geschikte kledij draagt voor warm weer. Als Shaynda Lieber inderdaad omging met wilde kinderen, zou ik iets voor hem kunnen doen. Want die hebben we hier uiteraard. Niet per se wilde kinderen, maar u weet wel: tieners die feestjes houden wanneer hun ouders niet thuis zijn, die te hard rijden, drinken en mogelijk ook wel eens een stickie roken. Ja, daar hebben we er een of twee van. En als ik zeker wist dat het om die kinderen ging, kon ik hen aan de tand voelen. Maar volgens mij zijn alle kinderen die in het noorden van de stad wonen, in de ogen van rabbijn Lieber "wilde kinderen".' Zijn blik ging naar Jonathan. 'Begrijpt u wat ik bedoel, rabbi?'

'We begrijpen het.' Decker wendde zich tot Jonathan. 'Zei je niet dat Shayndie vaak rondhing in het winkelcentrum?'

'Ja,' antwoordde Jonathan. 'In Bainberry.'

'Alle kinderen uit het noorden gaan naar het winkelcentrum in Bainberry. Dat wil niets zeggen. Als ik het mis heb, moet u het zeggen, maar heeft het misdrijf niet plaatsgevonden in New York?'

'Ja,' zei Decker, 'maar ik vroeg me af of ze zich soms schuilhoudt bij een van de kinderen uit het noorden van stad.'

'Waarom zou ze?'

'Dat weet ik niet,' zei Decker. 'Misschien heeft ze iets gezien. Misschien durft ze niet naar huis te gaan.'

'De enige reden waarom ze bang zou zijn naar huis te gaan, is dat een van haar eigen soort erbij betrokken is. U weet net zo goed als ik, rabbi, dat ik die lui net zoveel vragen kan stellen als ik wil, maar dat ze me niets zullen vertellen. Maar u misschien wel.'

Waarmee hij de verantwoordelijkheid terugschoof naar hen, naar de joden.

Decker zei: 'U hebt waarschijnlijk gelijk, maar als u soms iets mocht horen...'

Merrin spreidde met een gul gebaar zijn handen. 'Natuurlijk, als ik iets mocht horen, ga ik er meteen mee naar de ouders. Mijn mensen zijn ermee bezig, inspecteur. We hebben de zuidzijde afgezocht. Van huis tot huis. En misschien hebt u gelijk en houdt ze zich aan de noordzijde schuil. Weet u wat? Ik zal tegen mijn mensen zeggen dat ze daarnaar moeten informeren.'

Decker wist precies wat dat inhield. Ze zouden naar een paar huizen gaan, misschien wat pamfletten uitdelen.

Decker knikte. 'Hartelijk dank dat u tijd voor ons hebt vrijgemaakt.'

Merrin slaakte een diepe zucht. 'Ik geef haar niet op, hoor. Daar kunt u van op aan. Als ze hier ergens is, zullen we haar vinden.'

Decker hoopte dat hij gelijk had. Want in tegenstelling tot wat de Stones zongen, drong de tijd.

8

'HET IS MIJN STUDENTENKAART VAN JOHNS HOPKINS.'

Decker wierp een blik op zijn stiefzoon en bekeek de foto. Jacob, met een smeulende blik in zijn blauwe ogen en een lok zwart haar over zijn voorhoofd. De tiener straalde puur sex-appeal uit, een idool met precies de juiste geringschattende, verleidelijke glimlach. 'De foto is genomen voordat je naar de kapper bent geweest.'

'Voordat ze me op de jesjiva gedwongen hebben naar de kapper te gaan.' Jacob trok zijn das recht. 'Ik heb geposeerd als James Dean.'

Sammy keek mee over de schouder van zijn stiefvader, en zei tegen zijn broer: 'Niet overdrijven, zeg.'

'Hoezo?' zei Jacob. 'Heb ik niet de zwoele uitstraling van een van de verleidelijke types van Tennessee Williams?'

Sammy bekeek de foto nog eens. 'Toen misschien wel.' Hij grijnsde. 'Nu niet meer.'

Jacob stompte zijn oudere broer tegen zijn schouder. Sammy was ongeveer drie centimeter langer dan Jacob, één meter tachtig op zijn sokken. De jongens leken echter helemaal niet op elkaar. Sammy had veel van zijn vader: donkerblond haar, schalkse bruine ogen, regelmatige gelaatstrekken en de glimlach van een betweter. Hij was leuk om te zien, maar niet onweerstaanbaar. Jacob wel. Die was een kloon van Rina. De twee jongens hadden echter bijna precies dezelfde stem en manier van praten. Door de telefoon kon Decker hen vaak niet uit elkaar houden.

Jacob zei: 'Je mag de foto houden, pap. Dan weten jij en Ima tenminste wat jullie me hebben aangedaan wanneer ik straks uitgemergeld en doodsbleek van Ner Yisroel kom.'

'Er is nog nooit iemand doodgegaan aan studeren.'

Jacob fronste zijn wenkbrauwen, maar toen lichtte zijn gezicht op. 'Zeyde, Zeyde, wat ziet u er goed uit!'

Rav Lazaris kwam de kamer in. Hij had een wandelstok in zijn hand, al gebruikte hij die niet merkbaar om op te steunen. Zijn glimlach was stralend, ook al waren zijn tanden van het vele theedrinken bruin geworden. Hij liep naar zijn kleinzoon, sloeg zijn arm om Jacobs nek en trok zijn hoofd naar beneden zodat hij een kus op zijn voorhoofd kon drukken. Hij was krap één meter zeventig en had een lange witte baard. Ter ere van de sabbat droeg hij een zwarte jas die tot zijn knieën reikte, een brede zwarte tailleband die *gartl* werd genoemd, en een prachtige zwarte hoed. Zijn stem klonk schor en hoog, bijna alsof hij het benauwd had. 'Yonkeleh.'

'Zeydeleh.' Jacob gaf zijn grootvader een kus op zijn wang. 'U kunt trots op me zijn. Ik heb nu ook een zwarte hoed.' Hij liet hem zijn Borsalino zien en zette hem toen op. 'Wat vindt u ervan?'

Rabbi Lazaris klopte hem zachtjes op zijn wang. 'Ik vind dat je een brave jongen bent!'

'Net als mijn *abba*?' vroeg Jacob.

'Net als je abba.' De oude man glimlachte naar Decker. 'Zoals allebei je abba's.'

'Sjabbat sjaloom, Zeyde.' Sammy gaf zijn grootvader een kus. 'Bent u zover?'

'*Ken, ken*,' antwoordde hij in het Hebreeuws. 'Ik ben zover.' Hij liep naar Decker. 'Bedankt dat jullie zijn gekomen. Mijn vrouw is daar erg blij om.'

Decker glimlachte. Alsof alleen Sora Lazaris blij was dat ze de twee kleinzonen die de naam Lazaris droegen, te gast hadden. 'Ik vind het zelf ook fijn om hier te zijn.' Hij streek met zijn hand over zijn nog vochtige haar. Het was een genot geweest om eindelijk onder de douche te kunnen, hoewel tegen de tijd dat hij en Jonathan waren teruggekeerd naar Brooklyn, er vijf mensen voor hem waren geweest zodat het water lauw was. Maar gelukkig niet koud.

De eetkamertafel was uitgetrokken tot in de woonkamer en bood plaats aan zesentwintig man. Decker met zijn gezin waren er vijf; meneer en mevrouw Lazaris en het gezin van hun dochter brachten het aantal op dertien. Samen met Jonathan, zijn vrouw en kinderen en zijn ouders, die een paar straten verderop woonden, waren ze met negentien. En op het laatste moment had mevrouw Lazaris ook Jonathans broer Sjimon uitgenodigd, die eveneens vlak bij hen in de buurt woonde. Sjimon was uiteraard eveneens Deckers halfbroer en de oudste van de vijf kinderen Levine. Hij was een gezellige, vrolijke man en Decker mocht hem graag. Door de jaren heen had Decker alleen contact gehouden met Sjimon en Jonathan. En hij stuurde Frieda Levine jaarlijks een *sjana tova*-kaart. Wat de rest van de familie Levine betrof, was er na het eerste gevoel van broederschap geen contact meer geweest.

In totaal zesentwintig personen.

Dat Decker familie van hen was, werd strikt geheimgehouden, uit respect voor Jonathans vader. Alter Levine wist niet dat Frieda, die al zevenenveertig jaar zijn toegewijde echtgenote was, vijftig jaar geleden was bevallen van een onwettig kind. Hij zou zich onmogelijk kunnen voorstellen wat het Frieda had gekost om het kind ter adoptie af te staan. Maar daarmee was dat hoofdstuk in haar leven niet eens voorgoed afgesloten. Tien jaar geleden, toen Decker en Rina in Boro Park op bezoek waren bij de familie Lazaris, was Decker door puur toeval met haar in contact gekomen, waardoor haar hele leven op z'n kop was gezet.

Net zo goed als Deckers leven.

Hij was er nog steeds mee bezig. Het aantal bloedverwanten was opeens zo enorm groot. Wanneer Decker thuis was, in Los Angeles, voelde hij zich vaak als een eenzaam schip op een grote lege zee. Hier was het alsof zijn boot in een jachthaven lag, veilig maar druk.

Het juiste woord was eigenlijk verstikkend.

Toch viel er veel te zeggen voor zoveel familie, hoe je het ook bekeek.

Bij het zien van de lange tafel moest Decker denken aan het huis van de Liebers en een ogenblik leefde hij zich in hun hel in. Pijnlijke gedachten, maar Decker stond het zichzelf niet toe zich eraan over te geven. Het was nu dertien jaar geleden dat meneer en mevrouw Lazaris hun enige zoon hadden verloren, maar deze avond was hun hart gevuld met *simcha*, met vreugde, omdat ze zoveel *nachas* hadden – zo trots konden zijn – op hun kleinzonen en de negenjarige Hannah. Decker had van hen geleerd dankbaar te zijn voor wat het leven je schonk. Hij bukte zich en kuste de hoed van de kleine man. 'Sjabbat sjaloom, Zeyde.'

De oude man glimlachte met smalle, bleke lippen. Hij gooide de wandelstok op de bank en stak zijn arm door die van Decker. 'Jij bent een sterke jongen. Mag ik op jou leunen?'

'Altijd. Daar zijn spieren voor.'

Het was heerlijk, het was prachtig, het was verheffend, maar het was ook bijzonder vermoeiend!

Tegen de tijd dat Rina naar bed kon, was het over enen. Sora Lazaris deed op de sjabbat de afwas niet, dus bleven er stapels vaat staan voor zaterdagavond, motzei sjabbat, maar het was ongelooflijk hoeveel werk er was ook zónder dat je de afwas deed. Opdienen, afruimen, de borden afvegen, de kliekjes opbergen, de vuile vaat opstapelen, het bestek tellen. En dat allemaal in die kleine keuken!

Daar kwam nog bij dat de spanning was gestegen toen Frieda was gearriveerd. Zoals altijd had ze verbaasd gestaan over Peter. Hij was een volslagen andere man dan tien jaar geleden. Hij kon nu veel beter overweg met de joodse religieuze gewoonten en met zichzelf. Hij had er ontspannen uitgezien, grapjes gemaakt met de jongens en tegen iedereen vriendelijk gelachen. Jonathan was degene die gespannen was geweest, nerveus en schrikachtig, maar die had het op het moment ook zo moeilijk. Rina had zich de hele avond afgevraagd wat hij en Peter allemaal hadden gedaan.

Ze stapte in bed, schudde haar kussen op en trok de deken over zich

heen. Even later voelde ze dat Peter het ene stukje van haar gezicht dat niet bedekt was met de deken, zachtjes kuste.
'Ben je nog wakker?' fluisterde ze.
'Ik heb op je gewacht.'
Ze draaide zich om en keek naar hem. 'Ik hou verschrikkelijk veel van je, maar ik ben doodmoe.'
'Dat bedoel ik niet, lieverd.' Hij kuste haar neus. 'Ik ben ook moe. Ik wilde alleen maar zeggen dat ik van je hou. Dat is alles.'
Ze duwde haar deken opzij en kroop tegen hem aan. 'Wat lief. Als ik nog een greintje energie over had gehad, zou ik je beslist voor dat complimentje beloond hebben.'
Decker keek naar haar. 'We zouden het kunnen proberen...'
Ze gaf hem een stomp tegen zijn schouder. 'Je was geweldig vanavond. Als je nagaat wat je allemaal aan je hoofd hebt, is het een wonder dat je je zo ontspannen hebt kunnen gedragen.'
'Een kwestie van dingen in aparte vakjes stoppen. Ik laat mijn humeur niet bederven door een stelletje onverlaten.'
'Mag ik vragen hoe jij en Jonathan vandaag zijn gevaren?'
Een zucht. 'Laat ik het zo zeggen,' zei Decker. 'Denk even terug aan tien jaar geleden toen we hier waren en Frieda Levine opeens besefte dat ik haar verloren gewaande zoon was, en flauwviel toen ze me zag. En dat de hele avond een enorme flop werd en jij heen en weer moest hollen om haar en mij eten te brengen. Rosj Hasjana was helemaal geruïneerd en alsof dat nog niet genoeg was, verdween Noam de dag daarop.'
'Was het vandaag net zo erg?'
'Nee, dat van toen was een makkie vergeleken bij nu. Toen had ik Ezra en Briena tenminste aan mijn kant. Die wílden dat ik Noam zou vinden. Die hebben me geholpen.'
'Helpen Chaim en Minda je dan niet?'
'Minda is geen gemakkelijke vrouw. En ze mag me niet. Ze heeft me bijna voor een goj uitgemaakt.'
'Nee toch!'
'Voor een deel kwam dat natuurlijk omdat ze helemaal van de kook is, maar ze meende het evengoed.'
'En Chaim?'
'De eerste keer dat ik hem zag, was hij reuze dankbaar. Vier uur later, toen ik hem de tweede keer zag, verzocht hij me zijn huis te verlaten.'
'Wat eigenaardig. Hoe zou dat komen?'
'Geen idee. Misschien was hij teleurgesteld omdat we zo weinig waren opgeschoten, of misschien is mijn charme niet meer wat die is geweest.' Hij zuchtte. 'Ik heb je verteld dat sommige zaken binnen een halfuur kunnen worden opgelost. Dat is hier niet het geval. En ik kan helemaal niets doen. Ik ben hier niets waard.'
'Daar geloof ik niks van.'

'Geloof het maar wel. Ik heb Noam destijds alleen maar kunnen vinden omdat Hersch, de psychopaat, hem had meegenomen naar Los Angeles. Toen zag alles er meteen heel anders uit. In Los Angeles heb ik mijn bronnen. Het is mijn eigen terrein. Hier weet ik niets. Hier heb ik een insider nodig om me wegwijs te maken. En zo te zien heb ik niets aan Chaim en Minda. Ze hebben me niet eens toegestaan Shayndies kamer te bekijken. Ik weet nu al hoe ze zullen reageren als ik zou vragen of ik met hun andere kinderen mag praten, of met Shayndies vriendinnen. En als ik iemand zou zijn die dat achter hun rug om zou doen, zou de gemeenschap meteen de gelederen sluiten.'

'Je kunt dus geen kant op.'

'Als een vlieg in een spinnenweb. Als ze echt om hun dochter geven, zouden ze me meer informatie verstrekken. Door deze muur van stilte maken ze zichzelf verdacht. Alsof ze haar ergens hebben opgeborgen en net doen alsof ze wordt vermist. Ik weet het niet. Misschien is ze zwanger en hebben ze haar ergens naartoe gestuurd en gebruiken ze nu de dood van Ephraim als excuus. Wie weet? Misschien is het allemaal hun eigen doen.'

'Peter. Hoe kun je zoiets zeggen?'

'Het is niet aardig, maar het kan best zo zijn.'

'Ik denk dat het is omdat Minda gewoon overstuur is.'

'Ik weet het niet. Ze vertrouwt me in ieder geval niet.' Decker ging, opeens ongeduldig, door: 'Jonathan belt me op en vraagt of ik kan komen. Dus kom ik. En binnen vierentwintig uur ben ik hier van geen enkel nut meer.'

Rina zei: 'Het is logisch dat je gefrustreerd bent.'

'Ze werken op mijn zenuwen! Net als toen we elkaar nog maar net kenden. Ik was voor iedereen de gojse politieman. Nou, Rina, zal ik je wat vertellen? Ik heb schoon genoeg van die rol.'

'Ik kan het je niet kwalijk nemen. Maar ik snap niet waarom ze zich zo tegen je gekeerd hebben. Jonathan klonk toch alsof ze hem hadden gesmeekt je te vragen hierheen te komen.'

'Er is duidelijk iets veranderd.'

'En de politie? Degenen die je vandaag hebt ontmoet? Of eigenlijk was het gisteren.'

'Mickey Novack is een prima vent. Erg sympathiek, maar hij heeft het druk met belangrijker zaken. Hij kan me niet met zich mee blijven slepen; en dan is het ieder voor zich.'

'Wat nu?'

'Nu niks, wat mij betreft. Voor mijn part gaan we hier wat eerder weg. Dan hebben we meer tijd in Florida, bij mijn ouders. We kunnen met Hannah naar Epcot en Disney World. Ik kan met haar gaan paardrijden of op het meer varen. We kunnen naar de Everglades gaan. Ik heb wel zin in een paar dagen vakantie.'

Rina gaf geen antwoord.

Decker probeerde niets van zijn ergernis te laten merken. 'Wat heb je daarop tegen?'

'Niets. Je hebt gelijk.'

'Je vindt het vervelend om zo snel bij de familie Lazaris weg te gaan.'

'Eerlijk gezegd vind ik dat best. Het was vanavond aan tafel op het emotionele vlak best vermoeiend.'

'Wat is er dan? Gaat het om mijn moeder?'

'Met je moeder kan ik het uitstekend vinden. Ze heeft respect voor me omdat ik het Oude Testament beter ken dan zij. En je vader is een lieverd.' Rina streelde zijn wang. 'Het gaat helemaal niet om je ouders. En het gaat ook niet om de familie Lazaris. Het gaat om jou. Ik weet hoe erg je het vindt wanneer je iets moet opgeven. Je denkt dat je het je niet aantrekt, maar het blijft aan je vreten.'

'In dit geval niet.'

'Mag ik dat op een briefje?' Ze keek hem diep in de ogen. 'Beloof je dat je deze zaak achter je zult laten zodra we zijn vertrokken?'

'Dat beloof ik.'

'Weet je zeker dat je het echt kunt vergeten?'

'Heel zeker. Weet je wat: we gaan zondagavond met de jongens uit eten, en daarna gaan jij en ik naar een show op Broadway.'

'Op zondag zijn er geen voorstellingen op Broadway.'

'Nee?'

'Ik zou je nooit iets voorliegen, Peter.' Ze hoorde aan zijn stem dat hij teleurgesteld was. 'Maar we kunnen naar een jazzcafé gaan. Dat is ook veel meer jouw stijl. Meneer en mevrouw Lazaris willen vast wel op Hannah passen.'

'Fantastisch.' Decker glimlachte. 'Zo mag ik het horen! We moeten wat plezier maken zolang het nog kan.' Hij kuste Rina langdurig en voelde iets roeren onder de gordel, maar lette er maar niet op. 'Welterusten, lieveling. Ik hou van je.'

'Ik ook van jou.' Rina deed haar ogen dicht en sliep al bijna toen ze hem weer hoorde praten.

'... dat Mickey Novack morgenavond zal bellen.'

'Wat?' vroeg ze slaperig. 'Wie is Mickey... o ja, de rechercheur. Wat zei je?'

'Ik zei dat het zou kunnen, al lijkt het me niet erg waarschijnlijk, dat Novack me morgenavond zal bellen. Het kan namelijk zijn dat Ephraim meedeed aan een twaalfstappenprogramma voor joodse verslaafden. Hij zei dat hij dat zou uitzoeken en me bellen als hij er meer over te weten mocht komen. Dan zouden we samen gaan praten met de leden van Ephraims groep... maar dat is dus alleen als Novack iets te weten komt.'

'Ik dacht dat je er niets meer aan zou doen.'

'Alleen als hij iets te weten komt, Rina.'

'Maar je bent niet geobsedeerd.'

'Nee. Als ik geobsedeerd was, zou ik zonder enige aanwijzing naar zo'n bijeenkomst gaan en zelf vragen stellen. Zie je het verschil?'

'Ja.'

'Zeg je nu alleen ja opdat ik mijn mond zal houden?'

'Ja... ik bedoel nee.' Rina hief haar hoofd op en kuste haar man op zijn lippen. 'Welterusten, Peter.'

Ze trok de deken over haar gezicht en viel in slaap met Peters gemompel op de achtergrond.

9

EEN KLEINE KANS DAT HIJ ZOU BELLEN. ALLEEN ALS HIJ IETS ZOU ONTDEKken.

Rina had geen woord gezegd. Dat was ook niet nodig geweest. Ze had hem alleen maar aangekeken. De vraag die ze uiteindelijk had gesteld, was: 'Moet ik de vliegtickets inruilen?' Decker had gekwetst 'Nee, natuurlijk niet,' gezegd en was snel weggelopen, zodat ze niet zou zien dat hij een kleur had gekregen.

Nu liepen ze door Broadway, Novack en hij. Het was een brede straat, maar evengoed kwam het verkeer van het ene naar het andere verkeerslicht amper vooruit. Het was een levendige straat, vol jonge mensen die werden aangetrokken door alles wat de Upper West Side te bieden had. Er waren cafés, bars en restaurants en veel winkels, niet de belachelijk dure boetieks aan Fifth en Madison, maar drugstores, boekwinkels, slijterijen en kleine supermarkten. Het was waterkoud, maar Decker had handschoenen bij zich en zijn winterjas, een oude, zware, wollen jas die hij vijfentwintig jaar geleden had gekocht toen hij met zijn eerste vrouw midden in de winter in Londen was geweest. In die tijd had hij zich alleen buiten het seizoen vliegtickets kunnen veroorloven. Het was een troosteloze vakantie geworden, maar hij had het in ieder geval niet koud gehad.

Novack had een zwart lichtgewicht jack aan. 'Terwijl u bezig was God te loven in de synagoge, heb ik gewerkt. Logisch, want dat is mijn taak. Ik zeg het alleen om aan te tonen dat we hier niet allemaal *jutzes* zijn.'

Decker keek verbaasd. 'Waarom denkt u dat ik dat denk?'

'Vanwege de wc-pot,' zei Novack. 'Ik heb het laten controleren. Er zaten spatten aan de binnenkant van de rand. Daar had ik zelf aan moeten denken. Al is het natuurlijk een stuk gemakkelijker om slim te zijn wanneer je maar aan één zaak tegelijk werkt in plaats van aan twintig, en wanneer je stad niet onder vuur wordt genomen.'

'Dat is zonder meer waar,' zei Decker.

'Maar het is evengoed dom van me. Ik ben er in ieder geval wel goed wakker van geworden. Ik heb al wat telefoonnummers gebeld die in dat boekje staan dat we op de salontafel van het slachtoffer hebben gevonden, dat van Emek Refa'im, maar er nam niemand op. Op een gegeven moment drong het tot me door...' hij tikte met zijn knokkels tegen zijn hoofd, '... dat het sjabbes was. Dan nemen ze de telefoon niet op. Dus heb ik het goeie ouwe telefoonboek erbij gepakt en de namen bij de nummers gezocht.'

'Dat is heel wat werk.'

'Inderdaad. Maar de Knicks spelen zondag weer, dus maakt het niet uit. Ik kijk morgenavond wel. Goed, eerst snapte ik er niks van omdat de bijeenkomsten in de stad worden gehouden, maar de telefoonnummers op het pamflet geen van alle bij adressen in de stad horen. Opeens begreep ik dat het chassidiem zijn, die waarschijnlijk net als Ephraim in Brooklyn wonen, maar in de stad bijeenkomen omdat ze niet willen dat de mensen thuis erachter komen dat ze een probleem hebben. Anonimiteit is hier geboden. Toen ben ik gaan zoeken in het telefoonboek van Brooklyn en heb ik er een paar gevonden. En omdat ik wist dat ze de telefoon niet zouden opnemen, ben ik ernaartoe gereden.'

Decker knikte. 'Wat was hun reactie toen u opeens bij hen op de stoep stond?'

'Dat vonden ze niet leuk, maar ik ben discreet geweest. Ik heb drie of vier mannen gesproken, en één vrouw. En toen ene Ari toegaf dat hij Ephraim kende, viel mijn mond bijna open.'

'Wist hij dat Ephraim is vermoord?'

'Ja. Hij was nerveus. En hij had bijna net zoveel vragen als ik. Maar omdat het allemaal geheim moet blijven, omdat zijn brave joodse vrouwtje niet mag weten wat er aan de hand is, heeft hij me verzocht naar een koosjer restaurant te komen daar in de buurt.'

'Is hij dan niet bang dat hij in een koosjer restaurant herkend zal worden?'

'Hij zei dat het geen punt is, dat niemand hem zal herkennen omdat hij in burger komt. Ik neem aan dat hij daarmee bedoelt dat hij zijn zwarte pak thuis laat.'

'In burger?' vroeg Decker. 'Zei hij dat?'

'Dat zei hij. Misschien vatten ze het heel letterlijk op, wanneer ze zeggen dat ze in het leger van *Hasjeem* zitten. En zullen we elkaar nu maar tutoyeren?'

Marvad haksamim was Hebreeuws voor Magisch Tapijt. De muren en de vloer van het restaurant waren geheel bedekt met tapijten en er hing zelfs een groot tapijt aan het plafond, alsof je in een tent zat. Voor de ramen twinkelden gekleurde lichtjes en bij de deuropening hingen een paar foto's van Jeruzalem. De tafels waren echter gewoon gedekt met linnen tafellakens en linnen servetten, met op iedere tafel een kaars en een vaasje met een verse bloem. Het restaurant had ook een heel redelijke wijnkaart. Decker trakteerde zichzelf op een glas cabernet. Novack nam bier.

Ari Schnitman, wiens burgerpak bestond uit een zwarte coltrui, een spijkerbroek en sportschoenen, had een glas spuitwater voor zich staan waar hij niet van dronk. Hij had een gehaakte kipa op zijn hoofd, in plaats van de gebruikelijke fluwelen jarmoelke of een zwarte hoed, maar omdat hij zulk kort haar had, kon hij het keppeltje niet met een knipje vastzetten en dreigende het steeds van zijn hoofd te glijden. Schnitman was begin dertig, had een nette, korte baard, een bleek gezicht en lichtgroene ogen achter een bril met een stalen montuur. Hij was tenger en had kleine handen. Decker was blijven zitten toen Schnitman was binnengekomen, want hij wist dat hij boven hem uit zou torenen als hij opstond.

Midden op de tafel stond een schaal met voorafjes: gepekelde wortelen, aardappelschijfjes met lente-uitjes en azijn, olijven, augurken, houmous, auberginesalade en merguez, pittige worst die gedrenkt was in olie.

Ze namen er geen van drieën van.

Schnitman was zenuwachtig. Hij sprak zo zacht dat Decker moeite had hem te verstaan boven het geroezemoes van het restaurant uit. 'Het is niet zo dat ik denk dat deze tragedie iets te maken heeft met Emek Refa'im. Ik weet zeker dat het er niets mee te maken heeft. Maar dit soort dingen... alsof het op zich niet al erg genoeg is... Ik mocht Ephraim graag, echt waar. Dit is zo vernietigend voor het moreel.'

'In welk opzicht?' vroeg Novack.

'Nou... het idee dat hij misschien weer in de fout was gegaan. Ephraim had juist gevierd dat hij twee jaar niets had gebruikt. Ik mag er niet aan denken dat een inzinking niet alleen twee jaar hard werken heeft vernietigd, maar hem ook zijn leven heeft gekost.'

'Denkt u dan dat het iets met een drugsdeal te maken heeft?' vroeg Novack.

'Het lijkt er wel op. Ik heb gehoord dat de politie hem naakt in een hotelkamer heeft aangetroffen, doodgeschoten in executiestijl.'

Novack en Decker zeiden niets.

Schnitman liet zijn hoofd tussen zijn handen zakken. Toen keek hij weer op. 'Wie nooit aan drugs verslaafd is geweest, weet niet hoe moeilijk het is voor mensen als wij, die verslaafd zijn. Ik spreek met opzet in de tegenwoordige tijd, want alhoewel we niet langer lichamelijk verslaafd zijn, zullen we dat geestelijk altijd blijven. Het ligt aan je persoonlijkheid. Het is in feite een ziekte. In zeker opzicht is het net als aids. Het is er altijd, maar je leert ermee te leven. En als je het niet met eerbied tegemoet treedt, ga je eraan dood.'

'Hoe lang heeft Ephraim deelgenomen aan jullie bijeenkomsten?' vroeg Decker.

'Drieënhalf jaar. De laatste twee jaar was hij clean.'

'Wanneer hebt u hem voor het laatst gezien?'

'Bij de laatste bijeenkomst, afgelopen dinsdagavond.'

'Was alles in orde met hem?' vroeg Novack.
'Ja, ja, natuurlijk.'
Maar Schnitman klonk een beetje verdedigend.
'Weet u dat heel zeker?' drong Decker aan. 'Of zat hij soms ergens mee?'
'Je zit altijd ergens mee wanneer je verslaafd bent.'
'Het was niet anders dan anders?'
'Hij was... ongedurig.' De jongeman zuchtte. 'Maar dat is niet ongebruikelijk. Als je bent afgekickt, ben je altijd een paar jaar ongedurig.'
'Niemand zegt dat u iets hebt nagelaten of verkeerd gedaan,' verzekerde Decker hem. 'We stellen u alleen maar vragen omdat we informatie nodig hebben. U zegt dat hij ongedurig was. Dan vragen wij waar hij mee zat.'
'Dat weet ik niet. Ik heb het hem wel gevraagd... of hij ergens nerveus om was. Of hij hulp nodig had. Hij zei dat het niets met drugs te maken had. Dat het iets persoonlijks was. Ik vroeg of hij erover wilde praten, maar hij zei van niet, en dat alles in orde zou komen. Dat hij de zaak in de hand had.' Er sprongen tranen in Schnitmans ogen. 'Blijkbaar had hij de zaak niet in de hand. Maar hoe had ik dat nou moeten weten?'
Decker zei: 'U kon het niet weten. Alleen achteraf.'
Novack zei: 'Geen idee met wat voor persoonlijke problemen hij zat?'
'Nee.'
'Geld misschien?'
'Ik weet het niet. Een van de dingen die we leren, is niet te vroeg aan te dringen op bekentenissen. Dat kan ernstige gevolgen hebben. Het is een stappenprogramma. Iedereen doet het in zijn eigen tempo. En aan niets was te merken dat hij met andere dan de normale problemen kampte.'
Decker en Novack zeiden niets.
'Maar het is nu wel duidelijk dat het abnormale problemen moeten zijn geweest, anders was dit niet gebeurd.' Schnitman veegde zijn tranen weg. 'Ik ga mijn handen wassen.'
'Ik ga met u mee,' zei Decker.
'Weet iemand waar de toiletten zijn?' vroeg Novack.
'Achterin.'
Schnitman en Decker stonden op om hun handen te gaan wassen. Zoals Decker al had gedacht, stak hij met kop en schouders boven Schnitman uit. De jongeman leek ineen te krimpen toen hij het verschil in lengte zag. Ze wasten hun handen op de rituele manier en spraken de zegen uit terwijl ze een stukje warm pitabrood aten. In stilte liepen ze terug naar de tafel en gingen weer zitten. Nu ging Novack naar het toilet.
Schnitman pakte een pita uit het mandje, stak er een stukje van in de houmous en schepte er een flinke klodder mee op. 'Ik had geen idee dat hij met problemen kampte, inspecteur. Hij was geen man voor...

ontboezemingen. Bovendien leek het juist goed met hem te gaan. Ik had geen idee!'

'U had het ook niet kunnen weten.'

'Ik vind het echt verschrikkelijk.'

'Dat is het ook,' zei Decker. 'Sprak Ephraim wel eens over zijn nichtje?'

'Shayndie? O ja, de hele tijd.' Schnitman stak nogmaals een stuk pita in de houmous, en toen voor de derde keer. Zijn eetlust leek te zijn teruggekeerd. Hij schepte wortelen, olijven en auberginesalade op zijn bord. 'Ze had een positieve invloed op zijn leven, ze was iemand voor wie hij een rolmodel kon zijn. Hij heeft haar zelfs een keer meegenomen naar een bijeenkomst, omdat hij haar wilde laten zien hoe het je zou vergaan als je drugs nam. Ik geloof dat de dingen die we haar hebben verteld, diepe indruk op haar hebben gemaakt. Ze was erg stil, maar je kon merken dat ze alles in zich opnam.'

Novack ging weer zitten. 'Wat heb ik gemist?'

'Ephraim heeft Shayndie een keer meegenomen naar een bijeenkomst van Emek Refa'im,' zei Decker.

'Echt waar?' Novack nam een paar schijfjes worst. 'Hé, dit is lekker, zeg! Maar wel heet!' Hij wapperde met zijn hand voor zijn open mond. 'Hoe heeft het meisje op de bijeenkomst gereageerd?'

'Dat zat ik net aan de inspecteur te vertellen.' Nog een portie wortelen op zijn bord, gevolgd door een paar aardappelen. 'Ze was stil, maar aangedaan.'

'Heeft ze met leden van de groep gepraat?' vroeg Decker.

'Niet voorzover ik me kan herinneren. Zoals ik al zei, was ze erg stil.'

'Misschien met een van de vrouwen?' ging Decker door.

'Dat weet ik echt niet.'

'Kunt u het navragen?' vroeg Novack.

'Ja, natuurlijk.' Schnitman brak weer een stuk pita af en besmeerde het met auberginesalade. 'Ephraim...' Hij kauwde op het brood. 'Zoals hij het uitlegde... had hij haar onder zijn hoede genomen, omdat niemand anders in de familie haar met haar problemen wilde helpen.' Hij stak een olijf in zijn mond. 'Ik hou van mijn volk, maar de charediem lijden aan een mate van tunnelvisie. Voor sommigen van hen, degenen die erg bekrompen zijn, is het net zo erg wanneer een man luistert naar een vrouw die zingt – *kol iesja* – als wanneer iemand cocaïne spuit, omdat het allebei zonden zijn. Wij weten dat je die twee dingen fysiek noch moreel met elkaar kunt vergelijken, maar wie niet bekend is met de gebruiken, kan dit soort dingen gewoon niet begrijpen.'

Decker zei: 'Mijn vrouw bedekt haar haar.'

Schnitman keek verbaasd. 'O. Maar u bent geen charedi.'

'Nee, en dat is mijn vrouw ook niet, maar ik weet wel waar u het over hebt.'

Een kelner kwam naar hun tafel. 'Verder nog iets?'

De drie mannen schudden hun hoofd.

Hij legde de rekening op de tafel en liep weg.

Schnitman keek naar het tapijt aan het plafond. 'U bent modern orthodox.'

'Zo noemt mijn vrouw dat inderdaad,' antwoordde Decker. 'Ik vind dat evengoed nog vrij fanatiek. Ik ben recentelijk religieus geworden, ik ben een *baäl tesjoeva*.'

'Hoe recentelijk?'

'Tien jaar geleden. Geloof me, dat is nog erg recent.'

Schnitman beet op een nagel. 'De moderne orthodoxen mogen ons niet.'

'Waarom zegt u dat?'

'Omdat het zo is. Ze vinden dat we luie uitzuigers zijn die op kosten van andere mensen leven. Maar zo is het niet! Sommige mensen worden opgevoed om arts te worden of advocaat. De meeste charediem worden opgevoed om thorageleerde te worden. Het bestuderen van de thora is voor ons iets waardevols. De rest is van geen belang.'

Decker knikte.

Schnitman wendde zijn gezicht af. 'U zit nu waarschijnlijk te denken dat mensen zoals u, die een baan hebben, mensen zoals wij, die de hele dag zitten te studeren, moeten onderhouden. Maar zo verdien je je *sjar mitswa*, je plek in de hemel.'

'Nee, mijnheer Schnitman, ik verdien mijn plek in de hemel, als die bestaat, door mijn eigen goede daden. Ik wens daarvoor niet afhankelijk te zijn van anderen.' Decker keek de man diep in zijn groene ogen. 'Hoor eens, Ari – mag ik Ari zeggen? – we moeten de minuscule verschillen eventjes opzij zetten. Want vergeleken bij de rest van de wereld zijn wij allen, jij, rechercheur Novack en ik, lastige joden die altijd problemen veroorzaken.'

'Dat is waar,' zei Novack. 'Kijk maar hoe Israël in het nieuws wordt afgeschilderd.'

'Precies. Laten we dus allemaal een mitswa doen en gaan uitzoeken wat er met Ephraim is gebeurd. Want dan kunnen we er misschien achter komen wat er met Shaynda is gebeurd.'

'Sorry. Ik weet niet wat er met hen is gebeurd!' Hij klonk erg ontmoedigd. 'Ik heb u alles verteld wat er in me is opgekomen.'

'Dat weet ik nog niet zo zeker,' zei Novack. 'Misschien heb je ons niet alles verteld, omdat je denkt dat je iemands vertrouwen schendt.'

'Niet wanneer er een meisje wordt vermist. Bovendien is het geen kwestie meer van schenden van vertrouwen, nu Ephraim dood is.'

'Dus je kunt me antwoord geven als ik vraag waaraan Ephraim verslaafd was?'

'Waaraan?'

'Marihuana, drank, cocaïne...'

'Cocaïne. Ephraim was verslaafd aan cocaïne.'

'En...?'
'Meer niet. Alleen cocaïne.'
'Crack of blow?'
'Blow.'
'Weet je zeker dat dit zijn enige slechte gewoonte was?' vroeg Novack.
'Het heet verslaving, rechercheur.'
'Verslaving dan. Heeft hij ooit gezegd dat hij met andere drugs had geëxperimenteerd?'
'Nee. Alleen cocaïne. Maar hij was erg verslaafd. Op een gegeven moment zat hij op een paar honderd dollar per dag.'
Novack floot zachtjes. 'Dan kan hij gemakkelijk in de schulden zijn geraakt.'
'Hij zat ook in de schulden,' antwoordde Schnitman. 'Maar als ik het goed heb begrepen, was hij bezig iedereen af te betalen. Hij zei dat hij goede vooruitgang boekte.'
'Misschien vond hij het zelf goede vooruitgang,' zei Novack, 'maar vonden de mensen bij wie hij in de schuld stond, dat niet.'
'Zou kunnen. Dat weet ik niet.'
'Zou dat zijn probleem zijn geweest?' vroeg Decker. 'Dat hij zwaar in de schuld zat?'
'Ik weet daar net zo weinig van als u.'
'Weet je zeker dat hij geen andere dingen gebruikte?' vroeg Novack. 'Xtc, bijvoorbeeld?'
Opeens begreep Decker waar Novack op aanstuurde. De pil die ze in de hotelkamer hadden gevonden. Hij zou het labrapport inmiddels wel hebben ontvangen. Met of zonder opdruk was het dus blijkbaar een xtc-pil.
'Alleen cocaïne en alleen door zijn neus,' hield Schnitman vol. 'Hoe ik dat weet? Ephraim zou nooit iets slikken wat geen *hechsjeer* heeft.'
Een hechsjeer was een koosjerverklaring. Decker schoot in de lach. 'Ik wist niet dat er rabbinaal goedgekeurde cocaïne bestond.'
'Die bestaat ook niet.' Schnitman keek beledigd. 'Ik weet dat het idioot klinkt, maar er zijn religieuze verslaafden die nooit drugs zullen slikken. In plaats daarvan spuiten ze het gif in hun bloed of snuiven ze het op door hun neus. Zolang het spul maar niet tussen hun lippen door komt. Ik weet dat het een belachelijk onderscheid is, maar in de bijbel staat *lo tochloe*; dat je niet-koosjer voedsel niet mag éten.'
'Er staat ook dat je het niet mag aanraken,' zei Decker.
'Ja, en daarom hebben ze rietjes om het spul op te snuiven!' Schnitman keek nijdig. 'U kunt ons belachelijk maken, inspecteur, of u kunt proberen het te begrijpen. Ik weet dat er tegenstrijdigheden zijn. Maar die hebt u in uw kringen vast ook wel.'
'Inderdaad, mijnheer Schnitman. Neemt u me niet kwalijk als ik u heb beledigd.'

'U hebt ons goed geholpen,' zei Novack. 'Hier, neem een stukje worst. Wel heet, hoor, dus pas op.'

'Nee, dank u.' Schnitman duwde zijn bord van zich af. 'Ik moet maar eens gaan. Ik moet even *bensjen*.'

'Ik ook,' zei Decker.

Nadat ze de zegening over het eten hadden gezegd, gaf Novack Schnitman zijn visitekaartje. 'En als u nog iets hoort...'

'Dan bel ik u.' Schnitman haalde zijn portefeuille te voorschijn, deed het kaartje erin en haalde er een briefje van tien dollar uit.

Decker hield hem tegen. 'Ik betaal.'

Schnitman zei: 'Een van de dingen die we leren om onze problemen op te lossen, is voor ons eigen eten betalen. Geef mij die rekening dus maar.'

'Dat is belachelijk,' zei Decker. 'Wij hebben u uitgenodigd. Dus betalen wij.'

Novack pakte de rekening. 'Dit heeft betrekking op het onderzoek naar een moord. U bent een getuige. Wat mij betreft mag de stad New York opdraaien voor mijn brandend maagzuur.'

Decker knoopte zijn jas dicht, trok zijn handschoenen aan en sloeg zijn handen ineen. Hij had zijn sjaal niet bij zich en voelde de snijdende wind in zijn gezicht toen ze terugliepen over Broadway. 'De pil was xtc.'

'Inderdaad.'

'Als we Schnitman mogen geloven, was hij niet van Ephraim.'

'Denk je echt dat een cocaïnesnuiver zo'n pil zou laten liggen omdat de zegen van de rabbijnen er niet op rust?'

'Ja, dat geloof ik inderdaad, Micky, hoe vreemd het ook lijkt.'

'Nou, jij staat een stap dichter bij hen dan ik, Pete.'

Ze liepen een paar ogenblikken zwijgend door. Toen vroeg Decker: 'Waar zou een meisje als Shayndie zich in deze stad schuilhouden?'

'Moeilijke vraag!' zei Novack. 'Ik heb geen flauw idee. Kijk eens om je heen. De naakte stad heeft een miljoen kloven waar kinderen in kunnen vallen.' Hij liep nog een paar stappen door. 'Ik zal het bij Zedendelicten navragen. En bij Jeugddelicten. Maar verwacht er niet al te veel van.'

'Ze zal nog niet aan het tippelen gaan, neem ik aan,' zei Decker.

'Nee, een pooier zal haar niet zo snel aan het werk zetten.' Novack haalde zijn schouders op. 'Maar als ze niet naar huis gaat en niet in een steeg wordt gevonden, zal ze misschien uiteindelijk toch de straat opgaan. We kunnen niets anders doen dan wachten. En voor vandaag vind ik het genoeg. Waar ga jij naartoe?'

'Terug naar Brooklyn. En jij?'

'Naar Queens, maar er wacht iemand op me op het bureau.' Ze bleven staan. 'Weet je, we krijgen eigenlijk nooit een kans iets voor kinderen te doen. De hangplekken veranderen voortdurend. Tegen de tijd dat we erachter zijn waar ze zich schuilhouden, heeft de onderwereld hen al te pakken.'

'Heb je geen verklikker? Dan zouden we met hem kunnen gaan praten.'

'Niemand zal toegeven dat ze een meisje van vijftien hebben. De gevangenisstraf is bijzonder zwaar. Jonge kinderen hebben iemand nodig met veel macht, die hen zowel uit handen van de politie kan houden als hen beschermen tegen de klanten. De meeste pooiers beginnen er niet eens aan, want er zijn genoeg achttienjarigen die bereid zijn voor hen te werken. En als zo'n meisje ook nog op de vlucht is wegens een moord... Wie heeft zulke sores nodig?'

Decker knikte.

'Het zal in Los Angeles wel hetzelfde zijn.'

'Ja. Ik heb nooit op Zedendelicten gewerkt, maar wel op Jeugddelicten. Zes jaar. Daar heb ik veel trieste gevallen meegemaakt.'

'Dan weet jij er waarschijnlijk meer van dan ik. Waar vonden jullie de kinderen terug?'

'Meestal werden ze gevonden door de patrouilleagenten. Vaak waren ze uitgehongerd en hadden ze een ziekte opgelopen. Soms gingen ze uit zichzelf naar een politiebureau toe en vroegen ze om bescherming en of we als tussenpersoon konden optreden tussen hen en hun ouders. Bijvoorbeeld om hen te helpen van een agressieve stiefvader af te komen, of van het vriendje van hun moeder dat misbruik van hen maakt. Je kent dat wel.'

'Ja, het is overal hetzelfde.'

'In Los Angeles ken ik heel wat hangplekken. En als ik er zelf niet uit kom, weet ik wie ik ernaar moeten vragen. Hier in Manhattan tast ik in het duister.'

Het was bijna elf uur en het kwik zakte steeds meer. Toch was het nog steeds druk op straat. Mensen liepen met snelle pas over de stoep en de nevel van hun warme adem hing in de lucht als een wolkendek. Ongeveer de helft van de winkels was nog open, en de winkels die al dicht waren, zaten wel op slot maar hadden geen tralies of hekken, wat een groot verschil was met de laatste keer dat Decker hier was geweest. De koplampen en achterlichten van de auto's waren mistige rode en witte cirkels.

Novack zei: 'Ik weet niet veel van de prostitutie hier. Maar ik ken iemand die de weg weet. Als je echt denkt dat Shaynda misschien die kant op is gegaan, zal ik hem bellen.'

'Ik weet niet welke kant ze op is gegaan,' zei Decker. 'Ik klamp me vast aan strohalmen omdat ik zo weinig tijd heb.'

'Wanneer vertrekken jullie?'

'Maandag... of misschien dinsdag.' Rina zou hem hartelijk uitlachen. Hij hoorde het haar al te zeggen: zal ik de tickets dan toch maar inruilen, Peter? 'Maar alleen als we vooruitgang boeken.'

'Als wé vooruitgang boeken?'

Decker glimlachte. 'Alleen als ik denk dat ik in staat zal zijn u te helpen, rechercheur Novack.'

'Dat is beter.' Novack glimlachte. 'Goed, aangezien je in tijdnood zit, zal ik zien of we morgen met hem kunnen praten.'

'Dat zou heel fijn zijn. Want anders...' Decker hief zijn handen op. 'Het is ook mogelijk dat ze hier helemaal niet is... dat ze in Quinton is. De politie daar zei dat ze naar haar zouden uitkijken, maar de commissaris klonk niet erg hoopvol. En eerlijk gezegd was hij ook niet erg behulpzaam.'

'Hoe heet hij?'

'Virgil Merrin.'

Novack haalde zijn schouders op. 'Ken ik niet. We leven hier in New York in ons eigen landje.'

'Ja, dat begin ik zo onderhand door te krijgen. Denk je dat we morgenochtend vroeg met jouw man kunnen praten?'

'Vroeg? Hoe vroeg?'

'Om een uur of acht, negen.'

'Dat weet ik niet. Hij is Iers. Op zaterdagavond gaan de Ieren naar de pub.'

'Zeg maar dat ik een kratje van zijn favoriete merk bier voor hem koop, als we om acht uur met hem kunnen praten.'

Novack knikte. 'Inspecteur Decker, dat zou wel eens precies het juiste lokaas kunnen zijn.'

10

Ephraim Lieber was een paar straten bij Bureau 28 vandaan aan zijn einde gekomen, in een armoedig flatgebouw ten westen van Harlem. Het was een buurt die werd gekarakteriseerd door bovengrondse spoorrails en rasterhekken rondom terreinen die schuilgingen onder onkruid; een wijk met zoveel garages, autowasserijen en fastfoodrestaurants, dat Decker zich in zijn eigen Los Angeles had kunnen wanen. Brandtrappen waren als steigers vastgeklonken aan de door vuil en roet zwart geworden bakstenen muren van de flatgebouwen. Toch zag Decker ook potentieel toen hij door de straten reed, want er waren prachtige, oude herenhuizen, jammer genoeg met graffiti beklad. Bovendien had je het Riverside Park, een lange strook groen met bomen, struiken en perken langs de Hudson, een oase met veel bankjes en paden voor de joggers. Het park liep van de 72nd Street tot aan 120th, en eindigde een paar straten bij Bureau 28 vandaan. Het was in de jaren veertig en vijftig aangelegd op de plek waar de oude rails waren geweest en was een botanische herinnering aan wat hier had gegroeid en gebloeid voordat Manhattan in een eiland van asfalt en wolkenkrabbers was veranderd.

Het politiebureau bevond zich in een gebouw met een bovenverdieping met betonnen muren die eruitzagen alsof iemand een hark over het cement had gehaald voordat het was opgedroogd. Je kwam er binnen via een dubbele deur van staal die er niet alleen stevig maar ook kogelbestendig uitzag. Decker moest drie traptreden afdalen en zag recht tegenover zich een hardblauw geschilderde balie die werd bemand door een zwarte vrouw in uniform. Rechts van Decker was een glazen vitrine vol bekers die teams van het bureau bij sportevenementen hadden gewonnen. Links zag hij een aantal kantoren en een rij aan de vloer geklonken plastic stoelen waarop een dakloze persoon van onbestemde sekse lag, opgerold als een rups.

Toen Decker naar de balie liep, kwam Novack net de trap af.

'Ha. Precies op tijd. Kom maar mee naar boven.'

Decker liep achter Novack aan de trap op.

'Hoe is het ermee?' vroeg Micky.

'Goed, dank je.'

'Mooi. Mijn mannetje is er, maar het viel niet mee om hem hierheen te krijgen.'

'Je houdt wat van me te goed.'

'Dat zit wel goed.' Novack ging hem voor door een kamertje dat dienstdeed als secretariaat van de recherchekamer. 'Welkom bij Bureau 28. Het is geen architectonisch wonder, maar we hebben een prachtig uitzicht op een benzinestation.'

Er was maar één andere man aanwezig, een van de voordelen van werken op zondag. De recherchekamer maakte een erg volle indruk: halfhoge schotjes deelden de ruimte op in werkplekken met de gebruikelijke metalen bureaus, kantoorstoelen en computers. De muren waren van witgeverfde baksteen, tl-lampen hingen aan het door vochtplekken ontsierde plafond en verspreidden een gelig licht, en de vloer bestond uit witte tegels die in de loop der tijd grauw waren geworden. Hier en daar hadden mensen pogingen gedaan een wat gezelliger sfeer aan de kamer te geven met familiekiekjes, pennenbakjes, door hun kinderen gemaakte presse-papiers, en inmiddels half verlepte potplanten, maar verder was het typisch een ruimte waar gewerkt werd.

Een ruimte vol papier.

Overal lagen stapels paperassen, en tientallen briefjes hingen op de prikborden. Mappen puilden uit dossierkasten en plastic schappen waren volgestouwd met stapels formulieren en rapporten. Aan de muren hingen plattegronden van stadsdelen, vol gekleurde punaises die aangaven waar misdaden waren gepleegd, en van welk soort. Er waren twee spreekkamers en tussen de twee pauwblauwe deuren hing een prikbord vol foto's en portrettekeningen van voortvluchtige verdachten.

Een poster trok Deckers aandacht. Het was een foto van de Amerikaanse vlag met eronder de woorden: 'Deze kleuren verbleken nooit.' Onder de poster hing nóg een prikbord, vol foto's van gewonde, met roet en as bedekte agenten van de aanslag op het WTC van 11 september.

Novack zag hoe Decker ernaar keek. 'Als politieagenten denken we vaak dat we álles hebben gezien.'

Decker stootte een korte, wrange lach uit. 'Niet dus.'

'Wat je zegt.' Novack wees naar de enige andere aanwezige in de recherchekamer. 'De man daar bij mijn bureau is Brian Cork van Zedendelicten. Hé, Brian, dit is inspecteur Decker.'

Cork keek op. 'Morgen.'

'Morgen.'

Ze namen plaats aan Novacks bureau. Cork was een jaar of vijfenveertig, ongeveer één meter vijfenzeventig lang, had brede schouders en een beginnend buikje. Zijn borst en armen waren erg gespierd. Als Bureau 28 een footballteam had, zouden deze twee mannen uitstekende verdedigers zijn. Cork had een rond, rossig gezicht met dunne, bijna bloedeloze lippen, flauwe gelaatstrekken en een gebroken neus die als een platte pompoen op zijn gezicht zat. Hij was bezig de foto's van Ephraims lijk te bekijken.

Hij zei: 'Dus u bent inspecteur in Los Angeles?'

'Ja.'

'Wat doet u dan hier en waarom bent u geïnteresseerd in deze zaak?'

'Men heeft me overgehaald om als tussenpersoon te dienen tussen de betrokkenen en de politie. Het slachtoffer was de zwager van mijn broer. Ik heb mijn broer beloofd dat ik een beetje zou rondneuzen, maar ik heb al tegen Micky gezegd dat ik hier nu al van geen enkel nut meer ben. Zelfs de familie is me zat, en dat wil wat zeggen, als je bedenkt dat ik hier pas twee dagen ben.'

'Familie...' Cork trok een gezicht. 'Ik heb zes broers en zussen. Drie van hen zitten bij de politie, dus dan weet je van tevoren dat het altijd heibel wordt. We komen ieder jaar met de kerst bijeen. In het begin gaat het nog wel goed, maar tegen het einde van de avond gaan er gegeheid een paar met elkaar op de vuist. Ik doe nog liever patrouilledienst dan dat ik tussen broers en zussen moet zitten die met kwaaie koppen op elkaar zitten te katten.'

'Maar ja, je moet wel, hè.'

'Ja.' Cork zuchtte. 'Dus u gooit het bijltje erbij neer?'

'Aangezien ik geen nuttige bijdrage kan leveren, lijkt dat me het beste.'

'Nou, dan wil ik even zeggen wat ik denk. Als observatie, meer niet.' Cork keek weer naar de foto's. 'Weten jullie waar dit op lijkt?'

'Nou?' vroeg Novack.

'Als werk van de maffia.'

'Volgens mij is het geen maffiazaak, Brian.'

'Ik zeg ook niet dat het de maffia is, Mick, ik zeg dat het eruitziet als werk van de maffia. Niet van de huidige maffia, maar die van vier, vijf jaar geleden toen C.D. nog meedeed en nog met de ouwe werkte. Maar dit is niet zijn werk. Om te beginnen doet C.D. alleen iets als er veel geld mee gemoeid is, en deze vent is duidelijk een kleine vis. Op de tweede plaats zou C.D. nooit ofte nimmer iemand in een hotel te grazen nemen. Te veel publiek. C.D. trekt niet graag de aandacht. En op de derde plaats heb ik gehoord dat hij eruit gestapt is, al kan dat ook alleen maar een gerucht zijn, dat weet ik niet. Daarom zeg ik dat het líjkt op zijn werk: één schot, weinig bloed, geen tweede wond en dus niet veel rotzooi. Simpel en schoon.'

'Wie is C.D.?' vroeg Decker.

'Christopher Donatti,' antwoordde Novack.

Het duurde even tot Decker die woorden in zich had opgenomen. Toen zag hij een reeks beelden voorbijflitsen als snelle dia's. Slechts weinig van de moordzaken die Decker had behandeld, waren scherp in zijn geheugen blijven zitten. Die van Chris was daar een van. Het was nu acht jaar geleden dat Decker voor het laatst contact had gehad met de jonge Donatti, maar hij herinnerde zich de details nog haarscherp. De moord op een achttienjarig meisje, de koningin van het schoolbal. Donatti was de hoofdverdachte geweest. Hij heette toen nog Whitman en alhoewel hij zijn achternaam had veranderd, was Decker er zeker van dat de jongen zelf niet was veranderd. Een psychopaat bleef een psychopaat...

'U zegt dat deze moord het werk lijkt van Chris Donatti?'

'Líjkt – meer niet. C.D. is al sinds de hartaanval van de ouwe met geen enkele zaak in verband gebracht.'

'Heeft Joseph Donatti dan een hartaanval gehad?'

'Ja, en niet zo'n kleintje ook.' Cork staarde hem aan.

'Daar wist ik niets van.' Decker slikte. 'Wanneer was dat?'

'Vier, vijf jaar geleden,' zei Novack.

'Ik mag wel eens beter opletten,' zei Decker. 'En sindsdien staat Chris Donatti aan het hoofd van de familie?'

'Als in maffiafamilie? Er is geen maffiafamilie Donatti. De familie is uit elkaar gevallen.'

'Hoezo? Heeft een rivaal Chris eruit gewerkt?'

'Nee, C.D. heeft zelf de boel opgeheven.' Cork staarde nog steeds naar Decker. 'U zegt aldoor Chris. Kent u die gozer zo goed dat jullie elkaar bij de voornaam noemen?'

Decker haalde zijn schouders op. 'En wat doet hij nu dan? C.D.?'

'Hij is een probleem. Het probleem is dat hij een mysterie is. Hij babbelt niet.'

'Wat bedoelt u daarmee?'

'Precies wat ik zeg. Hij babbelt niet. Hij is precies het tegenovergestelde van de ouwe. Wanneer de ouwe opdracht gaf iemand te laten vermoorden, wist de hele wereld ervan. Bij C.D. is dat niet zo. Nadat de ouwe zich had teruggetrokken, zat iedereen te wachten op wat er zou gebeuren. Hoe C.D. zich zou laten gelden. Opeens gebeurde het: twee topdealers in Washington Heights werden vermoord. Pief paf. Keurig netjes. Het was in een wip gebeurd. Helemaal in de stijl van Donatti. Wij dachten meteen: Jezus, C.D. begeeft zich op het terrein van de Dominicanen. Dat wordt oorlog. Maar weet je wat er gebeurde?'

'Nou?'

'Niks. Terwijl de Dominicanen, nadat twee van hun bazen waren doodgeschoten, druk bezig waren zich opnieuw te organiseren, heeft iemand hen afgekocht. En niet zo zuinig ook. Ik heb het over heel veel geld. En toen, voordat we goed en wel wisten wat er gebeurde, was de helft van Washington Heights opeens van Benedetto.'

'Chr... C.D.'s schoonvader.'

'U weet meer dan u toegeeft.'

'Nee, ik weet niets van deze gebeurtenissen. Daarom vraag ik ernaar.'

'Ja, Benedetto was C.D.'s schoonvader. Wij dachten uiteraard dat C.D.

erachter zat en dat hij de buit had gedeeld met zijn schoonvader. Een cadeautje voor de ouwe, zeg maar. Alleen waren C.D. en dat kalf van een dochter van Benedetto drie maanden daarna opeens niet meer getrouwd en was C.D. nergens meer te vinden. Het was alsof de aarde hem had verzwolgen. En de ouwe Benedetto had alle terrein in handen. We dachten toen natuurlijk dat Benedetto Donatti te grazen had genomen, en dat de jongen ofwel tussen zes plankjes lag, ofwel in een van de betonnen pijlers zat van de nieuwe bouwprojecten in New Jersey. Een derde mogelijkheid was dat hij zich ergens schuilhield tot hij wist wat hij zou gaan doen. Als dat het geval was, dachten we, zou het alsnog oorlog worden. En weet je wat er gebeurde?'

'Nee.'

'Niks. Helemaal niks. We dachten al dat hij dood was. Maar een jaar later – dat is nu drie of vier jaar geleden – dook hij opeens weer op. Hij woont hier niet al te ver vandaan en maakt foto's van jonge kutjes.'

'Kinderporno?'

'Nee, ze zijn allemaal boven de achttien. Hoe ik dat weet? Ik heb wel tien keer geprobeerd die klootzak te pakken te krijgen. De meisjes zijn allemaal meerderjarig. Nog wel. Er staan een paar beschikkingen van het Hooggerechtshof tegen hem uit, waardoor hij een poosje opgeborgen zou worden, maar die vent is net onkruid. Iedere keer duikt hij ergens anders op. We weten dat hij de meisjes laat tippelen, maar we kunnen de zwakke plek in zijn harnas niet vinden. Weet u waarom niet?'

'Nou?'

'Omdat C.D. niet babbelt.'

'Houden de ouwe en hij nog steeds contact met elkaar?'

'Ja. Sinds hij weer boven water is gekomen, zien we hem van tijd tot tijd samen met Joey. Niks bijzonders verder. Meer als plicht, denk ik. Joey heeft C.D. indertijd geadopteerd. Ze zijn geen familie. Maar dat weet u waarschijnlijk al.'

'Ja.'

'C.D. heeft geen familie, geen vrienden, geen sociale banden. Wat hij wél heeft, is een bijzonder goor tijdschrift. Een blad van twintig tot dertig pagina's vol jonge meisjes, allemaal nog maar net achttien, aangekleed als nog veel jongere meisjes die alle mogelijke fantasieën uitbeelden die mannen van middelbare leeftijd ooit hebben bedacht. U weet wel: leraar/schoolmeisje, zieke/verpleegster, vaders met de beste vriendin van hun dochter...'

'Leuk.'

'Ik weet niet aan wie hij die rommel verkoopt, maar er moet een markt voor zijn. Hij is begonnen met goedkope amateurfoto's, maar nu is het een blad met foto's van uitstekende kwaliteit, en advertenties. Ik zeg niet dat hij in de bladenrekken vooraan komt te liggen, maar hij heeft klanten.'

'Business op z'n Amerikaans.'

'Weet u wat ik denk?'

'Nou?' vroeg Decker.

'Dat Donatti Washington Heights aan Benedetto cadeau heeft gedaan om zich van de familie te kunnen losmaken. Hij is te veel een eenling om bevelen te kunnen opvolgen van hogerhand. Niet dat hij erg goed heeft geboerd. Althans... als hij een luxe leventje leidt, weet hij dat goed te verbergen.'

'Is het gebouw niet van hem, Brian?' Novack mengde zich in het gesprek.

'Ja, dat is waar. Hij bezit nogal wat onroerend goed rondom 135th Street in de zogenaamde "Shona Bailey"-buurt. Je hebt daar veel van die oude herenhuizen; erg mooi, maar schandalig verwaarloosd. Een tijdlang was Bailey erg in trek bij de IT'ers en werd het peil nog enigszins opgehouden. Toen is de economie gekelderd en kregen we 11 september, en nu heb ik gehoord dat hij die huizen voor een appel en een ei opkoopt.'

'Niemand heeft hem er ooit van beschuldigd dat hij zijn hersens niet gebruikt.'

'Dus als ik hem zou willen zien, zou ik hem in de buurt van 135th Street kunnen vinden?'

'Ja, maar niet op zondagochtend om kwart voor tien, denk ik. Waarom wilt u hem eigenlijk gaan opzoeken?'

'Omdat u zei dat de moord lijkt te zijn uitgevoerd op zijn manier, en omdat hij een wanhopige vijftienjarige misschien goed kan gebruiken als hij op jonge meisjes aast.'

'Ik denk niet dat hij iets zal uithalen met een minderjarige. Hij heeft genoeg meerderjarige grietjes die naar zijn pijpen dansen. Hij is een kutjesmagneet. Zo'n jongen voor wie domme grietjes gemakkelijk vallen.'

Niet alleen domme grietjes, dacht Decker. 'Hebt u zijn adres?'

Cork bekeek hem argwanend. 'Wat bent u van plan? Naar hem toe gaan en vragen of hij het heeft gedaan? Wie Donatti te grazen wil nemen, belt niet zomaar aan. Die wapent zich met huiszoekingsbevelen et cetera. Anders doet hij helemáál geen bek open.'

'Ik heb geen tijd voor al die dingen,' zei Decker. 'Ik wil hem alleen maar een paar vragen stellen.'

'Zal ik meegaan?' vroeg Novack.

Verdomme, dacht Decker. Hij wilde juist in zijn eentje met Donatti praten. 'Als je wilt.'

'Ga jij meedoen aan die klucht, Mick?' Cork trok een gezicht.

Decker zei luchtig: 'Weet je, Novack, hij is waarschijnlijk niet eens thuis. Ik heb het nummer van je mobiele telefoon. Als ik iets te weten komt, bel ik je. Tenzij je erg graag mee wilt.'

Novack schudde zijn hoofd. 'Eigenlijk niet, want de Knicks spelen vanmiddag en ik heb mijn vrouw beloofd dat ik de garage zal opruimen. Dat wil ik graag af hebben voordat de wedstrijd begint.'

'Ga dan maar gauw naar huis. Ik red me wel.' En hij vroeg aan Cork: 'Wat is zijn adres?'

'Wilt u er echt naartoe?'

Decker knikte.

'Dan zal ik het adres even opzoeken,' zei Cork. 'Mijn aantekeningenboekje ligt in mijn auto. Moment.'

Cork liep weg. Novack keek naar Decker en staarde hem een poosje aan voordat hij sprak. 'Wat wil je hiermee bereiken, Pete?'

'Dat weet ik zelf niet. Maar via de geijkte wegen heb ik nog helemaal niks bereikt.'

'Het is niet verstandig om je neus al te diep in andermans zaken te steken.'

Blijf uit mijn vaarwater. Decker zei: 'Als je het liever niet hebt, ga ik niet, hoor.'

'Zolang je maar geen heibel maakt. Bij Zeden vinden ze het niet leuk om te kijk gezet te worden.'

'Snap ik.'

Maar er bleef een bepaalde spanning tussen hen hangen. Ze zeiden geen van beiden iets tot Cork een paar minuten later terugkwam met een stukje papier. 'Het is hier niet ver vandaan, ongeveer vijftien straten. Ik weet niet meer of het tussen Riverside Drive en Broadway is, of net even ten oosten van Broadway.'

'Ik vind het wel.'

Cork gaf Decker het stukje papier. 'Ik blijf het een beetje vreemd vinden. U weet meer over Donatti dan u ons hebt verteld.'

'C.D. heeft een tijdje in Californië gewoond. Toen hebben onze wegen zich gekruist.'

'Aha!' zei Cork. 'Nou, u gaat evengoed uw tijd verkwisten. Zelfs als hij thuis is, zal hij niet met u praten.'

Dat was heel goed mogelijk. Maar Decker had een wapen waar de andere twee niets van wisten. 'Misschien krijg ik een van de meisjes aan de praat.'

'Pfff.' De rechercheur wuifde dat van de hand. 'Die doen geen bek open. Denk niet dat ik het niet heb geprobeerd. Ik weet niet hoe Donatti het klaarspeelt, maar hij houdt hen in een wurggreep.'

11

RINA ZOU HEM VERMOORDEN. ALS NOVACK HET HELE VERHAAL HAD GEkend, zou hij hem voor gek hebben verklaard dat hij in zijn eentje ging. Het was onverantwoordelijk; het was gevaarlijk; het was ronduit stom. En dat was het omdat C.D. een meedogenloze psychopaat was, omdat C.D. een moordenaar was, en omdat C.D. Decker haatte. Toch gaf Decker zichzelf een schouderklopje dat hij zó goed van vertrouwen was, dat hij naar hem toe ging zonder enig wapen waarmee hij zich zou kunnen verdedigen. Zelfs geen nagelvijl. Maar het was niet alleen een vertrouwenskwestie. Decker was nu zeven jaar inspecteur, had zeven jaar zijn rechercheurs op zaken afgestuurd en zelf op kantoor gezeten in plaats van misdaden op te lossen. Hij snakte naar de opwinding van het veldwerk. Op een paar uitzonderingen na had hij al die tijd aan zijn bureau gezeten, een gevangene van zijn eigen succes, en begonnen zijn reflexen door ouderdom en atrofie trager te worden.

Hij moest maar niet filosoferen over wat voor soort ontvangst hij kon verwachten. Zolang Chris hem niet ter plekke doodschoot, zou het wel loslopen.

Hij ging te voet, maar merkte dat de stad er op de kaart veel kleiner uitzag dan hij in werkelijkheid was. Tegen de tijd dat hij het adres had gevonden, was het halfelf. Het gebouw waar C.D. woonde had zes verdiepingen en zag er vanbuiten uit als alle andere verwaarloosde bakstenen gebouwen in deze wijk, al stond het maar een paar straten verwijderd van de mooie herenhuizen met potentieel. Er was een portiek met een voordeur die op slot zat. Er waren drukbellen voor elk van de twintig appartementen. De vijfde en zesde etage werden in beslag genomen door een bedrijf: MMO Enterprises. Aangezien C.D. naar verluidt eigenaar was van het gebouw en het als studio gebruikte, belde Decker daar eerst maar aan. Hij hoorde tot zijn verbazing een vrouwenstem door de intercom zeggen: 'MMO.'

'Politie,' zei Decker.

Even bleef het stil, toen hoorde hij een luide zoemer, die hem toegang verschafte tot het gebouw. Hij nam de trap naar de vijfde etage en duwde de deur naar de gang open. Er was maar één deur, aan de linkerkant, met nummer 13 erop. Hij moest door een metaaldetector lopen, die uiteraard ging piepen.

Tegenover hem stond een meisje dat niet ouder kon zijn dan vijftien.
'Er is een bakje voor uw sleutels, portefeuille en alle andere spullen die metaal bevatten. Zou u alstublieft nog een keer erdoor willen lopen?'

Decker volgde haar instructies op en eenmaal binnen pakte hij zijn spullen weer uit het bakje. Afgezien van het meisje was er een jongeman die een tijdschrift zat te lezen. Hij was tenger gebouwd, of misschien leek dat alleen zo vanwege zijn ruime hawaiihemd. Decker kon niet zien of daaronder een vuurwapen zat, maar wist dat ook zonder dat hij het kon zien. De jongeman hief zijn blik naar hem op.

Het meisje zei: 'Waar kan ik u mee van dienst zijn, meneer?'

Ze was op baliewerk gekleed: zwart pakje, haar haren in een paardenstaart. Geen make-up. Haar handen waren zo glad als die van een baby, de nagels kort en niet gelakt.

'Ik kom voor meneer Donatti.'

'Hebt u een afspraak?'

Haar ogen lieten de zijne geen moment los.

'Nee, maar het is belangrijk.' Hij liet haar zijn penning en identiteitsbewijs zien.

De bewaker liet het tijdschrift zakken en keek Decker starend aan. Decker beantwoordde dat met een glimlach. Het meisje en de bewaker wisselden een korte blik. Hij knikte.

Ze zei: 'Een ogenblikje, graag.' Ze pakte de telefoon en tikte een nummer in.

'Meneer Donatti, het spijt me dat ik u stoor, maar er is een politieman voor u.'

Ze was even stil. Decker kon Donatti's antwoord niet horen.

Het meisje zei: 'Mag ik uw identiteitsbewijs en penning nog even zien?'

'Jazeker.'

'Het is inspecteur Peter Deck...'

'Godverdomme!'

Dat hoorde Decker wel. Hij onderdrukte een glimlach. Het meisje legde met een uitdrukking van lichte verbijstering de hoorn op de haak. 'Hij zit midden in een fotosessie. U moet erg belangrijk zijn.'

'Dat zou ik niet weten.'

'Hij is over vijf minuten bij u.'

'Dank je.' Decker glimlachte en zag nu pas dat er niet eens een stoel was waar hij op kon gaan zitten. Er was ook eigenlijk geen plaats voor meer meubilair dan er stond. Het was een neutrale ruimte met roomkleurige muren en net genoeg plek voor de receptioniste en de bewaker. Chris kreeg zeker weinig bezoek.

Bij Donatti waren vijf minuten meestal echt vijf minuten. De binnendeur ging open en daar was hij. Niet meer de slungelige hartenbreker die hij als tiener was geweest. Op zijn zesentwintigste was Christopher Whitman Donatti een boom van een vent. Hij had een brede borst en forse armen met ontwikkelde biceps. In zijn linkerhand had hij een Hasselblad die er in zijn vingers uitzag als een speelgoedding. Hij was gladgeschoren en zijn dikke blonde haar was tot stekeltjes geknipt. Zijn lange, magere gezicht had brede jukbeenderen en een breed voorhoofd, zijn rossige huid was nog niet verweerd te noemen, maar er zaten wel al wat lijntjes in. De sterke kaaklijn en kin waren die van een man, niet van een jongen. Vrij dikke lippen en regelmatige witte tanden. Opvallende blauwe ogen: ijsblauw, zonder glans. Wat was het tegenovergestelde van stralend?

Decker had met zijn lengte van één meter negentig altijd precies oog in oog gestaan met Chris, maar nu merkte hij dat hij iets omhoog moest kijken.

'Je bent lang geworden.'

'Ik ben altijd een laatbloeier geweest.' Donatti droeg ruimvallende kleding: een zwart T-shirt en een kakikleurige werkbroek met bolle zakken, waarschijnlijk gevuld met pornografische accessoires en ongetwijfeld een vuurwapen van het allernieuwste soort. Hij droeg zwarte suède sportschoenen. Hij blokkeerde de doorgang en bleef naar Decker kijken. 'Ik moet u fouilleren.'

'Ik ben anders al door het poortje gekomen.'

'Ik moet u fouilleren,' zei Donatti opnieuw.

De jonge bewaker sprong overeind, zijn rechterhand in zijn zij. Hij had een jong gezicht, maar kille ogen. 'Kan ik u ergens mee van dienst zijn, meneer Donatti?'

'Bedankt, Justin, maar deze doe ik zelf.' Donatti gaf het meisje zijn fototoestel en wendde zich weer tot Decker. 'Wijdbeens graag.'

Zonder te protesteren draaide Decker zich om naar de muur en zette zijn handen ertegenaan. Het was logisch dat Donatti ervan uitging dat Decker een microfoontje droeg of een vuurwapen, iets waarmee hij zich kon verdedigen. Decker had echter geen ander verdedigingstuig bij zich dan zijn hersenen. Donatti fouilleerde hem zorgvuldig. Voorkant, achterkant, van boven naar beneden en weer terug. Hij doorzocht Deckers zakken, bekeek zijn creditcards en identiteitspapieren. Uit de portefeuille haalde hij de enige foto die Decker bij zich had, de recente foto van Jacob.

Donatti hield de foto voor Deckers neus. 'Is dit de enige foto die u bij u hebt?'

'Mijn zoon heeft me die een paar dagen geleden gegeven. Normaal gesproken heb ik nooit foto's van mijn kinderen bij me.'

'Uit voorzorg?'

'Veel mensen haten me.' Decker glimlachte.

Op Donatti's gezicht was niets af te lezen. Hij keek naar de foto. 'Hij lijkt als twee druppels water op uw vrouw.'

Decker voelde iets kriebelen in zijn binnenste. Hij gaf geen antwoord en keek zo ongeïnteresseerd mogelijk.

'Heb ik het mis?' vroeg Donatti.

'Nee.'

Donatti stopte de foto terug in Deckers portefeuille en deed die weer in zijn binnenzak. Hij doorzocht de rest van Deckers colbert en haalde de envelop met de foto's van de plaats delict te voorschijn.

Daar keek hij van op.

Aandachtig bestudeerde hij ze. Hij keek iets langer naar de foto van Ephraim met Shaynda. Maar ook toen was er niets op zijn gezicht af te lezen. Hij schoof de foto's weer terug in de envelop en stak die in Deckers zak. Toen deed hij een stap opzij. 'U mag binnenkomen.'

De zolderverdieping van het gebouw was erg groot, had een gewelfd plafond en grote, stoffige ramen waardoor het licht gefilterd naar binnen viel. Voor ieder raam was een rolgordijn, deels opgetrokken, deels neergelaten. De vloer was gemaakt van kersenhouten planken, oud en gesleten, maar nog geheel intact. De zolder was één grote, open ruimte met een rij ingebouwde kastjes onder de ramen, een rek met gewichten, en een cellokoffer naast een krukje. Het gedeelte waar de foto's werden gemaakt, zag er rommelig uit: er stonden dozen met accessoires, stoelen, tafels en lampen, er hingen doeken met achtergrondplaatjes en op de vloer lagen vloerkleden in verschillende kleuren. Rondom een verhoging waren paraplu's, statieven, reflectieschermen en schijnwerpers opgesteld.

Er klonk zachte muziek, klassiek maar atonaal en avant-garde. Decker herkende het niet. Het volume stond zo zacht dat de muziek klonk als een gefluisterd gesprek. Twee jonge jongens, tieners, waren bezig accessoires en fotospullen klaar te zetten, en haalden dingen uit dozen en tassen. Ze scharrelden om de verhoging heen en degene die daar zat: een naakt meisje op naaldhakken met een boa om haar hals. Haar blonde haar was op een slordige manier opgestoken. Ze droeg weinig make-up, alleen wat lippenstift en rouge. Grote, blauwe ogen namen hem op.

Decker wendde zijn ogen af en keek naar de vloer.

Al zijn meisjes zijn meerderjarig.

Ze was waarschijnlijk achttien, maar zag eruit als veertien.

Zonder iets te zeggen verstelde Donatti het statief waarop een flitsapparaat stond. Toen zei hij: 'Ga door.'

'Heb je het tegen mij?' vroeg Decker.

'Ja.'

'Kunnen we onder vier ogen praten?'

'Wordt u afgeleid, inspecteur?'

'Afgeleid is het juiste woord.'

'U zei dat het belangrijk is. Wat mij betreft, kunnen we praten terwijl ik doorga met mijn werk.' Hij keek Decker in de ogen, zijn gezicht kil en uitdrukkingloos. 'Maar als u onder vier ogen met me wilt praten, zult u moeten wachten.'

'Hoe lang?'
'Geen idee. Maar u kunt erbij gaan zitten. U kunt zelfs een kop koffie nemen.'
Decker keek om zich heen. Er stond een koffiepot op een van de kastjes. Hij liep ernaartoe, schonk koffie in een plastic bekertje en zocht naar een stoel.
Donatti zei: 'Matt, geef de inspecteur een krat waar hij op kan gaan zitten.'
Een van de jongens pakte snel een krat en bracht die naar Decker. Decker bedankte hem en keek toe terwijl Donatti het meisje in positie bracht, al probeerde hij niet al te openlijk naar haar te staren. Donatti liet haar met haar hoofd achterover en haar benen gespreid plaatsnemen. Toen kantelde hij met zijn voet een reflectiescherm wat omhoog. 'Hoger... kijk, zo. Zie je?'
Matt knikte en pakte de rand van het scherm vast.
Donatti haalde een lens uit zijn broekzak en verving de lens die op het fototoestel zat. 'Hou dat ding omhoog!' Weer schopte hij tegen het scherm. 'Zo! Jezus! Is het zó moeilijk te begrijpen?'
De andere jongen hield een lichtmeter omhoog. Het fototoestel flitste. De jongen las wat cijfers af voor Donatti.
De twee assistenten leken bijna prepuberaal. Ze hadden smalle heupen en schouders en vrijwel geen gezichtshaar. De ene had de donkere huid van een Porto Ricaan, de andere was blank. Ze hadden allebei lang, zijdeachtig haar. Perfect homomateriaal. Decker vroeg zich af of Chris het zowel met jongens als met meisjes deed, of in ieder geval zowel jongens als meisjes voor zich liet tippelen. De jongens hielden hun aandacht bij hun werk en toonden geen belangstelling voor het meisje, om wie alle bezigheden draaiden. Ze likte provocatief haar lippen toen ze, met haar ogen op Decker gericht, haar benen spreidde.
Weer keek Decker naar de grond. 'Mooie studio,' zei hij, om iets te zeggen.
'Vindt u? Het hele gebouw is van mij.'
'Erg ondernemend.'
'Ik hou van zakendoen. Het ligt me.' Donatti draaide zich langzaam om en keek naar Decker met zijn glansloze ogen. 'Tussen haakjes, ik noem u inspecteur. Dat wil zeggen dat u mij meneer Donatti moet noemen.'
'Neem me niet kwalijk.'
Donatti liep naar het midden van het vertrek en keek door de lens van het fototoestel. 'Matt, kantel het scherm nog een paar centimeter... zo, genoeg. Richie, draai die lamp daar een stukje naar links, want ik krijg een lelijke schaduw... naar links! Genoeg. Hou de lichtmeter omhoog.'
Een flits.
'Licht?'

Richie las de nummers voor. Donatti was niet tevreden. Hij schikte de lampen, de paraplu en de schermen. Naarmate zijn frustratie toenam, werden Donatti's assistenten steeds zenuwachtiger en kregen ze nerveuze ticjes in hun gezicht. Er werd geen poging gedaan een kameraadschappelijke sfeer te scheppen. Het was meneer Donatti voor en meneer Donatti na. Eindelijk, toen alles naar Donatti's wens was, begon hij foto's te nemen. Hij knipte aan één stuk door en vertelde het meisje onderhand wat ze moest doen. Hij werkte snel en ingespannen, badend in het zweet onder de hete lampen. Ook het meisje transpireerde hevig. Hij werkte ongeveer vijf minuten. Toen hield hij opeens op, pakte een spuitfles met ijswater en spoot ermee op de borst en de vagina van het meisje.

Ze gilde. 'God...'

'Ik weet dat het koud is. Niks aan te doen,' zei Donatti. Hij wierp haar een coldpack toe. 'Hou dat tegen je kut.'

'Hè?'

Donatti beende naar haar toe en drukte het coldpack tegen haar vagina. 'Hou vast. En kijk niet zo zuur. Je bent een meisje van wie mannen dromen, en zulke meisjes kijken niet alsof ze op een citroen hebben gezogen. Als de mannen aan wie ik foto's verkoop, zo'n gezicht willen zien, kunnen ze met hun eigen wijf naar bed gaan.'

'Maar het is zo koud,' jammerde ze.

'Hou vast en schei uit met dat gezanik.' Hij keek om naar Decker. 'IJs doet de lippen krimpen. Dat staat beter. Ik moet hier airconditioning nemen. Dan heb ik het zelf niet zo warm, en blijven de tepels ook hard.'

'Buiten is het koud,' merkte Decker op.

'De ramen kunnen niet open. Uit veiligheidsoverwegingen.' Hij keek weer naar het meisje. 'Oké, je mag het weghalen... goed zo. Geef maar aan mij. Vooruit, Tina, laat zien wat je kunt.'

Ze begon weer op een provocatieve manier te poseren terwijl Donatti foto's nam. Even later stopte hij weer. Hij gromde: 'Je zweet te veel.'

'Daar kan ik niks aan doen.'

Hij zuchtte. 'Dan doen we het anders...' Hij liep naar een van de kartonnen dozen en begon er spullen uit te halen. Hij koos een zweetband, een paar gympen, sokken met pompons en een pocketcalculator. Hij gooide de spullen naar haar toe. 'Trek dat aan. We maken een cheerleader van je.'

Ze schopte de zwarte naaldhakken uit, deed de sokken aan en probeerde de gympjes. 'Ze zijn me te klein.'

'Dan hou je je tenen maar krom, Assepoester. Laat de veters los. Goed zo. Weet je wat? Ik heb een idee. Doe er eentje aan en laat de andere aan je voet hangen. Ja... goed zo. Doe nu de zweetband om... Wauw! Geweldig!' Hij legde de pocketcalculator bij haar voeten en spoot nog wat ijswater over haar heen. Hij wachtte eventjes, duwde toen de benen van het meisje uit elkaar en woelde door haar schaamhaar zodat het er wollig uit kwam te zien. 'Hou je hoofd achterover, maar kijk in de lens. Goed zo. Leg nu je vinger tegen je knopje, maar niet helemaal... alleen je nagel. Goed zo... ja, heel goed.'

Ze vroeg op een zeurderige toon: 'Waar is de pocketcalculator voor?'

'Omdat je poseert als een schoolmeisje. School, algebra, weet je nog wel?'

'Laat me niet lachen.'

'Gedraag je,' zei Donatti op duistere toon. 'We hebben bezoek.'

Zijn stem had een dreigende klank en bracht angst in de ogen van het meisje. Ze gedroeg zich meteen weer professioneel.

'Goed zo,' zei Donatti vol lof. 'Dat is heel goed, Tina. Laat die prachtige lippen van je hun werk doen, schatje.'

Het meisje glimlachte en zag er opeens uit als twaalf. Donatti was tevreden. 'Je bent hiervoor in de wieg gelegd, schatje.' *Klik, klik*. 'Kijk in de lens, baby, kijk recht in de lens. God, wat ben je hier goed in.' *Klik, klik, klik*. 'Je hebt het helemaal, schatje, je bent de natte droom van alle ouwe kerels die hem niet omhoog kunnen krijgen.'

Ze keek wellustig naar Decker. 'Zoals die daar.'

Donatti hield even op en volgde haar blik. Hij was zo in zijn werk opgegaan dat hij Decker helemaal was vergeten. Zijn ogen werden dof. 'Ja, mannen zoals hij.' *Klik, klik*. 'Maar hij niet,' ging hij door tegen het meisje. 'Ik heb zijn vrouw gezien.' *Klik, klik, klik*. 'Hem omhoog krijgen zal voor hem geen punt zijn.'

Een kwartier later stond hij op en rechtte zijn schouders.

'Klaar.' Hij haalde een paar briefjes van vijftig uit zijn portefeuille en gaf ze aan Richie. 'Jullie mogen een uur pauze nemen. Breng straks Amber en Justin mee. Denk erom dat jullie hier om klokslag twaalf uur zijn. Anders word ik kwaad.'

Richie knikte.

'En ik verwacht het wisselgeld terug.'

'Ja, meneer.'

Donatti grinnikte en woelde door het haar van de jonge Latino. De jongen glimlachte verlegen. Het meisje trok een slobberig trainingspak aan en hing een rugzakje aan haar schouder, waardoor ze er nóg jonger uitzag.

'Tina,' zei Donatti.

Ze draaide zich om.

Donatti stak zijn duimen omhoog. Haar gezicht lichtte op... alsof iemand een schakelaar had omgedraaid. Toen ze allemaal weg waren, zei Donatti: 'Ik moet de films bekijken. Neem nog een kop koffie. Ik ben over een halfuur terug.'

De studio had vier binnendeuren. Hij liep naar een van de deuren en ging naar binnen. Tweeëndertig minuten later kwam hij weer naar buiten, met een tijdklokje in zijn hand.

'Kom maar mee.' Hij wenkte Decker en liep naar een andere deur. Zodra Decker over de drempel was gestapt, draaide Donatti een paar schakelaars om, inclusief die van het licht, en sloot de deur af met twee zware sloten. Het kantoor had ruime afmetingen, maar geen ramen. De verlichting was gedempt, de lucht werd gecirculeerd door een plafondventilator. Ook hier stond erg weinig meubilair. Een rechthoekige tafel met vier stoelen diende blijkbaar als bureau. Een lamp, een telefoon en een faxapparaat, verder stond er niets op de tafel. Tegen de muur stond een dossierkast met een klok erboven. Aan een andere muur hingen zes beeldschermen waarop Donatti de lobby, zijn eigen voordeur en een deel van de straten rondom het gebouw kon zien. Naast de beeldschermen was een muurpaneel met tien lampen, groene en rode. Decker nam aan dat die bij afzonderlijk beveiligde zones hoorden.

Donatti ging aan de ene kant van de tafel zitten; Decker tegenover hem. Ze zeiden geen van beiden iets. Toen legde Decker de foto's van de plaats delict op de tafel, samen met de foto van Ephraim en Shaynda.

Donatti keek er niet naar. 'Waarom denkt u dat ik bereid ben met u te praten? U hebt mijn leven verwoest.'

'Dat is een erg negatieve voorstelling, Chris. Ik zeg liever dat ik Terry's leven heb gered.'

'Heeft zij u mijn adres gegeven?'

'Nee, de politie.'

'De politie?'

'Ja, de politie.'

Donatti lachte kort. 'Prettig dat ze denken dat ik achter iedere moord zit die in deze stad wordt gepleegd.' Zijn ogen werden kil. 'Toen ik erachter was gekomen dat Terry zwanger was, heb ik afgewacht wanneer ze het me zou vertellen. Zes maanden nadat het kind was geboren, begreep ik dat ze andere plannen had... dat ze niet van plan was me ooit te vertellen dat ik een zoon had. Toen werd ik kwaad. Ik heb haar nog wat tijd gegund om erover na te denken. Als ik niets van haar zou horen tot zijn eerste verjaardag, zou ze een bijzonder onaangenaam ongeluk krijgen. Drie weken voor zijn verjaardag kreeg ik een brief van haar. Die begon als volgt: "Beste Chris, ik was niet van plan het je te vertellen, maar inspecteur Decker wilde het per se."'

Hij zweeg even.

'"Ik was niet van plan het je te vertellen, maar inspecteur Decker wilde het per se." Toen kreeg ik pas goed de pest in. Ik was kwaad om het feit dat ze het me niet had willen vertellen. Ik was kwaad dat ze het uiteindelijk alleen deed omdat u had gezegd dat ze het moest doen, maar ik was misschien nog het kwaadst om het feit dat u inspecteur was geworden.'

'Zo te horen had je goed de pest in, Chris.'

'Dat had ik inderdaad, en ik ben "meneer Donatti" voor u.'

'Dat heb je al gezegd.'

'Maar u vergeet het steeds. Ik zal het toeschrijven aan de leeftijd.'
'Doe dat.' Decker wreef in zijn ogen. Ze voelden branderig aan. 'Terry zegt dat jullie nu al een paar jaar contact hebben.'
'Summier contact.'
'Wat wil dat zeggen?'
'Vraag dat maar aan haar.'
'Ze zegt dat je minstens eens in de twee maanden overkomt om haar en je zoon te zien.'
'Ze schrijft u dus nog steeds.'
'Af en toe.'
Chris sloeg zijn ogen ten hemel.
Decker zei: 'Ja, ze zei al dat je dat niet goed vindt.'
'Nee, dat is niet wat ik heb gezegd. Ik heb gezegd dat ze niks op schrift moet zetten. Als ze met u wil praten, moet ze u bellen. Ik weet dat Terry in u een vaderfiguur ziet. Dat kan geen kwaad. Het is waarschijnlijk gezond, gezien het feit dat haar eigen vader aan de drank verslaafd is. Ik wil gewoon dat er niets op schrift staat wat hen met mij in verband brengt. Dat is niet goed voor haar en ook niet voor het kind.'
Decker dacht even na. 'De politie weet dus niets over Terry en de jongen?'
Donatti staarde Decker uitdrukkingloos aan.
'Dat zal ik opvatten als "nee",' zei Decker. 'Wie weet ervan, behalve ik? Joey?'
Donatti deed zijn ogen dicht en weer open. Een onopvallende gewoonte, maar een gewoonte die Decker heel goed kende. Het wilde zeggen dat Decker een gevoelige snaar had geraakt. Het wilde zeggen dat Chris nerveus was.
Decker glimlachte. 'Joey heeft er geen idee van dat je contact hebt met Terry. Hij denkt dat je het acht jaar geleden hebt uitgemaakt en dat daarmee de kous af was.' Zijn glimlach verbreedde zich. 'Joey weet niets over haar en het kind, hè?'
'Begrijp ik u goed, Decker?' Donatti's neusvleugels spreidden zich. 'Gebruikt u Terry als onderhandelingstroef?'
'Natuurlijk niet. Zo werk ik niet.' Hij blies zijn adem uit. 'Al zou het heel wat gemakkelijker zijn als ik het wél deed.' Hij wees naar de foto's. Nu keek Chris ernaar. 'Ik ben hier niet bekend, meneer Donatti. Ik heb hulp nodig. Ik ben geïnteresseerd in iedere vorm van informatie over de moord, en waarom iemand belang had bij de dood van deze man. Nog belangrijker is, dat hij een vijftienjarig meisje bij zich had. Dit meisje.' Decker wees naar de enige foto die hij van Shaynda had. 'Ze is verdwenen en haar ouders zijn ten einde raad. Enig idee waar ze kan zijn?'
Donatti haalde alleen maar zijn schouders op.
'Betekent dat ja of nee?'
Donatti gaf geen antwoord. Het tijdklokje begon te rinkelen. 'Neem

me niet kwalijk, ik moet weer aan het werk.' Hij stond op en wachtte tot Decker ook overeind zou komen.

Decker bleef zitten.

'Dat wil zeggen dat u moet gaan,' zei Donatti.

Met tegenzin stond Decker op en liep de kamer uit. Chris sloot de deur af en deed de sleutels in zijn zak. 'U komt er zeker wel uit?'

Donatti liep een van de deuren door. Decker bleef staan en vroeg zich af wat hij het beste kon doen. Hij wist dat hij geen tweede kans zou krijgen als hij nu wegging. Dan zou Donatti hem een slappeling vinden. Maar als hij te veel druk op Donatti uitoefende, kon het ook misgaan.

C.D. babbelt niet.

Maar destijds – acht jaar geleden – had Chris wél gebabbeld en Decker in zijn wanhoop een heleboel dingen verteld. Op een eigenaardige manier was Decker niet alleen voor Terry maar ook voor Donatti een soort vaderfiguur geweest. Toen Chris in de gevangenis zat, was Decker zijn schakel met Terry geweest. Belangrijker was dat Decker de sleutel was geweest waarmee C.D. uit de gevangenis had kunnen komen. Ja, Decker was degene die hem in de gevangenis had doen belanden, maar toen bepaalde forensische twijfelpunten aan het licht kwamen, was Decker degene geweest die Donatti's vrijheid voor hem had teruggekocht. Als hij met de jongen iets wilde bereiken, zou het via de oude rollen moeten zijn, niet via de nieuwe.

Decker zou Chris op geen enkele manier ervan kunnen overtuigen dat hij diens welzijn voor ogen had, maar hij kon Donatti er wel van overtuigen dat hij om Terry gaf, omdat dat waar was. Decker had het meisje geld gegeven toen ze ten einde raad was geweest, toen ze door iedereen in de steek was gelaten, ook door haar ouders. Duizend dollar, die Decker zelf amper had kunnen missen, had hij haar voor Donatti's zoon gegeven, toen Chris niets met haar te maken had willen hebben. Nu het contact tussen hen was hersteld, had Terry hem dat vermoedelijk verteld, en Chris zou ook daarover wel verbolgen zijn, maar het bleef een feit dat Decker Terry niet had laten vallen, en trouw stond heel hoog in Donatti's vaandel.

Decker ging weer op het krat zitten en zette zijn ellebogen op zijn knieën. Als hij over deze moord iets te weten wilde komen, had hij een insider nodig, en niemand was daarvoor beter geschikt dan Donatti.

Op voorwaarde dat Donatti zelf niets met de moord te maken had.

Het was een risico, dat gaf hij toe, maar wat had je aan het leven als je niet af en toe een flinke dosis adrenaline voelde stromen?

Decker wachtte geduldig, vond het niet erg om daar alleen maar te zitten en niets te doen. Toen Donatti weer te voorschijn kwam, bleef hij verrast staan toen hij Decker zag. 'U bent er nog.'

'Ja.'

'Waarom?'

Toen Decker opstond, spande Donatti al zijn spieren, al zijn pezen, alsof hij verwachtte dat Decker hem te lijf zou gaan. In plaats daarvan liet Decker zijn stem dalen tot een sussende fluistertoon. 'Je hebt een pracht van een zoon, Donatti, omdat je zijn moeder goed hebt gekozen. Wat dat betreft, zijn we het met elkaar eens. Wat Terry aangaat, neem ik je geheim mee in mijn graf. Je kent me goed genoeg om te weten dat ik me altijd onvoorwaardelijk aan mijn woord hou. Als je me kunt helpen, fijn. Zo niet, dan is er niks aan de hand. Dan ga ik weg en zul je nooit meer iets van me horen.'

Nadat hij dat had gezegd, draaide Decker zich om en liep hij de deur uit.

12

ALS DONATTI IETS MET DE MOORD TE MAKEN HAD, LIET HIJ DAAR NIETS van merken. Chris was echter altijd erg goed geweest in dingen verborgen houden, dus schrapte Decker de mogelijkheid voorlopig nog niet. Het was duidelijk dat Donatti voorkeur had voor jeugd, voor tieners over wie hij de baas kon spelen en die hij naar zijn hand kon zetten. Hij haalde de meisjes érgens vandaan en zolang Shaynda vermist werd, was hij als pooier verdacht. Decker had in troebel water geroerd. Nu was het afwachten wat er boven zou komen drijven.

Hij liep over Riverside Drive, diep weggedoken in zijn jas, met zijn handen in zijn zakken. De vuilgrijze lucht zat vol zwarte vegen en omsloot de Hudson als een gedeukt pantser. Een felle bries veroorzaakte kopjes op het water. Decker voelde de kou in zijn wangen en in het puntje van zijn neus bijten. Hij liep met stevige pas door tot hij een taxi zag, maar toen hij die aanhield, had hij geen idee waar hij naartoe zou moeten gaan.

Nu de zaak was gestagneerd en ze geen aanwijzingen meer hadden, had hij geen reden om in Manhattan te blijven. Maar, precies zoals Rina had voorspeld, had hij er moeite mee de zaak los te laten. Waarom hadden de Liebers zich opeens tegen hem gekeerd? Een kwestie van stress, of het ontmoedigende besef dat Decker geen wonderen kon verrichten? Een goede rechercheur zou teruggaan naar Quinton en net zo lang druk op hen uitoefenen tot ze medewerking verleenden. Het probleem was dat de Liebers familie waren. Zijn relatie met zijn halfbroer Jonathan was niet rotsvast en Decker wilde de band die hij gedurende tien jaren moeizaam had opgebouwd, niet op het spel zetten.

Er stonden niet erg veel wegen voor hem open, al had hij nog wel wat ideeën. Hij zou, nu hij toch in Manhattan was, een praatje gaan maken met Leon Hershfield. De advocaat was bezig met een opzienbarende zaak en omdat hij op zaterdag niet werkte, had je alle kans dat hij op zondag op kantoor te vinden was.

Hij gaf de taxichauffeur het adres aan Fifth Avenue en belde Hershfield via zijn mobiele telefoon. De advocaat klonk niet erg blij hem te horen, maar nodigde hem evengoed uit langs te komen. Twintig minuten later deed Hershfield de deur van zijn kantoor voor hem open. Hij was tot in de puntjes gekleed in wat voor hem vrijetijdskleding moest zijn: wit overhemd, rode das, colbertje van kamelenhaar. Geen pak van Brioni of Kiton, zoals je bij mensen als hij zou verwachten, maar passende kleding voor een vooraanstaande advocaat die miljoenen verdient. En hij droeg hoge schoenen, van olifantenleer.

'Aan werk nooit gebrek,' zei hij tegen Decker toen hij de deur achter hem dichtdeed. 'Gaat u zitten. Koffie?'

'Nee, dank u.'

Decker zag een duur, gouden horloge toen Hershfield zijn manchet naar boven schoof. 'Het is twaalf uur,' zei de advocaat. 'Lunch? Ik was van plan hier te eten. De zaak-Broughder is zo tijdrovend dat ik de deur niet uit kan, maar ik wil met alle plezier wat broodjes bestellen.'

Decker glimlachte. Hershfield had met die woorden een hele reeks berichten uitgezonden: ik heb het druk. Ik heb verplichtingen en ik ben aan tijd gebonden. U knibbelt aan die tijd. Ik heb op mijn horloge gekeken. Uw tijd is beperkt.

'Nee, dank u. Ik zal u niet lang ophouden. Fijn dat u me wilde ontvangen.'

Ik heb de boodschap luid en duidelijk ontvangen.

Hershfield nam plaats aan zijn bureau. 'Hoe voelt u zich?'

'Kan beter.'

'Jetlag.'

'Dat heeft ermee te maken.'

Stilte.

'Hebt u bevredigende vooruitgang geboekt?'

'Nee.'

'Da's jammer.'

'Het komt gedeeltelijk omdat ik in het duister tast.' Decker likte aan zijn lippen. 'Ik krijg het eigenaardige gevoel dat ik hier niet gewenst ben.'

'Bij de politie houdt men niet van indringers.'

'Ik heb het niet over de politie, maar over de cliënten. Ik heb het gevoel dat bepaalde mensen er spijt van hebben dat ze me bij de zaak betrokken hebben. De hemel mag weten waarom ze me eigenlijk hebben laten komen.'

'Een paniekreactie?'

'Dat zal wel.'

'Dan is het misschien tijd om te gaan.'

De snelheid waarmee Hershfield antwoordde, zette Decker aan het denken. Het leek logisch dat de Liebers contact met hem hadden opgenomen, hem misschien zelfs hadden gevraagd hoe ze van Decker af konden komen. 'Al moet ik eerlijk zeggen,' ging Decker door, 'dat het me zwaar valt deze zaak los te laten. Ik heb een rare gewoonte, het Zygarnic-effect, zoals het volgens mijn dochter heet. Een ziekelijke behoefte alles een plek te willen geven. Nog altijd volgens mijn dochter.'

‘Kinderen houden ervan hun ouders in hokjes te stoppen.’
‘Mijn vrouw zegt het ook. Dan moet er wel een grond van waarheid zijn.’
‘Dat zal best. Maar als de behoefte ziekelijk is, is dergelijke vasthoudendheid misschien niet zo gunstig.’
‘In mijn werk heb ik er anders alleen maar profijt van.’
‘Dat geloof ik graag.’ Hershfield glimlachte. ‘Hoe zit het met de andere politiemensen? De laatste keer dat ik u sprak, zei u dat u contact met hen zou opnemen, vragen zou gaan stellen.’
‘Tot nu toe is de samenwerking goed.’
‘Prettig dat te horen. Denkt u dat ze competent zijn?’
‘Jazeker. Ze zijn erg goed. Gemotiveerd.’
‘Waarom laat u de zaak dan niet aan hen over? In tegenstelling tot u tasten zij niet in het duister. Ze hebben bronnen en connecties. Waarom moeilijkheden uitlokken? Dat zal de familie ook niet op prijs stellen.’
‘Waarom zegt u dat?’
‘Omdat wij joden nu eenmaal zo zijn, nietwaar?’
Nu gedroeg hij zich zowel familiair als samenzweerderig.
‘Misschien is het beter dat u er een punt achter zet voordat u uw vingers brandt.’
Decker bekeek hem aandachtig. ‘Ik mijn vingers brand?’
‘U hebt het zelf al gezegd, inspecteur, als ik even bot mag zijn. New York is een monster. Wie hier niet woont, kan zich hier niet redden. En zelfs als u hier zou wonen, zou u in troebel water vissen. Bovendien zit u met een subgroep genaamd de chassidiem. Als u denkt dat de politie haar werk naar behoren doet, raad ik u ten sterkste aan u terug te trekken voordat u wordt meegesleurd door iets waar u later geen macht meer over zult hebben.’
Decker staarde hem aan. ‘Ik ben hier niet gewenst.’
‘Het is niets persoonlijks.’
‘Wie is er zo tegen me gekant? Het is duidelijk dat Minda me niet mag, maar volgens mij zit er meer achter.’
Hershfield haalde zijn schouders op en draaide zijn handpalmen naar boven. ‘Ik mag u juist graag. In veel opzichten kan ik me helemaal met u vereenzelvigen. We zijn allebei fromme jidden die het opnemen voor een stelletje zwarthoeden die ons beschouwen als gojim. Waarom zou je je neus in de stront steken als de mensen dan toch alleen maar zeggen dat je stinkt?’
‘Dat is mijn werk, mijn neus in andermans zaken steken.’
‘Maar u krijgt hier niet voor betaald, inspecteur. U hebt kostbare vakantiedagen opgenomen en nu wordt u hier met de nek aangekeken. Als u denkt dat u deze mensen uiteindelijk, wanneer alles voorbij zal zijn, alsnog voor u zult kunnen innemen, hebt u het mis. U behoort nu al lang genoeg tot de clan om te kunnen weten dat werken voor joden

alleen maar problemen met zich meebrengt. Ik krijg ervoor betaald, maar waar hebt u dit voor nodig?'

Decker wist niet wie hem anoniem tegenwerkte. Het kon iedereen zijn: Chaim, de politie, zelfs Donatti, die Hershfield als advocaat had. En als Chris het was, gebruikte Hershfield de Liebers misschien om de aandacht van hem af te leiden. Decker zei niets.

'Verder nog iets?' vroeg Hershfield.

'Ja, ik heb nog een vraag. Toen we elkaar voor het eerst spraken, hebt u mijn broer gevraagd of het mogelijk was dat de winkels van de Liebers gebruikt werden om drugsgeld wit te wassen. Weet u iets wat ik niet weet?'

'Inspecteur, als u vanuit die hoek wilt werken, heb ik daar geen bezwaar tegen.'

'Ik heb van u geen toestemming nodig.'

'Nee, Decker, dat is waar.' Hershfields mond trok strak, waardoor de droge huid van zijn magere wangen er opeens broos uitzag. 'Hoor eens, moord is een afgrijselijke misdaad. Ik ben erg met het meisje begaan, echt waar, maar tot ze terecht is – ongeacht hoe – moeten de Liebers beschermd worden. Daar hebben ze mij voor in de arm genomen. En dat probeer ik te doen. Daarom heb ik hun opdracht gegeven niet met u te praten tot we weten wat er aan de hand is.'

Decker keek hem strak aan.

'Het is voor hun eigen bestwil,' ging Hershfield door. 'Ik weet dat u uw werk wilt doen, inspecteur, maar dat geldt ook voor mij.'

'U legt me aan banden.'

'Nee, inspecteur, ik vervul alleen maar mijn plichten als advocaat.' Hij maakte een los gebaar vanuit de pols.

Decker stond op. 'Doe geen moeite. Ik blijf hier niet.'

'Wees nu niet verbitterd, inspecteur. Ik heb gehoord dat u een heel prettige sjabbes hebt gehad. Dat uw zonen er dit weekeinde zijn en dat uw gezin weer eens bij elkaar is. Beschouw dát dan als het doel van uw reis.'

'Ja, misschien moet ik dat dan maar doen.' Hij glimlachte. 'Bedankt voor de moeite.'

'Geen dank.'

Decker trok de deur achter zich dicht. Hij wist dat slechts een klein aantal mensen zo nauwkeurig op de hoogte was van wat hij op de sabbat had gedaan, en dat slechts twee van hen reden konden hebben gehad contact op te nemen met Hershfield. Het was niet waarschijnlijk dat Jonathan hem het zwijgen wilde opleggen, dus moest het Raisie zijn. De vraag was of ze Hershfield uit eigen beweging had opgebeld, of dat ze uit naam van haar broer had gehandeld.

Een veel belangrijker vraag was, of het iets uitmaakte.

Hij zou hier niet moeten blijven. Hij zou moeten doorreizen naar een plek waar hij gewenst was, naar Gainesville, om zijn bejaarde vader te helpen met het opknappen van de schuur en wat reparatieklusjes te doen voor zijn oude moeder. In plaats daarvan probeerde hij zich ergens nuttig te maken waar dat niet gewaardeerd werd.

Hij zou ermee ophouden.

Het hele Quinton kon wat hem betrof de boom in.

En de familie ook.

13

ZIJN MAAG RAMMELDE EN HIJ WAS IN EEN ROTHUMEUR, MAAR DAAR KON hij alleen zichzelf op aankijken. Alles bij elkaar genomen was Hershfield juist behulpzaam geweest. De man deed niet meer dan waarvoor hij was aangenomen en het was Deckers eigen idee geweest om een advocaat te nemen. Hij was in de kuil gevallen die hij voor een ander had gegraven.

Toen hij weer buiten stond, belde hij het nummer van de familie Lazaris. Hij wilde Rina spreken, maar hoorde dat ze was gaan winkelen. Eigenlijk was dat maar goed ook. Hij was te kwaad om een normaal gesprek te kunnen voeren. Maar hij miste haar. Hij begon te lopen zonder te weten waarnaartoe, zoekend naar een plek waar hij zijn honger zou kunnen stillen. Dat was makkelijker gezegd dan gedaan. Veel van de restaurants in deze wijk waren op zondag niet open voor de lunch en de restaurants die wel open waren, zagen er veel te duur uit naar zijn zin. Uiteindelijk liep hij een klein café aan Third Avenue binnen dat ingeklemd zat tussen een bloemenwinkel en een Koreaanse groenteboer. De salade stelde niet veel voor en was doordrenkt met een knoflookdressing waardoor de slablaadjes waren verlept. Hij nam een paar happen en liet de rest staan. Een paar deuren verderop was een banketbakkerij die er goed uitzag. Hij bracht zijn knorrende maag tot bedaren met een appelcroissant en een dubbele espresso.

Hij dacht na over zijn situatie en alhoewel hij nog steeds de smoor in had, besefte hij dat niet alles negatief was, zoals Hershfield al had gezegd. Die avond zou hij met zijn gezin uit eten gaan in een steakhouse dat volgens de jongens iets heel bijzonders was. Daarna zouden Rina en hij ergens iets gaan drinken en naar muziek luisteren. Ze zouden eindelijk eens uitgaan als volwassenen. Hij dronk de koffie op en gooide het kartonnen bekertje in een prullenbak.

Het was even over tweeën. Hij was nu zover dat hij de uren begon af te tellen tot ze zouden vertrekken. Hij bleef staan op de hoek van 53rd Street en Second Avenue en stak zijn hand op om een taxi aan te houden, in de hoop dat hij een chauffeur had getroffen die bereid zou zijn helemaal naar Brooklyn te rijden. Toen hij het portier opende om in te stappen, hoorde hij achter zich een stem.

'Mag ik meerijden?'
Hij draaide zich om. Donatti's gezicht stond volkomen kalm.
'Ik ben er altijd vóór om geld uit te sparen.' Decker stapte opzij. 'Schoonheid gaat voor ouderdom.'
Donatti gleed als het ware de auto in. Decker stapte ook in en gaf de chauffeur Donatti's adres. De jongeman zat onderuitgezakt, zijn gezicht zo uitdrukkingloos alsof het van plastic was. De rit verliep in stilte tot Chris' mobieltje ging. Hij wachtte tot het ophield met rinkelen en keek toen naar het nummer. Weerzin flakkerde op in zijn ogen en toen werd zijn gezicht weer vlak.
De rit nam meer dan twintig minuten in beslag. Decker betaalde. Donatti protesteerde niet. Zodra ze op de zolderverdieping waren aangekomen, zei Donatti: 'Ik moet even iemand bellen. Wacht hier. U kunt koffiezetten als u wilt.'
Decker vroeg: 'Zal ik voor twee zetten?'
'Nee, ik heb vandaag al genoeg koffie gehad. Er staat een fles Glenlivet single malt in het kastje onder het aanrecht. Neem gerust.'
Normaal gesproken zou Decker niet drinken, maar nu schonk hij twee glazen whisky in om te proberen iets van kameraadschap tot stand te brengen. Toen Donatti terugkeerde, gaf Decker hem een glas. 'Was het Joey die belde?'
'Hoe wist u dat?' Donatti nam een flinke slok.
'Omdat je een gezicht trok.'
'Sommige dingen veranderen nooit.'
'Hoe is het met hem?'
'Niet best. Slechts de helft van zijn hart is in orde, en dat na een dubbele bypass. Alhoewel de helft eigenlijk niet slecht is voor een man die nooit een hart heeft gehad.'
Decker glimlachte en tikte met zijn glas tegen dat van Donatti.
'Waar drinken we op?' vroeg Donatti.
'Op wat je maar wilt.'
'Op walgelijk veel financieel succes dan maar?'
'Prima.'
Donatti pakte de fles en haalde een sleutelbos te voorschijn. 'Kom, dan gaan we in mijn kantoor zitten.' Hij maakte de deur open.
Decker zei: 'Na jou.'
Donatti zei: 'Leeftijd vóór schoonheid.'
Decker haalde zijn schouders op en liep de raamloze kamer in. De ventilator begon meteen te werken en het licht ging aan. De beeldschermen gaven het decor een futuristische aanblik. Decker keek naar de schermen. 'Je bent goed beveiligd.'
'Het loont de moeite voorzichtig te zijn.' Donatti nam nog een slok whisky. 'Ik heb de laatste snufjes op het gebied van afluisterbeveiliging laten inbouwen. Ik zeg niet dat niemand me te pakken kan krijgen, maar ik heb de beste spullen die op het moment op de markt zijn. Bo-

vendien hebben ze bij de FBI na 11 september belangrijker dingen aan hun hoofd.' Hij dronk zijn glas leeg en schonk het meteen weer bij. 'Nadat u vanochtend was vertrokken, was mijn nieuwsgierigheid gewekt.' Hij keek Decker aan. 'Waarom bent u geïnteresseerd in die moord? Het is een plaatselijk geval.'

Decker zei: 'Ik help een goede kennis.'

'U bent bereid uw kostbare vakantiedagen op te offeren om in de onderwereld van New York te proberen een volslagen onbelangrijke moord op te lossen. Dan moet het een heel goede kennis zijn.'

Decker ontleedde Donatti's woorden. Hij had de moord onbelangrijk genoemd. Was dat een truc of vond hij de zaak echt beneden zijn stand? Donatti viste naar informatie, maar waar was hij precies op uit? Wilde hij weten hoeveel Decker wist, zodat hij kon uitpluizen hoe hij zich moest beschermen? Wilde hij een soort wapenstilstand? Wat dat laatste betrof, was de wens waarschijnlijk de vader van de gedachte. Hij zou hem de waarheid vertellen, omdat dat altijd het eenvoudigste was.

'Ik doe het voor mijn broer.'

Donatti's ogen lieten hem geen moment los. 'Uw broer?'

'Ja, mijn broer. Ik help hem. Het slachtoffer was familie van hem.'

'Het slachtoffer was familie van u?'

'Nee, hij was familie van mijn broer. Hij was zijn zwager.'

'U doet dit om uw broer te helpen.'

'Inderdaad.'

'Uw broer.'

'Donatti, ik weet dat je zelf enig kind bent, maar er zijn mensen die broers en zussen hebben, of ze dat nou leuk vinden of niet.'

'En u zegt dat uw broer uw hulp nodig heeft?'

Decker krabde op zijn hoofd. 'Waarom vind je dat zo raar?'

'Uw broer werkt al vijfentwintig jaar op de afdeling Narcotica van de politie van Miami. Ik zou denken dat hij hier genoeg connecties heeft.'

'O!' Decker leunde achterover. 'Nu begrijp ik het. Dat is Randy, mijn echte broer, hoewel hij strikt genomen geen familie van me is. We zijn namelijk allebei geadopteerd. Ik heb mijn biologische moeder ongeveer tien jaar geleden leren kennen. Haar jongste zoon, mijn halfbroer, is degene die ik nu help. Hij is rabbijn.'

'Bent u geadopteerd?'

'Ja.'

'U bent dus een bastaard.'

'Wist je dat dan nog niet?'

Daar moest Donatti onwillekeurig om glimlachen.

'Waar ken jij Randy van?'

'Florida is New York South. Wat daar gebeurt, heeft vaak invloed op dingen hier en andersom. Mijn familie heeft altijd goed in de gaten gehouden wie er bij de Zedenpolitie zit. De man die is vermoord... was dus uw zwager?'

'Nee. Hij was de zwager van mijn halfbroer. De broer van zijn vrouw.'

'Nu snap ik het. En u hebt zo'n hechte band met hem dat u helemaal hierheen bent gekomen en uw vakantiedagen eraan opoffert?'

Decker dacht daarover na. 'Ik mag hem graag. Ik zou niet graag willen dat hem of zijn gezin iets overkwam vanwege zijn band met het slachtoffer. Zit die mogelijkheid erin?'

'Hoe moet ik dat weten?' Donatti sloeg zijn tweede whisky achterover.

'Jij weet nu eenmaal veel.'

'Neemt u me in de maling of zo, inspecteur?'

'Wat een laatdunkendheid op zo jonge leeftijd.'

'Ik heb een zwaar leven gehad. Verwaarloosd en mishandeld. U weet er alles van.'

Decker pakte de fles whisky en schonk nog wat in Chris' glas. 'Heb je toevallig iets over mij gezegd tegen je advocaat, Donatti?'

'Mijn advocaat?'

Hij leek oprecht verbaasd. Decker veinsde nonchalance. 'Misschien niet.'

'Bedoelt u Hershfield?'

'Ja. Ik ben met hem gaan praten omdat de familie hem heeft ingehuurd. Ik wilde niet dat de politie hen zou ondervragen zonder dat er een advocaat bij was.'

Donatti lachte. 'Omgekeerde wereld.'

'Hershfield heeft me verteld dat bepaalde partijen het niet leuk vinden dat ik belangstelling toon voor de dood van Ephraim. Ik vroeg me af of jij soms tot die partijen behoort.'

Donatti keek kwaad. 'Zie ik eruit als iemand die bij zijn advocaat gaat uithuilen? Jezus, ik dacht dat u me beter kende.'

'Er is in ieder geval iemand die er niet blij mee is.'

'Dan raad ik u aan uit te zoeken wie die huilebalk is. Misschien brengt dat u meteen de oplossing van uw probleem.' Donatti fronste zijn wenkbrauwen. 'U hebt tegen Hershfield toch niets over mij gezegd, hoop ik?'

'Nee. Maar als hij jouw advocaat is, neem ik aan dat hij weet dat we elkaar al langer kennen dan vandaag.'

'Hij weet dat u degene bent door wie ik in de gevangenis ben beland. Hij weet ook dat u degene bent die de zaak heeft laten heropenen en me uit de gevangenis heeft gekregen. Hij weet echter niets over Teresa McLaughlin. En hij weet helemáál niets over het kind. Dat wil ik graag zo houden.' Donatti liet de goudkleurige drank ronddraaien in zijn glas. 'Aangezien u wel op de hoogte bent van hun bestaan, had ik graag dat u me iets zou beloven. U moet me beloven dat als mij ooit iets zou overkomen en Terry alleen achterblijft, u zich om haar en het kind zult bekommeren.'

'Om je zoon, bedoel je.'

'Dat staat nog te bezien.'
Decker keek Donatti strak aan. 'Doe me een lol, zeg!'
'Ik meen het.'
'Nou, geloof maar dat het zo is.'
'Ik zal u iets vertellen, Decker. Ik ben drie jaar getrouwd geweest en heb in al die tijd mijn vrouw niet zwanger weten te krijgen.'
'Om een vrouw zwanger te maken, moet je wel met haar naar bed.'
Donatti lachte. 'Dat is zo. Mijn huwelijk met mijn ex zegt veel over waartoe mijn jongeheer in staat is. Ik kan letterlijk met alles vrijen. Het probleem is dat ik losse flodders schiet. Ik heb me laten onderzoeken. Als er gezonde visjes in mijn geslachtsklieren rondzwemmen, hebben de geachte doktoren die niet kunnen vinden. Daarom heb ik dan ook mijn twijfels over het kind.'
'We hebben het over Terry, Donatti.'
'Er is maar één kogel uit het kanon van een ander voor nodig, Decker.'
'Hij is jouw zoon.'
'Dat zegt zij.'
'Toe nou. Je hebt Gabriel toch gezien?'
'Ik heb hem gezien, ja.' Donatti fronste zijn wenkbrauwen. 'Voor mij wil dat alleen maar zeggen dat ze het waarschijnlijk heeft gedaan met iemand die op me lijkt.'
'Laat een DNA-test doen. Ik garandeer je dat ze er geen bezwaar tegen zal hebben.'
'Dat weet ik. Ze dringt er zelf ook op aan en dat wil wel iets zeggen, natuurlijk. Ze weet wat er zou gebeuren als ik haar op een leugen zou betrappen.' Donatti keek op naar het plafond. 'Gabe is een intelligent jochie. En begaafd. Hij speelt nu al een paar van Mozarts pianoconcerten. Dat talent heeft hij beslist niet van zijn moeder. Zijn hersens, ja, en zijn knappe smoeltje ook, maar de begaafdheid niet. Het enige wat dat wil zeggen, is dat ze het met iemand heeft gedaan die op mij lijkt en bovendien muzikaal is.'
'Nu doe je echt belachelijk. Doe dat DNA-onderzoek, Chris. Daarna hoef je er nooit meer over na te denken.'
'Maar stel dat ze liegt?' Hij trok een gezicht. 'Dan moet ik haar vermoorden. Ik wil Terry niet vermoorden. Ik hou van haar.'
'Je hoeft haar niet te vermoorden. Ze liegt niet.'
Donatti hield zijn ogen op zijn glas gericht. 'Vanochtend hebt u me gevraagd naar mijn contact met Terry. Om de twee maanden ga ik een paar dagen naar Chicago. Dan haal ik het kind van school, help hem met zijn huiswerk, zit bij hem wanneer hij zijn pianolessen doet, ga met hem uit eten en stop hem daarna in bed. Dat geeft Terry wat extra tijd voor haar studie. Nadat Gabe in slaap is gevallen, vrij ik met Terry dat de stukken eraf vliegen. Wanneer we klaar zijn, geef ik haar geld.' Hij schudde zijn hoofd. 'Er bestaan wetten tegen dergelijke dingen.'
'Je zou het een soort alimentatie kunnen noemen.'

'Je zou ook kunnen zeggen dat ze me bij de ballen heeft.' Donatti zette het glas met een klap op de tafel neer. 'Ik wil er graag zeker van zijn dat iemand op haar zal letten als ik onverhoopt vermoord mocht worden.'

'Ik zou haar ook helpen als je niet wordt vermoord.'

'Dat weet ik. U hebt haar in het verleden geld gestuurd.'

'Ze heeft me alles terugbetaald...'

'Ik heb u terugbetaald.' Hij ging in zijn stoel zitten. 'Nadat ik het contact met haar had hersteld, heb ik al haar schulden afbetaald. Die waren niet extravagant, maar wel aanzienlijk.'

'Ze zette niet bepaald de bloemetjes buiten.'

'Nee, ze woonde in een achterbuurt, had twee banen en probeerde zowel voor Gabe te zorgen als te studeren. Ze is erg nijver. Ondanks dat ze me heeft laten vallen als een baksteen, heb ik haar gered. Ik betaal haar studie; ik betaal de privé-school voor het kind. Ik betaal haar huur, geef haar geld voor boodschappen, kleren, huishoudelijke artikelen, verzekering, studieboeken en wat ze verder allemaal nog nodig heeft. Ik heb haar hele leven veranderd, Decker. Ik heb haar uit de hel gehaald en haar leven veranderd in iets leefbaars, en het enige wat ik ervoor terug wil, is wat seks op z'n tijd en dat ze af en toe zegt: "Ik hou van je, Chris." Ze is erg goed in doen alsof, ze doet erg haar best om me gelukkig te maken. En ze máákt me ook gelukkig. Ze is het enige wat ik heb op de hele wereld, zij en het kind, en ik ben volledig door haar geobsedeerd. Decker, ik wil niet dat u haar helpt omdat u zo'n goed hart hebt. Ik wil dat u zich verplícht voelt haar te helpen. Dan weet ik zeker dat het zal gebeuren.'

'Ze studeert voor arts. Waarom maak je je zoveel zorgen?'

'We zijn allebei weeskinderen. Ik ben een echte wees en zij heeft een nutteloze vader, een kreng van een stiefmoeder en lieve grootouders die te oud zijn om haar nog te kunnen helpen. Ik moet ervan op aan kunnen dat ze op iemand kan rekenen, dat er iemand is die zich iets van haar en mijn zoon aantrekt.'

Er was natuurlijk ook de zeer reële mogelijkheid dat ze zou trouwen met een andere man en dat die dan voor haar zou zorgen, maar Decker waagde het niet dat ter sprake te brengen. 'Geen punt. Als ze me nodig heeft, kan ze op me rekenen.'

'Mooi.' Donatti stond op. 'Fijn. Dat stel ik op prijs. Bedankt.'

'Is dat alles?'

'Dat is alles.'

Zonder iets aan te bieden in ruil voor Deckers belofte, stond Donatti op. Decker volgde zijn voorbeeld. 'Misschien zien we elkaar binnenkort dan weer eens terug, Chris.'

'Misschien wel.' Hij haalde zijn schouders op. 'Misschien ook niet.'

C.D. babbelt niet.

Het maakte niet uit. Decker had hem een gunst verleend en ze wisten allebei wat dat inhield. Woorden waren verder overbodig.

14

Het gesprek met Donatti had in ieder geval één voordeel: Decker had er zelf helemaal niet aan gedacht zijn broer te gebruiken als bron van informatie. Randy werkte al heel lang op de afdeling Narcotica aan de oostkust. Als er geruchten waren geweest dat de Liebers drugsgeld witwasten, was het mogelijk dat Randy daar iets over had gehoord.

Decker belde zijn broer via zijn mobiele telefoon. Randy nam op toen de telefoon driemaal was overgegaan. 'Decker.'

'Met Decker,' antwoordde Decker.

'Peter! Wanneer kom je? Pa heeft al nieuw gereedschap en een krat bier gekocht. Hij heeft grote plannen.'

'Wat voor plannen? De schuur natuurlijk.'

'Uiteraard. Maar het terras ziet er ook niet uit. De stenen raken helemaal los. Hij droomt van een houten terras en een ingebouwde jacuzzi met warm water.'

Decker begon te lachen. 'Hoe vind je die ouwe!'

Randy lachte ook. 'Met z'n tweeën in de jacuzzi... zie je het voor je?'

'Ze gaan hun gang maar,' zei Decker. 'Vindt mam dat allemaal goed?'

'Zolang zij in de badkamer nieuwe leidingen krijgt, vindt ze alles best.'

'Ik blijf maar drie dagen, Randy.'

'Ik heb vier mannen klaarstaan. Jij mag de opzichter zijn. Het wordt net zoals vroeger in het Wilde Westen, toen ze met z'n allen in één dag een schuur bouwden.'

'Vet.'

Ze lachten allebei, maar toen werd Decker weer serieus. 'Ik wil iets met je bespreken, maar via een privé-lijn.'

'Bel je me nu vanaf een gewone telefoon?'

'Nee, mijn mobieltje, maar ik kan wel een privé-toestel vinden.'

'Doe dat dan en bel me op het nummer dat ik je zal geven. Ik kan daar over ongeveer twintig minuten zijn.' Decker noteerde het nummer dat Randy hem gaf. 'Ik heb een halfuur nodig om bij die telefoon te komen,' zei hij.

'Dan moet je maar gauw gaan.'

Toen Decker eenmaal een taxi had, was de rest geen probleem. Hij bofte, want Raisie was thuis. Jonathans vrouw was klein en had een elfachtig gezichtje, met mooi getekende lippen, een smalle neus en grote, stralende ogen. Haar rode haar viel in krullen om haar gezicht en over haar voorhoofd. Ze droeg een ruime, kleurige kaftan. Ze legde haar vinger tegen haar lippen. 'De kinderen doen een dutje.'

'Ik zal zachtjes praten.'

De Levines woonden in een kleine flat aan de Upper West Side in Manhattan. De flat had twee kleine slaapkamers, twee piepkleine badkamers, een keukentje met de afmetingen van een kast, en een kleine woonkamer waar amper voldoende plaats was voor twee banken en een eetkamertafel. Voor het dubieuze genoegen te mogen wonen in een flat van zestig vierkante meter, betaalden ze iets van vierduizend dollar huur per maand. Het leek waanzin en Decker vroeg zich af waarom mensen zich dergelijke woekerprijzen lieten welgevallen, vooral na de terreurdaden. Maar New Yorkers waren een slag apart en wisten zichzelf er voortdurend van te overtuigen dat hoe kleiner hoe fijner was.

Ze liet hem binnen, maar leek niet blij hem te zien. 'Jonathan is in de sjoel.'

'Ik wil graag even van je telefoon gebruikmaken, Raisie.'

'Heb je geen mobiele telefoon?'

'Ik heb een gewone telefoon nodig,' zei hij op zachte toon. 'Ik weet dat ik lastig ben.' Dat had ze namelijk tegen Hershfield gezegd. 'Nog heel even, dan zijn jullie van me af. Jij en je gezin hoeven je daarover geen zorgen te maken.'

Ze boog beschaamd haar hoofd. 'Neem me niet kwalijk, Akiva. Het is allemaal mijn schuld. Jonathan wilde je niet bellen. Ik heb hem gesmeekt je te laten komen.'

'En wie graag iets wil, moet de gevolgen accepteren,' antwoordde Decker.

'Zie je, Chaim denkt...' Raisie zweeg.

Decker wachtte af. 'Wat denkt Chaim?'

'Hij heeft het rare idee dat jouw onderzoek schadelijk kan zijn voor Shayndies kans op overleven.'

'O, ja?' Hij dacht even na. 'Waarom denkt hij dat dan?'

'Hij denkt dat ze zich ergens schuilhoudt. Hij denkt dat als je te dicht bij de oplossing van de zaak komt... dat ze dan uit angst zal vluchten. Of misschien aan de mensen die Ephraim hebben gedood, zal vertellen waar ze is.'

Deckers hart sloeg een slag over. 'Heeft ze dan contact met hem opgenomen?'

Raisie kreeg tranen in haar ogen. 'Nee. Ik bedoel, niet voorzover ik weet. Misschien wel. Hij praat wartaal. Minda ook. Het is heel goed mogelijk dat ze zich op het moment dingen inbeelden.'

'Ik weet het niet, Raisie. Zo te horen komen deze ideeën toch ergens vandaan. Heeft hij met jullie over de dood van Ephraim gesproken? Iets gezegd over verdenkingen?'

'Het antwoord is nee, maar ik moet je er eerlijk bij vertellen, Akiva, dat als hij me in vertrouwen iets zou vertellen, ik dat niet aan je zou doorgeven. Ik moet de wensen van de familie eerbiedigen.'

Vandaar dat ze met Hershfield waren gaan praten om te proberen hem weg te krijgen. 'Zelfs als Shayndies leven daardoor in gevaar zou kunnen komen?'

Nu werd ze kwaad en kreeg ze een harde trek op haar gezicht. 'We zouden geen van allen ooit iets doen waardoor haar leven in gevaar zou komen.'

Decker zei niets.

'Heb je enig idee wanneer het lijk van Ephraim wordt vrijgegeven?' Haar stem klonk kil. 'We willen onze broer graag naar behoren begraven.'

'Dat weet ik niet, maar ik zal Novack bellen om het te vragen.'

Raisie bracht haar vuist naar haar voorhoofd. Toen keek ze op. 'Dank je.'

'Geen dank.' Decker probeerde niet te laten blijken hoe geïrriteerd hij was. 'Ik moet even van je telefoon gebruikmaken. En het is een vertrouwelijk gesprek.'

'Je kunt in de slaapkamer gaan zitten.' Ze slaakte een diepe, gekwelde zucht. 'Wees alsjeblieft niet boos op me, Akiva. Alsjeblieft niet. Als Jonathan wist dat ik je kwaad heb gemaakt, zou hij uit zijn vel springen. Hij aanbidt je... hij loopt met je weg.' Tranen rolden over haar wangen. 'Ik heb een broer verloren. Wees alsjeblieft geduldig.'

Decker haalde zijn hand over zijn gezicht. De vrouw was in de rouw om de dood van haar broer, had twee kleine kinderen en ging gebukt onder enorme spanningen. 'Het spijt me, Raisie. Ik ben een doordrammer wanneer ik aan het werk ben. Risico van het vak. Ik zal Novack zo dadelijk meteen bellen, nadat ik mijn eigen telefoontje heb gepleegd.'

'Dank je wel.'

'Weet je wat? Als ik nou eens in de keuken ga zitten om te bellen, dan kun jij even gaan liggen.'

Ze droogde haar tranen. 'Ik heb nog van alles te doen.'

'Je bent in de rouw. Je mag helemaal niet werken.'

'De *sjiva* is nog niet begonnen.'

'Ga evengoed eventjes rusten, nu het kan.'

'Eigenlijk is dat wel een goed idee.' Weer welden tranen op in haar ogen. 'Ik ben verschrikkelijk moe!'

'Ga even liggen, Raisie.'

Eindelijk stemde ze erin toe. Decker wachtte tot ze weg was en draaide toen het nummer dat Randy hem had gegeven.

'Met mij,' zei Randy. 'Ga je gang.'

Decker fluisterde: 'Witwasserij. Emmanuel Lieber. Hij is de eigenaar van een aantal elektronicawinkels. Fototoestellen, computers, telefoons, radio's, stereo-installaties... dat soort dingen. De laatste tijd gaat het minder goed met de zaken. Vier dagen geleden is een van zijn zonen vermoord. Ephraim Lieber. Hij is lange tijd aan drugs verslaafd geweest. Hij had zijn nichtje bij zich en die wordt nu vermist.'

'Hoe oud is ze?'

'Vijftien. Er is nog een andere broer over wie ik graag informatie wil. Zijn naam is Chaim. Dat spel je Christiaan-Hendrik-Adam-Ida-Marian.'

'En de achternaam is L-E-I-B-E-R?'

'L-I-E-B-E-R.'

'En wat is de voornaam van het slachtoffer?'

Decker spelde Ephraim en toen Shaynda.

'Ik heb het genoteerd,' zei Randy. 'Ephraim Lieber... Lieber...' Vijf seconden stilte. 'Nee, komt me niet bekend voor. Ik neem aan dat ze allemaal joods zijn?'

'Inderdaad.'

'Chassiden?'

'Ja. Hoezo?'

Randy zei: 'We hebben een paar zaken gehad waarbij jouw religieuze broeders betrokken waren. Ze hebben stoute dingen gedaan met illegale spullen.'

'Wat voor soort spullen?'

'Van alles en nog wat. Ik zal het voor je opzoeken, Peter. Over het algemeen pakken we de chassiden op andere dingen, zoals wandaden tegen huurders, fraude in bejaardenhuizen, belastingontduiking. En voor hoerenlopen. Je moest eens weten hoeveel van die vrome figuren voor seks betalen. De wedergeboren christenen net zo goed als de joden. Nu hebben we in Miami natuurlijk wel een heleboel seks te koop. Maar goed, ik zal kijken wat ik voor je kan doen.'

'Bedankt, Randy. En we zien elkaar wanneer je weer in Gainesville bent.'

'Zeker weten. Ik bel je als ik iets te weten kom.'

'Bedankt.'

'Pete, ik weet dat ik je kleine broertje ben en dat altijd zal blijven, maar ik zou je toch een goede raad willen geven, omdat ik de oostkust ken en jij niet. Je kunt je beter niet met die lui bemoeien. Neem geen risico's. Het wordt toch niet op prijs gesteld.'

'Je bent niet de eerste die dat tegen me zegt.' Een korte stilte. 'En ook niet de tweede.'

'Misschien moet je die raad dan opvolgen.'

'Ja, misschien wel.'

'Maar dat doe je toch niet.' Randy zuchtte. 'Je bent een stijfkop. Net als alle andere Deckers die ik ken.'

'Het zit in de familie, Randy.'

'We zijn geadopteerd, Peter.'
'Zie je wel, broertje. Het ligt niet altijd aan je genen.'

Het was tijd om contact op te nemen met Novack. Bij hun laatste ontmoeting had de New Yorkse rechercheur zich geërgerd en Decker wilde niet met een nare nasmaak vertrekken. Bovendien had Raisie gevraagd wanneer het lijk van haar broer zou worden vrijgegeven. Hij pakte zijn mobieltje en toetste het nummer in. Toen Novack opnam, vroeg Decker hoe de wedstrijd was afgelopen.
'Alsof je dat niet weet.' Frustratie. 'Je weet tegen wie ze speelden.'
'De Lakers.'
'Weer zo'n stelletje betweters uit Los Angeles die denken dat ze God zijn.'
'Niet zeuren.'
'Heb je de wedstrijd gezien?'
'Alleen gehoord,' antwoordde Decker. 'Shaq maakte in de vierde spelperiode zijn vijfde overtreding, maar Kobe heeft in de verlenging het winnende punt gescoord.'
'Bla bla bla,' zei Novack. 'Hoe is het gegaan?'
'Hoe is wat gegaan?'
'Met C.D.'
'O, dat. Niks.'
'Was hij niet thuis?'
'Jawel, en ik heb hem ook gesproken. Hij heeft me zelfs koffie gegeven. Ik heb ervan gedronken en ik leef nog, dus mag ik aannemen dat er geen gif in zat.'
'Wat vond je van zijn studio?'
'We hebben in het halletje van de receptie met elkaar gepraat.' De waarheid, maar niet de hele waarheid. 'Hij heeft een metaaldetector bij de voordeur.'
'Hij heeft waarschijnlijk nog veel meer.'
'Ik weet zeker dat hij gewapend is, al heb ik niets gezien,' zei Decker. 'Ben jij er ooit binnen geweest?'
'Nee, daar heb ik nooit een gelegenheid voor gehad. Heb je hem naar de moord gevraagd?'
'Ja.' Decker wachtte tot er een gepaste tijd was verstreken. 'Hij zei uiteraard niets. Ik had gedacht dat ik misschien iets op zijn gezicht zou kunnen lezen, maar hij keek volkomen neutraal.'
'Dat is zijn specialiteit.'
'Ik heb hem mijn visitekaartje gegeven. Als ik onverhoopt vermoord mocht worden, weten jullie wie je moet ondervragen.'
'Dat is niet grappig, Decker.'
'Morgen vertrek ik, Mick. Ik denk niet dat C.D. me naar Los Angeles zal volgen, en als hij dat wel doet, kan ik er niets tegen doen.'
'Je doet nogal luchthartig over zulke ernstige zaken.'

'Schrijf het maar toe aan de jetlag. Ik bel trouwens ergens anders voor. Mijn familie wil graag weten wanneer het lijk van Ephraim zal worden vrijgegeven voor de begrafenis. Niet dat ze aandringen. Ik heb gezegd dat ik je erover zou bellen.'

'Ik geloof dat ik iemand heb horen zeggen dat het lijk morgen mag worden vrijgegeven. Ik zal hen bellen.'

'Bedankt. Is er nog nieuws?'

'Ik wou dat ik kon zeggen van wel, Pete, maar helaas is er geen enkel nieuws. Tussen haakjes, ik heb mijn antenne uitgestoken in de richting van hoe heet hij ook alweer... Marino... het hoofd van de politie van Quinton.'

'Virgil Merrin. Goed idee. Heeft het iets opgeleverd?'

'Tot nu toe nog niet, maar dat had je waarschijnlijk ook niet verwacht.'

'Waarom zou er een keer iets makkelijk gaan?' zei Decker.

'We zullen de zaak heus wel oplossen,' zei Novack met klem. 'Maar het wordt geen *slam dunk*. Als je dat wilt, moet je bij Shaq zijn. Zeg, als ik je niet meer zie, het was leuk om je te leren kennen.'

'Insgelijks,' antwoordde Decker. 'Bedankt voor alles, Novack. Misschien kan ik ooit eens iets voor je terug doen. Je hebt mijn nummer. Als je ooit in Los Angeles bent, bel je maar.'

'Bedankt, maar ik denk niet dat het er ooit van zal komen. Jullie zijn allemaal veel te slank en gebruind naar mijn zin. En veel te passief.'

'Wij noemen dat "relaxed".'

'Dat is een ander woord voor apathisch. Je kunt van New Yorkers zeggen wat je wilt, maar apathisch zijn ze niet. Niet dat jij er iets aan kunt doen, Decker. Het komt door al die zon daar in het westen. Daar worden je hersenen week van.'

15

Ze liep achter op haar schema. Rina wist dat ze niet zo laat op de dag nog uit winkelen had moeten gaan, maar de prijzen in Brooklyn lagen zoveel lager dan in Los Angeles en als je wist waar je moest zijn, kon je fantastische koopjes vinden. Niet dat ze voor zichzelf iets kocht. Haar tassen waren gevuld met jurkjes, jassen, hoeden, schoenen en vrijetijdskleding voor Hannah, alles voor de helft van het geld dat je er in de grote kledingzaken voor betaalde, en sommige van de ensembles waren uit Europa geïmporteerd. Hannah was zo'n schattig kind en Rina vond het heerlijk om haar leuk aan te kleden. Na twee zonen was het een heel andere ervaring om een dochter te hebben en ze genoot er met volle teugen van. Ze vond het prachtig wanneer Hannah zich op zaterdagochtend voor de spiegel stond te bewonderen. Rina wist dat het niet goed was om oppervlakkige dingen zoveel aandacht te geven, maar wat had je nu aan kinderen als je hen niet af en toe mocht verwennen? Kinderen waren geen speelgoed – haar twee tieners hadden dat maar al te duidelijk gemaakt – maar soms was het leuk om ze als zodanig te beschouwen.

Gelukkig had ze zich, toen ze van huis was gegaan, alvast netjes aangekleed voor die avond, hoewel ze wist dat ze zich opnieuw zou moeten opmaken, want haar huid leek make-up altijd helemaal in zich op te nemen. Ze was chic en toch gemakkelijk gekleed: een zwarte trui op een lange zwarte rok met een zijsplit tot halverwege haar kuit. Een beetje gewaagd voor een religieuze vrouw, maar het kon ermee door. Eroverheen droeg ze een lang, rood vest van kasjmier, dat haar een erg elegant gevoel gaf. Tot slot een vleugje Chanel nr. 19, haar lievelingsparfum, waar Peter ook veel van hield. Na het eten zouden ze immers uitgaan. Haar schoenen hadden geen erg hoge hakken, maar stonden toch gekleed.

Al waren het geen gemakkelijke sportschoenen. Haar voeten en benen deden pijn van het lopen. Ze was wel zo verstandig geweest Hannah met Sammy en Jacob mee te sturen, want ze had geweten dat het meisje het winkelen nooit had kunnen volhouden. Haar kinderen waren naar het Museum of Natural History gegaan en ze zouden elkaar straks treffen in het steakhouse.

Waar Peter was, wist niemand.
Ze keek op haar horloge en zwoer dat dit de laatste winkel was. Het begon al donker te worden en bovendien kon ze onmogelijk nog meer tassen dragen. Ze stond als tweede in de rij voor de kassa, maar de vrouw vóór haar was aan het kibbelen over de prijs van een afgeprijsd artikel. Rina schraapte haar keel, tikte met haar voet op de vloer, maar het hielp allemaal niets. De vrouw wilde per se nog meer korting.
Rina keek om zich heen, haar armen over elkaar geslagen, de tassen in haar handen. Ze keek liever naar de mensen dan zich aan die vrouw te ergeren.
De eerste keer keek ze langs hem heen.
De tweede keer besefte ze dat hij naar haar keek... dat hij naar haar staarde. Zijn kille, priemende blik bracht haar zo van haar stuk dat ze de tassen bijna liet vallen.
Hij was lang en gespierd en er straalde kracht van hem uit. Hij was gekleed in een zwarte spijkerbroek en een zwarte, geribbelde coltrui met daaroverheen een bruin corduroyjack en hij liep op legerschoenen. Hij bleef naar haar staren met zijn ijskoude blauwe ogen.
Wie was die man?
Met een schokje herkende ze hem.
Wat zullen we nu krijgen?
Ze zou zich misschien geïntimideerd moeten voelen, omdat hij zo groot en sterk was, maar groot en sterk maakte haar niet bang. Ze was al tien jaar getrouwd met groot en sterk. Ze had het meer dan eens persoonlijk opgenomen tegen groot en sterk. Het deed haar weinig.
Ze was alleen maar verontwaardigd. Wat dacht hij wel!
Ze stapte uit de rij en liet noodgedwongen een snoezig donkerblauw jurkje met witte biesjes en een bijpassende jas en hoed achter. Als hij er niet was geweest, had Hannah dat mooi met Pesach kunnen dragen!
Ze liep met grote stappen naar hem toe en keek hem aan – een strijd tussen twee paar helderblauwe ogen. 'Zin in koffie? Ik trakteer. Jij mag mijn tassen dragen.' Ze duwde de tassen tegen zijn borst aan en liep de winkel uit. Ze hoorde hem achter zich grinniken toen hij meeliep. Ze ging een naburige Starbucks binnen, waar ze voor hem een kop gewone koffie kocht en voor zichzelf een café latte. Toen liep ze naar een klein park, eigenlijk was het niet meer dan een open ruimte met schommels en klimrekken. Ze ging op een bankje zitten dat een beetje apart stond, maar toch zichtbaar was voor voorbijgangers.
Ze ging zelf als eerste zitten. Hij was zo verstandig op het andere uiteinde van de bank te gaan zitten en de tassen tussen hen in te zetten. Toen zijn jack openviel, zag ze het pistool in zijn binnenzak. Ze wist dat hij zich ervan bewust was dat ze ernaar keek. Er had iets geklikt in die ijzige ogen.
Ze dronken koffie.
Het was duidelijk dat hij het leuk vond dat ze zo prikkelbaar was,

maar ze wachtte tot hij het gesprek zou openen. Ze zou net zo lang wachten als nodig was. Ze was erg goed in staarwedstrijden.

Eindelijk sprak hij. 'Moeten joodse vrouwen hun haar niet bedekken wanneer ze uitgaan?'

'Ik draag een pruik,' antwoordde Rina.

'Meent u dat?'

'Ja.'

'Hij is erg mooi.'

'En duur. Hij is gemaakt van mensenhaar.'

'Echt waar?' Hij nam een slok koffie. 'Hoe werkt zoiets? Moeten ze er iemand voor scalperen?'

'Nee. Ze kopen het haar van vrouwen die het laten groeien en dan laten afknippen. Het is een erg tijdrovend proces. Ik denk dat mijn pruik afkomstig is van Aziatische vrouwen. Het haar is erg steil en gaat bij vochtig weer niet krullen.'

'Wat hebt u zelf voor haar?'

'Ik?' Rina bracht haar hand naar haar pony. 'Dit is mijn eigen haar.'

'Erg donker.'

'Ja. Het is bijna zwart.'

'De pruik heeft precies dezelfde kleur.'

'Bijna.'

Stilte.

'Streeft u daarmee het doel niet voorbij?' Hij bekeek haar wellustig. 'Als u probeert uzelf onaantrekkelijk te maken voor andere mannen, slaagt u daar niet in.'

Rina keek hem weer in de ogen. 'De redenen waarom we ons haar bedekken, gelden niet alleen ons uiterlijk. In dat witte papieren zakje zitten zoete broodjes. Neem gerust, meneer Donatti.'

'Zeg toch Chris.' Hij liet zijn blik opzettelijk langzaam over haar lichaam gaan. 'Per slot van rekening heb ik u in mijn fantasieën vaak genoeg Rina genoemd.'

'U mag me ook in het echt Rina noemen. Daar zit ik echt niet mee.'

Weer bleef het stil.

Chris haalde zijn tong langs de binnenkant van zijn wangen zonder dat zijn ogen haar gezicht ook maar één moment loslieten. 'Weet u, Rina, ik heb al veel meisjes gehad. Heel veel. Wanneer ze letterlijk in je armen vallen, gaat de lol er een beetje af. Dan wordt het steeds moeilijker om opgewonden te raken. En dan worden verboden vruchten erg aantrekkelijk.'

Stilte.

Rina werd zich bewust van de spelende kinderen – een lieflijk geluid. Ze dacht goed over haar woorden na, voordat ze sprak. Toen zei ze op een heldere, vaste toon: 'Bent u van huis uit religieus, meneer Donatti?'

'Chris.' Een trage glimlach. 'We zijn toch vrienden?'

'Jazeker. Hebt u een religieuze opvoeding gehad, Chris?'

Donatti liet steeds weer zijn ogen over haar lichaam gaan. 'Katholiek.'

'Dus u kent de verhalen uit de bijbel.'

Chris glimlachte. 'Ik heb er nooit veel aan gedaan, Rina.'

'Kent u het verhaal van Jaakov en Esav, oftewel Jakob en Ezau?'

'Het is een tijd geleden.' Een schalkse knipoog. 'Hoe ging het ook alweer?'

'Jakob en Ezau waren broers, tweelingbroers, maar dat zei verder niet veel. Ze waren heel verschillend. Jakob was een stille, ontwikkelde man, *iesj tam* zeggen we in het Hebreeuws. Hij studeerde, gedroeg zich netjes, deed wat zijn vader hem opdroeg, veroorzaakte geen problemen. Ezau was heel anders. Hij wordt beschreven als een *iesj sadé,* een man van het veld. Hij was een uitmuntende jager, een goede strijder, gespierd en waarschijnlijk ook knap om te zien. Hij was erg charmant en gedroeg zich altijd onberispelijk.

De joodse wijzen beweren dat Ezau werd geboren met al zijn tanden en een baard. Dat kun je letterlijk opvatten, maar ik vat het op als een metafoor. De tanden en baard duiden op een volwassen man. Voor mij betekent het dat Ezau is geboren als degene die hij bestemd was te worden. Zijn jeugd – alle dingen die je leert van de fouten die je in je jonge jaren maakt – was voor hem niet relevant. Hij bleef hetzelfde vanaf zijn geboorte tot zijn dood.

De ouders hielden van beide kinderen, maar de vader, Izaak, hield meer van Ezau omdat die hem vers vlees bracht en omdat Ezau een bijzonder goede *derech erets* bezat. Dat is Hebreeuws voor goede manieren; hij gedroeg zich eerbiedig tegenover zijn vader. Volgens mij had Izaak ook bewondering voor het feit dat Ezau in staat was te jagen, want Izaak zelf had heel andere sterke punten. Soms hecht je veel waarde aan dingen waar je zelf niet toe in staat bent. Maar de moeder, Rebekka, die veel wereldser was, hield meer van Jakob. Ze had bewondering voor zijn rustige, godvruchtige gedrag.'

'Jakob klinkt als een watje.'

'Nee, hij was niet zwak. Zijn kracht was alleen minder zichtbaar.'

Donatti dacht even na. 'U weet dat het niet goed is om een kind voor te trekken.'

Rina glimlachte. 'Daar hebt u gelijk in. En dat was ook gedeeltelijk het probleem.'

Hij grijnsde wellustig. 'Weet u dat u heel mooi bent wanneer u lacht, Rina?'

Rina deed net of ze het niet gehoord had. 'De broers waren grote rivalen. Uiteindelijk kwam het tot een climax. Er was een confrontatie tussen de twee broers en Jakob was gedwongen te vluchten voor de toorn van Ezau.'

'Ik zei toch dat Jakob een watje was? Wat is er gebeurd?'

'Eerst wist Jakob via een truc zijn broer zijn geboorterecht af te nemen. Daarna misleidde hij zijn vader op een zodanige manier dat die hem de zegen van de eerstgeborene gaf, de zegen die Izaak aan zijn oudste zoon Ezau had willen geven. Volgens het eerstgeboorterecht ging de oudste altijd boven de jongste, maar Rebekka, de moeder, vond dat Jakob de zegen moest krijgen. Vanwege haar slinkse gedrag en bedrog gaf Izaak Jakob de zegen, waardoor de jongste zoon Jakob de voorrang kreeg boven Ezau, die de oudste was.'

'Hoe is haar dat gelukt?'

'Zoals bij iedere goede thriller, gaat er bij het navertellen iets verloren. Lees het boek maar als u er nieuwsgierig naar bent. Maar het verhaal heeft een moraal, zoals alles wat in de bijbel staat. Ezau had de zegen niet verdiend. Niet omdat hij een jager was, een moordenaar met bloed aan zijn handen. Nee, Ezau verdiende de zegen niet, omdat hij een man was die huwelijken brak, die het aanlegde met getrouwde vrouwen. Niet dat ik uit naam van God spreek, meneer Donatti, maar in mijn religie is het een zeer kwalijke zaak wanneer iemand de vrouw van een ander steelt.

Ik weet hoe u tegenover mijn man staat. Misschien wilt u wraak. Dat hoop ik niet, maar als u het per se wilt, zal ik u niet kunnen tegenhouden. En misschien zult u slagen. Maar ik zal u één ding vertellen. Als u het ooit in uw hoofd zou halen om mij met ook maar één vinger op een ongepaste manier aan te raken, garandeer ik u, dat u en alles wat u lief is, zal worden vervloekt door God, door de duivel en door alle levende en dode wezens in dit universum. Niet alleen in uw huidige leven, maar ook in al uw toekomstige levens.' Ze keek hem fel aan. 'Tot in het eeuwige der eeuwige, meneer Donatti. In lekentaal betekent dat: voor altijd!'

De stilte bleef een paar ogenblikken hangen. Toen stootte Donatti een geforceerde lach uit. 'Moet ik nu nerveus worden?'

'Het is een welgemeende waarschuwing. U bloost trouwens.'

Ondanks zichzelf wendde Donatti zijn ogen af. Zodra hij dat besefte, staarde hij haar weer aan. 'En wat is er met Jakob gebeurd?'

'Met Jakob?'

'U zei dat hij voor Ezau op de vlucht moest. Als ik Ezau was en iemand iets van mij had gestolen, zou ik hem achtervolgen tot ik hem te pakken had.'

'Het is uiteindelijk tot een ontmoeting tussen hen gekomen. Jakob was erg bang voor zijn broer. Bang dat hij niet alleen zijn eigendommen zou stelen, maar ook zijn vrouwen en kinderen. In het bijzonder zijn vrouw Rachel, die erg mooi was. Zoals ik daarnet al zei, maakte Ezau er een gewoonte van getrouwde vrouwen te verleiden. Toen duidelijk was dat de paden van de mannen elkaar zouden kruisen, maakte Jakob ingewikkelde plannen over hoe hij zich tegen zijn wraakzuchtige broer zou kunnen verdedigen, maar er staat geschreven dat Ezau huilde van emotie, zijn armen om zijn broer sloeg en hem in de hals kuste.'

'Dus Ezau heeft Jakob vergeven?'

'Daar ziet het naar uit.'

'Dan was Ezau uiteindelijk dus ook een watje!' zei Donatti schamper. 'Iemand zou dat verhaal moeten herschrijven.'

Rina glimlachte. 'Dan kan ik u misschien beter de rest vertellen. Uiterlijk was er een soort verzoening, maar de joodse rabbijnen en wijzen hebben een heel andere mening over de hereniging. Ze zeggen dat toen Ezau Jakob in de hals kuste, hij eigenlijk probeerde hem te bijten. Het was geen zuigzoen, meneer Donatti. Ezau was van plan geweest zijn broer te doden door met zijn tanden zijn slagader door te bijten. Maar God had de hals van Jakob in steen veranderd waardoor Ezau zijn tanden erop brak. Toen begreep Ezau dat wraak niet het antwoord was.'

'Die versie bevalt me beter.'

'Dat dacht ik al.'

Donatti nam een slokje koffie. 'Misschien is wraak niet het antwoord in de zin van iets permanents, maar het heeft wel een tijdelijk effect.'

'Misschien wel.' Ze vouwde haar handen op haar schoot. 'Staan u en mijn man weer als kemphanen tegenover elkaar?'

'Interessante vraag. Wat heeft uw man u verteld?'

'Helemaal niets! Ik had zelfs geen idee dat u in New York was. Maar het feit dat we hier zitten, wil zeggen dat u wist dat ík in New York ben. Dit was geen toeval. U moet mij hebben geschaduwd. Dus moet u de inspecteur ergens zijn tegengekomen. Zit u elkaar weer in de haren?'

'Eerlijk gezegd kwam hij me om hulp vragen.'

Rina zweeg. Ze dacht eerst dat Peter in zijn onderzoek naar de moord op Ephraim Donatti ervan was gaan verdenken dat híj de dader was. Maar als dat zo was, en als Donatti wist dat Peter hem als een verdachte beschouwde, waarom had Donatti haar dan zo brutaal benaderd?

Donatti leek haar gedachten te kunnen lezen. 'Het is de waarheid. Vraag het maar aan de inspecteur als u me niet gelooft.'

'Gaat u hem helpen?'

'Ik heb daarover nog geen besluit genomen.'

Rina voelde de hitte van zijn priemende ogen. De warmte van de gêne trok over haar eigen gezicht, maar ze vertikte het voor hem onder te doen. 'Ik weet zeker dat u de juiste beslissing zult nemen.'

Donatti bleef haar gezicht en lichaam bekijken. 'God, wat bent u mooi!'

'Dank u.'

'Ik zou u graag willen tekenen, mevrouw Decker. Of op z'n minst uw foto willen nemen.'

'Geen van beide is mogelijk.'

'Het valt vast niet mee om zo mooi te zijn. De moeder van mijn zoon is ook zo verbluffend mooi.' Hij zette zijn ellebogen op zijn knieën en staarde voor zich uit. 'U kent Terry zeker wel?'

'Nee, ik ken haar niet, maar ik heb gehoord dat ze erg mooi is.'

'Alle mannen willen haar versieren,' zei Donatti. 'Ze is erg serieus – net als u – en de belangstelling van al die mannen irriteert haar. Soms raakt ze erdoor in moeilijkheden. Men beeldt zich van alles in over haar seksuele gewoonten, enkel en alleen omdat ze een alleenstaande moeder is. Zelfs haar docenten. Vooral haar docenten. Vooral de getrouwde docenten.'

'Wordt ze lastiggevallen?'

'De hele tijd. Met een van hen werd het zo erg dat ik ernaartoe moest om hem zijn plaats te wijzen.'

'Ik weet zeker dat uw plotselinge verschijning zijn hartstocht heeft bekoeld.'

Donatti lachte. 'Inderdaad. Na mijn bezoek is hij erg snel tot bedaren gekomen. En wat doet u wanneer mannen te ver gaan? Stuurt u dan de inspecteur op hen af?'

'Nee, meneer Donatti, ik ben een volwassen vrouw en ik geef er de voorkeur aan mijn problemen zelf op te lossen. Ik heb in het verleden gemerkt dat het alleen maar erger wordt wanneer ik de inspecteur erbij betrek.'

Hij leunde achterover en keek haar weer aan. 'Gaat uw discretie zich uitstrekken tot dit kleine rendez-vous?'

Ze weerstond zijn blik. 'Dit is geen rendez-vous. Maar voor het geval u mijn man wilt gaan helpen, is het misschien het beste dat ik hem er niets over vertel. Want als ik dat wel zou doen, zou hij u waarschijnlijk vermoorden.'

'Als ik hem niet als eerste te pakken neem.'

'Als u dat had willen doen, zou u het allang hebben gedaan.'

'Wraak is een gerecht dat het beste koud kan worden opgediend.'

'Ik ben evengoed niet van plan mijn man iets over dit gesprek te vertellen, als dat is waar u om vraagt.'

'Ik vraag nergens om.'

'Goed, dan wil ik u iets vragen. Het zou mijn leven een stuk gemakkelijker maken als u het hem evenmin vertelde. Want als hij het van u hoort, zou hij niet alleen woedend op u zijn, maar ook kwaad op mij omdat ik er niets over heb gezegd. Kunt u me dat plezier doen?'

'Ik doe graag iemand een plezier.' Donatti glimlachte. 'Dit zal ons geheimpje blijven.'

Hij veranderde echt álles in iets intiems. Hij was een eersteklas manipulator. 'Dank u.'

'Geen dank.'

Donatti stond op en grijnsde naar haar. 'Waarom zou ik een relatie die nog tot iets moois kan uitgroeien, op het spel zetten?'

'We hebben geen relatie, Christopher.'
'Niet u en ik, mevrouw Decker. De inspecteur en ik.' Donatti gaf haar zijn lege koffiebekertje. 'Daarginds is een recyclebak. Zou u dit er voor mij in willen gooien?'
'Ja, hoor.'
Weer bekeek hij haar met een hongerige blik. 'Misschien kunnen we een andere keer nog eens babbelen.'
Rina hief haar blik op om dat meteen de kop in te drukken. 'Als Pasen en Pinksteren op één dag vallen.'
Donatti begon te lachen. 'Mag ik Terry uw telefoonnummer geven, mevrouw Decker? Als ze gaat schaken met de grote jongens, kan ze beter eerst les nemen bij een expert.'

16

HET HAD NOG HET MEESTE WEG VAN EEN DRUGSDEAL DIE FOUT WAS GElopen. Maar waarom had Ephraim Shayndie dan met zich meegenomen en in gevaar gebracht? Zou de man zo'n lafaard zijn geweest dat hij het jonge meisje als schild had gebruikt? En hoe zat het met Raisie, die hem had gewaarschuwd dat zijn onderzoek Shayndie in gevaar kon brengen? Decker kon alleen maar tot de conclusie komen dat Chaim iets achterhield. Hij overwoog Novack op te bellen en wat ideeën met hem door te nemen. Maar stel dat Raisie gelijk had? Als Shayndies kansen vanwege zijn gesnuffel ook maar een fractie kleiner werden... wat zou hij dan nog kunnen doen?

Misschien had het meisje weten te ontsnappen en hield ze zich ergens schuil. Misschien had ze contact opgenomen met haar ouders, maar durfde ze niet naar huis te gaan. Of misschien was er een andere reden voor haar verdwijning. Misschien was ze zwanger en was de moord op haar oom alleen maar een alibi. Misschien zat ze in een tehuis voor weggelopen meisjes en wilde Chaim niet dat Decker daarachter zou komen.

Misschien was Deckers verbeelding op hol geslagen.

Drugsdealers wilden over het algemeen graag laten zien waartoe ze in staat waren. Maar ditmaal was de moord in een hotel gepleegd, zonder tekenen van een marteling.

Eén enkel schot. Donatti's methode.

Ze vertrokken de volgende dag om zes uur 's avonds. Tegen die tijd zou deze hele zaak Decker niet meer aangaan. Misschien deed hij er beter aan zich nu al gewoon te gaan amuseren. Hij ging zo dadelijk met zijn gezin naar een populair koosjer restaurant en daarna gingen Rina en hij in een van de hotels luisteren naar het Harley Mann Quintet. Aanvankelijk had Rina getwijfeld of ze wel kon gaan. Hoe kon zij uitgaan en zich amuseren terwijl de Liebers zo ongelukkig waren?

'Als ze ermee geholpen waren wanneer ook wij ongelukkig waren, zou ik het met je eens zijn. Maar op dit moment kunnen wijzelf, jij en ik, het beste gewoon blij zijn met ons eigen leven en er een beetje van gaan genieten,' had Decker gezegd.

Daar had Rina geen weerwoord op gehad. Misschien zouden een

paar glaasjes wijn haar in een betere stemming brengen. Op dit moment had Decker het gevoel dat hij in zijn eentje een hele fles op kon.

Hij had om zes uur met de anderen afgesproken en kwam twintig minuten te vroeg aan. Om vijf voor zag hij driekwart van zijn kroost – Sammy, Jacob en Hannah – aankomen. Twee knappe jongemannen en een onderdeurtje, alle drie met hun hele leven nog voor zich. God, zorg alstublieft dat het hun goed zal gaan. Decker voelde de bekende vaderlijke angst, maar onderdrukte die. Toen gaf hij zichzelf een psychologisch schouderklopje dat hij het er tot nu toe niet slecht af had gebracht.

Hannah huppelde naar hem toe en legde haar hand in de zijne. Ze had een spijkerrok en een groene trui aan, en haar rode krullen dansten op haar schouders. 'Waar is ima?'

'Die komt zo.' Decker kuste haar op haar kruintje. 'Hoe was het museum?'

'Leuk,' antwoordde ze. 'Ik vond de walvis mooi.'

'Ja, die was cool.' Jacob trok een rugzak op wieltjes met zich mee. 'Wat een bakbeest.'

'We zijn ook naar het oude Hayden Planetarium geweest,' zei Sammy.

'Zo te horen hebben jullie een drukke dag gehad,' zei Decker.

'Ja, mijn voeten branden,' zei Sammy. 'Kunnen we niet vast gaan zitten?'

'We wachten nog eventjes op ima, goed?' zei Decker.

De kinderen waren niet blij met dat voorstel, maar voor de verandering klaagde er niemand. De jongens waren bijna identiek gekleed in een donkere trui en spijkerbroek. Jacob droeg daaroverheen een dik denimjack, Sammy een gevoerd, flanellen shirt dat als jas diende.

'Hoe is het ermee?' vroeg Sammy aan zijn vader.

'Dit moment is zonder meer het hoogtepunt van ons verblijf hier,' zei Decker.

'Is het zo erg?'

'Het is heerlijk om jullie te zien.'

'Daar is ima,' zei Jacob. 'Althans, ik denk dat zij het is. Ze gaat nogal verscholen achter al die tassen.'

'Zou ze de hele winkel hebben leeggekocht?' vroeg Sammy.

'De hemel mag het weten.' Decker zuchtte. 'Ga haar maar even helpen.'

'Ik weet het niet, pap,' zei Sammy. 'Volgens mij is ze precies in evenwicht. Waarom zouden we verstoren wat ze gedurende vijf uur zorgvuldig heeft opgebouwd?'

Decker keek hem waarschuwend aan. De jongens liepen snel naar hun moeder en namen de tassen van haar over. Ze gaf de helft aan Jacob en de andere helft aan Sammy. 'Jullie nemen deze dingen wel voor me mee terug, hè?'

'Ik ga niet terug naar Brooklyn,' zei Jacob. 'Ik pak straks de trein, ima.'
'Ik neem ze wel mee,' zei Sammy.
'De brave zoon,' schamperde Jacob.
Ze bleven staan voor de ingang van het restaurant. Jacob keek zijn moeder lief aan. 'Heb je iets voor mij gekocht?'
'Een paar overhemden,' zei Rina. 'Het meeste is voor Hannah.'
'Mooi is dat,' pruilde Jacob. 'Eerst stuur je me naar een school waar ik word gescalpeerd en in een cel opgesloten en nu krijg ik alleen een paar overhemden.'
'Ja, je wordt gruwelijk verwaarloosd.' Rina sloeg haar arm om haar jongste zoon heen en kuste hem tien keer op zijn wang.
'En ik?' vroeg Sammy.
Rina kuste hem ook. Toen ze zich naar Hannah bukte, deed het meisje gauw een stap achteruit. 'Niet midden op straat.'
Rina en Decker schoten in de lach. Het viel niet mee om kinderen van volwassenen te onderscheiden zonder scorebord. Rina zei: 'Volgens mij zijn jullie allebei langer geworden.'
'Je hebt me gisteren nog gezien, mam,' zei Jacob.
'Je bent sinds gisteren gegroeid,' antwoordde Rina. 'Zullen we naar binnen gaan?'
'Graag. Dat is beter dan hier aan de hele wereld te laten zien wat een raar stel we zijn,' zei Sammy.
Jacob voegde eraan toe: 'Bovendien is het eten hier beter dan alles wat ik het afgelopen halfjaar heb gekregen.'
'Dat is waar,' zei Sammy.
'Ga maar vast naar binnen, jongens,' zei Decker. 'En neem Hannah mee. Ik moet even met ima praten.'
'Moet ik dit echt allemaal dragen?' Sammy hield de tassen omhoog. 'Kunnen we het niet opslaan in een bankkluis of zo?'
'Naar binnen!' zei Decker op iets scherpere toon.
'Kom...' Jacob pakte zijn zusje bij de hand. 'Dit willen we echt niet horen.'
Decker wachtte tot Rina en hij samen alleen waren. Hij zei: 'Je zult me wel uitlachen, maar ik wil graag nog een dag blijven. Het lijk wordt morgen vrijgegeven, dus zal de begrafenis dinsdag zijn. Ik vind dat we erheen moeten.'
Bovendien was Deckers laatste gesprek met Donatti veelbelovend geweest. Hij hoopte dat Chris met nieuws zou komen.
Rina zei: 'Ik zal je niet uitlachen, hoewel het verleidelijk is. Ik heb bewondering voor je flexibiliteit en medeleven. Die laten zien dat je een echte kerel bent. Ik zal de datum van de tickets nogmaals wijzigen.' Ze sloeg haar armen om Deckers nek en kuste hem op zijn mond. 'Dit is niet het bescheiden gedrag van een religieuze vrouw, maar het komt wel recht uit mijn hart.'

'Het bevalt me wel,' zei Decker. 'Waar heb ik het aan verdiend?'
'Aan altijd jezelf te zijn. En nu gaan we maar naar binnen, anders denken de kinderen nog dat we ruzie hebben.'
Ze moesten tien minuten wachten tot ze een tafeltje kregen. De tafels stonden zo dicht bij elkaar dat Decker bijna bij de man naast hem op schoot zat. Vanwege Rina's inkopen en Jacobs rugzak zaten ze volkomen ingesloten. De tafels waren gedekt met papieren tafellakens en op de vloer lag zaagsel. Het restaurant was lawaaiig en rokerig, maar de etensgeuren deden hen watertanden.
Het duurde nog eens vijf minuten voordat ze menu's kregen van een van de kelners die gekleed waren in een blauw spijkershirt, witte spijkerbroek en gympen. Ze holden heen en weer alsof hun werk een aerobicsles was. Het duurde nog eens vijf minuten voordat er glazen met koud water, brood en margarine op tafel werden gezet.
Toen moesten ze allemaal weer opstaan voor het rituele handenwassen, opdat ze het brood konden breken.
Vijf minuten later was al het brood op.
Ze waren nu al een halfuur in het restaurant, en hadden nog steeds niets anders op tafel dan kruimels en glazen water. Ze konden net zo goed in de gevangenis zitten.
'Hé, Sammy,' riep iemand.
Sammy draaide zich om. 'Ari!' Hij stond op en praatte een paar minuten met Ari. Toen stelde hij hem aan de anderen voor. Rina en Decker glimlachten. Hallo, hallo. Ari liep weg; er kwam een kelner met nog meer brood. Hij schreef op wat ze wilden drinken en liep weer weg.
Rina vroeg aan Decker: 'Heb je erge honger?'
'Ik had uren geleden al honger. Nu rammel ik. En nee, ik wil niet iets met je delen.'
'Pas op, iemands suikerpeil heeft een snoekduik gemaakt,' zei Sammy.
'Eet wat brood,' raadde Rina hem aan.
'Ik wil geen brood!' zei Decker nijdig. 'Ik wil vlees!'
Eindelijk kwam de kelner terug met een notitieboekje in zijn hand. 'Bent u gereed om te bestellen?'
'Ik ben al veertig minuten gereed.'
'Peter...'
'Een chateaubriand voor twee voor mij alleen,' bestelde Decker.
'Het is een grote portie,' merkte de kelner op.
'Dat kan ik wel aan.' Hij gaf de kelner het menu terug.
De jongens wilden met z'n tweeën de chateaubriand. Rina wilde het ribstuk. Hannah bestelde een hotdog met patat. Jacob hoorde iemand zijn naam zeggen en keek om zich heen.
'Reuven! Wat doe jij hier?'
'Hetzelfde als jij, neem ik aan,' antwoordde Reuven. 'Een maaltijd bietsen bij mijn ouders. Zijn dit je ouders?'

Jacob zei: 'Dit zijn mijn ouders.'

Reuven glimlachte. 'Aangenaam kennis te maken, meneer en mevrouw Lazaris.'

'Mijn naam is Decker,' antwoordde Peter. 'Ik ben zijn stiefvader.'

'Maar hij betaalt onze studie, dus geldt hij als een echte vader,' zei Sammy.

Reuvens vader schoot in de lach. Hij stak Decker zijn hand toe. 'Shragy Miller.'

'En dat moet *Rav* Miller zijn,' zei Jacob.

Decker gaf hem een hand. 'Leuk om met u kennis te maken, Rav Miller.'

'Zeg maar gewoon Shragy! Dit is mijn vrouw Rivka, en dit is onze dochter Rachel.'

Miller was klein van stuk en gekleed in rabbijns zwart. Zijn vrouw was lang en mager en droeg een sjeitel. Haar gelaatstrekken waren even smal als die van haar man rond waren. De dochter had van beide ouders het beste meegekregen: een gezicht met regelmatige gelaatstrekken, sprankelende lichtbruine ogen en kastanjebruin haar. Ze was erg leuk om te zien en Decker was niet de enige wie dat opviel. Sammy had oogcontact met haar gemaakt en keek nu naar zijn servet.

Het tafeltje naast hen kwam net vrij, dus lag het voor de hand hen uit te nodigen bij hen te komen zitten. Dat deed Rina dan ook. Ze stelde zich aan Rivka voor en na een paar verwarde ogenblikken zat iedereen. Het meisje slaagde erin met Sammy te praten zonder naar hem te kijken. Knap van haar, vond Decker. Zouden ze dat ergens leren?

Ze vroeg: 'Waar studeer jij?'

'Je mag één keer raden.'

'YU.'

'Waar anders?'

'YU en Columbia,' lichtte Jacob toe.

'Ah,' zei Rachel. 'Eén stap boven het gepeupel.'

'Ik ben het gepeupel,' zei Sammy. 'YU heeft niet zo'n goed studieprogramma voor mijn hoofdvak, dus mag ik een gecombineerde studie doen.'

'Wat is je hoofdvak?'

'Neuropsychofysiologie... een voorbereidende studie geneeskunde. Ik wilde de voorbereidende studie van YU niet. Ik wilde daar liever een hoofdvak.'

'Ik probeer hetzelfde te doen op Stern, maar krijg nogal wat tegenwerking.' Er sloop een bittere klank in haar stem. 'Ik neem aan dat jij geen problemen hebt, gezien het feit dat je een man bent.'

Daar had Sammy een antwoord op klaar. 'Ik kan me voorstellen dat sommigen van de oudere rabbijnen van Stern antieke ideeën hebben over wat meisjes wel en niet mogen doen.'

'Zeker wanneer je uit een orthodoxe familie komt.'

'Je moet weten hoe je eromheen kunt werken.'
'Kun je me een tip geven?'
'Een paar zelfs.'
'Dat zou fijn zijn.'
Rina zei: 'Als alle kinderen nou eens aan één tafel gaan zitten, en de volwassenen aan de andere?'
Er waren een paar minuten voor nodig om iedereen een nieuwe plek te geven; nu zaten Rachel en Sammy naast elkaar.
'Ik bof,' zei Rav Miller, 'dat ik naast deze *motek* mag zitten.'
'Zeg eens gedag, Hannah,' zei Decker.
'Dag.'
'En wat leer jij op het moment op school?' vroeg de rabbijn.
'De *dinim* van Pesach. En de *hagada*, natuurlijk.'
'En wat kun je me vertellen over de hagada?'
'Ik weet dat Hasjeem de joden erg snel uit Egypte moest halen.'
'Ja, en waarom was dat?'
'Omdat de joden zo slecht waren dat als Hasjeem hen er niet snel vandaan haalde, ze zouden komen vast te zitten in het laagste niveau van de *toema*, de zonde. Daarom heeft Hasjeem hen er na tweehonderd tien jaar uit gehaald en niet na vierhonderd jaar.'
Iedereen barstte in lachen uit. Rina kreeg een kleur. 'Ik denk dat de rav bedoelde dat de joden snel weg moesten voordat de farao van gedachten zou veranderen nadat hij ermee had ingestemd hen te laten gaan.'
'O,' zei Hannah. 'Ja, ook dat.'
'U hebt er eentje die goed nadenkt,' zei Miller tegen Rina.
'Ze is... uniek.'
Decker verloor de strijd met zichzelf en at nog een stuk brood. Rivka zat naar de jongeren te kijken. Ze fluisterde tegen Rina: 'Als hun lichaamstaal zich nog duidelijker zou uiten, zouden ze met hun neuzen tegen elkaar zitten.'
Rina zei: 'Ik ben benieuwd wanneer ze het zullen wagen oogcontact te maken.'
Rivka zuchtte. 'Ik neem aan dat het beter is dan een *sjidoech*. Ik sta versteld. Rachel is meestal nogal gereserveerd.' Ze keek naar Rina. 'Hoe oud is uw zoon?'
'Bijna twintig.' Rina keek naar het meisje. 'En zij is achttien, negentien?'
'Ze is net negentien geworden. Op welke jesjiva in Israël heeft hij gezeten?'
'Goesj.'
De moeder knikte.
'En uw dochter?'
'Midresjet Lindenbaum.'
'O, van Bravender,' antwoordde Rina. 'Erg progressief.'

'Ze weet wat ze wil.'
'Goed zo.'
Rivka vroeg: 'Hoe oud was u toen u trouwde?'
'Zeventien. En u?'
'Achttien.'
Stilte.
Rivka wendde zich tot haar man. 'Shragy, is het nu uit met al die vragen? Je maakt het arme kind helemaal dol.'
'Ze is erg pienter. Ze vindt het niet erg.'
'Hoe weet jij dat?' vroeg ze ad rem.
Eindelijk kwam het eten. Tegen de tijd dat iedereen klaar was, hadden ze nog twintig minuten voordat het programma zou beginnen. Rina keek naar Sammy. Er lag een blos op zijn wangen. Hij had zijn eten nauwelijks aangeraakt. Ze gaf Decker een duwtje met haar elleboog en fluisterde: 'Je ziet er een beetje moe uit, Peter. Wat zou je ervan zeggen als we de kaartjes weggaven en in plaats daarvan samen een romantische wandeling gingen maken?'
Decker keek haar verbaasd aan. 'Weet je het zeker?'
'Als jíj het niet erg vindt.'
'Ik vind het helemaal niet erg.' Hij vond het juist prima. Hij had zojuist een halve koe gegeten. Een wandeling was goed voor de geest en goed voor de lijn. En een halsstarrig stemmetje vertelde hem dat hij nog een poging zou moeten doen Shayndie te vinden. Rina bood hem een kans en hij greep die aan.
'Ik vind het prima, lieveling.' Decker pakte de hand van zijn vrouw. 'Wij kunnen onze eigen muziek maken.'
Rina bood de ouders de kaartjes aan. De rabbi zei: 'Ik hou niet zo van jazz, te veel halve tonen. Misschien kunt u de tickets aan de jongens geven.'
Jacob zei: 'Ik moet een trein halen.'
'Ik wil wel gaan,' zei Reuven.
Jacob gaf hem onder de tafel een schop.
'Bij nader inzien moet ik mijn koffers gaan pakken.'
Sammy zei: 'Als niemand anders ze wil, neem ik ze wel.' En tegen Rachel: 'Wil je soms mee?'
'Ja, leuk.' Ze bloosde. 'Het zou jammer zijn als niemand er gebruik van maakte.'
'Jullie tweeën moeten dan maar gauw *bensjen* en gaan,' zei Rina tegen hen. 'Het is al laat.'
'We hebben een *mezumin*,' zei Rav Miller. De drie mannen die nodig waren om na maaltijden extra gebeden te zeggen. Decker zei: 'Laten we allemaal bensjen en dan opstappen. Rav Miller, zou u het gebed willen leiden?'
'Nee, doet u het maar.'
'Nee, ik sta erop.'

'Maar u hebt de kaartjes aan de kinderen gegeven.'

Rachel zei ongeduldig: 'Zou iemand alstublieft kunnen beginnen, anders komen we nog te laat.'

Rav Miller zei de zegeningen. Daarna wendde Decker zich tot Jacob. 'Zou jij Hannah en de boodschappen naar Brooklyn kunnen brengen?'

Jacob tilde zijn rugzak op.

'O ja, dat is waar ook. Jij gaat weg.' Van zoeken naar Shayndie zou dus niet veel komen. 'Goed. Dan nemen we afscheid van Jacob en gaan we terug naar Brooklyn.'

Rina nam een besluit. 'Ik heb de indruk dat je nog wat dingen moet afwerken hier in Manhattan. Ik ga wel terug met Hannah en neem de tassen mee.'

'En onze wandeling dan?'

'Die loopt niet weg.' En ze fluisterde: 'We krijgen straks nog wel wat lichaamsbeweging.' Ze wendde zich tot haar dochter. 'Kom, Chanaleh, neem afscheid van je broer.'

Iedereen zei Jacob gedag. Toen haar jongste zoon was vertrokken, had Rina tranen in haar ogen. Ze zei: 'Nu komt het allermoeilijkste. Een taxichauffeur zien te vinden die bereid is ons naar de andere kant van de stad te brengen.'

Rivka zei: 'Onzin. Wij hebben een auto. We brengen u wel even weg. Waar moet u naartoe?'

'Boro Park. Waar woont u?'

'Englewood.'

'Dat is er helemaal niet bij in de buurt.'

'Dat geeft niets. Shragy's ouders wonen daar. We kunnen even langs gaan zodat Reuven hun gedag kan zeggen. Shragy, help haar even met de tassen.' Rivka zei tegen Rina: 'We zullen de auto even gaan halen.'

'Dank u,' antwoordde Rina.

Nadat de Millers en Reuven waren vertrokken, hield Decker de hand van zijn dochter vast en glimlachte tegen zijn vrouw. 'Ik heb niet echt iets te doen in de stad. Ik wil alleen wat rondlopen.'

'Maar je wilt het nog een keer proberen,' zei Rina.

'Wat ken je me toch goed.'

Hij zag er zo ontmoedigd uit. Ze gaf zijn hand een kneepje. 'Het is niet jouw taak de hele wereld te redden, Peter.'

'Dat weet ik. Het lijkt alleen maar zo.'

17

MET ZIJN HANDEN IN ZIJN ZAKKEN EN ZIJN JAS HOOG DICHTGEKNOOPT liep Decker vanaf 48th Street terug naar het centrum van de stad. Twintig straten verder stond hij voor het adres van Emek Refa'im, de groep waartoe Ephraim Lieber had behoord. Het bleek een kelderappartement te zijn in het Garment District. Overdag was het hier een drukte van belang, werden rekken met kleding van het ene gebouw naar het andere geduwd, toonden de winkels en showrooms de nieuwste mode, en beloofden vertegenwoordigers hun klanten exclusiviteit op de allernieuwste artikelen in de vluchtige wereld van de mode. Op dit uur van de avond waren de straten stil en verlaten, en wierpen de hoge, ranke gebouwen lange schaduwen op de stoepen in het zwakke licht van de maan die zich af en toe tussen de wolken door liet zien. Hier en daar brandde licht achter een raam waar men overuren maakte om de concurrentie vóór te blijven.

Omdat hij hier verder niets te zoeken had, draaide hij zich om en liep dezelfde weg terug. Hij zou gaan kijken of het jazzconcert al afgelopen was, dan kon hij samen met Sammy een taxi nemen naar Washington Heights. Daarna kon hij, omdat hij toch in de buurt was, nog even langsgaan bij Donatti. Hij was om even over negenen bij het hotel, maar het optreden van de jazzband zou nog veertig minuten duren. Hij liep een café binnen en bestelde een pot kruidenthee. Hij kon net zo goed onderhand warm blijven.

Vijf minuten nadat de thee voor hem op tafel was gezet, besefte hij wat een belachelijk plan dit was. Sammy was met een meisje uit! De jongen had er beslist geen behoefte aan zo dadelijk hem te zien. Hij dronk zijn kopje leeg, legde een briefje van vijf op de tafel en liep het café uit. Op de hoek van 45th Street en Eighth Avenue hield hij een taxi aan.

'Mag ik meerijden?'

Decker draaide zich met een ruk om.

De man was een fantoom!

Ditmaal had Donatti een jong meisje bij zich. Ze leek vijftien, maar Chris kennende, zou ze wel achttien zijn. Donatti deed het portier open. Decker stapte in. Het meisje schoof naast hem op de achterbank. Als laatste stapte Chris in.

Haar kinderlijke gezicht was slechts licht opgemaakt en omlijst met donker haar. Een onschuldig gezicht, in tegenstelling tot haar kleding. Ze droeg een rood topje, een leren minirok en netkousen. Om haar schouders lag een stola van veren. Ze droeg geen beha, haar tepels waren groot en hard. Ze vernikkelde natuurlijk van de kou.

Donatti gaf de chauffeur een adres op. Niemand zei iets.

Toen de huizen voorbij begonnen te glijden, voelde Decker iets tegen zijn been. Hij schoof dichter naar het portier, maar het meisje bleef met haar been tegen het zijne drukken. Toen haar hand over zijn dij gleed en op zijn knie bleef rusten, had hij er genoeg van.

Woede welde in hem op. Hij keek naar Donatti met een blik zo gevuld met venijn, dat de spiertjes om Chris' ogen heel even bewogen in zijn verder stoïcijnse gezicht. Hij trok de hand van het meisje weg van Deckers knie.

Hij zei: 'Ruil even met mij van plaats, schatje. Je stoort die man.'

Met een soepele beweging tilde hij haar op zijn schoot en gaf haar een tikje op haar achterste voordat hij haar aan zijn rechterzijde op de bank zette.

'Mmmm, doe dat nog eens,' zei ze genietend.

'Gedraag je een beetje,' zei Donatti. 'We zijn niet alleen.'

'Daar stoor je je anders nooit aan.'

Ditmaal keek hij haar met zijn dwingende ogen aan. Ze zakte wat onderuit en legde haar handen op haar schoot.

'Stop hier,' zei Donatti tegen de taxichauffeur. 'Laat de meter lopen en wacht op me.'

De chauffeur knikte.

Donatti zei: 'Uitstappen. Ik loop even met je mee naar de deur.'

Het meisje zei: 'Gaat hij niet mee naar boven?'

'Nee.'

'Waarom niet?'

'Daarom niet.'

'Maar misschien wil hij dat wel.'

'Nee, dat wil hij niet.'

'Wilt u mee naar boven?'

'Nee. Stap uit.'

'Waarom niet?'

'Stap uit.' Donatti's geduld was op. Hij stak zijn lange arm uit, opende het portier en duwde haar de taxi uit. Ze viel op de stoep en voordat ze overeind kon krabbelen, was Chris de auto al uit en trok hij haar overeind. Hij sleurde haar mee naar de voordeur van een van de flatgebouwen.

Decker bedwong zijn woede toen hij zag hoe ruw het meisje werd behandeld. Shaynda werd nog steeds vermist. Toen Donatti en het meisje buiten gehoorsafstand waren, zei de taxichauffeur: 'We mogen eigenlijk niet op passagiers wachten.'

'Als u wilt doorrijden, vind ik het best,' zei Decker.

De taxichauffeur grinnikte. 'Nee, dat lijkt me geen goed idee. Weet u wie dat is?'

'Ja,' zei Decker.

'Weet u het zeker?'

'Christopher Donatti.'

'Het leek me verstandig het u te vragen, voor het geval u het niet wist. Ik hoorde hem namelijk vragen of hij mocht meerijden. Daarom dacht ik dat u het misschien niet wist.'

'Bedankt, maar ik weet wie hij is.'

Decker keek uit het raam. Het meisje had haar armen om Donatti geslagen en wilde hem kussen. Hij hield zijn gezicht bij haar vandaan en duwde haar van zich af. Om zijn ruwe gedrag te verzachten, gaf hij haar nog een speels tikje op haar achterste. Toen kwam hij terug en gaf de taxichauffeur het adres van zijn studio op.

Donatti zakte onderuit en sloot zijn ogen. Hij maakte een volkomen onverschillige indruk, terwijl Deckers afkeer alleen maar toenam. Hoe langer hij erover nadacht, hoe bozer hij werd. Wat voerde Donatti in zijn schild? Hij was heus niet zo dom dat hij het meisje, het kind, opdracht had gegeven hem te verleiden. Wat wilde hij? Speelde hij een spelletje met Decker, vond hij het leuk hem in verlegenheid te brengen?

Hij had er genoeg van. Misschien bezat Donatti informatie, maar op dit moment was Decker zo kwaad dat hij het niet kon verdragen bij hem in de buurt te zijn. Om Chris te kunnen aanpakken, moest hij kalm en onbevooroordeeld zijn. En daarvoor moest hij eerst een eind gaan lopen.

Opeens zei hij tegen de chauffeur: 'Zou u hier willen stoppen?' Ze waren nog een heel eind van Donatti's adres.

Chris deed zijn ogen open en keek naar hem.

'Hier moet ik zijn,' zei Decker.

'Hier?' vroeg de chauffeur.

'Ja. Stopt u hier maar.'

De taxichauffeur deed wat hem werd gevraagd.

Decker gooide de helft van het te betalen bedrag op Donatti's schoot. 'Wel bedankt.' Hij gooide het portier open en stapte snel uit.

Pas nadat Decker twintig minuten in een fiks tempo over Riverside Drive had gelopen, kwam zijn bonkende hart tot rust. De straat was vrijwel verlaten en de Hudson zag er donker uit. Hij slaagde er niet in het beeld van dat arme meisje uit zijn hoofd te krijgen, hoe ze was vernederd en gekleineerd, en hoe ze toch haar best bleef doen. Het maakte hem bedroefd, al die gebroken zielen, maar het had weinig zin erom te treuren. Zelfs als hij haar zou kunnen redden, waren er honderden anderen die stonden te popelen om haar plaats in te nemen.

Het was ijskoud, en een geniepige, onfris ruikende motregen plakte aan zijn gezicht. Hij was bijna bij 135th Street en stond voor een dilemma. Nog een visje uitgooien, of ermee kappen.

Shaynda werd nog steeds vermist.
Hij werd naar Donatti's gebouw getrokken zoals een kat naar de geur van urine, maar toen hij er was, bleef hij aarzelend staan zonder op de bel te drukken. De kans was groot dat Donatti net zo pissig was als hij en dat zou betekenen dat Deckers kansen verkeken waren.
Opeens ging de zoemer zonder dat Deckers vinger de bel had aangeraakt.
De beeldschermen in het kantoor: Donatti had hem gezien. Hij had op hem gewacht.
Decker ging naar binnen en nam ditmaal de lift. Die steeg langzaam, met horten en stoten, naar boven. Hij werd binnengelaten in de receptieruimte en liep door de metaaldetector, die niet ging piepen. Chris had hem blijkbaar afgezet. De deur naar de studio stond open. Chris begroette hem met twee glazen whisky en stak Decker er een toe.
'Ik pas.'
Donatti bewoog zich niet. Hij hield zijn arm uitgestoken met het kristallen glas in zijn hand. Ze keken elkaar in de ogen. Decker wist dat hij de hele zaak op zijn buik kon schrijven als hij de whisky niet accepteerde. Als Donatti iets verborgen hield, kon hij beter proberen uit te zoeken wat het was. Dus gunde hij de schoft zijn kleine overwinning. Hij pakte het glas aan.
Chris klonk met Decker, pakte de fles en ontsloot de deur van zijn kantoor. Zonder iets te zeggen ging Decker naar binnen. Chris liep achter hem aan, deed de deur op slot en schakelde het anti-afluistersysteem in. Hij nam kleine teugjes whisky terwijl hij en Decker een staarwedstrijd hielden. Decker zou ditmaal niet wijken.
Donatti sprak als eerste. 'Ze improviseerde. Het was niet mijn idee.'
Decker bleef oogcontact houden. 'Waarom had je haar bij je?'
'Ze was in de problemen geraakt. Ik heb haar geholpen.'
'Maar ze was ongetwijfeld in de problemen geraakt omdat ze voor jou tippelt.'
Donatti leek geamuseerd. 'Als ze voor mij tippelde, zou ze niet in moeilijkheden zijn geraakt.' Hij dronk zijn glas leeg. 'Kan ik het helpen dat ze geen mensenkennis heeft?'
Decker gaf geen antwoord.
Donatti zei: 'Ik zorg er meestal voor op goede voet te blijven met mijn voormalige fotomodellen.'
'Voormalige?'
'Ja, ze is inmiddels negentien. Ik kan haar niet meer gebruiken. Ze is te vaak gebruikt en te oud.'
'Op haar negentiende is ze te oud.'
'Eén jaar, Decker,' zei Donatti. 'Van hun achttiende tot hun negentiende. Mannen hebben een eindeloze dorst naar seks zolang het vlees vers is. In deze business ligt de omzetsnelheid erg hoog.'
'Waar haal je ze vandaan?'

'Dat is mijn specialiteit. En dat brengt ons bij het doel van deze bespreking. Wat ik ga zeggen, moet onder ons blijven. Geen woord tegen uw vrouw, uw advocaat, uw rabbijn, zelfs niet tegen uzelf wanneer u onder de douche staat. De gevolgen van een verspreking kunnen erg ongezond voor u zijn.'

Decker gaf geen antwoord.

'Zwijgen is niet genoeg. U moet me uw erewoord geven.'

'Je hebt erg veel vertrouwen in mijn erewoord, Donatti.'

'Is mijn vertrouwen ongegrond?'

Decker verborg de uitdrukking op zijn gezicht achter zijn glas.

'Als u mij uw erewoord niet geeft, heeft dit gesprek weinig zin.'

'Doe aan mij geen bekentenis over een moord, Chris.'

'Wie, ik?' Hij lachte. 'Heb ik uw erewoord?'

Decker knikte.

Donatti zei: 'Ik doe dit alleen zodat u zich niet meer hoeft uit te sloven. Ik heb het meisje. Dat houdt in dat u zich kunt concentreren op de moord. Als de politie zegt dat ik het heb gedaan, liegen ze. Daar weet ik niets van. Als ik iets te weten kom, zal ik het doorgeven.'

Hij stond op, maar Decker bleef zitten.' Je hebt het meisje? Wat bedoel je daarmee?'

'Precies wat ik zeg. Ik heb het meisje. Al sinds vrijdag. Ze maakt het goed. Meer hoeft u niet te weten.'

'En haar ouders dan?'

'Wanneer ik zeg dat u er tegen niemand iets over mag zeggen, bedoel ik niemand. Ik dacht dat dat duidelijk was.'

'Ze zijn gek van angst.'

'Dat geloof ik graag.' Hij glimlachte. 'Daarom mag u het aan niemand vertellen. Anders zou ik wel eens in de gevangenis kunnen belanden. Daar heb ik al eens gezeten en dus weet ik dat ik het niet leuk vind. Zo, het is al laat, dus...'

'Heb je nog meer meisjes?'

Donatti keek hem strak aan. 'U stelt veel vragen, Decker. De antwoorden kunnen voor u tot conflicten leiden. Daar hebben we geen van beiden iets aan.'

'Hoeveel meisjes heb je, Donatti?'

Chris gaf geen antwoord.

Decker moest Donatti's vertrouwen winnen om inlichtingen te krijgen. Hij nam een bewust risico. 'Het blijft tussen jou en mij. Erewoord.'

Donatti ging weer zitten en schonk zichzelf nog eens in. 'Twintig momenteel. Als ik wil, kan ik er ook honderd krijgen. De meesten zijn net boven de zestien, maar ik heb er ook een paar die jonger zijn.'

'Heb je ook jongens?'

'Ja, er zitten een paar mietjes bij. Zoals de knaapjes die u hebt gezien. Die twee zijn boven de achttien, maar dat waren ze nog niet toen ik hen voor het eerst heb ontmoet. Ik heb geen hetero's: vroeger nam ik die wel, maar ze veroorzaakten alleen maar problemen. Ze vielen de meisjes lastig en kregen ruzie over wie nummer één was. Drie keer raden wie dat won. Vervelende klieren waren het.'

'Je bent dus gewoon een pooier.'

Donatti keek naar het plafond. 'Pooier is een erg beladen woord, Decker. Ik doe dingen voor hen. In ruil doen zij dingen voor mij. Om precies te zijn: ze zijn me zo dankbaar dat ze staan te trappelen om dingen voor me te doen. Ik zie het als volgt: ik ben voor hen het laatste station. Ik ben de enige die hen nog uit handen kan houden van de échte zware jongens. Ik koop zelfs wel eens een meisje van die lui, als ze er goed genoeg uitziet. Ik heb adressen waar ik hen kan laten afkicken. Ze krijgen eten, een dak boven hun hoofd, kleren en drugs als ze die nodig hebben. Ongeveer een kwart stapt na een paar dagen weer op, nog eens een kwart na een week. Wie meer dan twee weken blijft, is over het algemeen verslaafd.'

'Verslaafd?'

'Niet aan drugs... aan mij. Dan heb ik hen ervan overtuigd dat ze niet in leven kunnen blijven zonder mijn bescherming.' Donatti sprak op geduldige toon. 'Ik ben praktisch ingesteld, Decker. Ik laat mijn paardjes niet te vaak draven. Het laatste wat ik wil, is dat ze seksueel uitgeput raken. Ze moeten er fris en uitdagend uitzien. Van een jonge, gezonde, ondeugende meid die haar benen spreidt, word je heet. Van een seksueel misbruikt kind dat zielig in een hoekje zit, word je dat niet.'

'Je gebruikt hen voor dat tijdschrift van je.'

'Dat is het uiteindelijke doel. Ik moet jong spul hebben voor mijn business. Maar ze moeten allemaal wel eerst achttien worden. Het zou ideaal zijn als ik hen kon onderhouden zonder dat ze er iets voor terug hoefden te doen, maar momenteel zit ik wat krap bij kas omdat ik alleen werk. Ziet u, binnen de familie is er altijd geld als je iets wilt, maar er zijn geen spaarplannen. Wanneer Joey tekortkwam, pakte hij gewoon van wie wat had. Ik niet. Ik werk met langetermijnplanning.'

'De bladenrekken liggen vol pornoblaadjes, Donatti.'

'Om nog maar te zwijgen over de video's en de interactieve displays op internet. Daarom richt ik me op het gat in de markt. Niet de dure jongens, die je in *GQ* en *Esquire* ziet. Ook niet de stakkers die kwijlen bij siliconentieten in *Playboy* of *Penthouse*. Ziet u, als een getrouwde hetero van middelbare leeftijd, iets in die rotzooi?'

'Ik koop die bladen niet, Donatti.'

'Omdat ze u niet aanspreken, inspecteur. Op wie richt ik me? Getrouwde mannen met een solide maar saai huwelijk. Die mannen willen niet alles wat ze hebben op het spel zetten met een onfrisse verhouding, maar komen seksueel niet aan hun trekken. Zulke mannen hebben het niet makkelijk. U valt waarschijnlijk niet in deze categorie, Decker, maar veel mannen van middelbare leeftijd kunnen best wat aanmoediging gebruiken. Ik heb zelf drieënhalf jaar in een weerzinwekkend huwelijk vastgezeten, dus ik weet waar ik het over heb. Ik weet alles over internet en de webpagina's en de eigengemaakte online filmpjes – ook daar heb ik plannen voor – maar uiteindelijk is het niet haalbaar om met een laptop op de plee te gaan zitten om je af te trekken. Dat zou je vrouw verdacht vinden.'

Decker keek van hem weg en schudde zijn hoofd. 'Beetje marketingonderzoek gedaan, Chris?'

'Dit is de wereld van de technologie. Ik zit nu nog in het experimentele stadium, van adviesrubrieken tot het doordrenken van de pagina's met de juiste aroma's. Je kunt heel veel geld verdienen aan het legaal exploiteren van jong vlees. Ik wil vóór mijn dertigste de helft van Harlem in mijn bezit hebben. Oké, ik laat mijn meisjes diensten verlenen, maar ik ben niet meedogenloos. Ik zweer dat dit de waarheid is. Als ik wilde, kon ik die meiden dag in dag uit voor me laten werken, zeven dagen per week, vierentwintig uur per dag. Na 11 september zijn veel New Yorkers in een midlifecrisis terechtgekomen: mannen die zagen hoe die klootzakken vliegtuigen in het WTC boorden en het gevoel kregen dat het einde nabij was. Maar ze hebben het overleefd, samen met hun jongeheer, en opeens kwam seks met jonge grietjes, in het bijzonder maagdelijk spul, hoog op hun verlanglijstje te staan.'

'Gek is dat, Donatti,' zei Decker bits, 'ik heb geen zielenpoten gezien, maar helden.'

'We zien allemaal wat we willen zien,' antwoordde Donatti. 'Ik weet dat de vraag op het moment groot is. In onze samenleving is een uur seks met een hoer nog steeds een ordinair pretje. Het kan zijn dat mijn meisjes me op het moment iets meer gunsten verlenen dan anders, maar slavenarbeid is wettelijk verboden in dit land. Geen van mijn meisjes wordt ertoe gedwongen.'

'Dat hangt af van je definitie van gedwongen.'

'De kinderen mogen gaan wanneer ze willen. Maar als ze gaan, mogen ze niet terugkomen. Als ze denken dat ze het op hun eigen houtje kunnen redden, dan vind ik het best.'

'Maar een klein beetje intimidatie doet natuurlijk wonderen.'

'We leven in een gevaarlijke wereld, Decker. Als ze door mijn verhalen wat voorzichtiger worden, kan ik daar heel goed mee leven.'

Decker streek over zijn snor. 'En je maakt je geen zorgen over loslippigheid?'

'Mijn kinderen weten hun mond te houden. Tot nu toe heb ik honderd procent medewerking, omdat ik erg overtuigend ben.'

'En als ze wel iets zouden zeggen?'

Donatti schudde bijna onmerkbaar zijn hoofd. 'Daar kunt u beter niet naar vragen.'

Decker haalde diep adem, blies die langzaam uit en wendde zijn hoofd af. Plotseling sloeg hij met zijn vuist op de tafel.

'Ja, ik weet het,' zei Donatti. 'U zou me het liefste in elkaar slaan. U wilt mijn knappe, arrogante kop in bloederige pulp veranderen en mijn mooie, grote lul afhakken omdat ik nu de touwtjes in handen heb. Er is een tijd geweest dat het andersom was en ik me voelde zoals u nu. Maar we zijn nu allebei volwassen. U moet het leren slikken, Decker, net zoals ik achttien jaar lang dingen heb moeten slikken. Als u eerlijk tegenover uzelf zou zijn, zou u weten dat ik erg grootmoedig ben. U hebt mijn leven geruïneerd.'

Decker lachte vreugdeloos. 'Je hebt je anders snel hersteld, Chris.'

'Daar weet u niets van.' Donatti werd kwaad. 'Ik had mijn oom overtuigd. Ik had háár overtuigd. Ik had haar volledig kunnen bezitten – lichaam en ziel – als u er met uw poten af was gebleven.'

'Vrouwen zijn geen slavinnen meer, Donatti.'

'Dat denkt u,' zei Donatti fel. 'Het scheelde maar zó weinig!' Hij hield zijn duim en wijsvinger een centimeter van elkaar. Toen leunde hij weer achterover en zuchtte. 'U weet hoe het is... je blijft altijd geobsedeerd door degene die heeft weten te ontsnappen. En ik was van meet af aan al door haar geobsedeerd.'

'Je bent zo beter af,' zei Decker.

'U bedoelt dat zíj beter af is.' Donatti nam een grote slok van zijn whisky. 'Het verleden kan mijn rug op. Ik ben een grote jongen. Oké, ze is nu niet mijn eigendom, ik huur haar. Maar geloof me, ik heb een huurcontract voor een heel lange termijn. Maar we hadden het niet over Terry. Laat haar nu maar zitten. U hebt andere problemen. Uw probleem zit bij mij en daar zit het best.'

Decker voelde zijn bloeddruk stijgen en daar hadden ze niets aan. 'Is ze lichamelijk in orde?'

'Helemaal.'

'En hoe is ze er geestelijk aan toe?'

'Erg opgefokt. Dat was ze al toen ik haar vond. Ze wil er niet over praten. En dat geeft niets. Ik hoef geen details te weten.'

'Wat doe je met haar?'

'Ik laat haar rustig afkoelen. Ik ben geen pooier, maar ook als ik dat wel was, zou ik iemand in een dergelijke staat nooit erop uitsturen. Ze is veel te labiel.'

'Ze krijgt dus gratis eten en een dak boven haar hoofd zonder dat ze er iets voor terug hoeft te doen?'

'Ja. Misschien blijft ze een paar dagen en zie ik haar daarna nooit meer. Dat risico neem ik. De andere mogelijkheid is, dat ze iets voor me wil doen. Ik hou contact met al mijn meisjes, Decker. Ze werken allemaal. Sommigen tippelen voor eigen risico, anderen hebben een legitiem baantje. Ze zijn mijn ogen en oren. Ze houden me op de hoogte van wat er allemaal gebeurt, omdat ze me zo dankbaar zijn.'

'Omdat ze bang voor je zijn?'

'Dat is hetzelfde.'

'Alles is dus goed met haar?'

'Ja, met Shayndie is alles in orde.'

Hij had haar naam gezegd. Om Decker te bewijzen dat hij de waarheid sprak. Zijn ogen boorden zich in die van Donatti. 'Doe je het met haar, Donatti?'

'Nee... nog niet. Maar als ze lang genoeg blijft, komt het er wel van.' Donatti bleef hem aankijken. 'Seks kweekt trouw.'

'Wat doe je met de jongens?'

'Zoals ik al zei... seks kweekt trouw.' Een sluwe glimlach vormde zich om Donatti's lippen. 'Voelt u zich onprettig in mijn nabijheid, inspecteur?'

Decker hief zijn hand op en wuifde met zijn wijsvinger.

Donatti lachte. 'Ik doe wat ik doen moet om de klus geklaard te krijgen. Het is niet erg opwindend. Voor mijn kinderen, zowel de jongens als de meisjes, betekent seks dat je op je rug moet gaan liggen, je ogen stijf dichtknijpen, je heel stil houden en oom George of je vader zijn gang laten gaan. Onder ons gezegd en gezwegen, ga ik veel liever naar bed met uw vrouw...'

Decker had hem te pakken voordat hij wist wat er gebeurde. Hij smeet hem tegen de muur en gebruikte zijn volle gewicht om hem daar hulpeloos vast te pinnen, met zijn handen om zijn keel. Hij beet hem toe: 'We moeten een paar regels vaststellen, Chris.'

Toen hoorde Decker het klikje en voelde hij dat er een hard voorwerp tussen zijn benen werd gestoken.

Donatti stootte uit: 'Laat... me... los.'

Decker begon Chris' keel dicht te knijpen. 'Wil je schieten? Ga je gang! Maar je hebt er niks aan. Je komt alleen maar met een bloederige troep te zitten.' Maar hij ontspande zijn greep toch iets. 'Van mijn vrouw blijf je af! Begrepen?'

Het pistool werd hard tegen Deckers kruis gedrukt. Donatti's gezicht zag rood van woede en gebrek aan zuurstof. 'Laat! Los!'

'Begrepen?'

Stilte. De seconden tikten weg. Toen hief Chris beide handen op, met in zijn linkerhand een automatisch pistool; waarschijnlijk een Walther TPH.

Decker liet hem los. 'Dit is business.' Hij stapte achteruit en ging weer zitten. 'Laten we ons privé-leven erbuiten houden.'

Donatti liet zijn schouders zakken en zette de loop van het pistool tegen Deckers voorhoofd. 'Sommige mannen zouden het als een compliment opvatten.'

'Ik niet.' Decker deed erg zijn best geen angst te tonen. 'We moeten elkaars privacy respecteren.'

Donatti hield het pistool nog een volle minuut tegen Deckers voorhoofd gedrukt, en dat is een erg lange tijd wanneer de loop van een geladen vuurwapen op je hersens gericht is, maar Decker putte troost uit de wetenschap dat een Walther een redelijk betrouwbare veiligheidspal heeft.

Uiteindelijk liet Chris het pistool zakken. Hij schraapte zijn keel en dronk wat whisky. Toen begon hij te ijsberen als een gekooid dier, met een rood aangelopen hoofd, terwijl hij snel en onregelmatig ademde. Decker voelde zijn hart bonken, maar probeerde zijn woede te maskeren door zijn handen ineen te slaan en een uitdrukkingloos gezicht te trekken. Ze waren net twee opgefokte stieren. Het kantoor stonk als de kleedkamer van een sportschool.

Donatti legde het wapen op de tafel en zei met schorre stem: 'Doe dat nooit meer. Na mijn vader en Joey heb ik geen greintje geduld met lichamelijk geweld.'

Decker draaide zijn handpalmen naar boven. 'Als jij je gedraagt, doe ik dat ook.'

'Ik weet zelf niet waarom ik dit allemaal van u pik.'

'Omdat ik niet alleen voor Terry een vaderfiguur ben, maar ook voor jou. Ga zitten, Chris. Het is voorbij. Gelijkspel.'

Chris tikte met zijn voet op de vloer en ging weer zitten. 'Goed. U hebt een vuist gemaakt en ik ook. Maar u mag me evengoed wel bedanken dat ik uw ballen hebben gespaard.'

'Dank je wel.' Het duurde een paar ogenblikken voordat Decker weer normaal kon ademen. 'Ik wil haar zien. Shayndie.'

'Denkt u dat ik haar gevangen hou?'

Dat was precies wat hij dacht. Hij vertrouwde Donatti niet, maar had niets anders om mee te werken. 'Nee, ik geloof je wel, maar ik wil haar toch zien.'

Donatti bekeek hem onderzoekend.

'Het is geen truc. Ik wil alleen maar een geruststelling. Jij, het meisje en ik. Ik geef je nogmaals mijn erewoord.'

'U wilt haar vragen stellen.'

'Ze is de hoofdgetuige van een moord. Ik kan haar hulp goed gebruiken.'

Donatti zei: 'Als u haar angst aanjaagt, gaat ze ervandoor. Daar hebben we geen van beiden iets aan.'

'We zullen afwachten hoe het loopt.'

'Zolang ik de regie hou.'

'Zoals je wilt.'

Donatti haalde zijn handen over zijn blonde stekeltjes. 'Ik kan wel iets regelen.' Hij dacht lang na. Toen pakte hij een velletje papier, schreef er iets op en gaf het aan Decker. 'Kom morgenavond om elf uur, halftwaalf naar dit adres. Als ik niet kom opdagen, heb ik daar een reden voor. Dan kon ik het niet riskeren. Er zit tegenwoordig overal politie. Het valt niet mee om ergens naartoe te gaan zonder een patrouillewagen achter je aan te krijgen.'

Decker keek naar het adres. 'Waar is dit ergens?'

'U bent de rechercheur. Zoek het maar uit. En waag het niet me te laten schaduwen. Het meisje is nu in veiligheid, maar als u van haar een risicofactor maakt, neem ik maatregelen.' Donatti krabde op zijn hoofd. 'Wilt u een blaffer?'

Decker knipperde met zijn ogen. 'Je bedoelt een vuurwapen?'
'Ja, wat dacht u dan? Een hond?' Hij duwde de Walther over de tafel naar Decker.
'Nee, dank je.'
'Hebt u er een? Een vuurwapen?'
'Nee, maar ik ben niet van plan me in de nesten te werken, Chris. Ik kan beter niets bij me hebben.'
'Denkt u?'
'Ja. Een pistool zou me een vals gevoel van veiligheid kunnen geven.'
'Zoals u wilt, inspecteur.'
Ditmaal was Decker degene die opstond. 'Ik moet gaan. Tot morgen. Zie ik je bij Shayndie?'
'Ik zal proberen te komen. En als Shayndie er niet vandoor is gegaan, zal zij er ook zijn. Zoals ik al zei, staat bij mij de deur open. Daarom is niets zeker.'
'Daar waar ze is... zijn daar telefoons?'
'Nee.'
'Dus als ze... contact met iemand zou willen opnemen, zou ze het gebouw moeten verlaten.'
'Ze kan het gebouw niet verlaten zonder mijn toestemming. Niet als ze terug wil komen.'
'Staan er dan bewakers bij de deuren?'
'Het lijkt wel op een gevangenis zo, maar dat is het niet. Het klopt dat ik mensen heb die me helpen omdat ik er niet de hele tijd kan zijn. Ik moet geld verdienen. Uw bezoek hier heeft me wat manuren betreft al op een achterstand gebracht.'
'Waar heb je haar gevonden?'
'Beroepsgeheim. Moest u niet weg?'
Decker bewoog zich niet. 'Ik weet dat dit een eigenaardige vraag is... maar als je zou kunnen uitzoeken of ze nog maagd is... zou ik daar erg mee geholpen zijn.'
Donatti lachte. 'Neemt u me in de maling of hoe zit dat?'
'Jezus, man, ik bedoel niet dat je met haar naar bed moet gaan. Doe dat alsjeblieft niet. Ik bedoel of je haar zou kunnen vragen of... ik weet het niet. '
'Ik kan er wel achter komen of iemand haar vliesje heeft gebroken.' Hij haalde zijn schouders op. 'Verdenkt u de oom?'
'Ik kan dat niet uitsluiten.'
'Het zou me niets verbazen. De kinderen zijn allemaal seksueel misbruikt. Daarom komt mijn thee-en-troostbehandeling zo oprecht over. Ik heb het aan den lijve meegemaakt. Ik weet uit eigen ervaring hoe erg het is. Daarom vertrouwen ze me. U kent het gezegde: men vangt meer vliegen met honing dan met azijn.'
'En als het met honing niet lukt, Chris?'
'Daarvoor heeft God vuurwapens uitgevonden.'

18

'JE HEBT ONRUSTIG GESLAPEN.' RINA SMEERDE BOTER OP HAAR TOAST. 'Had ik je niet moe genoeg gemaakt?'

Decker keek op van de krant. 'Als mijn hart nog harder had geklopt, zou ik een hartaanval hebben gekregen.' Hij bewoog zijn schouders. 'Het komt door het bed. Het heeft de afmetingen van een lucifersdoosje en het matras lijkt wel gevuld met stro.'

'Weet je, Peter, ik heb de vlucht nog niet geboekt. De begrafenis van Ephraim is om drie uur.'

'Vandaag?'

'Ja. Het lijk is gisteravond vrijgegeven. We kunnen meteen even naar hun huis gaan voor de sjiva en vanavond om tien uur in een vliegtuig naar jouw ouders zitten. Als ik nu meteen ga pakken.'

Decker liet zijn stem dalen. 'Ik moet nog een dag blijven.'

Rina had een sneetje toast vast. Haar hand bleef steken tussen de tafel en haar mond. 'Je bent iets op het spoor.'

'Zou kunnen.'

'Het moet iets goeds zijn als je ervoor blijft. Je had zo'n zin om weg te gaan.'

'Klopt.'

'Mag ik vragen wat het is?'

'Nog niet.'

Het had natuurlijk met Donatti te maken, maar Rina kon niets zeggen. Ze nam kleine teugjes van haar koffie en pakte de *Agoedat Yisroëls Gids voor Kasjroet* van de tafel.

Decker legde de krant neer. 'Ik sluit je niet buiten. Ik wil alleen zo voorzichtig mogelijk zijn.'

'Dat snap ik.'

Hij pakte haar hand. 'Lieverd, als jij en Hannah nou vanavond alvast doorreizen naar Florida...'

'Nee.'

'Mijn moeder zou het heerlijk vinden. Je weet dat ze meer van jou houdt dan van mij. En nóg meer van Hannah.'

'Peter, ik ga niet zonder jou. Morgenochtend vertrekken we allemaal samen. Eén extra dag kan geen kwaad. Als ik jou was, belde ik het bureau om te zeggen dat je de hele week vrij neemt. Dan hebben we wat meer tijd voor je ouders en hoeven we niet zo snel terug. Het is altijd haastwerk. En waarom? Om nog een zaak op te lossen die dan op de al overbelaste agenda van de rechtbanken terechtkomt? We worden er niet jonger op.'

'Je bedoelt dat ik er niet jonger op word. Jij blijft jong.'

'Ik ben bijna veertig.'

'Doe me een lol, zeg!' Decker keek haar nijdig aan. 'Je bent achtendertig en ziet eruit als tweeëntwintig. Ik ben vijftig en zie er ook zo uit.'

'Nou, ik vind je knap om te zien.'

Decker glimlachte. 'Dat is lief van je. Dank je.'

Rina zei: 'Er is van alles te doen in deze stad. Ik kan met Hannah naar de dierentuin of de botanische tuinen of het Metropolitan Museum. Ik kan ook naar YU gaan om Sammy lastig te vallen. Ik kan gaan winkelen. Alles is hier veel goedkoper. Zeg maar wanneer je wilt vertrekken. Dinsdagochtend? Of zal ik voor alle zekerheid voor dinsdagavond boeken?'

'Doe maar dinsdagavond. En je hebt gelijk. Ik zal het bureau bellen en de hele week vrij nemen. Mijn ouders zullen dat heerlijk vinden en dan kunnen wij ons eens ontspannen. En dan vliegen we zondag vanaf de Gouden Kust weer naar huis.'

'Uitstekend!'

'Ik ben blij dat je er gelukkig mee bent.' Decker pakte de krant weer.

Rina zei: 'Ik kan nauwelijks geloven dat je naar me hebt geluisterd.'

'Ik gooi je af en toe een kluif toe. Dan blijf je dankbaar.'

Decker wist inmiddels dat bij veel joden begrafenissen uit twee delen bestaan. Eerst had je de *hesped*, de herdenking, waarbij de gesloten kist in een hal of synagoge werd neergezet en grafredes werden gehouden. Vervolgens werd de kist naar de begraafplaats gebracht en begraven door vrienden en familie. Aangezien geen van de synagogen in Quinton groot genoeg was om alle rouwenden te kunnen bevatten, werd de hesped gehouden in het wijkcentrum in Liberty Park. Maar zelfs de ruimte in dat gebouw was ontoereikend voor het enorme aantal in het zwart geklede mensen, van wie een groot deel buiten moest blijven staan, op de weg en de grasperken.

Rina was samen met Jonathan en Raisie al vroeg naar Quinton gegaan. Ze hadden Decker gevraagd mee te gaan, maar die had dat afgeslagen wegens andere verplichtingen: hij was bezig geweest het adres te zoeken dat Donatti hem had gegeven. Hij had tegen zijn vrouw en broer gezegd dat hij later zou komen. Hij zou in zijn eigen auto naar Quinton rijden. (Eigenlijk was het de auto van Sora Lazaris, maar alleen een kniesoor let op dergelijke kleinigheden.) Decker had echter geen tijd ingecalculeerd voor 'enorme verkeersdrukte en verkeerd afslaan'. Het gevolg was dat hij een halfuur te laat aankwam. Toen kon hij niet alleen geen zitplaats meer krijgen, maar zelfs het gebouw niet binnenkomen. Als aangetrouwd familielid had hij naar binnen kunnen dringen, maar hij wilde er geen moeite voor doen. De Liebers zaten nou niet echt op hem te wachten en hij bleef liever op de achtergrond.

Er zat vorst in de lucht, en de grond onder Deckers voeten voelde koud en hard aan. De lucht had een lichtere tint dan gisteren, maar plukken grauwe wolken dreven boven de aarde en versluierden het licht van de zon. De hele dag had iedereen het gevoel dat de zon ieder moment kon doorbreken, maar geen enkel straaltje slaagde erin door de barrière van wolken heen te komen. Decker wiegde van zijn hakken op zijn tenen om de bloedcirculatie in zijn voeten gaande te houden. Zijn schoenzolen waren versleten en zijn sokken Californisch dun. Met zijn handen diep in zijn zakken wierp hij een blik om zich heen.

In de verte was een speelterrein waar kleutertjes, gekleed in dikke truien en jassen, op klimrekken klommen en rondholden, terwijl bezorgde kindermeisjes probeerden het onstuimige grut bij elkaar te houden. Andere kindermeisjes duwden wandelwagens over de paden die zich door het park slingerden. Kinderen met schooltassen op hun rug liepen door het park van school naar huis. Het honkbalveld lag er verlaten bij, maar op de basketbalvelden werden felle wedstrijdjes gespeeld.

Een idyllisch tafereel, maar je hoefde Decker niets over tieners te vertellen: voor hen waren rust en vrede synoniem aan geestdodende verveling. Tieners hadden behoefte aan opwinding, stimulering, actie. Wanneer ze die in hun eigen omgeving niet konden krijgen, zochten ze het elders. Zelfs een religieus meisje als Shayndie was 's nachts stiekem het huis uit geslopen om naar 'verboden' feestjes te gaan.

Niet dat dit nu relevant was. De weg van de besloten religieuze gemeenschap van Quinton naar de klauwen van Donatti was voor het jonge meisje snel en abrupt bergafwaarts gegaan.

Decker kreeg het benauwd toen hij terugdacht aan zijn confrontatie met de meedogenloze jongeman, al was een pistool tegen zijn voorhoofd nog altijd minder zenuwslopend dan confrontaties met Jacob op slechte dagen. Door zijn stiefzoon, die nu bijna achttien was, had hij geleerd wat het woord zelfbeheersing inhield. Het enige wat hij nu wilde, was het meisje terugkrijgen en dan gauw vertrekken. Wat was begonnen als een interessante zaak was snel veranderd in een moeizaam gladiatorgevecht met een psychopaat. Deze avond werd de derde ronde gevochten... en daarna zouden er nog één of twee ronden nodig zijn voordat hij het meisje in veiligheid kon brengen.

Wat zou hij Donatti moeten geven om Shaynda te krijgen?

Ongeveer twintig meter links van hem stonden drie mensen van Latijns-Amerikaanse afkomst: twee sombere vrouwen met donkere ogen, zware make-up en getoupeerd haar. Ze waren allebei gekleed in een zwart broekpak met een winterjas eroverheen. Bij de vrouwen stond een man met een snor en glad achterovergekamd haar. Hij leek een jaar of vijftig en droeg een ouderwets zwart pak met een wit overhemd en een smalle zwarte stropdas. Het was duidelijk dat ze hier waren voor Ephraims begrafenis, maar wie zouden ze zijn?

Decker liep naar hen toe om dat uit te zoeken. Toen hij hen naderde, verflauwde het gedempte, in het Spaans gevoerde gesprek en bleef een achterdochtige stilte hangen. Hij overwoog hen in hun eigen taal aan te spreken, maar verwierp dat plan meteen. Hij wilde niet overkomen als een hooghartige blanke die dacht dat hij alles beter wist.

'Ik ben niet van hier,' begon hij. 'Bent u vrienden van meneer Lieber?'

'Ik werk voor hem,' antwoordde de man. Hij was zwaarlijvig en zijn zwarte haar was doorweven met grijs. Hij sprak met een zwaar accent.

'O,' zei Decker. 'Werkt u voor de oude meneer Lieber? Of voor de zoon?'

De man haalde neutraal zijn schouders op. 'Voor de familie.'

'Werkt u allemaal in de winkels?' vroeg Decker aan het trio.

'Waarom stelt u zoveel vragen?' wilde een van de vrouwen weten. Ze was van middelbare leeftijd, had brede heupen, een dik achterwerk en een grote buste, en dat alles zat verwerkt in een lengte van hooguit dan één meter vijftig. Op hoge hakken.

'Ik wilde alleen maar een praatje met u aanknopen.' Decker glimlachte. 'Ik ken hier niemand.'

'Wat doet u dan hier?' vroeg de kleine vrouw.

'Ik ben familie van de familie,' legde Decker uit. '*Mi hermano es el esposo de la hija de señor Lieber.*'

Ze bekeken hem achterdochtig. '*¿Que hija?*' vroeg de man.

'Raisie,' zei Decker. 'Jonathan... de rabbijn... is mijn broer. Mijn halfbroer, om precies te zijn. Het is een lang verhaal.'

Stilte.

'Wat staat u dan hier?' vroeg de kleine vrouw. 'Waarom bent u niet bij uw broer?'

'Goede vraag.' Decker deed net alsof hij nadacht. 'Ik ken de Liebers zelf amper. Ik wil me niet opdringen, ook al heeft mijn broer gevraagd of ik wilde komen. U kent de familie beter dan ik. U ziet hen iedere dag op uw werk.'

Dat konden ze alleen maar beamen.

'Trieste zaak,' zei Decker. '*Que dolor*. Om je zoon op zo'n afgrijselijke manier te moeten verliezen. Ik heb gehoord dat ze elkaar erg na stonden, vader en zoon.'

Stilte.

Decker haalde zijn schouders op. 'Of niet.' Hij keek van hen weg.

De kleine vrouw zei: 'Meneer Lieber houdt van al zijn kinderen.'

'Natuurlijk.' Decker glimlachte naar haar. 'Hij was heel blij toen Ephraim in de zaak kwam.'

Geen reactie.

Decker ging door: 'Dat zei mijn broer tenminste.'

'Hij was goed mens, meneer Ephraim,' antwoordde de kleine vrouw. 'Altijd *feliz*... vrolijk. Altijd lachen.'

'Altijd lachen,' antwoordde de andere vrouw. Ze was iets jonger, dunner en langer, maar niet veel. 'Hij maakt graag grapjes, meneer Ephraim. Altijd grapjes.'

'En zijn broer is heel anders?' vroeg Decker.

'Psss...' De kleine vrouw trok haar neus op. 'Hij ies goed mens, meneer Chaim, maar hij maakt geen grapjes. *Muy grave*. En hij hou je ien de gaten alsof je een *bandida* bent, altijd bang dat je iets zal stelen. Ik steel niks. Het is *estúpido* om grote televisie in mijn flat te zetten. Als mensen bij mij in de straat zien dat iek een grote televisie heb, breken ze ien om hem te stelen. Iek heb alleen kleine tv in mijn slaapkamer. Die heb iek twee jaar geleden met Kerstmis van meneer Lieber gekregen. Iek heb afstandsbediening en kabel-tv. Daarmee ben iek heel blij.'

'Meer heb je niet nodig, Marta,' zei de andere vrouw. 'Tv is beter dan mensen.'

Beide vrouwen lachten. De man schudde afkeurend zijn hoofd.

'Dus meneer Lieber heeft u een tv gegeven,' zei Decker. 'Dat was erg aardig van hem.'

'Hij ies erg aardige man; iek werk hard. Om zeven uur 's ochtends ben iek er. Eén uur pauze tussen de middag. Dan kom iek terug en werk iek tot zes uur. Iedere dag, vijf dagen ien de week. Op zaterdag ies winkel niet open. En iek werk niet op zondag. Dan ga iek naar de kerk, en dan laat iek mijn nagels doen.' Ze liet hem rode klauwen zien. 'Acryl. Erg hard.'

'Erg mooi,' zei Decker complimenteus.

De vrouw bloosde zowaar. 'Hij is erg aardig voor mij, meneer Lieber.'

'Wat voor *trabajo* doet u?' vroeg Decker.

'Iek doe van alles. Iek doe de kassa. Iek vul de schappen. Erg hoge schappen. De winkel ies heel groot met heel hoge schappen.' Ze stak haar hand in de hoogte. 'Ze hebben hoge ladder. Eerst mocht iek van meneer Lieber niet op de ladder, maar iek draag erg goede schoenen. Ies geen probleem. Iek ben erg sterk.' Ze liet haar armen zien.

Een glimlach vormde zich rond de mond van de man. In rad Spaans zei hij iets waarmee hij bedoelde dat ze spierballen had omdat ze haar arm vaak om heel andere redenen op en neer bewoog. Ze keek hem nijdig aan en kreeg een kleur toen ze besefte dat Decker het had verstaan. Voordat het tot ruzie kwam, zei Decker snel: 'En meneer Chaim? Is hij ook aardig?'

'Erg aardig,' zei de kleinere vrouw. 'Maar geen grapjes, niet zoals meneer Ephraim. Die maakt grapjes. En meneer Ephraim geeft mij altijd *mucho ayuda*.'

Ayuda was Spaans voor 'hulp'. Decker merkte dat het steeds kouder werd en dat zijn adem als mist in de lucht bleef hangen. Het daglicht begon te vervagen. Over ongeveer twee uur zou het donker zijn. 'U werkt dus samen.'

'*Sí, sí*. We vullen de schappen samen. Soms iek boven, soms hij boven.'

De man zei: 'Iek wil jou ook wel boven mij, Luisa.'

Luisa maakte een zeer onvriendelijk gebaar. Toen kreeg haar gezicht een droeve trek. 'Hij praat met mij, meneer Ephraim. Hij vraagt naar mijn kinderen. Een keer geef hij mij geld voor parkeerbon. Vijftig dollar. Iek geef natuurlijk terug, maar hij vraagt er niet eens om.' Haar ogen werden vochtig. 'Ies erg triest.'

Decker knikte.

Luisa wreef haar handen tegen elkaar. 'Ies koud, hè?'

'Wilt u mijn handschoenen lenen?' vroeg Decker. 'Ik heb zakken in mijn jas.'

Ze keek met een afgunstige blik naar de leren handschoenen.

'Neemt u ze gerust.' Hij gaf ze aan de vrouw.

Aarzelend trok ze de handschoenen aan. '*Gracias*.'

'*Por favor*.' Decker stopte zijn handen in zijn zakken. 'Was dat meneer Ephraims baan? De schappen vullen?'

Nu sprak de man. 'Meneer Ephraim, hij doe alles. Hij vult de schappen, hij bedient de kassa, hij veegt de vloer. Iek zie hem twee, drie keer toiletten schoonmaken. Vindt hij helemaal niet erg. Hij ies erg aardige man. Hij klaagt nooit. Hij wordt nooit kwaad. Iedere keer iek zie hem, hij ies blij. Altijd lachen.' Hij boog zijn hoofd. 'Iek zal hem missen. Het is triest.'

'Ja, het is vreselijk,' zei Decker. 'Vond Ephraim het niet vervelend dat hij al die karweitjes moest doen?'

Ze schudden alle drie hun hoofd.

'Ephraim vond iedere soort werk goed,' zei de man. 'Hij boft dat de oude man zoveel van hem houdt.'

Marta barstte in tranen uit. 'Het ies zo erg! Arme meneer Lieber.'

'Het ies vreselijk!' viel Luisa haar bij.

Decker knikte en wachtte even voordat hij weer sprak. 'Gedroeg Ephraim zich de laatste tijd verstrooid?'

Het trio keek naar elkaar met onschuldige blikken.

'Nieks van gemerkt,' zei Marta. 'Hij was net zoals altijd.'

Maar de man keek naar een punt boven Deckers schouder. '*Señor*?'

Luisa zei: 'Teddy, hij heeft het tegen jou.'

'Mij?' zei Teddy.

'Vond u dat meneer Ephraim verstrooid deed?'

'Hij ies grote man met *responsabilidad*.' Teddy haalde een sigaret uit zijn zak en stak hem op. 'Iek denk misschien was hij bang dat meneer Chaim vond dat hij zijn werk niet goed deed.'

'Maakten ze ruzie?' informeerde Decker.

'Niet vaak. Niet hardop. Soms vond hij niet goed dat meneer Ephraim met de vrouwen praat.'

'Meneer Ephraim aardig tegen alle vrouwen,' zei Luisa. 'Hij aardig tegen de meisjes, en heel lief voor de oude vrouwen. Hij maakt grapjes en dan lachen ze. Hij ies voor iedereen erg aardig. Altijd grapjes... altijd brede lach.'

'Had hij een vriendin?' vroeg Decker.

Luisa dacht even na en haalde toen haar schouders op. Ze vroeg aan de andere vrouw: '*¿Que piense, Marta?* Zie jij meneer Ephraim met vriendien?'

'Nee, nooit. Iek zie hem niet met een meisje. Ies erg jammer hij heeft geen vrouw. Meneer Ephraim hield van de kinderen.'

'Ja, ik heb gehoord dat hij erg goed overweg kon met Shaynda, zijn nichtje,' zei Decker. '*La hija de señor Chaim.*'

'Hij aardig voor alle kinderen van meneer Chaim,' antwoordde Marta. 'Wanneer meneer Chaim... wanneer hij de kinderen meebrengt naar de winkel, doet meneer Ephraim spelletjes met ze. Hij houdt veel van Street Fighter Two.'

'Zo te horen was hij een erg aardige man,' zei Decker.

'Erg aardig.' Luisa's stem trilde. 'Het ies niet goed voor de vader. Mijn hart ies erg zwaar voor hem, voor meneer Lieber. Tien jaar geleden zijn vrouw... dood.' Ze leunde naar voren en fluisterde: 'Kanker.'

'O, hij huilen en huilen,' zei Marta.

'Erg triest,' viel Luisa haar bij.

Decker vroeg aan Luisa: 'U zei dat meneer Chaim u scherp in de gaten hield.'

'Daar bedoelt hij niks mee.' Ze fronste haar wenkbrauwen. 'Veel diefstal in de winkels. We hebben alarm... sensor met streepjes die je op verpakking moet plakken. Dan haal je de streepjes over de kassa en gaat sensor werken. Maar dat kan slechte mensen niets schelen. Ze hollen gewoon de straat op. Dat ies heel erg.'

'Ja, heel erg,' zei Decker instemmend. 'Maar waarom houdt meneer Chaim je in de gaten, Luisa? Hoe lang werk je nu al voor meneer Lieber?'

'Twaalf jaar.'

'Waarom zou hij dan denken dat je iets uit de winkel zou stelen?'

'Ik denk niet dat hij dénkt dat ik steel,' legde Luisa uit. 'Hij ies alleen erg voorzichtig.'

Of de winkel kampte met erg veel diefstal, dacht Decker. Misschien hadden ze dáár ruzie over gehad.

Hij hoorde Teddy zeggen: '... werk al zeven jaar voor meneer Lieber. Ik nooit iets stelen. Niet eens een batterij.'

'Niemand zegt jij steelt,' zei Marta. 'Waarom wind je je zo op?'

Teddy haalde diep adem. 'Meneer Chaim praat met meneer Ephraim over inventaris. Ik hoor hen zeggen dat iemand steelt. Ik steel niet.'

'Ik ook niet,' zei Marta.

Decker herinnerde zich de dozen met inventarislijsten die in Ephraims flat waren aangetroffen. Had Ephraim geprobeerd erachter te komen wie de dief was, of zijn eigen sporen te verdoezelen? Hij zei: 'Enig idee wie het is?'

Teddy schudde met nadruk zijn hoofd. 'Meneer Lieber geeft meneer Ephraim de inventaris omdat meneer Chaim er hekel aan heeft. Het is saai werk, alles tellen. Ephraim vond het niet erg. Zo is meneer Chaim. Hij geeft Ephraim altijd het saaie werk.'

'Waarom niet?' vroeg Marta. 'Meneer Ephraim werkt maar twee jaar of zo. Meneer Chaim werkt al jaren en jaren, toen meneer Ephraim... je weet wel.'

'Hij was junkie,' fluisterde Luisa tegen Decker.

Decker knikte. 'Was meneer Ephraim boos dat hij de inventaris moest doen?'

Op dat moment gingen de deuren van het buurtcentrum open en splitste de zwarte mensenmassa zich als een zich delende bacterie. Uit het gapende gat kwamen mannen te voorschijn met een eikenhouten kist op hun schouders. Ze torsten hem tussen de mensen door.

Decker wees naar Jonathan. 'Dat is mijn broer. Die daar links achteraan.'

'*Vaya con Dios*,' fluisterde Luisa. Toen begon ze te huilen. '*Vaya con Dios*.' Ze draaide zich om naar Marta en de twee vrouwen snikten het uit met hun armen om elkaar heen geslagen.

Decker zag zijn vrouw, die ook al stond te huilen, met een zakdoek voor haar mond. 'Ik moet maar eens naar mijn vrouw gaan.'

'Uw handschoenen, señor.' Luisa begon ze uit te trekken.

Decker hield haar tegen. 'U kunt ze naar me terugsturen wanneer u weer thuis bent. Meneer Lieber zal ze naar mijn broer sturen. Hij weet mijn adres.'

'U bent erg aardig.'

Hij bedankte haar en bedankte hen allen. Toen zocht hij zich een weg tussen de mensen door om Rina te gaan troosten.

19

HET WAS OVER VIJVEN TEGEN DE TIJD DAT EPHRAIM WAS BEGRAVEN. HET zonlicht verbleekte als de kleuren van een oude corsage. De begrafenis was emotioneel zeer uitputtend geweest en Decker had behoefte aan een flink glas whisky voordat hij naar zijn afspraak met Donatti ging. Bovendien wist hij nog steeds niet precies waar hij moest zijn, omdat Donatti hem alleen maar een straatnaam had gegeven. Hij had er een uur voor nodig gehad om uit te zoeken dat het een straat in New Jersey was.

Decker had voorgesteld snel een hapje te gaan eten voordat hij vertrok, maar Rina had andere plannen. De traditie schreef voor dat je na de begrafenis naar de sjiva ging, in dit geval om Emmanuel Lieber en zijn vier overgebleven kinderen, van wie er één Deckers schoonzus was, persoonlijk te condoleren. Hoe graag Decker ook met de oude Lieber wilde praten – omdat hij wilde weten wat diens visie was geweest op het nieuwe leven van zijn zoon als ex-verslaafde – kon hij onmogelijk op een en dezelfde avond zowel Chaim en Minda Lieber als Donatti aan. Omdat Shayndies welzijn belangrijker was dan tradities, zei hij tegen Rina dat ze zonder hem moest gaan.

'Maar Jonathan verwacht dat je komt.' Ze stonden voor het hek van de begraafplaats bij de kranen voor het rituele handenwassen. De lucht was van donkergrijs veranderd in zwart en de temperatuur was nog verder gedaald. Toen Rina het ijskoude water over haar handen goot, werden haar vingers zo rood als ketchup. In stilte bad ze het traditionele gebed voor het verlaten van een begraafplaats.

'Ik kan er echt niets aan doen.' Decker nam het bekertje van haar over. 'Maar nu we onze plannen hebben veranderd, heb ik morgen tijd om naar de sjiva te gaan. Kun je met Jonathan meerijden?'

'Dat zal wel lukken.' Rina droogde haar verkleumde handen met een vochtige papieren handdoek. 'Als ik hem kan vinden.'

'We zijn als een van de eersten weggegaan. Hij moet toch hier langskomen?'

Rina knikte.

'Dan zul je hem wel vinden.' Decker waste zijn handen en prevelde de Hebreeuwse woorden. 'Zeg maar dat ik morgen kom.'

'Daar komt hij net aanrijden. Het zou aardig zijn als je het zelf tegen hem zou zeggen.'
'Wat doe je moeilijk!' gromde Decker. 'Goed, goed, ik zeg het zelf wel!'
Jonathan stapte uit de auto. Hij had roodomrande ogen en schuifelde met afhangende schouders naar de kranen, zijn arm door die van zijn vrouw gehaakt. Ze waren allebei doodop van de tragedies van de afgelopen dagen. Raisie had sporen van tranen op haar wangen en haar neus was rood van de kou en het huilen. Decker tikte zijn broer op zijn schouder. Jonathan draaide zich om en keek naar hem op met een verdrietige uitdrukking op zijn gezicht. Decker wenkte hem. Jonathan maakte zich los van Raisie.
'Kun jij Rina meenemen naar je schoonfamilie en haar daarna terugbrengen naar Brooklyn?'
'Ga jij dan niet mee?'
'Dat kan niet, Jon. Ik moet even iets doen.'
'Wat dan?' Het bleke gezicht van de rabbijn kreeg meteen weer kleur. 'Heb je iets ontdekt?'
'Nee, dat niet,' loog Decker. 'Ik wil gewoon wat dingen afwerken met Novack.'
'Dat is geen reden om niet naar de sjiva te komen,' zei Jonathan fel. 'Je hebt duidelijk iets ontdekt.'
Decker trok hem mee buiten gehoorsafstand van de anderen. 'Jonathan, luister goed, want dit is belangrijk. Ik zal het heel duidelijk zeggen. Dit moet tussen jou en mij blijven.'
De rabbijn knikte gretig.
'Ik heb geen nieuws,' zei Decker nogmaals. 'Je moet vertrouwen in me hebben. En je mag dit zelfs tegen niemand zeggen, niet tegen je zwager, en ook niet tegen je schoonvader. Als ze vragen waar ik ben, zeg je maar dat ik me niet lekker voel.'
'Ja, ja, dat snap ik!' Hij pakte Deckers jas vast. 'Maar ik ben je rabbijn, Akiva. Je kunt het mij vertellen! Ik hou het onder ons. Ik mag en zal geen woord aan iemand doorvertellen. Het is niet eerlijk dat je me buitensluit! Toe! Ik moet het weten, nu meer dan ooit.'
'Hou je mond!' Decker had de grootste moeite zijn zelfbeheersing te bewaren. 'Ik zal het nog één keer zeggen.' Hij keek zijn broer met felle ogen aan. 'Ik vertel je niets en jij zegt tegen niemand iets! Als je gaat kletsen, als je zelfs alleen maar door een bepaalde blik een verkeerde indruk op iemand maakt, zul je alles verpesten! Duidelijk?'
De rabbijn schrok van Deckers felle toon.
Decker streek met zijn hand over zijn gezicht. Het contact met Donatti had een bijzonder slechte invloed op hem. 'Sorry.'
'Geeft niks.' Jonathan legde zijn hand op de schouder van zijn broer. 'Ik heb geen idee waar je mee bezig bent, Akiva, maar het is duidelijk dat het om iets gevaarlijks gaat. Maak je geen zorgen. Ik zal een aanne-

melijke uitvlucht voor je bedenken. Niemand zal er iets achter zoeken.'

Decker blies zijn adem uit. 'Jon, je moet me echt vertrouwen.'

'Ik vertrouw je ook. Het spijt me dat ik me heb opgedrongen.'

Decker probeerde zijn hijgende ademhaling tot bedaren te brengen. 'Ik zal Rina halen.'

'Akiva.'

Decker bleef staan.

'Dank je.' Hij stak zijn handen naar zijn broer uit. 'Dank je voor alles.'

En hij bezegelde dat met een omhelzing.

Het kostte Decker drie uur om een plek te vinden en nadat hij een paar keer helemaal verkeerd was uitgekomen, was hij er niet zeker van dat dit nu dé plek was. Het was onder in onbruik geraakte, verhoogde treinrails, een paar straten bij het adres vandaan dat Donatti hem had gegeven. Hij was in Jersey, dat was het enige wat hij wist, ver van de bewoonde wereld, ver van de beschaving. De laatste stad waar hij doorheen was gekomen, was Camden, een door armoede getroffen, achtergebleven, slecht verlichte stad vol aftandse flatgebouwen en leegstaande huizen waarvan de ramen met platen triplex waren dichtgetimmerd. Decker had een tijdje geleden een artikel gelezen dat de stad opgeknapt zou worden. Zo te zien, schoot men daar niet erg mee op.

Het was bijna elf uur. Hij stond in een onwelriekende, vochtige mist die hem tot op het bot verkleumde, met alleen een krik, die hij naast zich op de grond had gelegd, ter bescherming. Hij wiegde van zijn hakken op zijn tenen en wreef in zijn handen om gevoel in zijn vingertoppen te houden. Waarom had hij verdomme zijn handschoenen aan Luisa gegeven? Aan de andere kant... misschien zou hij haar nog moeten ondervragen en zou ze zich dan zijn gulle gebaar herinneren. Dat kon een voordeel zijn.

Zijn auto stond vijftig meter verderop geparkeerd, zo dicht mogelijk bij deze plek als hij had kunnen komen. In de verte hoorde hij geluiden van de snelweg – het geraas van een motorfiets, het geronk van een vrachtwagen, af en toe een claxon. Afgezien van die verre, door mensen geproduceerde geluiden, was het griezelig stil.

New Jersey, de staat van 'Born in the USA' Bruce Springsteen. Decker wist dat New Jersey prachtige, welvarende steden had, maar deze plek hoorde daar niet bij. Hadden de gangsters op televisie niet altijd een plek in de Garden State waar ze lijken dumpten? Had Donatti daarom deze plek voorgesteld? Had hij hier al eens lijken gedumpt?

Een schril geluid bereikte hem via het dopplereffect: de golving van naderend en zich weer terugtrekkend geluid. Vreemde kreten. Misschien waren het uilen. En toen weer niets, een griezelige stilte die erger was dan gekraak en geknisper.

Stel dat Donatti niet kwam?
Dan kon hij niets meer doen.
Op dit moment had Decker dat liever dan dat hij hier nog langer moest staan kleumen. Hij ademde roet en vuil in, keek voortdurend om zich heen, verwachtte ieder moment met een mes gestoken te worden door een vijftienjarige junk die toevallig niets beters te doen had. Ergens hoopte Decker dat C.D. was teruggevallen in zijn ziekelijke leugenachtigheid, en dat hij hem zomaar iets had wijsgemaakt. Donatti was een eigenaardige figuur. Hij schepte geen genoegen in kwaadaardigheid, maar was egoïstisch en immoreel, een kille figuur die zonder gewetenswroeging afgrijselijke dingen deed. Daarom was zo moeilijk te voorspellen wat hij zou doen. Een kwaadaardige man moordt, rooft en verkracht om de opwinding, om het plezier dat hij eraan beleeft. Een immorele kerel als Donatti kon probleemloos moorden en roven, maar deed dat niet omdat hij er een kick van kreeg. Hij deed het alleen als zijn belangen ermee gediend waren.
Maar waarmee waren in dit geval Donatti's belangen gediend?
Decker haalde een flesje Chivas te voorschijn en nam een teug. Zijn avondeten had bestaan uit een vegetarische sandwich waarvan het brood oudbakken was geweest. Het had een compensatie moeten zijn voor al het vlees dat hij gisteravond had gegeten. Hij had zijn ingewanden wat rust willen gunnen, maar het zogenaamde lichte voedsel lag hem zwaar op de maag.
Nog een slok om zijn zenuwen te kalmeren.
Hij was gedesoriënteerd, voelde zich een gemakkelijk doelwit. Waarom had hij dat pistool niet van Donatti aangepakt, verdomme! Maar misschien was ook het pistool een list geweest.
Pak het pistool aan, dan zal ik een reden hebben om op je te schieten.
Met C.D. wist je het nooit. Donatti had gezegd dat Decker dingen moest leren slikken, net zoals hijzelf acht jaar had gedaan. Was dit treffen doorgestoken kaart? Zat er een wraakactie achter, die jaren had gesluimerd en langzaam was gevoed door een kille, wrede geest?
Kwart over elf.
Decker nam nog een slok whisky.
Vijftien minuten verstreken. Rillingen joegen over zijn rug en zijn tenen waren half bevroren.
Hij zou wachten tot middernacht. Langer niet.
Om vijf voor twaalf zag Decker een stille schaduw die naar hem toe kwam. Er was geen auto te zien; Decker had niet eens in de verte het geluid van een motor gehoord. Hij vroeg zich af hoe de schaduw zo stilletjes naderbij had kunnen komen. Bewoog de persoon zich zo geruisloos of was Decker zo in zijn gedachten opgegaan dat de geluiden hem waren ontgaan?
Met tot het uiterste gespannen zenuwen bukte hij zich om de krik op te pakken. Het ding voelde zwaar en koud aan in zijn hand. Langzaam

kreeg de gedaante vorm: Donatti kwam uit de nevel te voorschijn. Hij sleepte letterlijk een last met zich mee: een klein, teer ding in een veel te grote jas. Ze droeg wollen handschoenen, maar er zaten gaten in de vingertoppen. Naast Donatti's formidabele gestalte leek ze een kleuter. Al van een afstand hoorde Decker dat ze huilde, dat ze hem snikkend smeekte.

'Dwing me alstublieft niet terug te gaan.'

'Niemand dwingt je terug te gaan.'

'Dwing me alstublieft niet iets te vertellen...'

'Hij wil je alleen maar zien.'

'Nee, alstublieft niet!' Ze klampte zich vast aan Chris' arm, zette haar nagels in zijn jas. Slierten lang, vochtig haar plakten aan haar natte gezicht. Hij trok haar met zich mee. Decker deed een paar stappen in hun richting. Nu kon hij zien hoe ze beefde, hoe ze letterlijk trilde van angst en nauwelijks in staat was met haar knikkende knieën haar eigen gewicht te dragen.

Decker bleef staan. 'Stil maar. Het is wel goed. Blijf daar maar staan.' Hij bekeek het meisje. Het kon Shayndie zijn, maar omdat het zo donker was en omdat haar gezicht half verscholen bleef, wist hij het niet zeker. Donatti bleef staan. Het meisje drukte haar gezicht meteen tegen zijn ribben, vlak onder zijn oksel.

'Ze voelt zich bij jou blijkbaar veilig,' zei Decker.

'Wat zal ik ervan zeggen?' antwoordde Donatti. 'Ik ben nu eenmaal erg charmant. Shayndie, als je netjes antwoord geeft op de vragen van deze man, kunnen we snel weer weg.'

'Maar dan zal hij het aan mijn vader vertellen.'

'Ik zal niets aan je vader vertellen,' antwoordde Decker.

'U moet hem niet geloven, meneer Donatti. Hij is een van hen.'

'Welnee.' Chris wuifde dat van de hand. 'Hij geeft niks om joden. Hij moet alleen doen alsof hij joods is, anders wordt zijn vrouw kwaad. Vooruit, Shayndie. Ik heb het koud en ik ben in een slecht humeur. Laten we dit even snel afwerken.' Hij greep haar arm en maakte zich van haar los. Toen bukte hij zich en keek haar in de ogen. Meteen sloeg Shayndie haar handen voor haar gezicht.

'Hij zal je niets doen.' Donatti trok haar handen naar beneden. 'Hij is een redelijke vent. Ik beloof je dat hij je niets zal doen. En als hij je wel iets mocht doen, vermoord ik hem. Goed?' Hij haalde een pistool onder zijn jas vandaan. Het was een groot ding, mogelijk een Magnum. Donatti richtte het wapen op Decker. 'Zie je? Ik ben gewapend; hij niet. Dat wil zeggen dat hij eraan gaat als hij iets uithaalt.'

'Dwing me alstublieft niet met hem te praten.'

'Shayndie, als je geen antwoord geeft op zijn vragen, word ik kwaad. Ik ben moe en ik wil naar huis. Doe wat ik zeg!'

Ze knikte, maar sloeg haar handen weer voor haar gezicht.

'En haal goddomme je handen voor je gezicht vandaan! Vooruit! Ik ben bereid je te helpen, maar je moet wel meewerken.' Weer bukte hij zich. Hij liet zijn stem dalen. 'Vooruit, schatje. Dat kun je toch wel voor me doen?'

Ze gaf geen antwoord, maar Decker zag dat ze niet meer zo erg beefde.

Hij kuste haar op het voorhoofd en streek het haar uit haar gezicht. 'Toe nou, schatje. Je wilt me toch blij maken?'

Ze knikte.

'Dit zou me erg blij maken. Denk je dat je het kunt? Kun je met hem praten?'

Weer knikte ze.

'Goed zo. Zie je nu wel? Je bent sterk.' Donatti kuste haar op de wang, richtte zich op en keek naar Decker. 'Doe het snel, anders komen we allebei in de problemen.'

'Kun je me vertellen wat er met je oom is gebeurd, Shaynda?'

Ze mompelde iets, wat Decker niet verstond.

'Ik versta haar niet.'

Chris slaakte een zucht. Voor de derde keer bukte hij zich. 'Vooruit, liefje. Fluister het maar in mijn oor.'

Ze deed dat. Donatti knikte toen ze achter haar hand sprak. Hij zei: 'Iemand heeft hem gegrepen toen ze naar het museum liepen. Zij is ontsnapt.' Hij vroeg aan Shaynda: 'Heb je gezien wie het waren?'

'Mannen,' mompelde ze.

'Hoeveel?' vroeg Decker.

'Twee... drie. Ze waren from. Ze droegen *kapotes*.'

'Lubavitsj?' vroeg Decker.

Ze schudde het hoofd.

'Satmar?'

Weer was het antwoord negatief.

'Breslav.'

'Nee. Ik bedoel, ik weet het niet. Ze droegen... *sjtreimels*.'

'Sjtreimels? Op een doordeweekse dag?'

Ze knikte.

'En zijden kapotes of zoiets?'

Ze knikte.

Donatti zei: 'Kunt u dit even voor me vertalen?'

'De mannen die haar oom hebben gegrepen, droegen chassidische kledij. Er zijn veel verschillende chassidische sekten. De Liebers behoren tot een bepaalde sekte, en ik probeer uit te zoeken of een van zijn eigen soort hem heeft vermoord. Ze denkt dat het een andere sekte kan zijn geweest, omdat ze op een doordeweekse dag sabbatkleding droegen. Een sjtreimel is een unieke hoed met een brede bontrand die alleen op de sabbat en bij speciale gelegenheden wordt gedragen.' Decker trok een gezicht. 'Er klopt iets niet, Donatti. Zo te horen zijn het mannen die zich verkleed hebben als chassiden.'

'Enig idee wie?'
'Nee, was dat maar zo.' Decker vroeg aan Shayndie: 'Heb je de mannen herkend?'
Ze schudde haar hoofd.
'Weet je het zeker?'
'Het ging heel snel,' mompelde ze. 'Ik was bang.'
Maar Decker wist zeker dat het meisje iets achterhield. 'Heb je daarna met je ouders gesproken?'
Ze zette grote ogen op en schudde fel haar hoofd. Toen greep ze Chris weer vast. 'Kunnen we alstublieft gaan, meneer Donatti? Ik zal álles doen wat u wilt. Ik beloof het. Wat u maar wilt! Als ik maar niet met hem mee terug hoef.'
Op dat moment meende het meisje daar ieder woord van. Voor Donatti zou ze in een oogwenk haar benen spreiden. Het maakte Decker misselijk.
'Toe, meneer Donatti,' smeekte Shayndie.
'Rustig maar. Je hebt het goed gedaan.'
'Dank u!' Ze barstte in snikken uit.
'Wacht hier, Shayndie. Ik moet even met...'
'Laat me niet alleen!' Ze klampte zich aan hem vast. 'Toe...'
'Hou op!' Donatti plukte haar van zich af, alsof ze een pluisje was. Hij sprak op zachte, dreigende toon. 'Je blijft hier wachten. Is dat duidelijk?'
'Dwingt u me alstublieft niet met hem mee te gaan.'
'Heb ik dat gezegd?' Hij pakte haar schouders en schudde haar door elkaar. 'Heb ik dat gezegd?'
'Nee.'
'Hou je mond dan en blijf hier staan. Ik zal zorgen dat hij weggaat. Dan kunnen we samen teruggaan.'
Tranen stroomden over haar wangen. Maar ze knikte.
Donatti deed een paar grote stappen naar voren, legde zijn arm om Deckers schouders en trok hem mee buiten gehoorsafstand van Shayndie. Toen haar beschermer zo ver bij haar vandaan liep, begon Shayndie langzaam naar hem toe te lopen. Meteen hield Donatti haar tegen met een waarschuwende blik. Tegen Decker zei hij: 'Ze is nog maagd.'
Decker bekeek Donatti onderzoekend. 'Hoe weet je dat?'
'Omdat ik het haar heb gevraagd.'
'En denk je dat ze de waarheid spreekt?'
'Dat weet ik zeker. Voordat ik haar heb meegenomen, heb ik het haar gevraagd. Ik heb tegen haar gezegd dat het van het grootste belang was dat ze me de waarheid vertelt. Ik heb gezegd dat het me geen donder kan schelen of ze maagd is of niet, maar dat het de waarheid moest zijn. Want één ding kan ik niet uitstaan, en dat is dat me iets wordt voorgelogen. Ze heeft het gezworen. Ze loog niet. Ze was maagd.'
Decker keek hem in de ogen. 'Daarnet zei je dat ze maagd ís. Tegenwoordige tijd.'

Donatti keek hem zogenaamd beduusd aan. 'Heb ik dat gezegd?'
'Ja.'
Chris glimlachte raadselachtig.
Schoft. Decker zei: 'Oké, Donatti, wat gaat er nu gebeuren?'
'Ik zal contact met u opnemen.'
'En wat doe ik met haar ouders?'
'Niets, tot ik contact met u opneem. Als u iets aan haar ouders vertelt, gaat de zaak niet door. Als u iets aan haar ouders vertelt, betekent dat ook dat u zich niet aan uw woord hebt gehouden. Dan bent u in feite al dood.'
'Dan is het maar goed dat ik een testament heb gemaakt. Wanneer neem je contact met me op?'
'Weet ik niet. U moet geduld hebben.'
'Ik ben een zeer geduldig mens. Ik denk dat ik intussen dichter bij huis wat ga snuffelen. Kijken of ik erachter kan komen wie die religieuze mannen zijn, nu ik weet dat het meisje bij jou veilig zit. Ik neem aan dat ik je met mijn gesnuffel niet in de wielen zal rijden?'
'Nee hoor. Ik weet niets over de moord. En die interesseert me ook niet. Als alle joden op de wereld opeens dood zouden neervallen, zou ik blij zijn. Des te meer geld voor mij.'
'Je bent hopeloos sentimenteel, Donatti, net als de nazi's.'
'U weet dat ik geen fan van Wagner ben.'
Decker zei: 'Als ik een paar foto's van verdachten heb, zal ik nogmaals met haar willen praten. Hoe regelen we dat?'
Donatti zei: 'Ik bel u.'
'En mag ik haar dan de foto's laten zien?'
'Als u volgens mijn regels speelt, kan dat geregeld worden.'
'Bedankt.' Decker legde zijn hand op de schouder van de jongeman. 'Ik zou je dit eigenlijk niet moeten vertellen, Donatti, maar je bent erg behulpzaam geweest.'
'Mooi.' Donatti grinnikte. 'Ik verleen graag diensten.'
'Dat zal best.' Decker liep weg. Donatti greep zijn arm. 'Ik heb me een beetje met haar geamuseerd, Decker, maar ze is nog maagd. Uit respect voor u heb ik haar niet genomen.'
Decker knikte. 'Dat stel ik op prijs.' Hij wachtte een ogenblik. 'Wist ze al iets van seks?'
Donatti trok zijn lip op. 'Ik vraag meestal geld voor informatie, inspecteur.'
Decker hield zijn woede in. Hij sprak weloverwogen. 'Moet ik me zorgen maken over een vorm van molestatie?'
'Weet u, ik geloof dat ik sinds Terry geen enkel meisje heb gehad dat nog zo groen was.' Donatti lachte zachtjes. 'Jezus, zelfs Terry wist wat een stijve is. Ik weet zeker dat Shayndie gisteravond voor het eerst een penis heeft gezien, laat staan er eentje aangeraakt. Het kind leeft in de vorige eeuw.'

Decker zei niets.

'Er is niet met haar gerommeld,' zei Donatti. 'Daar durf ik mijn leven om te verwedden.'

'Mooi. Fijn om te weten.'

Donatti keek naar boven. 'Hebt u enig idee hoeveel ik voor haar kan krijgen op de blankeslavinnenmarkt? Ik heb minstens drie klanten uit het Midden-Oosten die er een kapitaal voor over zouden hebben om een joodse maagd te kunnen verkrachten. Ze zouden haar onmiddellijk in een privé-vliegtuig afvoeren naar hun eigen land, haar van hand tot hand laten gaan en haar uiteindelijk aan een bordeel verkopen.'

Decker flapte eruit: 'Wat je er ook voor vraagt, betaal ik je.'

'Zoveel hebt u niet.' Donatti beet op zijn lip. 'Misschien kunnen we haar ruilen voor uw vrouw.' Meteen liep hij achteruit met zijn handen opgeheven als schild. 'Grapje! Maakt u zich geen zorgen. Ik zal zorgen dat Shayndie niets overkomt. Zodra u hebt uitgezocht wat er is gebeurd en ze naar huis kan, zal ik haar aan u teruggeven, ongedeerd en als maagd.'

Decker haalde diep adem. 'Bedankt. Erg bedankt, Chris.'

'Dat betekent dat u me alweer een gunst verschuldigd bent.'

'Je houdt de score bij, merk ik.'

'Zeker weten.'

20

DECKER SCHROK WAKKER, BEVEND EN BADEND IN HET ZWEET. HET WAS acht uur 's ochtends. Rina lag niet meer in bed en aangezien hij toch niet meer in slaap zou komen, ging hij meteen maar van start. Nu hij wist dat Shayndie nog leefde en relatief veilig zat, kon hij zich concentreren op de moord. Aangezien Chaim slechts geringe belangstelling had getoond voor de moord op zijn broer, was Decker gedwongen vragen te gaan stellen aan de enige persoon die oprecht tot in het diepste van zijn wezen door het verlies was getroffen. Emmanuel Lieber zat sjiva in zijn huis in Quinton. Het vooruitzicht de oude man in zijn verdriet te moeten storen, gaf Decker een zeer onprettig gevoel, maar als het iets zou opleveren, was dat het misschien toch waard. Hij bad snel de ochtendgebeden en deelde in gedachten zijn dag in. Eerst zou hij naar de sjiva gaan, daarna zou hij contact opnemen met Micky Novack, in de hoop dat de rechercheur vooruitgang had geboekt met de zaak. Tegen die tijd zou hij hopelijk ook iets van Donatti horen.

Hopelijk.

Decker wilde niet voor de derde keer zijn vliegticket veranderen, maar als Donatti het meisje niet terugbracht, zou Decker gedwongen zijn opnieuw zijn reisplannen te wijzigen. Iets anders zou zijn geweten hem niet toestaan. De veiligheid van Shaynda ging boven alles.

Het probleem was hoe hij het aan Rina moest uitleggen.

Zijn vrouw zat met Hannah aan het ontbijt. Zijn dochter droeg een nieuwe, rode, wollen trui en een rok met een pied-de-poulepatroon in rood, wit en zwart. Haar voeten waren in gympjes gestoken en ze zat met haar neus in een boek. Decker kuste eerst zijn vrouw en toen zijn dochter.

'Je ziet eruit alsof je van plan bent doedelzak te gaan spelen,' grapte hij.

Hannah gaf geen antwoord. Ze was zo verdiept in haar boek dat ze hem niet eens had gehoord.

Rina glimlachte. 'Ik hou van doedelzakken.' Ze liet haar blik over haar man gaan. 'Ik heb een idee, Peter. Ik zal doedelzak spelen als jij een kilt draagt.'

'Mijn benen zijn mijn privé-bezit.' Hij strooide Cheerios in een kom en deed twee sneden brood in het broodrooster. 'Waar gaan jullie vandaag naartoe?'

'Hannah gaat spelen bij haar New Yorkse beste vriendin en ik ga winkelen.'

'Nee toch!'

'Ja, maak jij maar grapjes. De koopjes hier zijn helemaal te gek.'

'Je gaat je gang maar, hoor. Ga je met de auto?'

'Nee, ik kan met iemand meerijden. Ik dacht dat jij de auto wel nodig zou hebben.'

'Dat klopt. Ik ga naar Quinton.' Hij schonk koffie in een mok en smeerde boter op zijn toast. 'Hoe was het gisteravond bij de familie?'

'Zoals verwacht.' Rina zuchtte. 'Hoe ben jij gevaren?'

'Zoals verwacht.' Hij wendde zich tot zijn dochter. 'Hallo, Hannah. Weet je nog wie ik ben? Je vader? Die lange?'

Ze keek op en glimlachte. 'Dag, pappa.'

'Dag, Hannah. Ik vind je lief.'

'Ik jou ook.' Ze legde haar boek neer. 'Hoe vind je mijn trui?'

'Heel mooi.'

'Die heeft ima voor me gekocht.'

'Ima heeft een goede smaak.'

'Vandaag ga ik spelen met Leah Sora Estee Beryl. Ze had eigenlijk naar school gemoeten, maar ze heeft waterpokken. Dat maakt voor mij niet uit, omdat ik ertegen ben ingeënt.'

'Dat komt dan mooi uit.'

'Een jongen bij mij op school, Kenny Talbot, heeft ook waterpokken gehad. Toen hij weer naar school mocht, heeft hij ons een foto laten zien van toen hij ziek was. Zijn hele gezicht zat onder de waterpokken. Jakkes. Ik hoop dat het bij Leah Sora Estee Beryl niet zo erg is.'

'Is dat één persoon? Leah Sarah...'

'Sora,' verbeterde Hannah hem.

'Is dat één meisje?'

'Ja, het meisje met de vele namen,' zei Rina. 'Ben je zover, Chanaleh?'

Hannah knikte, stond op en gaf haar vader een zoen. 'Ik ben blij dat jullie mij niet vier namen hebben gegeven. Dat past nooit op mijn schriften.'

Rina pakte haar dochter bij de hand en hielp haar met haar jas. 'Hoe vind je deze jas?'

'Heel mooi.'

'Dertig dollar.'

'Niet duur.'

'Nee, spotgoedkoop. Je hebt het shoppinglexicon nog steeds niet onder de knie. Kom, lieverd, laat je vader in alle rust van zijn ontbijt genieten.'

Decker zei hun gedag. Gesterkt door de Cheerios, twee sneetjes toast, een groot glas sinaasappelsap en vier koppen koffie, voelde hij zich in staat zijn missie uit te voeren.

Emmanuel Lieber woonde in een witte, houten bungalow met een veranda rondom en een dak van houten dakpannen. Het gazon aan de voorzijde was winters bruin, maar een paar grote bomen hadden dikke, groene knoppen die lieten zien dat de lente op een gegeven moment toch zou komen. Een flagstonepad voerde naar een oude eiken deur met schilferende lak. Toen Decker de drie traptreden op liep, hoorde hij een geroezemoes van zware stemmen. Hij bleef op de veranda staan, keek door het raam naar binnen en zag een massa mannen in zwarte, chassidische kledij. Maar geen sjtreimels. Dat kon belangrijk zijn.

Hij wilde net de deurklopper pakken toen de deur openging en drie chassiden naar buiten kwamen. Met neergeslagen ogen en hun handen op de rug ijlden ze met wapperende *pejot* langs hem heen.

Decker ging naar binnen.

Er waren zoveel mensen en er was zo weinig licht en lucht, dat hij het gevoel kreeg dat hij midden in een wervelstorm terecht was gekomen. Het huis was zo vol dat hij zich amper kon verroeren. Langzaam maar zeker werd hij voorwaarts geduwd en kwam hij terecht bij de rouwende familie, die bestond uit drie zussen, een broer en een vader, allen zwaar gebukt onder de moedeloos makende tragedies. Ze zaten op kussens die op de vloer lagen en uit hun ogen sprak niets dan wanhoop. Meneer Lieber en Chaim waren gekleed in een zwarte broek, zwarte schoenen en een wit overhemd waarin vlak onder de boord een scheur was gemaakt: het teken van rouw. Op hun hoofd droegen ze een grote, zwarte jarmoelke. De drie zussen droegen donkere rokken en ook bij hen was onder de kraag van hun blouse een scheur gemaakt. Twee van de drie vrouwen droegen een pruik; Raisie had ervoor gekozen een hoofddoek om te doen.

Jonathan kwam meteen naar Decker toe. Hij nam hem mee naar een hoek van de kamer en vroeg of hij koffie wilde.

'Nee, dank je.'

'Iets fris? Water?'

'Nee, niets, dank je.'

'Fijn dat je bent gekomen,' zei Jonathan. 'Vooral omdat je zo krap in je tijd zit.'

'Dat valt eerlijk gezegd wel mee. We vertrekken vanavond pas, om negen uur.'

'O...' Een ongemakkelijke stilte. Toen: 'Ik dacht dat jullie vanmiddag zouden gaan.'

Decker keek zijn halfbroer aan. 'Nee. Vanavond.'

Jonathan knikte. 'Goed. Ik bedoel, niet goed. Ik bedoel... je bent vast blij dat jullie weg kunnen.'

'Je ziet er gespannen uit, Jon. Is er iets?'

Jonathan aarzelde. 'Nee... alleen... ik weet het niet, Akiva. Ik weet het niet.'

'Je kunt me best vertellen wat je dwarszit.'

'Ik... ik moet de hele tijd aan Shayndie denken.'

Decker voelde de gewetenswroeging diep in zijn hart. 'Ja, het is moeilijk.'

Jonathan knikte, maar zei verder niets. Zijn blik ging over de mensen en bleef rusten op het gezicht van Chaim. Hun ogen vonden elkaar, maar toen wendde Chaim zijn blik af.

Jonathan zei: 'Kom, dan zal ik je voorstellen aan mijn schoonvader.'

'Dat hoeft niet per se.'

'Jawel. Ik sta erop.'

Hoewel Decker Jonathan niet erg goed kende, wist hij wanneer iemand zich slecht op zijn gemak voelde. Slecht op zijn gemak was in dit geval een eufemisme. Objectief gezien durfde Decker er iets onder te verwedden dat Jonathan iets voor hem achterhield. Maar dit was niet het juiste tijdstip om hem ernaar te vragen, vooral niet omdat Decker gisteravond zelf ook niet de waarheid had verteld. Misschien kon hij het een andere keer uit Jonathan trekken.

Even later stond Decker voor een uitgebluste oude man. De ogen van meneer Lieber keken op naar Deckers gezicht, maar gaven geen blijk van herkenning. Toen zag hij Jonathan naast de onbekende, grote man in het bruine pak staan, en begreep hij hoe het zat. Hij begroette hem met een knikje.

Decker knikte terug.

Lieber was veel forser dan Decker had verwacht. Hij had een brede borst en een breed gezicht met een grote, kromme neus en dikke lippen. Waarschijnlijk had hij ooit een stevige kaaklijn en kin gehad, maar nu ging de beenderstructuur schuil onder zijn hangwangen. Hij had luikende ogen die van kleur veranderden al naar gelang de lichtval en de sfeer: anatomische stemmingsmeters.

Chaim stond op. Zijn ogen waren versomberd tot zwarte bollen van razernij. Decker vroeg zich af waarom hij hem zo haatte. Het was niet zo dat Decker zijn dochter iets had aangedaan. Integendeel. Hij had een schakel naar het vermiste meisje gevonden. Hij vond het vreselijk dat hij dat geheim moest houden en overwoog één vluchtig ogenblik Chaim het goede nieuws te vertellen, maar als Donatti het te horen zou krijgen en als het meisje vanwege zijn loslippigheid iets zou overkomen, wiens schuld zou dat dan zijn?

Nee, hij moest uiterste voorzichtigheid blijven betrachten.

'Ik dacht dat je al weg was,' zei Chaim.

'Ze gaan vanavond,' zei Jonathan.

'Waarom vanavond? Wat heb je hier verder nog te doen?'

Decker hief zijn hoofd op. 'Rina wilde blijven voor de begrafenis. En ik had nog wat dingen af te werken, Chaim. Je kunt mensen niet bij je zaken betrekken en dan zomaar weggaan zonder hen te bedanken.'

'Is dat kritiek op mij omdat ik je niet heb bedankt?'

'Chaim...' zei Jonathan.

Decker hief zijn hand op om Jonathan tot zwijgen te brengen. 'Nee, Chaim, helemaal niet. Ik bedoel de rechercheurs die me hebben geholpen. Ik wil graag op goede voet met hen blijven.'

'Je hoeft je anders echt niet zo druk te maken om de politie van New York, want die heeft niet bepaald veel voor ons gedaan.'

'Het spijt me erg. Dit moet een enorme kwelling voor je zijn.'

'Dat kun je wel zeggen.'

Maar hij klonk eerder kwaad dan gekweld. Hij kneep zijn ogen half toe en boog zich op een agressieve manier naar Decker. 'Je weet er niets van, Decker. Ga naar huis.'

'Chaim!' zei een schorre stem berispend. '*Es pass nisjt. Wus tust du? Setz'ich avek!*'

'Maar, pappa...'

'*Nisjt gebst mir del pappa. Setz'ich avek non! Nisjt dray mir a kop.*'

Met tegenzin ging Chaim weer op zijn kussen zitten. Meneer Lieber nodigde Decker met een gebaar uit op een stoel plaats te nemen. 'Gaat u zitten, inspecteur. Wilt u een kopje thee?'

'Nee, dank u, meneer Lieber. Wilt u zelf soms een kopje thee?'

'Nee, op het moment wil ik niets.' Hij keek naar zijn schoonzoon. 'Jonathan, ga een kopje thee halen voor de inspecteur.'

'Ik hoef echt...' Decker viel zichzelf in de rede. 'Ja, doe toch maar. Dank je.'

'En als je toch gaat, haal dan ook een kopje voor pappa,' zei Raisie.

'Ik wil niets.'

'Pappa, u moet drinken!'

'Ik neem alleen als u ook neemt,' zei Decker.

De oude man knikte instemmend.

Jonathan slaakte een diepe zucht en ging naar de keuken om thee te halen.

De oude man leunde naar voren. 'U moet het Chaim niet kwalijk nemen. De spanningen zijn bijna ondraaglijk.'

'Dat begrijp ik, meneer Lieber. En mijn aanwezigheid maakt dat alleen maar erger. Ik wilde u alleen maar mijn condoleances aanbieden. Daarna ga ik.'

'Hij verwacht een wonder. Daarvoor moet hij bidden tot de *Abisjter*.'

'"Je kunt beter je toevlucht nemen tot Hasjeem dan rekenen op de mens",' citeerde Decker uit de Hallel-dienst.

'Ja, precies.' Lieber kreeg tranen in zijn ogen. 'Het is zo erg allemaal.'

'Dat is het zeker. Het spijt me heel erg.'

'Het is afschuwelijk.' Lieber droogde zijn ogen. 'En u gaat morgen weg?'

'Misschien vanavond. Misschien morgen. We zullen zien hoe het gaat.'

Donatti had gezegd dat hij op zijn telefoontje moest wachten, maar hoe lang zou Decker zijn geduld kunnen bewaren?

'Gisteren heb ik bij de hesped gesproken met mensen die met Ephraim hebben gewerkt. Ik heb ook met andere mensen gesproken die uw zoon hebben gekend. Ephraim kwam op me over als een man met een erg groot hart.'

'Met wie heb je gesproken?' vroeg Chaim uitdagend.

'Met een vrouw genaamd Luisa...'

'Ephraim heeft haar geld gegeven,' sneerde Chaim. 'Nogal logisch dat ze hem graag mocht.'

'Sinds wanneer is *tsedaka* iets slechts?' vroeg Raisie hem.

'Liefdadigheid begint thuis,' zei Chaim.

'Ga nou niet ruziemaken,' wees een andere zus hen terecht. 'Hebben we niet al genoeg ellende?'

Raisie keek naar Decker en wees naar haar zussen. 'Dit is Esther, en dat is Malka.'

Decker bood hun zijn condoleances aan.

'Wie waren de anderen die Ephraim hebben gekend?' wilde meneer Lieber weten.

'Ik heb gesproken met een man die Ephraim had ontmoet bij een organisatie genaamd Emek Refa'im.'

'O ja,' zei meneer Lieber. 'De socialehulpverlening.'

'Het is een club voor drugsverslaafden, pappa,' zei Chaim.

'Een organisatie die drugsverslaafden hélpt,' zei meneer Lieber hardnekkig. 'Het ging juist zo goed met hem, inspecteur. Met Ephraim.'

'Ja, dat heb ik gehoord.'

De oude man zuchtte. 'Het ging zo goed met hem.' Tranen in zijn ogen. 'Ook in de zaak.'

'Hoe lang heeft hij met u en Chaim in de zaak gewerkt?'

Lieber gaf geen antwoord.

'Twee jaar,' zei Chaim nukkig.

'Twee jaar,' herhaalde de oude man. 'Hij vond het leuk. Je kon zien dat hij schik in de zaak had.'

Chaim sloeg zijn ogen ten hemel, maar zijn vader zag het niet.

'Dat geloof ik graag,' zei Decker. 'Wat waren zijn taken?'

'Wat maakt dat nu nog uit?' vroeg Chaim bits.

'De inspecteur wil het gewoon weten,' zei meneer Lieber. 'Ephraim was manusje-van-alles. Hij bediende de kassa, vulden de schappen, nam de inventaris op in de winkels en het magazijn, en als er iemand niet kon komen, viel hij voor hem in.'

'Wanneer hij zelf tenminste kwam,' zei Chaim.

'Chaim!' zei Raisie verwijtend. 'Toe nou!'

Chaim wreef over zijn wangen. 'Sorry.'

Jonathan kwam terug met de thee. Hij gaf een glas aan zijn vader en een aan Decker. 'Dank je wel, Jon.'

Chaim zei: 'Ik ga eventjes naar boven, pappa. Ik kom zo terug.'

'Ik ga wel even met je mee,' zei Jonathan.

'Goed.'

De twee mannen baanden zich een weg tussen de mensen door, dicht bij elkaar, alsof ze elkaar onmerkbaar een teken hadden gegeven.

Ze weten iets.

Was het meisje ontsnapt? Had ze contact met hen opgenomen? Gisteravond was ze zo bang geweest dat ze niets met haar eigen familie te maken wilde hebben, maar de ochtend bracht vaak een nieuw perspectief. Misschien was ze tot de conclusie gekomen dat ze thuis toch het veiligst zat.

Of misschien zocht hij te veel achter de kameraadschap. Misschien wilden ze allebei alleen maar even aan de massa ontsnappen. Dat zou heel begrijpelijk zijn.

Meneer Lieber nam kleine slokjes van zijn thee. 'Ik dacht juist dat het de goede kant op ging.'

Decker richtte zijn aandacht weer op de oude man. 'Dat was waarschijnlijk ook zo.'

'Waarom dan? Waarom?' Waterige, regenboogkleurige ogen zochten Deckers gezicht af. 'De politie zei dat het om drugs ging. Waarom was hij weer aan de drugs?'

Decker gaf geen antwoord en maskeerde zijn zwijgen door een slokje van de slappe thee te nemen.

Meneer Lieber schudde zijn hoofd. 'Het vlees is zwak.'

'Meneer Lieber,' fluisterde Decker, 'misschien ging het niet om drugs. Hebt u enig idee wie het op hem voorzien had?'

'Nee! Niemand!'

'Ik vind het heel vervelend dat ik u dit moet vragen, meneer, maar misschien hebben u of uw zoon iemand kwaad gemaakt?'

'Ik?' De oude man haalde zijn schouders op. 'Ik maak al mijn klanten kwaad. Het is een ellende om met joden te moeten werken. Iedereen wil korting. Als je hun niet geeft wat ze willen, klagen ze. Maar niemand maakte zich zo kwaad dat hij me iets zou willen aandoen.'

'Mag ik u nog een persoonlijke vraag stellen?'

'Ga uw gang.' Lieber zette het theeglas op de vloer en pakte Deckers vrije hand. 'Vraag gerust.'

'Bent u iemand geld verschuldigd?'

'Alleen de bank... zakelijke leningen. Niet zoveel dat de Citibank zich genoopt zou moeten voelen mij of mijn zonen iets aan te doen.'

'Geen andere leningen?'

'Nee. Ik heb geld op een rekening van de zaak, geld op een spaarrekening. Het is niet veel, want het gaat de laatste tijd niet zo goed met de zaak. Mijn leveranciers gaan failliet, er wordt veel gestolen... dat is altijd zo wanneer het slecht gaat met de economie. Maar het gaat niet zo slecht dat ik geld heb moeten lenen van woekeraars, als u dat bedoelt.'

'Ja, dat bedoel ik.' Decker zette zijn lege glas naast zijn stoel. Hij dacht na. 'Hoe zit het met uw personeel? Hebt u daar problemen mee gehad?'

'Niet voorzover ik weet. De meesten werken al jaren voor me. Chaim gaat over de parttimers... Hij neemt ze in dienst al naar gelang het nodig is. Bij de *shleppers*, de mannen die in het magazijn de zware dozen in- en uitladen, zit nogal wat verloop. Je huurt wie je voor het minimumloon kunt krijgen. Soms zijn het immigranten met een werkvergunning, soms jongeren die niet meer naar school willen, soms studenten die op zoek zijn naar een vakantiebaantje.'

'Wie je toevallig kunt krijgen.'

'Ja. Als u over hen vragen hebt, moet u bij Chaim zijn.'

'Goed, als hij tenminste bereid is met me te praten. En als hij daartoe niet bereid is, heb ik daar alle begrip voor.'

'Ja, dat zou begrijpelijk zijn,' zei de oude man. 'Dan misschien een andere keer.'

'Ja.'

Decker zag dat andere mensen dichter bij meneer Lieber wilden komen, om deel te nemen aan de mitswa van het troosten van de rouwenden: *menachem avel*. Hij stond op, zei in het Hebreeuws de gebruikelijke zinnen tegen Raisie en haar zus, en toen tegen meneer Lieber. Langzaam zocht hij zich een weg tussen de mensen door naar de achterzijde van de kamer.

Chaim en Jonathan waren nergens te bekennen. Dan niet. Ongemerkt verliet Decker het huis. Zodra hij buiten stond, slaakte hij een diepe zucht. Het was binnen zo benauwd geweest, dat hij niet eens had gemerkt hoezeer zijn borst pijn deed. Toen hij over het pad liep en weer normaal begon te ademen, hoorde hij een auto met gierende banden voor het huis tot stilstand komen.

Minda Lieber vloog uit het gedeukte busje en gooide het portier achter zich dicht. Volkomen in de war had ze haar jurk scheef dichtgeknoopt. Haar pruik zag er verfomfaaid uit en stond ook al scheef. Ze wapperde met haar handen en huilde hysterisch. Decker greep haar vast.

'Wat is er?'

Ze probeerde uit zijn greep los te komen, krijste hoe hij het waagde een getrouwde vrouw aan te raken. Maar Decker hield haar juist nog steviger vast.

'Minda. Wat... is... er?'

De vrouw begon op hoge toon te gillen: 'Ze hebben haar gevonden! Ze is dood! O god, ze is dood. Ze is dood...'

'*Wat*?!' Deckers hart begon hevig te bonken.

'Ze is dood! Hoort u me niet! Ze is dood! Ze is dood! Ze is dood!'

Haar knieën knikten. Decker ving haar op toen ze flauwviel.

21

Hij jakkerde over de weg, gedreven door de adrenaline die door hem heen stroomde, was om elf uur terug in de stad, nam de afslag naar 132nd Street. Vond een parkeerplaats om de hoek. Holde naar het gebouw. Drukte hard op de bel. Ditmaal was het Donatti's stem die uit de intercom kwam; hij klonk geïrriteerd, de schoft. Hijgend zei Decker zijn naam en hij werd binnengelaten. De receptie was verlaten – geen bewaker, geen meisje – logisch ook, want het was lunchtijd. Decker liep door de metaaldetector, die ging piepen vanwege zijn sleutels. Hij nam niet de moeite terug te lopen, omdat Donatti de binnendeur al opendeed. Hij droeg een wijd hawaiihemd en een spijkerbroek. Decker liep met grote stappen langs hem heen de studio in.

Donatti's ergernis sloeg onmiddellijk om in woede. 'Wat moet u hier?'

Tientallen pornografische foto's waren uitgespreid op een grote vergadertafel. Foto's van jonge meisjes met getuite lippen en slaapkamerogen die dingen deden met grijsharige mannen met afzichtelijke bierbuiken. Obscene foto's die des te meer woede opwekten, omdat Donatti een verdomd goede fotograaf bleek te zijn. Decker was zo kwaad dat zijn gezicht er een roofdierachtige trek van had gekregen. Donatti zag het en keek met net zulke woeste blikken terug.

'Wat ik doe, gaat u geen bal aan! Sodemieter op!'

Decker greep hem bij de keel en drukte hem tegen de muur. Hij gooide zich met zijn volle gewicht tegen hem aan en zette zijn knie hard in zijn kruis, terwijl zijn handen zich om zijn keel klemden en hij probeerde met zijn schouders de handen van de schoft vast te pinnen. Hoe meer Donatti tegenspartelde, hoe meer druk Decker uitoefende op zijn luchtpijp. Onderhand bleef hij zijn knieschijf hard tegen het kruis van de jongere man drukken.

'Wat heb je met haar gedaan?' gromde Decker.

Chris kon, met een rood aangelopen gezicht, alleen maar zijn hoofd schudden.

'Vertel op!' Decker bleef zijn keel dichtknijpen en blafte hem toe: 'Wat heb je met haar gedaan?'

'Wie?' stootte hij uit.

'Shayndie! Ze is dood! Wat heb je met haar gedaan?!'

'Niks...'

'HOU OP MET LIEGEN, SMERIG KLOTEJONG! WAT HEB JE MET HAAR GEDAAN?'

'Ik kan niet praten...'

Zijn ogen draaiden omhoog. Decker verslapte zijn greep een beetje, zodat Donatti kon ademhalen en praten. 'Geef antwoord op mijn vraag, of ik vermoord je.'

'Jezus, Maria en Jozef, ik heb haar zes uur geleden nog gezien,' zei hij schor. 'Toen was alles in orde. Laat me los!'

Decker kneep nog één keer en duwde hem toen opzij. Donatti viel op de grond en bleef op zijn knieën zitten met zijn handen aan zijn keel, hijgend naar adem. Decker begon met bonkende passen heen en weer te lopen over de houten vloer.

'Je zei dat ze bij jou veilig was! Je zei dat haar niets zou overkomen! Je zei dat je voor haar zou zorgen en ik vertrouwde je, Donatti. Je hebt dus gelogen of je bent op een verschrikkelijke manier tekortgeschoten.'

Nog rood van het gebrek aan zuurstof staarde Donatti hem aan. Hij hijgde als een afgematte buldog en opeens brak het zweet hem aan alle kanten uit, zo hevig dat zijn gezicht helemaal nat werd en er op zijn overhemd en broek grote vochtige plekken verschenen. Vlokkig speeksel vloog uit zijn mond en eventjes was Decker bang dat hij een toeval zou krijgen. In plaats daarvan sperde Donatti zijn ogen wijd open, hij kwam overeind en gaf zo'n harde schop tegen de onderkant van de vergadertafel dat de foto's opwipten, een ogenblik in de lucht hingen en weer neervielen. Nog een schop. De tafel viel om.

Vanaf dat moment werd ieder voorwerp in het vertrek een projectiel: spullen uit de doos met accessoires, het statief, krukjes, stoelen, lampen, het koffiezetapparaat, de mokken, de flessen drank, de glazen, alles wat Chris om zich heen zag, behalve zijn cello. Voorwerpen vlogen op Mach-snelheid door de studio – hij had een fantastische gooiarm – en alhoewel er niets met opzet op Decker werd gericht, maakte dat niets uit, want alles vloog kriskras door het vertrek. Dingen braken in stukken tegen de muren en op de vloer. Scherven van glas en keramiek sprongen alle kanten op. Decker kon geen stap verzetten. Hij bleef in elkaar gedoken in een hoek zitten.

'Hou op!' riep hij.

Maar Donatti hield niet op. Hij smeet een karaf naar Decker en miste zijn hoofd op een haar. Slechts een snelle duik opzij redde Decker van zwaar hoofdletsel.

'Donatti!'

BENG!

'Chris...' Decker liep stapje voor stapje naar hem toe, zijn armen en jas gebruikend om zich te beschermen. 'Hou godverdomme op! Chris!'

Hij legde zijn hand op Donatti's schouder. Hij had beter moeten weten. Toch zou hij de dreun hebben kunnen ontwijken, als hij zich op tijd had herinnerd dat Chris linkshandig was.

Donatti's vuist raakte hem vol in zijn gezicht. Wankelend deed hij drie stappen achteruit tot hij tegen de muur botste en in elkaar zakte. Hij zag sterretjes en zijn hoofd voelde aan alsof het in honderd stukken uiteen was gespat. Toen hij weer iets kon zien, besefte hij, met een vaag gevoel van voldoening, dat zijn kaak niet was gebroken. Zijn neus was een ander verhaal. Die bloedde erg, net als zijn lip. Gelukkig kon hij nog wel zien en horen, in ieder geval in zoverre dat het tot hem doordrong dat Donatti in een andere fase was beland: van smijten was hij overgegaan op razen en tieren.

'... enig idee wat dit voor mijn reputatie betekent? Hebt u enig idee wat dit voor mijn wijven betekent? Als ik er niet heel snel achter kom wie dit heeft gedaan, kun je net zo goed een kogel door mijn kop schieten, want dan ben ik zo goed als dood. Godverdomme!'

Er had zich schuim gevormd op Donatti's lippen. Hij beefde zo dat zijn tanden ervan klapperden. Zweet stroomde over zijn gezicht als winterse regen over een ruit. Het gutste letterlijk van zijn voorhoofd. Hij liep zo driftig heen en weer, dat de hakken van zijn schoenen putjes in de vloer maakten. Mompelend, vloekend, zwetend, schuimbekkend. Opeens stompte hij zo hard met zijn vuist tegen een tussenmuur, dat zijn hand er dwars doorheen ging.

Nog buiten adem van de stomp in zijn gezicht, bleef Decker ineengedoken op de grond zitten. Hij veegde zijn neus af met zijn overhemd. 'Help me even overeind.'

Donatti draaide zich woest om en keek dreigend in de richting van de stem. Zijn ogen zochten het vertrek af en toen hij Decker in het vizier kreeg, bekeek hij hem alsof hij een volslagen vreemde was.

'Ik zei, help me overeind!' beval Decker.

Donatti staarde naar Decker. Toen stak hij zijn hand uit en hielp hem overeind. Hij deed twee reuzenstappen achteruit, bevend van woede en zenuwen. 'Geeft u me een hengst op mijn kop als ik u de rug toekeer?'

'Breng me niet in de verleiding!' gromde Decker. Hij trok zijn kleren recht en betastte voorzichtig zijn gezicht. 'Je moet iets drinken. Ik zal zien of er ergens een fles is. Blijf staan met je handen in je zakken!'

Donatti's stem had hees geklonken van Deckers wurggreep. Hij schraapte zijn keel. 'Doe dan meteen even wat ijs op uw gezicht.'

Decker vond een fles whisky die de ravage had overleefd en gaf hem aan Donatti. Toen pakte hij een ijsbakje en sloeg de ijsblokjes eruit. Hij legde er een paar op een handdoek en drukte die tegen zijn dikke neus en wang.

Donatti stak Decker de fles toe. Hij pakte hem aan, nam een flinke slok en gaf hem terug. Chris nam nog een slok.

Een kwartier lang gaven ze de fles aan elkaar door, zonder iets te zeggen, snuivend en vloekend. De studio was één grote ravage, warm, muf, stinkend naar mannenzweet. Decker voelde zijn maag in opstand komen, maar vertikte het zwakte te tonen door te gaan zitten.

Minuten verstreken, vijf, tien. Toen haalde Donatti zijn sleutels te voorschijn en maakte de deur van zijn tegen afluisteraars beschermde kantoor open. Zodra ze allebei binnen waren, de deur op slot zat en de anti-afluisterapparatuur was ingeschakeld, zakten ze elk op een stoel neer. Donatti legde zijn armen op de tafel en liet zijn hoofd erop rusten. Zijn ogen waren gesloten. Hij hijgde nog steeds, transpireerde ook, maar niet zo erg als daarnet.

'Ik moet nadenken.'

'Je hebt haar niet koud gemaakt.'

'Nee, ik heb haar niet koud gemaakt. Waarom zou ik?'

'Om geld.'

'Als ik geld wilde, zou ik haar verkocht hebben.'

Stilte. Decker betastte zachtjes zijn pijnlijke gezicht. Het ijs was in koud water veranderd en de handdoek was kleddernat. 'Enig idee?'

'Kop dicht. Ik moet nadenken.'

'Is het mogelijk dat iemand erachter is gekomen...'

'Nee.' Donatti hief zijn hoofd op en ging rechtop zitten. 'Nee! Er staan mensen op wacht...'

'Die kunnen zijn omgekocht.'

'Dat is onmogelijk. Ze weten wat ik dan zou doen.' Hij schudde vertwijfeld zijn hoofd. 'Ze moet zelf zijn weggegaan.'

'Na wat ik gisteravond heb gezien, lijkt dat me niet waarschijnlijk.'

'Naar wat er vanochtend is gebeurd, lijkt het me onmogelijk!' Donatti maakte zijn dossierkast open en haalde er een pakje sigaretten uit. 'Ik had het opgegeven voor Terry.' Hij schudde er een sigaret uit. 'Smerige gewoonte.' Hij stak de sigaret op en blies een wolk teer en nicotine uit. 'Maar op dit moment liggen mijn zenuwen helemaal aan flarden.'

'Geef mij er ook maar een.'

Donatti stak nog een sigaret op en gaf hem aan Decker. Binnen een mum van tijd zag de kamer blauw van de rook. 'Toen ik vanochtend vertrok, klampte dat meisje zich zo aan me vast dat ik haar de bijnaam Zuignap heb gegeven.'

'Wat is er gebeurd?' Decker nam lange trekken van de sigaret. Hij was vergeten hoe heerlijk de invloed van nicotine was.

'Dat weet ik niet.'

'Iemand heeft haar te grazen genomen.'

'Dat is onmogelijk!'

'Nee, Chris. Niets is onmogelijk!'

Donatti blies zure, naar alcohol stinkende adem uit. 'Ze moet op eigen initiatief zijn weggegaan.' Hij drukte zijn sigaret uit, haalde twee flesjes water te voorschijn en gooide er Decker eentje toe. 'Ze is blijkbaar ergens door van gedachten veranderd.'

Decker dronk gulzig. 'Enig idee wat dat kan zijn?'

'Nee.' Donatti keek hem aan. 'Ik zei toch dat ze erg labiel was? Nadat ze met u had gesproken, was ze nog banger dan voorheen. Het is waarschijnlijk úw schuld dat ze is vertrokken.'

'Mijn schuld?' zei Decker.

'Ja! U hebt haar bang gemaakt.'

'Als dat zo is, was het jouw taak haar gerust te stellen.'

'Krijg de klere, Decker!'

Ze zeiden geen van beiden iets, maar dronken gulzig van het water. Decker raakte zijn neus aan. Die klopte pijnlijk. 'Als ze op eigen initiatief is vertrokken, waar zou ze dan naartoe zijn gegaan?'

'Weet ik niet. Het is nergens veiliger dan bij mij.' Donatti knarsetandde. 'Ik heb geen idee waarom ze ervandoor is gegaan! Het slaat nergens op. En lazer nou alsjeblieft op, want ik moet wat mensen bellen.'

Decker zei: 'Zou je me een plezier willen doen?'

'Nee. Ik wil dat u opsodemietert.'

'Hou toch op met dat gevloek.' Decker nam nog een trek van de sigaret en dronk zijn flesje water leeg. 'Als je meer wilt weten, doe jezelf dan een plezier en hou je erbuiten. In ieder geval voorlopig.'

Donatti hief met een ruk zijn hoofd op. 'Ik geloof dat ik u een hersenschudding heb geslagen. Ga weg!' Hij trok een pistool. 'SODEMIETER OP!'

'Rustig maar.' Decker betastte zijn kloppende lip. 'Wat is dat er voor een? Een *double automatic* Walther? Vierentwintig kogels, nietwaar? Mooi ding.'

Donatti bekeek hem met zijn ogen tot spleetjes toegeknepen en barstte opeens in lachen uit. 'Ik ben blij dat u het met mijn keuze eens bent.'

'Leg dat ding neer, Chris... toe.'

'Nou, omdat u het zo beleefd vraagt.' Hij legde hem op de tafel en pakte de fles whisky.

'Chris, we moeten dit even objectief bekijken,' zei Decker. 'Ik ben met nogal wat poeha naar New York gehaald om te helpen een moord op te lossen. En wat heb ik bereikt? Niks. Ik ben helemaal niets te weten gekomen over de moord op Lieber en nu is Shayndie ook dood. De politie hier zal me wel een grote mislukkeling vinden, een boerenpummel uit Los Angeles die bij wijze van spreken de weg naar de plee niet eens kan vinden.'

Hij bette zijn gezicht en neus met de natte handdoek.

'Dan zitten ze er niet ver naast.'

Donatti bekeek Decker aandachtig en reikte hem de fles weer aan.

Decker nam een slok. 'Op het moment ben ik een flop. Niemand is bang voor me. De Liebers niet, de politie niet, jij niet en ook de mensen niet die Shaynda en Ephraim hebben vermoord. Ik ben een warme drol. Niemand wil bij me in de buurt komen. Maar jij... met jou ligt het anders, Donatti. Jij hebt de naam een bijzonder onaangename kerel te zijn. Als jij gaat rondneuzen en als de daders daarover iets te weten komen, zullen ze onderduiken. Erger is dat als je de mist in gaat, het je dood zal zijn. Als ik de mist in ga, is dat min of meer wat men hier nu van me verwacht. Voorlopig is het voor ons allebei dus het beste jouw betrokkenheid bij de zaak geheim te houden.'

Er bleef een stilte hangen.

Donatti sloeg met zijn vuist op de tafel en trok een pijnlijk gezicht. Het pistool sprong op en kwam weer neer met de loop op Deckers middenrif gericht.

'Haal dat ding weg,' gromde Decker.

'Shit!' Donatti greep de Walther en stak hem onder zijn overhemd. Zijn gezicht vertrok van razernij. 'Ze hebben een van míjn meisjes vermoord, Decker. Dat is een heel persoonlijke zaak!'

'Als ze uit zichzelf is weggegaan, als ze haar niet onder jouw neus hebben ontvoerd, is het dat niet. Denk er even over na, Chris. Stel dat ik haar inderdaad zo'n angst heb aangejaagd dat ze ervandoor is gegaan. Dan weet degene die haar heeft vermoord helemaal niet dat ze iets met jou te maken had. En in dat geval kun je beter niet aan de grote klok hangen dat ze een van jouw meisjes was, of wel soms?'

Donatti zei niets.

'Praat met je mensen, Chris. Zoek eerst uit of ze inderdaad gewoon is weggelopen.'

'Is het mogelijk dat u gisteravond bent geschaduwd?' vroeg Donatti.

'Ik zou niet weten hoe,' antwoordde Decker. 'Ik heb zoveel omwegen gemaakt, dat het onmogelijk was me te volgen. Niet omdat ik zo slim was, maar omdat ik wel tien keer ben verdwaald.'

'Hebt u erop gelet of u werd gevolgd?'

'Nu moet je me niet gaan beledigen, Christopher.'

Hij gooide zijn hoofd in zijn nek en keek naar het plafond.

Decker zei: 'Ga met je meisjes praten.'

'Dat was ik sowieso van plan.' Hij haalde zijn vingertoppen over zijn stekeltjes. 'Daar gáát het vertrouwen dat ze in me hebben. Ik was onoverwinnelijk in hun ogen. Dat is nu meteen afgelopen.'

'Integendeel. Als Shayndie op eigen initiatief is weggegaan, kom je in de ogen van de meisjes nog sterker te staan. Dan denken ze: kijk eens wat er gebeurt als je probeert het in je eentje te rooien. Kijk eens wat er gebeurt wanneer meneer Donatti je niet beschermt. Dat zou ik tenminste denken.'

Decker trok één wenkbrauw op.

'Heb ik gelijk?'

Donatti gaf geen antwoord. Hij pakte de fles, zette hem weer neer. Op zijn gezicht was de bekende uitdrukkingloze blik weergekeerd.

'Je kunt van me aannemen dat het zo is.' Decker liet de natte handdoek zakken. Nu deed zijn neus niet alleen pijn, maar was die ook bevroren. 'Hoe verleidelijk het ook mag zijn, je moet je erbuiten houden. Je bent een uitmuntende jager, Donatti, wanneer je weet wie je prooi is. Maar in dit geval kennen we de prooi niet. Dat is míjn specialiteit. De rotzakken opsporen. Laat dit aan mij over.'

Donatti keek hem alleen maar aan.
'Nou? Heb ik gelijk? Je weet dat ik gelijk heb.' Decker knikte. 'Hou je erbuiten. Je zult er geen spijt van krijgen, want ik zal deze schoft te pakken krijgen en hem heel lang laten opsluiten. Maak je geen zorgen. Er zal met hem afgerekend worden.'
'Niet op de manier die ik in gedachten had.'
'Ieder zijn eigen stijl,' zei Decker. 'Dit is míjn zaak, het gaat om míjn familie. Je moet me mijn gang laten gaan, opdat ik iets kan goedmaken. Laat het aan mij over, anders komen we allebei in de problemen.' Hij bracht zijn hand naar zijn neus en lip. 'Hoe moet ik dit in godsnaam aan mijn vrouw uitleggen?'
'Zeg maar dat een of andere waanzinnige u heeft aangevallen. U bent in New York, dus zal ze dat wel geloven.' Donatti wreef over zijn hoofd en schoof de fles naar Decker. 'Ik snap niet wat ik over het hoofd heb gezien... er moet me iets zijn ontgaan.'
'Misschien wel.' Decker blies langzaam zijn adem uit. Ademen deed pijn. 'Als je me de kans geeft dit uit te pluizen, zullen we misschien allebei te weten komen wat er is gebeurd.'
Stilte.
Het was voor Decker noodzakelijk dat Donatti zou meewerken. Hij wilde niet in Chris' vaarwater zitten. Fouten konden een dodelijke afloop hebben. 'Je houdt je er dus buiten?'
'Nee, ik hou me er niet buiten,' beet Donatti hem toe. 'Maar omdat het uw familie is, geef ik u een voorsprong van vierentwintig uur. Daarna is het ieder voor zich.'
'Zelfs ík kan niet zo snel werken. Tweeënzeventig uur, Chris. Drie dagen. Daarna ben ik weg, of ik de zaak heb opgelost of niet.'
'Ja ja.'
'Donatti, ik hou mezelf niet voor de gek. Geen enkele rechercheur weet ál zijn zaken op te lossen.'
'Wat is uw percentage?'
'Dat ligt vrij hoog. Maar het is niet honderd procent.'
'Achtenveertig uur.'
'Zestig, en de tijd gaat nu in. Je hebt mijn neus gebroken, klerejong. Daar mag wel wat tegenover staan.'
Chris leunde op de tafel en bekeek Deckers gezicht. 'Ik heb uw neus niet gebroken. Ik heb hem geschampt. Ik heb u op uw wang geraakt. Die is een beetje dik, maar het valt mee. Ik heb u niet erg hard geraakt. Als ik had gewild, was uw gezicht nu een kubistisch schilderij geweest.'
'Denk maar niet dat ik je zal bedanken. Zestig uur.'
'Wat is dit een vreselijk dom gedoe. Ik wil best wachten tot u de stad hebt verlaten, maar ik ga niet voor uw begrafenis opdraaien.'
'Ik zal daar aan denken.'
'Dat meen ik, inspecteur. U mag in Los Angeles dan een goede rechercheur zijn, maar hier weet u niks.'

'Licht me dan in.'

'Onmogelijk. Zou u mij kunnen vertellen hoe je in Los Angeles een goede rechercheur kunt worden? Het gaat om intuïtie. Ik heb hier mijn hele leven gewoond, ik ken de mensen. Het gaat om een soort zesde zintuig. Hier kan ik in één dag voor elkaar krijgen wat u in een heel jaar niet zal lukken. U zou juist erg veel aan me hebben.'

'Ik denk niet dat het jouw of mijn reputatie ten goede zou komen als we partners werden.'

'Ik heb vaker met agenten gewerkt.'

'Niet met eerlijke agenten.'

'Die bestaan niet.'

Decker ging er niet tegenin. Dat had toch geen zin.

'Ik zou u in een handomdraai in een waanzinnige moordenaar kunnen veranderen, omdat ik uw zwakke punten ken. Maar waarom zou ik? Mijn problemen worden er niet mee opgelost als ik uw gezin zou uitmoorden.'

'Daar heb je volkomen gelijk in. Geef me zestig uur solo, Donatti. Ik moet ervan op aan kunnen dat ik je niet in de weg zit.'

'Goed dan.' Donatti hief zijn handen op. 'Ik geef u tot vrijdag, als u dan nog leeft. En als u de mist in gaat, ruim ik de rotzooi op mijn eigen manier op. Deal?'

Decker zei: 'Je blijft uit mijn buurt...'

'Ik heb "deal" gezegd.' Donatti stond op, sprong over de tafel heen en drukte zijn mond op Deckers bloederige lip. 'Alstublieft. Bezegeld met een kus.'

Decker trok een vies gezicht en veegde zijn mond af. 'Wat moet dat nou weer voorstellen?'

'Weet ik niet.' Donatti had schik in Deckers walging. 'Ik ben eraan gewend mensen met autoriteit te kussen. Ik kuste mijn oom altijd op zijn mond.'

'Ik ben je oom niet.'

'U zei dat u een vaderfiguur voor me was. In de psychologie noemen ze dat overbrenging van gevoelens.'

'Dan neem ik alles terug.'

'U griezelt.' Donatti likte aan zijn lippen, stak zijn gepiercete tong uit en liet die snel heen en weer gaan. 'Is het mogelijk dat... paniek de lelijke kop opsteekt?'

'Doe niet zo puberaal, zeg. Het kan me geen donder schelen met wie of wat jij het doet, zolang je met je fikken van mij en mijn gezin afblijft. Waarom zou het mij moeten storen met wie jij in bed stapt?'

'U gaf om Shayndie. U hebt me gevraagd haar niet te nemen en dat heb ik ook niet gedaan.' Donatti keek peinzend. 'Nu heb ik daar spijt van. Ze wilde het, maar ik heb nee gezegd. Jammer. Ik had het moeten doen. Niemand zou als maagd moeten sterven.'

22

DECKER GELOOFDE DONATTI VOOR GEEN METER.

Met zijn handen in zijn zakken, voor zich uit starend, liep hij via Riverside Drive terug naar de auto. De zon had een paar gaten in het wolkendek gebrand en gaf het traag stromende water van de Hudson hier en daar wat glans. Het wegdek was een potentiële bron van ongelukken vanwege de combinatie van gelekte motorolie en half bevroren plassen. Auto's sproeiden het smerige water over de stoep, waardoor Decker steeds moest wegspringen. Hij betastte zijn gezwollen gezicht, onderdrukte de pijn met stoïcisme en aspirine, en concentreerde zich op de mogelijkheden die hij had, de twee heel verschillende wegen die hij kon inslaan.

Eén daarvan was het klerejong te schaduwen: uitzoeken wat Chris in zijn balboekje had staan. Al na vijf seconden verwierp Decker dat plan. Chris was kien en zou binnen een mum van tijd in de gaten hebben dat hij werd gevolgd. Bovendien kende Donatti de stad en Decker niet. Hem achtervolgen zou niet alleen zinloos zijn, maar tevens bevestigen wat Donatti eigenlijk al wist maar wat ze geen van beiden hardop zeiden: dat Decker hem niet vertrouwde.

Een applausje voor Donatti. De man had een goede show gegeven. Maar zijn geschrokken reactie en razernij betekenden niets. Chris was een aartsleugenaar die meerdere keren ervaren deskundigen pat had gezet bij het ondergaan van een leugentest. Hij was niet perfect geweest, maar goed genoeg om vraagtekens op te roepen bij de experts. Het meest overtuigende aspect dat Chris nu in zijn voordeel had, was zijn eigen vraag: waarom zou ik? Wat had hij eraan om Shayndie te laten vermoorden? Niet alleen leverde het hem geen geld op, maar hij zou Decker achter zich aan krijgen.

C.D. doet alleen dingen waar hij zelf beter van wordt.

Voorlopig was het 't beste om Donatti op een laag pitje te zetten. Hij zou hem nog niet schrappen, maar zijn aandacht op andere dingen richten.

Deckers tweede en iets meer levensvatbare optie was terug te keren naar het begin en te proberen uit te zoeken wat er nu eigenlijk fout was gegaan. Daarvoor moest hij de familie Lieber nogmaals onder de loep nemen. Op hulp van Chaim en Minda hoefde hij niet te rekenen. Die haatten hem met een onredelijke intensiteit, en hadden van hem gemakshalve de zondebok gemaakt, *azazel* in het Hebreeuws, het symbolische schaap dat op Jom Kippoer van een klif wordt gegooid als boetedoening voor alle zonden van het volk. Bovendien kon hij in de huidige omstandigheden Minda en Chaim echt niet het vuur na aan de schenen leggen.

Maar Jonathan was een heel andere zaak.

Decker dacht na over Jonathans reactie op het nieuws van Shayndies dood. Zijn verbazing en schrik waren oprecht geweest, daar bestond geen twijfel over, maar er was iets vreemds geweest aan Jonathans ongelovige reactie, alsof hij had gedacht dat Shayndies dood helemaal niet tot de mogelijkheden had behoord. Dat was eigenaardig, omdat Jon de afgelopen vijf dagen zo sceptisch was geweest. Hij had moeten weten dat de kans bestond dat ze was vermoord, en had zich erop moeten voorbereiden zijn schoonfamilie bij te staan als die vrees bewaarheid zou worden. Jon was rabbijn; het was zijn taak mensen te troosten. Maar toen ze het nieuws hadden vernomen, was het net geweest alsof het voor Jon nog harder was aangekomen dan voor Chaim.

Bovendien kampte Decker met de onaangename achterdocht, het onbestendige gevoel dat hij tijdens zijn sjivabezoek had gekregen, vlak voordat hij Minda bijna letterlijk tegen het lijf was gelopen.

Dat Chaim en Jonathan iets achterhielden.

Hun mysterieuze gedrag, en de wetenschap dat Shaynda ofwel vrijwillig bij Donatti was weggegaan, of door iemand was gegrepen, brachten Decker tot de conclusie dat het meisje met Jon of Chaim contact moest hebben opgenomen tussen zes uur 's ochtends, toen Donatti haar voor het laatst had gezien, en het tijdstip van haar dood, die uiterlijk vier uur later was ingetreden.

Hij hoefde dus niet terug te keren naar het begin. Hij moest erachter zien te komen wat er in die vier uren was gebeurd. En wat er in die vier uren was gebeurd, was waarschijnlijk een nevenproduct van de moord die vijf dagen eerder was gepleegd.

Hij zou beginnen met het gemakkelijkste karwei: de vliegtickets weer wijzigen.

Hij moest zelf in de stad blijven, maar er was geen enkele reden waarom Rina en Hannah bij hem zouden blijven. Dat hield in dat hij zijn vrouw zou moeten overhalen naar Florida door te reizen met zijn dochter, maar zonder hem. Met Donatti onderhandelen was een fluitje van een cent vergeleken bij een onderhandeling met Rina. Die leek nooit te willen accepteren dat haar iets zou kunnen overkomen. Maar alhoewel ze zich niet erg druk maakte om haar eigen veiligheid, was Hannahs welzijn wél belangrijk voor haar. Dat argument zou hij gebruiken: dat deze sterfgevallen erg traumatisch waren en dat het niet goed was om Hannah in deze morbide sfeer hier te houden.

Hij was bij zijn auto aangekomen, maar voordat hij instapte belde hij via zijn mobiele telefoon het nummer van de familie Lazaris. Zoals verwacht nam er niemand op. Rina had geen mobieltje en hij had geen idee waar ze was. Hij ging ervan uit dat ze het nieuws niet had gehoord, anders had ze wel gebeld. Hij kon niets anders doen dan wachten tot ze contact met hem zou opnemen.

Vervolgens toetste hij het nummer in van Jonathans mobieltje. De stem die antwoordde, bevatte een mengeling van angst en woede. 'Ik kan nu niet praten, Akiva. Zoals je weet, staat alles hier op z'n kop. En het wordt met de minuut erger.'

'Goed, dan kom ik wel naar Quinton. Laten we over een uur afspreken.'

'Nee, kom niet hier!'

'Waar wil je dan...'

'Akiva, ik kan je momenteel nergens ontmoeten. Ik moet me bekommeren om Chaim en Minda.'

'Jonathan, luister naar me.' Decker sprak met klem. 'Er was vanochtend iets gaande voordat we het afgrijselijke nieuws hoorden. Jij wéét iets. Of het is op zijn minst zo dat je dacht dat je iets wist. Je hebt de keus uit twee dingen: je kunt met mij praten, of ik bel de politie en dan zoek je het verder maar met hen uit. Je mag het zelf zeggen.'

Stilte op de lijn.

Jonathan zei: 'Je chanteert me.'

'Dat is niet fair van je, maar ik zal het je niet aanrekenen omdat je onder druk staat.'

'Ik bedoelde niet... wat wil je nou eigenlijk van me?'

Nu was er alleen nog maar woede.

Decker zei: 'Ik kom naar Quinton. We kunnen afspreken in het Liberty Park, bij de ingang van het buurtcentrum.'

'Nee, niet op een openbare plek.'

Decker had moeite niet tegen hem uit te vallen. 'Schaam je je ervoor met mij gezien te worden?'

'Akiva...!'

Het was inderdaad een stoot onder de gordel. Decker bood zijn verontschuldigingen aan, maar deed geen stap terug. 'Jon, je kent me niet zó goed, dus zal ik je iets vertellen. Jij hebt me erbij gehaald. Ik ben er nu bij betrokken. Die betrokkenheid kan niet zomaar worden opgeheven omdat jij en je zwager me buitenspel willen zetten. Sterker nog, een dergelijke ommekeer in jullie houding maakt me erg nieuwsgierig.'

'Het is niet wat je denkt.'

'Laten we dan ergens afspreken, dan kun je het me uitleggen.'

Weer bleef het stil.

Decker zei: 'Waar hebben ze haar gevonden?'

'In het Fort Lee Park.'

'Waar is dat?'
'In Jersey.'
Deckers hart begon te bonken. 'Waar zeg je? Ergens midden in de staat New Jersey?'
'Nee, Fort Lee ligt aan de andere kant van de George Washington Bridge... vijf minuten rijden van New York. Het park is een herdenkingsterrein.'
'Groot?'
'Ja.'
'Druk?'
'Overdag wel. Het is een groot terrein.'
Decker wist niet waar hij gisteravond was geweest, maar hij wist wel dat het meer dan vijf minuten bij de stad vandaan was geweest. Zeker een uur rijden van Manhattan. Een mogelijk scenario was dat Chris Shaynda had vermoord nadat Decker haar had gezien en haar op weg naar huis had gedumpt. Maar waarom zou Donatti haar op een plek hebben achtergelaten waar veel mensen kwamen, en waarom zo dicht bij zijn huis? Hij was een beroeps; hij had er geen behoefte aan met zijn daden te pronken. Tenzij hij een type was dat een kick kreeg van zulke dingen; en dat was waar Decker zich zorgen over maakte.
Aan de andere kant van de lijn schraapte Jonathan zijn keel. 'De politie denkt dat ze' – weer schraapte hij zijn keel – 'dat ze zich daar misschien schuilhield. Er zijn plekjes genoeg waar je je kunt verstoppen omdat het zo'n groot park is. Een historische plek... nog uit de tijd van de revolutie. Daarom ligt het zo dicht bij de brug. Die is naar George Washington vernoemd, omdat het zo dicht bij Fort Lee is...'
Jonathan bazelde. Decker viel hem in de rede. 'Ik wil nog een keer met de politie van Quinton praten. Ik kan naar jullie toe komen. Als je me niet op een openbare plek wilt ontmoeten, geef me dan een adres.'
'We kunnen in de stad afspreken. Ze hebben gevraagd of ik naar Jersey kan komen... om het lijk te identificeren...' Er klonk een diepe, gekwelde zucht door de telefoon. 'Akiva, ik weet niet of ik daartoe in staat ben.'
'Zal ik met je meegaan?'
'Er is een lid van de familie nodig voor de identificatie.'
'Dat weet ik, Jon. En ík heb het meisje nooit ontmoet.' De leugen kwam er zo gladjes uit als zonnebrandolie. 'Ik bedoelde alleen dat ik met je zou kunnen meegaan voor morele steun.'
'Dat is erg aardig van je.' Een diepe zucht. 'Dank je wel.'
'Dat zit wel goed, Jon. Wanneer wil je ernaartoe gaan?'
'Ze zeiden dat iemand me om vijf uur bij... bij het mortuarium zou opwachten.'
Dat was over vier uur. Decker zei: 'Dan heb ik tijd genoeg om jouw richting uit te komen. Als je ergens met me wilt afspreken, goed. Zo niet, dan praten we nog wel. Ik ga met de politie praten. Geef me een

seintje wanneer je gereed bent om te gaan, dan rij ik achter je aan naar New Jersey.'

Jonathans stem daalde tot een fluistertoon toen hij zei: 'Ik ben bang dat ik helemaal verkeerd bezig ben geweest.' Je kon horen dat hij bijna moest huilen.

Decker zei: 'Ik weet zeker van niet. Ik weet zeker dat je hebt gedaan wat naar jouw mening het beste was. We spreken in Quinton af en praten erover.'

'Ja, dat is waarschijnlijk toch wel het beste.' Nu was hij alleen nog maar kwaad op zichzelf. 'Dat had ik vanochtend al moeten doen.'

'Achteraf is het makkelijk praten,' troostte Decker hem. 'Ik weet dat ik voor de Liebers een persona non grata ben. Zeg maar waar je wilt afspreken.'

'Dat weet ik niet... ik kan helemaal niet nadenken.'

'Is er ergens een Starbucks?'

'Nee, dat is geen goed idee. Daar zou iemand ons kunnen zien.'

'Wil je soms in de auto praten?' stelde Decker voor. 'De raampjes zullen beslaan en dan kan niemand naar binnen kijken.'

'Nee, dat is...' Weer schraapte hij zijn keel. 'Het enige wat in me opkomt, is de Tattlers tussen Quinton en Bainberry.'

'Is goed.'

Even bleef het stil.

Toen zei Jonathan: 'Weet je wat voor soort etablissementen dat zijn?'

'Nee.'

'Een vulgaire versie van Hooters.'

'Waarom die dan?'

'Ik ben er nooit geweest, Akiva. Het is de enige plek die ik kan bedenken waar we hoogstwaarschijnlijk niemand uit onze gemeenschap zullen tegenkomen. En als dat per ongeluk toch zo mocht zijn, zal hij net doen alsof hij ons niet heeft gezien.'

Tussen Quinton en Bainberry lag tien kilometer ongecultiveerd bos met honderden kale bomen en dicht struikgewas. De grens tussen de twee wijken werd aangegeven door het winkelcentrum Bainberry, een reeks met elkaar verbonden bakstenen gebouwen omgeven door een groot parkeerterrein van vettig glanzend asfalt. Als een verloren kind stond Tattlers een beetje achteraf, los van de rest, links van het parkeerterrein. Jonathan was er al en zijn ogen lichtten op achter zijn bril toen hij Decker zag.

De hostess, die volgens haar naamplaatje BUFFY heette, bood hun een glimlachende mond vol kronen en een vrije blik op haar kunstmatig vergrote borsten. Na Donatti's meisjes was Decker blij weer eens een gezonde vrouw te zien die duidelijk geen tiener meer was en kleren aanhad, ook al waren die nog zo gewaagd. De uniformen van de serveersters waren van zo weinig stof vervaardigd, dat de temperatuur in de 'herenclub' op het niveau van een sauna werd gehouden, waarmee de klanten automatisch werden uitgenodigd hun colbertje uit te trekken en hun stropdas los te maken. Men wilde dat ze zich prettig zouden voelen. Waarschijnlijk omdat ze dan meer fooi gaven.

Decker moffelde de hostess een briefje van twintig toe. 'Een rustig tafeltje achterin.'

Ze wendde haar ogen af, waarschijnlijk omdat hij er zo gehavend uitzag, maar slaagde er evengoed in op een insinuerende manier te glimlachen. 'Hebt u voorkeur voor een bepaalde serveerster, meneer?'

Hij had zijn portefeuille nog in zijn hand en liet haar nu zijn gouden penning zien. 'Ja, voor eentje die me een grote pot sterke koffie kan brengen en verder bij ons uit de buurt blijft.'

De vrouw nam meteen een zakelijke houding aan. 'Daarmee kunnen we u van dienst zijn, inspecteur. Komt u maar mee.'

Ze ging hun voor langs een podium waar drie topless vrouwen in strings zich onder kleurige toneellampen om stangen heen kronkelden. Mannen joelden en riepen dingen om hen aan te sporen steeds gewaagder dingen te doen. Een verlicht bord waarop stond STRENG VERBODEN DE MEISJES AAN TE RAKEN weerhield hen ervan handtastelijk te worden.

Jonathan wendde zijn ogen af, maar Decker keek vrijuit naar de meisjes en liet zijn blik over hun perfecte lichamen gaan. Ze waren jong, mooi en energiek. Ze verdienden vast veel geld, veel meer dan ze zouden krijgen als ze printplaatjes maakten of in een ziekenhuis bedden verschoonden. Om nog maar te zwijgen over alle aandacht die ze hier kregen. Het was een soort circus, maar dan zonder de gestreepte tent.

Niet dat Decker er aanstoot aan nam, of zich erover verbaasde. In een wereld vol Donatti's, waar de nadruk werd gelegd op het resultaat en niet op het productieproces, in een maatschappij waar faam werd aanbeden, in een land waar pornosterretjes trofeeën waren voor popsterren en mensen live op televisie bekenden dat ze zich schuldig hadden gemaakt aan overspel en incest, was dit niets bijzonders.

Behalve dat Rina zich nog steeds hield aan ouderwetse opvattingen over fatsoen. Decker wist dat hij de afgelopen tien jaar zelf ook ouderwetser was geworden en dat hij zich daar heel prettig bij voelde.

Buffy bracht hen naar een beschut tafeltje in een hoek, ver van het naakt op het toneel, dat er van deze afstand meer uitzag als een peepshow.

'Ik zal meteen de koffie voor u halen, rechercheur.'

En dat deed ze. 'Iets te eten erbij?'

'Jon?'

De rabbijn schudde zijn hoofd, waarbij hij zijn blik van Buffy's grote boezem afgewend hield.

'Hebt u toevallig bagels?' vroeg Decker.

'We hebben bagels met gerookte zalm en diverse soorten kaas.'
'Doet u mij dat dan maar. En een bakje met ijsklontjes en een servet, graag.'
Buffy knikte. 'Doet het pijn?'
'Valt mee.'
'Ik zal de bestelling doorgeven en het ijs voor u halen,' zei Buffy. 'Ambrosia is uw serveerster.'
'Dank u.' Toen ze weg was, zei Decker: 'Waar zouden ze die rare namen toch vandaan halen?'
Jonathan probeerde erom te glimlachen, maar kon zijn ogen niet van Deckers dikke wang afhouden.
Decker negeerde de onuitgesproken vraag. 'Toen ik nog op Zedendelicten werkte, kwam ik vaak in dit soort tenten. En erger. Gore etablissementen met dansmeisjes die een stuk ouder zijn dan deze, uitgeblust, voer voor psychopaten die er genoegen in scheppen hen te mishandelen en te verkrachten. Erg triest.'
Jonathan knikte.
'Deze meisjes zien er fris uit.'
'Maar hoe lang blijven ze dat?' vroeg Jonathan. 'Ze lijken geen van allen ouder dan vijfentwintig.'
'Zoiets, ja.'
'Over niet al te lange tijd zien ze er niet meer zo goed uit, en dan?'
'Als ze niet al te zwaar aan de spuit verslaafd zijn, redden ze het misschien wel. Ze kunnen hier flink wat geld verdienen. Het is niet zo dat ze hiermee de kans verliezen te gaan studeren.'
Buffy kwam terug met ijsblokjes en een servet. 'Ik heb wat aspirientjes voor u.'
Decker stak zijn hand in zijn zak en liet haar het buisje Advil zien. 'Dank u, maar ik heb zelf.' Hij schudde wat ijsblokjes op het servet en drukte dat tegen zijn gezicht.
'Wat is er met je gebeurd?' vroeg Jonathan nu.
'Een psychoot op straat had iets op me tegen.'
'Meen je dat?' Een aarzeling. 'Heeft hij je zomaar aangevallen?'
'Ik had geen oogcontact moeten maken. Maar in ieder geval heeft hij geen dodelijke bacterie in mijn bloedsomloop gespoten.'
'Goeie god, zeg zulke dingen toch niet!' Jonathan schudde zijn hoofd en wreef onder zijn bril in zijn ogen. 'Sorry. Doet het erg pijn? Ik kan wel een recept voor je krijgen voor sterkere pijnstillers.'
'Het valt mee. Ziet het er erg angstaanjagend uit?'
'Heb je dan niet in een spiegel gekeken?'
'Dat heb ik tot nu toe vermeden.'
'De hele rechterkant van je gezicht is paarsrood.'
'Dan zeg ik gewoon dat iemand een bosbessentaart in mijn gezicht heeft gegooid.'
'Wat ongelooflijk deprimerend is dit toch allemaal!'

'We hebben allebei betere dagen gekend. Betere jaren.' Decker schonk twee koppen koffie in. 'Is jullie verteld hoe ze is gestorven?'

'Ze is doodgeschoten.' Tranen in zijn ogen.

'Waar?'

Hij rilde. 'Waarom wil je dat weten?'

'Ik ben benieuwd of er overeenkomsten zijn met de moord op Ephraim.'

'Dat lijkt me aannemelijk. Dat de mensen die Ephraim hebben vermoord, ook Shayndie hebben vermoord.'

'Dat is een logische redenering, maar je mag nergens klakkeloos van uitgaan.' Het ijs voelde prettig aan. 'Ben je inmiddels zover dat je me kunt vertellen wat je vanochtend voor me achterhield?'

De rabbijn frunnikte aan zijn servet en deed melk en suiker in zijn koffie.

Decker zei: 'Begin maar gewoon ergens, Jon. Het wordt gemakkelijker nadat je de eerste woorden eruit hebt. '

'Chaim belde me om een uur of zeven, halfacht. Hij zei dat hij onder vier ogen met me wilde praten.'

'Ben je naar Quinton gegaan?'

'Ja, meteen,' antwoordde Jonathan. 'Hij klonk geagiteerd, maar in ieder geval niet meer zo doods als tot dan toe. Toen ik aankwam, nam hij me meteen mee naar de kelder, waar we onder vier ogen konden praten. Ik moest plechtig beloven dat ik het onder ons zou houden. Daarom heb ik het niet aan jou verteld. Ik kón het je niet vertellen.'

'Dat begrijp ik.'

'Ik vertel het je nu alleen omdat je gedreigd hebt naar de politie te gaan. Niet dat ik hun iets zou vertellen – ik kan als rabbijn aanspraak maken op zwijgrecht – maar het zou oude wonden openrijten. Ik dacht dat het gemakkelijker zou zijn met jou te praten dan met de politie.' Hij trok zijn wenkbrauwen op. 'Maar misschien had ik dat mis.'

'Ik ben er nooit op uit mensen het leven zuur te maken. Of je dat nu wilt geloven of niet.'

'Dat weet ik.' Jonathan zuchtte. 'Nu ze niet meer in leven is, is het eigenlijk ook allemaal niet meer van belang.'

'Vertel het me, rabbi.'

'Chaim zei dat hij redenen had om aan te nemen dat Shaynda nog leefde. Hij zei dat hij van bepaalde mensen had gehoord dat alles in orde was met haar.' Hij knipperde met zijn ogen om zijn tranen binnen te houden. 'Maar iemand heeft het dus bij het verkeerde einde gehad. Misschien heeft Chaim het verkeerd begrepen of misschien hoorde hij wat hij wilde horen.'

'Of degene met wie Chaim heeft gesproken, heeft gelogen. Wie was het?'

'Dat kon of wilde Chaim niet zeggen. Hij zei dat hij me alleen in vertrouwen had genomen omdat hij wist dat ik geheimen kon bewaren.

En geheimhouding was erg belangrijk. Als iemand er iets over te weten kwam, konden er heel nare dingen gebeuren.'

'Is iemand er iets over te weten gekomen?'

'Dat weet ik niet, Akiva. Ik weet dat Chaim het aan mij heeft verteld, maar ik weet niet aan wie hij het nog meer heeft verteld. Wanneer het straks allemaal wat rustiger is, zal ik hem dat vragen.'

'En dat is het enige wat Chaim je heeft verteld? Dat hij redenen had om te geloven dat Shaynda nog leefde?'

'Nee. Hij liet ook doorschemeren dat er vermoedelijk een verzoek om losgeld zou komen. En hij vroeg of ik bereid zou zijn hem te helpen als alles naar wens zou verlopen en iemand ergens naartoe moest gaan om het geld voor Shaynda af te leveren.'

'Wat heb je daarop geantwoord?'

'Dat ik zou helpen natuurlijk. Dat ik overal toe bereid was.'

'Maar Chaim heeft niets gezegd over waar Shaynda was?'

'Nee.'

'Even kijken of ik het allemaal goed heb begrepen.' Decker legde het ijs op tafel. 'Chaim hoorde van een anonieme bron dat met Shaynda alles in orde was.'

'Ja.'

'En hij dacht dat er losgeld geëist zou worden. En als dat zou gebeuren, had hij graag dat jij als tussenpersoon zou optreden.'

'Ja.'

'Heeft Chaim met Shayndie gesproken?'

'Dat lijkt me niet.'

'De bron kan dus gelogen hebben, of zich vergist hebben, en Chaim kan het ook verkeerd begrepen hebben.'

'Ja.'

'Is het wegbrengen van het geld voor Shayndie het enige wat Chaim van jou wilde?'

'Nee.' Jonathan wreef onder zijn bril in zijn ogen. 'Nee, er was nog meer.'

Zijn stem kreeg een gespannen klank. 'Het schijnt zo te zijn dat jij een obstakel bent geworden, een knelpunt.'

'Hoezo?'

'Dat weet ik niet, Akiva. Ik weet alleen dat Chaim zei dat de kidnapper of degene die het losgeld eiste of wie dan ook... wilde dat je zou verdwijnen. Zo snel mogelijk.'

Decker trok zijn wenkbrauwen op. 'Verdwijnen? Hoe bedoel je?'

'Dat je de stad zou verlaten, natuurlijk.' Jonathan keek hem met grote ogen aan. 'Dat betekent het toch?'

Ambrosia, een robuuste blondine in een bikinitopje en een kort broekje, bracht Decker een bagel en een schotel met zalm en kaas. Hij gaf haar twintig dollar fooi. 'Nog een pot koffie, graag; verder hoeven we niks.'

'Helemaal niks?'
'Helemaal niks.'
Ambrosia fronste haar wenkbrauwen.
'Het is niets persoonlijks,' zei Decker.
'O, ik klaag niet, hoor.' Ze sprak vreselijk plat. Ze stak het briefje van twintig in de zak van haar shortje. 'Tot nu toe is dit vandaag de beste fooi voor het minste werk. Een halfuurtje geleden heb ik van een andere man vijftig dollar gekregen, maar daarvoor moest ik wel vaak bukken en net doen alsof ik niet merkte dat hij me stiekem betastte.'
Decker zei: 'Als je nog lang doorleutert, pak ik die twintig terug.'
'Al goed.' Ze bracht een pot verse koffie en verdween weer.
'Enig idee met wie Chaim heeft gesproken?' vroeg Decker.
'Nee. Omdat Shayndie in orde was, vond ik dat ik beter geen vragen kon stellen.' Jonathan sloeg zijn ogen neer. 'Ik denk echt dat ze alleen maar willen dat je de stad verlaat.'
'Dan hebben ze dat wel op een rare manier geformuleerd.' Decker haalde zijn schouders op. '"Verdwijnen". Klinkt nogal permanent, niet?'
Het zweet brak Jonathan uit. 'Zo vatte ik het helemaal niet op.'
'Misschien heb je gelijk.' Decker deed wat smeerkaas op een bagel. 'Ik denk niet dat ze hier een becher hebben voor het handen wassen.'
Een vluchtige glimlach. Jonathan maskeerde het trillen van zijn handen door ze om de koffiemok te klemmen.
Decker had medelijden met hem. 'Ik ben vaker bedreigd dan ik me kan herinneren. Ik vat alle dreigementen serieus op, maar tot nu toe zijn het allemaal loze praatjes geweest.' Hij drapeerde een plak gerookte zalm op de onderste helft van de bagel en legde de bovenste helft erop. Hij beet in het brood. Zijn lip en kaak deden pijn bij het kauwen, maar het was minder erg dan hij had verwacht. 'Je zou iets moeten eten.'
'De manier waarop Chaim het zei... Het leek echt alsof ze dat alleen maar wilden. Dat je de stad zou verlaten.'
'Dan heb je misschien gelijk. Maak je er nou maar niet zo druk om.'
'Chaim vroeg of ik ervoor kon zorgen dat je zou verdwijnen.'
'Jij moest míj laten verdwijnen?'
'Omdat het hem niet lukte.'
'Wilde hij het *zo* graag?'
'Ja, Akiva. Maar ik weet niet waarom. Ik heb gezegd dat het niet nodig was, omdat je al van plan was vanmiddag te vertrekken. Daar leek hij genoegen mee te nemen.'
'Heeft hij je naar mijn vluchtnummer gevraagd of iets dergelijks?'
'Nee. Waarom zou hij?' Jonathan trok wit weg. 'Waar zit je aan te denken? Dat hij wilde nagaan of je wel echt vertrok?'
'Misschien wel.' Of misschien zocht Chaim naar een manier om voor altijd van me af te komen. Decker hield die gedachte maar liever voor zich.

Jonathan bette zijn bezwete voorhoofd. 'De aanval van die psychoot... Was dat soms als waarschuwing bedoeld?'

'Nee, dat was gewoon pech,' verzekerde Decker hem. 'Maak je niet druk, Jon, het valt mee. Had Chaim nog meer verzoeken?'

'Eerlijk gezegd vroeg hij ook nog of ik je in de gaten wilde houden,' gaf Jonathan toe.

'Je moest me bespioneren.' Decker nam nog een hap. 'Wat heb je tegen hem gezegd?'

'Dat het niet nodig was. Ik snap er helemaal niets van, Akiva. Waarom heeft Chaim mij verzocht jou te vragen hierheen te komen, en wil hij je nu juist weg hebben?'

'Omdat ik niet heb gedaan wat hij wilde dat ik zou doen. Ik heb helemaal niets gedaan. Ik mocht van hem en Minda niets doen. En misschien was dat juist de bedoeling. Net doen alsof ze wilden dat er iets gedaan werd, terwijl ze helemaal niet wilden dat er iets werd gedaan.'

'Ik kan je niet volgen,' zei Jonathan.

'Ik ben maar voor de schijn hierheen gehaald, zodat Chaim kon zeggen dat hij alles had gedaan, terwijl hij in werkelijkheid helemaal niets heeft gedaan. En voordat je je nu gaat opwinden, zeg ik er meteen bij dat ik niet weet of het inderdaad zo is. Ik speel met ideeën. Dat is mijn werk. Theorieën bedenken en daarna kijken welke ervan de juiste is.'

Jonathan zat er stilletjes bij. 'Ik wou dat ik hierop een antwoord had. Het is zo vreemd, Akiva. Ondanks dat hij zo'n verdriet heeft, wilde Chaim per se weten waar je naartoe was gegaan nadat je het nieuws had gehoord. Hij leek geobsedeerd door jouw doen en laten.'

'Wat heb je hem verteld?'

'Dat ik het niet wist. Waar ben je eigenlijk naartoe gegaan, Akiva? Je vertrok heel plotseling.'

'Ik was niet gewenst, Jon. Het zou niet gepast zijn geweest als ik me aan hen had opgedrongen.'

'En waar ben je naartoe gegaan?'

'Weer naar de stad.'

'Waarom?'

'Ik dacht dat rechercheur Novack me misschien nieuwe details kon geven over de zaak, maar hij zat niet op zijn plek. Ik ben een eindje gaan wandelen en als dank voor al mijn moeite heeft iemand me in mijn gezicht gestompt.'

Jonathan leek genoegen te nemen met die uitleg.

Decker zei: 'Het was misschien beter geweest als je me alles vanochtend al had verteld, al begrijp ik wel waarom je dat niet hebt gedaan. Je wilde niemand in gevaar brengen.'

'En ik had het beloofd.'

'Ik vraag me af waarom de "bron" mij zo graag hier weg wil hebben.'

'Mijn conclusie is dat je dicht bij de ontknoping zat, ook al wist je dat zelf niet.'

'Dan moet ik op mijn schreden terugkeren en uitzoeken waar ik zo dichtbij zat.'
'Nee, wat je moet doen, Akiva, is vertrekken. Vanavond. Zoals je van plan was.'
'Wat maakt het nu nog uit, Jon? Ze is er niet meer.'
'Maar jij leeft nog. Nu ik erover nadenk, klinkt "verdwijnen" niet erg gunstig. En ik weet ook niet zeker of die stomp in je gezicht geen waarschuwing is geweest, ondanks wat je zegt. Als jou iets zou overkomen, zou ik het mezelf nooit vergeven. Ik vind dat we het verder moeten overlaten aan de plaatselijke politie.'
'Je hebt gelijk, maar ik ben nog niet bereid het los te laten. Ik stuur Rina naar Florida, maar blijf zelf tot vrijdag hier.'
'Akiva...'
'Mijn besluit staat vast, Jon. Ga er niet tegenin. Je wint het toch niet van me. Wil je me helpen of niet?'
'Natuurlijk zal ik je helpen. Wat heb je nodig?'
'Je auto. Zodra Rina weg is, neem ik een goedkope hotelkamer in de stad. Maar ik kan dan niet meer de auto van Sora Lazaris gebruiken.'
'Er zijn geen goedkope hotelkamers in deze stad. Je komt bij mij logeren. En je hoeft niet te protesteren. We doen het zo en niet anders. Ook ik kan koppig zijn. En uiteraard mag je mijn auto gebruiken. Maar ik wil nog iets zeggen. Wat je doet, is niet fair tegenover Rina.'
Decker legde nog een briefje van twintig op de tafel. 'Daar kan ik zelf het beste over oordelen.' Hij stond op. 'We moeten nu eerst maar even naar het mortuarium gaan.'
Jonathan stond ook op. 'Ja, dat moet eerst.'
'Ik zal de hele tijd bij je blijven.' Decker legde zijn hand op de schouder van zijn broer. 'We slaan ons er wel doorheen.'
'We zullen wel moeten.'
Ze liepen samen naar de uitgang, langs het podium. Dezelfde show, maar andere meisjes die met de kwastjes schudden die op hun tepels waren geplakt. Decker liet zijn blik over het publiek gaan: mannen met rode gezichten van seksuele opwinding en van de drank, die met trillende handen en zwetende handpalmen briefjes van twintig in de broekjes van de dansmeisjes staken. Ze joelden bij iedere nieuwe beweging van de meisjes, maakten smakkende kusgeluiden en obscene gebaren.
Decker liep langzaam door. Opeens stokte zijn blik. Aan een tafel vooraan, drinkend en joelend als de beste, zat Virgil Merrin, de commissaris van de politie van Quinton. Zijn asblonde haar zat tegen zijn vochtige, roze schedel geplakt, zijn buik schudde wanneer hij lachte.
Decker bleef staan. 'Momentje, Jon.'
'Wat is er?'
'Wacht hier even.' Decker liep naar Merrin. 'Hallo, commissaris, kunt u zich mij nog herinneren?'

Merrin draaide zich een kwartslag om en keek op. Hij was in burger, zijn gezicht en oksels waren nat en hij stonk naar zweet. Hij staarde naar Decker, maar zijn lichte ogen toonden geen herkenning. Misschien vanwege Deckers dikke wang.

'Inspecteur Peter Decker... LAPD. Ik heb u wat vragen gesteld over Shaynda Lieber.'

'O, ja. Ja, ik herinner me jou wel, jongeman.' Hij bleef naar hem staren. 'Wat is er met je gebeurd?'

'Ongelukje met een honkbalknuppel.' Hij glimlachte. 'Grapje.'

'Dat hopen we maar.' Een glimlach, maar er lag iets onder verborgen. 'Ga zitten.'

'Nee, dank u. Ik wilde net gaan.'

De commissaris knipoogde naar hem. 'Als jij niks verklapt, doe ik het ook niet.'

Decker knipoogde terug. 'Laat ik het zo zeggen. U mag verklappen wat u wilt, en ik ook.'

De uitdrukking op Merrins gezicht verkilde. Decker bleef glimlachen.

Nog even keken ze elkaar in de ogen.

Toen liep Decker weg.

Hij keek maar één keer achterom.

23

'IK WEET DAT JE VAN STREEK BENT...'

'Natuurlijk ben ik van streek! Heel erg zelfs! Het is verschrikkelijk!'

Decker haalde diep adem en blies die langzaam uit. 'Het spijt me, lieverd.'

Rina droogde haar ogen en bracht de hoorn van de telefoon over naar haar andere oor. 'Ik wist dat de mogelijkheid erin zat. Maar ik hoopte toch dat...'

'Dat weet ik, schat, dat weet ik.'

'Ik wil niet zonder jou naar Florida gaan, Peter. Waarom moet je hier blijven? Kan de politie dit niet doen?'

'Jawel.'

Stilte.

Rina hield de telefoon weer tegen haar andere oor. Nu waren beide oren warm. 'Beloof je dat je vrijdag komt?'

Haar teleurstelling was hoorbaar. Decker zei: 'Ik beloof het.'

'En dat je voorzichtig zult zijn?'

'Tuurlijk.'

'Als je echt van je dochter houdt, zul je extra voorzorgsmaatregelen moeten nemen.'

'Zal ik doen.'

'Krijg ik je nog te zien voordat ik met Hannah vertrek?'

'Uiteraard. Ik moet even iets afwerken in Fort Lee, daarna ga ik naar Brooklyn en zal ik jullie naar het vliegveld brengen.'

'Ben je nu in New Jersey?'

'Nee, Jonathan en ik vertrekken zo dadelijk uit Quinton. Het spijt me dat je er op deze manier achter bent gekomen. Het spijt me dat ik het je niet zelf heb kunnen vertellen.'

'Het geeft niet.'

'Heeft Chaim naar tegen je gedaan?'

'Ik heb Chaim niet gesproken; alleen Raisie. Ze vroeg zich af waar je was. Ze zei dat iedereen zich afvraagt waar je bent. Als je in Quinton bent, waarom weten ze dan niet waar je zit?'

'Omdat ik niet bij hen ben. Ik ben ergens anders, samen met Jonathan. We moesten onder vier ogen iets bespreken.'

'Ze zeiden dat je boos was vertrokken.'

'Nee.' Decker wist zijn geduld te bewaren. 'Niet boos, alleen maar gehaast. Het leek me beter de familie zonder mijn aanwezigheid hun rouw te gunnen.'

Rina was sceptisch. Hij was vertrokken omdat hij ergens naartoe moest. Maar ze drong niet aan.

Decker zei: 'Kun jij mijn vliegticket veranderen of zal ik het doen?'

'Ik doe het wel. Al wou ik nog steeds dat je van gedachten zou veranderen.'

'Misschien gebeurt dat nog. Misschien hou ik het niet vol tot vrijdag, maar ik wil graag de keuze houden. Zal ik de luchtvaartmaatschappij bellen?'

'Dat doe ik wel, Peter.' Ze snoot haar neus. 'Hoe vaak heb ik de tickets nu al niet veranderd? Ik kan wel op een reisbureau gaan werken.'

'Je zou een prima reisagent zijn.'

Ondanks alles glimlachte Rina. 'Als je toch in Quinton bent, zou je even bij het huis van de Liebers moeten langsgaan. Ik heb het gevoel dat ze je willen zien.'

'Waarom denk je dat? Chaim heeft me vanochtend zo ongeveer de deur uit gezet.'

'Misschien wil Raisie je zien.'

'Ik heb momenteel geen tijd.' Hij keek op zijn horloge. Het was zeven over halfdrie. 'Als we nog naar het mortuarium in Jersey willen, moeten we opschieten. Jonathan heeft al met Raisie gesproken, hoewel ze niet weet dat ik in Quinton ben. Dat weet niemand. Zoals ik al zei, hadden Jon en ik onder vier ogen iets te bespreken. Zeg tegen niemand dat ik hier ben.'

'Zal ik niet doen.'

'Volgens mij sta ik hier bij niemand in erg hoog aanzien,' zei Decker.

'Wat wil dat zeggen?'

'Dat vertel ik je straks wel. Ik moet nu gaan. Tot over een paar uur.'

Hij hing op voordat ze kon zeggen dat hij goed op zichzelf moest passen.

Rina bukte zich om de tassen te pakken die ze in de telefooncel op de grond had gezet en deed haar best tot bedaren te komen. Ze was volkomen overdonderd geweest door het nieuws en door de manier waarop ze erachter was gekomen. Ze had Raisie alleen maar opgebeld om te vragen of Peter er was; toen had ze op de achtergrond mensen horen huilen. Ze was er volkomen kapot van.

Nu ze de stad eerder zou verlaten dan ze van plan was geweest, kon ze niet wachten op degene met wie ze was meegelift, dus belde ze op om te zeggen dat ze op eigen gelegenheid naar huis zou gaan. Ze had helemaal geen zin meer om te winkelen, noch om te eten. Ze was veel te gedeprimeerd. Haar tassen voelden opeens loodzwaar aan, net zo zwaar als haar hart, en ze kon opeens nergens meer fut voor opbrengen. Ze wilde eigenlijk alleen nog maar in een stil hoekje gaan zitten huilen.

Ze keek in haar portemonnee. Ze had genoeg voor een taxi, maar vond het zonde van het geld. Ze keek na hoe laat er een bus ging. Het was niet ver, maar omdat ze door het drukke centrum moest, had ze geen idee hoe lang ze erover zou doen. Met trage passen liep ze naar de bushalte. Haar sjeitel voelde als een helm aan op haar hoofd, haar schouders deden pijn van de kilo's kleding die ze met zich meezeulde. Waarom overdreef ze altijd zo? Alsof er in Los Angeles geen kinderkleding te koop was. Ze was een hamster, ze kocht alleen maar omdat alles zo goedkoop was.

Waarom had ze zo weinig zelfbeheersing?

Ze probeerde met haar zware tassen de drukke stoep over te komen, dwars door de mensenmassa, deed haar best niet op te botsen tegen mensen die echter wel tegen haar opbotsten. Als ze het heel eerlijk moest zeggen, was ze blij dat ze hier weg kon. Ze wou alleen dat Peter met Hannah en haar meeging. Ze hoopte dat hem niets zou overkomen. Ze hoopte toch zo dat...

Zonder enige waarschuwing werd ze met zo'n kracht naar voren geduwd, dat ze struikelde. Haar oren tuitten van een paar harde, knallende geluiden. Ze kwam met haar bovenlichaam op de motorkap van een geparkeerde auto terecht. Haar gezicht sloeg hard tegen het metaal toen een arm haar neerdrukte. Het gebeurde zo plotseling en zo heftig, dat haar tanden door haar lip gingen. Bloed stroomde in haar mond. Ze kon nauwelijks ademhalen omdat iemand boven op haar lag, haar klem hield, haar smoorde met zijn gewicht. Ze was zo hard tegen de motorkap gesmakt dat ze diep in haar buik een vlammende pijn voelde. Ze hapte naar adem.

Opeens, net zo plotseling als ze was neergesmeten, werd ze losgelaten en overeind getrokken, duizelig en verward.

'Ik struikelde,' zei Donatti tegen de omstanders. Hij sloeg zijn rechterarm om Rina heen en drukte haar tegen zijn borst. 'Is alles in orde, lieveling?'

Ze stond op het punt om hulp te schreeuwen, toen ze iets voelde wat haar daarvan weerhield. Iets warms en nats drong in haar jas. Toen ze naar beneden keek, zag ze dat hij met zijn linkerhand zijn jack tegen zich aan drukte en dat bloed uit een scheur in zijn kleding spoot. Haar ogen gingen wijd open toen haar hersens registreerden wat die knallende geluiden waren geweest. Haar lippen gingen van elkaar toen ze haar mond opende om te gaan gillen.

Donatti legde zijn hand in haar nek en kuste haar hard op haar mond, voor haar gevoel minutenlang. In werkelijkheid waren het slechts een paar seconden. Maar het had het gewenste effect. Ze deed er het zwijgen toe.

'Is alles in orde met je? Godzijdank!' Hij haalde wat van Hannahs kleren uit een van Rina's tassen en propte ze tussen zijn jack en zijn overhemd. Hij kuste haar nogmaals en zei toen tegen de omstanders die nog naar Rina staarden: 'Sta ons niet zo aan te gapen.'

Het was Rina duidelijk dat hij haar nodig had om overeind te blijven. Ze sloeg haar arm om zijn middel, hield een taxi aan en hielp hem erin. Ze stapte naast hem in en gaf hem nog wat kleding. Donatti bedankte haar met een knikje en drukte de kleren tegen zijn wond.

'Ik zal je alles vergoeden.'

'Hou op, zeg.' Ze leunde naar voren en zei tegen de chauffeur: 'Waar is het dichtstbijzijnde zie...'

Donatti trok haar met een ruk achteruit en gaf de taxichauffeur zijn adres op. Rina wilde protesteren, maar zijn kille ogen weerhielden haar daarvan met een giftige blik. Ze haalde een rood T-shirt uit een tas en bette daarmee zijn vochtige voorhoofd. Hij nam het T-shirt van haar over en droogde zijn hele gezicht ermee. Toen leunde hij achterover, deed zijn ogen dicht en probeerde zo regelmatig en oppervlakkig mogelijk adem te halen.

Er leek geen einde aan de rit te komen. Het verkeer was zoals altijd vreselijk druk. Ze zeiden geen woord tegen elkaar. Terwijl ze langzaam door de stad reden, merkte ze dat hij centimeter voor centimeter verder bij haar vandaan schoof tot zijn hoofd tegen het raam leunde. Het bloeden leek te zijn verminderd. Of misschien stroomde er nog steeds bloed in de prop kleren die hij tegen de wond gedrukt hield.

Ook Rina sloot haar ogen.

Op een gegeven moment zou hier een einde aan komen.

Aan alles kwam een einde.

Maar de laatste tijd eindigden veel dingen niet goed.

De komst van de *Mesjiach*? Je kon je beter aan je geloof vasthouden dan het verliezen.

Na veertig minuten kwam de taxi langs de stoep tot stilstand. Ze deed haar ogen open en stak haar hand in haar tas. Donatti hield haar tegen. Toen bracht hij met moeite zijn hand onder zijn jack en lichtte het in zoverre op dat Rina het pistool kon zien. Hij haalde zijn portefeuille uit zijn binnenzak en nam er twee biljetten van honderd dollar uit. Hij leunde naar voren en wapperde met het geld voor het gezicht van de taxichauffeur. Toen hij sprak, klonk zijn stem zo kil als ijs.

'Je zet haar af waar ze wil, ongeacht waar dat is.'

'Maar...'

Donatti legde snel zijn bebloede hand op Rina's mond en haalde hem toen langzaam weer weg. 'Je zet haar af waar ze wil, ongeacht waar dat is. Daarna vergeet je dat je ons hebt gezien. Is dat duidelijk?'

'Ja, meneer.' De stem van de man trilde van angst.

'Weet je wie ik ben?'

'Ja, meneer.'

'Wie ben ik dan?'

'U bent die man met die oudere man, die van de rechtszaak... met die beroemde advocaat...' Zijn hoofd ging op en neer als een boei. 'Ik weet wie u bent.'

'Het is goed dat je weet wie ik ben,' zei Donatti. 'Want ik weet nu ook wie jij bent. Jij bent Faroom Narzerian. Ik wil wedden dat je een vrouw en kinderen hebt.'

Het hoofd van de man ging op en neer alsof het aan een stuk elastiek zat.

'Dat is mooi. Het is fijn om een gezin te hebben.' Donatti pakte de hand van de taxichauffeur en vouwde zijn vingers om de bankbiljetten. 'Als je écht vergeet wie ik ben, zal ik écht vergeten wie jij bent, maar als je het niet vergeet... heb ik een ijzersterk geheugen. Snap je wat ik bedoel?'

'Ja, meneer.'

Hij wierp een blik op Rina. Zijn ogen draaiden in de kassen. Hij stak zijn hand uit om het portier open te doen. Zijn hand was besmeurd met bloed. 'Pas goed op jezelf.'

Weer wilde Rina iets zeggen. Weer drukte Donatti zijn hand op haar lippen. Hard. Haar lip was dik omdat haar tanden erdoorheen waren gegaan. Het deed pijn. Ze had pijn. Hij sprak op zachte, indringende toon. 'Weet je nog wat je hebt gezegd over wat er met mij zou gebeuren als ik jou ook maar met een vinger zou aanraken?'

Ze duwde zijn hand van haar mond weg en streek met haar vingertoppen langs haar lippen. 'Ja.'

'Neem dat terug.'

'Ik neem het terug.'

'Dat kun je dus doen?'

'Ja, dat kan ik doen.'

Hij staarde naar haar.

'Maak je geen zorgen.' Ze knikte. 'Ik begrijp wat je hebt gedaan en waarom je het hebt gedaan. Het telt niet mee.'

'Je hebt gelijk. Dit telt allemaal niet mee.' Met een snelle beweging schoof hij naar haar toe. Hij drukte zijn mond hard op haar gezwollen onderlip, zoog haar bloed op. 'Maar dit... telt wel mee.' Hij slaagde erin op een duivelse manier te grijnzen. 'Verlaat de stad. Ga naar huis. Pas goed op jezelf. Dat meen ik. Ik mag je graag.'

Hij deed het portier open en liep hinkend weg. Ze zag dat hij een glazen deur openmaakte en een hal binnenging. Even later was hij uit het zicht verdwenen.

24

Jonathan was niet gewoon bleek. Zijn gelaatskleur deed aan krijt denken: stoffig droog en wit. Nadat de stapel formulieren was ingevuld, pakte Decker de arm van zijn broer – voor zowel lichamelijke als emotionele steun – en liepen ze met trage passen terug naar het parkeerterrein waar Jonathans busje stond. Toen Decker zag hoe Jons handen trilden, zei hij dat hij wel zou rijden. Jonathan sloeg dat af, ontsloot de auto en nam plaats achter het stuur. Een paar minuten zaten ze zwijgend naast elkaar door de voorruit te staren.

Jonathans ogen waren vochtig en roodomrand. 'Wat voor soort monster doet zulke dingen?' fluisterde hij.

Decker had daar geen antwoord op. Hij werd nog steeds gekweld door schuldgevoelens. Hij had Shayndie met geweld moeten opeisen, hij had een pistool bij zich moeten steken en Donatti neerschieten. Hij had het beter moeten plannen en zijn eigen instinct moeten volgen in plaats van die schoft te vertrouwen...

'Wat voor soort God creëert zulke monsters?' vroeg Jonathan.

'Ik rij wel,' bood Decker nogmaals aan.

'Het gaat wel,' antwoordde Jonathan. 'Fijn dat je bent meegegaan.'

'Ik wilde alleen maar...' Decker sloeg met zijn vuist op het dashboard, maar hield zich meteen in en bleef er toen alleen op tikken. 'Het spijt me dat ik tekort ben geschoten. Tegenover jou en de hele familie.'

'Je bent niet tekortgeschoten, Akiva. Het is belachelijk om dat te zeggen.'

'Je weet er niets van.'

Jonathan draaide zich naar hem toe en wachtte op uitleg.

'Het had beter gekund,' zei Decker beschaamd. 'Ik had het beter moeten aanpakken.'

'Daar geloof ik niets van. Als er iemand heeft gefaald, is het God. Wij zijn slechts Zijn pionnen, onbeduidende schaakstukken die Hij in het heelal over Zijn schaakbord schuift.' Zijn onderlip trilde. 'Niet dat ik aan Zijn wijsheid twijfel. Daarom zeggen we *baroech dajan emes*. Theoretisch geloof ik ieder woord. Maar ik ben slechts een mens... feilbaar... emotioneel. Op dit moment ben ik erg kwaad op Hem.'

Tranen trokken streepjes op zijn wangen.

'Je bent niet de enige,' zei Decker. Hij zat er onderuitgezakt bij.

Seconden tikten weg, een minuut. Toen startte Jon de motor en zette de versnelling in z'n achteruit. 'Waar nu naartoe?'

'Toen jij bezig was de formulieren te ondertekenen, heb ik Micky Novack aan de lijn gehad. Ik heb met hem afgesproken in een restaurant aan...' Decker keek op het velletje papier. 'Broadway, tussen 114th en 115th Street...' Hij gaf Jonathan het adres. 'Ik heb ongeveer een uur voor hem nodig. Daarna moet ik Rina en Hannah bij jou thuis afhalen en naar het vliegveld brengen.'

'Hoe laat vliegen ze?'

'Om negen uur. Het is een pendelvlucht.' Decker keek op zijn horloge. Zes uur. 'Haal ik dat?'

'Zeg dat je om zeven uur klaar bent. Zonder files is het zeker drie kwartier rijden naar La Guardia.' Een zucht. 'Dat wordt krap.'

'Geef me een halfuur voor Novack.'

'Ik weet het goed gemaakt,' zei Jonathan. 'Ik zet je daar af, ga even naar mijn sjoel om te kijken wat er aan berichten en post is binnengekomen, en kom je dan weer afhalen. Daar zal ik net een halfuur voor nodig hebben.'

'Perfect.'

'Ja, in theorie lijkt alles altijd perfect.'

Novack stond op toen Decker het restaurant binnenkwam. Het was een klein etablissement waar met moeite zes met plastic tafelkleden gedekte tafels in pasten. De stoelen hadden een bekleding van gebarsten kunstleer. Novack had officieel geen dienst en droeg een flanellen shirt en een spijkerbroek in plaats van een kostuum. Zijn vingers waren vet van de patat die hij zat te eten. Op zijn bord lagen een half gegeten broodje cornedbeef en twee augurken. Toen Decker tegenover hem plaatsnam, moest hij zijn grote lijf in een te krappe ruimte persen. Het was erg warm in het restaurant en hij ging meteen transpireren. Hij trok zijn stropdas los en deed het bovenste knoopje van zijn overhemd open.

Novack bekeek hem onderzoekend toen hij was gaan zitten. 'Wat transpireer je. Voel je je niet goed?'

'Ik denk dat mijn suikerspiegel wat laag is.' Hij bekeek Novacks half opgegeten broodje. 'Dit is zeker geen koosjere tent?'

'Het heeft een koosjere stijl, maar ik weet dat dat niet telt. Ze hebben vegetarisch spul. Ik geloof dat er in de champignonsoep geen vlees zit.'

'Dan neem ik die.'

'Koffie?'

'Graag.'

Novack wenkte een serveerster, een oude, knokige vrouw die Alma heette. Vijf minuten later werd voor Decker een bord dampende, dikke soep neergezet, die heerlijk rook. Dat drong zelfs tot Deckers gezwollen neus door. En de smaak was nog beter. Decker kreeg er vers volkorenbrood met een dikke korst met maanzaad bij en was in de zevende hemel, hoewel hij langzaam moest eten.

Novack had inmiddels zijn broodje op en rondde zijn maaltijd af met een kop koffie en een punt appeltaart. 'Wie heeft je zo toegetakeld?'

Decker herhaalde het leugentje dat hij op straat was aangevallen. Novack keek sceptisch. 'Heb je er melding van gemaakt?'

'De man is weggerend. Ik zou achter hem aan zijn gegaan, maar ik was te duizelig.'

'Het ziet er nogal pijnlijk uit.'

'Het valt mee. Mijn vrouw heeft het nog niet gezien.'

Novack krabde aan zijn wang. 'Ze zal het niet leuk vinden. In haar plaats zou ik me afvragen of je wel de waarheid spreekt. Of het niet zo is dat je met iemand hebt gevochten en dat je haar wilt beschermen, of dat je iets voor haar achter wilt houden. Of dat je voor iedereen iets achterhoudt, ook voor mij.'

Een waarschuwende blik.

Decker zei op nonchalante toon: 'Als iemand het op mij had voorzien, Novack, zou ik allang een kogel in mijn kop hebben gekregen.'

Novack dacht daar even over na. Het was waarschijnlijk waar. 'We moeten eerlijk tegenover elkaar zijn, Pete.'

'Uiteraard,' loog Decker.

'Ja, uiteraard.' Novack keek cynisch, maar drong niet aan. 'Dus jij komt regelrecht bij de politie van Fort Lee vandaan?'

'Van het mortuarium van Bergen County, om precies te zijn.' Decker kauwde met trage bewegingen op het brood en slikte het door. 'Zijn ze daar een beetje goed in hun werk?'

'Ja, bij Bergen krijgen ze nogal wat lijken van ons, omdat ze net over de brug zitten. Ik zeg niet dat het park een stortplaats voor lijken is – er wordt gepatrouilleerd omdat het een populair park is – maar het is een groot terrein en dit is niet de eerste keer dat er een lijk is aangetroffen.'

'Werken de politiebureaus met elkaar samen?'

'In theorie wel. In de praktijk hangt het ervan af wie het onderzoek doet.'

'In dit geval ene Martin Fiorelli.'

'Ik ken hem van naam, maar heb nooit met hem gewerkt. Ik heb niet vaak met de politie van Jersey te maken, maar ken een paar mensen die met hen hebben gewerkt. Ik wil niet overkomen als een zeurpiet, maar het is wel zo dat sommige van de kleinere bureaus het niet leuk vinden wanneer de NYPD zich met hun zaken bemoeit en een onderzoek min of meer overneemt. En ergens hebben ze daar ook weer gelijk in, want bij ons zitten nogal wat opdringerige figuren. Maar dat is natuurlijk geen excuus om te verzuimen informatie uit te wisselen. Ik ben erg benieuwd naar de bevindingen over de kogel, gezien het feit dat dezelfde methode is gebruikt.'

Decker zei: 'Het schot in het hoofd was zichtbaar, maar ze is ook in haar borst geschoten.'

'O, ja? Kon je dat zien?'

'Nee, ik heb in het rapport van de patholoog-anatoom gebladerd. Ik wou dat ik meer tijd had gehad om het te lezen, maar ik had het te druk met mijn broer.'

'Hoe is het met hem?'

'Niet best.' Decker lepelde het laatste beetje soep op. Hij voelde zich iets beter. 'Dat geldt trouwens voor de hele familie.'

'Dat kan ik me voorstellen. Het is al erg genoeg om een vijftienjarige kwijt te raken, laat staan op een dergelijke manier.' Novack schudde zijn hoofd. 'Ik weet niet hoe lang het lijk daar heeft gelegen, maar ik vraag me af of ze soms meteen al is vermoord, op hetzelfde tijdstip als Ephraim.'

'In het rapport staat dat ze pas twee tot vier uur dood was, toen ze is gevonden.'

'Ze was dus nog slap.'

'Ja.'

'Sneu, hoor. Geen enkele lijkstijfheid?'

'Niet eens iets wat erop leek,' zei Decker. 'En geen opvallende lijkbleekheid.'

Decker was inmiddels min of meer over de schok heen; ervoor in de plaats was gewetenswroeging gekomen. Waarom had hij die schoft vertrouwd? Misschien kon hij hem laten arresteren. Maar om welke reden?

'... logisch dat het meisje ergens getuige van is geweest en is ontsnapt. En dat ze haar hebben gevonden en vermoord.'

Hou je kop erbij, Decker! 'Of dat ze er van meet af aan bij betrokken was.'

'Dat ze haar oom erin heeft geluisd?' Je kon aan Novacks gezicht zien dat hij daar niets van geloofde.

'Of dat zíj het doelwit was,' zei Decker. 'En dat de oom op een verkeerd tijdstip op de verkeerde plek was.'

'Hij was de junk,' zei Novack.

'Hij was al meer dan twee jaar clean.' Decker had zijn koffie op en gaf de serveerster een teken dat hij nog een kop wilde. 'We weten het doodgewoon niet.'

'Wé weten het niet?' Novack bekeek hem onderzoekend. 'Ben je opeens erelid van Bureau 28? Ik dacht dat je weg zou gaan. Ik dacht dat je zelfs al afscheid had genomen.'

'Tja, ik wil niemand in de wielen rijden, maar nu ik eenmaal hier ben, wil ik eigenlijk nog wel eventjes blijven.'

'Hoe lang is eventjes?'

'Vrijdag vertrek ik.'

De twee mannen keken elkaar aan.

Decker zei: 'Echt waar, Mick. Vrijdag ben ik weg. Ik moet nog bij mijn ouders langs. Die zullen het sowieso niet leuk vinden dat ik mijn bezoek weer twee dagen uitstel.'

'Waarom doe je dat dan?' Novack krabde op zijn hoofd. 'Waar ben je op uit, Pete?'

'Ik heb gefaald. Ik wil terug naar Af en opnieuw beginnen, nu ik iets meer overzicht heb op hoe de familie in elkaar zit.'

'Licht mij daar dan ook even over in, Pete,' zei Novack. 'Dat soort dingen zijn koren op de molen van rechercheurs.'

'Goed, ik weet dat Chaim zijn broer niet in de zaak wilde hebben. Misschien had Chaim goede redenen voor zijn bezwaar daartegen.'

'Eerste vraag: hoe weet je dat hij erop tegen was?'

'Toen de familie het nieuws over Shayndie te horen kreeg, was ik daar op sjivabezoek. Ik zat met de vader over zijn zoon te praten. Een beleefdheidsgesprek. Micky, ondanks dat Ephraim *overleden* is, had Chaim geen goed woord voor hem over. Bovendien maakt Chaim zich grote zorgen dat ze worden bestolen.'

'Hoe weet je dat?'

'Tijdens de begrafenis heb ik gesproken met personeel uit de winkels. Ze vertelden me dat Chaim zich veel zorgen maakte over diefstal. Ephraim was belast met de inventarisatie. Misschien verduisterde Ephraim dingen. Heb je tijd gehad de paperassen te bekijken die je uit Ephraims flat hebt meegenomen?'

'Ik heb ongeveer de helft ervan vluchtig bekeken. Het zijn hoofdzakelijk lijsten van goederen. Het zegt me niet veel, omdat ik ze nergens mee kan vergelijken. Ik kan niet beoordelen of er met de inventaris is gerommeld of niet. Denk je dat Chaim iemand heeft gehuurd om zijn broer te vermoorden, omdat Ephraim uit de winkel stal?'

Decker dacht over die vraag na.

Het zou niet de eerste keer zijn in de geschiedenis van het joodse volk dat broers elkaars tegenstander waren. De bijbel stond vol pogingen tot broedermoord: Kaïn en Abel. Isaak en Ismaël. Jakob en Ezau. Jozef en zijn broers. In het boek Genesis was haat tussen broers eerder regel dan uitzondering.

'Zou kunnen.'

'Het zou eenvoudiger zijn geweest hem te ontslaan, Decker.'

'Misschien was het dan andersom. Misschien stal Chaim uit de winkel en heeft Ephraim dat ontdekt, omdat de vader zijn jongere zoon de zorg voor de inventaris had gegeven. Misschien ergerde Chaim zich aan het brave gedoe van Ephraim, omdat hij zelf al jaren in de winkels werkte en Ephraim pas kwam kijken. Bovendien kon Chaim de diefstal goedpraten door zichzelf voor te houden dat de winkel immers van hém was. Als hij van iémand stal, was het van de verzekeringsmaatschappij.'

Novack vroeg: 'Diende hij valse claims in?'

Decker antwoordde: 'Dat is gemakkelijk na te gaan.'

'Dat is waar,' zei Novack. 'Als je dit allemaal mag geloven, zijn er bepaalde joden die er niet voor terugschrikken fraude te plegen. Maar als Chaim van plan was zijn broer naar de andere wereld te helpen, waarom heeft hij zijn dochter dan in gevaar gebracht? Waarom heeft hij Ephraim dan niet thuis te pakken genomen, of toen hij uit die verslaafdenclub kwam, of in ieder geval wanneer hij alleen was? Waarom heeft hij het gedaan op een dag dat Ephraim met Shayndie op stap zou gaan?'

Decker zei: 'Daar heb ook ik over zitten denken. Het enige antwoord dat ik weet te verzinnen, is dat het de verdenking van jezelf wegneemt wanneer je je dochter in gevaar brengt. Als je broer het slachtoffer is, neemt de politie automatisch jou onder de loep, vooral als je met die broer in hetzelfde bedrijf werkt. Maar als je tienerdochter eveneens een slachtoffer is, zullen ze je met fluwelen handschoenen aanpakken.'

'Wil je me nu wijsmaken dat Chaim zijn eigen dochter als pion heeft gebruikt om te voorkomen dat Ephraim aan pa zou vertellen dat Chaim uit zijn eigen winkel stal?'

'Ik wil je niks wijsmaken, ik zeg niet eens dat ik gelijk heb. Het is alleen maar een mogelijkheid.'

'Het is niet nodig zo gefrustreerd te doen, inspecteur.' Novack dronk zijn koffie op. 'We staan aan dezelfde kant. Misschien heb je nog honger.' Weer wenkte hij de serveerster. 'Doe hem nog maar een bord soep, Alma.'

'Ik moet over tien minuten weg,' zei Decker.

Novack zei tegen de serveerster: 'Dus een beetje snel, graag.'

'Voor wie snel wil, is er twee straten verderop een McDonald's,' gromde Alma. Ze keerde hun haar rug toe en liep verontwaardigd weg.

Decker leunde op de tafel en zei zachtjes: 'Misschien heeft Chaim de daders betaald om zijn broer te vermoorden maar met de opdracht het meisje te laten gaan. Misschien is er daarom geen bewijs gevonden dat Shayndie in het hotel was. Ze hebben haar laten gaan, maar toen is er iets misgegaan.'

'Wat dan?'

'Dat weet ik niet. Misschien was het de bedoeling dat ze in paniek naar huis zou gaan om het aan haar vader te vertellen. Dan zouden ze samen naar de politie zijn gegaan... waar Chaim het woord zou voeren. Misschien had hij een verhaal verzonnen dat een goede verklaring zou zijn voor wat er was gebeurd, en dat tevens de aandacht van hemzelf zou afleiden. Maar in plaats daarvan was Shayndie zo van de kook dat ze zich ergens heeft verstopt. En toen werden de daders erg nerveus. Misschien dachten ze dat ze niet te vertrouwen was en hebben ze haar opgespoord en doodgeschoten. En dat hoorde niet bij het originele plan.'

Novack gaf niet meteen antwoord. 'Ze was getuige geweest van de misdaad. Daarom moest er met haar worden afgerekend.'
'Precies.'
'Waarom heeft je broer jou er dan bij gehaald?' vroeg Novack.
'Daar heb ik het met hem over gehad. Misschien was ik er maar voor de show bij gehaald, opdat Chaim aan iedereen kon laten zien dat hij echt zijn best deed. In werkelijkheid kunnen Chaim en Minda me niet luchten of zien en hebben ze me constant spaken in het wiel gestoken.'
'Interessant.'
Het tweede bord werd zo nonchalant voor hem neergezet, dat de soep over de rand ging. Decker wilde Alma bedanken, maar ze was al weggelopen voordat hij iets kon zeggen.
'Eet op,' zei Novack. 'Je moet wat in je maag krijgen.'
Terwijl Decker de soep oplepelde, dacht hij aan Donatti. De moord was te slordig gepleegd om hem aan die schoft te kunnen toeschrijven. Bovendien, waarom zou hij dan tegenover Decker hebben toegegeven dat hij het meisje had? Waarom had hij hem haar laten zien en met haar laten praten, als hij van plan was geweest haar koud te maken?
Om hem op het verkeerde been te zetten?
Als Donatti het had gedaan, wilde dat zeggen dat hij opschepperig en roekeloos was geworden, en dat was niets voor hem. Hij deed nooit iets zonder het eerst goed te overwegen.
Novack zei: 'Misschien heeft Chaim je hierheen gehaald omdat hij bepaalde dingen van je wilde. Eén mogelijkheid is, dat hij dacht dat jij gemakkelijker dan hij te weten kon komen hoeveel de politie weet. Omdat je dat aan hem zou doorgeven, zou hij zijn volgende stappen kunnen plannen. Een andere mogelijkheid is dat Shayndie echt was verdwenen en dat hij wilde dat jij haar zou opsporen.'
'Dat lijkt logisch.' Decker keek op zijn horloge. Hij had nog twee minuten voordat hij door Jonathan werd afgehaald. 'Ben je nog iets te weten gekomen over Virgil Merrin?'
'Hij heeft acht jaar als inspecteur gewerkt bij de politie van Charleston. Vóór die tijd is hij nogal vaak van locatie veranderd... hoofdzakelijk politiebureaus in Texas. Dat is een beetje vreemd, tenzij je politiek georiënteerd bent. Je weet wel, jezelf voortdurend upgraden tot je ergens aan het hoofd van een bureau komt te staan. Zo te zien is hem dat gelukt.'
'Ik heb hem vandaag in een Tattlers gezien, Mike.'
'Interessant.' Novack trok zijn wenkbrauwen op. 'Wat had jij in een Tattlers te zoeken?'
'Dat is een lang verhaal. Ik was er met Jonathan...'
'De rabbijn?'
'Ja.'
'Krijg nou wat.'
'Hij wilde met me praten op een plek waar hij er zeker van kon zijn

dat hij er niemand van de joodse gemeenschap van Quinton tegen het lijf zou lopen.'
'Een bekend smoesje.'
'Ja, misschien is hij gewoon een hitsig mannetje. Maar daar gaat het niet om. Het gaat om Virgil Merrin. Ik had de indruk dat hij daar vaste klant is.'
'Ik zal blijven graven.'
'Dank je. Bedankt dat je hier zoveel tijd in steekt.'
'Dat doe ik inderdaad, al lijk ik wel gek dat ik het doe.'
Decker zei: 'Ik geloof dat ik hem tegen me in het harnas heb gejaagd. Merrin. Dat weet ik eigenlijk wel zeker.'
'Hoe dan?'
Decker vertelde het hem.
'Dat was niet slim van je. Waarom heb je dat gedaan?'
'Hij irriteerde me mateloos... zoals hij zich gedroeg. En het schoot me ook in het verkeerde keelgat dat hij impliceerde dat ik net zo ben als hij.'
'Decker, als je wilt dat hij helpt, moet je hem juist laten denken dat jullie iets gemeen hebben.'
'Ja, dat weet ik. Het was niet erg slim van me. Ik heb de laatste tijd wel meer domme dingen gedaan.'
'Misschien kun je er dan beter mee ophouden, voordat je met grotere problemen komt te zitten dan een blauw oog.' Novacks waarschuwing was in vriendelijke bewoordingen gevat. 'Vooral wanneer je me dingen vertelt zoals dat een anonieme persoon je broer heeft verteld dat hij wil dat je "verdwijnt". Dat is niet al te best.'
'Hij heeft het niet tegen Jonathan gezegd, maar tegen Chaim. Jonathan heeft helemaal niet met die man gesproken.'
'Het kan dus zijn dat Chaim heeft gelogen.'
'Dat is heel goed mogelijk.' Decker fronste zijn wenkbrauwen. 'Als een of andere idioot denkt dat hij me bang kan maken, moet hij vroeger opstaan.'
'Wat zou jou dan wél angst aanjagen?' vroeg Novack.
'Een pistool tegen mijn kop, misschien.' Decker haalde zijn schouders op. 'Zelfs dat niet. Een pistool tegen het hoofd van mijn vrouw. Dat zou me angst aanjagen.' Hij voelde een rilling over zijn rug gaan. 'Ik zal blij zijn wanneer ze de stad uit is.'
'Wanneer vertrekt ze?'
Decker keek op zijn horloge. 'Ik ga haar nu naar het vliegveld brengen. Ik moet weg.' Hij haalde twee briefjes van twintig dollar uit zijn portefeuille. 'Genoeg?'
'Veel te veel. Het kost alles bij elkaar maar achttien vijftig.'
'Geef de rest dan maar als fooi.'
'Eenentwintig vijftig?' Novack lachte. 'Dat is zelfs meer dan de gangbare prijs voor een kwartiertje pijpen.'

'Alma lijkt me tachtig,' zei Decker. 'Maar als ze ertoe bereid is, Novack, laat je dan niet door mij weerhouden.'
'Tachtig is wat overdreven,' zei Novack, 'maar het heeft voordelen. Ik geloof dat Alma een kunstgebit heeft. Heb je je ooit laten pijpen door iemand zonder tanden?'
'Nee, daar ben ik nooit aan toegekomen.'
'Dat gaat bijzonder gladjes.' Novack grinnikte. 'Ja, een tandeloos bekkie is zo gek nog niet.'
Stilte.
Toen begon Novack bulderend te lachen. En Decker ook.
Novack grinnikte en wees met zijn vinger naar Decker. 'Ik had je mooi te pakken.'
'Krijg de klere!'
Decker sprak iets te luid. Alma kwam naar hun tafel. 'Problemen, rechercheur Novack?'
'Alma, deze man heeft zojuist eenentwintig vijftig fooi voor je neergelegd.'
'Nou, dank u wel. Mijn dag is goed. De volgende keer dat u hier bent, zal ik u extra verwennen.'
Decker wist dat ze aardig wilde doen, maar het kwam er verkeerd uit. Hij bedankte haar en vertrok, hopend dat ze niet had gezien dat hij zijn gezwollen neus had opgetrokken.

25

Ze wilde niet tegen hem uitvallen, niet waar Jonathan bij was, maar ze had pijn in haar maag van de zenuwen. Het was volslagen onverantwoordelijk van hem dat hij in New York bleef terwijl iemand duidelijk wilde dat hij de stad verliet.

Dat ze allebei de stad verlieten.

Al was dat misschien niet helemaal juist, want toen Rina eens goed nadacht over wat haar die middag was overkomen, kwam ze tot de conclusie dat het net zo waarschijnlijk was – nee, waarschijnlijker – dat degene die had geschoten, Donatti als doelwit had gehad, en niet haar. Ze was gewoon toevallig op de verkeerde plek geweest. Of misschien – oké, waarschijnlijk – had hij haar weer gestalkt en was ze daarom op de verkeerde plek geweest. Of misschien wist hij iets wat zij niet wist en had hij haar daarom in de gaten gehouden...

Misschien kon ze het maar beter niet analyseren, omdat ze toch alleen maar in kringetjes ronddraaide. Ze leunde weer achterover en slaakte een diepe zucht.

'Ik weet het, ik weet het,' zei Decker. 'Ik heb de tijd veel te krap genomen.'

'Waarom eigenlijk?' Rina kon haar ergernis niet verbergen. En het was ook niet goed om boos op Peter te zijn waar Hannah bij was.

'Vanwege allerlei stomme dingen,' zei Decker. 'Het spijt me erg.'

'Het is nu nog hooguit een kwartier,' zei Jonathan. 'Jullie redden het gemakkelijk.'

'Wanneer kom je, pappa?'

Hannah had die vraag vijf minuten geleden ook al gesteld. Decker zei: 'Vrijdag, snoesje.'

'Beloof je het?'

'Erewoord.'

Het meisje knikte met een verdrietig gezichtje.

'Ik beloof het, Hannah Rosie,' zei Decker met klem. 'Vrijdag kom ik. Je mag bij me op schoot zitten wanneer ik de kidoesj uitspreek.'

'Bij de kidoesj moet je staan,' wees Hannah hem terecht.

'Daarna dan,' beloofde Decker haar. 'Onder het eten.'

'Mag ik de hele tijd op je schoot zitten?'

'Bijna de hele tijd.'

Het kind keek op naar haar moeder. Rina pakte haar hand. 'Hij komt echt, Hannah. Hij moet alleen nog maar wat dingen afw...'

'Ja, ik snap het wel,' viel het meisje haar in de rede. 'Denk je dat ik met oma koekjes mag bakken?'

'Vast wel.'

'Oma maakt zulke lekkere koekjes.'

'Inderdaad.'

'We zijn er.' Jonathan keek naar de borden bij de parkeerterreinen. Op de meeste stond dat ze vol waren. 'Het zal niet eenvoudig zijn een parkeerplaats te vinden.'

'Zet ons maar gewoon af,' zei Rina. 'We redden ons wel.'

Decker zei: 'Je hebt een zware koffer.'

'Ik red me wel,' zei Rina weer. 'Daar is een plek waar je kunt stoppen, Jonathan. Zet ons daar maar af.'

Decker wist dat ze boos was. 'Ik help je wel even.'

'Ik heb geen hulp nodig.' Rina wilde niet laten merken hoe gespannen ze was. Maar dat lukte haar niet erg. 'Het enige wat ik wil, is dat jou niets overkomt.'

'Maak je geen zorgen.'

'Heb je je gezicht gezien?'

Jonathan stopte langs de stoeprand. Rina stapte snel uit en deed de kofferbak open.

Decker stond meteen naast haar. 'Laat mij maar even.'

'Ik kan het zelf wel.'

Hij pakte haar arm. 'Rina, doe nou niet zo boos. Ik hou van je. Toe nou...'

Ze werd erdoor vermurwd. Zachtjes raakte ze zijn wang aan. 'Doet het erg pijn?'

'Lang niet zoveel als jouw boosheid.'

Ze kuste hem teder. 'Ik hou van je. Je kinderen houden van je. Je ouders houden van je. En je broer... je broers. Er zijn veel mensen die van je houden.'

'Dat weet ik.' Hij pakte het handvat van de koffer en tilde hem uit de auto. 'Ik zal geen domme dingen doen.'

'Ik hoop dat je dat meent. Ik heb mijn twijfels over dat verhaal dat iemand je op straat zomaar heeft aangevallen.'

'Denk je dat ik lieg?'

'De jury is nog in beraad.' Rina trok het handvat van de koffer omhoog en liep met de koffer achter zich aan naar de ingang, waar ze de bewaker de tickets liet zien.

Decker tilde zijn dochter op en knuffelde haar. 'Dag, grote meid van me.'

'Dag, pappa.' Ze gaf hem een kus. 'Kom je gauw?'

'Ja. En zul jij goed op mamma passen?'

'Mamma moet op mij passen.'
'Passen jullie dan maar op elkaar, goed?'
'Goed.'
Decker zette zijn dochter weer neer. Rina omhelsde Jonathan en kuste toen haar man. 'We moeten gaan.'
Jonathan gaf Rina tien dollar. 'Voor tsedaka.'
Rina pakte het geld aan. 'Volgende keer, Jonathan, zullen we elkaar in vrolijker omstandigheden zien. *Auf simchas*.'
'Amen!'
Decker kuste zijn dochter en toen zijn vrouw. 'Ik hou van jullie. Pas goed op jezelf.'
Rina pakte Hannah bij de hand en trok de koffer met zich mee door de glazen deuren. Ze gingen in de rij staan voor het inchecken, maar toen ze door de veiligheidscontrole heen waren, bleek dat ze nog tijd over hadden.
De vlucht had vertraging.
In dit geval vond ze het niet erg. Ze ging op een van de harde banken in de vertrekhal zitten. Hannah liet haar rugzakje van haar schouders glijden, haalde er een boek uit en begon te lezen.
'Wil je iets eten, liefje?' vroeg Rina.
'Nee, ik heb geen trek.'
Rina leunde achterover en sloot haar ogen. Even later deed ze haar ogen weer open en schoot ze overeind.
'Wat is er?' vroeg Hannah.
'Eh...' Zeg iets. 'Ik ben iets vergeten. Maar het is niets belangrijks. Ik koop het wel wanneer we bij oma zijn.'
Hannah haalde haar schouders op en ging weer lezen. Rina was boos op zichzelf. Ze moest op haar qui vive blijven. Vanmiddag had iemand op haar geschoten, hoewel de kogels bedoeld waren voor Donatti. Tenzij...
Zou het een waarschuwing zijn geweest aan het adres van Peter?
Ze had geen idee. En dat was nu juist het punt.
Als ze erachter wilde komen, moest ze Peter te slim af zijn, omdat er maar één manier was om het uit te zoeken.
'Ik moet even iemand bellen, Hannaleh.'
Het meisje keek op.
'Ik ga daarvoor eventjes een stukje verderop zitten.'
'Ik zal niet meeluisteren, ima.'
'Dat weet ik wel, lieverd, maar het is beter dat je niets hoort.' Rina liep naar een vrije plek tegenover hen en viste haar mobiele telefoon uit haar tas. Randy nam meteen op.
'Hallo, schoonzusje. Er is weer eens vertraging.'
'Ja, voorlopig zeggen ze één uur. Houdt mam dat vol? Nu zullen we pas over enen aankomen.'
'Geeft niet, want ik kom jullie afhalen. Ik heb pa en ma al naar bed gestuurd.'

Stilte.
'Wat is er, Rina?' vroeg Randy. 'Is er iets?'
'Iemand heeft zijn gezicht toegetakeld, Randy.'
Weer bleef het stil.
'Hij wil evengoed hier blijven. Ik maak me zorgen.'
'Zal ik naar New York komen?'
'Dat zal misschien uiteindelijk wel moeten. We hebben het er nog wel over wanneer ik bij jullie ben.'
'Maak je geen zorgen, Rina. Hij loopt al zo lang mee dat hij precies weet waar zijn grenzen liggen. Hij is niet roekeloos van aard.'
'Ik hoop dat je gelijk hebt.' Ze raapte al haar moed bij elkaar. 'Randy, ik ben erg moe. Aangezien de vlucht voor onbepaalde tijd is uitgesteld, had ik gedacht dat... dat je ons misschien beter morgenochtend kunt afhalen.'
Stilte.
'Zou dat kunnen?'
'Alles kan.'
'Ik had zo gedacht terug te gaan naar Brooklyn...'
'Ik geloof je niet, Rina. Wat voer je in je schild?'
'Randy, ik moet met iemand gaan praten...'
'Met wie?'
Daar gaf ze geen antwoord op. 'Ik heb er hooguit een uur of twee voor nodig. Dan komen we morgenochtend vroeg naar jullie toe. We kunnen rond negen uur in Orlando zijn. Kan dat wat jou betreft?'
'Het kan wel, maar het bevalt me niets.'
'Dan zul je wat ik nu ga zeggen, ook niet leuk vinden. Peter mag het niet weten. Ik zal hem vanavond bellen. Maar als hij morgenochtend belt om te vragen of we goed zijn aangekomen of omdat hij met Hannah wil praten, kun jij dat dan opvangen?'
Geen antwoord.
'Randy...'
'Ja, ik ben er nog. Rina, dat Pete blijft snuffelen is nog tot daar aan toe. Maar jij... voor jou ligt het anders. Wat ben je in godsnaam van plan?'
'Doe nou niet moeilijk, Randy. Morgenochtend stappen we op het vliegtuig. Echt waar.' Een korte stilte. 'Doe je het?'
'Je bent al net zo erg als Peter.' Ongenoegen in zijn stem. 'Maar hoe moet dat dan met Hannah?'
'Ik breng haar terug naar Brooklyn. Erewoord.'
'Ik zal morgenochtend een hartig woordje met je moeten praten.'
'Ik zal je alles vertellen. Van het begin tot het einde.'
'Ik ben gek op die vent. Hij is de enige broer die ik heb. En ik mag jou ook wel.'
'Ik zal geen domme dingen doen.'
'Ik wou dat ik dat kon geloven.' Een stilte. 'Nou, vooruit dan maar.'

En resoluter: 'Ik zal je dekken. Ik moet Pete sowieso spreken. Hij heeft om informatie gevraagd en hopelijk zal ik hem morgenochtend iets kunnen vertellen.'

'Heeft hij je dan gebeld?'

'Ja, een paar dagen geleden.'

'Wat wilde hij weten?'

'Dat kan ik je niet vertellen, Rina. En ik hoop van harte dat je weet wat je doet, want ik ben Hannahs peetvader. Als jullie iets mocht overkomen, moet ik haar opvoeden. Besef je wel wat dat betekent?'

Dat was een goed argument. Randy was onlangs voor de vierde keer getrouwd.

'Ik vind je een prima vent.'

'Dat kan best wezen, schoonzusje, maar ik heb een heel andere stijl dan jij. Ik zeg dit op een manier die je niet verkeerd kunt uitleggen.'

'Dat snap ik. Heel erg bedankt.'

'Ik zal me een stuk beter voelen wanneer je me persoonlijk komt bedanken.'

Tegen de tijd dat ze terug was in Manhattan, was het bijna middernacht. Tot haar verbazing had de rit maar twintig minuten in beslag genomen. Het was ongelooflijk hoe snel je de stad kon doorkruisen wanneer het drukke verkeer geen obstakel vormde. Ze stapte niet meteen uit, maar bleef in de oude Honda van Sora Lazaris naar het gebouw zitten kijken. Maar de tijd drong. Het was nu of nooit. Ze gooide het portier open, stapte uit en sloot de auto af met de afstandsbediening. Ze wierp een blik om zich heen en liep toen snel naar het portiek van het gebouw.

Ze zag Donatti's naam nergens.

Tenzij ze bij het verkeerde gebouw was, wilde hij blijkbaar niemand laten weten dat hij hier zat. Het was te laat om zomaar op andere bellen te drukken, maar nu ze eenmaal zover was gekomen, wilde ze het niet meteen opgeven. Ze zag dat de vijfde en zesde etage toebehoorden aan iets wat MMO heette, en gokte daar maar op. Voordat ze echter op de witte bel kon drukken, ging de deur met een irritant zoemend geluid open.

Ze ging naar binnen en bleef staan voor de lift.

Waarnaartoe?

Geen idee.

Hij zou haar wel komen halen.

En dat deed hij, ogen diep weggezonken in de kassen, bleke lippen, en een gelaatskleur die bleek en verhit tegelijk was. Hij droeg een zwarte trainingsbroek en een ruimvallend wit T-shirt, en liep op blote voeten. Hij wenkte haar met zijn wijsvinger. Ze ging met hem mee. Ze zwegen toen de lift traag opsteeg. Boven legde hij zijn vinger op zijn lippen en nam haar mee door een kamertje met een metaaldetector, die begon te piepen toen ze erdoorheen liep. Hij maande haar tot stilte en wenkte haar mee, een deur door naar een ruime zolderverdieping met rondom ramen die de lichtjes van de stad omlijstten. In het midden van het grote vertrek lag een berg glasscherven en verwrongen metaal. Aan de rechterkant was een deel van de ruimte ingericht als fotostudio; aan de linkerkant waren drie deuren. Hij deed een ervan open, stapte opzij en gaf aan dat zij als eerste naar binnen moest gaan.

Dat deed ze.

De kamer was vrij ruim, maar deed claustrofobisch aan omdat de hoge ramen van de studio hier ontbraken. Er waren helemaal geen ramen. Hij vergrendelde de deur en draaide aan een reeks schakelaars die een paneel verlichtten in kerstboomkleuren en een plafondventilator in werking zetten. Beeldschermen van videocamera's lieten verschillende punten rond het gebouw zien. De man nam geen enkel risico.

Hij ging zitten. Ze volgde zijn voorbeeld. Ze was veel zenuwachtiger dan ze had verwacht. Ze gaf zichzelf een minuut de tijd om na te denken voordat ze sprak.

'Ik heb maar één vraag.'

Donatti wachtte af.

'Weet u wie Peter zo heeft toegetakeld?'

Hij keek haar in haar helderblauwe ogen, maar zei niets.

'Was u het?'

Nog steeds geen reactie.

'Bent u mijn man te lijf gegaan?' vroeg Rina.

Hij glimlachte, al was het flauwtjes. 'Mea culpa.'

Rina zakte achterover tegen de rugleuning van haar stoel en sloeg haar handen voor haar mond. Tranen rolden over haar wangen. 'Dank u, God!' Opluchting straalde van haar af. 'Ik dacht dat iemand hem wilde vermoorden.'

'Misschien is dat ook wel zo.' Hij ging op een fluistertoon door: 'En misschien ben ik dat.'

'Onzin!' Rina wees dat zonder meer van de hand. 'Waarom hebt u hem dan laten gaan? Waarom hebt u míj laten gaan?'

'Ik hou van psychologische spelletjes.' Hij bleef onophoudelijk naar haar kijken.

Opeens kreeg ze het verschrikkelijk warm. Ze zei: 'Ik heb u wakker gemaakt.'

'Nee, ik sliep niet.'

Nu pas had ze in de gaten hoe roerloos hij erbij zat. Zijn gezicht was bezweet. Hij bette zijn voorhoofd met de klamme handdoek die op zijn bureau lag. Ze schaamde zich.

'U bent niet in orde. Kan ik iets voor u doen?'

'Interessante vraag.' Hij bekeek haar. 'U kunt me in elk geval uit mijn T-shirt helpen.'

Ze kwam overeind uit haar stoel. Hij stond ook op. Hij torende boven haar uit, maar dat gaf niets. Daar was ze aan gewend. Met vaste handen tilde ze het T-shirt op over zijn pistool, zijn verbonden ribben en toen over zijn hoofd. Een sterke geur drong in haar neus, een geur van zweet, rotting en infectie, des te indringender omdat er weinig ventilatie in de kamer was. Het verband was doorweekt en had de kleur van roest. 'Laat me even kijken...'

'Laat me met rust.' Hij ging weer zitten. 'Ik heb al vijftien jaar geen moeder meer en wil er nu ook geen. U moet deze stad verlaten, mevrouw Decker. Het zou verstandig zijn als ook de inspecteur vertrok, maar dat zal hij waarschijnlijk niet doen, halsstarrig als hij is. Bovendien kan hij wel op zichzelf passen.'

'Was... dat... voor u bedoeld of voor mij?'

'Dit?' Hij wees naar zijn ribben.

Rina knikte.

'Ik heb mijn vermoedens. Maakt u zich geen zorgen. Ik kom er wel achter. Ik moet erachter komen. Iets dergelijks kan een moeizaam verworven reputatie als de mijne in één keer kapotmaken!' Hij knipte met zijn vingers. 'Wie het ook heeft gedaan... en wie hij ook op het oog had... erg goed in zijn werk is hij niet. We leven immers allebei nog.'

Rina huiverde. 'Waarom zou hij het op mij voorzien hebben?'

'Ik zeg niet dat het zo is, maar als het zo is, kunt u die vraag zelf beter beantwoorden dan ik.'

'Ik dacht dat Peter amper was opgeschoten met zijn onderzoek.'

'Dan is het misschien tijd om even de inventaris op te maken.' Hij deed zijn ogen dicht en probeerde met lichte ademhalingen de pijn te onderdrukken. 'Voor wie dit was bedoeld, is niet relevant. Het gaat om het resultaat. U staat bij me in het krijt.'

'Hebt u de dader gezien?'

'Ik heb de glans van metaal gezien en wist wat er ging komen. Ik ben ingesteld op dat soort dingen... ik let op... details.'

Weer hoorde ze zijn adem stokken. 'Laat me de wond eens zien.'

'Het stelt niets voor. Een vleeswond. De kogel heeft een paar ribben geschampt. Hoor eens, mevrouw Decker, als u nu vertrekt, hoeft niemand hier iets van te weten. In het bijzonder uw man.'

'Ik ga ook. Ik had vanavond moeten vertrekken. Mijn man is in de veronderstelling dat we zijn vertrokken.' Ze haalde haar mobieltje te voorschijn. 'Mag ik even bellen?'

Donatti duwde zijn telefoon over het bureau naar haar toe. 'Uw mobieltje heeft hier geen bereik.'

Met tegenzin nam ze de hoorn van de haak en belde Peter. Ze deed net alsof ze waren aangekomen en dat alles goed was gegaan. Hij vroeg een paar keer of alles in orde was. Hij kon aan haar stem horen hoe gespannen ze was. Op de een of andere manier wist ze hem ervan te overtuigen dat Hannah van vermoeidheid zo chagrijnig was dat ze niet met hem wilde praten en dat Randy niet kon praten omdat hij reed. Hij geloofde haar. Waarom ook niet? Ze wist dat ze zich schuldig zou moeten voelen, maar dat was niet zo. Het leugentje was dit dubbel en dwars waard. Dat hij zijn gezwollen gezicht aan Donatti te danken had, was een enorme opluchting. Een bekende tegenstander, hoe kwaadaardig ook, was beter dan een onbekende.

Toen ze had opgehangen, zat Donatti naar haar te kijken met een geamuseerde glimlach op zijn gezicht. 'Heel slinks, mevrouw Decker. En niet erg godvruchtig als je het mij vraagt.'

'Integendeel, dit heet "de huiselijke vrede bewaren". *Sjalom bait.*' Ze sloeg haar handen ineen. 'Hoe wist u dat ik in gevaar verkeerde?'

Donatti liet zich tegen de rugleuning van zijn stoel zakken. 'Ik kan u van alles op de mouw spelden. Ik kan u allerlei leugens vertellen en u zou ze allemaal geloven. Dat ik me hoffelijk gedroeg en u wilde beschermen, bijvoorbeeld. Maar ik wist helemaal niet dat u in gevaar verkeerde, tot ik het metaal zag glanzen. De waarheid is, mevrouw Decker, dat ik u aan het stalken was. Ik word seksueel erg opgewonden van het bespieden van vrouwen die ik niet kan krijgen. Nadat Terry me aan de kant had gezet – voordat we het contact hebben vernieuwd – bespiedde ik haar de hele tijd. Ik doe het nog steeds. Ik word daar erg heet van.'

Rina kon zijn blik niet verdragen. Een warme blos kroop over haar gezicht.

'U voelt u opgelaten. Ook daar word ik heet van. Maakt u zich geen zorgen. Ik zal u niet aanraken. Ik neem een vrouw nooit met geweld. Daar geloof ik niet in. Maar als u belangstelling hebt, is een knipoog voldoende. Ik voel me niet zo beroerd als ik eruitzie.'

'Weet u nog wat ik die dag in het park heb gezegd?' vroeg Rina. 'Ik stel dat hierbij weer in.'

Donatti wist een vluchtig glimlachje op te brengen. 'Goed, geen seks dus en uw vlucht is pas over een paar uur. Wilt u hier een poosje slapen?'

Rina keek weer naar het verband. 'Er komt vocht uit uw wond, meneer Donatti. Laat me er toch even naar kijken.'

'Nergens voor nodig.'

'Jawel. U lijdt pijn. Als het alleen maar pijn is, is het niet erg. Maar als de wond ettert, is het wel erg. U hoeft alleen maar op te staan en me even te laten kijken. Zelfs als het niets is, moet dat verband verschoond worden.'

Donatti draalde nog even, maar kwam toen toch overeind. Hij ging vlak voor haar staan. Haar gezicht zat nu op de hoogte van zijn taille. Hij voelde haar adem op zijn overgevoelige huid. Terwijl ze bezig was de lagen verband los te wikkelen, hield hij zijn blik op haar gezicht gericht, dat geconcentreerd stond. Tegelijkertijd was hij zich ervan bewust hoe haar vingertoppen zijn huid raakten. Zonder de minste of geringste seksuele toespeling.

Rina bekeek de wond. Die was rood en gezwollen, en er kwam pus uit. Een bruinige, dikke rand ontsierde de linkerzijde van zijn ribbenkast. De huid eromheen zag er lelijk uit. Het was des te jammer, omdat de kogelgaten in een verder perfect lichaam zaten. 'U bent tweemaal geraakt. De ene wond is slechts een schampwond. De andere kogel heeft een vleeswond veroorzaakt.'

'Ik zal het wel overleven.'

'Dat weet ik, maar het is geen oppervlakkige verwonding. Wat voor medicamenten hebt u in huis?'

Hij stak zijn hand in de dossierkast en gaf haar een grote, plastic boodschappentas die gevuld was met tientallen buisjes pillen, tubetjes zalf en medische hulpmiddelen: verband, pleisters, clipjes, wattenbolletjes, wattenstaafjes en zelfs een hechtnaald. De pillen waren medicijnen die je alleen op recept kon krijgen. Op de buisjes stond wel de naam, maar zonder officieel etiket. Geen dosering, geen bijsluiter, niets. Er zaten antibiotica bij, tabletten tegen ontstekingen, anabolische steroïden inclusief een volledige reeks prednison en op z'n minst tien verschillende soorten pijnstillers, waaronder codeïne en morfine.

'Koopt u deze dingen op de zwarte markt of zo?'

'Ik geloof niet in winkelprijzen.'

Rina liet de preek maar achterwege. Ze bekeek de medicijnen. 'Wat neemt u in?'

Donatti bekeek een paar van de buisjes. 'Deze geloof ik.'

'Amoxicilline?'

'Ja. Dat is toch een antibioticum? Ik heb dat geslikt toen ik keelpijn had.'

'Maar u hebt nu geen keelpijn, meneer Donatti. U hebt een kogelwond.' Rina bekeek de medicijnen. 'Neem dit maar, Keflex. U kunt er wat last van uw maag van krijgen, maar neem het evengoed. U hebt hier genoeg voor tien dagen, al zult u vermoedelijk méér nodig hebben. U zou eigenlijk naar een dokter moeten gaan.'

'Bent u klaar?'

'Nee, ik ben nog niet klaar. Ik ben nog niet eens begonnen. Ik wil de wonden schoonmaken. Het zal wat tijd kosten om dat naar behoren te doen.'

'En daarna gaat u weg?'

'Ja.'

'Doe het dan maar. Dan kom ik tenminste van u af.'

Rina begon bij het begin. 'Ik moet eerst mijn handen wassen.'

Hij dacht even na en haalde toen wat pakketjes vacuüm verpakte chirurgenhandschoenen uit de dossierkast. Goede handschoenen: dun maar sterk. Rina keek ernaar en toen naar hem. Toen trok ze ze snel aan.

'Uitstekend.' Ze ging weer zitten, terwijl hij bleef staan. Ze pakte een dot watten en begon de ontstoken plek schoon te maken.

Hij vertrok zijn gezicht en boog zijn lichaam onwillekeurig van haar weg.

'Sorry. Ik weet dat het steekt.'

'Het steekt en het stinkt.'

'De wond is ontstoken.'

Ze werkte in stilte. Een minuut verstreek, en toen nog een.

Donatti zei: 'U hebt vaardige handen.'

'Dank u.'

'U bent niet bangelijk aangelegd, voor een religieuze vrouw.'

'Wat zal ik daar nou op zeggen?'

'U hebt dit vaker gedaan.'

'Inderdaad.'

'Wonden van de inspecteur verzorgd?'

'Ook dat. Maar mijn ervaring ligt elders. Toen ik pas getrouwd was, heb ik in Israël gewoond... dat was ten tijde van de invasie in Libanon, ongeveer achttien jaar geleden. Ik woonde in een van de zogenaamde "nederzettingen", toen het inderdaad nog een nederzetting was.'

Ze zweeg even omdat ze zich moest concentreren op wat ze aan het doen was.

'Tegenwoordig zijn die nederzettingen kleine steden. Ik noem ze trouwens liever hervestigingen, maar ik ben bevooroordeeld. Hoe dan ook, ik behoorde tot een groep pioniersvrouwen die iets wilden doen voor de frontsoldaten. We zijn met ons zessen naar het noorden gereisd om onze hulp aan te bieden. Ik was toen pas twintig. Er was een veldhospitaal aan de grens, nogal primitief natuurlijk, al hadden ze goed materieel. Er waren ongeveer vijftig bedden. De eerste dag was een verschrikking, het gekreun en gesteun, de wonden, de stank. De tweede dag was net zo erg. Maar na één week is het zo dat je ofwel vertrekt, ofwel de handen uit de mouwen steekt. En wanneer je die dingen eenmaal hebt geleerd, vergeet je ze nooit meer.'

Donatti was verbluft. 'En wat deed de inspecteur terwijl u soldaten aan het verzorgen was?'

'Die was in Los Angeles misdaden aan het oplossen, neem ik aan.' Ze gooide de van pus doordrongen watten in de prullenbak en keek hem aan. 'Ik was toen niet getrouwd met inspecteur Decker. Ik ben met mijn eerste man naar Israël gegaan.'

Donatti keek haar zwijgend aan. Toen zei hij: 'Bent u dan gescheiden?'

'Getrouwd op mijn zeventiende, twee baby's tegen de tijd dat ik twintig was, weduwe op mijn vierentwintigste.'

Donatti trok zijn wenkbrauwen op en onderdrukte toen een kreet van pijn.

'Sorry. Ik moet deze plooi schoonmaken. Die is nogal diep.'

Stilte in de kamer.

Donatti zei: 'Decker is dus niet de vader van uw zonen.'

'Niet hun biologische vader.'
'Kunnen ze goed met elkaar overweg?'
'Ja, heel goed.'
'Hoe hebt u hem ontmoet? Decker?'
'Mijn eerste man en ik zijn na een tijdje teruggekeerd naar de Verenigde Staten. We zijn gaan wonen in een vrij geïsoleerde religieuze gemeenschap. Mijn man is daar gestorven en ik ben er blijven wonen. Op een gegeven moment werd er een misdaad gepleegd. Inspecteur Decker had de leiding over het onderzoek. Ik, een alleenstaande vrouw die zich erg tot hem aangetrokken voelde, werd de tussenpersoon tussen de religieuze gemeenschap en de politie.'
'Om wat voor soort misdaad ging het?'
'Een verkrachting. Inspecteur Decker werkte toen nog op de afdeling Zedendelicten.'
'Heeft iemand geprobeerd u te verkrachten?'
Haar handen kwamen opeens stil te liggen. 'Ik heb niet gezegd dat ik het slachtoffer was.'
'O, dat dacht ik.'
Rina gaf geen antwoord. Maar Donatti zag haar gezicht verstrakken. 'Ik heb u van streek gemaakt. Ik zal verder zwijgen.'
'Je hebt me niet van streek gemaakt, Chris.' Maar ze zei niets meer en beet op haar gezwollen lip om niet te gaan huilen.
Donatti had met haar te doen. Hij zei: 'Mijn vader was een Ierse dronkelap met erg losse handen. Ik kreeg voortdurend op mijn lazer. Toen ik zeven was, heeft hij me in een dronken bui in mijn kruis geschopt. Daardoor ben ik een van mijn testikels kwijtgeraakt.'
Rina's adem stokte. 'Wat afgrijselijk!'
'Ja, leuk was anders, vooral omdat ik aanvankelijk geen goede plastische chirurgie kreeg. Na de gymnastiekles verstopte ik me altijd achter een handdoek.' Hij stootte een bittere lach uit. 'De andere jongens dachten dat ik het deed omdat ik groot was maar een kleine je-weet-wel had.'
'Wat vreselijk. Het spijt me erg voor je.' Rina beet hard op haar lip. Het korstje barstte en ze voelde bloed in haar mond sijpelen, maar ze ging door met het verbinden van de kogelwonden.
Donatti ging door. 'Hij sloeg mijn moeder ook.' Zijn gezicht kreeg een sombere uitdrukking. 'Hoe vaak de politie niet is geweest... Maar dat hielp niks. Het interesseerde hen helemaal niet. Ze namen hem mee, lieten hem in een cel zijn roes uitslapen, gaven hem 's ochtends een ontbijt en lieten hem weer gaan. Een paar dagen later begon het weer van voren af aan. "Hé, Paddy! We hebben nog zo gezegd dat je haar alleen moet raken waar het niet is te zien!" Alsof het een mop is. Het ergste gevoel dat er bestaat, is machteloosheid.'
'Vreselijk.'
Donatti zweeg met een somber gezicht.

'Ik zal nooit begrijpen hoe mensen hun eigen kind kunnen mishandelen,' zei Rina na een poosje. 'Ik heb echt met je te doen.'

'Dank u.' Donatti was geroerd door haar medeleven. 'Maar ik heb het overleefd. En ik heb er geen hormonale problemen aan overgehouden.'

'Nee, dat is wel gebleken.'

'Ja, daar heb ik geluk mee gehad.' Donatti droogde zijn bezwete gezicht met een handdoek. 'Al valt het niet mee. Met één van de twee kun je min of meer normaal leven. Helemaal zonder kun je dat niet. Uiteindelijk heb ik plastische chirurgie ondergaan. Zo op het oog is er geen verschil te zien.' Een grijns. 'Wilt u ze zien?'

'Ik merk dat je je wat beter voelt,' zei Rina. 'Je begint je weer wellustig te gedragen.'

'Het is slechts onschuldig geflirt.' Zijn glimlach bevroor. 'Ik kan me niet herinneren wanneer ik voor het laatst met iemand heb geflirt. Ik ben er zo aan gewend seks als wapen te gebruiken. Dat krijg je als je bent misbruikt.'

Haar adem stokte. 'Heeft je vader je dan ook misbruikt?'

Donatti zag dat ze wit wegtrok. Hij had een gevoelige snaar geraakt. 'Nee, mijn vader gebruikte me alleen als boksbal. Joey Donatti, mijn adoptievader, gebruikte me als hoer.'

Hij wendde zijn gezicht af.

'Mijn moeder was Joey's maîtresse. Hij was stapelgek op haar. Nadat ze was gestorven, was ik een wees en heeft Joey me bij zich in huis genomen. Ik denk dat ze hem dat op haar sterfbed heeft laten beloven. Ik was bijna veertien... die ellendige leeftijd waarop je nog niet echt in de puberteit bent. Vol jeugdpuistjes, slungelig. Ik was lang, maar tenger. Het wachten was op spieren. Ik had lang, blond haar, tot op mijn schouders.' Hij streek met zijn vingertoppen over zijn schouder. 'Dat was toen mode.'

Hij boog zijn hoofd, keek Rina in de ogen.

'Ik lijk op mijn moeder. Joey nam me vaak mee naar een kamer, waar ik voor hem moest knielen.' Een korte stilte. 'En dan moest ik hem pijpen terwijl hij met mijn lange haar speelde.'

'Goeie god!'

'Dat heeft ongeveer een jaar geduurd, misschien iets langer. Toen kreeg zijn vrouw het in de gaten... en heeft ze hem de huid vol gescholden. Bovendien was ik toen inmiddels meer man dan jongen en kon hij niet meer doen alsof. Maar hij stak nog steeds zijn tong in mijn mond wanneer hij me kuste. Ik kus hem nu nog steeds zo. Alleen steek ik nu mijn tong in zijn mond. Dat is geen seks, mevrouw Decker. Dat is machtsvertoon. Hij is nu mijn hoer, in plaats van andersom.'

Rina kreeg tranen in haar ogen. 'De verkrachter van toen... is handtastelijk geweest met mijn kinderen... in het bijzonder met mijn jongste zoon. Dat is nu tien jaar geleden, maar mijn zoon lijdt er nog steeds onder. Ik ben er een jaar geleden pas achter gekomen. Je kunt je wel voorstellen hoe schuldig ik me voel.'

'Neemt uw zoon het u kwalijk?'
'Nee, helemaal niet. Neem jij het je moeder kwalijk?'
'Nee.'
'Mijn zoon wil me juist beschermen. Het arme kind.'
'In welk opzicht lijdt hij eronder?'
Ze staarde voor zich uit. 'Misschien is lijden een te groot woord.'
Maar Donatti wist dat dat niet zo was.
Rina zei: 'Het gaat nu een stuk beter met hem. Hij heeft wat problemen gehad met drugs, heeft zich misschien seksueel uitgeleefd, maar dat zal hij mij niet vertellen.' Ze onderbrak zichzelf, probeerde haar gevoelens in toom te houden. 'Hij is zo intelligent, Christopher. Intelligent en populair bij zowel jongens als meisjes. Hij is erg knap om te zien. De meisjes dwepen met hem.' Ze keek Donatti aan. 'Misschien is dat juist geen pluspunt.'
'Het heeft voor- en nadelen.' Donatti zweeg even en vroeg toen: 'Lijkt uw zoon op u?'
Rina gaf daar geen antwoord op.
Donatti zei: 'Misschien was het net als met Joey. Misschien wilde die rotzak u en heeft hij in plaats daarvan uw zoon genomen.' Hij lachte. 'Ik wil wedden dat u nooit had gedacht dat wij iets gemeen hadden, mevrouw Decker. Hoe is het met hem afgelopen? Met de verkrachter?'
'Hij heeft in de gevangenis gezeten. Drie jaar geleden is hij voorwaardelijk vrijgelaten.'
'Waar is hij nu?'
'In het Midden-Westen.'
'In het Midden-Westen.' Donatti lachte. 'U weet waarschijnlijk zijn adres en zijn telefoonnummer uit uw hoofd, en nog veel meer dingen, zelfs hoe vaak per dag hij naar de wc gaat.'
'Kingsley Avenue 205, Medford, Indiana. Ik weet inderdaad wat zijn telefoonnummer is, en ook waar hij werkt en in wat voor auto hij rijdt en naar welke kerk hij gaat. Ik weet alleen niet hoe vaak per dag hij naar de wc gaat.'
Hij glimlachte. 'Nu weet ik dat het echt waar is. Valt hij u lastig?'
'Nee, maar volgens mij is het geen toeval dat mijn zoon juist problemen kreeg rond de tijd dat hij is vrijgelaten. Sta stil.'
Rina werkte door, blij dat hij verder zweeg terwijl ze doorging met het schoonmaken en verbinden van de wonden. Hij gaf geen kick en stond doodstil, al wist ze dat het veel pijn moest doen. Wel had hij tranen in zijn ogen, maar ze vroeg zich af in hoeverre dat te wijten was aan zijn lichamelijke verwondingen en hoeveel aan de emotionele nasleep van wat hij haar had toevertrouwd. Toen ze klaar was, stond ze op. 'Zal ik je helpen je T-shirt weer aan te trekken?'
'Nee, dank u, mevrouw Decker, ik krijg al kippenvel bij het idee dat ik iets aan moet doen.'
'Dan is dit het moment waarop ik je moet bedanken dat je mijn leven hebt gered.'

'Wilt u me terugbetalen?'
'Geen seksuele insinuaties, graag.'
'Erewoord. Ik wil u graag tekenen.'
'Nee.'
'Ik zal me zowel op papier als in het echt keurig gedragen. Ik zal niets tekenen wat uw goedkeuring niet kan wegdragen. Niets wat u niet aan iedereen zou kunnen laten zien.'
'Nee.'
'U bent bij mij thuis. Ik ben zo goed geweest met u te praten. Om nog maar te zwijgen over het feit dat ik heb voorkomen dat uw kinderen verder moederloos door het leven moeten.'
Ze keek hem in de ogen. 'De laatste keer dat je iemand hebt getekend, ben je in de gevangenis terechtgekomen. Leer van je fouten, Christopher. Bovendien moet ik terug naar Brooklyn om mijn dochter op te halen. Met andere woorden: maak alsjeblieft de deur voor me open.'
'Staat de stank van verrotting die ik verspreid u niet aan?' Hij ontsloot de deur. Ze liep de open ruimte in. Het voelde aan alsof ze uit een gevangenis kwam. Opeens draaide alles om haar heen.
'U ziet bleek,' zei Donatti. 'Misschien kunt u beter even gaan zitten.'
Rina voelde zich slap. 'Heel even dan.' Ze zakte neer op een stoel. Het was alsof haar hoofd uiteenspatte in een miljoen speldenknoppen. Ze legde haar voeten op een kist. 'Jee, wat ben ik duizelig!'
'Het komt waarschijnlijk omdat u zoveel alcoholdampen naar binnen hebt gekregen in een gesloten ruimte.'
'Jij hebt er anders geen last van.'
'Ik snuif meer chemicaliën dan een laborant. Mijn brein is eraan gewend.' Donatti bekeek haar. 'Ik zou u kunnen tekenen zoals u er nu bij zit.'
Rina hield haar tas voor haar gezicht. 'Ga weg! Ga slapen. Ik kom er wel uit.'
'Zo dadelijk.'
Hij wachtte even. Om precies te zijn wachtte hij vijf minuten, zo kort duurde het tot Rina indommelde. Een kwartier later was ze in diepe slaap. De tas die ze voor haar gezicht had gehouden, was op haar borst gezakt en rees en daalde met iedere ademhaling. Donatti keek naar haar, bestudeerde haar gezicht en haar lichaam. Zelfs slapend bleef ze trouw aan haar zedige levensopvatting, met haar enkels over elkaar geslagen en haar rok tot over haar knieën.
Hij zou haar een uur laten slapen. In de tussentijd liep hij naar zijn tekenkast en haalde er met veel moeite houtskoolstiften en schetsblokken uit. Hij tekende Rina, maar zoals altijd dwaalden zijn gedachten af naar Terry. Zijn verlangen naar haar was zo allesoverheersend dat hij er een brok van in zijn keel kreeg. Hij vroeg zich af wat ze aan het doen was, of ze ooit aan hem dacht wanneer ze niet bij elkaar waren.
Terry had in één opzicht gelijk. Hij was geen man voor een huwelijk.

Hij was er ook de man niet naar om vader te zijn. Hoewel hij op een zelfzuchtige wijze van Gabriel hield, omdat die nu eenmaal aan zijn lendenen was ontsproten, bewaarde hij met opzet een afstand tussen hen. Misschien kon Gabriel het soort leven hebben dat hém niet gegund was geweest. Al was hij niet alleen op het slechte pad geraakt vanwege een slecht karma. Als hij een sterker karakter had gehad, had hij eraan kunnen ontsnappen. Maar hij was niet sterk genoeg, en hij was bovendien te lui. En net zo belangrijk was, dat zijn huidige leven veel te opwindend was, vol verrassingen, vol fantastische drugs en seks. Hij zat er te diep in om nog terug te kunnen. Net als Ezau was hij een geboren jager.

Zijn blik gleed langzaam over Rina's lichaam. Hij had tegen haar gezegd dat hij vrouwen nooit onder dwang nam. En dat was waar. Hij dwong vrouwen nergens toe, tenzij hij het wilde. Regels waren goed, tot ze niet meer leuk waren. Dan brak hij ze. Er was een tijd geweest – en nog niet zo lang geleden – dat hij erover had gefantaseerd hoe hij haar zou nemen, in iedere positie die de *Kama Sutra* kende, terwijl ze hem smeekte op te houden. Ja, in het begin zou hij haar dwingen. Dat was het leuke ervan. Daarna zou ze het zelf ook fijn gaan vinden. Ze zou gaan kreunen en hem smeken door te gaan. Ze zou haar rug krommen onder zijn gewicht, kronkelen van genot tot ze een orgasme zou bereiken. En daarna, wanneer iedere cel in haar lichaam uitgeput was van haar climax, zou hij haar afmaken: één enkel schot in de borst, midden in het hart. Zijn ultieme wraak op Decker, omdat die klootzak hem Terry had ontnomen.

Maar nu, terwijl hij schetste en haar zag slapen als de zedige onschuld, veranderde ze in zijn ogen in iets wat alleen maar puur en goed was. Iedere seksuele fantasie over haar zou weerzinwekkend zijn, een soort incest. Ieder plan om haar geweld aan te doen, was op slag uit zijn hoofd verdwenen.

Zijn moeder was gestorven toen hij veertien was.

Misschien zou deze het wat langer uithouden.

Zijn eigen madonna.

Dat beeld beviel hem wel.

26

Ik sliep als een blok, droomde iets, maar mijn hersenen moeten een signaal van mijn zenuwstelsel hebben opgevangen. Mijn hart bonkte toen ik naar de telefoon tastte. Mijn hoofd zweefde in een mistig bewustzijn. Ik moet 'hallo' hebben gezegd, want ze sprak, zei woorden die ik niet meteen kon bevatten. Toen ik het woord 'inspecteur' hoorde, kwam ik bij mijn positieven. Op de klok op mijn nachtkastje zag ik dat het kwart over drie in de nacht was.

'Ik weet wie u bent,' zei ik tegen haar. 'Is er iets met uw man?'

'Nee, alles is in orde,' stelde ze me gerust. 'Het spijt me dat ik je wakker bel, maar ik kom zojuist bij je vriend vandaan. Hij voelt zich niet goed en ik dacht dat je dat misschien wel zou willen weten.'

'Mijn vriend?' Ik was kribbig, nog niet helemaal wakker. Mijn stem klonk schor en ik hield het bij korte zinnen. 'Ik heb geen vriend. Wie bedoelt u?'

'Sorry, ik vergeet erbij te zeggen,' ging ze door, 'dat ik niet in Los Angeles ben. De inspecteur en ik zijn in New York, Terry.'

New York.

Aha.

Nu wist ik in ieder geval over wie ze het had. Ze was zo verstandig geen namen te noemen. Ik hoor soms rare klikjes op de lijn. Niet verbazingwekkend, als je bedenkt wie de vader van mijn zoon is. 'Is...' Ik had moeite normaal te ademen. 'Heeft de inspecteur een probleem met hem?'

'Nee, dat niet.'

'Weet u het zeker?'

'Heel zeker. Ik bel alleen maar vanwege je vriend. Hij is niet helemaal in orde.'

Weer begon mijn hart te bonken. Ik was meteen bezorgd om zijn gezondheid. Vrijwel tegelijkertijd sprongen mijn gedachten over naar hoe mijn zoon en ik ons zouden moeten redden als hij voorgoed werd uitgeschakeld. Niet erg nobel, maar de overlevingsdrang van de mens is sterk. Ik had een kind. Ik moest nog twee jaar studeren. Ik had een slechte naam bij de bank, kon bijna geen leningen krijgen, had een zeer bescheiden spaarrekening en geen middelen van bestaan. Ons welzijn hing af van het zijne.

Ik had een hele tijd niets gezegd. 'Is hij erg ziek?'

'Het komt wel in orde, maar het zou goed zijn als je even bij hem op bezoek ging. Ik heb voor jou en je zoon tickets geboekt voor de vlucht van tien uur vanochtend naar La Guardia. Als je niet wilt, kan ik ze annuleren.'

Meteen drongen allerlei vragen betreffende de praktische kant van dit voorstel zich aan me op. Kon ik me een vliegticket veroorloven? Kon ik me een oppas veroorloven? Kon ik het me veroorloven een paar dagen op de universiteit mis te lopen? Malle gedachten. Het zou immers toch moeten. 'Laat u mijn reservering maar staan. Maar ik kan mijn zoon beter thuis laten met een oppas.'

'Dan zal ik zijn reservering annuleren.'

'Dat kan ik zelf wel doen, als u me de gegevens geeft.'

'Weet je het zeker?'

'Natuurlijk. Moment, dan pak ik even pen en papier.'

Ze gaf me het vluchtnummer en de verdere gegevens.

'U hebt u veel moeite getroost,' zei ik. 'Heel hartelijk dank.'

'Graag gedaan.'

'Wie betaalt het ticket?'

'Dat is al in orde gemaakt.'

'Jee... als hij u heeft verzocht mij te bellen, moet hij erg ziek zijn.'

'Nee, hij is niet érg ziek. Het komt echt wel in orde, maar ik denk dat hij een bezoek van jou op prijs zal stellen. Hij weet trouwens niet dat ik je bel. Dat doe ik op eigen initiatief.'

'Hebt u dan ook de tickets betaald?'

'Maak je daar nou maar niet druk om.'

'U krijgt het van me terug.'

'Dat hoeft echt niet,' zei ze met klem. 'Laat maar zitten. Het is ons geheimpje.'

'Goed dan.' Ik bedankte haar nogmaals. 'Doet u de inspecteur de hartelijke groeten van me? Zeg maar dat alles hier heel goed gaat.'

'Dat zal ik doen. Fijn het te horen.'

'Dank u.' De seconden tikten weg. 'U boft erg met hem. En hij natuurlijk ook met u.' Ik hoorde mezelf zachtjes lachen in de telefoon. 'Maar de mens creëert natuurlijk wel zijn eigen geluk.'

'Sommige mensen vallen gewoon in de prijzen.'

'Het is aardig van u om dat te zeggen, maar ik ben ervan overtuigd dat ieder zijn eigen beslissingen neemt. Niemand is verdoemd vanwege de fouten die hij maakt. In plaats van in zee te verdrinken, kun je beter je eigen zwembad aanleggen.'

Voor New Yorkse begrippen was de driekamerflat van de familie Levine groot. Decker vond dat 'groot' alleen maar kon slaan op de hoogte van de kamers. De plafonds mochten dan ruim drie meter hoog zijn, maar die lege ruimte voegde geen vierkante centimeter toe aan het vloeroppervlak. Jon en Raisie waren zo vriendelijk geweest hem de kinderkamer te geven, zodat hij privacy had, en lieten hun drie kleine kinderen in de woonkamer slapen op de bank en futons. De kinderkamer werd bijna geheel in beslag genomen door bedden: een stapelbed en een derde bed dat tegen het stapelbed was geschoven. Decker had schuin op de twee onderste bedden geslapen en zijn koffer op het bovenste gelegd, omdat er in de kast geen ruimte was voor zijn kleren. In een hoek van de kamer stond een klein bureau, maar daarop lagen zulke hoge stapels paperassen en andere spullen dat er lawinegevaar dreigde.

Op de een of andere manier slaagde hij erin zijn grote lijf in de badkamer te persen om te douchen. Met zo weinig mogelijk zijwaartse bewegingen schoor hij zich, kleedde zich aan, en bad de ochtendgebeden. Om tien uur had hij de flat voor zichzelf. Raisie was de kinderen naar school aan het brengen en zou daarna terugkeren naar de sjiva, maar was zo vriendelijk geweest koffie voor hem te zetten en had *The New York Times* voor hem neergelegd. Jonathan was al vroeg vertrokken en had de ondergrondse genomen, zodat Decker gebruik kon maken van het busje.

Hij had net een tweede kop koffie ingeschonken toen zijn mobieltje ging. Het was Rina. 'Hoe is het met je gezicht?'

'Alles zit er nog aan.'

'Peter...'

'De zwelling is gezakt en ik voel me een stuk beter.'

'Dat je geen pijn hebt, komt alleen maar door de Darvocet.'

'Dan is het maar goed dat er medicijnen zijn.' Decker liet de krant zakken. 'Je klinkt uitgerust.'

In werkelijkheid had Rina de afgelopen dertig uur niet meer dan drie uur geslapen. Ze was die ochtend om negen uur in Orlando aangekomen, en daarna was het nog een uur rijden geweest naar het huis van Deckers ouders, die aan de rand van Gainesville woonden. 'Het is hier heerlijk. Ik wou alleen dat jij er ook was.'

'Nog even geduld. Hebben jullie het gezellig?'

'Jazeker. Hannah heeft al twee porties koekjes gebakken.'

'Mag ik haar even?'

'Ze is met je moeder in de tuin bieten aan het rooien. Je moeder gaat haar leren hoe je die moet inmaken. Daarna gaan ze taarten bakken. Misschien gaan Hannah en ik straks een eindje fietsen.'

'Jullie zullen wel genieten van het weer, na New York.'

'Het is op het moment ongeveer vijfentwintig graden en het wordt nog iets warmer. Een wolkeloze hemel. Het zal een prachtige dag worden. Heb ik je nu verleid meteen te komen?'

'Je bent een ware Izebel.'

Rina onderdrukte een geeuw. 'Ik ga maar eens kijken wat ze aan het doen zijn.' Ik ga maar eens naar bed. 'Randy staat hier naast me. Ook hij vindt het maar niks dat je er niet bent. Hij wil je spreken.'

'Wat heb je hem verteld?'

'Alleen maar een paar smeuïge details, die jij voor het gemak achterwege hebt gelaten.'

'Je maakt het me erg moeilijk.'

'Dat doe ik met opzet. In de hoop je daar zo snel mogelijk vandaan te krijgen.'

'Geef me mijn broer maar even.'

Ze gaf de telefoon aan Randy en mimede dat ze ging slapen.

Randy knikte. In de telefoon zei hij: 'Hoe is het met je gezicht?'

Hij sprak op de zakelijke toon van de politieman die hij was. Decker zei: 'Het valt mee. Rina heeft het vast erger voorgesteld dan het is.'

'Vast niet. We hebben gepraat. Ik denk dat ik je een valhelm moet sturen, want je bent bezig veel te veel gevaarlijke kunstjes te doen.'

'Ik zit aan een keukentafel *The New York Times* te lezen en koffie te drinken. Vind je dat gevaarlijk?'

'We moeten praten, Peter. Bel je me via een gewone telefoon?'

'Ik bel je over twee seconden terug.' En dat deed hij. 'Daar ben ik weer. Wil je me alleen uitfoeteren of heb je informatie?'

'Je levert graag kritiek, maar je kunt die zelf niet verdragen.'

Randy sprak louter uit bezorgdheid, dus zei Decker daar niets op. 'Wat heb je voor me?'

'Goed, daar gaat ie,' zei Randy. 'Ik heb de naam Lieber gelanceerd in Miami Dade County, maar dat leverde niets op. Niets over Chaim Lieber, niets over Ephraim Lieber, niets over de oude Lieber. Ik heb Lieber ingevoerd bij de naburige staten. Ook dat leverde niets op. Ik heb alle namen aan de NCIC doorgegeven. Nul komma nul. Er zijn nog meer databanken, maar onderzoek kost tijd. Aangezien je maar tot vrijdag hebt, weet ik niet of het de moeite waard is.'

'Je hebt gelijk, laat maar zitten.'

Randy aarzelde. 'Dus je komt echt vrijdag?'

'Ja, ik kom écht vrijdag. Ik heb het Rina beloofd. Ik heb het Hannah beloofd. En nu beloof ik het jou.'

'Goed. In dat geval zal ik je vertellen wat ik wel te weten ben gekomen. Ik heb het woord Quinton in onze eigen databank ingevoerd, zonder dat ik er eigenlijk iets van verwachtte. Toen zag ik dat een aantal mensen uit Quinton huizen bezit aan de Gouden Kust, in Miami/Dade, Boca en Fort Lauderdale. Verder kwam er informatie te voorschijn over chassidische joden uit Quinton met betrekking tot gesjoemel met geld voor de religieuze scholen. Weet jij daarvan?'

'Niet veel. Leg eens uit.'

'Bepaalde leden van de joodse gemeenschap die in het schoolbestuur zaten, zijn ervan beschuldigd kapitaal dat bestemd was voor openbare scholen te hebben vermengd met geld op de bankrekeningen van hun religieuze scholen. Verder zijn ze ervan beticht gefingeerde namen te hebben opgegeven bij het inschrijven van scholieren om meer geld los te krijgen van de overheid. En tot slot was er nog iets over fraude met bijstandsgelden en voedselbonnen. Kortom, het is een lekker stel, die lui met wie je daar te maken hebt.'

'Ze zijn niet allemaal zo.'

'Het zijn er genoeg om hun allen een slechte naam te geven.'

'Je zei een aantal mensen. Over hoeveel hebben we het? Twee of drie? Dan zou dat minder zijn dan het gemiddelde aantal bij een willekeurig gemeentebestuur.'

'Je hoeft niet meteen in de verdediging te gaan.' Een lange stilte. 'Al heb je waarschijnlijk gelijk, Pete. Ze springen gewoon meer in het oog en proberen zich op te werken. Dan ben je een gemakkelijk doelwit.'

Decker dacht even over die woorden na. 'Tja, wat doe je eraan? Zo is de mens nu eenmaal.'

'Het beantwoordt wel aan het stereotype. Als ik Rina niet kende, zou ik zeggen dat je stapelgek bent dat je je met hen inlaat. En ook wat Rina betreft, vind ik soms dat je overdrijft.'

'Nu bauw je mam na.'

'Nee, mam vindt om andere redenen dat je overdrijft. Mam is bang dat je in de hel zult komen.'

'Zeg dan maar dat ik gewend ben aan een warm klimaat. De joden hebben trouwens geen monopolie wat oneerlijkheid betreft. Sommigen van de meest godvruchtige baptisten zijn net zomin toonbeelden van deugdzaamheid.'

'Dat is waar, maar we hebben het nu niet over achterbakse baptisten, maar over achterbakse joden.'

'Je zei daarnet dat de Liebers niet in onze databanken voorkomen.'

'Dat wil nog niet zeggen dat ze niets gedaan hebben. Het kan net zo goed betekenen dat ze nog nooit gepakt zijn. Zal ik doorgaan?'

'Is er dan nog meer?'

'Ja. Voor Quinton heb ik in mijn eigen district iets gevonden. Een paar tieners die met hun ouders in Miami op vakantie waren, zijn bij een inval gearresteerd, omdat ze xtc in hun bezit hadden. Als ik me niet vergis, zijn ze in eerste instantie aangeklaagd wegens drugsbezit, maar is de tenlastelegging teruggedraaid naar verstoring van de openbare orde, wat slechts een overtreding is. Een deal dus. Iemand heeft geld opgestreken.'

Deckers gedachten namen een vlucht. De pil in Ephraims hotelkamer.

'Ben je er nog?' vroeg Randy.

'Ja, ja, natuurlijk. Xtc, zei je?'

'Ja. Dat wil meestal wel bij dergelijke feesten.'

'Hoe is het afgelopen?'

'Ze waren minderjarig. Dus zijn het gesloten dossiers.'

'Wanneer is het gebeurd?'

'Kort geleden. Een halfjaar terug.'

Rond de tijd dat Shayndie regelmatig in het winkelcentrum rondhing.

'Gesloten dossiers, zeg je?' vroeg Decker.

'En verzegeld. Ik heb geen idee wie die kinderen waren. Maar als blijkt dat Ryan Anderson en Philip Caldwell uit Quinton problemen hebben, zal niemand zich daarover verbazen. Heb je daar iets aan?'

'Jazeker. Bedankt, Randal.'

'Je kunt me bedanken door je aan je belofte te houden.'

'Ik zweer...'

'Ja, ja. Tussen haakjes, je weet zeker wel dat xtc ook jouw broeders op het slechte pad brengt?'

'Hoe bedoel je?' vroeg Decker.

'De Israëlische maffia. Zegt de naam Oded Tuito je niks? Het was een beruchte zaak in New York.'

Het zei Decker niets. Zelfs als inspecteur en hoofd van de afdeling Recherche van zijn bureau, had hij weinig of niets te maken met Zedendelicten en Narcotica. Dat waren aparte afdelingen. Bovendien had hij vrijwel zijn hele carrière bij de politie aan de westkust gezeten, vijfduizend kilometer bij New York vandaan. 'Vertel eens.'

Randy zei: 'Oded Tuito is een drugskoerier die in Spanje is gearresteerd nadat hij negen maanden lang de politie in New York had weten te ontlopen. Hij gebruikte erotische danseressen om xtc vanuit Europa naar de Verenigde Staten te smokkelen.'

'Wat?'

'Wat "wat"?'

'Zei je dat hij erotische danseressen gebruikte?'

'Heb ik een gevoelige snaar geraakt?'

'Misschien wel.'

'Wil je erover praten?'

'Maak eerst je verhaal over Oded Tuto even af.'

'Tuito.'

'Hoe spel je dat?'

Randy spelde de naam voor hem. 'Waar was ik gebleven?'

'Oded Tuito werd in Spanje in hechtenis genomen.'

'Ja, hij en die andere... van wie ik de naam kwijt ben. Moment, de naam komt zo wel weer boven, omdat hij belangrijk is.' In gedachten nam Randy zijn aantekeningen door. 'Hoe dan ook, die andere man heeft toen bekend schuldig te zijn aan samenzwering om drugs te distribueren. Dat was ongeveer een jaar geleden. Ze maakten allebei gebruik van erotische danseressen en ze hadden allebei banden met de Israëlische maffia, Orgad... Jacob Orgad. Zo heette die andere. En wie denk je dat ze hadden gebruikt voordat ze waren overgestapt op de danseressen?'

'Zal ik een gokje wagen?'

'Chassidische joden,' antwoordde Randy. 'Ze gebruikten echtparen, jonge stelletjes die de tienerleeftijd nog maar net te boven waren. Sommigen van de vrouwen waren zwanger. De dealers verborgen de pillen in sokken en zeiden dat het diamanten waren. Uiteindelijk zijn ze gepakt. Maar er zit een staartje aan.'

'Vertel op.'

'De zaak staat nog open. Toen de politie dat tweetal uit het circuit had gehaald, hebben andere Israëliërs de zaak overgenomen, maar gebruikten ze een andere luchthaven, namelijk Miami/Dade. Narcotica heeft een aantal van hen op hun lijst van voortvluchtige criminelen staan: Sjalom Weiss, Ali Harabi en Joesoef Ibn Dod.'

'De laatste twee klinken Arabisch, niet Israëlisch.'

'Het zijn Israëlische Arabieren. Er is vrede in het Midden-Oosten, maar niet het soort vrede dat de wereld wilde. Ik heb van een van onze joodse narcotica-agenten gehoord dat de Israëliërs en de Arabieren samen zakendoen op drie zwarte markten: drugs, seks en – niet lachen – watermeloenen.'

Decker schoot in de lach. 'Heb je enig idee waar die lui zich ophouden?'

'Nee. We hebben een deel van de plaatselijke danseressen opgepakt. Een van hen kon erg slecht zonder drugs en toen ze wanhopig werd, heeft ze de namen opgehoest die ik zojuist heb genoemd. Maar het drietal is meteen ondergedoken toen ze erachter kwamen dat we het meisje in hechtenis hadden.'

'Dit is allemaal erg interessant.'

'Goed, jouw beurt, Pete. Wat is hier zo interessant aan?'

'Ik vraag me af of Lieber en Sjalom Weiss elkaar kenden.'

'Dat vraag ik me ook af. Heb je bepaalde verdenkingen waarover je me kunt vertellen?'

'Ik ben iets te weten gekomen wat me aanvankelijk niet veel zei, maar nu misschien wel.'

'En dat is?'

'Ik ben de commissaris van politie van Quinton, Virgil Merrin, tegengekomen in een Tattlers...'

'Wat had jij in een Tattlers te zoeken?'

'Dat is een lang verhaal. Waarom ik er was, is niet belangrijk. Ik vraag me af wat Merrin daar deed. Waarom zou hij zo dicht bij huis naar een zo politiek incorrecte club gaan?'

'Misschien is hij een hijger die niet van reizen houdt.'

'Of misschien was hij er voor zaken, Randy. Denk even aan de inlichtingen die je me zojuist hebt gegeven. Kinderen uit Quinton zijn in Miami in hechtenis genomen wegens drugsbezit. De Israëlische maffia gebruikt erotische danseressen om xtc te smokkelen. Drie Israëliërs worden gezocht wegens het smokkelen van xtc. Het meisje dat is vermoord, Shaynda Lieber, zocht het gezelschap van de plaatselijke jeugd van Quinton. Ongeveer zes maanden geleden.'

'Interessant.'
'Zoveel connecties dat het geen toeval kan zijn,' zei Decker. 'Of misschien is de wens de vader van de gedachte. Randy, kun je me een foto van Weiss faxen? Of liever nog van alle drie? Hoe heten die andere twee ook alweer?'
'Harabi en Ibn Dod.'
'O, ja. Alle drie graag, als je foto's hebt.'
'Ja, die heb ik wel. Maar eerst moet je open kaart met me spelen, Pete. Als je iets specifieks over die lui weet, moet je me dat vertellen.'
'Als ik iets had, zou ik het je al verteld hebben, Randy. Je denkt toch niet dat ik iets achterhoud?'
'Geen commentaar.'
'Dat steekt,' antwoordde Decker. 'Maar goed, ik heb niets specifieks, alleen een paar ideeën. Ik vraag me af waar die lui zich kunnen schuilhouden zonder op te vallen.'
'In iedere Arabische of Israëlische buurt.'
'Of in een chassidische buurt.'
'Arabieren?' vroeg Randy sceptisch. 'En juist nu?'
'Als het inderdaad Israëlische Arabieren zijn, spreken ze waarschijnlijk Hebreeuws en hebben ze genoeg zwarthoeden gezien om die rol te kunnen spelen. En als andere New Yorkse chassidiem zich aan drugssmokkel schuldig maken, kennen ze elkaar misschien.'
'Je denkt aan Quinton.'
'Waarom niet? Als ze aan die wijk leveren...'
'Ik kan beter naar je toe komen...'
'Nee, nog niet. Als ze in Quinton zijn en jij hierheen komt, duiken ze misschien onder. En de hemel mag weten waar we ze dan moeten zoeken. Misschien zal ik je later nodig hebben, maar voorlopig snuffel ik liever wat rond, nu ik hier toch al bekend ben. Bovendien weet ik nog niet hoe Merrin in het hele verhaal past en of het iets te maken heeft met de moord op Ephraim en Shaynda Lieber. Laat me nog even wat rondneuzen.'
'Alleen maar benenwerk?'
'Ja.'
'Geen confrontaties, Peter, want deze mensen zijn gevaarlijke voortvluchtigen. Weiss heeft in het Israëlische leger gezeten. Hij kan met vuurwapens overweg.'
'Oké, en bedankt voor al je hulp. Ik heb trouwens een goede relatie met de rechercheur die over de zaak-Lieber gaat, Mick Novack van Bureau 28 in Manhattan. Hij is goed in zijn werk. Ik zal de zaak hooguit iets meer vaart geven, omdat Mick met vijftig zaken bezig is, en ik maar met één.'
Randy zei: 'Het is een hele geruststelling dat je geen domme dingen zult uithalen.'
Decker voelde zich beledigd. 'Wat bedoel je daar nou weer mee?'

'Dat je dit onmogelijk in je eentje aankunt, Peter. Er zijn te veel mensen bij betrokken, en er zitten te veel kanten aan. Je moet een partner hebben, iemand die je blindelings kunt vertrouwen.'

'Theoretisch heb je gelijk. Ik zou je hier goed kunnen gebruiken. Maar net zo belangrijk, zo niet belangrijker, is dat iemand in Gainesville een oogje op mijn vrouw en dochter houdt. En daarvoor ben jij de aangewezen man.'

Randy dacht terug aan wat Rina hem die ochtend had verteld, over dat ze er zeker van was dat iemand het op haar voorzien had, op hen beiden. Ze had Peters gezicht gedetailleerd beschreven, maar was over zichzelf vaag gebleven. Ze hield dingen achter, waarschijnlijk omdat ze te zeer in de war of te bang was om hem te kunnen vertellen wat er in werkelijkheid was gebeurd. Misschien was Peters verzoek om een oogje op zijn gezin te houden toch wel gefundeerd. Dus stemde Randy ermee in.

'Bel me zodra je wat puzzelstukjes in elkaar hebt weten te passen.'

'Doe ik.'

'Ik zal intussen hier blijven graven,' zei Randy.

'Goed idee.'

'Peter, ga alsjeblieft niet in je eentje doordouwen. Je weet wat we tegenover ons hebben.'

'Randy, ik wil echt nog een tijdje blijven leven.'

'Mooi. Fijn om je dat hardop te horen zeggen.'

27

Hij zei altijd dat hij niet als een koning leefde en te oordelen naar de plek waar hij woonde, vertelde hij op dit punt in ieder geval de waarheid. Het gebouw viel nog nét niet in de categorie 'vervallen' en stond in een wijk die zijn hoogtijdagen had gehad. Maar dit was New York en ik wist dat hier vierkante meters bepaalden wie een koning was: voor onroerend goed golden hier andere normen dan elders. Columbia University breidde zich uit en op een gegeven moment zou deze grond veel waard worden. Ik drukte op de bel. Een zwoele stem vroeg wie ik was. Ik gaf de vrouw mijn naam. Die zei haar niets, maar ze liet me evengoed binnen.

De flat was op de vijfde verdieping, nummer 13, maar of dat iets te betekenen had, wist ik niet. Ik moest door een metaaldetector lopen. Vervolgens doorzocht een jonge bewaker mijn tas. De receptioniste, een mooi meisje dat nog lang niet meerderjarig leek, vroeg of ik een afspraak had. Toen ik zei van niet, zei ze dat ik dan zou moeten wachten.

'Hij zit midden in opnamen en dat zal nog wel even duren. U kunt beter over een uur terugkomen.'

'Het is belangrijk,' zei ik tegen haar.

'Het is altijd belangrijk.' Ze sloeg haar ogen ten hemel. 'U zult moeten wachten, mevrouw.'

'Het is érg belangrijk,' drong ik aan. 'Ik kom van ver en als meneer Donatti hoort dat ik hier ben geweest en dat je me niet alleen niet hebt binnengelaten, maar me hebt laten wachten, zal hij erg kwaad worden.'

Ze reageerde niet meteen. Mijn stem moet een voor mij zeldzame kalmte en gezag hebben uitgedrukt.

'Je mag mij de schuld geven,' stelde ik haar gerust. 'Ik weet hoe hij is wanneer hij kwaad is. Ik maak me geen zorgen. Bel hem nu maar.'

Ze aarzelde en pakte toen de telefoon. Ik kon zijn woedende stem horen.

'Wat is er?'

'Meneer, er is hier iemand die...'

Verder kwam ze niet. De telefoon werd zo hard neergesmeten dat zelfs ik terugdeinsde. Hij kwam naar buiten gestormd, zijn gezicht zo rood als het bloed dat naar zijn wangen was gestegen. 'Wie...'

Hij zweeg toen hij me zag. Hij haalde hijgend adem en transpireerde erg. Mevrouw Decker had gelijk. Hij zag er niet goed uit. 'Is alles in orde?' vroeg hij me.

'Ja, maar ik moet je spreken.'

Het werd stil in de kamer.

'Is alles echt in orde?'

Ik knikte.

Hij blies zijn adem uit. 'Geef me vijf minuten.'

Weer knikte ik. 'Moet ik hier wachten?'

'Ja.' Hij keek naar zijn receptioniste. Haar gelaatskleur had een vale tint gekregen. 'Maak je niet ongerust, Amber. Je hebt precies gedaan wat je doen moest. Je mag de rest van de dag vrij nemen.' Hij keek naar de bewaker. 'Jij ook. Jullie mogen allebei gaan. Ik zie jullie morgen wel weer.'

De jongeman stond op. 'Weet u het zeker, meneer Donatti?'

'Heel zeker. Hier.' Hij gaf hun elk vijftig dollar. Wat ik niet met dat geld had kunnen doen. 'Ga maar. Ze heeft jullie niet nodig. Veel plezier.' En tegen mij: 'Vijf minuten.'

'Haast je niet.'

'Heb je honger? Wil je iets eten of drinken?'

'Nee, dank je.'

Hij stak beide handen omhoog en liep de deur door.

Amber pakte haar spulletjes bij elkaar en keek naar me met een uitdrukking op haar gezicht die schommelde tussen verwarring en ontzag. Ik wist dat ze dacht: wie is dat armoedige mens met haar paardenstaart en haar eigenaardige, gele kattenogen, in die slobberige broek, zwartgeribbelde coltrui, afgetrapte gympen en versleten jekker, die eruitzien alsof ze uit een winkel met tweedehandsgoederen komen.

Dat kwamen ze ook. Chris betaalde zowel het lesgeld voor mijn studie als de privé-school van Gabriel en de pianolessen die mijn zoon kreeg bij een beroemde en veelgevraagde maestro. Hij betaalde mijn huur, gas en licht, de oppas en onze ziektekostenverzekering. Hij loste de leningen af die ik voor mijn studie had moeten afsluiten en gaf me huishoudgeld wanneer ik erom vroeg. Hij vroeg nooit of ik het wel echt nodig had. Dankzij zijn gulheid hoefde ik niet te werken, zodat ik me volledig kon concentreren op Gabe en mijn studie. Ik hield met microscopische nauwlettendheid in de gaten waar iedere cent aan werd uitgegeven.

Ik kende Chris nu bijna negen jaar. We hadden elkaar op de middelbare school leren kennen, in mijn geboortestad Los Angeles. Ik was toen nog ongelooflijk naïef en geloof dat hij zich daarom zo tot me aangetrokken voelde. Bovendien had ik mijn uiterlijk mee. Tussen ons ontwikkelde zich een erg verwarrende relatie. Ik dacht dat ik verliefd was. Tegen de tijd dat ik een einde aan de relatie wilde maken, was het te laat. Ik was zwanger.

Ik wist nu precies wat Chris deed, maar we hadden het er nooit over. Donatti was een naam die regelmatig in de krant kwam. Toen Joseph Donatti zes jaar geleden was beschuldigd van moord, was Chris aangeklaagd als medeplichtige. Een halfjaar later was de aanklacht ingetrokken wegens gebrek aan bewijs. Joey werd uiteindelijk vrijgesproken. De foto waarop Chris en hij elkaar omhelsden had de voorpagina van de *Trib* gehaald. Ik had de kaderartikelen over Chris' tijdschrift en de toespelingen over zijn bezigheden als pooier en souteneur gelezen. Ik had het langs me heen laten gaan.

Nee, we praatten nooit over wat hij deed, en we wisten allebei wat hij was.

Na tien minuten kwam hij naar buiten met twee jonge jongens en een meisje. Hij had zijn arm om het meisje geslagen en sprak op zachte toon met het drietal. Het meisje wierp een zijdelingse blik op me. Ik glimlachte, maar kreeg geen glimlach terug. Toen ze weg waren, wenkte hij me, maar legde zijn vinger op zijn lippen. Hij pakte zijn alomtegenwoordige fles whisky en nam me mee naar een vrij groot, maar raamloos kantoor met een heleboel bewakingsapparatuur. Zoals verwacht zag het er keurig netjes uit. Een plafondventilator zorgde voor luchtcirculatie, maar de tl-verlichting was fel en kil. Toen hij zag dat ik mijn ogen half dichtkneep, draaide hij de schakelaar om en deed in plaats van de tl-verlichting een staande lamp aan die een zacht licht verspreidde. Ik ging aan de vierkante tafel zitten; hij liet zich neerzakken in een gestoffeerde stoel aan de andere kant van de tafel. Hij nam een teug van de whisky en dronk toen wat water.

'Waar ben je geraakt?' vroeg ik.

Hij lachte geluidloos. 'Ze heeft je gebeld. Rina.'

Ik hield mijn hoofd schuin. 'Tutoyeer je haar?'

'Niet uit mezelf. Zij wil het.'

'Mag je haar?'

'Ze is erg aantrekkelijk.'

'Zo te horen is ze erg aardig.'

'Dat is ze ook.' Hij dronk nog wat water. 'Waar is de jongen?'

'Je zoon,' verbeterde ik hem. 'Thuis, met een oppas.'

'Mooi. Ik ben graag met jou alleen.'

'Je vaderlijke toewijding is roerend.'

'Je gaat ervan uit dat ik mijn vaderschap erken.'

Ik slaakte een lange, vermoeide zucht. 'Zou je nu eindelijk eens een eenvoudige bloedtest willen laten doen, zodat we hier een einde aan kunnen maken? Waarom vind je het zo leuk om me te kwellen? Waarom vind je het zo leuk om jezelf te kwellen?'

Hij kneep zijn ogen half dicht. 'Doe niet zo lelijk tegen me. Ik ben gewond.'

Ik stond op en liep naar hem toe. Legde mijn handen op zijn sterke, stugge schouders. 'Laat eens kijken.'

'Je bent nog geen arts. Laat me met rust.'
'Chris...'
'Laat me met rust.'
'Toe nou?'
Hij stond op en pakte mijn kin vast. Hief mijn gezicht op naar het zijne en gaf me een lange kus. 'Nee.'
'Doe niet zo dwars.'
'Je ziet er fantastisch uit, Terry. Je ziet er altijd fantastisch uit.'
'Laat me nou even kijken...'
'Jezus, wat een zeurpiet!'
Hij probeerde zijn shirt omhoog te trekken. Toen ik hem wilde helpen, sloeg hij mijn hand weg. Hij liet me zien waar hij was geraakt.
'Ik haal het verband er niet af.'
'Dat kun je beter wel doen,' zei ik. 'Het wondvocht sijpelt door de gaasjes heen. Heb je medicijnen en verband?'
Hij stak met een wrevelig gezicht zijn hand uit en gaf me een tas vol medische spullen: wondpleisters, rollen verband, medicijnen, zalf. Ik bekeek de hele inhoud en ontsmette mijn handen met een onaangebroken flesje Betadine. Ik begon de buitenste laag van het verband los te maken. Hij kromp ineen.
'Sorry. Ik hoop dat het niet veel tijd in beslag zal nemen.'
'Weet je hoe het moet?' vroeg hij.
'Ja.'
Hij was niet erg overtuigd, maar bleef stil staan. Ik maakte voorzichtig het verband los. 'Wie heeft je verbonden? Hij heeft het vakkundig gedaan.'
'Zij.'
Ik lachte. 'Jeetje, wat ben ik bevooroordeeld. Wie is "zij"? Mevrouw Decker?'
'Ja.'
'Weet inspecteur Decker daarvan?'
'Nee. Hij weet niet dat zijn vrouw hier is geweest en ook niet dat ik ben neergeschoten. Er zijn veel dingen die inspecteur Decker niet weet.'
'Wat is er aan de hand?'
'Het is nogal ingewikkeld.'
'Ik heb de tijd voordat ik terugvlieg.'
Hij begon te praten terwijl ik werkte. Hij sprak met afgemeten zinnen. Ik kreeg de verkorte versie te horen. Waarschijnlijk de gecensureerde versie. Twintig minuten later had ik de wond opnieuw verbonden. Hij ging zitten en nam nog een slok whisky.
'Je zou niet moeten drinken wanneer je pillen slikt,' zei ik.
'Ik heb voor jou het roken opgegeven. Da's genoeg.'
'Ik geef om je. Het kan gevaarlijk zijn.'
'Medicijnen hebben geen enkele invloed op me. Het is een wonder dat ik nog leef.'

Ik pakte de fles uit zijn hand en streelde met mijn vingertoppen zijn bleke gezicht. 'Ik ben erg blij dát je nog leeft.'

Hij bekeek me onderzoekend. Lang geleden was ik nerveus geworden van zijn indringende blik. Nu niet meer. Na alle jaren dat ik me Chris' onvoorspelbare gedrag had moeten laten welgevallen, was ik gehard. Ik had hem nodig, als de vader van mijn zoon en als geldschieter. In het begin hadden mijn grootouders mij en mijn zoon financieel gesteund. Na anderhalf jaar had ik hen ervan weten te overtuigen dat ik mezelf kon bedruipen en dat ze naar het bejaardentehuis in Florida konden verhuizen. Daarna was het armoe troef. Bijna twee jaar heb ik keihard moeten werken om te kunnen studeren en brood op de plank te houden. Mijn schulden gingen als het ware een eigen bestaan leiden. Ik was aan het verdrinken en Chris keek toe. Toen ik mijn laatste adem uitblies – toen ik op het punt stond uit mijn flat gezet te worden – gooide Chris me een reddingsboei toe. Ik heb die gegrepen en niet omgekeken, hoewel ik dat ooit ongetwijfeld nog zal doen. Het zal nooit een glorieus moment van mijn geestelijke verleden zijn. Maar het is nog altijd beter om Chris' courtisane te zijn dan mijn studie op te geven en nogmaals zonder behoorlijke verwarming een ijskoude winter in Chicago zien door te komen.

Hij legde zijn handen om mijn gezicht. Hij kuste me... langdurig en teder. Ik voelde het balletje van zijn tongpiercing toen zijn tong in mijn mond ronddraaide. Hij maakte mijn paardenstaart los uit de clip en haalde zijn vingers door mijn lange lokken. Hij bleef me kussen. 'Ik hou van je.'

'Ik ook van jou.'

'Niet waar.'

'Jawel,' zei ik. 'Zou ik anders hier zijn?'

'Ja, uit plichtsbesef.'

'Je slaat mijn genegenheid erg laag aan,' zei ik. 'Dat is niet aardig van je.' Ik liet mijn hand naar de binnenkant van zijn dij glijden. 'Wees lief.'

Hij legde mijn hand op zijn kruis en ik voelde hem hard worden. Hij sloot zijn ogen en ademde hoorbaar. Hij fluisterde: 'Ik vergeet steeds wat voor effect je op me hebt.' Hij bekeek me met hongerige ogen. 'We zijn hier volkomen veilig, Teresa. Dit is de enige plek waar ik met een gerust hart kan praten.'

'Ik wist niet dat je wilde praten.' Ik ging op mijn tenen staan, kuste zijn lippen, beet er zachtjes in. 'Het maakt niet uit, Chris. Hier is goed. Overal is goed.'

'Wil je een kussen of zo?'

'Heb je iets wat schoon is?'

Hij trok een gezicht. 'Probeer je leuk te zijn?'

'Ik meen het. Ik weet niet wie je hier allemaal binnenhaalt.'

'Niemand. Je weet hoe voorzichtig ik ben in die dingen.'

Dat was waar.

'Ik kan een cd opzetten,' zei hij. 'Vivaldi's *Vier Jaargetijden*?' Een zeldzaam glimlachje speelde om zijn mond, een glimlach die licht in zijn ogen bracht en liet zien hoe ongelooflijk knap hij eruit kon zien. '*Der Zigeunerbaron*?'

'Ondeugd.' Ik beantwoordde zijn glimlach.

'Wacht even.'

Zijn gezicht straalde van jongensachtige opwinding, precies zoals de eerste keer dat ik hem een verjaardagscadeautje had gegeven. Hij zette de cd op, ging een groot, zacht kussen halen en legde het op het bureau. Ik duwde het van het bureau op de grond.

Ik ging op mijn knieën zitten.

Twee uur later vroeg ik hem of ik me ergens kon wassen. Hoewel hij beweerde dat hij altijd een condoom gebruikte, deed hij dat niet wanneer hij met mij samen was. Hij zei dat hij zich alleen bij mij geen zorgen hoefde te maken. Maar er zat meer achter. Alles wat minder was dan volledige onderwerping wilde voor hem zeggen dat ik hem eigenlijk afwees. Daarom werden mijn smeekbeden nooit ingewilligd. Ik was zelf zo verstandig geweest een spiraaltje te laten inbrengen toen we weer intiem werden, maar dat bood geen bescherming tegen ziekten. De laatste keer dat ik hem had gesmeekt een condoom te gebruiken, was hij erg kwaad geworden, een griezelige, stille woede die me tot diep in mijn ziel angst had aangejaagd. Hij kon je op een dodelijke manier aankijken. Hij gebruikte die blik wanneer hij iets echt meende. Ik had al eens kennisgemaakt met zijn woede en zijn wraak. Ik wist dat ik voor bepaalde dingen echt niet hoefde te proberen mijn zin door te drijven.

'Ik heb boven een badkamer. Ik ga zo wel even met je mee.' Hij pakte mijn hand en kuste mijn vingers een voor een. Toen liet hij hem los en kleedde zich aan. Hij hijgde toen hij weer ging zitten. 'Ik moet heel even uitrusten. Je hebt me flink beziggehouden, wild dier dat je bent.'

Ik gleed van zijn bureau af, kleedde me aan en deed mijn haar weer in een staart. Ik dronk de fles Evian half leeg en gaf hem aan Chris. Hij nam een lange teug en deed zijn ogen dicht. Hij baadde in het zweet. Hij zag er helemaal niet goed uit. Ik legde mijn hand op zijn voorhoofd. 'Je bent erg warm.'

'Het is hier ook benauwd.'

'Je hebt verhoging, Chris.'

'Geen wonder, na al die gymnastiek.'

'Ik maak me zorgen. Heb je een huisarts met wie ik kan praten? Je zou Keflex moeten slikken.'

'Ik heb Keflex.'

'Maar neem je het ook in?'

'Nee.'

'Waarom niet?'

'Omdat ik er maagpijn van krijg.'
'Christopher...'
'Ik zal ermee beginnen.' Hij dronk de rest van het water op. 'Ik ben waarschijnlijk gewoon uitgedroogd. Hou op met zaniken.'
'Ik ben alleen maar bezorgd.' Ik ging op zijn schoot zitten. 'Zul je het echt doen?'
'Ja, ja.' Hij zoog aan mijn bovenlip, kuste me. 'Ben je gelukkig?'
'Ja.'
We begonnen te kussen. Toen maakte hij zich van me los.
'Vertel eens met wie je uitgaat,' zei hij.
'Met niemand.'
'Niet liegen, engel. Met wie ga je uit?'
'Met niemand,' zei ik nogmaals.
Hij haalde een notenreep uit een dossierkast, at de helft op en bood mij de rest aan. Toen ik nee schudde, at hij ook het restant op.
'Dus je gaat met niemand uit?'
'Nee.'
'Waarom ben je dan met die jongen uit je klas naar het Hilton gegaan? Hoe heet hij? Michael Bonocelli? Spreek ik het correct uit?'
Zijn ogen waren doods, gereed om me te vermorzelen. Ik zei: 'Je spion heeft maar half werk geleverd. Als hij beter had opgelet, zou hij hebben gezien dat ik er niet alleen naar binnen ben gegaan, maar ook weer meteen naar buiten ben gekomen.'
Ik zag aan zijn gezicht dat hij me niet geloofde.
'Ze hebben daar een erg goed Italiaans restaurant, Chris. Toen Mike vroeg of ik met hem uit eten wilde, wist ik niet dat hij roomservice bedoelde.'
'Maar je had zijn uitnodiging wel geaccepteerd.'
'We werken samen aan een thesis: "De implicaties van iatrogene oorzaken van bestralingsdood bij borstkankerpatiënten een in gevorderd stadium". Het is een onderwerp dat me erg interesseert, omdat jouw moeder en de mijne allebei aan die ziekte zijn overleden. Godzijdank is ons kind een jongen. De professor die de leiding heeft over het onderzoek is dokter Edwin Alvary. Toen Mike voorstelde een werkdiner te houden, heb ik ja gezegd. Is dat zo gek? Ik wil soms wel eens iets anders dan macaroni met kaas of pindakaas.'
Ik duwde zijn gezicht opzij.
'Ik heb geen vriend, Chris. Om te beginnen heb ik er geen tijd voor. En het laatste wat ik wil, is dat er steeds een andere man over de vloer komt. Gabe is mijn hele wereld. Hij zal niet opgroeien met een moeder die een slet is.'
'Je bent geen slet als je af en toe met iemand naar bed gaat.'
'Maar dat doe ik niet. En dat weet je best, omdat je me de hele tijd in de gaten laat houden. Ik vrij alleen met jou en dat is iets anders, omdat je Gabes vader bent. Je bent zelfs de enige man met wie ik ooit naar bed

ben geweest. En dat is voor een vrouw van vierentwintig eigenlijk wel een beetje triest!'

'Vind ik niet. Iedere keer dat ik je neerleg en je benen spreid, gaan er nog steeds verrukkelijke rillingen door me heen.'

Weer duwde ik hem weg. 'Doe niet zo vulgair.'

'Dat was een compliment, engel.'

Ik trok een vies gezicht. 'Typisch het gezichtspunt van een man. Ik wil met je naar bed, dus moet je je vereerd voelen.'

'Mannen zijn beesten.'

Hij zei het uitdrukkingloos. Het herinnerde me er meteen aan wie ik tegenover me had. Ik kuste zijn wang. 'Gelukkig ben je een erg goedgeefs beest.'

Hij keek me diep in de ogen. 'Hoeveel?'

'Dat was niet bedoeld als hint.'

Hij stak zijn hand uit naar de een na bovenste la van zijn dossierkast. Erin zat een schoenendoos vol plaatjes van Ben Franklin. Hij nam er wat biljetten uit, vouwde ze dubbel en bood ze me aan. Verlangen in mijn hart, maar ik hield voet bij stuk.

'Ik zei toch dat het geen hint was.'

Hij telde de biljetten: achthonderd dollar. Hij deed er nog twee bij en drukte ze in mijn hand. 'Koop iets leuks voor jezelf en de jongen.'

'Dank je.' Ik gaf hem nog een kus op zijn wang. 'Het zal niet eeuwig zo blijven, Christopher. Over een paar jaar ga ik zelf geld verdienen.'

'Ik klaag niet, Teresa.'

'Je klaagt nooit,' antwoordde ik. 'Ik zou met een suikeroompje moeten trouwen, dan zou je van me af zijn.'

'Ik ben je suikeroompje. Waarom zou je een ander willen?'

Ik haalde mijn schouders op.

Hij staarde me aan. 'Heb je iemand in gedachten?'

'Ik praat theoretisch.'

'Je begint me knap te irriteren!'

'Een knappe, oudere man die me de rest van mijn leven zal vertroetelen. Iemand die geen echte rivaal voor jou zou zijn.'

'Hij zou helemaal geen rivaal voor me zijn, omdat hij dood zou zijn.'

'Ik bedoel een véél oudere man, Chris. Iemand van in de veertig of in de vijftig. Daar zou je toch niet mee zitten?'

'In de veertig weet ik niet. In de vijftig waarschijnlijk niet.' Hij trok zijn wenkbrauwen op. 'Wie zou je willen, popje? Decker?'

'Doe niet zo idioot!'

'Je hebt gelijk. Die heeft geen cent te makken.'

Ik keek hem aan, nu serieus. 'Dus jullie werken samen?'

'Geen idee.'

Zijn gedrag stond me niet aan. 'Christopher Sean Whitman Donatti, als jij die man iets doet, zweer ik dat ik het je nooit zal vergeven!'

Met een ruw gebaar duwde hij me van zijn schoot. 'Wat heeft die vent toch, dat je hem zo onvoorwaardelijk trouw bent?'

'Afgezien van het feit dat hij je uit de gevangenis heeft gekregen? Afgezien van het feit dat hij me geld heeft gestuurd toen niemand anders ertoe bereid was? Afgezien van het feit dat hij van alle heteroseksuele mannen die ik ken, de enige is die niet heeft geprobeerd me in bed te krijgen?'

'Je vergeet je vader.'

'Nee hoor.'

Hij hief geschokt zijn hoofd op en keek me in de ogen. 'Wat? Wanneer dan?'

Ik wuifde het terzijde. 'Voordat ik jou heb leren kennen. Hij drong niet aan. Hij heeft uiteindelijk niks gedaan.' Er sprongen tranen in mijn ogen. 'Hij kon het niet. Zo dronken was hij.'

'Alweer een.'

'Jean heeft ons, hem, betrapt. Ze heeft mij niet de schuld gegeven, dat moet ik haar nageven. Ze heeft me weliswaar ook niet geholpen, maar...' Ik veegde de tranen weg. 'Melissa heeft nu die leeftijd. Ik bel haar bijna iedere dag. Ik druk haar iedere keer op het hart dat als hij iets probeert...' Ik durfde de gedachte niet eens onder woorden te brengen.

'Dat heb je me nooit verteld.' Hij trok me weer bij zich op schoot. 'Je had het me moeten vertellen, engel, dan had ik je kunnen troosten. Ik ben zelf ook misbruikt, weet je. Nadat mijn moeder was gestorven, dwong Joey me hem te pijpen terwijl hij mijn haar streelde.'

'Wat vreselijk!' Dat meende ik. Ik legde mijn hand op zijn wang en kuste zijn lippen. 'Arme jij.'

'Ja, arme ik.' Hij schudde zijn hoofd. 'Ik heb het jarenlang voor me gehouden, maar nu heb ik het binnen vierentwintig uur aan twee mensen verteld. Ik snap niet wat me mankeert.'

'Aan wie heb je het dan nog meer verteld?'

'Rina Decker. Ik weet niet eens hoe het ter sprake is gekomen. Ze weet mensen aan de praat te krijgen. Zij en de inspecteur zijn een goed koppel.'

'Zeg dat wel.'

'Jezus, dat jouw vader iets met je heeft geprobeerd...!'

'Het was al voorbij voordat het was begonnen.'

'Ik zou hem moeten vermoorden.'

'Chris...'

'Dat zal ik niet doen, maar hij heeft het wel verdiend.'

'Kunnen we ergens anders over praten? Dit is veel te deprimerend. Vooral nu we net de liefde hebben bedreven.'

Hij trok me tegen zijn borst. 'Zie jij het zo? Als de liefde bedrijven?'

'Ja, natuurlijk.' Ik keek hem aan. 'Hoe zie jij het dan?'

'Als prachtige liefde bedrijven.'

'Dan zijn we het met elkaar eens.' Ik vlijde me tegen hem aan, mijn hoofd op zijn hart. 'Weet hij wat hij doet? Inspecteur Decker?'

'Hij is niet op zijn achterhoofd gevallen, maar New York is Los Angeles niet. Hij bevindt zich op onbekend terrein en weet niet wie of wat hij tegenover zich heeft. Bovendien is hij niet gewapend.'

Ik keek op. 'Niet gewapend?'

'Ik heb hem een pistool aangeboden, maar dat sloeg hij af. Hij is erg eigenzinnig.'

'En wie heeft hij tegenover zich?'

'Het zijn zo goed als zeker amateurs die proberen eruit te zien als het soort beroeps dat wij beiden goed kennen. Dat wil zeggen dat ze dom zijn. En dom is gevaarlijk. Als ik zijn vrouw was, zou ik nakijken of de premie van zijn levensverzekering is betaald.' Hij dronk weer wat water. 'Het zou eigenlijk wel prettig zijn als iemand hem te grazen nam. Dat zou mij meer armslag geven. Dit probleem moet uit de weg geruimd worden.'

Mijn hart begon te bonken. Hij had het in de gaten. Hij begon mijn rug te strelen. Zijn stem klonk zacht en sussend. 'Ik heb het geprobeerd, popje, maar hij zei dat ik me erbuiten moest houden. Dus lig ik eruit. Eerlijk gezegd voel ik me ook niet goed genoeg om iets te doen. Als hij dit in zijn eentje wil opknappen, moet ie het zelf maar weten. Ik ben geen kinderjuf.'

Voorzichtig sloeg ik mijn armen om zijn middel, oppassend voor de plek waar de wond zat. Ik sprak heel zachtjes. 'Laat hem niet verdrinken, Chris. Help hem, ook als hij het niet wil.'

Hij zei niets.

'Alsjeblieft?'

Hij gaf geen antwoord. Maar hij duwde me ook niet weg. In plaats daarvan trok hij me nog dichter tegen zich aan... stak zijn neus in mijn haar... streelde mijn rug... zijn vingers gleden heen en weer over mijn rug... bespeelden me als een instrument. Hij was daar zo ongelooflijk goed in. Ik rilde.

'Heb je het koud?'

'Nee, alleen... mmm, wat zalig.'

'Ik weet waar mijn popje van houdt.'

'Ja, dat weet je heel goed.' En inmiddels kende ik hem ook vrij goed. Genegenheid hield in dat hij luisterde. Genegenheid hield in dat hij zou meewerken. Genegenheid was een erg goed teken.

28

Als er informatie was, zou hij die in Quinton moeten zoeken. Decker wist dat hij het in het joodse deel van de stad niet hoefde te proberen – daar was hij nu net zo populair als een boterham met ham en kaas – maar hij koesterde nog hoop dat hij bij Virgil Merrin alsnog een potje zou kunnen breken, als hij zijn onbeschofte gedrag toeschreef aan gêne omdat hij hem in Tattlers had betrapt. Als hij een houding aannam van politiemannen onder elkaar en als zijn minachting niet aan zijn stem te horen zou zijn, zou het misschien lukken. Met Merrin als bondgenoot kon hij er hopelijk achter komen met welke tieners Shayndie was omgegaan.

Maar hij zou heel voorzichtig te werk moeten gaan.

Want er was een worst-casescenario mogelijk, waarin geld en politiek gekonkel een rol speelden en niemand te vertrouwen was: een scenario waarin Merrin betrokken was bij de distributie van xtc, met gebruikmaking van erotische danseressen die dienstdeden als koeriers voor leden van de Israëlische maffia. Bovendien zat Decker nog met het gewetenloze trio Weiss, Harabi en Ibn Dod. Die konden terug zijn in Israël, incognito verblijven in een joodse gemeenschap, of zelfs dood zijn.

Maar zelfs als Decker het bij het rechte eind had, als de afzonderlijke feiten die Randy hem had gegeven, tot een vreemdsoortig maar steekhoudend geheel geweven konden worden, wat had dat dan te maken met de moorden op Ephraim en Shayndie Lieber?

Daarmee was hij terug bij het oorspronkelijke probleem.

Hij moest de joodse gemeenschap van Quinton zien binnen te dringen en daarvoor had hij iemand nodig die het vertrouwen genoot van de mensen daar. Nog belangrijker was dat hijzelf die persoon kon vertrouwen. Hij had een spion nodig die de joodse tradities, gebruiken en rituelen uit eerste hand kende, een insider die de outsiders kon aanwijzen en die aan zijn kant stond.

Nu Rina weg was, was er maar één persoon die deze rol kon vervullen.

Hoe goed kende Decker zijn halfbroer?

Daar zou hij nu achter komen.

Het was een kleine maar groeiende synagoge in de wijk Morningside Heights, niet ver van Columbia University. Vaak namen studenten deel aan de dagelijkse ochtendminjan, die om acht uur werd gehouden, en omdat het een synagoge was van een progressieve stroming, waren zowel mannen als vrouwen welkom en konden die gelijkwaardige taken vervullen. Tegen de tijd dat Decker de stad had bereikt en een parkeerplaats gevonden, was het bijna elf uur, ruim na *sjacharit*, en nam hij aan dat zijn broer wel aan een koffiepauze toe zou zijn.

Jonathans secretaresse, een zwarte vrouw van in de twintig genaamd Arista, vertelde hem dat rabbijn Levine in vergadering was met een aantal leden van zijn parochie en pas om halfeen beschikbaar zou zijn. Als het een noodgeval was, kon ze hem via de intercom bellen, maar voor andere dingen wenste hij niet gestoord te worden.

Het was geen noodgeval.

Dan kon hij in de bibliotheek wachten als hij wilde, of misschien alvast gaan lunchen. Ze zou tegen de rabbi zeggen dat hij was geweest. Hij bedankte haar, zei dat hij om halfeen terug zou komen en verzocht haar de rabbi te vragen op hem te wachten.

Hij verliet de sjoel en liep langzaam over Broadway. Meteen kwam de geur van knoflook hem tegemoet, uit Tito's Pizza Joint die pal naast de sjoel zat. Hij zette de kraag van zijn jas op en stak zijn handen in zijn zakken. Hij had moeten bellen. Foeterend liep hij een van de vele Starbucks binnen en bestelde een grote mok zwarte koffie. Alle tafels waren bezet. Hij leunde tegen een muur en voelde zich als een drugsdealer die op een klant wacht. Hij dacht na over de mogelijkheden die voor hem openstonden, bladerde in gedachten in zijn notitieboekje, dat inmiddels was volgekrabbeld met zijn hanenpoten.

Er waren diverse manieren waarop hij de tijd kon zoek brengen; diverse mensen die hij opnieuw kon ondervragen. Bijvoorbeeld Luisa en Marta, de vrouwen die hij bij de begrafenis had ontmoet. Zij hadden, samen met Ephraim, de zorg gehad voor de inventaris; misschien hadden ze zich iets belangrijks herinnerd sinds hij hen had gesproken. Bovendien had Luisa zijn handschoenen nog, wat een goed excuus was om bij haar langs te gaan.

Het probleem was echter dat ze in een van de winkels aan het werk was en het zou opvallen als Decker daarnaartoe ging. Hij kon beter 's avonds met haar gaan praten, bij haar thuis.

Verder had je Leon Hershfield. Als er iemand iets wist over knoeierij binnen de religieuze joodse gemeenschap, was hij het. Maar ook al wist de advocaat veel, het had geen zin hem vragen te stellen, omdat hij gebonden was aan zijn geheimhoudingsplicht. Over het algemeen wist Decker zelfs van degenen die zich bij inhechtenisneming beriepen op hun zwijgrecht, reacties los te krijgen. Je kon veel opmaken uit gelaatsuitdrukkingen en oogcontact. Maar Hershfield was veel te gewiekst om emoties prijs te geven, ook via niet-verbale methoden. Met hem gaan praten zou niet alleen geen enkele zin hebben, maar zelfs onverstandig zijn. Het zou de advocaat aanwijzingen geven over hetgeen Decker wist zonder dat hij er iets voor terugkreeg.

Hij schrapte de advocaat.

Tot slot had je Ari Schnitman, de ex-verslaafde die Ephraim had gekend van Emek Refa'im. Aangezien hij bij Luisa en Leon niet terecht kon, bleef alleen de chassied over. Schnitman handelde in diamanten en had een kantooradres aan de East Side. Aangezien Decker zijn parkeerplaats niet wilde kwijtraken en niet in een opstopping wilde komen te zitten, nam hij een taxi in plaats van zelf te rijden.

Twintig minuten later werd hij afgezet in het hart van het diamantdistrict, bij 580 Building op Fifth Avenue, tussen 47th en 48th Street. De ingang van het beursgebouw zat tussen de blauwe luifel van de kledingzaak OshKosh B'Gosh en de blauwe luifel van een juwelierswinkel. Het was een prachtig, oud gebouw dat ongeveer vijftig verdiepingen telde, en boogramen had waarin de ruiten gevat waren in bronskleurig metaal met een patroon dat je deed denken aan een kindertekening van een zonsopgang. Amerikaanse vlaggen wapperden boven de rijkelijk versierde gevel waarop zelfs hoofden van Romeinse soldaten, compleet met helmen, te bespeuren waren. Aan de overkant van de straat zat Bank Leumi, een van de officiële banken van Israël.

Jaren geleden had Decker de leiding gehad over het onderzoek naar de moord op een diamanthandelaar en zijn vrouw uit Los Angeles. De ontknoping had zich afgespeeld in Israël, om precies te zijn op de handelsvloer van de diamantbeurs in Ramat Gan, Tel Aviv, dus was Decker enigszins bekend met deze tak van handel en industrie en kon hij vergelijkingen trekken. Het gebouw in New York was in art-decostijl gebouwd en had een wachtkamer die kleiner was dan die in Israël, maar groter dan die van het diamantcentrum in Los Angeles. De lobby was langgerekt, als een gang, uitgevoerd in prachtig grijs graniet, en stond vol oplettend rondkijkende mensen met aktetassen. Een lange rij metalen muurlampen zorgde voor poelen van licht, al was het evengoed schemerig tussen de donkere muren. Recht tegenover de ingang hingen klokken die op verschillende tijdzones in de wereld waren afgestemd. De bewaking was erg scherp. Links had je de bekende metaaldetector, daarna moest je door een draaihek, en dan kwam je bij een ploeg van vier in grijze jasjes gestoken bewakers, die nauwkeurig alle persoonlijke eigendommen bekeken van de ongeduldige mensen, alvorens hen toe te laten tot het gebouw. Naar de lijst van firma's te oordelen, hadden hoofdzakelijk joden hun kantoor in de wolkenkrabber, al waren er ook namen die andere nationaliteiten aanduidden: Indiase, Armeense, Zuid-Amerikaanse en de Russische.

De privé-kantoren en de handelsvloer waren alleen toegankelijk voor handelaren, dus moest Decker zich melden bij de receptie. Na enig aandringen stemde de receptionist met wie hij sprak, erin toe

Schnitman te bellen. Een minuut later kreeg Decker een dagpasje, dat hem uitsluitend toegang verschafte tot de elfde verdieping. Op het stippellijntje onder 'Firmanaam' was met de hand 'Classic Gems' en het nummer van het kantoor ingevuld. Hij stapte in een lift en werd door een gewapende liftbediende naar de elfde verdieping gebracht.

Schnitman wachtte hem een paar deuren bij Classic Gems vandaan op. Hij stond tegen een van de muren van de smalle gang geleund. Aan weerszijden van het halletje, bij de deuren van de nooduitgang naar het trappenhuis, stonden bewakers. In zijn traditionele chassidische kledij – zwart colbert, wit overhemd en zwarte hoed – zag Schnitman er ouder en nog ieler uit. Hij streek met zijn hand over zijn baard. Zijn ogen leken erg klein achter de glazen van zijn bril. Zijn gezicht stond strak, bijna vijandig. Decker maakte tegenwoordig overal meteen vrienden.

'Wat doet u hier?' fluisterde hij.

'Fijn dat ik boven mocht komen,' begon Decker vriendelijk. 'Als u het niet vervelend vindt, zou ik u nog wat vragen willen...'

'Dat vind ik wél vervelend!' zei hij fel. 'Ik heb de politie medewerking verleend. Ik heb u alles verteld wat ik weet. Nu komt u mij op mijn werk storen. Hebt u enig idee wat voor gevolgen het voor mij kan hebben als mijn baas iets te horen zou krijgen over mijn problemen?'

Decker keek hem kalm aan. 'Hij zal toch gewoon denken dat ik een klant ben? Wees niet zo nerveus. Waar kunnen we praten?'

Schnitman keek op zijn horloge. 'Ik heb over twintig minuten een lunchafspraak. Ik wilde net weggaan.'

'Geen punt. Dan loop ik met u mee en kunnen we onderweg praten.'

Schnitman blies hoorbaar zijn adem uit. 'Wacht hier maar even, dan ga ik mijn jas halen.'

Schnitman was binnen een minuut terug. Ze daalden zwijgend met de lift af en toen liep Decker met de jonge chassied mee die met snelle pas het gebouw verliet en buiten links afsloeg, zijn handen ineengeslagen op zijn rug, zijn jaspanden en pejot fladderend in de wind. Hij bleef snelwandelen tot hij bij 48th Street was. Daar sloeg hij plotseling rechts af.

Decker zei: 'Als u zo snel blijft lopen, kunnen we niet praten, en dan komt u niet van me af.'

Schnitman bleef bij het groenbeletterde Fleet-gebouw staan en leunde tegen het glas, zijn ogen gericht op zijn glanzend gepoetste zwarte schoenen. Op de stoep stond een tafel vol snuisterijen en kleding waarop de Amerikaanse vlag was afgedrukt. De venter zat naast de prullen, zijn gezicht verscholen achter dreadlocks en de *Post* van gisteren. Het lawaai van claxons en het geronk van motoren vulden de lucht.

'Waar hebt u met die klant afgesproken?' vroeg Decker.

'Klanten. Op de hoek van 53rd Street en Second Avenue. Ze komen uit Japan, dus heeft mijn baas heel intelligent besloten dat ik met hen naar een koosjer Japans restaurant moet gaan. Het is een goed restaurant, maar ik vind het water naar de zee dragen. Ik weet zeker dat ze liever naar een westers restaurant zouden gaan.'

'Dat denk ik ook,' zei Decker.
'Wat wilt u, inspecteur?'
'U zei dat Ephraim zich kortaangebonden gedroeg, vlak voordat hij is vermoord. Enig idee waarom?'
'Nee.'
'Zegt dat nog eens, meneer Schnitman. Maar nu met oogcontact.'
De chassied wendde zijn gezicht af.
Decker pakte zijn arm en hield die vast. 'Hoor eens, ik snap best dat u tegen de politie niet veel wilt zeggen, omdat het de aandacht kan vestigen op jullie geheime organisatie...'
'Het is geen geheime organisatie,' antwoordde hij geïrriteerd. 'We willen alleen zoveel mogelijk anonimiteit garanderen. Anders komen de mensen niet en krijgen ze niet de hulp die ze nodig hebben. Geloof me, het is al moeilijk genoeg om een helpende hand te bieden zonder dat de politie zich met onze zaken bemoeit.'
'Daarom moet u me helpen. We zijn nu onder ons en misschien kan ik ook ú helpen. Als u daarentegen weigert, zal de gewone politie vermoedelijk terugkomen.'
Schnitman streek met zijn hand over zijn gezicht en zijn baard. 'Goed dan. Ik zal het u vertellen. Ephraim heeft niet met mij gepraat, maar met iemand in de groep, zijn mentor. Ik heb u dat niet eerder verteld, omdat ik het gisteravond, tijdens onze wekelijkse bijeenkomst, pas heb gehoord. Vraag me niet hoe de persoon in kwestie heet, want dat zeg ik toch niet. U mag me bedreigen met alles wat u wilt – dat u mijn naam bekend zult maken, dat ik in de gevangenis zal komen – maar het zal niets uithalen. Ik ben onder geen voorwaarde bereid andermans vertrouwen te beschamen door dat soort dingen te vertellen.'
'U bent geen advocaat, geen dokter, geen geestelijke...'
'Ik heb *smicha*, dus mag ik mezelf rabbijn noemen. Als ik gedwongen word me daarop te beroepen, zal ik het doen.'
Decker keek om zich heen. Mensen in donkere winterjassen snelden door de straten, sjaals fladderend achter hen aan, wapperend als vlaggen in de wind. Loodgrijze wolken hingen aan het hemelruim als afbladderend chroom op oud ijzer. De lucht was verzadigd van uitlaatgassen en de geur van de bakolie waarmee miljoenen lunches werden bereid. Het verkeer reed bumper aan bumper. Een windvlaag deed Deckers jas opwaaien. Hij trok zijn sjaal wat strakker om zijn hals en merkte opeens dat hij honger had. 'Wat heeft die persoon u verteld?'
De chassied stak zijn handen met handschoenen en al in zijn jaszakken. 'Dat Ephraim ergens mee zat, dat hij met een gewetenskwestie worstelde.'
'Ga door.'
Schnitman zei: 'Hij beschreef het in halachische termen, wat de joodse plicht van broer tot broer is.'
'Interessant.' Decker knikte. 'Is dat een metafoor?'

'Ja. Meestal wordt er met joodse broederschap geen bloedbroederschap bedoeld. De term wordt in ruimere zin gebruikt, voor *klal Israël*, jood tot jood. Maar ditmaal was het letterlijk bedoeld. Ephraim was met zijn broer in een conflict verwikkeld.'

'Een zakelijk conflict?'

'Ja, het betrof de zaak.' Schnitman knikte. 'Ephraim had zijn mentor verteld dat hij al een paar maal met zijn broer had gepraat over wat hem dwarszat. Maar het probleem werd niet opgelost.'

'En?'

'Ephraim stond nu in tweestrijd. Hij moest dingen door de vingers zien, of stappen ondernemen en het aan zijn vader vertellen. Hij ging erg gebukt onder die tweestrijd.'

'Heeft Ephraim erbij gezegd wat de problemen precies inhielden?'

'Nee,' antwoordde Schnitman, 'maar het is gemakkelijk te raden. Ephraim had de zorg voor de inventaris. Hij had ons verteld dat Chaim vrij forse leningen had afgesloten om de zaak uit te breiden.'

'Moment... wanneer heeft hij u dat verteld?'

'Ongeveer twee jaar geleden. Ephraim was er erg enthousiast over. Meer winkels betekende meer verantwoordelijkheid, meer kansen voor hem om te bewijzen wat hij waard was.' Schnitman knipperde een paar maal met zijn ogen. 'Weet de politie dat niet eens? Kwestie van huiswerk doen.'

'Ik ben hier pas sinds afgelopen vrijdag. Ik werk niet bij de NYPD. Met u praten is mijn huiswerk. Ga door.'

'Sorry. Dat was onbeleefd van me.'

Decker keek op zijn horloge. 'U hebt nog zes minuten. Ik wil niet dat u vanwege mij te laat komt voor uw afspraak.'

'Dat zit wel goed. Het is het bekende verhaal, inspecteur Decker. De vader werkt zich vanaf de grond op; dan krijgt de zoon grootse plannen om de zaak groter en beter te maken. Chaim heeft bij de bank leningen afgesloten om de business uit te breiden. Maar toen sloeg de recessie toe. En alsof dat nog niet erg genoeg was, werd de stad getroffen door de terroristische aanslagen. Opeens ging het een stuk slechter met de economie en moest niet alleen de uitbreiding worden uitgesteld, maar stond Chaim voor een veel dringender vraagstuk: hoe moest hij de leningen afbetalen?'

'Chaim heeft uit de kas gestolen,' zei Decker.

De chassied schudde zijn hoofd. 'Chaim had het beheer over de kas, maar uit je eigen inventaris stelen, is hetzelfde als uit je eigen portemonnee stelen. Je hebt een derde partij nodig als je de zaak wilt bedonderen.'

'Verzekeringsfraude.'

'Precies. Je dient claims in voor gestolen voorwerpen die je nooit hebt gekocht. Of je steelt spullen van jezelf uit het magazijn, dient een claim in en verkoopt ze op de zwarte markt, dubbele winst. Het probleem is dat het om bedragen van niks gaat, kleingeld. En als je het te vaak doet, gaat het opvallen. Als je écht in de problemen zit – maar ik weet niet of Chaim echt in de problemen zat – moet je een professionele brandstichter in de arm nemen.'

Decker bekeek de chassied onderzoekend. 'U schijnt hier veel over te weten.'

'Emek Refa'im is een toevluchtsoord voor diegenen onder ons die een drugsverslaving hebben. Veel van ons kampten met problemen die uiteindelijk tot de verslaving hebben geleid.'

'Zoals een slecht geweten.'

'Precies,' zei Schnitman. 'Blijkbaar was Ephraim geen uitzondering. Misschien zat hij daarom zo met zichzelf in de knoop, misschien vroeg hij zich af of de zaak in de fik zou worden gestoken...'

'Nee,' viel Decker hem in de rede. 'Als Ephraim wist dat Chaim van plan was de zaak in de fik te steken, zou hij dat volgens mij aan zijn vader hebben verteld.'

'Ja, daar hebt u waarschijnlijk gelijk in.'

'Het moet iets anders zijn geweest,' zei Decker. 'Weet u zeker dat zijn zorgen de zaak golden?'

'Ik weet niets zeker. Ik vertel u alleen wat iemand mij heeft verteld.' Hij sloeg zijn ogen ten hemel. 'Waarschijnlijk had ik zelfs dát niet moeten doen.'

'Ik zou die mentor graag willen spreken.'

'Ik weet niet waar hij woont. Ik weet ook zijn achternaam niet. Sommige mensen willen dat zo. Ik ben zelf iets progressiever, maar ik hou me zoveel mogelijk aan de regels. Ik doe het niet voor mezelf, ik schaam me niet voor wat ik doe, maar als zou uitlekken dat ik dit probleem heb, zullen mijn kinderen eronder lijden, vooral in de toekomst. Dan zal het moeilijk worden voor hen een sjidoech te vinden.'

Een sjidoech, een regeling waarbij met hulp van een bemiddelaar een huwelijkspartner wordt gevonden. 'De zonden van de vader,' zei Decker.

'Precies.' Schnitman hield zijn hoed vast toen de wind toenam. 'Maar ik wil graag helpen. Als u aanstaande dinsdag komt, is die persoon misschien op de bijeenkomst. Ik ben bereid u aan elkaar voor te stellen, maar verder kan ik niet gaan.'

'Aanstaande dinsdag ben ik weer aan het werk in Los Angeles.' Hij dacht aan wat hij tegen Donatti had gezegd: zestig uur, waarvan er nu minder dan achtenveertig over waren. 'Maar bedankt. U hebt in ieder geval bevestigd wat ik al vermoedde.'

Schnitman keek Decker aan. 'U bent een goed mens. U bent hier om joden te helpen en u hebt waarschijnlijk stank voor dank gekregen.'

'Inderdaad.'

'Ook Mosje Rabenoe heeft voor alles wat hij heeft gedaan stank voor dank gekregen.' Schnitman glimlachte. 'U bevindt u in goed gezelschap, inspecteur.'

29

HET WAS KWART VOOR ÉÉN TEGEN DE TIJD DAT DECKER TERUG WAS BIJ DE synagoge, maar Jonathan was nog in bespreking. Vijf minuten later zag Decker zijn broer zijn kantoor uit komen met een in het zwart geklede vrouw van een jaar of vijfenveertig en een tienerjongen. De vrouw hield een in elkaar gefrommeld papieren zakdoekje tegen haar ogen gedrukt en de jongen keek nors en hield zijn blik op de buitendeur gericht. Iedereen heeft problemen. Jonathan liep met hen mee naar buiten en kwam even later terug. Met snelle pas liep hij naar zijn kantoor.

'Jon,' riep Decker.

De rabbijn draaide zich verrast om. 'Akiva. Wat is er? Is er iets mis?'

'Nee.' Hij liep wat sneller om hem in te halen. 'Je was nogal lang bezig. Zullen we ergens een hapje gaan eten?'

Jonathan zei: 'Als het alleen voor de gezelligheid is, en ik neem aan dat dat niet zo is, heb ik er echt geen tijd voor. Maar als je me nodig hebt, maak ik tijd voor je vrij.'

'Waar moet je naartoe?'

'Terug naar Quinton.'

'Dat komt dan goed uit. Jij rijdt en we praten onderweg.'

De rabbijn keek hem onzeker aan. Decker stelde hem gerust. 'Ik ben niet van plan bij je schoonfamilie op bezoek te gaan. Ik heb in Quinton iets anders te doen, aan de noordzijde van de stad.'

Nu blonk er nieuwsgierigheid uit Jonathans ogen. 'Wat dan?'

'Dat vertel ik je straks wel. Als ik nou even koffie ga halen en bij de auto op je wacht? Hij staat een eindje verderop in de straat.'

'Heb je hier in de straat een parkeerplaats gevonden?' vroeg Jonathan.

'Na een halfuur rondjes rijden. Ga je spullen halen, dan zie ik je over een paar minuten.'

De paar minuten werden een kwartier, en toen Jonathan uiteindelijk optrok, kwamen ze niet erg ver. De straat was een zee van blik, en vooruitgang kon slechts in centimeters worden uitgedrukt toen het busje in de richting van de Henry Hudson Parkway sukkelde. Claxons toeterden in gefrustreerd protest.

Jonathan bleef er stoïcijns onder. 'Er is zeker een hoogwaardigheidsbekleder in de stad.'

'Ik heb iets gelezen over een conferentie – de National African Resource Agenda – in een kerk.'

'Kan kloppen. De Riverside Cathedral is hier niet ver vandaan. Ik heb dit al vaker meegemaakt. Het zal wel even duren voordat we hier weg zijn.'

'Het maakt mij niet uit.' Decker dronk zijn koffie, zette het bekertje in een bekerhouder en keek naar zijn broer, die een dik, driedelig pak met stropdas droeg. Warme lucht stroomde uit de luchtkokertjes. 'Als ik jou was, trok ik mijn colbertje uit, nu het nog kan.'

'Goed idee.' Het verkeer stond weer stil. 'Je zei iets over lunch. Heb je honger?'

'Gaat wel.'

'Ik heb broodjes in mijn tas.'

'Zo dadelijk. Bedankt.' Stilte. 'Heb je Raisie gesproken?'

'Niet sinds vanochtend.'

'Dan zal ik maar nergens naar vragen.'

'Dat is waarschijnlijk het beste.'

Decker streek met een vinger over zijn snor. 'Ik wil je in vertrouwen iets vertellen. Ik moet ervan op aan kunnen dat je het aan niemand anders zult vertellen.'

'Goed,' antwoordde Jonathan. 'Zeg het maar.'

'Ik heb vanochtend met wat mensen gepraat, Jon. Het schijnt zo te zijn dat je zwagers ruzie met elkaar hadden. Ik ben niet op de hoogte van de details, maar het had te maken met de zaak. Kort samengevat geloof ik dat Ephraim erover zat te denken zich te gaan beklagen bij je schoonvader, maar voordat hij dat kon doen, is hij vermoord. Kun jij hieraan iets toevoegen waarmee ik geholpen zou zijn?'

'Met wie heb je gesproken?'

'Dat zeg ik liever niet.'

'Is die persoon te vertrouwen?'

'Hij heeft geen reden om te liegen.'

'Ik heb er geen probleem mee dit onder ons te houden, Akiva. Ik ben een rabbijn; ik heb bepaalde privileges. Maar de geheimhouding zal eenzijdig zijn. Ik kan niet zoveel loslaten als jij.'

Decker dacht even na. 'Ook advocaten hebben geheimhoudingsplicht. Ik ben een beëdigd advocaat. Ik heb zelfs een poosje in die hoedanigheid gewerkt.'

'In Californië. We zijn nu in New York.'

Decker grinnikte. 'Het zou een interessant proefproces zijn, vind je ook niet?'

Jonathan dacht even na en haalde toen een dollarbiljet uit zijn portemonnee. 'Je bent hierbij ingehuurd.'

Decker streek het bankbiljet glad. 'En zo te zien ben ik niet al te duur.'

'Dit zegt niets over je bekwaamheden als advocaat.' Jonathan woog zijn woorden af. 'Ik zal je vertellen wat ik weet, al is het niet veel. Chaim zat in de schulden. Hij is zelfs bij mij gekomen voor een lening. Ik heb hem vijfduizend dollar gegeven.'

'Geen kleinigheid.'

'Nee. Toen hij om meer vroeg, heb ik hem nog vijf- of zeshonderd dollar gegeven. Ik heb erbij gezegd dat ik niet méér had, en hem verzocht er in de toekomst aan te denken dat zijn zus niet werkt en dat we drie kinderen op privé-scholen hebben.'

'Dan was dit al heel wat.'

'Ja. Hij vond het niet leuk, maar had er begrip voor. Een paar weken later kwam hij echter weer bij me. Hij zei dat hij wist dat ik het me niet kon veroorloven hem nog meer geld te lenen, maar de sjoel misschien wel. Hij vroeg of hij iets zou kunnen lenen uit het *gemach*-fonds van de sjoel.'

'Dat is het liefdadigheidsfonds, nietwaar?'

'Ja, het gemach is het liefdadigheidsfonds. Ik vond echter dat hij niet onder liefdadigheid viel. Bovendien waren er tegenstrijdige belangen in het spel, als ik mijn zwager op die manier zou helpen zijn schulden af te betalen. Ik heb dan ook gezegd dat daarvan geen sprake kon zijn. Hij reageerde nogal verontwaardigd. Een tijdlang heeft hij niet met me gesproken, maar een halfjaar geleden hebben we het bijgelegd. Dat wil zeggen, hij heeft zijn verontschuldigingen aangeboden. Hij zei dat hij indertijd onder druk was gezet door zijn schuldeisers, dat het toen erg slecht ging met de zaak en dat hij wanhopig was geweest. Nu was daar verandering in gekomen. Met de zaak ging het langzaamaan weer beter. Dat was in Elul, dus had ik het idee dat hij aan het nadenken was geslagen over wat er in het vooruitzicht lag.'

Elul was de maand die voorafging aan Rosj Hasjana. De dertig dagen dienden als herinnering aan wie iets had goed te maken voor de zonden die hij het afgelopen jaar had begaan. Volgens de joodse wet viel iedereen in die categorie. Elul viel min of meer samen met de maand september, en dat was inderdaad een halfjaar geleden.

'En?' vroeg Decker.

'Dat was het. We hebben het goedgemaakt. Vooral na 11 september leken onze geschillen bijzonder kleinzielig. Hij heeft ons uitgenodigd voor een etentje, en wij hen. We hebben Shayndie een paar weekeinden te logeren gehad. Alles leek in orde... tot deze bom barstte.'

'Hoe is Chaim erin geslaagd de zaak weer beter draaiende te krijgen?'

'Ik had de indruk dat hij niets bijzonders had gedaan. Dat het uit zichzelf weer beter ging.'

'Hij heeft je daarover dus geen details gegeven?'

'Nee.'

'En Ephraim? Heeft die je enige verklaring gegeven voor de plotselinge ommekeer?'

'Nee, die heeft helemaal niets gezegd. Ik heb altijd het gevoel gehad dat Ephraim al zijn energie nodig had om alleen maar zichzelf te zijn. Hij kampte met veel problemen.'

'Ik ga even hardop denken,' zei Decker. 'Je moet je niet beledigd voelen.'

'Goed.'

'Chaim sluit leningen af bij de bank om de zaak uit te breiden en raakt vervolgens diep in de schuld. Dan zet de recessie in en gaat het steeds slechter met de zaak. Hij leent hier en daar geld, van familie, misschien van vrienden, om het hoofd boven water te houden, om de bank zoet te houden, maar het lukt niet. Hij raakt zozeer in paniek dat hij jou verzoekt iets onwettigs te doen...'

'Ik weet niet of hij het als iets onwettigs beschouwde.'

'Het is op z'n minst dubieus, Jonathan. Zelfs nadat je hem hebt uitgelegd waarom het niet mogelijk is, en ik weet zeker dat je dat tot in de kleinste details hebt gedaan, wordt hij kwaad. Hij praat niet meer met je.'

Jonathan zei niets en maskeerde zijn onrust door zich op het rijden te concentreren.

'En toen ging het plotseling weer beter,' zei Decker.

'Ik weet niet of het plotseling was,' zei Jonathan.

'Oké, je zei dat het langzaamaan beter ging met de zaak. Dat wil ik even ontleden. Wanneer het langzaamaan beter gaat met een zaak, wil dat niet zeggen dat er opeens een hoop geld binnenstroomt, zoveel geld dat je je niet langer zorgen hoeft te maken over crediteuren die achter je aan zitten. Wanneer het langzaamaan beter gaat met een zaak, duidt dat op een ontwikkeling op lange termijn.'

Jonathan zei: 'Ik kan je niet volgen.'

'Dat komt omdat ik het al pratende aan het uitwerken ben,' antwoordde Decker. 'De zaken gaan langzaamaan beter. Maar ik heb gehoord dat Ephraim zich zorgen maakte om de manier waarop Chaim zakendeed. Weet je wat ik denk, Jon? Dat Chaim niet verwachtte dat een langzame verbetering hem uit het slop kon halen. Ik denk dat hij plotseling over veel geld beschikte, mogelijk door illegale bezigheden. Hoogstwaarschijnlijk door illegale bezigheden, tenzij je iets weet over een erfenis.'

'Je maakt erg grote sprongen, Akiva.'

'Ja, dat is het leuke van dit soort theorieën. Het vervelende is dat ik bewijzen moet zien te krijgen om mijn theorieën te staven. Maar ik ga nog even door. De eenvoudigste manier waarop Chaim aan dat illegale geld kon komen, was via verzekeringsfraude. Het punt is alleen dat de behandeling van claims nogal wat tijd kost. De ommekeer was nogal plotseling, nietwaar?'

'Ik weet niet hoe plotseling.'

'Hoeveel maanden zaten er tussen het tijdstip waarop hij had gevraagd of hij geld van de sjoel kon lenen, en het tijdstip waarop jullie de ruzie hebben bijgelegd?'

Jonathan trommelde op het stuur. 'Een maand of drie.'

'Dan moet er een opzienbarende opleving van de verkoopcijfers zijn geweest, Jon. Als dit rond de kerst was gebeurd, alla, maar we hebben het over de maanden juni tot september en dat is over het algemeen de komkommertijd in de detailhandel. Sorry dat ik zo sceptisch ben.'

Deckers maag knorde hoorbaar.

'Neem een broodje,' zei Jonathan. 'Ik heb tonijn en kip.'

'Welke wil jij?'

'Maakt me echt niet uit.'

'Dan neem ik de kip.' Decker zocht in de tas van zijn halfbroer naar de plastic zak met de broodjes. 'Wat doe je wanneer je je handen niet kunt wassen?'

'Dan zeg je alleen de *Hamotsi*. Ik heb ook fruit, chips en cola light. Raisie heeft er belang bij me goed te voeden. Neem wat je wilt.'

Decker zei in stilte de zegen en beet toen in het broodje. 'Bedankt. Ik rammel. Zullen we doorgaan?'

'Je bedoelt of jíj moet doorgaan.'

'Ik ben inderdaad het meest aan het woord. Wil jij er iets aan toevoegen?'

'Nog niet.'

'Waar was ik gebleven?'

'Dat het met de zaak juist in de zomer opeens veel beter ging.'

'Je hebt goed opgelet.'

'Ik ben altijd een brave leerling geweest.' Jonathans stem klonk bitter.

Decker nam nog een hap. 'Goed... hoe is Chaim dus aan het geld gekomen? Zoals ik al zei, is verzekeringsfraude niet alleen tijdrovend, maar krijgt de verzekeraar achterdocht als er te veel claims worden ingediend. Iemand heeft me verteld dat als je veel geld van de verzekering wilt krijgen, je beter je hele inventaris in één keer kunt vernietigen met hulp van een professionele brandstichter. Maar zelfs als de verzekeraar dan over de brug komt met het geld, gebeurt dat nooit erg snel, om dezelfde redenen: de verwerking van claims, vooral grote claims, kost tijd. Er wordt een diepgaand onderzoek ingesteld. Dus blijf ik me afvragen hoe Chaim zo snel aan geld kon komen.'

'En wat denk je?'

'Er zijn diverse mogelijkheden.' Decker had het broodje kip op en dronk wat cola. 'Dit was erg lekker. Bedankt. Heb je zelf geen trek?'

'Eerlijk gezegd wel.'

Decker pakte het broodje met tonijnsalade voor hem uit. Jonathan zei in stilte de zegen en nam een hap. 'Hoe is Chaim aan het geld gekomen?'

'Misschien door middel van witwaspraktijken binnen de zaak, waarbij Chaim een percentage ontvangt van het geld dat hij witwast. Maar dan vraag ik me af hoe Ephraim daarachter kan zijn gekomen. Hij had immers niets te maken met de financiële kant van de zaak. Hij had geen boekhoudboeken in zijn bezit en geen documenten van de bank. Witwassen valt dus eigenlijk af.'

Ze hadden eindelijk de HH Parkway bereikt, maar ook daar reed het verkeer bijna stapvoets. Jonathan hoopte dat de file zou oplossen wanneer ze eenmaal buiten de stad waren. 'Waar zit je dan aan te denken?'

'Narcotica. Drugs. Als mijn rabbi ben je gebonden aan geheimhouding, dus zal ik je vertellen wat ik van mijn broer Randy, die in Miami bij de zedenpolitie zit, heb gehoord.' Hij gaf Jonathan een samenvatting van zijn gesprek met Randy. 'Het ziet ernaar uit dat onze broeders stoute dingen hebben gedaan met betrekking tot het illegale transport en de verkoop van MDMA, beter bekend als xtc. Ik herinner me een groot schandaal rond New Yorkse chassidiem die drugs het land binnensmokkelden. Klopt dat?'

'Dat was jaren geleden.'

'Drie jaar geleden,' verbeterde Decker hem. 'En het heeft een schokgolf veroorzaakt binnen de joodse gemeenschap. Wat denk je?'

'Als ik je goed begrijp, ben jij van mening dat Chaim geld kreeg als xtc-koerier.'

'Ik zit nog steeds hardop te denken.'

'Dan zal ik hardop met je meedenken. Als Chaim een koerier was, zou dat dan niet inhouden dat hij vaak heen en weer moest reizen naar Israël of Europa, of waar die drugs ook vandaan komen?'

Decker gaf geen antwoord. Hij wist wat er komen ging.

Jonathan zei: 'Volgens mij heeft Chaim de afgelopen tien jaar New York niet één keer verlaten.'

'Misschien heeft hij het niet stukje bij beetje gedaan, niet met aparte reisjes. Misschien heeft hij het één keer gedaan, op grote schaal. Je weet niet toevallig of hij in die tijd in het buitenland is geweest?'

'Nee.'

'De enige manier om daarachter te komen, is door zijn paspoort te bekijken.' Decker glimlachte. 'Geen slecht idee.'

'Vergeet dat maar.'

'Het kan toch geen kwaad?'

'Wil jij dat ik naar Chaim ga terwijl hij sjiva zit voor zijn vermoorde dochter en broer en hem om zijn paspoort vraag?'

'Nee, misschien niet.'

'Dat weet ik wel zeker!'

'Je hebt gelijk,' zei Decker.

Ze reden zwijgend mee in de file, terwijl ze de rest van de lunch opaten. Toen het busje eindelijk buiten de stadsgrenzen kwam en ze de Saw Mill Parkway richting Upstate New York namen, loste de file op en draaiden de wielen weer in een normaal tempo. Jonathan, die zich wat

beter voelde nu hij zijn maag had gevuld, hervatte het gesprek.
'Heb je er verder nog iets aan toe te voegen, Akiva?'
Decker sprak weloverwogen. 'Alleen dat Ephraim misschien te weten is gekomen dat Chaim een drugsdealer was en overwoog het aan je schoonvader te vertellen.'
'Ephraim zou zijn broer nooit... verklikken, vooral niet als het bij één keer was gebleven. Wat zou het voor zin hebben? Hij zou hun vader er alleen maar hartzeer mee bezorgen. Stel dat Chaim één keer een grote partij had gesmokkeld, dan moet dat minstens zes maanden geleden zijn geweest, nadat Chaim me had verteld dat het beter ging met de zaak. Hoe valt dat dan te rijmen met Ephraims zogeheten lopende zakelijke conflicten met Chaim?'
Daar had hij gelijk in. 'Misschien heeft hij het meerdere keren gedaan.'
'Dan zou hij vaak naar het buitenland moeten zijn gereisd, en ik heb je al verteld dat dat niet zo is. We zijn dus terug bij Af.'
'Misschien overwoog hij nog een grote lading te laten komen en heeft Ephraim dat ontdekt.'
'Hoe zou Ephraim daarachter moeten zijn gekomen? Die twee mochten elkaar niet, om het maar even zacht uit te drukken. Ze zeiden amper iets tegen elkaar en dan nog alleen om de lieve vrede binnen de familie te bewaren. Ephraim vond Chaim een eigenwijze klier en Chaim vond Ephraim een onverantwoordelijke sukkel. Ze hielden hun persoonlijke aangelegenheden volkomen van elkaar gescheiden.'
'Maar die aangelegenheden kruisten elkaar wel.'
'In beperkte mate.'
'Op zakelijk terrein,' zei Decker.
'Ja.'
Inventaris, dacht Decker. Ephraim had de zorg gehad voor de inventaris. 'Ik heb een idee, Jonathan. Misschien reisde Chaim niet zelf, maar zijn koopwaar wel. Hoe zit het daarmee? Importeerde hij dingen uit Europa of Israël?'
'De familie werkt met grote omzet, lage prijzen. Ze verkopen goedkoop spul uit Azië. Vooral uit Korea...'
'Is Haifa niet een belangrijke tussenhaven voor Azië? En Rotterdam ook? Het lijkt me geen probleem om de achterkant van computers, stereoinstallaties, videoapparatuur, telefoontoestellen of cd-spelers open te schroeven en er wat zakjes xtc-pillen in te doen. Het hoeft niet eens veel te zijn. Stel dat je per zending tienduizend pillen smokkelt. Die kun je gemakkelijk kwijt in elektronische apparatuur. Als je bedenkt dat die pillen op straat voor twintig dollar per stuk worden verkocht, heb je het over een kwart miljoen dollar per zending. Hoeveel zendingen ontvangt Chaim per jaar?'
Het was een retorische vraag. Jonathan gaf er geen antwoord op.
Decker zei: 'Het is veel gemakkelijker om drugs in koopwaar te stop-

pen, dan het door koeriers te laten smokkelen. En veel praktischer. Zelfs als een zending door de douane wordt onderzocht, bekijken ze hooguit één of twee pallets. Ze gaan niet alles uitkammen. Tenzij ze redenen hebben om verdenkingen te koesteren.'

Decker sprak met steeds meer animo.

'Op een dag is Ephraim bezig de inventaris op te maken en te controleren of de aantallen op een lijst overeenkomen met de binnengekomen koopwaar. Bij toeval raakt de achterkant van een videoapparaat los. Hij ziet een zakje met pillen dat men vergeten heeft eruit te halen. Als ex-verslaafde weet hij meteen wat het is. Hij gaat ermee naar zijn broer, maar...'

'Hou maar op,' zei Jonathan toonloos.

'Wat?'

'Ik zei: hou maar op!' Jonathans gezicht kreeg een harde trek. 'Ook als je Chaim nu aan de kaak zou stellen, krijgen we Ephraim en Shayndie daarmee niet terug. De familie is kapot, Akiva, hoor je me? Kapot. Mijn vrouw is kapot. Ik wil hier niets mee te maken hebben. Ik wens mijn familie niet nog meer ellende te bezorgen!'

'Zelfs als er bewijs is dat Chaim Ephraim in de val heeft gelokt?'

'Maar zulk bewijs heb je niet, of wel?'

'Nee, nog niet, maar...'

'Ik geloof er geen woord van!' Opeens vertrok het gezicht van de rabbijn. Tranen gleden over zijn wangen en werden opgezogen door zijn baard. 'Als je iemand te grazen wilt nemen – als je iemand te grazen móét nemen – dan zou ík dat moeten zijn!'

'Waar heb je het over, Jon?' Decker bekeek zijn broer aandachtig. 'Wat is er?'

Zonder enige waarschuwing gaf Jonathan een ruk aan het stuur en reed de berm in. Het busje slipte bijna toen het over de natte grond, steentjes en halfbevroren plassen hobbelde. Hij zette de motor af, zakte voorover op het stuur en begon te huilen. Toen hij uiteindelijk sprak, kon Decker hem nauwelijks verstaan.

'Ik ben ontzettend de mist in gegaan, Akiva,' zei Jonathan schor.

'Wat? Hoe dan?' Decker legde zijn hand op Jonathans schouder en sloeg toen zijn arm om hem heen. 'Vooruit, joh, zo erg kan het niet zijn. Vertel het maar.'

'Het is héél erg!'

'Vertel het me evengoed maar.'

Hij hief zijn hoofd op. Zijn betraande ogen waren rood. 'Ik heb een enorme fout gemaakt... wat Shaynda betreft. Ik heb tegen je gelogen. Ik heb... gelogen.'

Auto's zoefden langs en misten soms ternauwernood de achterlichten van het busje. Met bonkend hart wachtte Decker op wat er komen ging.

'Ze heeft me gebeld. Shayndie.'

Decker hield zijn adem in. 'Wanneer dan?'

'Op de ochtend dat ze is vermoord. Ik heb haar drie uur voor haar dood nog gesproken!'

'Om ongeveer zeven uur 's ochtends dus,' zei Decker. 'Heeft ze naar je huis gebeld?'

De rabbijn knikte. 'Ze belde...' Hij slaakte een verstikte zucht. 'Ze zei dat alles in orde was met haar... dat er voor haar werd gezorgd. Maar ik mocht het aan niemand vertellen, vooral niet aan haar vader. Ze was stiekem naar buiten gegaan om te bellen; dat mocht eigenlijk niet, als ze wilde blijven waar ze was. Als hij erachter kwam dat ze de regels had overtreden, zou hij haar de deur uit zetten. Ze moest dus snel teruggaan... voordat iemand erachter kwam.'

'Wie is hij?' vroeg Decker.

Jonathan haalde hulpeloos zijn schouders op. 'We hebben maar één of twee minuten gesproken. Toen zei ze dat ze moest ophangen. En ze vroeg of ik alsjeblieft tegen níémand wilde zeggen dat ze had gebeld.' Hij keek Decker met gezwollen ogen aan. 'Ik heb haar gesmeekt me te vertellen waar ze was. Ik heb haar gesmeekt me te vertellen bij wie ze verbleef. Dat deed ze niet. Ze zei alleen dat een belangrijk persoon die veel macht had, voor haar zorgde en dat alles in orde was.'

Een lange stilte.

'Ik heb het aan Chaim verteld,' bekende Jonathan. 'Ik kon er niets aan doen, Akiva. Ik... hij is mijn zwager... als het mijn dochter was geweest...'

Hij wendde zijn hoofd af, buiten zichzelf van machteloosheid.

'Ik heb erbij gezegd dat hij het aan niemand mocht vertellen. Ik heb gezegd dat het van levensbelang was dat het tussen ons tweeën bleef, maar hij heeft het waarschijnlijk aan Minda verteld. Misschien heeft zij het doorverteld aan de verkeerde persoon... ik weet het niet. Ik word gekweld door de gedachte dat ik haar onopzettelijk de dood in heb gestuurd.'

'Daar lijkt het niet op...'

'Maar ze had me gesmeekt het aan niemand te vertellen... dat had ik als waarschuwing moeten opvatten. Misschien werd mijn telefoon afgeluisterd. Of Chaims telefoon, toen ik hem heb gebeld om het hem te vertellen. Ik had erop moeten aandringen dat ze me meer informatie zou geven, maar het was zo'n kort gesprek...'

'Als ze naar je huis heeft gebeld, kunnen we nagaan waarvandaan. Het zal wel een telefooncel zijn geweest, maar dat geeft ons een indicatie waar ongeveer ze verbleef... aangenomen dat ze te voet naar de telefooncel is gegaan.'

'Ik had het met jou moeten overleggen.' Jonathan droogde zijn ogen. 'Ik had je om advies moeten vragen voordat ik iets deed. Zoals ik het heb aangepakt... heb ik niet alleen Shayndies vertrouwen geschonden... maar heeft het haar misschien ook het leven gekost.'

De lach uit Deckers keel klonk hard en bitter. 'Godallemachtig!' Hij wendde zich tot zijn broer. 'Je vindt dat jíj de mist in bent gegaan?' Hij keek naar het dak van het busje. 'Met mij is het nog veel erger! Ik heb haar gezien, Jonathan. Ik heb haar gezien en haar laten gaan...'

'Hè?'

'Ik heb haar laten gaan omdat ze werd beschermd... althans, dat dacht ik.'

'Door wie dan?'

'Het is beter dat je dat niet weet,' zei Decker.

Jonathan greep Deckers schouders vast. Woede vlamde uit zijn ogen. 'Ik heb zojuist mijn ziel voor je blootgelegd. Jouw antwoord is niet goed genoeg!'

Decker wilde figuurlijk terug slaan, maar hij hield zich in. Jon had gelijk. Hij sloeg zijn handen ineen om te verhoeden dat hij ermee zou uithalen en ook om het beven tegen te gaan. Zijn hart klopte zo snel dat hij zich voelde alsof hij in ademnood kwam.

Hou je rustig, hou je rustig!

'Goed...' Hij kwam weer wat op adem. 'Goed, ik zal het je vertellen. Als we de dingen op een rijtje willen zetten, moeten we allebei open kaart spelen. Maar je zegt er geen woord over, tegen niemand!'

Ze zwegen allebei. Auto's bleven voorbijzoeven, hun voorbumpers gevaarlijk dicht bij de achterzijde van het busje. Decker gromde: 'We kunnen beter doorrijden, anders knalt er nog iemand tegen ons aan.'

'Zo dadelijk.' Jonathan kamde met zijn nagels door zijn baard terwijl hij moeizaam ademde. 'Afgesproken. Dit blijft tussen ons tweeën. Door wie werd Shayndie beschermd?'

Het duurde even voordat Decker de naam uit zijn keel kon krijgen. 'Door Christopher Donatti.'

Jonathan keek hem volkomen verbijsterd aan. 'Door Christopher Dona...'

'Ooit van hem gehoord?'

'Ja, natuurlijk. De rechtszaak van zijn vader heeft zes maanden op de voorpagina's gestaan! Wat deed ze bij hem? En wat heb jij met hem?'

'Ik zal eerst de tweede vraag beantwoorden. Toen de politie aan het onderzoek naar de moord op Ephraim begon, zei een van de agenten dat het eruitzag als het werk van Donatti, maar dat hij het waarschijnlijk niet had gedaan, omdat het slachtoffer niet belangrijk genoeg was en de moord te slordig was gepleegd. Aangezien ik geen andere aanknopingspunten had, ben ik met hem gaan praten.'

'Je bent met Christopher Donatti gaan praten?'

'Ja.'

'Zomaar?'

'Als je me de kans geeft het uit te leggen...'

'Je bent naar een beroepsmoordenaar gegaan!' zei Jonathan verhit. 'En niet zomaar een beroepsmoordenaar. Je bent op bezoek gegaan bij een van de beruchtste criminelen uit de geschiedenis van de maffia, wiens vader meer dan vijftien jaar aan het hoofd heeft gestaan van de New Yorkse maffia. Waarom, als ik vragen mag?'

'Zou je niet zo'n sarcastische toon willen aanslaan? Het begint me te irriteren.'

Jonathan wendde zijn gezicht af. 'Ik ben... sprakeloos.'

Stilte.

'Sorry dat ik zo onbeschoft deed,' fluisterde Jonathan.

Decker zei: 'Laat maar zitten. Ik had het verdiend.'

'Nee. Ik neem aan dat je goede bedoelingen had...' Jonathan haalde diep adem en poetste toen zijn brillenglazen op met zijn zakdoek. 'Waarom ben je naar Donatti gegaan, als je hem ervan verdacht Ephraim vermoord te hebben?'

'Ik verdacht Donatti niet, omdat de politie hem niet verdacht.' Deckers gezicht betrok. 'Ik ben hem om hulp gaan vragen, Jonathan. Donatti en ik hebben in het verleden met elkaar te maken gehad. Ik dacht dat hij misschien een goede bron van informatie zou zijn...' Decker sloeg met zijn hand op het dashboard. 'Het was een stomme zet! Ik ben een achterlijke klootzak, oké?'

'Je bent geen klootzak en je bent zeker niet achterlijk.' Jonathan slaakte een zucht. 'Wie weet waardoor we tot bepaalde dingen worden aangezet? We denken dat we het weten, maar dat is niet zo. God zit overal achter en Hij zal er Zijn redenen voor gehad hebben.'

'Het is aardig van je om dat te zeggen.'

'Ik heb geen recht om een oordeel te vellen.'

Ze zeiden geen van beiden iets terwijl auto's op hoge snelheid langs jakkerden.

Decker ging door: 'Ik heb Donatti een paar maal gesproken. Hij zei dat hij haar had.'

'Wat wil dat zeggen?'

'Donatti verzamelt weggelopen kinderen. Jonge meisjes en homoseksuele jongens die nergens anders naartoe kunnen. Hij gebruikt hen... laat hen voor hem tippelen...'

'Lieve hemel! Heeft hij...'

'Nee, nee. Hij heeft haar niet laten tippelen. Ze was nog niet lang genoeg bij hem. Hij had Shayndie in het weekeinde opgepikt... voordat ik bij hem was geweest. Maar hij vertelde me dat niet meteen. We moesten eerst een spel van kat en muis spelen. Zo is het tussen ons altijd geweest, psychologische spelletjes. Op een gegeven moment vertelde hij me dat hij haar had. Hij zei dat hij het me vertelde als een gunst, zodat ik me geen zorgen over haar hoefde te maken en me kon concentreren op de moord op Ephraim. Op het moment zelf dacht ik dat hij de waarheid sprak, maar met psychopaten weet je het nooit. De man is een meedogenloze moordenaar en een ziekelijke leugenaar. Maar je moet roeien met de riemen die je hebt.'

Jonathan knikte. 'Dat is zo.'
Decker streek met zijn hand over zijn gezicht. 'Ik zou hebben gezworen dat het de waarheid was, Jonathan, omdat ik haar heb gezien. We hadden ergens afgesproken en toen is hij met haar bij me gekomen, om te bewijzen dat alles in orde was met haar. Ze was doodsbang maar ongedeerd.'
'Ik kan me voorstellen dat ze doodsbang was, als ze bij hem was.'
'Ze was niet bang voor hem, Jon; ze was bang voor mij! Ze was als de dood dat ik haar zou meenemen, dat ik haar zou terugbrengen naar haar ouders. Ze smeekte hem haar niet terug te sturen naar haar ouders, smeekte hem mij weg te sturen. Het enige wat ze wilde, was teruggaan naar waar hij haar had ondergebracht. Ze liet hem geen moment los. Ze klampte zich aan hem vast als klimop aan een muur. Toen hij onder vier ogen met me wilde praten, moest hij haar letterlijk van zich aftrekken.'
'Het kan toneel zijn geweest.'
'Nee, het was geen toneel. Toen ik haar vragen stelde, beefde ze zo van angst, dat ze me nauwelijks antwoord kon geven. Ze fluisterde haar antwoorden in zijn oor en hij vertelde me wat ze zei.'
'Wat heb je haar gevraagd?'
'Ik heb haar naar de moord gevraagd. Wat ze had gezien.'
'En?'
'Ze zei dat chassidiem Ephraim hadden meegenomen.'
'Goeie god, wat zullen we nu toch weer...'
'Of,' viel Decker hem in de rede, 'mensen die verkleed waren als chassidiem. Ze zagen er namelijk niet uit als leden van de chassidische sekten die ik ken. Ze droegen sjtreimels. Zegt jou dat iets? Is er een sekte die op doordeweekse dagen sjtreimels draagt?'
'Dat weet ik niet.' Jonathan schudde zijn hoofd. 'Zou kunnen.'
'Het kan zijn dat het mensen waren die zich hadden verkleed, maar het niet helemaal goed hadden gedaan. Bijvoorbeeld bepaalde drugsdealers van de Israëlische maffia die in Florida worden gezocht wegens handel in xtc, en ergens zijn ondergedoken voordat de politie van Miami hen kon arresteren. Misschien zijn ze ondergedoken in Quinton.'
'Maar wat zouden die nu met Ephraim moeten?'
'Misschien wist hij iets, vooral als hij drugs het land in smokkelde.'
'Akiva, in Quinton kent iedereen iedereen. Voortvluchtigen kunnen zich daar niet schuilhouden, laat staan integreren.'
'Tenzij ze mensen kennen binnen de gemeenschap,' was Deckers weerwoord. 'Misschien zitten ze bij iemand ondergedoken. Zoals ik al zei, als Chaim iets te maken had met het smokkelen van xtc...'
'Akiva, je hebt geen enkele reden om Chaim in verband te brengen met dergelijke activiteiten!' Jonathan verhief zijn stem. 'Waar is je bewijs voor dergelijke waanzinnige beschuldigingen?'
Decker liet zijn hoofd in zijn handen zakken. 'Ik heb geen bewijs.'

Jonathan sloeg zijn hand voor zijn mond en liet zijn stem dalen tot een fluistering. 'Zelfs als Chaim iets illegaals deed... kan ik niet geloven dat hij zijn eigen broer in de val zou lokken! Dat kan ik gewoon niet geloven!'

'Misschien had het geen moord moeten zijn, Jon. Misschien wilde hij Ephraim alleen maar bang maken. Misschien is het uit de hand gelopen. Misschien klets ik uit mijn nek! Ik doe mijn best, maar blijkbaar is dat niet genoeg. Anders zou Shayndie nu nog in leven zijn geweest.'

Jonathan legde zijn hand op Deckers schouder. 'Weet je zeker dat Donatti niet degene is die haar heeft vermoord?'

'Nee, ik ben nergens zeker van. Maar het lijkt niet logisch dat hij het heeft gedaan. Hij wist dat als haar iets zou overkomen, ik hem te grazen zou nemen. En dat is precies wat er is gebeurd. Hij leek echt geschokt toen ik hem over de moord vertelde.'

'Kan dat gespeeld zijn geweest?'

'Natuurlijk. Hij had mij gemakkelijk zand in de ogen kunnen strooien. Alleen leek ze zo van hem afhankelijk. Hij zei zelfs dat hij haar heelhuids aan me zou teruggeven wanneer de zaken waren bekoeld. Ik denk dat ik hem gewoon geloof omdat ik niet anders kon.'

'Wat bedoel je met "heelhuids"?'

'Hij gaat naar bed met de kinderen die hij voor zich laat tippelen. Ik vermoed dat hij het zowel met de jongens als met de meisjes doet. Hij zei dat hij het met haar niet zou doen.' Decker maakte een gebaar alsof hij iets opzij schoof. 'Ik weet het niet... ik had haar moeten grijpen toen ik de kans had.'

'Hij zou jullie allebei hebben vermoord.'

'Waarschijnlijk wel. Je wilt hem niet als vijand hebben. Hoewel ik hem al eerder kwaad heb gemaakt en hij mijn gezin en mij nooit iets heeft gedaan. Ik weet het niet. Psychopaten zoals hij zijn net als die dieren die half hond half wolf zijn; er zijn mensen die zo'n beest als huisdier nemen en een tijdlang gaat het goed, maar dan krijgt zo'n wolfshond het op z'n heupen en valt hij zijn baasje aan. Misschien is dat ook hier het geval. Misschien heeft hij zich bedacht. Misschien beschouwde hij het als een bijbelse wraak op mij, oog om oog, meisje om meisje. Hij vindt namelijk dat ik zijn relatie met een meisje heb verpest. Misschien heeft hij hiermee nu wraak genomen.'

'Welk meisje?'

'Dat is niet relevant. Het had te maken met een van mijn zaken, acht jaar geleden. Toen Donatti in Los Angeles woonde.'

'Heeft hij dan in Los Angeles gewoond?'

'Ja, een jaar.'

Jonathan leunde achterover op zijn stoel. 'Dat is niet wat de bijbel bedoelt met "oog om oog".'

Eens een rabbijn... Decker zei: 'Dat weet ik. Rina heeft het aan me uitgelegd. Het betekent geldelijke compensatie. Maar kun je dat muggenziften even achterwege laten? En laten we alsjeblieft van de snelweg af zien te komen. Het zou niet prettig zijn om op één dag twee vrouwen weduwe te maken.'

Jonathan startte de motor en voegde voorzichtig in. 'Je bent kwaad op me.'

'Ik ben kwaad op mezelf. Ik ben enorm de fout in gegaan. Ik denk aldoor bij mezelf wat ik had moeten doen. Had ik een pistool moeten halen en hem neerschieten? Had ik hem moeten omkopen? Had ik naar de politie moeten gaan? Gepraat achteraf. Op het moment zelf dacht ik dat ik het nogal goed aanpakte.'

'Je hebt je best gedaan.'

'Jij ook,' antwoordde Decker. 'Voel je je daardoor iets beter?'

'Nee. Ik voel me alsof God me straft voor het feit dat ik mijn belofte heb gebroken. Dat is natuurlijk belachelijk, maar vertel dat maar aan mijn geweten. Bovendien kom ik niet van het gevoel af dat ik haar op de een of andere manier in de steek heb gelaten. Ik had naar de politie moeten gaan. Zoals je al zei, hadden ze daar op z'n minst kunnen nagaan waarvandaan ze had gebeld. Dan hadden ze misschien agenten erop uitgestuurd om haar te zoeken.'

Ze reden een paar minuten zonder iets te zeggen.

Toen vroeg Jonathan: 'Denk je echt dat Donatti haar niet heeft vermoord?'

'Dat denk ik inderdaad. Want waarom zou hij?'

'Wat heeft hij gezegd nadat je hem had verteld dat Shayndie was vermoord?'

'Ik was woedend toen ik bij hem aankwam. Maar hij werd helemáál razend.' Decker wees naar zijn oog.

'Aha.' Jonathan knikte. 'Dat is veel logischer dan het belachelijke smoesje waar je mee aankwam. Ga door. Wat is er gebeurd nadat hij je had geslagen?'

'Hij kalmeerde. We hebben gepraat. Hij beweerde dat hij haar die ochtend om een uur of zes voor het laatst had gezien. Dat ze net zo was geweest als 's nachts: klimop. Hij wilde met alle geweld wraak, Jon. Ik ben erin geslaagd hem te overreden ermee te wachten tot ik alles had gedaan wat ik kon doen. Het láátste waar ik behoefte aan heb, is dat een professionele maffiamoordenaar grote schoonmaak gaat houden, vooral als Chaim niet onschuldig blijkt te zijn.'

'Akiva, je hebt geen bewijs!'

'Dat weet ik ook wel. Maar als Chaim erbij betrokken is, is het dan niet beter dat ik eerder bij hem ben dan Donatti?'

Omdat Jonathan daarop geen weerwoord had, deed hij er het zwijgen toe.

Decker zei: 'We gaan het dus als volgt doen. Jij gaat in Quinton rondneuzen om uit te zoeken of er binnen de joodse gemeenschap mensen bij zijn gekomen die zich geheimzinnig gedragen. Ik ga naar de politie van Quinton om uit te zoeken of Shayndie omging met de verkeerde soort mensen. Vergeet niet dat Randy me heeft verteld dat een paar jongens uit Quinton in Miami zijn gearresteerd wegens bezit van xtc. Als ze dat niet in het zuiden hebben gekocht, moeten ze het van thuis hebben meegenomen. Misschien kan ik achter de dealer komen. Ik kan ook teruggaan naar Tattlers en proberen uit te zoeken of iemand de meisjes daar ooit heeft gevraagd of ze als koerier wilden werken.'

'En dat zouden ze zomaar toegeven?'

'Nee, natuurlijk niet. Daarvoor heb je een ervaren inspecteur met een gouden penning nodig!' Hij glimlachte op een trieste manier, denkend aan een ondergedoken vijftienjarige die geen enkele kans had gehad.

'Hou op, Akiva,' wees Jonathan hem terecht. 'Je bent een goede vent en ik heb enorm veel respect voor je. Ik hoop dat dat wederzijds is.'

'Zeker.'

'Dan moeten we allebei ophouden onszelf te straffen.'

'Goed.'

Jonathan zei: 'Als ik het goed begrijp, wil je graag dat ik je help?'

'Ja.'

'Wat je van me verlangt, is dat ik achter de rug van mijn familieleden om voor je ga spioneren. En dat ik misschien de enige overgebleven broer van mijn vrouw in de val moet lokken.'

'Daar komt het in grote lijnen op neer.'

Jonathan dacht na. 'Ik zal proberen zoveel mogelijk te weten te komen. Maar ik geef je Chaim niet op een presenteerblaadje. Goed?'

Decker hief zijn handen op. 'Zoals je wilt.'

Jonathan keek even naar hem, maar concentreerde zich toen weer op het rijden. 'Ik heb er sneller in toegestemd dan je had verwacht.'

'Inderdaad.'

Het werd stil in de auto.

'Hoe ver is het nog?' vroeg Decker.

'Een halfuur.'

'Valt mee,' zei Decker. 'De tijd vliegt wanneer je lol hebt.'

'Zeg dat wel,' zei Jonathan. 'Ik hoop dat ik een betere partner voor je zal zijn dan Donatti.'

'Vast wel, tot op zekere hoogte.'

'Tot op zekere hoogte?'

'Chris heeft zijn voordelen.'

'Zoals?'

'In geval van nood weet die psychopaat met vuurwapens om te gaan.'

30

VRIJEN BRACHT MET ZICH MEE DAT JE ELKAAR OP EEN GEGEVEN MOMENT weer los moest laten, en wanneer dat gebeurde, zonk hij altijd weg in een diep zwart gat, omdat hij wist dat de enige persoon op de hele wereld wie het nog iets kon schelen of hij leefde, weg was. Hij wist dat het haar om het geld ging – hij was niet achterlijk – maar ze speelde zo goed toneel dat hij zichzelf kon wijsmaken dat een fractie van haar hart om hem gaf, ook al hield ze niet van hem.

Vandaag was een perfect voorbeeld, omdat het goed was geweest. Te goed, en dat maakte het verlies des te zwaarder, de leegte des te groter. Hij was in een zwartgallig humeur en zijn futloze lijf deed pijn van het schrijnende gemis.

Hij lag in bed in een kamer die vanwege de verduisteringsgordijnen pikdonker was en staarde nietsziend voor zich uit. Vormeloze gedachten dwaalden door zijn hoofd, een apathie veroorzaakt door drank en pijnstillers.

Ja, dit keer was het erg goed geweest.

Afgemeten naar haar orgasmen, omdat hij seks in orgasmen mat.

Dat was niet altijd zo geweest. In het begin was ze net zo geweest als alle anderen. Voor hem was seks altijd eenrichtingsverkeer geweest, omdat het hem niet interesseerde hoe de meisjes het vonden, en omdat negenennegentig procent van hen toch niet in staat was een climax te bereiken en het dus niet eens de moeite waard was te doen alsof. Hij was ervan uitgegaan dat Terry net zo was als alle anderen. Hij had haar genomen zoals hij hen allemaal nam, van achteren, omdat het zijn meest geliefde positie was: prachtig uitzicht, goede penetratie en minimaal lichamelijk contact. Hij verafschuwde het om aangeraakt te worden, omdat lichamelijk contact in zijn jeugd altijd gepaard was gegaan met pijn. Zelfs de eerste keer dat Terry hem vluchtig had aangeraakt, was hij verstijfd van afkeer. Dus deed hij het op z'n hondjes, ook al zaten bijna alle meisjes die hij in zijn leven had gehad, liever boven op hem, waarschijnlijk omdat ze vonden dat ze dan meer macht hadden.

En eventjes vond hij dat ook niet erg. Maar dan begonnen ze hem aan te raken terwijl ze hem bereden, en dat was iets waar hij onmiddellijk op afknapte. Zodra het hem te veel werd, gooide hij hen op hun buik, tilde hun kont op en drong bij hen van achteren binnen. Het was dus top toen hij erachter kwam dat ook Terry het 't liefst op z'n hondjes wilde. Hij had zich verwonderd over het toeval en gedacht dat hij eindelijk in ieder opzicht zijn zielsverwant had gevonden. Maar het had hem ook aan het denken gezet. Misschien leek ze te veel op hem, misschien wilde ze het van achteren om dezelfde redenen als hij: minimaal lichamelijk contact.

Ironisch genoeg riep dit een tegenovergestelde reactie in hem op en wilde hij haar nu per se aanraken wanneer ze het deden. Hij legde haar op haar rug, strekte zich op haar uit, haar hele lijf bedekkend, overlaadde haar mond en gezicht met kussen, terwijl hij onophoudelijk haar prachtige lichaam streelde. In het begin had ze tegengestribbeld en klaarblijkelijk ieder moment ervan gehaat, maar uiteindelijk was ze tot rust gekomen en had ze hem laten doen wat hij wilde, een geringe wederdienst voor al het geld dat hij haar gaf.

Toen, ongeveer een jaar geleden, was het gebeurd. Hij was stevig aan het pompen geweest, terwijl hij, zoals altijd, onophoudelijk naar haar keek omdat ze zo ongelooflijk mooi was. Haar ogen waren gesloten en er lag een serene uitdrukking op haar gezicht, maar onder hem bewoog haar lichaam zich synchroon met het zijne. Opeens voelde hij dat ze haar ritme versnelde. Met één soepele beweging sloeg ze haar benen om zijn middel en zette haar hielen op zijn billen, terwijl ze hem dieper in zich drukte. Haar ademhaling werd steeds sneller en heftiger. En toen kwam ze klaar. Haar verhitte gezicht was vochtig toen hij haar spieren om zijn penis voelde samentrekken. Het gevoel was zo elektrificerend dat hij onmiddellijk klaarkwam en haar orgasme waarschijnlijk niet lang genoeg rekte. Maar dat maakte niet uit, want nu wist hij waartoe ze in staat was.

Vanaf dat moment werd het een obsessie haar te laten klaarkomen en beoordeelde hij ieder samenzijn niet op basis van zijn eigen bevrediging of hun gezamenlijke bevrediging, maar alleen op basis van die van haar. Wanneer het goed was, zoals vandaag, kon hij er maanden op teren. Wanneer het niet goed was, werd hij boos en nurks, nam hij het haar en zichzelf kwalijk dat het mis was gegaan en analyseerde hij het tot vervelens toe. Alle geruststellingen ter wereld konden dan niets aan zijn sombere humeur veranderen. Hij had gefaald en alhoewel ze altijd meteen de schuld op zich nam, hielp dat niets. Hij strafte zichzelf en bezorgde hun beiden niets dan verdriet.

Eén keer had ze gedaan alsof, om hem een plezier te doen, maar daar was hij nog veel nijdiger om geworden. Zijn woede was zo allesomvattend geweest dat hij in blinde razernij had uitgehaald en haar bijna had geslagen. Het had niet veel gescheeld, maar hij was gelukkig beter dan zijn vader, want hij wist hoe hij zijn razernij in de hand kon houden. Maar dat wist zíj niet. De naakte angst op haar gezicht was hem weken bijgebleven. Maar het was het waard geweest. Ze had haar lesje geleerd en daarna nooit meer geprobeerd hem te bedriegen.

Hij wist dat hij haar nerveus maakte, maar daar kon hij niets aan doen. Hij had zichzelf de verplichting opgelegd haar seksueel te bevredigen, haar met zijn penis te verzadigen, en als ze niet tot een orgasme kwam, vond hij dat hij als man tekortschoot.

Vandaag was een succes geweest.

Ondanks de verblindende pijn, ondanks de koorts en uitdroging was hij erin geslaagd haar twee van de drie keer tot een hoogtepunt te brengen. Hij had een record willen halen, maar ze zei dat ze een beetje pijn had omdat ze ongesteld moest worden of zoiets. Hij was er niet tegenin gegaan, want hij was zo moe geweest dat het excuus, hoe doorzichtig ook, hem welkom was geweest. Daarna had hij erbij gezeten toen ze een bad had genomen en toegekeken terwijl het water over haar borsten en platte buik stroomde. Hij had overwogen haar te vragen die nacht bij hem te blijven, maar het niet gedaan. Ze zei nooit nee, maar hij wist dat het niet was wat ze wilde.

Wat ze wilde, was teruggaan naar het kind.

Alles draaide om het kind.

Normaal gesproken had hij daar vrede mee. Hij was blij dat ze een goede moeder was. Maar soms irriteerde het hem mateloos.

Nu was ze weg en had hij pijn. Hij voelde zich zo vals als een hond aan een ketting. Ooit had ze onvoorwaardelijk van hem gehouden, was ze bereid geweest alles op te geven en met hem mee te gaan naar de andere kant van het land, zonder dat daar enige belofte tegenover stond. Toen was Decker op het toneel verschenen en was alles veranderd.

Hij nam een klein slokje uit de fles whisky.

Niet dat ze er niet achter zou zijn gekomen. Natuurlijk zou ze erachter zijn gekomen. Maar hij had de hand willen hebben in de timing, hij had eerst zo'n diep gat voor haar willen graven dat ze er onmogelijk uit kon komen.

Decker.

Godvergeten teringlijer.

Nadat ze hem had gedumpt, was hij verteerd geweest door het verlangen zich op haar te wreken. Hij had haar willen vermoorden, maar het steeds uitgesteld omdat hij het in stijl had willen doen. Dus had hij gewacht en haar langzaam maar zeker in een diep ravijn van schulden zien wegzakken; hij had toegekeken terwijl iedere bron opdroogde en er niemand was die haar de helpende hand toestak. Toen ze volkomen aan de grond zat, was hij midden in de winter naar haar toe gegaan, naar haar armzalige flatje, slechts één kamer met alleen maar een toilet en een wastafel, geen douche, en een kookplaat. Hij was rond negen uur 's avonds aangekomen, herinnerde hij zich. Het kind was een jaar of drie geweest en lag op de bank te slapen, gewikkeld in dekens. Op de betonnen vloer lag een tweepersoonsmatras.

Jezus, wat was het koud geweest in die kamer. Zelfs in zijn wollen kostuum, kasjmieren winterjas, sjaal en met bont gevoerde handschoenen rilde hij. Hij kon zich niet voorstellen hoe ze in zo'n kou kon slapen, laat staan werken. Ze zat aan een klaptafel, dik ingepakt, wolkjes ademend, en was bezig honderden brieven in enveloppen te stoppen, al ging het onhandig omdat ze dikke, oude wanten droeg. Er stond een bandrecorder aan, een docent zanikte over het evenwicht van chemische reacties. Omdat ze zoveel kleren aan had, leek haar lichaam normaal. Maar haar gezicht verried alles: het was uitgemergeld.

Op dat moment, toen hij haar daar zag zitten, verzonken in armoede en vernedering, was hij echt van plan geweest haar de kogel te geven. Haar uit haar lijden te verlossen eigenlijk. Zijn lang gekoesterde wraak zou zo zoet zijn.

Maar hij kon het niet.

Hij kon zich doodeenvoudig niet losmaken van die goudbruine ogen, waarin niets dan vernedering blonk, van haar gezicht dat alleen maar schaamte uitdrukte. Oude herinneringen kwamen bij hem naar boven en het enige waar hij aan kon denken, was hoeveel hij nog steeds naar haar verlangde.

Dus zei hij dat ze haar spullen moest inpakken. Ze had niet eens een koffer, stopte haar armzalige bezittingen in twee plastic boodschappentassen. Het was in de tijd geweest dat hij nog dingen deed voor zijn ex-schoonvader en dus beschikte over de bijbehorende luxe: de limo, de lijfwachten, een suite in een duur hotel aan Michigan Avenue. Hij nam haar mee naar het hotel. Ze geneerde zich dood toen ze door de drukke lobby liepen. Hij droeg het slapende kind op zijn arm en liet haar als een pakezel achter zich aan sjouwen door alle openbare ruimten van het hotel, gebukt onder het gewicht van haar kleren, plastic zakken, een rugtas gevuld met zware boeken en een grote handtas. Toen een van zijn lijfwachten aanstalten maakte haar te helpen, weerhield hij hem daarvan met een bijna onmerkbare hoofdbeweging.

Voordat hij haar mee naar boven nam, ging hij naar de manager om te zeggen dat ze een paar dagen bij hem zou blijven en dat alles wat ze bestelde op zijn rekening moest worden gezet. De baliemanager, die belast was met de klantenservice – een bleke homoseksueel die haar met afschuw van top tot teen bekeek – werd zenuwachtig en wierp schichtig blikken op hem, maar durfde het onderwerp niet aan te snijden vanwege wie hij was. Hij moest hardop om het mietje lachen. Hij had meteen door waar hij mee zat.

'Terry, laat hem even een identiteitsbewijs zien.'

Met bevende handen en neergeslagen ogen haalde ze haar rijbewijs en studentenkaart uit haar versleten portemonnee.

Het mietje was zichtbaar opgelucht. Zijn bezorgdheid was begrijpelijk. Ze zag eruit als twaalf.

Hij stapte met haar in de lift naar zijn suite met panoramisch uitzicht op de skyline van de stad. Het meubilair in de zitkamer bestond uit een paar klassieke banken en stoelen, bijzettafeltjes en een volledige eethoek. Normaal voor het penthouse van een hotel, maar te oordelen naar de grote ogen die ze opzette, moest het er voor haar hebben uitgezien als een paleis. Hij keek naar haar toen ze naar een grote keramiekvaas liep die gevuld was met verse bloemen. Zonder haar tassen neer te zetten stak ze een vinger uit en raakte een lelie aan. Toen hij zei dat de bloemen echt waren, kreeg ze een kleur om haar domheid.

Nadat ze het kind in de kleinste van de twee slaapkamers in bed had gestopt, vroeg hij of ze honger had en gooide haar het menu van de roomservice toe. Bescheiden vroeg ze om een salade, het goedkoopste gerecht op de lijst. Hij bestelde een hamburger en toen hij haar begerige blik zag, gaf hij haar de helft. Ze at zo langzaam dat je zou denken dat iedere hap haar laatste was; het was vreselijk om aan te zien. Toen ze alles op had en zag dat ook hij klaar was, deed ze de frietjes die hij had laten liggen in een servet en stopte dat, samen met de kleine flesjes ketchup, mosterd en mayonaise in haar handtas. Hij merkte pas dat hij ernaar had zitten staren, toen hun ogen elkaar vonden en haar huidskleur veranderde van lijkbleek in vuurrood. Meteen voelde ook hij zijn gezicht warm worden, net zo gegeneerd als zij over hoe primitief ze was geworden.

In bed was ze vel over been, zo bleu als een maagd, en net zo nauw, maar daardoor werd zijn lust alleen maar aangewakkerd. Hij nam haar ruw, gulzig, bezitterig, maar ze behandelde hem met de correcte mate van respect en dankbaarheid terwijl ze nog iets van haar verloren gewaande waardigheid probeerde te behouden. Op het laatst lukte dat haar niet meer. Toen het voorbij was, stortte ze in en begon ze verschrikkelijk te huilen, haar ziel gebroken en verstoken van enige hoop. Ze had zich als een hoer aan hem gegeven voor een halve hamburger en een nacht uit de kou.

Hij had haar volledig vermorzeld, iedere cel in haar lichaam vernederd. Dat gaf hem een prettig gevoel, maar niet zo fijn als hij zich had ingebeeld.

Eerlijk gezegd voelde hij zich een beetje hol.

En dat kwam omdat hij haar nog steeds graag mocht. Het was niet prettig haar zo verdrietig te zien.

Hij probeerde aardig te doen. Hij glimlachte. Hij babbelde over koetjes en kalfjes. Hij woelde door haar haar en streelde haar gezicht. Hij bood haar nog iets van de roomservice aan, maar ze zei dat ze geen honger had, wat uiteraard was gelogen. Hij liet de beste champagne komen die het hotel te bieden had. Ze dronk plichtmatig met kleine teugjes haar glas leeg, maar de rest van de fles dronk hij helemaal in zijn eentje op. Uitgeput viel hij in slaap, maar om vier uur 's nachts schrok hij wakker in een leeg bed. Badend in het zweet, dodelijk ongerust, sprong hij uit bed. Ze zat op de bank, met een deken over haar benen en voeten, haar neus in haar studieboeken. Ze had de gordijnen opengetrokken. Het sneeuwde: een zee van witte diamanten tegen een gitzwarte achtergrond.

Ze begroette hem met een onschuldig gezicht en een stralende glimlach. Ze zei dat ze het voor het eerst in twee maanden weer warm had en dat haar hersens eindelijk weer in staat waren zich te concentreren op haar studie. Als hij het niet erg vond, wilde ze de situatie graag zoveel mogelijk uitbuiten. Ze dronk kraanwater en at de koud geworden frietjes op. Met veel moeite wist hij haar over te halen een potje gemengde noten en een flesje sinaasappelsap uit de minibar te nemen. Ze at mechanisch, om de vijf minuten een slokje en een nootje, zodat ze er lang mee zou doen. Hij voelde zich loodzwaar van vermoeidheid, maar kon zijn ogen niet van haar afhouden. Hij wist niet of ze zich daarvan bewust was, maar het stoorde haar blijkbaar niet. Ze ging helemaal op in haar boeken en schriften. Volgens zijn berekening had ze niet langer dan twee uur geslapen, maar ze zag er zo fris uit alsof ze op vakantie was. Vergeleken met wat ze gewend was, was dat waarschijnlijk ook zo. Toen de dageraad het begin van de nieuwe dag inluidde, was niet duidelijk meer wie nu eigenlijk wraak op wie had genomen.

Alles leidde terug tot hemzelf... de redenen waarom hij zo verliefd op haar was geweest; nee, waarom hij zoveel van haar had gehouden. Want nu hij, in het kille ochtendlicht, haar kalme gezicht en rustige houding bekeek, begreep hij dat hij binnen een tijdsbestek van een paar luttele uren zijn greep op haar had verloren. Hij had haar onder de voet gelopen, zo niet haar lichaam dan toch haar ziel verkracht, en dieper kon ze niet zinken. Wat kon hij nog meer doen, afgezien van haar en het kind fysiek mishandelen, wat iets was waartoe hij niet bereid was? Op dit moment had ze niets te verliezen.

Dit zou niet meer gebeuren. Hij had haar overrompeld, hij had een kans gekregen toe te slaan en die aangegrepen. Twee maanden geleden was ze er nog niet zo slecht aan toe geweest, had ze alleen maar met een paar maanden achterstallige huur gekampt. Over twee maanden zou ze, om in leven te kunnen blijven, haar studie moeten opgeven en fulltime gaan werken. Op de arbeidsmarkt zou ze mannen vinden die bereid zouden zijn voor haar een handstand te maken. Maar dat wist ze nu nog niet, omdat ze was zoals ze was: zo geconcentreerd op de doelstellingen in haar eigen dagelijkse leven dat ze nooit om zich heen had gekeken.

Hoe lang zou dat nog duren?

Als hij haar weer in zijn macht en in zijn bed wilde hebben – en dat wilde hij – moest hij haar iets bieden, haar verleiden met haar eigen dromen.

Hij deed haar een voorstel. Ze zat in haar derde studiejaar, had moeite het hoofd boven water te houden. Haar voornemen om arts te worden was rotsvast maar kostte veel geld, en vanwege haar huidige financiële situatie lag het doel buiten haar bereik. Zelfs als ze beurzen en studieleningen zou krijgen, zou ze het niet kunnen bolwerken. Ze zat al diep in de schulden en dat werd met de dag erger. Als ze wilde blijven studeren en haar kind grootbrengen, had ze geld nodig. Waarom zou ze het dus niet accepteren van de vader van haar zoon?

Het voorstel was simpel: seks in ruil voor financiële steun. Zo banaal als massa's huwelijken in Amerika. Hoewel ze gemakkelijk een vaderschapsproces tegen hem kon aanspannen, omdat ze de wet duidelijk aan haar kant had, zou ze daar niet veel mee opschieten. Hij had voldoende geld en advocaten om de zaak jaren te rekken. En hij zou eisen stellen: voogdijrechten, bezoekrecht, zomermaanden, feestdagen. Het zou tot veel wrijving leiden, tot onherstelbare schade. Nee, het zou niet verstandig zijn het op de formele toer te gooien. Het was veel beter om het aimabel te houden. Dat was ook praktischer. Zijn manier hield in dat ze alle beslissingen zou blijven nemen over de morele opvoeding van het kind zonder inmenging van zijn kant. Zijn manier hield in dat ze alles zou krijgen wat ze nodig had, zonder dat hij er ooit vraagtekens bij zou zetten.

Denk erover na, had hij tegen haar gezegd. Er zouden geen schulden meer boven haar hoofd hangen, er zouden geen schuldeisers meer op de deur bonken of intimiderende brieven sturen die dreigden haar op straat te zetten als ze niet over de brug kwam.

Denk erover na.

Een flat met verwarming en airconditioning, een echt fornuis in plaats van een kookplaat, een douche en een *badkuip*. Geld genoeg voor eten, voor kleren, voor privé-scholen en muziekles voor het kind en het mooiste van alles: ze zou geen dom thuiswerk meer hoeven doen. Als ze ergens ging werken, zou ze dat geheel en al voor haar eigen persoonlijke ontwikkeling doen, en voor haar eigen persoonlijke bankrekening. Het geld zou helemaal voor haarzelf zijn, geld dat ze niet nodig zou hebben om hun maag te vullen en een dak boven hun hoofd te houden.

Denk erover na.

Over vijfenhalf jaar zou iedereen haar aanspreken met 'dokter'. Ze zou een diploma hebben en het respect dat daarmee gepaard ging. Ze zou een inkomen hebben dat bij het beroep paste, een onwrikbare garantie voor onafhankelijkheid.

Denk erover na.

Feestdagen. Hij herinnerde zich hoe goed ze kon koken. Er was een Thanksgiving geweest met een tafel beladen met etenswaren: een grote, gevulde kalkoen, zoete aardappelen in gelei met marshmallows als versiering, schalen met verse, gekookte groenten, bosbessensaus en pompoentaart toe. En wat dacht je van nieuwe kleren voor de Pasen? En een echt kerstfeest met een grote kerstboom, beladen met kerstballen en engelenhaar, en cadeautjes eronder voor haar én het kind?

Want dit ging niet alleen om haar, nietwaar? Had Gabe er geen recht op zijn echte vader te leren kennen, en niet alleen maar een vent die net deed alsof hij hem leuk vond terwijl hij alleen maar zijn moeder in bed wilde krijgen? Híj kon Gabe dingen geven. Hij wist dat hun zoon muzikaal was. Van wie dacht ze dat hij dat talent had geërfd? Hij had dingen die hij met zijn zoon kon doen. En het sprak vanzelf dat hij haar nooit in de weg zou staan. Wat Gabes opvoeding betrof, zou zij altijd het laatste woord hebben.

Denk erover na.

Hij wiste het verleden voor haar uit, samen met al het verdriet dat ermee gepaard ging en verving het door een zekere toekomst. Het enige wat hij van haar wilde, het enige wat hij van haar verlangde, was eens in de twee maanden een paar dagen van haar tijd. Geen hoge prijs, als je bedacht dat ze het voorheen voor niets had gedaan. Dit was toch niet te veel gevraagd? Een... versoepeling van haar houding ten opzichte van hem? Want laten we wel wezen, er sprongen nog steeds vonken tussen hen over. Dit ging niet alleen om seks; het ging om een relatie.

Ze luisterde aandachtig. Ze luisterde zonder hem te onderbreken. Maar ze gaf geen antwoord. Maakte niet uit. Hij vatte haar zwijgen op als instemming.

De volgende dag was hij aan de slag gegaan toen zij naar college was en het kind naar de crèche. Hij had van zijn voorstel een 'fait accompli' gemaakt, zodat ze niet van gedachten zou kunnen veranderen. Hij huurde een eenvoudige maar keurige driekamerflat, volledig gemeubileerd inclusief potten, pannen en servies, op loopafstand van de bushalten en het college waaraan ze studeerde. Hij deed boodschappen voor haar, vulde de keukenkastjes en de koelkast met voedsel, de laden van de commode en de kleine klerenkasten met broodnodige kleding: winterkleren voor haar en het kind, truien, broeken, jassen, laarzen en sjaals. In een winkel in tweedehands goederen kocht hij een Gulbransen spinet, dat precies tegen een van de muren van de zitkamer paste. Toen hij hen die avond in de limousine afhaalde en haar liet zien hoe het zou kunnen zijn, was hij er voor negenennegentig procent zeker van dat het voorbij was. Toen het kind echter met verwonderd ontzag in zijn grote, heldergroene ogen naar de piano liep en met zijn kleine vingertjes de eerste noten van Mozarts *Pianoconcert in C Majeur* speelde, wist hij dat hij gewonnen had. Hij pakte haar post bij elkaar, nam die mee naar New York en begon aan de lastige taak orde op zaken te stellen in haar vele rekeningen.

Vijfenhalf jaar zou ze zijn eigendom zijn, zijn slavin en concubine. Hij ging ervan uit dat hij tegen het eind van die periode wel genoeg van haar zou hebben.

Een ernstige misrekening.

Want het werd niet beter. Het werd juist steeds erger. Iedere keer dat ze afscheid van elkaar namen, was het alsof er een mes in zijn hart werd gestoken, en dat mes werd steeds groter... en de stemmen steeds luider. Hij wilde haar niet alleen, hij hunkerde niet alleen naar haar, hij had haar nodig. Wanneer ze bij elkaar waren, bracht ze zijn demonen tot zwijgen: haar gezicht, haar stem en haar aanraking hadden een kalmerender effect op hem dan alle pillen die hij ooit had geslikt, werkten beter dan alle therapieën die hij had ondergaan. Ze was een opium dat speciaal voor hem was gemaakt en hij was aan haar verslaafd alsof ze door zijn aderen stroomde.

Nog tweeënhalf jaar.

De gedachte dat ze financieel onafhankelijk zou zijn, dat ze hem op een dag weer zou verlaten, en dat ze ditmaal zijn eigen vlees en bloed zou meenemen, wekte een onrust in hem op die zijn hart deed bonken. En nu had ze het – voorlopig theoretisch – over trouwen met iemand anders. Zijn onrust bedaarde, maar veranderde in onbedwingbare razernij...

Wat dacht ze wel?

Het ritme van zijn ademhaling nam toe en hij wist wat er zou gebeuren. Langzaam zou de sluier van zijn inzinking worden opgetild en zou energie worden omgezet in onbeteugelde waanzin. Dan zou de drift hem volledig in zijn greep krijgen. Hij probeerde er allang niet meer tegen te vechten, omdat hij wist dat er maar één manier was om ervan af te komen.

Hij stak zijn hand onder het matras en pakte een van zijn vele vuurwapens, een halfautomatische Walther. Met het wapen in zijn handen zakte de razernij iets, maar dat was slechts tijdelijk. Er moest iets van permanente aard gebeuren. Snel schoof hij het magazijn in de kamer.

Beloften konden hem gestolen worden, zowel de stilzwijgende als de hardop uitgesprokene.

Er wachtte hem een taak.

Wie het eerst komt, die het eerst maalt.

31

ONDANKS DE KOU EN DE DREIGENDE WOLKEN DIE ZICH SAMENPAKTEN, waren er heel wat joggers in Liberty Park, mannen en vrouwen in trainingspakken die witte wolkjes uitademden als vuurspuwende draken. Achter hen stond het in staal en glas gevatte hoofdbureau van politie, sprankelend in het flauwe zonnetje, maar verder zo onpersoonlijk als een viskom. Hoewel Jonathan de motor van het busje nog maar net had afgezet, daalde de temperatuur in de auto snel. Decker sloot zijn vingers om de koude metalen hendel van het portier, maar trok het nog niet naar achteren.

'Jij hebt dus het nummer van mijn mobieltje en ik heb van dat van jou.'

'Ja.' Jonathan masseerde zijn stijve nek. 'Maar ik heb hierover geen goed gevoel.'

'Je bent niet verplicht je familie iets aan te doen waar je later niet mee kunt leven,' zei Decker. 'Daar heb ik alle begrip voor.'

'Ik maak me geen zorgen om mezelf. Ik maak me zorgen om jou.'

'Om mij?' Decker trok zijn wenkbrauwen op. 'Hoezo?'

'Je laatste treffen met de commissaris was nou niet bepaald ideaal.'

'Ik ga alleen maar met hem praten.'

'Akiva, als hij criminele dingen doet, is hij geen aardige man. Je begeeft je op zíjn terrein. Dat brengt risico's met zich mee.'

'Ik weet wat ik doe.'

'Echt waar?'

Decker vatte in gedachten de gebeurtenissen van de afgelopen dagen samen. De vraag was niet licht gesteld. 'Ik zal goed oppassen.' Hij duwde het portier open, stapte uit en wuifde naar zijn broer toen die wegreed. In snel tempo liep hij naar het politiebureau, met zijn handen in zijn zakken, omdat hij zijn handschoenen nog steeds niet had opgehaald bij Luisa. Terwijl hij tussen de joggers en skeelers door zigzagde, vroeg hij zich af of hij ooit zou kunnen leren dingen los te laten en van zich af te zetten. Het ging niet alleen om deze zaak – hoewel deze een erg persoonlijk karakter had – maar om iedere zaak waaraan hij werkte. Nadat hij de spreekwoordelijke Abraham had gezien, had hij gedacht dat zijn driften nu wel zouden gaan afnemen, maar hij was nog altijd even verslaafd aan zijn twee obsessies, seks en werk. Ze hielpen hem vitaal en scherpzinnig te blijven, maar gaven ongetwijfeld zijn oververhitte motor ook steeds nieuwe brandstof. Het was slechts een kwestie van tijd voordat hij een gigantische burn-out zou hebben.

Regendruppels maakten zijn neus nat en lieten ronde vlekjes achter op de harde grond. Hij zette er nog wat meer vaart achter en wist het politiebureau te bereiken voordat de bui losbarstte. Binnen was het niet echt warm, maar beter dan buiten. Het was er in ieder geval droog. Om bij Merrin toegelaten te worden, volgde hij de vastgestelde procedure, en omdat het maar een klein bureau was, ging er niet veel tijd in zitten. Tot zijn verbazing was Merrin aanwezig. Tot zijn nog grotere verbazing stemde de commissaris toe in een gesprek. Dat was een veelbelovend begin, gezien het feit dat Decker zich bij hun laatste ontmoeting als een dwaas had gedragen.

Terwijl hij wachtte, formuleerde hij een verontschuldiging, spelend met de nuances en details over wat hij het beste kon zeggen en welke houding hij moest aannemen. Toen de grote man verscheen, met zijn dikke buik, had Decker niet alleen zijn verdediging klaar, maar ook een vrij nederige houding aangenomen. Een korte blik op het gezicht van de commissaris, daarna oogcontact, op een manier die niet uitdagend genoemd kon worden, maar toch eigenwaarde bezat. Hij stak zijn hand uit in een verzoenend gebaar. De grote man pakte hem aan, zwengelde hem op en neer en duidde toen met een knikje dat hij mee moest lopen. Ze liepen naar de lift en de commissaris drukte op de pijl naar boven. Decker herinnerde zich dat zijn kantoor op de derde etage was.

Merrin was behoudend gekleed in een blauw pak met een wit overhemd en een blauw met bruin gestreepte stropdas. Zijn witblonde haar was naar achteren gekamd en zijn rozige gezicht had de vochtige aanblik van iemand die zich net heeft geschoren. Decker zag onder Merrins bierbuik een riem met een heupholster.

Ze liepen zwijgend door de gangen. Merrin stak zijn hand op naar de agenten en rechercheurs die ze tegenkwamen. Zijn secretaresse was aan de telefoon; hij knikte naar haar, liep met Decker door naar zijn kantoor en deed de deur achter zich dicht. Vanwege de grote ramen was het kil in de kamer, zelfs een beetje tochtig. Slechts een deel van de ramen had dubbelglas, maar de kilte werd gecompenseerd door de geur van verse koffie die een aroma verspreidde dat bij Decker het water in de mond deed lopen. Ter afleiding keek hij naar buiten, naar de regen die op de harde, donkerbruine grond van de voetpaden kletterde en de losse aarde van de bloembedden doorweekte. Het zilverige water van het meer zat vol putjes. Het hoekkantoor bood Merrin een weids uitzicht op het park. Het was niet alleen mooi, maar stelde de commissaris ook in de gelegenheid het terrein in één oogopslag te overzien.

'Koffie?' vroeg Merrin.

'Als u neemt, doe ik mee.'

'Melk? Suiker?'

'Zwart.'

Merrin drukte op de intercom op zijn bureau en vroeg om twee koppen zwarte koffie. Even later kwam zijn secretaresse binnen. Ze liep naar het pruttelende koffiezetapparaat. Ze schonk koffie in de mok van de commissaris en in een plastic bekertje. Waarom de commissaris dat zelf niet even had kunnen doen, was Decker een raadsel.

'Ga zitten,' zei Merrin.

'Dank u.' Hij wachtte tot Merrin had plaatsgenomen voordat hij zelf ging zitten. 'Ik stel het op prijs dat u me wilt ontvangen.'

'Is het slechts mijn verbeelding, inspecteur, of bespeur ik een sterke verandering in uw houding?'

'Ik... geloof dat u het bij het rechte eind hebt.'

'Dat is dan een goed begin. En een verontschuldiging zou een nog beter begin zijn.'

'Ik geneerde me. Ik heb me als een idioot gedragen. Is dat voldoende als verontschuldiging?'

Merrin glimlachte, waarbij de kraaienpootjes om zijn waterige blauwe ogen zich samenknepen. Zijn lippen ontblootten vlekkerige, banaankleurige tanden. 'Vooruit dan maar.' Hij nam een slokje koffie. 'Wat hebt u nodig, Decker? U bent niet hier om u vrijwillig te vernederen tenzij u wilt dat ik u ergens mee help.'

Decker trok zijn wenkbrauwen op.

'Ja, ik ben niet zo dom als ik eruitzie.'

'Ik ben opgegroeid in Gainesville, commissaris Merrin. Zoveel verschillen we dus niet van elkaar. Ik maak er vaak gebruik van.'

'Waarvan?'

'Het accent,' zei Decker. 'Wanneer ik een arrogante kwast voor me heb, iemand die denkt dat hij me te slim af kan zijn, laat ik mijn lijzige accent steeds duidelijker uitkomen. U hebt geen idee wat de mensen denken te kunnen uithalen wanneer ze je zo horen praten.'

'Dan had u beter moeten weten. Wat hebt u nodig?'

'Er is een meisje vermoord. In koelen bloede.'

'In koelen bloede, maar in New Jersey.'

'Volgens mij moet de reden voor haar dood hier in Quinton gezocht worden.'

'Ga door.'

'Haar dood was een neveneffect van de moord op haar oom. Ik ben nog niet bereid de familie van de verdachtenlijst te schrappen.'

'Wilt u dat ik de familie onder de loep neem? Op verdenking waarvan?'

'Nee, u hoeft niets te doen. U hebt al de zorg voor een hele stad. Ik daarentegen heb nog een paar dagen tot mijn beschikking. Als het even kan, zou ik willen weten hoe de kinderen heten aan de noordzijde van de stad met wie Shaynda Lieber omging. Misschien heeft ze ie-

mand buiten haar eigen leefgemeenschap dingen toevertrouwd.'
'Dat betwijfel ik.'
'U hebt waarschijnlijk gelijk, maar ik wil het toch nagaan.'
'Tot mijn spijt kan ik u dat niet vertellen. Die kinderen zijn minderjarig. Hoewel ik het erg triest vind dat het meisje is vermoord, ben ik ervan overtuigd dat het niets te maken heeft met de burgers van Quinton. Sorry, maar ik kan u echt niet toestaan mijn stad overhoop te halen vanwege uw intuïtie.'
'Dan zal ik het anders stellen. Ik ben via mijn eigen bronnen erachter gekomen hoe een paar kinderen heten. Zou u er erg mee zitten als ik hun een bezoekje bracht?'
Merrin kneep zijn ogen half dicht en staarde over de rand van zijn mok naar Decker. 'Om welke kinderen gaat het?'
'Tieners die in Miami wegens bezit van xtc in hechtenis zijn genomen. Ik kan het mis hebben, maar het kan zijn dat sommigen van hen inmiddels boven de achttien zijn.' Decker hield oogcontact terwijl hij kleine teugjes koffie nam. 'Maar u hebt uiteraard het laatste woord.'
'Ik neem aan dat ik niet hoef te vragen hoe u daarachter bent gekomen.'
'Ieder heeft zo zijn eigen methoden.'
'U bent een sluwe rakker.'
'Uit uw mond beschouw ik dat als een compliment.'
'Wie zijn de kinderen met wie u wilt gaan praten?'
'Ryan Anderson en Philip Caldwell. Ze zijn inmiddels allebei meerderjarig.'
'Wat weet u over hen?'
'Niets.'
'Dan zal ik u iets over hen vertellen.'
'Graag.'
Merrin leunde achterover, zijn ogen op het plafond gericht, zijn handen op zijn buik. 'Iedere stad heeft een paar dwarsliggers. In Quinton zijn dat Anderson en Caldwell, twee onaangename sujetten die denken dat het leuk is om in hun eigen stad rotzooi te schoppen en toe te kijken terwijl anderen die opruimen.'
'Ze hebben zeker rijke ouders?'
'Ja, en u weet net zo goed als ik dat je voor geld een heleboel kunt laten opruimen, maar zelfs met geld kun je niet álles wegwerken.' Hij zette zijn mok neer en leunde naar voren. 'Dit blijft tussen ons, is dat duidelijk?'
'Volkomen.'
'Die twee hebben hier als minderjarigen heel wat rotgeintjes uitgehaald. Dingen waarover ik niet zal uitweiden. Toen ze terugkwamen uit Miami en ik had gehoord wat daarginds was gebeurd, heb ik hen en hun ouders goed bang gemaakt, waarna we tot een wederzijds bevredigende overeenkomst zijn gekomen.'

Decker wachtte af.
'Die overeenkomst luidt ongeveer als volgt,' zei Merrin. 'Ik bemoei me niet met hen, zolang ze hun streken buiten mijn jurisdictie houden. Dat wil niet zeggen dat ze ongestraft moorden mogen plegen. Als ik dacht dat die hufters iets te maken hebben met de dood van dat meisje, zou ik hen zo hard bij hun edele delen grijpen dat ze zouden gaan praten als gekken. Maar als het niet om zware misdaden gaat – moord, verkrachting, mishandeling, beroving – wil ik niet hebben dat u hen lastigvalt. Om de doodeenvoudige reden dat ik niet wil dat die twee mij en de brave burgers van Quinton weer komen lastigvallen. Dat is misschien egoïstisch, maar dat kan me niet schelen.'
'Mag ik met hen gaan praten?'
'U mag hen niet thuis opzoeken om hen te ondervragen, maar als u me een paar uur de tijd geeft, kan ik misschien hier op het bureau iets regelen. Volgens het boekje en met mijn zegen.'
'Dat lijkt me goed, commissaris. Dank u.'
'Als ik u was, zou ik in de tussentijd een warm restaurant opzoeken en een lekkere bak koffie nemen. Of... als uw jongeheer iets tekortkomt nu uw vrouw is vertrokken, kunt u ook altijd even naar Tattlers gaan. Zeg maar dat Virgil Merrin u heeft gestuurd. Dan krijgt u een goede maaltijd en een tafeltje vooraan. Bij Tattlers verlenen ze graag medewerking aan de sterke arm. Daar varen ze wel bij.'
Decker probeerde wellustig te grijnzen. 'Goed plan.' Hij nam een bewust risico. 'Ik zou wel wat gezelschap kunnen gebruiken. Wilt u soms mee?'
Merrin grijnsde zijn rokerstanden bloot, maar zijn ogen lieten Deckers gezicht geen moment los. 'Bedankt voor de uitnodiging, maar ik heb het op het moment nogal druk. Misschien een andere keer.'
Decker knikte. 'Doen we.'
'Ik heb u verkeerd beoordeeld, inspecteur.' Merrin bleef hem aandachtig bekijken. 'Of misschien niet; misschien voert u iets in uw schild.'
'Men is onschuldig tot het tegendeel is bewezen. Dat is de Amerikaanse wet.'
'Nee, dat is niet de Amerikaanse wet.' Merrin klapte zijn holster open en trok een Beretta. 'Dít is de Amerikaanse wet.'
'Wilt u me iets duidelijk maken, commissaris?'
'Dat ik niet met me laat sollen.'
'Dat had ik al begrepen.' Decker stond op. 'Dank u. U bent meer dan behulpzaam geweest.'
Merrin stond op. Zijn buik deed de knopen van zijn overhemd spannen. Hij haalde een opvouwbare paraplu uit een prullenmand. 'Deze kunt u misschien wel gebruiken.'
'Ja, fijn.' Decker pakte hem aan en stak zijn hand uit. 'Nogmaals bedankt.'

'Geen dank. Graag gedaan.'

Ze gaven elkaar een hand, maar rekten het routinegebaar nét iets te lang. Oog in oog en vuist in vuist hielden ze een korte krachtmeting, maar hopelijk was het geen strijd op leven en dood.

Tattlers was geen gek idee. Als hij een taxi kon krijgen, kon hij er rond halfvier zijn, na de drukte van het lunchuur en vóór die van het diner. Als hij geduldig en charmant was, kon hij een van de meisjes misschien wat geld toestoppen voor een vraaggesprek. Niet dat de meisjes zouden toegeven dat ze drugs smokkelden, maar als hij het slim aanpakte, zou hij genoeg te weten komen. En zo niet, dan was het een aangenaam tijdverdrijf. Merrin had gezegd dat hij hem over een uur of twee moest bellen. Als hij rond vijf uur terug was in Quinton, zou de commissaris een van de jongens misschien op het bureau hebben. Of allebei.

Of geen van beiden.

Want Merrin had iets over zich wat Decker niet lekker zat. Eerlijk gezegd was er aan Merrin een heleboel wat Decker niet lekker zat, in het bijzonder die terloopse opmerking, die duidelijk een verspreking was geweest: 'Als uw jongeheer iets tekortkomt nu uw vrouw is vertrokken, kunt u ook altijd even naar Tattlers gaan. Zeg maar dat Virgil Merrin u heeft gestuurd.'

Als uw jongeheer iets tekortkomt nu uw vrouw is vertrokken...

Hoe wist Merrin dat Rina was vertrokken?

Dergelijke losse opmerkingen schudden Decker wakker, maakten hem waakzaam, deden hem achteromkijken. Dergelijke opmerkingen deden hem wensen dat hij een pistool had.

In kleine steden kwamen taxi's niet zomaar langsrijden: je moest ze bestellen. Decker stak de paraplu op, liep het park door, zag bij een paviljoen een telefooncel en belde daarvandaan het plaatselijke taxibedrijf. Twintig minuten later kwam een taxi voorrijden. Decker schudde de druppels van de paraplu en stapte achterin. Het interieur was klam en rook bedompt, maar de achterbank was onbeschadigd en had acceptabele autogordels. De voorruitverwarming stond op de hoogste stand en blies muffe lucht die voorkwam dat de ruit beslagen raakte. Decker klikte zijn gordel vast en gaf de chauffeur het adres op. De chauffeur, een magere, jonge, blanke man met stekeltjes, een piercing in zijn wenkbrauw en tatoeages in zijn nek, draaide zich om. Er lag een doffe, vragende blik in zijn ogen.

'Is er iets?' vroeg Decker.

'Dat gaat u ongeveer veertig dollar kosten.'

'Akkoord.'

'Zoals u wilt.'

De chauffeur trok op en reed kriskras door de natte straten van het centrum. Water drupte van de luifels van de winkels en stroomde door de goten naar de afvoerputten. Er was geen hond op straat. De stad lag er grijs en verlaten bij en was binnen een paar minuten een stip achter hen geworden. De taxi reed langzaam over een tweebaansweg met aan weerskanten bossen: dik struikgewas, druipende dennen en sparren en kale loofbomen. De ruitenwissers werkten op volle kracht en veegden het water net zo snel van de voorruit als de regen erop neerkletterde. Decker voelde zijn oogleden dichtzakken, maar sloeg ze meteen weer op toen de chauffeur sprak.

'Gaat u winkelen?'

'Nee. Hoezo?'

'Het adres is een winkelcentrum. Ik dacht dat u wilde gaan winkelen.'

'Nee.'

Een paar seconden verstreken.

'Tattlers?' polste de chauffeur.

Decker begon zich te ergeren, maar een innerlijk stemmetje weerhield hem ervan de man de mond te snoeren. Hij keek naar de vergunning van de chauffeur. Zijn naam was A. Plunkett. 'Waarom vraag je dat? Wat kan jou het schelen?'

Plunkett krabde aan zijn neus. 'Nou... voor die veertig dollar die het u kost om er te komen... weet ik wel iets beters dan Tattlers. Als u voelt wat ik bedoel.'

Decker wist precies wat hij bedoelde.

Plunkett haalde zijn neus op en keek in het achteruitkijkspiegeltje. 'Sommigen van de meisjes... van Tattlers... hebben liever een plek met meer privacy.'

Dat was een nog beter idee, dacht Decker. Wie weet wat ze zouden loslaten wanneer hij onder vier ogen met hen kon praten. Hij telde tot twintig. 'En jij kent zulke plekjes?'

'Ik ken alle goede plekjes.'

'Zijn het meisjes van hier, Plunkett?'

Er ging een schokje door de jongeman heen toen hij Decker zijn naam hoorde gebruiken. 'Is dat een bezwaar? Als het iemand van hier is?'

'Ik hou er niet van dat er over me wordt gekletst.'

'Maar u woont hier niet.'

'Ik heb vrienden in Quinton. Je kunt nooit voorzichtig genoeg zijn.'

'Wat voor vrienden?' vroeg Plunkett.

'Dat gaat je niets aan.'

Ze zwegen allebei.

Toen zei de chauffeur: 'Als u nou eens gewoon zegt wat u wilt.'

Decker dacht na. 'Jij krijgt veertig dollar en ik betaal voor wat ik verder nog wil?'

'U hebt het snel door.'

'Inclusief de rit terug naar de stad?'

'Heen en terug kost vijftig.'

Decker haalde een biljet van vijftig dollar uit zijn portefeuille en hield het omhoog, zodat de man het in het achteruitkijkspiegeltje kon zien. 'Enne... wat kan ik krijgen voor... honderd dollar?'

'Wat verwacht u te krijgen voor honderd dollar?'

Het was een slimme jongen. Hij liet Decker zelf het woord doen. 'Iets goeds.'

'Voor honderd dollar kan ik iets heel goeds voor u regelen.'

Hij reed een paar minuten door en sloeg toen een zijweg in. De taxi hobbelde door het heuvelige landschap terwijl er een donderbui losbarstte en bliksemschichten door de lucht zigzagden. Er was om hen heen niets anders te zien dan bossen, waar windstoten de kale takken lieten zwiepen. De taxi reed door, dieper het bos in. Na vijf minuten minderde hij vaart en zag Decker een wit, houten huis met twee bovenverdiepingen, en een zwart geteerd dak en afbladderende verf.

'Ho, ho,' zei hij. 'Dit ziet er niet al te gezond uit. Ik ben getrouwd. Ik kan geen risico's nemen.'

De taxichauffeur werd kwaad. 'Wat bedoelt u? Wilt u nou opeens niet meer? Want zulke geintjes...'

'Ik bedoel, Plunkett, dat ik wil weten of ze hier aan veilige seks doen. Ik heb zelf niks bij me.'

'O...' zei Plunkett opgelucht. 'Dat is geen punt.' Hij reed naar het huis toe, waarbij hij op het nippertje een boom ontweek. Hij stopte. 'Wacht hier. Ik moet het eerst even gaan zeggen.'

De chauffeur deed het portier open, stapte uit en gooide het portier weer dicht. Decker bleef achter in de onnatuurlijke stilte. Regen roffelde op de auto, als een salvo uit een machinegeweer. Decker leunde naar voren en keek door de voorruit. Hagelstenen kletterden uit de wolken. Hij merkte dat hij zat te transpireren, dat zijn hart zo snel klopte dat het onmogelijk gezond kon zijn. Het stonk in de auto. Het rook naar bacteriën en schimmel. Het rook naar verrotting.

Het rook als een valkuil.

Decker pakte de paraplu, duwde de deurknop naar beneden en stapte uit. Hij holde naar het huis en bleef trillend staan onder de luifel van de veranda die rondom het hele huis liep. Het hagelde nog steeds: kogelronde ijsballetjes die op de grond stuiterden.

Hij dacht na over de alternatieven. Hij hoefde niet al te lang na te denken, want veel alternatieven waren er niet. Hij kon blijven... of ervandoor gaan.

Zijn hart bonkte alsof het zou barsten.

Toen dacht hij aan zijn mobiele telefoon. Hij haalde hem uit zijn zak, drukte op een toets en hoorde dat er via de satelliet een zoemtoon doorkwam, een haperende zoemtoon. Snel toetste hij Jonathans nummer in.

Seconden verstreken.

'Vooruit, stom ding!'

Nog een seconde tikte weg. Toen hoorde hij dat de telefoon overging.

'Dank u, God!'

Weer ging de telefoon over.

'Neem op, jongen, neem op!'

De telefoon ging voor de derde keer over.

'Hallo?'

Hij was nog nooit zo blij geweest Jonathans stem te horen. 'Met mij, en ik zit met een groot probleem.'

'Wat?' Het gekraak op de lijn dreigde de verbinding ieder moment te verbreken. 'Kan ik je terugbellen, Akiva? Het is een erg slechte verbinding.'

'Hang niet op!' riep Decker. 'Ik zit midden in de bossen, ergens tussen Quinton en Bainberry, tien minuten bij Quinton vandaan. Als je richting Bainberry rijdt, moet je op een gegeven moment links afslaan, een zijweg in die amper zichtbaar is.'

'Akiva...'

'Hou je mond en luister, Jonathan. Volg die weg tot je een houten huis ziet dat oogt als een verlopen pension. Als ik geluk heb, is het een bordeel. Zo niet, dan krijg ik waarschijnlijk zo dadelijk de kogel.'

'O, mijn god!'

'Luister! Als ik je niet binnen vijf minuten terugbel, moet je me komen halen. Maar wat je ook doet, bel níét de politie van Quinton. Bel de staatspolitie. Begrepen?'

'Akiva...'

'Daar is mijn mannetje. Ik moet gaan.' Hij verbrak de verbinding en liet de telefoon in zijn zak glijden. 'Hé, Plunkett! Ik ben hier!'

De taxichauffeur draaide zich om en kwam naar hem toe. 'Wat doet u daar?'

'Ik heb last van claustrofobie.' Deckers stem vuurde woorden af als kogels. 'Ik begon me te ergeren. Ja of nee?'

'Ja, het is goed,' zei Plunkett. 'Rustig aan, goed?'

Decker blies zijn adem uit. 'Sorry. Zullen we?'

De chauffeur stak zijn hand uit. 'Hé, mijn taak zit erop.'

'Dat had je gedacht.' Decker greep hem bij zijn kraag. 'Jij gaat met mij mee naar binnen. Ik wil een introductie.'

En toen hoorde hij het klikje. Iets in zijn diepste bewustzijn moest het voorzien hebben, want automatisch greep hij de pols meteen vast. Met een snelle, soepele draai nam hij de man het pistool af, voelde de kolf ervan uit de hand van de taxichauffeur in de zijne glijden. Toen drukte hij de man tegen de muur en zette de loop van de .32-kaliber Smith & Wesson tegen zijn adamsappel.

Decker zei smalend: 'Dat was niet beleefd van je.'

'Jezus, man, wat wil je van me?'

'Wat ik zei... een introductie.'

Ze zeiden geen van beiden iets, maar hun ademhaling was hoorbaar. Ze bliezen allebei grote wolken damp uit, puffend als een oude locomotief.

'Waarom heb je dat pistool getrokken?'

'Waarom hebt u me gegrepen?' was Plunketts wedervraag.

Langzaam liet Decker het wapen zakken. 'Misschien was dit gewoon een misverstand.'

De taxichauffeur gaf geen antwoord. Hij likte aan zijn lippen. 'U bent van de politie, hè?'

Decker gaf geen antwoord.

'Een vriend van Merrin?'

Meteen begon Deckers hart weer te bonken. 'Dat zou je kunnen zeggen.'

Opluchting in Plunketts ogen. 'Waarom hebt u dat dan niet meteen gezegd? Dan krijgt u korting.'

Decker verwerkte die woorden. Opeens kwam er lijn in Merrins nomadische carrière in Texas. In alle kleine steden waren bordelen. Met een trage beweging liet hij de nek van de jongeman los. 'Oké, bedankt voor de info. Loop even mee naar de deur, dan krijg je je geld.'

Ze bleven nog een moment oog in oog staan; toen ging Plunkett hem voor naar de voordeur.

'Doe de deur open,' zei Decker.

Plunkett gehoorzaamde. Decker wierp een blik naar binnen. Er was niet veel bijzonders te zien. Een schemerig verlichte lobby met een bank en een paar fauteuils waar niemand in zat. Achter de bank stond een tafeltje op wieltjes met daarop kopjes en glazen, een koffiepot, een kan heet water en zes kristallen karaffen met goudkleurige sterkedrank. Decker overwoog naar de tapvergunning te vragen, maar op het moment was het in zijn eigen belang het kort te houden en slim te zijn.

Recht tegenover zich zag hij een balie van walnotenhout met daarachter een jong, blond meisje. Haar gezicht werd omlijst door zacht, halflang haar en ze keek naar hen met donkerblauwe ogen. Ze had regelmatige gelaatstrekken, maar was geen echte schoonheid; daarvoor kwam ze net iets tekort vanwege de littekentjes van acne op haar wangen, hoe goed de putjes ook waren gemaskeerd met make-up en rouge. Ze droeg een felroze truitje met korte mouwen en een diepe halslijn, die haar verbluffend mooie figuur goed liet uitkomen. Haar blik ging van Plunkett naar Decker, eerst naar zijn gezicht, toen naar het pistool in zijn hand. Plunkett glimlachte.

'Ik ben er net achter gekomen dat hij een kennis van Merrin is.'

'Nou, dat is goed dan.' De vrouw glimlachte. Haar tanden hadden een licht scheve stand die gemakkelijk verholpen had kunnen worden met een eenvoudige orthodontische behandeling. 'Komt u gerust binnen, meneer.'

Haar stem klonk rokerig. Decker liet het pistool in zijn jaszak glijden en drukte het biljet van vijftig in Plunketts hand. 'Je mag gaan. En je hoeft niet te wachten. Het kan wel even duren.'

De taxichauffeur keek hem aan. 'En mijn pistool?'

'Heb je een vergunning, Plunkett?'

Geen antwoord.

'Dat dacht ik al,' zei Decker. 'Wat ik zei: je mag gaan.' Met zijn ogen nog op de vrouw gericht belde hij Jonathan. 'Het is niet meer nodig. Alles is in orde.'

Jonathan schreeuwde: 'Akiva, waar ben je...?'

Maar Decker zette de telefoon af en staarde naar de vrouw. Ze was vermoedelijk ouder dan twintig, maar niet veel. Haar nagels waren keurig verzorgd, maar niet gelakt. Decker bleef naar haar gezicht kijken.

'Waar kan ik u mee van dienst zijn, meneer? Wilt u het album van onze masseuses zien?'

Weer die hese stem, die zijn hart iets te snel deed kloppen. Het duurde een paar minuten voor hij zich weer professioneel kon opstellen. Als er iemand informatie had, was het de koningin van de bijenkorf, niet de werkbijen. Hij keek haar in de ogen en zei nadrukkelijk. 'Jíj bevalt me wel.'

Ze glimlachte en hield zijn blik vast. 'Het spijt me, meneer, maar ik ben alleen om naar te kijken.'

Lief en beleefd. Iemand had haar goede manieren geleerd. 'Weet je wat, schatje? Dat vind ik best. Ik wil eigenlijk alleen maar wat praten.'

Ze bleef hem aankijken, maar haar uitdrukking verstrakte iets. 'Dat is tegen de regels.'

Decker haalde een biljet van honderd dollar te voorschijn. 'Ach, het is rustig op het moment. Niemand hoeft het te weten.' Hij knipoogde. 'Oké?'

Ze wierp snel een blik achterom. Decker volgde de blik en zag een kleine deur die keurig was weggewerkt in de lambrisering. Er bevond zich iemand achter die deur. Ongetwijfeld iemand met een pistool. Weer schudde ze haar hoofd. Haar houding toonde het zelfvertrouwen van iemand die zich goed beschermd weet. Merrin had zijn vingers in een heleboel borden pap. Ze keek weer naar Decker. 'Dat is echt niet mogelijk, meneer.'

'Ik ben een erg goede vriend van commissaris Merrin,' zei Decker volhardend.

'Het is erg prettig om dat te horen, meneer, maar dat is echt niet relevant, afgezien van de tien procent korting. Ik zal u met plezier een van onze masseuses toewijzen.'

'Noemen ze zichzelf tegenwoordig zo?'

Opeens werden haar ogen kil, een erg bekende blik, al kon hij die niet meteen plaatsen. En toen, in een flits, wist hij het. Dat hij daar niet eerder aan had gedacht. Hij kon zichzelf wel voor zijn kop slaan. Hij glimlachte flauwtjes en zette een hooghartig gezicht. 'En wat zou je doen... als ik zei dat C.D. me heeft gestuurd?'

Een blos kroop over haar gezicht. Weer die blik achterom.

Decker haalde zijn rijbewijs te voorschijn. Ze pakte het aan, stond op en deed de voordeur op slot. Haar haren streken langs haar schouders onder het lopen. Ze droeg een zwart minirokje en hoge hakken. Hij keek naar haar draaiende achterste toen ze het kamertje achter het beschot in liep. Vijf minuten later kwam ze terug. Zonder iets te zeggen pakte ze Deckers hand en nam hem mee naar boven. Haar uitdrukking was neutraal, en ze gedroeg zich nu zonder een spoor van weerstand. Ze maakte ook geen oogcontact meer. Een mysterieuze, verborgen persoon had gezegd dat ze moest doen wat hij wilde. Falen zou ernstige gevolgen hebben.

32

De kamer was aan het einde van een lange, smalle gang, twee traptreden omhoog, aan de achterzijde van het huis. Het was een schemerig, bedompt vertrek. Voor de ramen en aan het plafond hingen meters gordijnstof: weelderige lappen wijnrood fluweel en robijnrood satijn. Ertussen hingen spiegels, aan de muren en aan het plafond. Het bed was kingsize, bekleed met goudkleurige zijde en met een massa kussens erop. Een kristallen kroonluchter wierp een soort discoverlichting op de sprei die vaag naar sigarettenrook en parfum rook. Het was zo'n geijkt bordeeldecor dat het een filmset had kunnen zijn. Het blonde meisje liep naar een spiegel en bukte zich, waarbij ze een mooi, strak kontje liet zien. Ze duwde een paneel weg. Er kwam een hokje te voorschijn. Ze haalde er een draagbare telefoon uit, richtte zich op en hield Decker de telefoon voor.

'Hij wil met u praten.'

Decker aarzelde, nam toen de hoorn op. 'Dank je.'

Ze ging op de rand van het bed zitten. Het matras schommelde. Gaaf! dacht Decker. In de jaren zestig hadden Jan en hij een waterbed gekocht, toen die dingen helemaal in waren, maar ze hadden het moeten weggeven, omdat hij het ervan in zijn rug kreeg.

Hij drukte op een toets en zei: 'Decker.'

'Laat Merrin met rust. Hij is een goudmijn voor me, hij en de joodjes. Jullie zijn een geil zootje, wist u dat?'

Het duurde even voordat Decker Donatti's woorden had verwerkt. 'Ik neem aan dat dit een veilige lijn is?'

'Ik doe mijn best, maar je kunt nergens helemaal zeker van zijn. Bij ieder telefoongesprek neem je risico's.'

'Je lijkt je er geen zorgen over te maken.'

'Waarom zou ik? Ik mag toch wel een massage-instituut opbellen? Ik sta niet bekend om mijn verfijnde smaak.'

'Je bent er de eigenaar van.'

'Ik? Ik ben nergens eigenaar van. Wie in de petoet heeft gezeten, krijgt geen vergunning. Terry daarentegen... is erg rijk. Ze heeft er een heleboel.'

'Weet ze dat?'

'Ze zou het kunnen zien als ze haar belastingaangifte zou lezen. U kent Terry... die leeft in haar eigen wereld. Momenteel doe ik de administratie. Zij zet alleen haar handtekening op de stippellijntjes. En zo erg is het toch niet? Massages zijn erg nuttig om spanningen weg te nemen.'

'Weet je, Donatti, ik zie hier veel fluweel en spiegels. Een kanjer van een waterbed. Maar geen massagetafel.'

'De klanten houden van een lekker sfeertje. En als u in de badkamer zou kijken, zou u zien dat daar heel veel flesjes olie staan.'

'Wat weet je over Merrin?'

'Niet veel, behalve dat hij van massages houdt. Hij brengt andere klanten in die van massages houden. En omdat hij zoveel inbrengt, krijgt hij een fikse korting. Tussen haakjes, alle masseuses zijn boven de achttien.'

'Dat is een hele geruststelling,' antwoordde Decker. 'Ik geloof dat Merrin me niet mag.'

'Dat zou best kunnen. Ik mag u ook niet.'

'Wat weet je nog meer over Merrin?'

'Weet u, ik hou van delegeren. Jen weet meer over de plaatselijke clientèle dan ik.'

'De welgeschapen blondine van de receptie.'

'Ik ben blij dat ze uw goedkeuring wegdraagt.'

'Vind je het goed dat ik haar een paar vragen stel?'

'Ga uw gang. Ik weet niet wat ze u zal vertellen, maar ik heb haar opdracht gegeven heel lief voor u te zijn, en dat is een grote concessie, gezien het feit dat haar kutje al drie jaar met pensioen is.'

'Ik wil geen seks, Donatti; ik wil antwoorden.'

'Seks is altijd het antwoord, inspecteur.'

De verbinding werd verbroken.

Decker gaf de telefoon terug aan Jen. Ze pakte hem aan, zette hem weg en ging weer op het bed zitten. Ze klopte naast zich op het matras. Hij ging zitten en veroorzaakte een deining. Ze legde haar hand op zijn knie. Haar stem was de fluistering van een sirene. 'Wat kan ik voor u doen?'

Hij nam haar hand weg van zijn been. 'Waarschijnlijk niet veel, als je van Donatti niets mag zeggen.' Hij stond op en leunde tegen de muur. Ze ging achter hem staan, sloeg haar armen om zijn middel en drukte zich tegen zijn rug. Het voelde prettig aan, maar hij maakte zich van haar los. 'Ik ben getrouwd en trouw. Raak me dus niet aan, goed?'

Hij draaide zich om en zag haar verwonderde en ietwat teleurgestelde blauwe ogen. 'Wat? Heeft hij gezegd dat je me moet verleiden? Hij speelt een spel. Hij weet dat ik dit nooit doe. Ga zitten.'

Ze liep terug naar het bed en ging zitten met haar handen op haar schoot, gehoorzaam als een schoolmeisje.

'Woon je in Quinton?' vroeg Decker haar.

'Rosehill.'

'Waar is dat?'
'Ongeveer vijftien kilometer van Bainberry.'
'Ertussenin liggen bossen?'
Ze knikte.
'Wat is dit voor streek? Een opeenvolging van kleine steden?'
'Ja.'
'En waarom woon je in Rosehill? Heeft hij die plek voor je gekozen?'
'Mijn man heeft daar zijn praktijk.'
'Je man.'
'Ja.'
'En wat doet je man?'
'Hij is arts. Huisarts. Hij werkt al meer dan dertig jaar in Rosehill.'
'Dertig jaar.'
'Ja.'
'Hij is dus een stuk ouder dan jij?'
'Ja.'
'Ik bedoel daar niets negatiefs mee. Ik ben zelf ook een stuk ouder dan mijn vrouw... hoewel... niet zóveel ouder.' Hij begon heen en weer te lopen. 'Weet je man wat voor werk je doet?'
Ze keek hem uitdagend aan. 'Ik doe baliewerk. Niets anders.'
'Twee minuten geleden was je bereid iets anders te doen.'
Haar ogen werden zo kil als staal. 'Om een oude vriend een plezier te doen, meer niet.'
Decker bleef staan en wreef over zijn voorhoofd. 'Je weet dat een dag of vijf geleden een meisje uit Quinton is vermoord.'
'Ja. In New Jersey. Sneu.'
'Ze was vijftien.'
'Erg sneu.'
'Krijgen jullie klanten uit Quinton?'
'Tuurlijk.'
'Komen de joden ook hier?'
'Ja.'
'Heb je hier wel eens een man gehad die Chaim Lieber heet?'
'We maken de namen van onze klanten niet bekend. Daar vertrouwen ze op. Maar aangezien u een... persoonlijke relatie met meneer Donatti hebt, zal ik antwoord geven op de vraag.'
'Dank je.'
'Nee.'
'Een grote aanloop voor een negatief antwoord.' Decker lachte. 'Chaim Lieber is hier dus nooit geweest.'
'Nee.'
'En zijn broer?'
'Hoe heet zijn broer?'
'Ephraim Lieber.'
Weer schudde ze haar hoofd.

'Merrin komt hier wel vaak.'
Ze zweeg.
'Aardige man?'
'Hij is altijd beleefd.'
'Fijn om te horen.' Decker begon weer te ijsberen. Hij schoot niets op. 'Andere vraag, Jen. Als ik een beetje wilde vliegen, waar moet ik dan zijn?'
Ze glimlachte minzaam. 'Op het vliegveld.'
'Heel grappig. Zou je antwoord willen geven op de vraag?'
'Ik zou het niet weten. Dit is een kuuroord, geen plek voor houseparty's.'
'Een "kuuroord"?'
'We hebben een stoombad. Wilt u erin?'
'Nee, dank je, ik ben vandaag al een keer nat geweest.' Weer probeerde Decker het met een andere aanpak. 'Jullie krijgen hier dus mensen uit Quinton.'
'Ja.'
'Mannen die op hun privacy gesteld zijn.'
'Ja.'
'Waarschijnlijk ook jongens. Hitsige tieners die vertier zoeken.'
'Al onze klanten zijn boven de achttien.'
'Vragen jullie om identificatie als ze er jong uitzien?'
'Natuurlijk. We willen geen problemen.'
'Krijgt Merrin smeergeld om dingen door de vingers te zien?'
'Ik begrijp niet wat u daarmee bedoelt, inspecteur.'
Dit was de eerste keer dat ze hem met zijn rang aansprak. Die had ze zeker van Donatti gehoord.
'Komt hier ook gespuis, Jen?'
'Er komen hier allerlei soorten mannen, maar ze weten dat ze zich netjes dienen te gedragen als ze een massage willen.'
Hij schoot geen lor op. Vooruit, Decker. Je bent verdomme geen groentje!
Hij herinnerde zich de woorden die Donatti had gebruikt om de meisjes binnen te halen: 'thee en troost'. Die aanpak had hij zelf ook ettelijke malen gebruikt wanneer hij minderjarige crimineeltjes tegenover zich had. Hij ging op de grond zitten, zijn benen gestrekt, zijn rug tegen het bed. Hij klopte op het tapijt ten teken dat ze naast hem moest komen zitten. Ze deed dat plichtsgetrouw, haar benen onder zich, haar rug kaarsrecht. Hij keek naar haar stoïcijnse gezicht en gaf zijn stem een zachte, sussende klank. 'Hoe oud ben je, Jen?'
'Eenentwintig.'
'Eenentwintig.'
'Ja.'
'Mijn dochter is vijfentwintig.'
'Ja? Zo oud ziet u er niet uit.'

Hij glimlachte. 'Ik heb nog een dochter... van mijn tweede vrouw. De vrouw die veel jonger is dan ik. Die dochter is negen en erg bijdehand.'
Jen glimlachte.
'Heb jij kinderen?' vroeg Decker.
'Ja.'
'Hoeveel?'
'Twee.'
'Hoe oud zijn ze?'
Ze slikte. 'Zes en een.'
'Jongens? Meisjes?'
'Een meisje en een jongen.'
'De oudste is een meisje?'
Ze knikte.
'Te gek.' Decker glimlachte. 'Zes is zo'n leuke leeftijd, vind je ook niet?'
'Ja.' Ze staarde naar haar schoot. Haar zwarte minirokje bedekte haar slipje maar nét. 'Ja.'
'Zo levenslustig... zo nieuwsgierig en vertrouwensvol.' Hij leunde naar achteren, vouwde zijn handen achter zijn nek en rekte zich uit. Toen boog hij zich weer naar voren, met een bezorgde uitdrukking in zijn ogen. 'Ik maak me zorgen om die kleine van me. Het valt niet mee om in deze moderne tijd op te groeien, vooral nu we zulke afgrijselijke dingen hebben gezien. Beroepshalve maak ik heel veel ellende van dichtbij mee. Dat is niet echt bemoedigend.'
Ze zei niets.
'Al die misdadigers, de criminele sujetten die ik arresteer, beïnvloeden mijn kijk op het leven. Ik ben vaak bang dat mijn... negatieve instelling invloed op haar zal hebben. Maar weet je wat?'
'Nou?' fluisterde ze.
'Dat is niet zo. Kinderen zijn wonderbaarlijk veerkrachtig. Heb je dat zelf ook gemerkt?'
Haar ogen versomberden. 'Soms wel.'
'Neem nou je dochtertje. En neem jezelf. Ik bedoel, het zal niet gemakkelijk zijn geweest om op je vijftiende al een kind te krijgen. Maar je hebt je erdoorheen geslagen. Je hebt een goede baan. Een man die waarschijnlijk veel van je houdt... Waar of niet?'
'Ja.'
'Twee schatten van kinderen. Dat is toch heerlijk?'
Ze knikte.
'Zie je wel? Je hoeft alleen maar naar jezelf te kijken, en naar hoe goed je bent geslaagd. Je kunt trots zijn op jezelf. Ik weet zeker dat je je dochter het goede voorbeeld geeft.'
Ze wendde haar gezicht af. Er waren tranen in haar ogen gesprongen. 'Dat is gemeen van u.'
'Wat is er?' Decker sloeg zijn arm om haar heen. 'Lieve hemel, wat is er? Wat heb ik gezegd?'

Brandende ogen keken hem aan. 'Niets...'
'Niets? Waarom ben je dan zo van streek? Het spijt me. Wat heb ik gezegd?'
'U hebt niets gezegd.'
'Het spijt me. Echt waar. Zeg nou wat ik verkeerd heb gedaan.'
Ze streek haar tranen weg met haar vingers. 'Niets.' Toen verborg ze haar gezicht in haar handen. 'Helemaal niets.'
'Wat zal Donatti kwaad worden als hij hoort dat ik je aan het huilen heb gemaakt!'
'O, hemel!' Paniek in haar ogen. 'Neemt u me niet kwalijk...'
'Hoe bedoel je? Ik heb jou verdrietig gemaakt.'
'Helemaal niet!'
'Ben je bang voor hem? Voor Donatti?'
'Nee, nee, helemaal niet.'
'Je kunt het me gerust vertellen, Jen. Slaat hij je?'
'Natuurlijk niet!'
Decker bleef naar haar kijken terwijl ze snufte en met haar handen over haar gezicht streek. Haar ogen waren rood, maar hadden nu een zachte blik. 'Je dochter...' zei hij zachtjes... 'Is Donatti haar vader?'
Ze lachte door haar tranen heen. 'Nee.' Een korte stilte. 'Was het maar waar.'
Decker knikte. 'Een of andere klootzak heeft je dus misbruikt.'
Ze was nog steeds van streek, maar van pure angst bleef ze hem beleefd antwoord geven. 'De man van mijn zus.'
'God...' Decker zuchtte. Een welgemeende zucht. Hij leunde weer achterover en schoof een paar centimeter bij haar vandaan. 'Ik heb op Jeugdzaken gezeten voordat ik ben overgeplaatst naar Moordzaken. Op Jeugdzaken krijg je te maken met veel seksmisdrijven waarbij minderjarigen zijn betrokken. En dat was het in jouw geval ook, Jen. Een seksmisdrijf. Want op je veertiende of vijftiende had jij nergens schuld aan. Alleen hij. En wat hij heeft gedaan... is een seksmisdrijf.'
Tranen rolden over haar wangen.
'Ze zijn allemaal hetzelfde... al die kerels.' Decker haalde zijn vingers door zijn haar. 'Monsters zijn het.' Hij slaakte een diepe zucht. 'Het minderjarige zusje van je eigen vrouw verkrachten. Dat is wel het ergste wat iemand kan doen.'
Ze zweeg.
Toen fluisterde ze: 'Het kan nog erger.'
Decker wachtte af.
'Niemand geloofde me. Mijn zus...' Jen sloeg haar trillende handen ineen. 'Mijn zus noemde me een leugenachtige sloerie. Mijn vader heeft me geslagen. Mijn moeder stond erbij en deed niets. Ze hebben mijn dochtertje in een pleeggezin ondergebracht. Toen ze me wilden dwingen papieren te tekenen... om haar te laten adopteren... ben ik weggelopen.'

'Wat een ellende. Het spijt me erg voor je.'
'Meneer Donatti... heeft me opgevangen. Hij...' Ze sprak met ingehouden snikken. 'Hij heeft me laten kennismaken met... met mijn man. Die was... een van meneer Donatti's klanten.' Ze veegde haar tranen weg. 'Mijn man... heeft me op mijn achttiende verjaardag ten huwelijk gevraagd. Meneer Donatti zei dat ik het moest doen... met hem trouwen. Hij zei dat hij goed voor me zou zorgen. En dat doet hij ook... mijn man zorgt goed voor me...' Ze snufte weer. 'Hij zorgt heel goed voor me. Hij houdt erg veel van me.'
Ze deed haar best om op te houden met huilen. 'Mijn man... heeft me geholpen haar terug te krijgen... hij heeft me geholpen mijn dochtertje terug te krijgen van haar pleegouders. Hij heeft de advocaat betaald; hij heeft alles betaald.' Weer kwamen er tranen los. 'O, ik ben zo dom.'
'Stil maar. Er is niets aan de hand.'
'Jawel! Als meneer Donatti erachter komt...'
'Hij zal er niet achter komen, omdat we het hem geen van beiden zullen vertellen.'
Ze wendde haar gezicht af en snikte: 'Hij komt er evengoed wel achter!'
'Maakt niet uit.' Decker pakte haar kin en draaide haar gezicht naar zich toe. Hij keek haar in de ogen. 'Ik regel het wel met Donatti, goed?'
Ze gaf geen antwoord.
Decker liet haar kin los en wachtte tot ze was uitgehuild. Toen het snikken bedaarde, zei hij: 'Jen, dat meisje uit Quinton over wie ik het daarstraks had? Het meisje dat is vermoord?'
'Ja?'
'Heb je haar gekend?'
'Nee.' Ze slaakte een sidderende zucht. 'Ik weet alleen wat er in de krant stond.'
'Ik wil uitzoeken wie haar heeft vermoord.'
Ze zei niets.
'Ze was pas vijftien, Jen. Net zo oud als jij toen je van je dochter bent bevallen. Alleen heeft zij geen kans gekregen erbovenop te krabbelen, zoals jij.'
'Ik ben er niet bovenop gekrabbeld. Ik werk dag en nacht met vieze, hijgerige kerels die naar mijn boezem en mijn achterwerk loeren en me proberen te grijpen.'
'Je maakt de indruk dat je ze heel goed aankunt.'
'Ik haat het!'
'Waarom stap je dan niet op?'
Ze kon hem niet aankijken. 'U gelooft me nooit, als ik het u vertel.'
'Mag het niet van hem?'
'Nee, daar gaat het niet om. Ik denk niet dat het hem iets kan schelen. Hij heeft er genoeg die mijn plaats kunnen innemen. En ik word hier zelfs voor betaald.'

'In tegenstelling tot de andere opdrachten die hij je heeft gegeven?'

'Meneer Donatti is altijd bijzonder goed voor me geweest.'

Hardnekkige trouw. Hij zou het nooit begrijpen. 'Waarom neem je dan geen ontslag?' vroeg Decker.

'U zult slecht over me denken.'

'Kind, ik heb álles al meegemaakt.'

Ze zei niets.

'Zeg het maar.'

Ze zuchtte. 'Ik hou van mijn man. Echt waar. Maar hij is zesenvijftig, inspecteur. En hij is niet gezond. Hij heeft een zwaar leven gehad. Zijn eerste vrouw is aan borstkanker gestorven. Ze is tien jaar ziek geweest. Hij heeft zelf een chronische hartkwaal... en hoge bloeddruk. We doen niet veel... nou ja, wel iets, we hebben een zoon, maar het is niet... u weet wel. En na wat ik allemaal heb meegemaakt, vind ik het niet zo erg. Maar soms...' Ze zweeg even. 'Meneer Donatti... komt hier af en toe... om te zien hoe alles gaat. Hij is... knap om te zien. En ik ben nog jong...'

Haar ogen smeekten om begrip.

Decker glimlachte. 'Ik begrijp het.'

Op ijle toon ging ze door: 'Bij hem voel ik me op mijn gemak. Veilig. Ik weet dat hij me gebruikt – mensen als hij doen dat nu eenmaal – maar hij laat het niet merken.' Stilte. 'Voor een vijftienjarige dakloze staan er niet veel wegen open. Ik heb gruwelijke verhalen gehoord. Alles bij elkaar genomen heb ik geboft...'

Stilte.

'We verschillen eigenlijk niet veel, meneer Donatti en ik. Ook ik maak gebruik van mensen.'

Daarmee bedoelde ze haar man. Decker zei: 'Ik weet hoe het voelt om... bij mensen in het krijt te staan. Ik heb zelf zulke vrienden. Een van hen... heeft me in Vietnam geholpen. Mijn leven gered, om precies te zijn. Nu voel ik me altijd verplicht hem uit de penarie te halen, ongeacht wat voor stomme dingen hij uithaalt.'

'U kunt erg goed luisteren, weet u dat?' Ze strekte haar benen, trok aan het onmogelijk korte rokje en legde haar hoofd op zijn schouder. 'Weet u zeker dat ik niets voor u kan doen?'

'Je kunt een heleboel voor me doen, en ik bedoel geen seks.'

Ze ging weer rechtop zitten. 'Dus... u wilt echt alleen maar informatie?'

'Ja,' zei Decker.

'Dan moet uw vrouw een geweldig mens zijn.'

'Dat is ze inderdaad. Vertel me over Merrin.'

'Geile bok. Ziet alles door de vingers wat deze tent betreft.'

'Betaalt Donatti hem daarvoor?'

De manier waarop ze haar schouders ophaalde, vertelde hem dat hij op het juiste spoor zat.

'Ziet Merrin ook andere dingen door de vingers?'

'Zoals?'
'Als ik bijvoorbeeld xtc wil, moet ik dan bij Merrin zijn?'
'Ik heb geen idee.' Ze keek hem aan. 'Echt niet. Ik ken Merrin alleen als klant.'
'Waar moet ik dan zijn?'
'Weet ik niet. Ik heb niets met drugs te maken.'
'En de andere meisjes? Ik weet dat jullie er hier een paar hebben die ook in Tattlers werken.' Decker deed een slag in de ruimte. 'Ik heb gehoord dat je hier allerlei pillen kunt krijgen.'
'Dat hebt u zeker van Plunkett?'
'Ja,' loog Decker.
'Dacht ik al. Hij is een etter, maar hij brengt veel klanten binnen.'
'Dus misschien weten die meisjes meer over hoe je hier aan drugs kunt komen? De meisjes die in Tattlers werken?'
'Dat moet u maar aan hen vragen. Wij hebben hier niets, dat weet ik zeker.'
'Zijn hier meisjes van Tattlers, met wie ik kan praten?'
'Misschien Angela. Die is over ongeveer een halfuur beschikbaar.'
'Kun je dat regelen zonder hem eerst te bellen?' Hij glimlachte. 'Ja?'
Ze keek hem aan en haalde haar schouders op.
Decker drong niet aan. 'Jij kent de mensen van alle stadjes hier in de omgeving dus vrij goed?'
Jen lachte zacht en bitter. 'Ik ken alle hitsige mannen.'
'Ook jongens?'
'Massa's hitsige jongens.'
'Ryan Anderson en Philip Caldwell.'
Haar gezicht betrok. 'Ik ken Caldwell. Hij is ongeveer twee maanden geleden hier geweest. Pal na zijn achttiende verjaardag. Rich heeft hem eruit gegooid.'
'Wie is Rich?'
'De uitsmijter.'
'De man achter het paneel in de lobby.'
Ze keek verbluft. 'Er ontgaat u niets, merk ik. O ja, natuurlijk. Ik ben daar met meneer Donatti gaan bellen.'
'Ja, maar ik had het al door. Je keek twee keer achterom. Rich heeft Caldwell er dus uit gegooid. Waarom?'
'Hij deed veel te ruw met het meisje. Ik herinner me nu dat het Angela was. Rich heeft haar gered voordat die rotzak te veel schade kon aanrichten. Alle kamers hebben videocamera's.'
Decker lachte. 'Echt waar?'
Ze wees naar de kristallen kroonluchter.
'Dan houdt Rich vast veel van zijn baan,' zei Decker.
'Hij is homoseksueel en heel professioneel.' Ze sloeg haar ogen neer. 'Alles wordt opgenomen. Uiteindelijk zal meneer Donatti ook deze film te zien krijgen. Hij zal wel kwaad zijn.'

Decker klopte op haar knie. 'Jen, hij wilde dat je me zou uithoren, nietwaar? En dat je daarbij alle beschikbare middelen zou aanwenden?'

Ze gaf geen antwoord.

'Hij kent me. Seks behoort niet tot die middelen. Dat wil zeggen dat hij weet dat je me steeds wat informatie moet geven om me aan de praat te houden. Mijn vragen zullen hem veel vertellen. Tussen haakjes, was hij kwaad? Donatti?'

'Hoe bedoelt u?'

'Dat die eikel van een Caldwell een van zijn meisjes mishandelde?'

'Daar is hij pas veel later achter gekomen... toen hij de films bekeek. Meneer Donatti houdt niet van problemen. Daarom zijn we hier. Zodat hij geen gezeur aan zijn hoofd krijgt.'

'Ik snap het. En Anderson? Heb je die ooit ontmoet?'

Ze dacht even na. 'Zo ja, dan kan ik het me niet herinneren. Ze zijn allemaal hetzelfde, die rijkeluiszoontjes. Ze doen stoer en hebben een grote mond. Ze denken allemaal dat ze reuze interessant zijn, echte zware jongens. Ze handelen in drugs, ze lopen te koop met vuurwapens en messen. Ze denken dat ze alles aankunnen. Ze denken dat ze weten hoe het leven er op straat aan toegaat, maar in werkelijkheid weten ze daar niets van. Ze snappen niet hoe goed ze het hebben. Ze snappen niet wat belangrijk is. Ze hebben alles, maar ze hebben niks.'

Er rolden weer tranen over haar wangen, als trage druppels, maar ze leek er geen erg in te hebben.

'Soms... soms is God erg oneerlijk.'

33

HIJ HAD ONGEVEER EEN KWARTIER DE TIJD VOORDAT ANGELA KLAAR ZOU zijn met haar 'massage'-klant. Hij liep naar buiten, de verkwikkende koude in, om zijn gedachten op een rijtje te zetten. De striemende regen van daarstraks was veranderd in rustige, dikke druppels, en het gebladerte van de struiken was vervaagd tot een dik waas van grijs en bruin nu het daglicht begon te vervagen. Hij trok zijn sjaal wat strakker aan en stak zijn handen in zijn zakken. Hij schrok toen zijn vingers ijzig staal voelden. Hij was het pistool helemaal vergeten. Hij haalde het uit zijn zak, opende het magazijn en keek erin. Vier kogels. Hij klapte het weer dicht en zette de veiligheidspal om.

Dit zou een perfect moment zijn geweest voor een sigaret en een glas whisky. Hij was verkleumd, had dorst en kon een opkikkertje goed gebruiken. Hij wist zeker dat het bordeel een hele voorraad clandestien speelgoed had, en nu Rina er niet was, hoefde hij zich geen zorgen te maken over zijn adem en zijn gedrag. Dat was het aantrekkelijke van een bordeel. Daar konden mannen zich naar hartenlust misdragen; dat werd niet alleen aanvaard, maar ook verwacht. Donatti mocht dan een laag-bij-de-grondse psychopaat zijn, maar hij wist precies hoe getrouwde mannen in elkaar zaten. Het ging niet alleen om de seks – hoewel die een grote rol speelde – het ging ook om het machtsgevoel. Mannen hielden van hun vrijheid. Veel getrouwde mannen werden na verloop van tijd hun vrouw een beetje zat, omdat die hen voortdurend herinnerde aan de vrijheid die ze hadden moeten opgeven.

Hij kende dit soort sjofele huizen van plezier beter dan goed voor hem was. In Vietnam was hij een vaste klant geweest in de bordelen, maar eenmaal terug in de Verenigde Staten had hij niet meer voor seks hoeven te betalen. Het waren de jaren zestig en hij werkte in een universiteitsstad. Vrije liefde was ieders motto, al loog hij vaak over zijn beroep wanneer hij uitging. Politiemannen maakten deel uit van het militair-industriële establishment (wat dat ook was) en waren paria's voor de bloemenkinderen. Dus vertelde hij de meisjes niet dat hij een oorlogsveteraan was en bij de politie zat, maar dat hij zijn haar kort moest houden vanwege de luis waarmee hij in de jungle van de Amazone besmet was geraakt. Ze geloofden het grif.

Soms, als hij na de seks in een geniepige bui was, en dat was hij vaak, vertelde hij hun wie en wat hij in werkelijkheid was. Veel meisjes vonden dat echter helemaal niet erg, maar juist opwindend, alsof ze het aanlegden met de vijand. Jan was een van die types geweest. Hij had haar gearresteerd tijdens een antioorlogsdemonstratie. Twee nachten later waren ze aan het vrijen dat de stukken eraf vlogen. Twee maanden later waren ze getrouwd. Zes maanden daarna was Cindy geboren.

Het bekende liedje.

Daarna was er de tussenperiode geweest na zijn echtscheiding. Hij was vijf jaar vrijgezel geweest voordat hij Rina had leren kennen. Twee jaar lang was het helemaal te gek geweest: veel seks zonder emotionele banden. De jaren die daarop waren gevolgd, waren een hel geweest: volop seks zonder emotionele banden. Ergens tussen zijn werk en de lakens was hij tot het besef gekomen dat het goede leven niet bestond uit een eindeloze reeks vluggertjes en werkdagen van veertien uur. Toen hij de voorkeur begon te geven aan paarden boven vrouwen wist hij dat hij in de problemen zat.

Het was maar goed dat hij toen Rina had ontmoet.

Opeens miste hij haar verschrikkelijk, haar en Hannah Rosie en zijn dagelijkse leven in Los Angeles. Hij wilde naar huis. In plaats daarvan stond hij hier te vernikkelen omdat hij een familie wilde helpen die niet eens van zijn inmenging gediend was. Het was echter te laat om ermee op te houden. Hij dacht aan de Liebers, aan de hel die ze doormaakten. Hij vroeg zich af of Jonathan objectief genoeg kon zijn om hun geestelijke steun te verlenen.

Jonathan...

Hij had al een uur geen contact met hem gehad. Misschien moest hij dat nu maar weer doen. Hij zette zijn mobieltje aan, maar dat bleek hier geen bereik te hebben. Hij liep weer naar binnen, de kou van zich afschuddend.

Jen keek naar hem op en wierp een blik op haar horloge. 'Het duurt nu niet lang meer, inspecteur.'

'Mag ik even bellen?'

Ze duwde de telefoon naar hem toe. Daarbij boog ze zich over de balie heen, wat hem vol zicht bood op haar decolleté. Misschien had Donatti haar opdracht gegeven het nog een keer te proberen.

Decker wendde zijn ogen af. 'Dank je.' Hij toetste het nummer in van Jonathans mobiele telefoon. Hij kreeg verbinding, maar die was erg slecht. 'Jon! Kun je me horen?'

'Waar ben je?'

Ondanks het gekraak hoorde Decker dat zijn broer schreeuwde. 'Is er iets?' vroeg hij.

'Of er iets is? Ik probeer je al een halfuur te bereiken! Ik zit midden in de bossen en ben bang dat ik zal verdwalen...'

'Waarom? Wat is er aan de hand?'

'Akiva!' riep Jon op scherpe toon. 'Waar zít je?'
Decker wendde zich tot Jen. 'Kun je mijn broer vertellen hoe hij hier moet komen?'
'Hij moet de hoofdweg tussen Quinton en Bainberry nemen.'
'Dat weet ik. Welke weg moet hij inslaan?'
'Ik geloof niet dat die een naam heeft.'
'Is er iets opvallends waaraan hij hem kan herkennen?'
Ze haalde hulpeloos haar schouders op.
Decker begon zich te ergeren. 'Hoe weet jij waar je moet afslaan?'
'Dat weet ik gewoon.'
Zijn ergernis sloeg om in frustratie. 'Jon, waar zit je ergens?'
'Ik zit ongeveer een kilometer bij de Bainberry Mall vandaan.'
'Dan ben je te ver doorgereden.'
'Te ver ten opzichte van wat?'
'Van de weg die je moet hebben.'
'Wélke weg? Ik heb helemaal geen weg gezien.' Zijn frustratie was te horen. 'We zitten met een noodsituatie, Akiva. Ik moet je zo snel mogelijk zien te vinden!'
Decker voelde zijn hartslag versnellen. 'Wat voor noodsituatie?'
'Chaim is verdwenen...' Gekraak op de lijn. 'Je valt weg!' schreeuwde Jonathan. 'Het regent, ik zie bijna niks en het begint donker te worden. Zeg me hoe ik bij je moet komen!'
'Moment.' Hij hield zijn hand op het mondstuk. 'Jen, kan iemand me even naar het begin van de weg brengen?'
'Op het moment niet. Iedereen is bezig.'
'En Angela dan? Je zei dat ze over een paar minuten beschikbaar is.'
'Angela heeft geen auto. Ze wordt altijd afgehaald.'
'Jij dan?'
'Ik heb ook geen auto. Ik word ook afgehaald.'
Ze was niet erg behulpzaam. Decker vroeg zich af of ze het expres deed. 'Jon, ik ga te voet naar de doorgaande weg. Die is dichter bij Quinton dan bij Bainberry, maar ik weet niet hoe de verhoudingen precies liggen...'
'U kunt niet gaan lopen!' bemoeide Jen zich ermee.
Decker lette niet op haar. 'Ik heb er zeker twintig minuten voor nodig.'
'U kunt niet in het donker gaan lopen!' zei Jen nogmaals. 'Als u een verkeerd pad inslaat, zult u hopeloos verdwalen.'
'Het is nog niet helemaal donker.'
'Ik zal naar je uitkijken,' zei Jonathan.
'Tot zo.' Decker hing op.
'U kunt niet gaan lopen,' zei Jen met klem. 'U zult verdwalen.'
'Het zal wel moeten.'
'En Angela dan? U wilde haar toch spreken?'
'Ze zal moeten wachten.'

'U zult verdwalen.'

'Je vervalt in herhalingen.' Hij liep naar de deur.

'Wacht!' Ze wrong haar handen, trok toen een lade open en haalde er een zaklantaarn uit, een groot, vierkant ding met aan de ene kant een sterke, witte lichtbundel en aan de andere kant een rood knipperlicht. 'Neemt u deze dan mee. Misschien hebt u er iets aan.'

'Bedankt.'

Ze beet op haar lip en knikte. Ze was niet blij met deze ontwikkeling. Misschien had ze nog wat langer van zijn gezelschap willen genieten. Hij glimlachte om die belachelijke gedachte. 'Dag, Jen. Pas goed op jezelf.'

'U ook. Wees voorzichtig.'

Hij lachte, maar nam haar woorden ter harte. Hij liep de stormachtige schemering in, de paraplu in zijn ene hand, de lantaarn in zijn andere, en ging het sterk hellende pad af naar de hoofdweg. Modderig regenwater stroomde over de grond, waardoor zijn schoenen meteen doorweekt raakten. De modder reikte tot de zoom van zijn broekspijpen. Toen het glibberige pad erg steil werd, was hij gedwongen zijwaarts af te dalen; bij iedere stap welde modder op om zijn schoenzolen. Zijn tenen en vingers begonnen verdoofd te raken van de kou.

Het werd snel donker, maar Decker deed de zaklantaarn nog niet aan, omdat hij zijn ogen wilde laten wennen aan het schemerige licht. Er was niet veel waarop hij zich kon oriënteren, alleen maar een eindeloze reeks donkere bosjes. Een paar jaar geleden had hij een roman van Stephen King gelezen over een meisje dat verdwaald was in het bos, maar zij had in één opzicht geboft: in dat verhaal was het zomer geweest.

Zo erg is het nou ook weer niet, stelde hij zichzelf gerust. Als je het pad maar blijft volgen. Maar dat begon nu in een riviertje van slijmerige modder te veranderen. Hij moest helemaal aan de rand ervan gaan lopen, waar takjes en twijgjes knapten onder zijn zolen en hij af en toe weggleed op de natte bladeren waarmee de grond bedekt was. Toen het pad nóg steiler werd, verloor hij zijn evenwicht en viel met een smak op zijn achterste, gelukkig niet op het pistool.

'Jezus!' Hij probeerde overeind te komen, maar de gladde zolen van zijn schoenen kregen geen houvast. 'Godverdomme.'

En het werd steeds donkerder.

'O, Heer!' Hij greep zich vast aan een natte boomstam, hees zich overeind en stootte bijna zijn hoofd tegen een lage tak.

Het pad was een stroom prut geworden die langzaam naar beneden sijpelde.

Hij dacht over de situatie na en kwam tot de conclusie dat hij met zijn handen zou moeten werken. Hij deed de paraplu dicht, stak hem in zijn achterzak en werd onmiddellijk doorweekt door het ijskoude regenwater. Hij hing de zaklantaarn aan de ringvinger en pink van zijn linkerhand en besloot voor Tarzan te spelen. Met behulp van de dikkere takken, die hopelijk zijn gewicht zouden kunnen dragen, begon hij als een aap de heuvel af te dalen. Met gestrekte armen greep hij de ene tak na de andere, heen en weer slingerend als aan een rekstok. Hij deed het langzaam en weloverwogen, en het was een pijnlijk proces omdat zijn vingers zo flexibel waren als bevroren wortelen. Een paar keer kreeg hij een harde tik van de zaklantaarn en vloekte hij hartgrondig.

Nu werd het niet donkerder meer, omdat het al volkomen donker wás. Hij kon geen hand voor ogen meer zien. Hij deed de zaklantaarn aan en liet de lichtbundel heen en weer gaan door het bos. Hij zag alleen maar een eindeloze wirwar van kale struiken.

De enige manier om zich te oriënteren was door het pad in de gaten te houden. Hij zou door de modder moeten waden als hij niet wilde verdwalen. Voorzichtig, zich weer vastgrijpend aan een tak, stak hij zijn voet in de bewegende smurrie, die kouder en dieper bleek te zijn dan hij had gedacht. De stroom greep zijn enkel en dreigde hem onderuit te halen, terwijl stenen en kiezels langs zijn been schuurden. Hij tastte met zijn voet de bodem af. Die bleek zo glibberig te zijn als olie. Als hij overeind wilde blijven, had hij een brede oppervlakte nodig en iets om zich aan vast te houden.

Het zou een stuitbevalling moeten worden: eerst de benen en de bips. Hij opende de paraplu en legde hem op de modderstroom. Met een vies gezicht liet hij zijn achterste op het nylon scherm zakken. Met de handgreep als stuur en zijn voeten als rem deed hij een schietgebedje en zette af.

Decker was niet erg goed in sleeën, waarschijnlijk omdat hij zonder sneeuw was opgegroeid, maar merkte al snel dat hij zijn evenwicht vrij goed wist te bewaren. Toen hij erin slaagde er niet aan te denken hoe koud en vies en nat het was, kon hij zich volledig concentreren op de techniek beneden te komen zonder van het pad af te raken en verwondingen op te lopen. Met horten en stoten liet hij zich meevoeren door de stroom: hij was geen Washington die de Delaware overstak, maar de situatie maakte beslist het avontuurlijke in hem wakker.

Hij deed er bijna een halfuur over en alhoewel zijn achterste bont en blauw aanvoelde, wist hij zonder zijn botten te breken de hoofdweg te bereiken. De zaklantaarn deed het nog, maar de paraplu kon hij wel weggooien: de helft van de baleinen was gebroken en het nylon zat vol scheuren. Toen hij koplampen zag naderen, zwaaide hij geestdriftig de lichtbundel van de zaklantaarn op en neer. De auto remde af. Het was een vrachtwagen.

De chauffeur, die een baard had als een holbewoner, draaide het raampje naar beneden. 'Stap maar in.'

'Nee, dank u,' zei Decker. 'Ik sta op iemand te wachten.'

Vier, vijf seconden verstreken.

'Er komt hier niet veel verkeer langs.' Hij bekeek Decker van top tot teen. 'Weet u het zeker?'

Decker grijnsde als de dorpsidioot. 'Ja.' Hij knikte erbij om de man te overtuigen, waardoor hij er ongetwijfeld nog belachelijker uitzag. 'Heel zeker.'

De chauffeur schudde zijn hoofd, draaide het raampje weer dicht en reed door.

Het leek een eeuwigheid te duren, hoewel het waarschijnlijk maar een minuut of tien was, voordat er weer koplampen in zicht kwamen, uit de tegenovergestelde richting. Dat zou Jonathan wel zijn, want de lichtbundels kwamen uiterst langzaam zijn richting uit. Decker ging midden op de weg staan en bewoog het rode knipperlicht heen en weer. Het busje keerde op de weg en stopte met twee wielen in de berm, die in een gorgelende modderstroom was veranderd.

Decker trok het portier open en hees zich in de auto. De twee mannen keken naar elkaar. Regenwater stroomde over Deckers gezicht. Hij grijnsde. 'Mag ik je op je mond zoenen?'

Jonathan staarde hem met open mond aan.

'Je hebt niet toevallig wat schone kleren in de auto liggen? Of een handdoek? Zelfs een dweil is goed.'

'Nee, maar we gaan meteen ergens droge kleren voor je halen,' zei Jonathan.

'Vertel me eerst wat de noodsituatie is. Chaim is verdwenen? Wat wil dat zeggen?'

Jonathan stuurde het busje voorzichtig weer de weg op. 'Dat hij is verdwenen.'

'Je bedoelt dat hij ervandoor is gegaan?'

'Daar ziet het naar uit.' Jonathan wierp even een blik op zijn broer. 'Is met jou alles in orde?'

'Afgezien van het feit dat ik doorweekt ben en mijn achterste helemaal beurs is, mankeer ik niks. Vertel me over Chaim. Geef me details.'

'Toen ik in Quinton aankwam, was hij al weg. Ze zeiden dat hij na sjacharit had gezegd dat hij zich niet goed voelde en even ging liggen. Maar toen Minda bij hem ging kijken, was hij er niet.'

'Enig idee?'

Jonathan had de snelheid teruggebracht tot een slakkengang. Hij had moeite op de weg te blijven. Het was aardedonker en er was geen straatverlichting. 'Ongeveer twintig minuten nadat ik bij de sjiva was aangekomen, kwam er een telefoontje van Leon Hershfield. Ik heb hem te woord gestaan.'

'En?'

'Hij had net de politie van JFK Airport en de plaatselijke FBI aan de lijn gehad.'

'O, nee!'

'Je begrijpt al waar dit naartoe gaat.'

'Chaim probeerde het land uit te komen.'

'De mannen over wie je het had... de mannen over wie Randy je had verteld...'

'Weiss, Harabi en Ibn Dod. Waren die bij hem?'

'Dat zei Hershfield... maar hij was niet scheutig met informatie. Hij zei dat ze allemaal aan boord hadden willen gaan van een vlucht naar Israël. Bij de veiligheidscontrole zijn Harabi en Ibn Dod apart genomen, misschien omdat er iets mis was met hun paspoort, of omdat ze er te nerveus of niet chassidisch genoeg uitzagen.'

'Waren ze dan gekleed als chassidiem?'

'Dat neem ik aan.' Een diepe zucht. 'Je weet hoe zwaar de veiligheidscontrole tegenwoordig is. Vooral bij El Al. Toen er extra bewakers bij werden geroepen, zijn ze ervandoor gegaan, verspreid.'

'Het was stom van hen om überhaupt samen te reizen.'

'Het is tegenwoordig een probleem om op het laatste moment tickets voor Israël te krijgen. De meeste luchtvaartmaatschappijen hebben na 11 september het aantal vluchten naar Israël drastisch verminderd.'

'Hebben de bewakers iemand in hechtenis genomen?'

'Dat weet ik niet, omdat niemand iets zegt.' Jonathan tikte op het stuur. 'De luchthavenpolitie laat niets los. De FBI ook niet, maar ze hebben agenten naar Minda's huis gestuurd en naar het huis waar de sjiva wordt gehouden. De agenten arriveerden ongeveer op hetzelfde moment dat we het telefoontje kregen. Hershfield was op weg naar het vliegveld om uit te zoeken hoe alles precies in elkaar zat, maar ik kreeg de indruk dat ze Chaim niet te pakken gekregen hebben.'

'Waarom denk je dat?'

'Vanwege de vragen die Hershfield stelde.'

'Wat vroeg hij dan?'

'In het kort kwam het erop neer dat hij wilde weten waar Chaim naartoe zou gaan als hij zich verborgen wilde houden. Hij kleedde het alleen subtieler in. En de FBI heeft me min of meer hetzelfde gevraagd.'

'Wat heb je geantwoord?'

'Na mijn geblunder met Shayndie wilde ik eerst met jou praten. Dus heb ik tegen niemand iets gezegd. Het is daar een gekkenhuis. Toen niemand op me lette, ben ik ervandoor gegaan. Mijn vraag aan jou is: wat nu?'

'We gaan in ieder geval niet terug naar Quinton,' antwoordde Decker.

'Nee, want dan zouden we er voorlopig niet meer wegkomen.'

'Weet jij waar Chaim zich verborgen houdt, Jon?'

'Geen idee. Ik dacht aanvankelijk aan een van de winkels, die in Manhattan of in Brooklyn. Maar ik neem aan dat die al worden uitgekamd door de FBI.'

'Dat zou dus geen zin hebben.'

'Nee,' zei Jonathan. 'Misschien kunnen we het beste met Hershfield gaan praten, op het vliegveld.'

'Heeft hij gezegd dat je moest komen?'

'Nee.'
Ze zwegen allebei.
'Ach, wat kan het ook schelen!' Decker gaf een klap op zijn natte dijbeen. 'We gaan naar het vliegveld.'
'Denk je dat ze ons iets zullen vertellen?'
'Nee, maar als ze Weiss, Harabi of Ibn Dod daar in hechtenis hebben, ga ik mijn broer bellen. Die kerels worden gezocht door de politie van Miami. Als hij een officieel uitleveringsverzoek doet, komen we in ieder geval geloofwaardig over.' Decker keek naar zijn natte goed. 'Maar allereerst moet ik aan droge kleren zien te komen. In Quinton loopt veel te veel FBI rond. Zullen we naar het winkelcentrum van Bainberry gaan? Daar is vast nog wel iets open.'
Jonathan remde en keerde de auto.
Ze reden een paar ogenblikken zonder iets te zeggen. Decker leunde naar voren en tuurde door de voorruit.
'Je broer zal wel blij zijn,' zei Jonathan, 'dat die kerels zijn gepakt... aangenomen dat de politie hen te pakken heeft gekregen.'
Decker gaf geen antwoord.
'Maar voorzover je broer weet, maakt Chaim geen deel uit van hun xtc-operatie in Miami, nietwaar?'
Decker bleef zwijgen.
'Akiva...'
'Ja, ja...'
Stilte.
'Akiva, heb je gehoord wat ik...'
'Wacht even...'
'Wat is er?'
'Ogenblik...' Deckers blik ging van de voorruit naar het achteruitkijkspiegeltje, naar het zijspiegeltje en weer naar de voorruit.
'Akiva, wat is er aan de hand?' vroeg Jonathan.
'Ik weet het niet...' Decker dacht koortsachtig na. 'Er zaten koplampen achter ons voordat je bent gekeerd. Eén koplamp, niet twee, en dat vind ik raar, omdat het zo hard regent.' Gedachteloos stak hij zijn hand in zijn zak en haalde het pistool eruit.
'Hoe ben je aan dat ding gekomen?'
'Dat is een lang verhaal, maar ik ben blij dat ik 'm heb. Mag ik jouw jas gebruiken om hem af te drogen?'
'Moment, dan trek ik hem uit.'
'Niet nodig, ik heb alleen een punt nodig.' Hij wreef het pistool droog. 'Omdat de koplampen nogal ver weg zaten, dacht ik dat het een auto was met een kapot licht. Nu we zijn gekeerd, zou hij ons tegemoet moeten komen, maar ik zie hem niet.'
Rondom bestond de wereld uit schakeringen van zwart. Ook van boven kwam geen licht, omdat het wolkendek de sterren en de maan blokkeerde.

'Jonathan, doe je koplampen uit, rij nog een minuut of twee door en stop dan langs de kant van de weg.'

De rabbijn deed de lichten uit. Nu zaten ze in het pikkedonker. Decker knipte de zaklantaarn aan en scheen ermee door de voorruit. Het was niet veel, maar het was beter dan niets. 'Rij nog een klein stukje door en stop dan.'

Een warme gloed trok door Jonathan heen. Zijn handen trilden. 'Op hoop van zegen...'

Het busje hobbelde en schommelde over de weg en stopte toen in de berm, een beetje hellend in de modder. Jonathan had op een haar na een boom gemist.

'Ik wil met je van plaats ruilen,' zei Decker.

Jonathan stak zijn hand uit naar het portier, maar stopte opeens. 'Je bedoelt dat ik over je heen moet kruipen.'

'Ja. Hou je hoofd naar beneden.'

Ze kropen over elkaar heen om van plaats te ruilen. Nu lag Decker op de vloer onder het stuur en zat Jonathan ineengedoken op de passagiersstoel. Decker hoorde de hijgende ademhaling van zijn broer... of misschien die van zichzelf. Daarnet was hij nog volkomen uitgeput geweest, maar binnen een tijdsbestek van een paar seconden had de adrenaline zijn hartslag weer energie gegeven.

'Wat...'

'Ssst...' Stilte. 'Hoor je dat?'

'Wat?'

'Luister!'

Nu hoorde Jonathan het ook: het zachte geronk van een motor die door de regen aankwam. Decker gluurde over het dashboard, maar er kwam niets zijn gezichtsveld binnen. Hij draaide het raampje aan zijn kant voor de helft naar beneden, wat hem meer dan genoeg ruimte gaf om de loop van het pistool naar buiten te steken. Toen keek hij weer voorzichtig over het dashboard.

Het geluid van de ronkende motor werd luider, maar plotseling was alles weer stil, op het ruisen van de regen na.

'Ai... dit is niet best...'

'Wa...'

'Ssst...'

Jonathan zou vertwijfeld zijn handen hebben opgeheven als hij er ruimte voor had gehad. Zijn oksels waren kleddernat.

'Waar is de zaklantaarn?'

Jonathan gaf hem aan Decker. 'Wat ga je doen?'

'Ik wil hem zien.' Decker sprak min of meer tegen zichzelf. Hij klopte op de grote zaklantaarn. 'Laten we hopen dat hier goede batterijen in zitten.'

'Wie denk je dat het is?'

'Geen idee.' Hij draaide het raampje weer dicht en ontsloot de portieren. Weer gluurde hij over het dashboard. Hij kon niet echt iets onderscheiden, maar de duisternis tegenover hem leek te bewegen, alsof de moleculen zich in een andere opstelling rangschikten. Het was mogelijk dat zijn verbeelding hem parten speelde. Maar toen bewoog er weer iets. 'Bukken, Jonathan. Stop je hoofd tussen je knieën en leg je handen in je nek.'

De rabbijn deed wat hem was opgedragen. Decker zag de lippen van zijn broer bewegen, al maakte hij geen geluid, een zwijgend gebed. Hij hoopte dat Jon ook voor hém bad. 'Ik zie 'm. Kom maar, jochie... kom maar op, hufter...'

De schim – waarschijnlijk een mens en vermoedelijk een man – naderde het busje langzaam. Hij had O-benen, als een cowboy in een western die op het punt stond een pistool te trekken. Opeens besefte Decker dat de benen aan weerszijden van een zadel zaten. De motor was er een van een klein model, vermoedelijk een Honda: snel en wendbaar. Hij naderde hen aan de kant van de chauffeur, omdat de wielen van het busje aan de andere kant in de modderige berm stonden die vlak langs de bomen liep.

'Kom maar, kom maar...' mompelde Decker gespannen.

Centimeter voor centimeter kwam de gedaante dichterbij.

'O, lieve hemel!' kreunde Jonathan.

'Hou je vast.' Decker slikte. 'Hij is er bijna.'

De seconden tikten weg.

Een... twee... drie.

Hij gluurde weer naar buiten. 'Vooruit, klootzak. Kom nog een klein stukje dichter bij me...'

Vier... vijf... zes.

De Honda had de bumper van het busje bereikt. De bestuurder keek door de voorruit... over het dashboard heen. Decker kon niet veel zien, maar wist zeker dat de motorrijder onmogelijk iets kon onderscheiden in de auto.

'Nog een klein stukje...'

De schim kwam naar het zijraampje aan Deckers kant.

'Goed zo...'

Plotsklaps kwam Decker in actie. Hij gooide het portier open, tegen het voorwiel van de motor, waardoor die samen met de berijder uit zijn evenwicht raakte. Decker richtte de lichtbundel van de zaklantaarn op het gezicht van de motorrijder, maar dat zat verborgen achter een skimuts. 'Verroer je niet!'

Opeens vloog er iets langs Deckers hoofd.

'Shit!' Hij liet de zaklantaarn vallen en dook weg achter het portier. Toen kwam hij weer overeind en schoot vanaf zijn heup. Hij richtte op de motorrijder, maar een salvo dwong hem weer weg te duiken. De kogels uit het vuurwapen van de motorrijder sloegen in de voorkant van het busje. Het veroorzaakte een oorverdovend lawaai in de auto. Een deel van de munitie ketste af en spuwde vuur in de natte, donkere nacht. Decker hield zijn armen over zijn hoofd toen het hete lood langs hem heen vloog.

'Shit!' schreeuwde hij. 'Shit! Shit!'

Hij rolde de auto uit en vuurde: twee snelle schoten die een deel van het spatbord van de motor vernielden. De motorrijder gaf gas en reed hard weg, met gierende banden op het natte asfalt. Decker vond het beter zijn laatste kogel niet te verkwisten aan een vluchtend doelwit.

Hij hijgde zwaar en zou hebben gevoeld hoezeer hij transpireerde, als hij niet al doorweekt was geweest van de regen. Hij raapte de zaklantaarn, die de strijd ongeschonden had doorstaan, op en hees zich op de bestuurdersstoel. 'Alles in orde, Jon?'

'Ik geloof van wel...' fluisterde de rabbijn. 'Ik tril helemaal, maar ik mankeer verder niks.'

Decker liet zijn hoofd op het stuur zakken. Vermoeidheid viel als een natte deken over hem heen. 'Ik zit ook te trillen.'

'Ben je ongedeerd?'

'Ja, ik ben nog helemaal heel en dat is het belangrijkste.' Decker wachtte tot zijn hartslag wat tot bedaren zou komen. Hij hief zijn hoofd op en draaide het sleuteltje om in het contact. De motor hikte en sloeg aan. 'Dit is in ieder geval een goed begin.'

Jonathan richtte zich op vanuit zijn foetale positie en schoof achteruit op zijn stoel. Hij trok zijn autogordel naar voren.

'Daar gaan we.' Ook Decker deed zijn autogordel om, schakelde en reed de auto de weg op. Zodra hij op het asfalt zat, duwde hij zachtjes op het gaspedaal. De auto hobbelde en hinkte met nogal veel kabaal. Na een paar meter trapte Decker op de rem.

'We hebben een lekke band,' zei hij. 'Hopelijk maar één. Heb je een reservewiel?'

'Ja,' zei Jonathan. 'Ik heb alleen nog nooit een wiel verwisseld, maar jij wel, neem ik aan.'

'Inderdaad.' Weer stuurde Decker de auto naar de kant van de weg. Hij stapte uit en bekeek de schade: de motorkap zag eruit als gatenkaas en ze hadden gelukkig maar één lekke band. Hij keek maar niet onder de motorkap. Het was beter dat hij in het ongewisse bleef. Jonathan was uitgestapt en staarde naar de nieuwe luchtgaten in zijn auto.

'Ik verwissel dat wiel wel even,' zei Decker tegen zijn broer. 'We hoeven niet allebei nat te worden.'

'Doe niet zo raar. Ik kan in ieder geval de zaklantaarn vasthouden,' zei Jonathan. 'Hoewel ik nog steeds sta te trillen en het dus een soort knipperlicht zal zijn.'

Decker legde zijn hand op de schouder van zijn broer. Die voelde aan alsof hij uit steen was gehouwen. 'Je hebt je prima geweerd.'

'Dank je.' Hij keek Decker aan. 'Wie denk je dat het was?'

'Geen idee.'

'Donatti?'
'Zou kunnen.'
'Merrin?'
'Dat is heel goed mogelijk.' Hij zuchtte. 'Ik heb dit pistool geleend... gepikt... van een taxichauffeur. Een bijzonder onaangenaam mannetje. Misschien was híj het.' Hij wreef in zijn ogen. 'Ik zou bijna zeggen dat het ook Chaim geweest kan zijn, maar ik denk dat je zwager op het moment andere dingen aan zijn hoofd heeft.'
Ze haalden het reservewiel en het gereedschap uit de auto. Een uur later reden ze op vier gave banden het parkeerterrein van de Bainberry Mall op. Ze stopten bij een winkel die er veelbelovend uitzag: een zaak in sportkleding, die 'Opheffingsuitverkoop' hield. Ze liepen langs de rekken met de sterk afgeprijsde kleding en kochten sweatshirts, T-shirts, waterdichte lichtgewicht jacks, sokken, sportschoenen en een paraplu. Tegen zevenen zaten ze in hun droge goed weer op de weg. Ze aten de broodjes die ze hadden gekocht en dronken koffie uit papieren bekertjes. Warm vanbuiten en warm vanbinnen: welzijn had vele vormen.
Jonathan zat weer achter het stuur. 'Waar gaan we naartoe?'
Decker dacht na. 'Nu de auto er zo belabberd aan toe is, is het misschien het beste om terug te gaan naar Quinton. Misschien kan ik iets loskrijgen van de FBI- agenten.'
Jonathan haalde diep adem. 'Dus we gaan niet naar het vliegveld?'
'Ik denk niet dat Hershfield daar nog is,' antwoordde Decker.
'Dat is waar.' Jonathan trommelde op het stuur. 'Maar als we teruggaan naar Quinton, komen we daar voorlopig niet weg.'
'Weet ik.'
'En je zei dat Merrin hier misschien achter zit.'
'Dat is inderdaad mogelijk.'
'Dan is het daar voor ons misschien niet veilig.'
'Jonathan, als Chaims huis vol zit met FBI-agenten, kan niemand ons iets doen.'
Zijn broer gaf geen antwoord. 'Waar zit je aan te denken, Jon?' vroeg Decker. 'Je kijkt zo eigenaardig.'
'De Liebers hebben een pakhuis. Het is een oude, verbouwde schuur, ongeveer vijftig kilometer ten noorden van Quinton. Ongeveer dertig kilometer hiervandaan. Je kunt hem alleen vinden als je er een keer bent geweest.'
'En jij bent er al eerder geweest.'
'Raisie en ik krijgen onze televisies, video's, computers, fototoestellen, enzovoort uit de restanten, de modellen van vorig jaar. Soms is het goedkoper die weg te geven dan terug te sturen. We gaan er altijd na kantoortijd naartoe.'
'Je hebt een plan.'
'Nou, ik heb in ieder geval een adres.' Jonathan at zijn brood. 'En ik

weet waar de achterdeur is. Die zal wel op slot zitten en er is een alarminstallatie, maar als Chaim daar is, kunnen we via de intercom met hem praten.'

'En wat moeten we dan tegen hem zeggen?' vroeg Decker.

'Dat weet ik niet,' antwoordde Jonathan. 'Hem overhalen zichzelf aan te geven.'

Decker lachte. 'Een man die zijn eigen broer en misschien zijn dochter in de val heeft laten lopen.'

'Nonsens.'

'Jon, je mag natuurlijk denken wat je wilt, maar ik zal je iets vertellen. Chaim is bang. Hij wordt gezocht door de politie en is vermoedelijk heel irrationeel bezig. Ik denk niet dat hij bereid zal zijn zichzelf zomaar aan te geven.'

'Misschien kunnen we hem ervan overtuigen dat hij met ons beter af is dan met de politie.'

Decker nam teugjes koffie terwijl allerlei gedachten door zijn hoofd speelden. 'Het is te proberen. Denk je dat de auto het zal halen?'

'Jij weet meer van auto's dan ik,' antwoordde Jonathan. 'Ik ben een rabbijn.'

'Wie zegt dat rabbijnen geen verstand kunnen hebben van auto's?'

'Nou, ik heb het in ieder geval niet.'

'Dertig kilometer,' zei Decker. 'En als hij daar is, moeten we ook nog terug naar Quinton. Zestig kilometer in een auto vol kogelgaten, zonder reservewiel, in de regen.'

Even bleef het stil.

Toen zei Jonathan: 'Ik wil het wel proberen.'

'In ieder geval hebben we nu waterdichte jacks...' Decker haalde zijn vingers door zijn vochtige haar. 'Goed. We doen het.' Ze reden een paar kilometer zonder iets te zeggen. 'En wat doen we, Jon, als hij zich verzet? Wat doen we als hij op ons begint te schieten?'

'Je weet niet of hij dat zal doen.'

'Ik weet hoe psychopaten zijn.' Decker maakte het handschoenenkastje open en pakte het pistool eruit. 'Ik heb nog één kogel over. Als het een kwestie is van hij of ik, zal ik raak schieten. Kun je dat accepteren?'

'Als hij moet worden neergeschoten, dan liever door jou dan door de politie. Dan weet ik in ieder geval dat het gerechtvaardigd was.'

'Misschien heb jij dat liever, Jon.' Decker voelde dat zijn kaak zich spande. 'Maar ik niet.'

34

ALLES ZAT TEGEN. HET BUSJE HAD MOEITE EEN SNELHEID VAN VIJFTIG KI-lometer per uur te halen, hobbelend op ongelijke banden, waardoor ze iedere bult en kuil in al hun wervels voelden. Daar kwam bij dat de weg spiegelglad was en dat het nu helemaal donker was en Jonathan niet eens zeker wist of hij op de goede weg zat. Hij vatte de situatie nauwkeurig samen toen hij zei: 'Dit was een bijzonder slecht idee.' Het busje landde met een klap nadat het weer een sprongetje had gemaakt over een bult in de weg. De motor sloeg bijna af maar pruttelde toen weer door. 'Ik wil alleen maar eerder bij Chaim zijn dan de politie. Dan is de kans dat hij gewond zal raken misschien kleiner.'

'Als hij ons niet eerst verwondt.'

'Akiva, ik heb je nu al een paar keer gevraagd of je niet liever terug wilt gaan.'

'Dat weet ik. Ik sta in tweestrijd.'

'Ik ook.' Jonathan klemde zijn handen om het stuur. 'Ik wil Chaim helpen. Hij is de broer van mijn vrouw. De familie heeft zoveel moeten doorstaan. Ikzelf ook. Maar ik wil niet sterven.'

'Bondig samengevat.' Decker trok zijn jas wat strakker om zich heen.

'Ga je liever terug?' vroeg Jonathan. 'Je zegt het maar.'

'Wat een omgekeerde wereld. De rabbijn die de politieman uitdaagt.'

'Zo vreemd is dat niet. Heb je de Kemelman-serie niet gelezen?'

Decker glimlachte. De regen was afgezwakt tot een druilerig gemiezer. Het asfalt glansde als gepolijst kwarts. Omdat een van de kogels de ventilator van het verwarmingselement had geraakt, moesten ze de raampjes een stukje openhouden om te voorkomen dat de voorruit zou beslaan. Het was ijskoud, maar zo kon Jonathan in ieder geval iets zien. Aangezien de raampjes openstonden, kon Decker het sterke geruis van het water horen dat aan weerskanten van de weg naar beneden stroomde en diepe geulen maakte in de modderige berm.

Voor Decker was New York altijd synoniem geweest met Manhattan. Maar de staat New York was groot en weids en grotendeels agrarisch. Er lagen kilometerslange ravijnen en valleien tussen de glooiende heuvels en dichte bossen. In de duisternis waren nu alleen vormen en schaduwen te zien, al bespeurde Decker hier en daar verlichte ramen van ouderwetse houten boerenwoningen, en ook kleinere, stenen huisjes dichter bij de weg. Ze kwamen langs een schuur waarvan de façade en het met de hand beschilderde uithangbord verlicht werden door schijnwerpers. Volgens het uithangbord werden er zowel verse landbouwproducten als antiek verkocht. Hij zag het waas van de motregen in het licht van de schijnwerpers, en natte strepen op het bord. Achter de schuur kon hij vaag akkers onderscheiden, maar daar leek niets op te groeien.

Jonathan zag dat zijn broer uit het raam keek. 'Er wordt hier hoofdzakelijk maïs verbouwd.'

'Ik had geen idee dat het hier zo landelijk was.'

'Het is een agrarisch gebied. Je zou je hier thuis voelen.'

Decker antwoordde met een zwaar zuidelijk accent: 'Ja, de grote stad is niks voor een eenvoudige jongen als ik.'

'Zo bedoel ik het niet.'

'Ik maak maar een grapje. Til er niet zo zwaar aan.'

'Ik ben nerveus.' Jonathan omklemde het stuur met zijn in handschoenen gestoken handen en rilde. 'Er is nog nooit op me geschoten.'

'Op het moment schiet er niemand op ons.'

'*Baroech Hasheem*,' mompelde Jonathan, God dankend.

'En dat is maar goed ook, gezien onze ene kogel.' Decker had het pistool in zijn handen. 'Ergens wel goed. Vuurwapens kunnen je een vals gevoel van veiligheid geven. Door het tekort aan munitie zullen we voorzichtiger zijn.'

'Heb je nieuwe theorieën bedacht?'

'Nee. Ik hou niets voor je achter. Zal ik een poosje rijden, Jon?'

'Nee, laat mij maar. Ik weet tenminste ongeveer waar we moeten zijn.'

Decker zette de mobiele telefoon nog een keer aan. Daarnet had hij nog een zoemtoon gekregen, maar nu bleef zelfs die uit.

'Hoe verder we naar het noorden rijden, hoe kleiner de kans dat je bereik hebt,' zei Jonathan.

'Hoe ver zitten we ervandaan wat de tijd betreft?'

'Ik schat ongeveer twintig minuten.'

'Hebben we voldoende benzine?'

'Ja. Hij heeft de benzinetank niet geraakt en ik had op weg naar Quinton juist getankt. Benzine is geen probleem Maar we hebben die broodjes daarstraks nogal snel naar binnen gewerkt. Heb je nog trek?'

Decker keek hem stomverbaasd aan. 'Heb je dan nog meer eten bij je?'

'Raisie heeft wat gebakjes meegegeven. Ze dacht dat ik wel een versnapering zou kunnen gebruiken.'

'Dat heeft ze goed gedacht.'

'De doos ligt achterin.'

Decker klikte zijn autogordel los. 'Zorg dat je geen brokken maakt.'

'Zolang er niemand op ons schiet, is dat geen punt.'
Decker klom over de achterbank naar de bagageruimte van het busje en zag een grote, papieren boodschappentas. Hij ging ermee op de achterbank zitten en haalde er een in aluminiumfolie verpakte doos uit. Erin zaten twaalf gebakjes, en in de tas zag hij ook een paar blikjes cola light, alsof de grote hoeveelheid suiker in het gebak het gemis aan suiker in de frisdrank compenseerde. Behoedzaam klom hij met de doos terug naar de voorbank. 'Er zijn gebakjes met kwarkvulling, appel, chocolade, kersen...'
'Doe mij maar met kwark.'
Decker gaf hem een gebakje. Hij nam er zelf een met appel en at het in drie happen op. 'Zal ik een blikje voor je opentrekken? Je auto heeft heel wat bekerhouders, zie ik.'
'Graag.'
Hij trok twee blikjes cola light open. 'Je hebt een wijze vrouw.'
'Alle joodse vrouwen zijn wijs wat voedsel betreft.'
'Ja, ik zie Rina ook wel zoiets doen.'
'Heb je haar vandaag gesproken?'
'Alleen vanochtend. Ze zal zich wel zorgen maken. En terecht.'
Ze zwegen een poosje, in gedachten verzonken. Decker vroeg zich af wat Chaims rol was binnen de professionele smokkelbende. Was hij het brein? Een tijdelijke handlanger? Een gedupeerde?
'Daar is het,' zei Jonathan.
'Ik zie niks.'
'De afslag. Hiervandaan is het nog een minuut of tien.'
Toen ze weer doorreden, voelde Decker een prikkeling in zijn nek. Door de jaren heen had hij geleerd zijn intuïtieve impulsen niet te negeren.
'We zijn er bijna,' zei Jonathan.
Nerveus liet Decker zijn blik over het terrein gaan. Eerst bekeek hij wat zich recht voor hem bevond, daarna wat er rechts van hem was, waarbij hij ook in het zijspiegeltje keek. Toen draaide hij zich om en keek in het linker zijspiegeltje en het achteruitkijkspiegeltje.
'We moeten er nu zo ongeveer zijn,' zei Jonathan.
Decker zag aan de kant van de weg een glinstering van chroom, maar geen koplampen. 'Jon, stop en zet de auto aan de kant van de weg.'
'Hè? Waarom?' Jonathan deed wat Decker zei en stuurde de wagen het hobbelige veld op. 'Wat is er?'
'Is er bij Chaims pakhuis een parkeerplaats?'
'Natuurlijk.'
'Waarom staan die auto's dan in dat drassige veld?' Decker wees naar een Jeep Cherokee en een Mitsubishi Montero.
'Misschien staat het parkeerterrein blank.'
'Welnee.' Decker stak zijn hand uit naar de achterbank en tilde de

tassen met kleren op de voorbank. Hij haalde er een regenjack voor zichzelf en een voor zijn broer uit. Vervolgens handschoenen. Tot slot deed hij plastic zakken over zijn schoenen en bond die om zijn enkels vast. Hij zei tegen Jonathan dat hij dat ook moest doen. Toen ze klaar waren, pakte hij de zaklantaarn en duwde het portier open. Voorzichtig, om niet uit te glijden, liep hij naar de Cherokee. Hij wilde het portier opendoen, maar de auto zat op slot. Hij scheen met de zaklantaarn naar binnen en bekeek het interieur.

Jonathan was bij hem komen staan. 'Iets interessants?'

'Het is de auto van een jong persoon... althans, naar de keuze van de cd's te oordelen. Iemand van dezelfde leeftijd als mijn zonen. Ik zie het aan de cd's op de vloer.' Nogmaals liet hij de lichtbundel door het interieur gaan. 'Pillen op de stoel. Zie je die stempeltjes erop? Hartjes... tekenfilmfiguurtjes... Dat is xtc. De vloer ligt vol rommel – bierflesjes, peuken...' Hij keek naar zijn broer. 'Een paar jongens uit Quinton zijn in Miami gearresteerd omdat ze xtc in hun bezit hadden. Philip Caldwell en Ryan Anderson. Ik wil wedden dat dit wagentje van een van die twee is.'

Hij liep naar de Montero en keek naar binnen.

'Deze is juist heel netjes. Van een heel ander soort persoon. Ik zie een cd van Dwight Yoakam... een pakje Camel... verder niet veel.' Hij bekeek de achterbumper. 'Een D.A.R.E. sticker. Hou kinderen bij drugs vandaan. Juist. Nu weten we wie we tegenover ons hebben.'

'Merrin.'

'In ieder geval iemand van de politie.'

'Ironisch,' zei Jonathan. 'Ik bedoel... als je bedenkt dat hij xtc verkoopt, en toch zo'n sticker heeft...'

'Als ik in Los Angeles was, zou ik kunnen laten nagaan van wie dit kenteken is. Als ik in Los Angeles was, zou ik versterking kunnen laten komen.' Decker keek naar zijn broer. 'Maar ik ben niet in Los Angeles. We kunnen beter weggaan. Als Chaim een gewillige partner in deze zaak is, waarom zou ik mijn leven dan op het spel zetten om hem te redden?'

'En als hij geen gewillige partner is?'

'Dan is hij waarschijnlijk al dood.'

'Of wordt hij ondervraagd... op een ruwe manier...' De rabbijn huiverde. 'Mijn vrouw heeft al één broer verloren... ik zou het niet prettig vinden haar andere broer hier aan zijn lot over te laten, nu we al zover zijn gekomen. Maar ik laat de beslissing aan jou over.'

Even bleef het stil.

Toen zei Decker: 'Wijs me de weg.'

Jonathan pakte de zaklantaarn. Zwijgend liepen ze op hun doel af. De modder maakte zuigende geluiden onder hun schoenen. Na vijf minuten werd de grote schuur zichtbaar dankzij het licht dat achter een van de ramen brandde. Het gebouw had de bekende langwerpige vorm met een hoog puntdak. De brede deur met de houten loopplank waarover vroeger de dieren naar binnen en buiten werden geleid, was vervangen door dubbele deuren, een betonnen oprit en een laadplatform. Aan weerskanten van de deuren waren ramen, op drie verdiepingen, en het onderste raam was verlicht. Boven de dubbele deuren hadden schuifdeuren moeten zitten, maar die waren dichtgetimmerd. De hooideuren in de bovenste etage leken nog intact.

Het ging weer harder regenen, maar geen van de mannen leek er erg in te hebben.

'Hoe ziet het ervan binnen uit?' vroeg Decker.

'Er zijn stellingen.'

'Op méér dan één niveau?'

Jonathan probeerde zich het interieur voor de geest te halen. Hij en Decker spraken op fluistertoon. 'De meeste zijn op de begane grond. Het zijn erg hoge stellingen. Ertussen zijn brede gangen, omdat de mannen een vorkheftruck gebruiken om de dozen van de stellingen te halen en erop te zetten. Er is een tweede verdieping waar óók stellingen zijn. Ik geloof dat er tussen die verdieping en het dak geen plafond zit.'

'Dat zal de oorspronkelijke hooizolder zijn.'

'Ja. Moeten we de staatspolitie er niet bij halen?'

'Mijn telefoon heeft geen bereik. En al had die dat wel, dan vermoed ik dat Merrin of een van zijn handlangers ontvangstapparatuur heeft waarmee je gesprekken van mobieltjes kunt onderscheppen.' Decker was in gedachten bezig verschillende plannen uit te werken. 'Weet je uit je hoofd bij welk vertrek het verlichte raam hoort?'

'Nee, ik heb geen idee. Maar dat raam is niet dicht bij de deur die ik bedoel.' Jonathan keek naar de schuur. 'Die deur is aan de linkerkant. Onder een uitwendige wenteltrap.'

Ze wachtten allebei tot de ander iets zou doen. Opeens nam Jonathan een besluit. Hij ging op weg naar het gebouw. 'Ik wil alles doen wat in mijn vermogen ligt.'

Decker liep achter hem aan. 'Als je dat kunt zeggen na wat er daarstraks is gebeurd, ben je een toegewijde man.'

'Of een domme man.'

'Soms komt dat op hetzelfde neer.'

Het ging steeds harder regenen; het geruis overstemde de geluiden die ze maakten toen ze door laag struikgewas liepen. Decker bond de capuchon van zijn waterdichte jack strak dicht. Hij droeg nylon handschoenen. Tegen de tijd dat ze bij de deur waren, kwam de regen met bakken uit de hemel. Ze doken onder de luifel en hoorden de regen erop neerkletteren. De deur zat uiteraard op slot. Decker richtte de lichtbundel van de zaklantaarn op de plek tussen het sleutelgatplaatje en de deurpost.

'Het is een veerslot,' zei Decker.

'Wat wil dat zeggen?'

'Dat ik het waarschijnlijk kan openen met een creditcard. De vraag is... of ik dat wil doen.'

'Want je hebt maar één kogel,' zei Jonathan. 'Maar dat weten zij niet. Bovendien is het verlichte raam aan de andere kant.'

'Misschien staat er een wachtpost achter de deur. Dan hoort die het als ik het slot open probeer te krijgen.' Een lange aarzeling. 'Nou, er is een snelle manier om daarachter te komen.'

Hij duwde Jonathan tegen de muur, ging beschermend voor hem staan en klopte zachtjes op de deur.

Geen reactie.

Hij klopte nog een keer, met hetzelfde resultaat.

'Haal de plastic zakken van je schoenen.' Decker deed dat zelf ook. 'Ze maken te veel lawaai.' Nadat ze de plastic zakken hadden verwijderd, gaf hij Jonathan het pistool. 'Dek me.'

'Ben je gek geworden?'

'Ik heb niemand anders.' Decker haalde een creditcard uit zijn zak en stak hem voorzichtig tussen het slot en de deurpost. Even later ging de deurknop uit zichzelf draaien. 'Goed, de deur is open. Doe het licht uit. Laten we hopen dat er geen alarm afgaat.'

Jonathan deed de zaklantaarn uit. Decker begon aan de deurknop te draaien... millimeter voor millimeter. Even later had hij de knop helemaal gedraaid en duwde hij heel zachtjes tegen de deur.

Zachtjes... voorzichtig...

Nu was de deur op een kier open.

Er begon niets te rinkelen.

'Het alarm is afgezet,' zei Decker tegen zijn broer.

'Is dat goed of slecht?'

'Dat weet ik niet, maar het wil vrijwel zeker zeggen dat Chaim inderdaad hier is.'

Heel langzaam duwde Decker tegen de deur.

Centimeter voor centimeter.

Hij had hem voor een kwart open.

Toen voor de helft.

Toen de opening groot genoeg was om doorheen te komen, greep Decker zijn broer, trok hem mee naar binnen en deed de deur heel zachtjes weer dicht.

Duisternis was de welkomstmat. Zelfs nadat zijn ogen aan het donker gewend waren, kon Decker niets specifieks onderscheiden. Het interieur was een enorme hal vol schimmen en spoken, reusachtige schaduwen en zwarte plekken. Regen stroomde langs de hoge ramen, als open aders met zwart bloed. Een bliksemschicht in de verte, een flauwe donderslag. Decker en Jonathan verroerden zich niet en zeiden niets. Een paar ogenblikken verstreken; toen hoorde Decker vage achtergrondgeluiden: het konden menselijke stemmen zijn, maar het was moeilijk te zeggen vanwege het gekletter van de regen.

Hij deed een paar stappen in de richting van het geluid. Een onaangename geur drong in zijn neus op hetzelfde moment dat zijn gymschoen ergens tegenaan stootte en zijn bovenlichaam met een schok naar voren schoot. Hij wist zich op het nippertje overeind te houden, zonder geluid te maken. Hij keek naar beneden en bukte zich toen om het voorwerp aan zijn voeten te bekijken.

Het lijk was nog warm. Decker bekeek het gezicht en zag meteen dat hij de man nog nooit eerder had gezien, maar alles aan hem zei 'politie': de manier waarop hij was gekleed, de manier waarop zijn haar was geknipt, het verweerde gezicht, de ruwe handen en nagels, zelfs de bierbuik. Hij leek een jaar of vijfenveertig.

'Iemand heeft al met de wachtpost afgerekend.' Decker richtte zich op. 'We moeten hier weg.'

Jonathan knikte heftig.

Timing was van het grootste belang, maar hun timing was nét verkeerd. Toen Decker zich omdraaide, zag hij hem. Jonathan zag hem ook, te oordelen naar de manier waarop zijn adem stokte. Uit de ogen van de jongen straalde kwaadaardigheid, koud staal blonk in zijn hand. Hij had hen horen binnenkomen. Hij grijnsde meesmuilend. Zijn gezicht glom bij het vooruitzicht een mens van zijn leven te beroven. Decker stak zijn hand in zijn zak en besefte te laat dat Jonathan hem het pistool niet had teruggegeven. Het was alsof de seconden zich rekten toen hij de jongen zijn pistool zag richten. In doodsangst zoog hij voor het laatst adem in zijn longen. Hij zag zijn vrees weerspiegeld in de angst op het gezicht van Jonathan. De afstand was te groot om in de aanval te gaan, en er was ook geen tijd. Toen Satan zijn wapen op hen richtte, haakte Decker zijn arm om de nek van zijn broer en trok hem mee op de grond, languit in de poel vers bloed.

Hij wachtte op het schot.

Maar dat bleef uit, omdat het hoofd van de jongen opeens naar achteren sloeg. Als in slowmotion zakte hij ineen. De hand die het wapen vast had, opende zich, de knieën knikten, een rond gaatje was in het voorhoofd verschenen. Een schim kwam met gestrekte armen naar voren, ving eerst het wapen op, toen de jongen. De schim was geheel in het zwart gekleed en liet het lijk geluidloos op de betonnen vloer zakken. Hij legde een vinger tegen zijn lippen en stak toen een in latex gestoken hand uit. Met een vloeiende beweging werd Decker overeind getrokken. Het gezicht van de schim was bedekt met zwart smeersel, dat streperig was van zijn zweet. Zijn hele lichaam rook naar zweet. Hij had het wapen dat hij had opgevangen, in zijn rechterhand.

Nadat ook Jonathan overeind was getrokken, wenkte de schim hen met zijn wijsvinger en draaide zich om, er zeker van dat ze hem zouden volgen. Met een zwarte rugtas op zijn rug liep hij geluidloos en zelfverzekerd naar een kleine trap. Hij klom naar boven en beduidde

Decker hetzelfde te doen. Decker liep ook de trap op en hielp zijn bevende broer naar boven, op een soort platform. Het was niet groter dan anderhalve vierkante meter, met een stahoogte van één meter twintig. Het was krap, maar Decker begreep meteen waarom het zo'n goede plek was: je had er vrij uitzicht op het hele pakhuis. Op zijn hurken keek hij in het rond.

Seconden tikten weg.

Toen fluisterde Donatti: 'Je kunt niet zeggen dat ik je niet heb gewaarschuwd, Decker.'

Decker veegde het bloed van zijn gezicht en knipperde met zijn ogen. Hij kreeg opeens de neiging te gaan lachen, maar hield zich in. Emoties vochten om voorrang. Hij fluisterde: 'Je hebt het busje in een vergiet veranderd.'

'Niet ik persoonlijk,' antwoordde Donatti. 'Ik dacht dat jullie er een paar uur oponthoud door zouden krijgen, zodat ik de gelegenheid zou hebben om hier te doen wat er gedaan moet worden. Jullie hebben alles in het honderd gegooid!'

'We waren op weg naar het vliegveld.' Decker was nog niet helemaal op adem. 'Naar JFK, om met Hershfield te praten over een paar drugsdealers die door de luchthavenbewaking waren opgepakt. Nadat het busje onder vuur was genomen en amper nog vooruit kon komen, stelde Jonathan voor naar het pakhuis te gaan, omdat het dichterbij was. Als je ons met rust had gelaten, zouden we helemaal niet hierheen zijn gegaan.'

Donatti staarde hem aan en vloekte geluidloos. 'Nou ja, nu kunnen jullie helpen.' Hij gaf Decker het vuurwapen van de dode jongen en richtte zijn kleurloze ogen op Jonathan. 'Ik heb er nog meer. Kun je schieten?'

'Hij is geen sluipschutter, hij is een rabbijn,' zei Decker.

'Dan moet hij hier weg.'

'Dat was ook het plan.'

'Alleen kunnen jullie niet via dezelfde weg naar buiten als jullie binnen zijn gekomen. Er zal een alarm afgaan.'

'We zijn anders zonder problemen binnengekomen.'

Donatti zei: 'Het is een nooduitgang met eenrichtingsverkeer. Geloof me.'

'Hoe moet ik hem dan weg krijgen?'

Donatti gaf geen antwoord. Hij haalde moeizaam adem en zweet drupte van zijn voorhoofd.

'Je ziet er niet goed uit, Chris,' zei Decker. 'Wat is er?'

'Mond dicht. Ik moet nadenken.'

Vijf minuten lang was alleen het geluid van de regen te horen.

'Je ziet er niet goed uit,' fluisterde Decker, 'maar wel kalm.'

'Ik ben ook kalm. Ik ben in mijn element.'

Er verstreek meer tijd.

Decker bekeek het pistool in zijn handen. Een Smith & Wesson 9 mm, een automatisch pistool met double action. Hij wist niet precies welk model, maar het had waarschijnlijk een magazijn voor twaalf kogels. Het rook niet alsof er recentelijk mee was geschoten en de loop was koud. Maar het was dan ook erg koud in het pakhuis. Decker zag de wolkjes van hun ademhaling. Hij keek naar Jonathan, die ineengedoken naast hem zat. Hij beefde van angst, en de positie waarin ze zich bevonden was allesbehalve gerieflijk. Decker legde zijn hand op de trillende knie van zijn broer. 'Nog een paar minuten.'

Jonathan knikte. 'Het gaat wel.'

'Luister,' fluisterde Donatti. 'Er zijn vijf deuren: voordeur, twee nooddeuren in de zijmuren, twee aan de achterkant. De nooddeuren hebben een alarm dat afgaat wanneer je naar buiten gaat en de voordeur is de plek waar ze aan het beraadslagen zijn. Het moet dus een van de achterdeuren worden. Neem de dichtstbijzijnde.'

Stilte.

Donatti ging door: 'Er staat een politieman bij elk van de nooddeuren met een alarminstallatie, en twee jongens bij elk van de achterdeuren. Misschien ook een paar smerissen bij de hoofdingang. Ik heb me al over één juut en een jongen ontfermd. Je mag van geluk spreken dat ik je zo snel herkende toen je binnenkwam.'

Decker zei: 'Dat komt door je artistieke oog. Waar was de jongen opgesteld?'

'Het joch dat ik te pakken heb genomen? Bij een van de achterdeuren en dat wil zeggen dat zijn maatje nerveus zal worden als hij niet snel terugkomt. Laten we er wat lood in pompen.' Hij liet de rugzak van zijn rug glijden en haalde er een kleine verrekijker uit. 'Met ons tweeën hebben we dat zo gedaan... als je een scherp oog hebt.'

'Wil je weten of ik een goede schutter ben?'

'Ja.'

'Dat ben ik.'

'Dan redden we het wel, want ik ben een fantastische schutter.' Donatti gaf Decker de infraroodkijker. Toen hij erdoorheen keek, zag hij het hele pakhuis als in daglicht. 'Zie je dat houten bord? Met de letter N?'

'Ja.'

'Zet 'm in het midden van de kruislijntjes.'

'Goed.'

'Met de klok mee honderdvijftig graden.'

'Het zijn er twee. Hoe ver is het bereik? Een paar honderd meter?'

'Ja.' Donatti keek naar Deckers wapen. 'Aan dat ding heb je in het donker niks.' Hij haalde een foedraal uit de rugtas, deed het open en pakte er een pistool uit. 'Ook dit is een automatische Walther double action, maar ik heb hem laten aanpassen voor grote nauwkeurigheid op lange afstand en er een infraroodvizier en geluiddemper aan toegevoegd, om redenen die je duidelijk zullen zijn. Ruilen?'

Ze ruilden van wapen. Decker woog het op zijn hand. 'Niet erg zwaar.'

'Meer is niet nodig. Standaard negen millimeter Parabellum en tweeëntwintig LR. Inclusief de aanpassingen heeft dit dingetje me ongeveer vijftienhonderd dollar gekost. Jammer genoeg zal ik me er waarschijnlijk van moeten ontdoen wanneer we hier klaar zijn.' Hij deed het geweer van de jongen in de rugzak en haalde er nog een aangepast pistool, compleet met vizier en geluiddemper, uit. 'We zullen hen even snel onschadelijk maken; dan kunnen jullie door de achterdeur weggaan.'

Decker bekeek de jongens met behulp van het infraroodvizier en kreeg het een beetje te kwaad. Twee slungelige jongens, de ene een paar centimeter langer dan de andere, allebei met de sullige, verwarde uitdrukking en hangende onderlip van tieners die niet goed weten wat ze met zichzelf aan moeten. Ze hadden zelfs nog jeugdpuistjes. Hij moest aan zijn eigen zonen denken. 'Het zijn nog maar kinderen. Hooguit achttien.'

'Dat ben ik ook ooit geweest,' was Donatti's antwoord.

Een overtuigend argument, maar Decker was niet bereid de sprong te maken. 'Ik ben politieman. Ik kan niet schieten zonder hen eerst te waarschuwen.'

'O, dat is slim,' zei Donatti spottend. 'Waarom schilder je niet meteen ook een doelwit op je voorhoofd?'

'Ik kan hen niet neerschieten zonder hen eerst te waarschuwen.'

'Je bent niet goed wijs.'

'Donatti, ik ga hen aanroepen. Als ze niet meteen hun wapens neergooien, kunnen we...'

'Als we hen aanroepen, zullen ze schieten en zich verspreiden. Dan komen we in de problemen.'

'Ik weiger pertinent.'

'Je bent niet goed wijs.'

'Dat heb je al gezegd.' Decker hield voet bij stuk. 'Duidelijk?'

'Ja.' Donatti pakte een stukje beton met de vorm van een dennenappel en gooide het in de richting van de jongens. Het vloog vlak langs het hoofd van de langste van de twee. Toen het een kist raakte en in kleinere stukjes uiteenvloog, draaiden beide tieners zich om en hief de langste zijn vuurwapen op in Deckers richting. Hij had geen schijn van kans. Donatti legde hen met twee zuivere schoten om: *zzzzpt, zzzzpt*. Ze deden nog twee stappen en vielen toen neer, *bong, bong*. De schoten waren zo zuiver dat er geen rondspattend bloed te zien was. Donatti gebruikte zeker hollow points, kogels die in de schedel blijven rondketsen en de hele hersenmassa in pulp veranderen.

Decker keek Donatti aan met ogen die gloeiden van woede.

'Ik heb hun een waarschuwing gegeven.' Donatti's gezicht was uitdrukkingloos. 'Zelfverdediging. Nu zal ik jullie dekken zodat je je broer naar buiten kunt werken.'

'Dat wil zeggen dat ik jou mijn rug moet toekeren. Ik heb je zojuist twee kinderen zien vermoorden.'

'Als je nu niet gaat, haal je het niet.' Donatti stelde het vizier bij, roerloos hurkend als een stenen kikker. 'Ik zal een paar minuten wachten. Als je niet terugkomt, zal ik ervan uitgaan dat onze wegen zich hebben gescheiden.'

Er was geen tijd om erover na te denken.

'Ik neem dit mee.' Decker hief het wapen op. 'Kom, Jon. Ik kom achter je aan. Wees voorzichtig.'

'Ik weet niet waar ik naartoe moet.'

'Eerst de trap af!'

Onder aan de trap zocht Decker door het vizier de omgeving af. Toen greep hij Jonathans hand. Met behulp van de infrarode lens liep hij zigzaggend tussen de stellingen door, om kisten en werktuigen heen, behoedzaam en geruisloos, Jonathan met zich meetrekkend op zijn weg naar de achterzijde van het pakhuis. Tijd kreeg een surreële betekenis, leek geen begrenzing meer te hebben, als uren in een casino. In werkelijkheid hadden ze er maar een paar minuten voor nodig om de achterdeur te bereiken.

Ze duwden de deur open en stapten over de drempel, de natte, koude vrijheid in. De regen kwam neer met grote, kille druppels, en de grond was glibberig en zat vol modderige kuilen, zodat ze voorzichtig moesten zijn. Toch zetten ze een looppas in en stopten pas toen ze bij het busje waren. Met trillende handen haalde Jonathan zijn sleutels uit zijn zak.

Decker maakte het portier aan de bestuurderskant open. 'Zoek een telefooncel en bel de staatspolitie. Bel daarna de NYPD en vraag naar rechercheur Mick Novack van het 28e Bureau. Geef hem geen details; zeg alleen dat hij zo snel mogelijk hierheen moet komen. En kom niet terug. Hoe minder je hierbij betrokken bent, hoe beter.'

'Ga jij dan niet met me mee?'

'Ik kan hem niet alleen laten.'

Jonathan staarde hem aan. 'Dat meen je niet. Zei je daarnet niet dat het niet de moeite waard was hiervoor gedood te worden?'

'Ik ben niet van plan gedood te worden.'

'Je rekent op Donatti voor bescherming?'

'Als ik niet terugga, Jonathan, legt je zwager het loodje.'

Jonathan wendde zijn hoofd af. 'Mijn vrouw heeft verplichtingen ten opzichte van haar broer, maar mijn verplichtingen zijn ten opzichte van míjn broer. Je hebt een vrouw en kinderen. Je moet hier weg.'

'Dat kan ik niet doen.'

Jonathan keek hem aan met tranen in zijn ogen. 'En wat moet ik bij de sjiva tegen Rina zeggen?' Hij omhelsde hem. 'Je weet niet hoe het in elkaar zit. Misschien lokt hij je in de val.'

'Je hebt volkomen gelijk, maar als ik niet terugga, denkt hij dat ik bang ben geworden. Ik kan niet toestaan dat die psychopaat op een dergelijke manier de overhand krijgt.'

'Je bent stapelgek!'

'Dan mag je je wel zorgen gaan maken, want waanzin is erfelijk.' Hij klopte op de bestuurdersstoel. 'Stap in.'

Jonathan aarzelde nog even en klom toen op de klamme stoel. Maar een klamme stoel was nog altijd beter dan in doodsangst op je hurken op een klein platform te moeten zitten. Hij keek naar zijn broer. 'Ik heb het pistool nog dat je me hebt gegeven.'

'Ik heb bescherming genoeg, dus hou het maar.' Decker deed het portier dicht. 'Met Gods hulp zul je het niet nodig hebben. Ga nu!'

Jonathan stak het sleuteltje in het contact. De motor hoestte, hikte, sputterde, maar uiteindelijk begonnen de zuigers te werken. Het busje ademde, zij het astmatisch.

'Rij voorzichtig,' maande Decker hem.

'Wees jij maar voorzichtig,' maande Jonathan op zijn beurt.

Toen de achterlichten kleine puntjes waren geworden, liep Decker op een holletje terug naar de schuur, pistool in zijn hand.

Hij was gewapend en gevaarlijk, een geduchte tegenstander.

35

De barre nacht deed Decker denken aan begrafenissen, in het bijzonder die van politiemannen die bij de uitvoering van hun taak waren vermoord. De gezichten van degenen die achterbleven – de rouwende ouders, de ontroostbare echtgenote, de verbijsterde kinderen – hadden altijd een eendere trek, als de effenheid van de kleur zwart. In het jodendom is thora licht en licht is God. De hel was geen plaats vol vuur en zwavel, duivels en martelingen. De hel was een afgrond zonder gevoelens, zonder einde.

Regenvlagen sloegen in Deckers gezicht. Zonder de beschermende plastic zakken raakten zijn schoenen en sokken doorweekt, maar dat was van geen belang. Hij had andere dingen aan zijn hoofd: Chaim... Donatti... Merrin... Rina en de kinderen. Toen hij de achterdeur naderde, voelde hij dat de adrenaline begon te werken en zijn zintuigen zich verscherpten.

Hij deed de deur een paar millimeter open. Sprak zichzelf moed in om zich te vermannen tegen de verlammende angst dat hij bij het openen van de deur in de loop van een revolver zou kijken. Hij had alleen zijn hartslag en ademhaling als gezelschap.

Hij duwde de deur nog een paar centimeter open. Nu kon hij niet meer terug. Hij glipte het pakhuis binnen en zocht snel dekking achter een stapel grote kartonnen dozen. Weer was hij omgeven door de spookachtige leegte: door geweld dat zich ergens in de griezelige stilte ophield. Hij haalde langzaam en diep adem. Hij transpireerde hevig en voelde het zout in zijn ogen prikken. Met de rug van zijn natte handschoenen streek hij langs zijn ogen. Hij gluurde over de rand van de stapel dozen, tuurde door het vizier van de Walther, maar zag alleen rijen kratten en dozen. Donatti en het platform waarop ze hadden gehurkt, kon hij nergens vinden. Zonder specifieke oriëntatiepunten had hij moeite zijn positie te bepalen. Hij wist alleen dat hij achter in het pakhuis was.

Omdat hij volledig in het duister tastte, vond hij dat hij net zo goed kon oprukken naar de kamer aan de voorkant waar het licht brandde. Hopelijk zou Donatti – als die hem zag – goed kijken voordat hij schoot.

Aangenomen dat hij het niet op hem had gemunt.

Jonathans woorden: misschien is het een valstrik.

Donatti had al vaak de gelegenheid gehad hem dood te schieten, maar er nog steeds geen gebruik van gemaakt. Chris was een beroeps, die de omstandigheden zorgvuldig koos, zoals een toneelregisseur zijn decor koos. En zo'n mooie gelegenheid als deze had hij nog nooit gehad: een inspecteur was halsoverkop uit een heel andere stad gekomen om te proberen de zwager van zijn broer te redden en was bij het vuurgevecht om het leven gekomen.

Weer zocht hij door de infraroodlens de ruimte af, speurde in de gangen naar beweging.

Er bewoog niets.

Hij stippelde een route uit via veel grote kartonnen dozen en kratten om achter te schuilen, en met voldoende ontsnappingswegen. Een sluipschutter kon zich uiteraard net zo goed achter een muur van karton verschuilen als hij, maar misschien hadden ze het zo druk met het bewaken van de ingang en de zorg om hun eigen hachje, dat ze geen erg zouden hebben in een verdwaalde smeris.

Behoedzaam verliet hij zijn huidige positie en bekeek zijn directe omgeving nog een laatste keer. Zo snel en stil als zijn schoenen toelieten – hij moest op zijn tenen lopen omdat zijn gymschoenen piepende geluiden maakten – ging hij op weg naar de andere kant van het pakhuis.

De eerste keer sprintte hij ongeveer vijftien meter voordat hij weer dekking zocht achter een pallet met dozen.

De tweede keer wist hij nog eens dertig meter verder te komen. Hij hurkte achter een vorkheftruck om de situatie opnieuw te bekijken.

De derde keer vond hij een nis achter een pallet met twee meter hoog opgestapelde kratten.

Zijn gezicht was warm en vochtig, grote zweetdruppels drupten van zijn neus. Zijn oksels waren kleddernat, zijn kleren roken zurig. Hij haalde snel en oppervlakkig adem. Zijn ribbenkast deed pijn van de spanning en het tekort aan zuurstof.

Een brokje beton vloog langs zijn hoofd, viel op de grond en brak met een plof in kleinere stukjes. Decker draaide zich geschrokken om, maar zag niets.

Donatti.

Maar waar was het vandaan gekomen?

Decker probeerde in het ijskoude pakhuis zuurstof in zijn longen te krijgen en uit te zoeken waar het projectiel vandaan was gekomen. Hij zigzagde tussen de stellingen door tot er weer een brokje beton langs zijn hoofd vloog.

Hij sloeg links af en bekeek het deel van het pakhuis dat voor hem lag.

Het platform en de trap zag hij nog steeds niet.

Behoedzaam en snel stak hij de gangen over, van krat tot krat, van doos tot doos. Hij rustte even uit, geleund tegen een pallet met dozen waarop stond: COMPUTER DESK AND HUTCH. FRAGILE. Hij zweette zich rot. De adrenaline begon aan kracht te verliezen en maakte plaats voor vermoeidheid.

Even op adem komen...

Een ogenblik sloot hij zijn ogen...

Heel even maar...

Zijn hand zakte naar beneden...

De loop van het pistool wees naar de grond...

Nog heel eventjes.

Zijn ogen vlogen open toen hij de stem hoorde.

'Halt, klootzak!'

Halt, dacht Decker.

Misdadigers gaven je geen waarschuwing.

Maar politiemannen zeiden 'Halt!'

En rechtschapen politiemannen zeiden meestal niet 'Halt, klootzak' als er geen sprake was van een provocatie. Dit was dus waarschijnlijk een politieman, maar geen rechtschapen politieman.

Dit alles ging door Deckers hoofd in de halve seconde die hij nodig had om een besluit te nemen. Hij liet zich vallen, rolde om en schoot in de richting van de stem. De schoten uit het halfautomatische pistool maakten vanwege de geluiddemper slechts een zoevend geluid: *pfft, pfft, pfft, pfft*. Hij krabbelde overeind, maar bleef gebukt achter een krat zitten, zwaar hijgend, met pijnlijke longen. Zijn ademhaling was zo luidruchtig dat het gekreun erdoor werd overstemd. Langzaam richtte hij zich op, maar hij stond zo te trillen dat hij steun moest zoeken bij een houten balk. Wankelend, terwijl speldenknoppen van licht voor zijn ogen dansten, probeerde hij zijn evenwicht terug te vinden.

Het gekreun was opgehouden.

Decker keek voorzichtig om de hoek.

Het was een corpulente man. Hij lag met zijn hoofd achterover, een dikke arm schuin over zijn mollige borst, de andere met open hand uitgestrekt op de betonnen vloer. Zijn bovenlichaam was gedraaid, zodat hij op zijn ene heup lag en zijn dikke buik op de vloer hing. Zijn benen lagen over elkaar geslagen. Het gezicht was moeilijk te onderscheiden, maar de lichaamsbouw kon die van Merrin zijn.

Decker kwam heel voorzichtig te voorschijn uit zijn schuilplaats.

Donatti stond bij het half gedraaide lijk, zijn ogen neergeslagen, zijn armen over elkaar met een pistool in zijn linkerhand. Hij sprak op een fluistertoon. 'Nu zie je wat er gebeurt wanneer je eerst waarschuwt. Hij had je moeten doodschieten.'

'Heb jij...' Deckers hart bonkte zo dat het dreigde zijn borstbeen te breken. Hij had nog steeds moeite voldoende zuurstof binnen te krijgen. 'Heb jij het gedaan of ik?'

Donatti keek op. 'Je kunt een applausje in ontvangst nemen.'

'Jezus!' Decker werd licht in zijn hoofd. 'Verdomme!'
'Stel je niet aan,' zei Donatti. 'Dit is vast niet je eerste keer.'
'Jammer genoeg niet...' Hij slikte moeizaam en staarde naar het gezicht. Niet Merrin, maar wel een politieman. 'Wie zijn er nog over?'
'Alleen de twee jonge honden die Chaims kantoor bewaken. Ik weet niet wie er in het kantoor zijn, want zelfs ik kan niet door muren heen kijken.'
'Zijn er nog meer van deze?'
'Van deze? Je bedoelt smerissen?'
Decker knikte.
'Voorzover ik weet niet.' Donatti glimlachte. 'Ik wist dat je terug zou komen.'
'Ik moet je in de gaten houden, Chris.'
'Niet lullen. Je ego stond niet toe dat *ik* degene zou zijn die je zwager zou redden.'
'Zullen we gaan?'
Met deskundige precisie leidde Donatti Decker door het doolhof van kratten, dozen en pakketten. Algauw waren ze nog maar zo'n dertig meter bij het kantoor vandaan. Licht kwam onder de deur door. Er was niemand te zien.
Waar waren de wachtposten?
Donatti deed een stap achteruit en trok Decker mee de schaduw in. Zijn ogen gingen voortdurend heen en weer. Ze stonden verdekt opgesteld, achter een stapel houten kratten. 'Dit bevalt me niets.'
'Waar zijn die jongens?'
'Weet ik niet.'
'Hoe bedoel je?'
'Dat ik het niet weet. Daarnet waren ze er nog.'
'Nu zijn ze er niet meer. Waar zijn ze dan? In het kantoor?'
'Misschien wel.'
'Misschien wel?'
'Ik kan goddomme geen gedachten lezen! Hou je mond!'
'Krijg de tering!' beet Decker terug. Zijn blik flitste heen en weer. Hij keek door het vizier van zijn pistool, liet de lens over het hele terrein gaan.
Eerst was er niets te zien; toen zag hij aan de rand van zijn gezichtsveld in een flits iets bewegen. Reagerend voordat de gedachte zich had geformuleerd, trok hij Donatti naar beneden en duwde hem ruw naar links terwijl kogels in een stapel dozen met televisietoestellen sloegen. Het gevolg was een explosie van glas en metaal, een wolkbreuk van duizenden flinters en scherven die door de lucht vlogen en op hun hoofden neerkwamen.
Doodse stilte volgde op de uitbarsting.
De seconden tikten weg, geaccentueerd door het geroffel van de regen op het dak en de vensterbanken. Decker lag languit op de vloer,

maar Donatti zat op zijn hurken, gereed om overeind te springen. Ze verroerden zich niet, hun ogen op elkaar gericht in zwijgende communicatie. Decker zag dat Chris een vinger opstak.

De minuten verstreken... twee... drie... vier...

Omdat ze niets konden zien, werden hun andere zintuigen scherper. Decker zag dat Chris zijn ogen sloot. Ze waren allebei ervaren genoeg om te weten dat ze niet als eersten in actie moesten komen.

Bij twijfel: wachten.

Vijf... zes... zeven.

Het duurde niet erg lang. Dat had je met amateurs: te happig, omdat ze wilden weten wat ze hadden aangericht. Ze wilden het resultaat met hun eigen ogen zien, zich erin verlustigen, en omdat het glas onder hun schoenen knerpte, hadden ze hun komst net zo goed via de luidsprekers kunnen aankondigen. Donatti had zijn ogen nog dicht, maar om zijn lippen vormde zich een glimlach die breder werd naarmate het geluid in volume toenam.

Opeens vlogen zijn ogen open en maakte hij met zijn vlakke hand een gebaar dat Decker moest blijven liggen. Toen telde hij de seconden af met zijn vingers.

Vijf, toen vier... drie... twee... een.

Een snelle blik om de kisten heen, toen twee schoten.

En dat was dat.

Decker kon hen niet zien, maar hoorde hen vallen, het naargeestige gekraak van botten op beton.

Donatti fluisterde: 'Je kunt opstaan.'

Met weloverwogen bewegingen slaagde Decker erin gehurkt overeind te komen. Hij bleef eventjes zo zitten. Zijn handen zaten vol kleine sneetjes, zijn gympen en jack glinsterden alsof ze bedekt waren met glitter. De duisternis verbleekte plotseling toen een baan licht over de grond viel. Geknerp vergezelde het bonken van voetstappen en het geluid van iets wat werd meegesleept. Er was zwaar gehijg te horen.

'Caldwell?' Een stilte. 'Caldwell? Waar ben je?'

Donatti en Decker mimeden de naam gelijktijdig: 'Merrin.'

'Caldwell...'

Het geknerp hield op. Donatti veranderde van positie tot hij de commissaris in beeld kreeg. 'Hij kijkt naar de lijken.' Hij draaide zijn hoofd om naar Decker. 'Hij heeft je zwager.'

'Wat bedoel je?'

Donatti zette zijn pistool tegen zijn slaap. 'Als je wilt, schiet ik hem dood.' Een glimlach. 'Of wil je hem eerst aanroepen?'

Deckers hersenen werkten zo hard dat hij zijn eigen gedachten niet kon bijhouden. 'Ik ga zien of ik hem kan overreden.' Hij richtte zich op. 'Blijf hier, goed?'

Chris haalde onverschillig zijn schouders op.

'Dek me.'

Weer zo'n apathische reactie.

'Wat wil dat zeggen?'

'De tijd dringt, Decker. Doe het of laat mij het doen.'

Decker stapte achter de kratten vandaan en richtte zijn wapen. 'Hallo, Virgil.'

Merrin draaide zich geschrokken om, in zijn ene hand een Smith & Wesson .32 waarvan hij de loop tegen Chaims slaap hield, zijn andere hand op de mond van Lieber gedrukt om zijn kreten en snikken te smoren. Deckers blik ging van Chaims gezicht naar de lijken van de jongens en toen weer naar de commissaris. 'Sorry van uw jongens.'

'Geeft niks. Ik heb er genoeg die hun plaats kunnen innemen.' Een valse grijns op de varkenskop. 'Aardig van u dat u hier bent. Dat maakt alles een stuk gemakkelijker.'

'Ik ben erg moe,' zei Decker. 'Gooi uw wapen neer.'

'Dat meent u niet! Ik wilde juist hetzelfde tegen u zeggen.'

'Merrin, mijn 9 mm is op uw borst gericht. Uw wapen is op Liebers hoofd gericht. Dat wil zeggen dat ik een voordeliger positie heb.'

'Als u mij neerschiet, schiet ik hém neer.'

'Ga uw gang,' antwoordde Decker.

Merrins grijns vervaagde en op zijn gezicht was pure shock te zien.

'Nee?' zei Decker. 'Laat dan uw pistool zakken. Anders bent u er geweest.'

'U bluft...'

'Daar zult u gauw genoeg achter zijn.'

Opeens gingen Merrins mondhoeken omhoog in een geniepige glimlach. 'Ik raad u aan úw wapen te laten vallen, inspecteur, want naar mijn mening ben ik opeens in het voordeel gekomen.' Zijn blik gleed langs Decker heen en vestigde zich op iets achter hem.

Niemand sprak.

Toen zei Decker: 'Ik weet het niet, Virgil. Donatti is onberekenbaar.'

Donatti lachte. 'Dat is waar. Jullie weten geen van beiden aan wiens kant ik sta.' Hij zweeg even. 'Misschien schiet ik jullie allebei wel neer.'

Niemand bewoog zich.

'Ik sta ongeveer drie meter achter je, Decker,' zei Donatti. 'En op het moment is míjn 9 mm gericht op je nekwervel. Ik raad je aan te doen wat de commissaris zegt.'

Langzaam draaide Decker zich om.

Chris loog niet, alleen was zijn pistool nu gericht op Deckers adamsappel. Donatti haalde zijn schouders op. 'Het is niet iets persoonlijks... nou, misschien een beetje. Maar het is voornamelijk zakelijk.'

Decker keek weer naar Merrin, wiens varkenskop niets dan kwaadaardigheid uitstraalde, en richtte zijn aandacht toen weer op Donatti. Het pistool bleef op hem gericht als een vast, permanent voorwerp.

'Als je het nu niet doet, Decker, tel ik tot vijf en schiet ik je neer. Als je meewerkt en je wapen langzaam op de grond legt, heb je nog een kleine kans dat je me kunt overreden.'

Decker woog de mogelijkheden af, twee tegen één: de ervaren politieman en de scherpschutter. Als hij zich bukte, zouden ze misschien elkaar neerschieten. Inwendig glimlachte hij, maar hij merkte dat hij helemaal trilde. Uiteindelijk bukte hij zich en legde het pistool op de betonnen vloer. Toen richtte hij zich weer op. Hij had het pistool van de taxichauffeur met de ene kogel aan Jonathan meegegeven. Had hij dat maar niet gedaan.

'Handen omhoog, zodat ik ze kan zien,' zei Donatti.

Decker hief zijn handen op tot schouderhoogte. 'Is het de bedoeling dat ik je probeer te overreden?'

'Nee, je gaat nu je mond dichthouden en luisteren. Schop de Walther naar me toe.'

Decker deed wat hem gezegd was.

In plaats van het wapen op te rapen, schopte Donatti het zeker dertig meter naar achteren, buiten ieders bereik. 'Eén wapen minder waarmee op mij geschoten kan worden. Nu is het jouw beurt, Virgil. Stop je wapen in je holster. Ik wil geen ongelukken.'

'Moet ik hem niet koud maken? Dat jodenmannetje?'

'Waarom zou je? Je hebt hem precies waar je hem hebben wilt. Hij poept op commando voor je. Je moet leren ervan te profiteren wanneer het geluk je toelacht.'

'Ja, daar hebt u gelijk in, meneer Donatti. Daar hebt u volkomen gelijk in.'

'En omdat ik zo gul ben, stuur je wel iets mijn kant uit, nietwaar?'

'Daar kunt u op rekenen, meneer.'

'Mag ik nou iets zeggen, Chris?'

'Nee, nog niet. En waag het niet me te tutoyeren.' Hij schoot op de vloer, twee centimeter van Deckers voet, verpulverde cement tot stof. Tegen Merrin zei hij: 'Heb ik niet gezegd dat je het pistool in je holster moest doen?' Donatti verloor opeens zijn geduld. 'Je irriteert me. Schiet op!'

Snel stak Merrin het wapen in zijn holster, waarbij hij Chaim stevig bij de keel hield.

'Duw hem tegen de grond,' zei Donatti tegen hem. 'Laat hem ervaren hoe het aanvoelt om rond te scharrelen als een insect. Want dat is hij... een luis.'

Merrin greep Lieber bij zijn kraag, duwde hem tegen de grond en zette zijn voet op zijn rug om hem te dwingen languit te gaan liggen. Chaim huilde.

Merrin grinnikte. 'Ik wist niet dat luizen konden huilen, meneer Donatti.'

'Iedereen huilt, Virgil.'

Drie kogels, snel achter elkaar: één in het voorhoofd, één in de keel, één in het kruis. Merrin kreeg niet eens de kans te reageren. Hij staarde voor zich uit met een lege blik in zijn blauwe ogen, een stompzinnige uitdrukking op zijn gezicht, en viel toen op Chaim neer als een tuinslang die bloed sproeide. Lieber begon op een ijselijke manier te krijsen, onbeheerst en uit alle macht, wild trappelend en met zijn armen zwaaiend om het lijk van zijn rug af te krijgen. Toen hij zich ervan had bevrijd, bleef hij op de grond liggen, naar adem snakkend alsof hij werd gewurgd.

Decker kon zichzelf horen ademen.

Donatti zei tegen hem: 'Achteruit en hou je handen omhoog.'

'Ik...' Decker hield snel zijn mond. Hij beefde zo dat hij zich tot het uiterste moest concentreren om overeind te blijven. Hij deed wat hem was opgedragen.

'Til je zwager van de vloer. Hij stinkt. Ik geloof dat hij in zijn broek heeft gepoept. Kan tegenwoordig niemand meer tegen een beetje stress?'

Decker probeerde te verbergen hoe erg hij trilde toen hij naar Chaim liep en hem overeind hielp. 'Gaat het een beetje?'

Chaim bleef huilen.

'Laat hem ophouden.'

'Hij is bang.'

'Ik krijg koppijn van hem. Zorg dat hij ophoudt!'

Chaim sloeg zijn bevende handen voor zijn mond. Hij trilde helemaal en stond te zwaaien op zijn benen. Tranen stroomden over zijn wangen. Decker sloeg zijn arm om zijn schouders. Chaim zakte willoos tegen hem aan.

Donatti liep naar Merrin, uit wie nog steeds rood, zuurstofrijk bloed vloeide, en trok het pistool uit de holster. 'Nu heb ik alle wa-apens,' zong hij. 'Nu moet je doen wat ik ze-eg.'

'Wat wilt u?' fluisterde Decker.

'Je vrouw bevalt me en de gemakkelijkste manier om haar te krijgen is door jou dood te schieten.' Hij staarde Decker aan met ogen vol hebzucht en gretigheid. 'Zie je het voor je, Decker? Haar volle lippen om mijn lul, haar prachtige blauwe ogen die naar me opkijken... niet gek, hè?'

Decker werd misselijk. 'U hebt de wapens. U mag dromen wat u wilt.'

Donatti grinnikte. 'Goed gezegd. Je mag nog vijf minuten blijven leven.' Zijn blik ging naar Chaim. 'Ik heb zojuist een goede bron van inkomsten doodgeschoten.' Hij richtte het pistool op Chaims hoofd. 'Ter compensatie ga je voor me werken. Ik wil details hebben. Begin maar.'

Stilte.

Donatti schoot een kogel vlak naast Liebers voeten. Hij maakte een sprongetje. 'Laat me niet wachten, stomme jood. Vertel me hoe de organisatie in elkaar zit.'

'Ik...' Chaim schraapte zijn keel. 'Ik hielp... import. Ik importeerde...'

'Als je niet kunt ophouden met dat domme gehakkel, schiet ik je dood. Opnieuw. Vooruit, dit begint me te irriteren.'

'Ik breng het spul binnen... in mijn elektronische apparatuur.'
'Waarvandaan?'
'Europa... Israël... Azië... overal.'
'En Merrin was de distributeur?'
Chaim knikte en maakte zich los van Decker. Hij probeerde zijn rug te rechten, al stond hij nog niet erg stevig op zijn benen.
'Hoeveel krijg je daarvoor?'
'Het komt neer op... ongeveer...' Hij hijgde zwaar. Maar je kon zien dat hij iets rustiger werd. 'Ik kreeg ongeveer dertig procent van de verkoopwaarde.'
'Nou, nu krijg je maar twintig.'
'O... Goed. Zoals u wilt.'
'Zoals u wilt, "meneer Donatti".'
'Ja, tuurlijk... zoals u wilt, meneer Donatti.'
'Aan wie verkocht Merrin het spul?'
'De kinderen uit alle stadjes in de omgeving... *behamas*... beesten. Tieners die niets beters te doen hebben dan zich als idioten te gedragen.'
'Dat ongedierte daar...' Donatti wees naar de lijken. 'Hoorden die daarbij?'
Chaim knikte.
'Merrin verkocht rechtstreeks aan de jongens?'
'Hij had... anderen op het politiebureau die hem hielpen.'
'Prettig om te weten. Hoe ben jij erbij betrokken geraakt?'
'Merrin... gebruikte danseressen... hij en de Israëliërs en de Arabieren... maar toen zijn ze in Miami opgepakt. Ze... hadden een andere manier nodig om het spul het land in te krijgen.' Hij keek naar Decker. 'Weiss heeft het over mij gehad, omdat ik geld nodig had.'
'Had je dan al eerder met hem gewerkt?'
'Ik had een keer geld van hem geleend. En terugbetaald. Ik zou het niet gedaan hebben.' Weer een blik op Decker. 'Maar Merrin kwam erachter dat ik... dat ik dingen deed.'
'Ik vond al dat je me bekend voorkwam. Maar ook joodjes zien er allemaal hetzelfde uit zonder kleren.'
De videobanden uit het bordeel. Decker keek naar boven. Jen had gezegd dat ze Chaim Lieber niet kende. En misschien was dat ook zo. Misschien had hij een valse naam opgegeven. Het kon ook zijn dat Donatti tegen haar had gezegd dat ze niet mocht laten weten dat ze hem kende. En ze had zijn bevelen uiteraard opgevolgd. Dom van hem dat hij haar had geloofd. Ze had het zelf gezegd: ook zij maakte gebruik van anderen.
'Merrin heeft je dus een kans gegeven,' zei Donatti.
Chaim knikte. 'Hij zei dat ik het maar een paar keer hoefde te doen. Maar toen... het geld... het bracht zoveel geld op.'
Een vluchtige blik op Decker.
'Het is niet wat je denkt. Ik heb het geld niet verkwist... ja, een paar massages... maar het meeste heb ik in de zaak gestopt. In míjn zaak. Ik

heb het gebruikt om mijn gezin te onderhouden. Ik heb het gebruikt om voor mijn bejaarde vader te kunnen zorgen. Ik heb het gebruikt voor de plaatselijke scholen en synagogen. Wat kon mij het schelen dat ik het kreeg van rotjongens die auto's mollen, vrijen als beesten en spugen wanneer ze je op straat zien? Wat kan mij het schelen als die rotjongens de hele dag high zijn van de drugs? En waarom zou ik een arrogante lul als mijn broer roet in het eten laten gooien? Die... die morele weldoener die zelf tien jaar aan de drugs is geweest. Die geld leende van mij en mijn vader zonder er ooit iets van terug te betalen. Die nooit een vinger heeft uitgestoken om me te helpen met mijn vader en met de zaak, omdat hij zo stoned was dat hij zijn bed niet uit kon komen. Die mij wel even zou vertellen hoe ik mijn kinderen moet opvoeden, terwijl hij zelf geen verantwoordelijkheden had!'

Verontwaardiging verleende hem een mate van misplaatste waardigheid, maar Decker had het allemaal al eens gehoord: de egoïstische redeneringen en aangepaste ethiek waarmee slechte daden werden goedgepraat. 'Je hebt Ephraim dus aan Merrin en zijn gangsters uitgeleverd omdat je kwaad op hem was?'

'Niet om hem te vermoorden!' zei Chaim fel. 'Alleen maar om hem tot rede te brengen.' En op stillere toon: 'En als ze hem ook een beetje angst zouden aanjagen, dan vond ik dat niet zo erg.'

'Maar daar hebben ze het niet bij gelaten,' zei Decker zachtjes.

'Ik weet niet...' Chaim wendde zijn blik af. 'Er is iets misgegaan.'

'Dat is nogal zachtjes uitgedrukt,' zei Decker.

'En wie geeft jou het recht over mij te oordelen?' beet Chaim hem toe.

Donatti vroeg: 'Wat is er met je dochter gebeurd? Heb je ook met haar laten afrekenen?'

'Ik heb met niemand laten afrekenen!' Opeens kreeg Chaim tranen in zijn ogen. 'Vooral niet met mijn dochter. Ik hield van Shayndaleh! Ze was mijn eigen vlees en bloed. Het was... Ze had daar niet moeten zijn. Ik weet niet wat er is gebeurd!'

'Ik wel. Ze is vermoord.'

'Het was een ongeluk!' riep Chaim. 'Ze zeiden dat ze wisten waar ze was. Ze zouden haar bij me terugbrengen. Maar ze wilde niet. Er is een pistool afgegaan...'

'Ze kende hen, Chaim,' onderbrak Decker hem. 'Ze hebben haar vermoord omdat ze hen kon identificeren. Het was geen ongeluk.'

Donatti zei: 'Jij bent niet voor niks rechercheur.'

'Nee, jullie hebben het mis. Zo is het niet gegaan!' protesteerde Chaim. 'Ze hadden gezegd dat ze haar konden redden.' Hij begon te huilen. 'Ze zeiden dat ze tegenspartelde, dat ze begon te gillen. Het had helemaal niet zo moeten gaan.' Hij werd hysterisch. 'Ik heb haar niet vermoord. Ik heb haar niet vermoord...'

Donatti's pistool spuwde driemaal heet lood uit, wat Chaim Lieber drie bloederige gaten midden in zijn borst bezorgde. Hij probeerde nog steeds woorden te vormen toen hij op de grond viel, zijn lippen in de vorm van de letter O.

Er bleef een beklemmende stilte hangen. Deckers hart bonkte in zijn borst. 'Wat... waarom... waarom heb je dat gedaan?'

'Waarom?' Donatti keek hem aan met ogen zo kil als steen. 'Omdat die griet van míj was, Decker. Als ze uit zichzelf was weggegaan, was het een andere zaak geweest. Maar ze is niet uit zichzelf gegaan. Ze hebben haar van me gestolen. Níémand steelt ongestraft van een Donatti. Níémand! Zelfs haar vader niet!'

Hij gromde als het beest dat hij was.

'Bovendien heb ik een hekel aan eikels die hun daden goedpraten. Dat zijn nog grotere klootzakken dan ik. Ik kom tenminste eerlijk uit voor wat ik doe.'

Donatti had twee pistolen in zijn handen: Merrins Smith & Wesson .32 in zijn linkerhand en zijn eigen halfautomatische pistool in zijn rechterhand. Hij liep naar Liebers lijk en tatoeëerde de roerloze hand met kruitpoeder door de rest van het magazijn van het halfautomatische pistool in willekeurige richtingen leeg te schieten. Toen hij klaar was, liet hij het pistool naast Chaim achter. Een paar van de kogels hadden Deckers voeten op een paar centimeter na gemist. Toen Donatti weer overeind kwam, had hij Merrins revolver in zijn linkerhand.

'Als íémand jou zou neerschieten, zou het Merrin zijn, denk je ook niet?'

Decker keek naar Donatti. Hij transpireerde hevig en ademde oppervlakkig. Zijn gezicht vertrok af en toe van de pijn. Als Decker nu iets deed, als hij snel genoeg was...

Donatti las zijn gedachten en viste de Beretta onder zijn jack vandaan. Hij richtte de Smith & Wesson op zijn hoofd, de Beretta op zijn borst. 'Kom, kom. Beledig mijn intellect niet.'

De kans was verkeken.

Donatti hield de .32 op Deckers hoofd gericht. 'Ben je ooit geraakt?'

'Diverse keren.'

'Waar?'

'Linkerschouder... arm.'

'Het doet verrekte zeer.' Met de Beretta in zijn rechterhand trok Donatti zijn zwarte trui omhoog om hem het verband te laten zien.

'Wie heeft dat gedaan?' vroeg Decker. 'Merrin? Chaim? Een van Merrins knechten?'

Donatti ontweek de vraag. 'Dit was niet mijn eerste keer, maar het bevalt me nog steeds niet.'

'Allicht niet.'

'Blijf heel stil staan.' Donatti richtte de .32 op Deckers borst. 'Echt héél stil.'

Het pistool spuwde vuur, de kogel schampte langs Deckers ribben. Hij schokte toen pijn door hem sneed.

'Nu zijn we een tweeling,' zei Donatti.
'Rotzak!' siste Decker. Hij drukte zijn hand tegen zijn zij. Bloed kleurde zijn vingers rood. Woedend stoof hij naar voren, maar Donatti had al een paar stappen naar achteren gedaan en richtte beide wapens op Deckers hoofd.
'Nee, nee...'
Decker bleef staan en zei fel: 'Ga je gang. Schiet maar, vuile hufter! Ik ga niet dansen voor jouw plezier!'
'Ik laat je niet dansen. Ik ga je in een heuse held veranderen.' Het volgende schot schampte langs zijn heup. Decker klapte voorover van de pijn.
'Dat lijkt me wel genoeg.' Donatti wisselde van hand, maar hield het halfautomatische pistool op Deckers gezicht gericht. Snel bukte hij zich, sloeg Merrins dode vingers om het pistool en maakte de rest van de ammunitie op. Toen hij weer overeind kwam, veegde hij de latex handschoenen af aan zijn broek. De Beretta was nu ongeveer op Deckers kruis gericht.
'Je kunt beter gaan liggen. Van bloedverlies kun je duizelig worden.'
'Krijg de klere!' Decker bleef juist staan. Rondom hen stonk het naar zweet, pis en bloed. Zijn hoofd gloeide. Hij zag sterretjes, maar concentreerde zich op zijn ademhaling en vertikte het toe te geven aan de misselijkheid in zijn maag en de duizeligheid in zijn hoofd. Hij zou als een echte kerel ten onder gaan, volledig bij bewustzijn, oog in oog met zijn vijand.
Donatti analyseerde de scène. 'Nou, zo te zien hebben Lieber en Merrin elkaar doodgeschoten, inspecteur. Om nog maar te zwijgen over deze twee sukkels, Merrins belangrijkste xtc-dealers op de plaatselijke middelbare scholen.'
'Philip Caldwell en Ryan Anderson.'
'Je hebt je huiswerk gedaan. Caldwell en Anderson; dat klopt. En je hebt gelijk. Ze kenden Shayndie van het winkelcentrum.'
'Ze hebben haar uit haar schuilplaats gehaald om mijn broer te bellen,' bracht Decker hijgend uit. 'Ze dachten dat... dat mijn broer het aan mij zou vertellen. En dat het me tijdelijk op een zijspoor zou brengen. Ze hebben haar vermoord... maar dachten dat ik minstens een paar dagen niet naar het lijk zou gaan zoeken vanwege het telefoontje. Het was een goed plan, alleen hadden ze haar niet moeten dumpen in een park waar veel mensen komen.'
Donatti sloeg zijn ogen ten hemel. 'Kaffers.'
'De jongens wisten waar je haar had ondergebracht.' Decker keek naar Donatti's ijsblauwe ogen. 'Dat betekent dat jíj hen kende. Werkten ze voor je?'
'Integendeel. Caldwell was een van die huftertjes die bij me waren geweest toen ik nog met heteroseksuele jongens werkte. Die lul heeft misbruik gemaakt van mijn gastvrijheid. Voor dergelijk onbeleefd ge-

drag moet men boeten.' Hij schudde zijn hoofd. 'Hij heeft Ephraim Lieber op mijn manier vermoord. Hij dacht dat hij alleen maar een trekker hoefde over te halen om mij te kunnen zijn. Goed voorgaan doet goed volgen, zoals het gezegde luidt.'

Afgezien van hun hijgende ademhaling was het stil in het pakhuis.

Decker vroeg op zachte toon: 'En wat nu?'

'Tja, je mag het brengen zoals je wilt, maar ik zou zeggen: een verdrietige vader/broer wreekt de dood van zijn dochter en broer die zijn vermoord door schurkachtige drugshandelaren en een corrupte politiecommissaris. De lul mag voor mijn part als held worden herdacht. Of je kunt de smerissen de waarheid vertellen, namelijk dat Lieber tuig was, een huichelachtige, zwakke, kruiperige schoft die zich door hoeren liet pijpen en zijn eigen broer en dochter in de val heeft gelokt. En die vervolgens heeft geprobeerd zijn daden te verdoezelen door een achterlijke juut uit Los Angeles te laten komen in de hoop dat die informatie zou kunnen lospeuteren van de NYPD. Toen die juut zelf lastig begon te worden, heeft hij geprobeerd ook hem te laten afmaken. Maar de achterlijke juut bleek iets intelligenter te zijn dan Lieber had gedacht.'

'Ik mag het brengen zoals ik wil...' Decker voelde het zweet van zijn voorhoofd druipen. Hij voelde zijn hartslag overal in de linkerkant van zijn lichaam kloppen. 'Laat je me dan gaan?'

'Doe ik daar verkeerd aan?'

'Dat denk ik wel.'

'Ik denk van niet, Decker. Als je me probeert te pakken te krijgen, zul je er zelf de dupe van worden. 't Is maar wie ze geloven. Jou of mij.'

Decker slaagde erin te glimlachen, hoewel zijn zij in brand leek te staan. 'Ik ben iets geloofwaardiger dan jij.'

'Denk je? Nou, ik heb de advocaten in mijn zak en die zullen de jury het volgende vertellen: we werkten samen, als partners, hand in hand, samsam, en zijn daarbij allebei gewond geraakt.'

Hij wees naar zijn eigen ribben.

'Als ik ten onder ga, beste jongen, neem ik jou mee. Het enige wat Hershfield hoeft te doen, is je een eenvoudige vraag stellen: wie heeft bij wie om hulp aangeklopt?'

Deze woorden deden Decker meer pijn dan zijn verwondingen.

'En het feit dat je het hebt overleefd, komt mijn geloofwaardigheid juist ten goede,' ging Donatti door. 'Want iedereen weet dat als ik je dood had willen hebben, je dood zou zijn geweest.'

Stilte.

'Bovendien... ben ik veel knapper om te zien dan jij.' Donatti glimlachte charmant. 'Hershfields specialiteit is het kiezen van de jury. Het enige wat hij hoeft te doen, is ervoor zorgen dat er veel vrouwen en een paar simpele mannen in de jury zitten, dan word ik van z'n leven niet schuldig bevonden. Intussen draait niet alleen jouw leven in de soep, maar ook dat van je broer en zijn hele familie, omdat alle vuile was buiten gehangen zal worden. En wat mij betreft: een nieuwe rechtszaak zal mijn reputatie alleen maar ten goede komen.'

Heel even overwoog Donatti Decker te vertellen dat de ploerten die Shayndie hadden vermoord, ook hadden geprobeerd Deckers vrouw om het leven te brengen. Dat de inspecteur nu een weduwnaar zou zijn, als Donatti er niet was geweest. Maar hij deed het toch maar niet. Dat was niet wat hij wilde. Hij wilde dat Decker zou lijden, vernederd door zijn eigen daden en falen... omdat Decker hem acht jaar geleden in Terry's ogen had vernederd.

Hij begon achteruit te lopen terwijl hij het pistool op Deckers hoofd gericht hield. 'Ik ga me nu omdraaien. Alle vuurwapens die bij je in de buurt liggen, zijn leeg. Je kunt een van de pistolen gaan halen die achter je liggen, maar dan moet je wel snel zijn en raak schieten, want als je mist... ben je dood. En dan neem ik je vrouw en kinderen te grazen, een voor een. Tussen haakjes, als jouw ene schot toevallig raak mocht zijn, vergeet dan je belofte niet. Zorg dan voor Terry en mijn zoon. Ik hou echt van dat meisje.'

In de verte waren politiesirenes te horen.

Jonathan had dus eindelijk een telefooncel gevonden.

'Dat is mijn vertreksein,' zei Donatti.

Decker dacht aan de wapens toen hij hem achteruit zag weglopen. Wat had hij een pijn! Hij kon niets doen. Hij kon niet normaal lopen, laat staan rennen. Hij kon alleen strompelen. Iedere poging een vuurwapen te grijpen, zou Donatti meer dan genoeg tijd geven om hem te vermoorden.

Maar als hij niets deed, liet hij een moordenaar vrijuit gaan. En niet zomaar een moordenaar, maar de man die de zwager van zijn broer in koelen bloede had doodgeschoten, zo nonchalant als hij zijn neus snoot.

Dan neemt hij mijn vrouw en kinderen te grazen, een voor een.

En als hij een vuurwapen in zijn hand had gehad, had hij het dan kunnen doen? Iemand in koelen bloede doodschieten? Zomaar een kogel in Donatti's hoofd pompen? De wereld was zonder hem beter af. Zelfs Terry en haar zoon waren zonder hem beter af, vooral Terry en haar zoon. Kon hij koeltjes de beslissing nemen hem dood te schieten zonder dat hij rechtstreeks werd bedreigd?

Hoe deed die psychopaat dat zelf?

Ja, dat was natuurlijk het antwoord: Donatti was een psychopaat.

Gelukkig had de ellendeling hem niet echt gedwongen dit besluit te nemen. Decker wist dat hij niet de held zou gaan uithangen, niet terwijl hij de stank van zijn eigen bloed rook, niet met dit abattoir om zich heen. Hij was het zijn gezin verschuldigd verstandig te zijn. Hij was het zijn gezin verschuldigd ervoor te kiezen in leven te blijven.

Decker riep: 'Je speelt niet eerlijk, Chris. Je weet dat ik geen enkele kans heb.'

Donatti grinnikte. ‘De handen zijn de handen van Ezau, maar de stem is die van Jakob!’

Waar had hij het nu weer over? ‘Ik ben nog niet met je klaar, Chris!’ riep Decker. ‘Je bent nog niet van me af!’

Donatti stak zijn duim op. ‘Lik m’n reet, inspecteur!’

Hij draaide zich om en liep op een holletje weg.

Even later was hij verdwenen.

36

HET WERD AFGESCHILDERD ZOALS DONATTI HAD VOORSPELD: CHAIM Lieber in zijn eentje tegen een bende drugs dealende, xtc slikkende gangsters die hulp hadden gehad van een corrupte politiecommissaris en twee van zijn ondergeschikten. De vermoorde Lieber werd een soort heilige, zijn weduwe Minda een martelares. Decker werd er niet goed van. Dagenlang werd hij gekweld door eindeloze vragen van de politie, de media, advocaten, vrienden en familieleden. Nachtenlang werd hij gekweld door gruwelijke dromen over bloed en lijken. Voor het oog van de wereld sloeg hij zich er goed doorheen. Maar de geheimen van zijn hart vertelden een ander verhaal. Hij werd geplaagd door zijn zwakheid, schaamde zich voor zijn onvermogen de waarheid in al haar geblinddoekte glorie op te biechten.

Eindelijk, na bijna twee weken, nadat alle vragen en antwoorden waren uitgetypt en in mappen gestopt, en in de kranten het voorpaginanieuws was geslonken tot een kolommetje op pagina 26, werden Decker en zijn geweten aan hun lot overgelaten, een exclusief clubje van twee waar niemand anders toe kon doordringen. Zelfs Rina niet.

Vooral Rina niet.

Hoewel ze hem smeekte met haar te praten, hield hij zijn duivels voor zich. Zodra de rust een beetje was weergekeerd, zou hij professionele hulp zoeken. Voorlopig was het allemaal nog veel te kort geleden om het te kunnen verwerken, te rauw en te pijnlijk. Ze zouden heus wel komen, de woorden, maar ze hadden tijd nodig om zich tot coherente gedachten te kunnen vormen, tot duidelijke introspectie.

Wie had ooit kunnen denken dat het zijn broer zou zijn die hem de broodnodige troost zou schenken? Niet Jonathan, die slechts een deel van de waarheid kende en had gezworen dat deel mee het graf in te nemen. Niet Jonathan, die alle religieuze geneesmiddelen zowel op zichzelf als op Decker uitprobeerde, maar jammerlijk faalde. Niet Jonathan, die jammerde en soebatte zonder dat het iets opleverde. Uiteindelijk begreep Decker dat Jonathan hem niet kon helpen, omdat zijn broer zijn eigen duivels nauwelijks aankon. Uiteindelijk erkende Jonathan zijn psychologische en spirituele nederlaag – wat juist voor een rabbijn bijzonder pijnlijk moest zijn – en nam hij zelf zijn toevlucht tot een psycholoog.

Nee, het was niet zijn broer Jonathan die Decker in staat stelde zijn hoofd op te heffen en de draad van het leven weer op te pakken. Zestien dagen nadat Decker getuige was geweest van de slachtpartij, had hij een koffertje gepakt en was hij naar Florida gereisd: om rust te zoeken in het huis waar hij was opgegroeid, om zowel zijn lichamelijke als zijn emotionele wonden te laten helen. Het eerste weekeinde was Randy overgekomen. Met zijn lengte van één meter vijfentachtig en zijn honderddertig kilo aan spieren en vet, had zijn broer de juiste agressieve instelling van de ideale undercoveragent. Zijn formidabele gezicht was bedekt met een volle, zwarte baard die tot ver onder zijn kin reikte, en zijn donkere, indringende ogen eisten van iedereen de waarheid.

Het begon met een gewoon praatje. Zo ging het altijd. Na verloop van tijd boorden ze Deckers schuldgevoelens aan. Toen luisterde Randy zonder hem in de rede te vallen. Uiteindelijk legde hij zijn hand op de schouder van zijn broer.

'Wat maak je je nou toch te sappel, Peter? Je weet heel goed dat ook als je die klootzak had koud gemaakt, er een ander voor in de plaats zou zijn gekomen.'

Decker droogde zijn voorhoofd. Hij transpireerde erg, hoewel hij een dun overhemd met korte mouwen en een spijkerbroek aanhad. Het was helder weer, ongeveer vijfentwintig graden. 'Ik weet het niet, Randy...'

'Je weet het wél. Aan vuile hufters geen gebrek. Zet het nou maar van je af.'

'Ik had iets moeten doen. Ik had de politie de waarheid moeten vertellen.'

'Dan had je vele levens vergald, dat van de oude Lieber, de weduwe, de overgebleven kinderen, de hele familie van je halfbroer, jezelf, Rina, je eigen gezin, zelfs dat van mij...' Hij schudde zijn hoofd. 'Waarheid is een flexibel begrip, broer. Heb je me niet zelf ooit verteld dat bij de joden "waarheid" ook voor "vrede" staat?'

'Nee.'

'Jawel. Je hebt gezegd dat het geoorloofd was om te liegen teneinde de vrede in huis te bewaren.'

'O, dat. *Sjalom bait.* Dat slaat op jokken, Randy, niet op het vrijuit laten gaan van moordenaars.'

'Donatti krijgt zijn verdiende loon nog wel, net zoals het zijn ouweheer is vergaan. En intussen leef jij nog. Zoals ze bij de maffia zeggen: "De rest kan de klote krijgen."' Randy leunde achterover in zijn rieten stoel. De broers zaten op het terras en dronken limonade. Bijna idyllisch. 'Je bent goddomme een held, Peter. Je hebt je leven op het spel gezet om Chaim te redden.'

'Maar het is me niet gelukt...'

'Wat maakt dat uit? Je hebt je best gedaan. En je bent nog gewond geraakt ook. Dus ben je een held. Bovendien heb je mij tot held gebombardeerd. Je hebt geen idee hoe lang we op Weiss, Harabi en Ibn Dod hebben gejaagd. Jij hebt hen voor ons te pakken gekregen. Je hebt een belangrijke xtc-smokkelbende opgerold. Ze komen volgende week hier om aangeklaagd te worden.'

'Er komen heus wel weer anderen voor hen in de plaats, zoals je zelf al zei.'

'Weet ik, maar het is belangrijk dat we af en toe succes hebben. Zodat we tegen het volk kunnen zeggen dat we om hen geven, om hun kinderen en hun steden. En dat is ook zo.' Hij gaf Decker zachtjes een stomp tegen zijn schouder. 'Dankzij jou zijn wij hier in Miami een stuk in ieders achting gestegen. Dankzij jou is Novack in New York in achting gestegen. Al die prachtige dingen die je tegen de pers hebt gezegd over de rechercheurs van het NYPD... Iedereen loopt met je weg. Als je politiek was ingesteld, zou je hiervan gebruik kunnen maken om hoofdcommissaris te worden in een van de grote steden.'

Daar gaf Decker geen antwoord op.

Randy kwam met het zware geschut. 'Peter, je hebt hiermee voor mij heel veel gedaan. Dankzij jou word ik bevorderd tot rechercheur eersteklas. Heb je enig idee hoe lang ik daarop heb gewacht?'

'Ik ben heel blij voor je.'

'Waarom zit je dan nog steeds te chagrijnen als een gestrafte schooljongen? Vind je dat Donatti je heeft gebruikt? Je hebt juist hém gebruikt. In plaats van gespuis neer te schieten en meisjes te laten tippelen, was die eikel eindelijk eens ergens goed voor.'

Maar Decker accepteerde de redenering niet. Zijn gezicht drukte scepticisme uit.

'Je denkt nog steeds als een rechercheur van Moordzaken,' zei Randy. 'Als je Donatti te pakken wilt nemen, moet je denken als iemand van Narcotica. Daar maken we gebruik van verklikkers. Je hebt geteisem nodig om ander geteisem achter de tralies te krijgen.'

'En Donatti is echt geteisem. Die schoft heeft me in koelen bloede verwond.' Deckers kaak kwam strak te staan. 'Erger nog: hij heeft me vernederd.'

'Ja, geen kunst. Als iemand een pistool op je richt, doe je wat hij zegt. Peter, hij heeft je niet vernederd; hij heeft vals gespeeld. En daarom is hij een lafaard. Ik zou jullie wel eens tegenover elkaar willen zetten wanneer hij géén Beretta in zijn hand heeft.'

Dat beeld deed Decker glimlachen. 'Ik had hem moeten aangeven.'

'Pete, je moet je leven niet door hem laten verzieken. Dat is hij niet waard.' Randy dronk de limonade op. 'Oké, het zou leuk zijn geweest als je hem voor zijn raap had kunnen schieten, maar dat ging nou eenmaal niet. Het belangrijkste is dat je nog leeft, want nu kun je er de tijd voor nemen om hem in de val te lokken. Als je Donatti wilt pakken, moet je hem te slim af zijn. Je moet verklikkers hebben en anonieme tips, afluisterapparatuur, video's, surveillance en iemand die bereid is hem te verraden. Zoiets kost tijd... misschien zelfs jaren.'

Decker knikte, vol van gedachten aan wraak. Die vuile schoft dacht natuurlijk dat de lei weer schoon was, na wat er acht jaar geleden was gebeurd. Nee, jochie, we hebben nu een veel grotere rekening te vereffenen. En Randy had gelijk. Misschien zouden er vele jaren mee gemoeid zijn. Maar dat gaf niets. Decker was een volwassen kerel: hij had veel geduld.

'Donatti krijgt zijn verdiende loon nog wel,' zei Randy nogmaals. 'Kijk in de tussentijd eens om je heen. Het is een prachtige dag. Het leven is zo slecht nog niet.'

'Daar heb je gelijk in.' Decker dronk zijn glas leeg.

Randy lachte. 'Net als toen we nog klein waren, Peter. Ik ging ergens mee de mist in en probeerde je er dan van te overtuigen dat het allemaal zo erg niet was.'

'Ditmaal ben niet jij de mist in gegaan.'

'Jij ook niet.'

Decker gaf geen antwoord.

Randy ging op iets anders over. 'Je verwondingen zijn vrijwel geheeld en je hebt nog vier weken ziekteverlof. Wat ga je daarmee doen?'

'Momenteel wil ik helemaal niks. Rina en ik hadden gedacht om over een paar dagen met Hannah naar Epcot te gaan...'

'Nee toch!'

'Waarom niet?'

'Als jullie Hannah nou eens achterlaten bij Sheryl en mij, dan gaan wij wel met haar naar Epcot en Disney World. Ze vindt het altijd leuk als haar neefjes erbij zijn. En dan ga jij met Rina naar een eiland in de Caraïbische Zee.'

'Nee, dank je. Misschien een andere keer.'

'O, wanneer dan wel? Is dat niet een joods gezegde?'

'Dat gaat over het bestuderen van de thora.'

'Nou, je kunt je heilige thora niet bestuderen tenzij je geest zich op een spirituele plek bevindt. Tot dan is het Caraïbische gebied heel aantrekkelijk.'

'Ik wil niet naar een tropisch eiland. Ik heb een hekel aan strandvakanties. Ik word nooit bruin, alleen maar rood. En ik vind niets zo erg als in de hete zon te zitten zweten.'

Randy slaakte een zucht van vertwijfeling.

'Rina heeft het over tien dagen Europa. Mam zei dat zij en pa op Hannah kunnen passen. Tante Millie zou ook helpen. De tickets kosten een schijntje. Niemand wil vliegen.'

'Ja, ik vraag me af waarom,' grapte Randy.

'Het leven gaat door,' antwoordde Decker.

'Precies. Luister naar je eigen woorden, Peter,' zei Randy. 'Hé, als Sheryl en ik nou eens met de kinderen in het weekeinde hierheen komen om mam en pa te helpen?

'Randy, je bent geweldig.'

Hij glimlachte. 'Ik was het pesterige kleine broertje, maar je hebt nooit lelijk tegen me gedaan. Nu word je daarvoor beloond. Waar gaan jullie naartoe? Parijs?'

'Eerst naar Parijs en dan waarschijnlijk naar, lach niet, München. Rina heeft een jeugdvriendin die met haar man naar Duitsland is geëmigreerd om daar een jesjiva te openen.'

'De mens z'n lust is de mens z'n leven.' Randy sloeg hem op zijn schouder. 'Doe het, Peter. Ga lekker met je vrouw op vakantie en dank de god waarin je gelooft dat je er nog van kunt genieten.'

Het kwam 's middags, op de dag voordat zij en Peter naar Parijs zouden vertrekken. Een eenvoudige witte envelop met een etiket erop geplakt waarop getypt stond: mw. Rina Decker p/a Lyle en Ida Decker, met daaronder het adres van haar schoonouders.

Ze draaide de envelop om. Het adres op de achterzijde was hetzelfde als dat aan de voorzijde. Ze draaide hem weer terug. Aan het poststempel kon ze zien dat hij in New York op de bus was gedaan. Ze werd meteen achterdochtig, maar wie zou haar nu per post biologische ziektekiemen sturen? Toch betrachtte ze voorzichtigheid toen ze de envelop openmaakte.

Er zat geen poeder in.

Ook geen brief.

Alleen een krantenbericht van één korte kolom die zorgvuldig was uitgesneden, niet uitgeknipt. De naam van de krant was er niet op te vinden. Noch een datum. Rina las de kop.

VERMOORDE MAN AANGETROFFEN OP TRAP VAN KERK

Op de trap van de Medford Methodist Church heeft agent Willard Greaves tijdens zijn patrouille een lijk ontdekt. Het slachtoffer, dat een kogelwond in het hoofd had, is geïdentificeerd als Steven Gilbert, leraar computerkunde aan het plaatselijke college...

Het knipsel viel uit Rina's hand en fladderde naar de vloer. Ze voelde hoe haar hart bonkte om bloed naar haar hersenen te pompen. Heel even was ze haar stem kwijt. Toen riep ze zijn naam.

'Peter?'

Geen antwoord.

Ze raapte het bericht op en probeerde het trillen van haar handen te bedwingen. Ze schraapte haar keel en probeerde het nog een keer, iets luider ditmaal. 'Peter?'

Niets.

Ze liep naar de keuken, het middelpunt van het huis van haar schoonfamilie. Mama Ida had een appeltaart met kaneel gebakken en de warmte in de keuken was doordrenkt van de kruidige geur. 'Peter?'

'Hij is achter.'

Ze haalde diep adem, blies die uit en liep de achterdeur uit. Peter was bezig het avondeten te grillen: gefileerde zeebaars die ze die ochtend hadden gevangen. Hannah was om vier uur opgestaan, samen met haar pappa, oom Randy en opa Lyle. Haar dochter was bezig een ouderwetse boerendeerne te worden, verrukt van alle avonturen op het boerenland. Het zou moeilijk worden haar weer te laten wennen aan de kleine klaslokalen van de religieuze joodse school waar ze op zat. Het enige wat Rina in haar voordeel had, was dat Hannah haar twee beste vriendinnen, Ariella en Esther Ruthie Chaja, erg miste.

'Hoi,' zei ze.

'Hoi.' Peter hield zijn aandacht bij de barbecue. 'Hoe is het ermee, schoonheid?'

Peter had een schort voor. Hij zag er heerlijk ontspannen en huiselijk uit.

'Dit is vandaag met de post gekomen.'

Peter keek op. 'Wat is er, Rina?'

'Hoe bedoel je?'

'Je ziet zo bleek.' Bezorgdheid straalde van zijn gezicht. 'Wat is er gebeurd?'

'Niets. Althans... niets naars.' Ze nam de barbecuetang van hem over en gaf hem het knipsel. 'Ruilen?'

Behoedzaam pakte Decker het knipsel aan. Binnen een paar seconden werd hij zich bewust van zijn hartslag. 'Asjemenou...' Opwinding stroomde door hem heen. Hij kon het niet helpen. Een glimlach vormde zich om zijn lippen. 'Asjemenou. Hoe kom je hieraan?'

'Dat zei ik toch? Het is vandaag met de post gekomen. Het was aan mij geadresseerd, p/a jouw ouders. Het adres op de achterkant van de envelop is óók van hen.'

'Heb je het poststempel bekeken?'

'Ja. De envelop is in New York verstuurd.'

'New York?'

Rina knikte.

'Niet Indiana?'

'Nee, niet Indiana. New York.' Ze gaf hem de envelop.

Hij staarde naar de envelop, een beetje verbluft. 'Het kan nep zijn.'

Maar Rina wist dat het geen nep was.

'Nou, er is maar één manier om erachter te komen.' Hij keek op van het artikel. 'Hou jij de vis in de gaten?'

'Doe ik.'

'Allemachtig. Als het waar is, moeten we het gauw aan de jongens vertellen.' Deckers glimlach keerde terug. 'Wil jij dat doen of zal ik?'

'Ik vind dat jij het moet doen. Ik ben...' De hitte van de barbecue steeg op naar haar gezicht. Opeens voelde ze zich helemaal slap. 'Ik ben...'

Decker sloeg zijn armen om haar heen. 'Ach, lieverd, je verkeert in een shocktoestand!' Hij bleef breed glimlachen. 'Maar wel een plezierige shocktoestand. Kom, ga even zitten.' Hij leidde haar naar een tuinstoel.

'Het gaat alweer.' Ze bracht haar hand naar haar borst. 'Ga je de politie van Medford bellen?'

'Tuurlijk.' Decker sloeg met het artikel op de palm van zijn hand. 'Ik hoop dat dit echt waar is. Want ik voel me op dit moment heel goed. Niet dat ik bloeddorstig ben aangelegd... maar soms...'

Die dag in het park... had hij niet bijna dezelfde woorden gebruikt? Dat wraak een troostende uitwerking had? Rina zei niets en probeerde langzaam te ademen.

'Ik ben zo terug.' Decker lachte. 'Ongelooflijk. Zoiets is gewoon niet te verzinnen. Er moet een god in de hemel zijn.'

Hij liet haar daar zitten om te gaan bellen. Nog steeds langzaam en diep ademend, stond ze op om de vis in de gaten te houden. Het zou jammer zijn als hierdoor het avondeten verbrandde. Toen ze over haar gevoelens nadacht, merkte ze dat ze er geen spijt van had... maar dat ze ook niet in de zevende hemel was. Ze voelde niet veel, alleen dat ze bestond.

Misschien was het nieuws nog niet goed tot haar doorgedrongen.

Haar jongens... wat zouden die opgelucht zijn. Ze dachten dat ze eroverheen waren, maar nu was het pas écht voorbij. Hij was eindelijk helemaal weg. Misschien kon Jacob het verleden nu van zich afzetten.

Er sprongen tranen in haar ogen.

Er moet een god in de hemel zijn.

Dat was waar, maar dit was God niet.

Gods naam was onuitsprekelijk.

Dit was God niet.

Want Rina kende zijn naam.